Dov Silverman, 1933 in Brooklyn/New York geboren, ging gleich nach der Schule zum Militär und diente im Korea-Krieg. Er arbeitete als Eisenbahnschaffner und Auktionator, bis er 1972 nach Israel übersiedelte. Er studierte Geschichte an der Stony-Brook-Universität in New York und ist ein erfahrener Lehrer und Schuldirektor. Neben seiner schriftstellerischen Tätigkeit leitet er zusammen mit seiner Frau Janet eine englische Privatschule.

Von Dov Silverman sind außerdem erschienen:

»Der Shihi – Vertrauter des Kaisers« (Band 2994)
»Der Untergang des Shogun« (Band 2071)
»Das Vermächtnis des Shogun« (Band 2921)

Dieses Buch wurde auf chlor- und säurefreiem Papier gedruckt.

Deutsche Erstausgabe April 1992

Titel der Originalausgabe »Tairo«

Originalverlag Grafton Books, London
Umschlaggestaltung Adolf Bachmann
Satz Compusatz, München
Druck und Bindung brodard & taupin
Printed in France 5 4 3 2 1
ISBN 3-426-03188-4

Dov Silverman

Der Sieg des Schwarzen Drachen

Roman

Aus dem Englischen von
Dinka Mrkowatschki

Knaur®

Für meine Enkelin,
Anav Helen,
in Liebe

Danksagung

Meiner Frau Janet,
Lektorin aller meiner Arbeiten

Für ihre Unterstützung und Ermunterung
während der Arbeit

Edyth H. Geiger
Dr. Morris und Dora Molinoff
Malka Rabinowitz
Sylvia und Mel Springer
Paula und Leslie Tint

Teil I

Ein Land sieht sich selbst immer anders,
als andere Nationen das tun.

Frühling und Gesang
oder
Dunkle Schwingen
und kahle Bäume

Dov Silverman

1

1. März 1894

Von seiner Wohnung im kaiserlichen Palast aus beobachtete John Mung die aufgehende Sonne. Durchsichtige Strahlen lackierten die gekachelten Dächer Tokios mit flüssigem Gold. Mung – Moryiama Ishikawa – ging in Yogastellung. Er sog das feurige Licht in seinen Bauch, bis hoch in die Lungen. Die Konturen des fernen Gipfels des Fudschi wurden schärfer, und Mung breitete die Arme aus und atmete aus. Dieser Teil des Tages war immer äußerst anregend. Obwohl er der Leiter des persönlichen Geheimdienstes des Kaisers war, zog der Schwarze Drache die Einsamkeit vor. Jetzt hatte man ihn, mit siebenundsechzig, ins öffentliche Leben zurückberufen.

Der Shoji-Paravent hinter ihm ging auf, und Mung lächelte unbewußt. Ohne den Kopf zu wenden, sagte er: »Noriko?«

Die schöne achtzehnjährige Tochter seines engsten Freundes, Graf Iyeasu Koin, kam auf den Knien in den Raum. In den sieben Jahren seit seinem Schlaganfall hatte sie ihm täglich vor der Schule sein Frühstück gebracht, ihn bei ihrer Rückkehr besucht, und noch einmal, bevor er sich zur Nachtruhe begab. Trotz der fünfzig Jahre Altersunterschied genoß es Mung, mit dem Mädchen Ansichten auszutauschen. Während seiner Krankheit hatte er durch sie den Kontakt zur zukünftigen Generation von Führern Japans aufrechterhalten. Oft benutzte er Noriko dazu, seine Gedanken in die Klassen der angesehensten höheren Schulen Japans einfließen zu lassen. Die beiden unterhielten sich offen, auf eine Art, wie nur wenige Japaner es taten. Aber das Mädchen hatte, genau wie seine Mutter, seinen eigenen Willen und Verstand. Noriko modifizierte seine Ideen mit ihren Meinungen.

»Bist du aufgeregt, Onkel?« fragte Noriko. Sie goß ihm Tee ein und legte mariniertes Gemüse auf den dampfenden Reis in seiner Schale.

Mung saß ihr an einem niedrigen Tisch gegenüber. »Zur Zeit des Shogun hatten nur wenige Leute Einfluß auf Kriegserklärungen«, sagte er. »Der Shogun rief seine Fürsten zu sich, erteilte Befehle, und Armeen marschierten.«

»Onkel, wir stehen an der Schwelle des zwanzigsten Jahrhunderts. Unsere Führer müssen jetzt das Parlament und den Kaiser hinzuziehen, bevor eine grundlegende politische Entscheidung gefällt werden kann. Japan ist eine konstitutionelle Monarchie.«

»Ja. Ich habe dafür gekämpft, es dazu zu machen. Aber der Vorgang ist langsamer und komplizierter, als ich mir das je hätte träumen lassen.« Mung schob lustlos den Reis mit seinen Stäbchen herum, bis er Norikos strengen Blick bemerkte. Er aß ein paar Bissen, um ihr eine Freude zu machen. Essen war Brennstoff für seinen großen, drahtigen Körper. Er nahm gerade genug zu sich, damit sein Körper fit blieb, um seinem Kaiser zu dienen. »Meine Rückberufung aus dem Privatleben bringt deinen Vater in eine etwas prekäre Lage. Er hat dem Kaiser immer geraten, ein starkes Militär zu unterhalten, um eine aggressive Wirtschaftspolitik durchsetzen zu können. Aber zu viele wollen den Krieg. Ich werde versuchen, unsere Armee davon abzubringen, ihre Macht zu gebrauchen.«

»Vater will keinen Krieg«, sagte Noriko. »Die anderen halten es für unerläßlich, wenn Japan als moderner, nationaler Staat anerkannt werden soll. Sie sagen, wir müssen den Imperialismus genauso imitieren, wie wir die westliche Industrialisierung imitiert haben.« Sie hielt inne und wartete, bis er wieder anfing zu essen. »Viele glauben, es wäre an der Zeit, die amerikanische Besetzung mexikanischen Territoriums zu kopieren, ebenso Englands frühere Besetzung Indiens, seine gegenwärtigen Aktivitäten in Afrika und Frankreichs Eroberung von Indochina. Japan muß imperialistisch werden, um in den Augen der Welt Ansehen zu gewinnen.«

»Haben sie dir das im amerikanischen College beigebracht?«

»Die japanischen Lehrer tun das.« Noriko beugte sich vor und drückte ihre Finger gegen die Seiten einer exquisiten Lackschale, um das Hitzesiegel zu lösen. Sie deckte die Miso-Suppe auf. Mung hob die Schale mit der rechten Hand und trank.

»Meinem Vater ist es nicht so wichtig, welches Ansehen Japan bei den Ausländern genießt«, sagte Noriko. »Er glaubt, ein starkes Militär wäre nötig, um die Überseemärkte aufrechtzuerhalten. Er hat mich an die Schmach erinnert, die unsere Handelsdelegation vor zwanzig Jahren von den Koreanern erdulden mußte.«

»Der Bruder deines Vaters wird die Koreaner nie vergessen und ihnen nie vergeben. Hideyoshi war ein Mitglied der Handelsmission, die aus Pusan geworfen wurde.« Mung dachte an seinen Adoptivsohn Udo, der seit zwanzig Jahren in der koreanischen Hauptstadt Seoul lebte. Udo war der Führer der Genoysha, dem Überseezweig des Bundes der Schwarzen Drachen. Seine Agenten hatten vor kurzem russische Truppenbewegungen in die Mandschurei und Nordkorea gemeldet, inoffiziell von China und Nordkorea unterstützt. Zusätzlich hatte eine ganze Division chinesischer Soldaten ihre Zelte in den Außenbezirken Seouls aufgeschlagen. Japans jahrhundertealte Angst vor einer Invasion von der südkoreanischen Halbinsel aus hatte viele seiner führenden Köpfe dazu bewogen, eine Invasion Koreas zu fordern. Mung war aus seinem Eremitendasein geholt worden, um das zu verhindern. Er war überzeugt, daß entweder China oder/und Rußland sich in einen solchen Krieg einmischen und Japan verlieren würde.

»Onkel, bitte, iß deine Suppe auf«, sagte Noriko. »Es ist schon fast Zeit, meinen Vater zu treffen und vor dem Kaiser zu erscheinen. Möchtest du, daß ich dich begleite?«
»Das wäre sehr angenehm. Dein Vater wird deine Anwesenheit begrüßen. Ich seh dich öfter als er.«
»Wenn ich aus der Schule komme, wirst du dann Zeit haben, über die Hochzeit deines Sohnes zu sprechen?«
»Das bezweifle ich. Ich werde sicher sehr viel zu tun haben. Deshalb hab ich dich gebeten, die Festivitäten für Shimatzu und Kazumi zu überwachen. Sollte es Formalitätsfragen geben, wende dich an den Zeremonienmeister des Kaisers. Probleme in bezug auf Essen und andere Arrangements können den kaiserlichen Haushaltsbediensteten überlassen werden. Sie stehen dir zur Verfügung. Ich möchte, daß die Hochzeit eine geschmackvolle Kombination von Tradition und Moderne wird. Es werden viele ausländische Gäste kommen und die mächtigsten Männer Japans. Diese Hochzeit wird sich mit Sicherheit auf die Zukunft unseres Landes auswirken.«

Seoul, Korea, 1. März 1894
»Der Schwarze Drache hat uns zur Hochzeit Shimatzus zurückbeordert«, sagte Udo.
»Mich eingeschlossen?« fragte Gin-ko.
»Wir waren bis zu seinem vierzehnten Lebensjahr Shimatzus Eltern. Natürlich dich eingeschlossen. Ich muß immer daran denken, wie stolz Ukiko wäre, ihren Sohn verheiratet zu sehen. Und daß Mung wirklich ein bißchen mehr Glück verdient hätte. Der Verlust zweier Frauen und dann seines erstgeborenen Sohnes Yoshida haben ihn schwer gezeichnet.« Udo sah seine Frau an und fragte sich, ob er es je ertragen könnte, sie zu verlieren. Sie trug zwar den traditionellen Kimono, aber ihr pechschwarzes Haar war modisch kurz geschnitten. Es umrahmte ihr Gesicht wie Rabenschwingen und betonte ihre

exotischen Augen. Trotz ihrer zweiundvierzig war sie immer noch die schönste Frau, die ihm je begegnet war.
Er wandte sich wieder dem Brief zu. »Es liegt noch eine Botschaft von Iyeasu Koins Tochter bei«, sagte er. »Mung hat ihr die Leitung der Hochzeit übertragen. Unsere Söhne werden Shimatzu bei der Zeremonie begleiten.« Udo wußte, wie sehr Gin-ko sich danach sehnte, Shimatzu und ihre beiden älteren Jungen wiederzusehen.
»Glaubst du, man wird uns erlauben, in Japan zu bleiben?« Die Antwort auf diese Frage lag auch Hirokis Mutter sehr am Herzen. Zu viele Jahre waren sie schon im Exil.
»Ich weiß es nicht«, sagte Udo. »Wir von der Genoysha sind Diener des Kaisers. Ich soll für Mung Berichte vorbereiten. Shimatzus Hochzeit gibt dem Schwarzen Drachen Gelegenheit, Schlüsselagenten ohne Aufsehen zu versammeln. Aber es ist unklar, ob Mung uns erlauben wird zu bleiben.«
»Großvater muß sich von seinem Schlaganfall gut erholt haben«, sagte der neunzehnjährige Hiroki auf koreanisch.
»Sprich Japanisch«, sagte Udo. »Du hast einen Akzent wie diese Seehundjäger aus Hokkaido.«
»Vater, ich bin in Korea geboren. Außerhalb dieses Hauses spreche ich praktisch nie Japanisch. Und die letzten drei Jahre auf dem amerikanischen College haben meinen Akzent noch schlimmer gemacht. Koreanisch fällt mir leichter.«
»Gib ja nie eine so unhöfliche Antwort in Japan!« sagte Gin-ko. »Durch deine Jugend in einer internationalen Gemeinschaft hast du dir sehr schlechte Manieren angewöhnt. Es wäre besser gewesen, wenn du in einer japanischen Schule erzogen worden wärst wie deine Brüder.«
Hiroki rollte die Augen und grinste seine Mutter an. Er wußte, wie er sie um den Finger wickeln konnte. Er hatte es ihr zu verdanken, daß er nicht mit seinen älteren Brüdern zur Schule geschickt worden war. »Verzeih, Vater.« Er verbeugte sich.

Gin-ko begegnete Udos Blick hinter dem breiten Rücken ihres Sohnes. Sie lächelten beide. Der Junge war groß, von natürlicher Grazie. Kleine Kinder fühlten sich zu ihm hingezogen. Kleine Mädchen wollten seine Hand halten. Gin-ko hatte die eifersüchtigen Blicke der Männer gesehen, deren Frauen den attraktiven jungen Mann heimlich anhimmelten. Hiroki merkte das alles gar nicht, fand es selbstverständlich. Das ist sein größter Fehler, dachte Gin-ko. Ihm fällt alles so leicht. Er hat wenig Geduld mit denen, die körperlich und geistig nicht so gesegnet sind.

»Glaubst du, die ausländischen Ballonfahrer werden da sein, wenn wir nach Tokio kommen?« fragte Hiroki. Er zog einen Zeitungsartikel aus der Tasche, in dem eine Flugveranstaltung zum Pflaumenfest im Ueno-Park angekündigt war.

»Du wirst auf keinen Fall aufsteigen!« sagte Gin-ko. »Ich weiß, daß du dich an einen riesigen Drachen gehängt hast. Königin Min hat dich aus ihrem Fenster dabei beobachtet. Sie hat gesagt, du wärst höher geflogen als das Dach ihres Pagodenpalastes.«

»Mutter, Ballone sind das Transportmittel der Zukunft. Sie sind viel sicherer als Drachen. Du hast mir erzählt, Großvater Mung sei während der Belagerung Sapporos in einem Ballon aufgestiegen, um die Artillerie zu dirigieren.«

Udo wußte, daß er seiner Frau zu Hilfe kommen mußte. »Hör auf deine Mutter«, sagte er. »Keine Wiederholung dieser Vorstellung.«

»Ja, Vater.« Hiroki verbeugte sich, mußte sich aber das Lachen mühsam verkneifen. Auch er war ein Mitglied der Genoysha. Sein Vater selbst hatte ihn in die Luft befohlen, um die Koreaner auszuspionieren. Er hatte russische Soldaten beobachtet, die königliche koreanische Offiziere auf dem kaiserlichen Paradeplatz im Palast trainierten. Er hatte die neuen Gatling-Gewehre identifiziert, moderne Leichtartillerie und

Mörser. Ich werde Großvater bitten, einen Flug in einem der ausländischen Ballons für mich zu organisieren, dachte er. Den Geschichten nach zu urteilen, die ich über den alten Mann gehört habe, steigt er wahrscheinlich selbst mit auf.
»Ihr zwei solltet besser mit dem Packen anfangen«, sagte Udo. »Wir reisen morgen ab.«

Kobe, Japan, 1. März 1894
»Wenn dein sogenannter Onkel den ganzen Plan eines gottverdammten Walfängers im Kopf behalten konnte, dann spielt es keine Rolle, wie alt er ist«, sagte James Alburg. »Er wird nie vergessen, daß Amerikaner seine erste Frau getötet haben.«
William Whittefield jr. richtete seine blaßblauen Augen auf den Präsidenten des Kobe-Clubs. »James, auch wenn du Repräsentant der mächtigsten Organisation westlicher Geschäftsleute im Fernen Osten bist, Flucherei dulde ich nicht.«
James Alburg entschuldigte sich. »Bill, die Frage ist noch nicht beantwortet. Wird er mit uns Geschäfte machen, ja oder nein?«
»Mung hat das Schiff vor über vierzig Jahren gebaut, kurz nach seiner Rückkehr nach Japan. Seine erste Frau wurde etwa zwei Jahre danach getötet.«
Alburg deutete auf die geschlossene Tür seines luxuriösen Büros. »Da draußen warten fünfzig Mitglieder des Kobe-Clubs darauf, was du zu sagen hast. Diese Männer kontrollieren nahezu den gesamten Handel diesseits des Himalaja. Wenn es Krieg gibt, wollen sie fette Militärverträge mit Japan. Du als Verwandter hast als einziger eine Einladung zu dieser Hochzeit bekommen. Du hast uns gegenüber eine Verpflichtung.«
»Ich habe euch gegenüber keine Verpflichtung, sie gilt in erster Linie einer höheren Macht als dem Kobe-Club. Man hat mich in dem Glauben erzogen, daß ein Mann sich ohne Übergriffe einen ehrlichen Lebensunterhalt verdienen kann. Außerdem habe ich das Gefühl, dieses ganze Kriegsgerede ist etwas ver-

früht. Meiner Meinung nach bedeutet Mungs Rückkehr in die Öffentlichkeit, daß er seinen Einfluß geltend macht, um die neue konstitutionelle Regierung zu friedlicher Expansion zu bewegen.«

»Bill, nur Männer wie du, die schon auf meinem Stuhl gesessen haben, wissen von der Rolle deines Onkels als Schwarzer Drache. Unsere Agenten in Tokio sagen, Mung wäre nach wie vor das Oberhaupt des persönlichen Geheimdienstes des Kaisers. Jetzt ruft er, unter dem Vorwand der Hochzeit, all seine Schlüsselagenten aus der Mandschurei, der Mongolei, Sibirien, China und seinen Sohn Udo aus Korea zurück. Wir sind der Meinung, der Krieg wird in Korea beginnen. Ist dir Udo Ishikawa je begegnet?«

»Bis jetzt noch nicht. Wie ich höre, spricht er mehrere Sprachen und kann völlig skrupellos sein. Deshalb hat Mung ihn nach Korea ins Exil geschickt. Im August 1874 hat Udo für eine Nacht Mungs Macht als Schwarzer Drache an sich gerissen. Die Japaner nennen es die Mordnacht. Udo hat alle politischen und militärischen Führer erwürgen lassen, die sich der Einführung einer konstitutionellen Monarchie widersetzt haben. Ihre Eliminierung war ein wichtiger Schritt bei der Wiedereinführung der Macht des Kaisers Meiji.«

James Alburg beugte sich vor. »Diese Hochzeit ist viel wichtiger, als alle denken.«

»Ja. Mung verkauft seinen leiblichen Sohn Shimatzu in eine arrangierte Ehe zum Wohle Japans. Wenn Udo Ishikawa und der Schwarze Drache zusammentreffen, werden wichtige Entscheidungen fallen.«

»Wird der Sohn sich nicht dagegen zur Wehr setzen?«

»Shimatzu ist ein intelligenter junger Mann«, sagte William. »Ich habe ihn vor drei Jahren in Washington kennengelernt. Aber kein Japaner wird sich dagegen wehren, seinem Land zu dienen.«

»Und dem Kaiser.«

»Der Kaiser und Japan sind eine Einheit, wie Christus und Gott. Zum Christentum gehören beide. Japan ist der Kaiser, und der Kaiser ist Japan. Shimatzu heiratet zum Wohl des Staates. Das ist die Bezahlung seines Chu.«

»Manchmal streust du japanische Worte in deine Sätze ein, die ich nicht verstehe.«

»Jeder Mann, jede Frau und jedes Kind in Japan kommen mit einer angeborenen Schuld gegenüber dem Kaiser zur Welt. Chu ist die Ehre, die man erlangt, indem man Akte der Dankbarkeit für ihn vollbringt.«

»Wann ist die Schuld abgegolten?«

»Niemals«, sagte William. »Das Leben aller Japaner ist dem Gehorsam gewidmet. Das Individuum ist unwichtig. In Japan ist die Existenz eines Menschen ein ständiger Akt der Dankbarkeit dem Kaiser gegenüber für das, was er ist.«

»Und was ist er?«

»Der einhundertzweiundzwanzigste Nachkomme der Sonnengöttin, Amaterasu-o-mi-Kami.«

Alburg nickte. »Du hast hier mit deinem verstorbenen Vater, dem Botschafter, gelebt. Du sprichst die Sprache. Ich glaube dir als Mitglied der dritten Generation, die mit diesem Land verstrickt ist. Aber bitte, sage mir, welchen Vorteil gewinnt Japan oder der Kaiser durch diese Hochzeit?«

William Whittefield jr. merkte, daß James Alburg die Einheit von Kaiser und Japan noch immer nicht begriffen hatte. »Die Hochzeit ist ein schlichter Geschäftsabschluß«, sagte William. »Mung verheiratet seinen Sohn in die Familie Inei. Das Oberhaupt des Inei-Clans erhält den Titel eines Marquis und wird im Oberhaus sitzen. Er steigt aus der Klasse der Kaufleute zum Parlamentsmitglied auf.«

»Und was schaut dabei für Mungs Familie heraus?«

»Chu. Die Ehre, dem Kaiser zu dienen. Die Regierung kann

über die Handelsflotte der Familie Inei frei verfügen und die Stahlwerke Inei werden auf Waffenproduktion umgestellt.«
»Dann gibt es also doch Krieg!« Der Präsident des Kobe-Clubs schlug auf den Tisch.
»Nicht, wenn Mung es verhindern kann. Seine Aktionen erscheinen vielleicht konträr zu seiner Politik, aber in den Augen der Japaner ist es logisch. Er ist aus dem Privatleben zurückgekehrt, um Japan daran zu hindern, in den Krieg zu ziehen. Die Handelsflotte und die Waffenfabriken sind Konzessionen an die Militaristen. Spielzeug für die Soldaten, mit dem sie sich beschäftigen können, während Mung eine friedliche Lösung sucht.« William zündete sich seine Pfeife an. »Mein Großvater hat Mung nach einem Schiffbruch gerettet und 1842 adoptiert. Mein Vater und Mung sind als Brüder aufgewachsen. Sie haben zusammen in Harvard studiert, sind zusammen auf Walfang gegangen und haben gemeinsam gegen den Shogun gekämpft. Mein Vater hat Mungs Arm gehalten, als sie ihm seine infizierte Hand absägten, um ihm das Leben zu retten. Später, als mein Vater als Botschafter nach Japan zurückkehrte, haben sie gemeinsam an der Modernisierung dieses Landes gearbeitet. Ich kenne Mung zwar persönlich, aber das meiste weiß ich aus Erzählungen meines Vaters. Sein Hauptanliegen ist es, die unfairen Verträge mit den Europäern auf friedlichem Weg abzuschaffen. Er möchte, daß Japan friedlich expandiert. Seine Organisation zur Beschaffung von Informationen dient hauptsächlich der Verbesserung von Japans Wirtschaft. Aber es gibt auch eine Kehrseite der Medaille – Iyeasu Koin, Ratgeber des Kaisers und Mungs Freund. Iyeasu glaubt, Japan kann eine gesunde Wirtschaft nur aufrechterhalten, wenn das Land durch ein starkes Militär geschützt wird.«
»Das klingt logisch.«
»Mung ist der Meinung, der Unterhalt einer großen militäri-

schen Streitkraft ist Verschwendung von Geld, Zeit und Menschen. Er hofft, Iyeasus politische Fraktion durch die Vorteile, die die Hochzeit mit sich bringt, zu befriedigen. Dann sind da noch die Extremisten unter der Führung von Iyeasus älterem Bruder, Graf Hideyoshi Koin. Sie träumen davon, den Fernen Osten zu erobern. Hideyoshi würde wahrscheinlich im Kriegsfall zum Premierminister gewählt. Er sucht eine militärische Konfrontation mit dem Westen, um die unfairen Verträge abzuschaffen.«

»Es sind erst fünfzig Jahre vergangen, seit Commodore Perry Japan der modernen Welt geöffnet hat«, sagte James Alburg. »Wie kann ein kleines, landwirtschaftlich orientiertes Land überhaupt in Betracht ziehen, die von den Russen unterstützte koreanische Armee anzugreifen? Die Chinesen würden Japan zum Abendessen verspeisen, wenn japanische Truppen in Seoul erscheinen. China hat die größte Armee im Fernen Osten. Es wäre Irrsinn, wenn Japan in den Krieg zieht.«

William klopfte seine Pfeife aus. Er zeigte auf die geschlossene Tür, hinter der ungeduldige Stimmen zu hören waren.

»Ich werde dir etwas sagen, was ich unseren Mitgliedern nie sagen würde. Die Japaner können die Koreaner und die Chinesen besiegen! Und noch eins. Wenn die Russen ihre Nase zu nahe an diese Inseln stecken, wird man sie ihnen blutig schlagen.«

»Bill, du hast recht. Sag keinem da draußen, was du mir gerade erzählt hast. Sie würden dich für verrückt halten.« Der Präsident des Kobe-Clubs legte seine Fingerspitzen aneinander. »Ich bin anderer Meinung, was China und Japan betrifft. Aber es sind Orientalen, und Gott weiß, was sie im Falle eines Kampfes machen. Doch wenn du behauptest, eine gelbe Armee könnte eine weiße besiegen, sage ich, niemals! Die Russen haben Napoleon fertiggemacht. Sie haben die Chinesen in einer Reihe Schlachten geschlagen. Sie haben die Transsibirische Eisenbahn gebaut, ein Triumph der Intelligenz, Entschlossenheit und technologischen Überlegenheit über die grausamsten Elemente der Natur. Japan wird niemals eine weiße Armee schlagen können!«

William tupfte einen Finger in den Aschenbecher und zog dann einen Kreis mit davon ausgehenden Linien auf den Schreibtisch. »Die kaiserliche Flagge mit den sechzehn Strahlen. Sie symbolisiert Japan. In dem Augenblick, in dem diese Nation in den Krieg zieht, werden diese Strahlen zu einer Schneide gebündelt, um den Feind zu besiegen. Das ist das Land der Götter. Die Auffassung des Volkes von Chu – dem Bedürfnis, die Schuld beim Kaiser abzugelten – ist der entscheidende Faktor. Ein Befehl aus dem Munde des niedrigsten Offiziers ist wie ein Wort des Kaisers. Bushido, der Kodex der Krieger, lehrt nur Erfolg im Falle einer Schlacht. Verlieren ist unverzeihlich. Verwundet werden eine Schande. Sieg ist der Weg des Kriegers.«

»Hört sich an wie die Standpauke, die die meisten Generäle ihren Truppen vor einer Schlacht halten. Wir werden ja sehen, wenn es soweit ist, ob die Japse kämpfen oder fliehen. Aber die Frage ist nach wie vor: Wird Mung mit dem Kobe-Club Geschäfte machen?«

»Ja«, sagte William. »Saiyo, seine erste Frau, wurde von amerikanischen Freibeutern getötet, aber er macht das Land nicht dafür verantwortlich. Mung ist ein erstaunlicher Mann, der viel Leid erdulden mußte. Sein erster Sohn starb mit siebzehn. Seine zweite Frau starb durch eine Frühgeburt, ausgelöst von einem Attentat, das Hideyoshi Koin finanziert hat.«

»Der augenblickliche Führer der Opposition? Wenn ja, müßte Mung ihn dann nicht nach den Regeln des Bushido töten?«

»Mung hat Chu geleistet, indem er das nicht getan hat«, sagte William. »Er hat seinem Recht auf Rache abgeschworen im

Tausch für die Stimme von Hideyoshis Vater bei einer entscheidenden Abstimmung für den Kaiser. Das war vor zwanzig Jahren. Mung hat sein Wort gehalten.«

»Ich hoffe, er hält das Wort des Kaisers und hilft uns, Kobe zu säubern. Das sollte seine erste Aufgabe sein. Diese Stadt ist ein Sumpf geworden. Man braucht einen bewaffneten Leibwächter, um durch die Straßen zu gehen.« Alburg erhob sich von seinem Schreibtisch und führte William zur Tür. Er blieb mit der Hand auf dem Messingknopf stehen. »Du hast mir erzählt, der Name Mung rühre daher, daß die Walfängermannschaft Mangiro nicht aussprechen konnte. Sie hätten ihn nach Mung Stew benannt, einem südafrikanischen Gericht, das der Schiffskoch am Tag seiner Rettung zubereitet hat. Treffen wir uns doch nach dieser Konferenz, dann können wir versuchen, ein beeindruckendes Hochzeitsgeschenk für Mungs Sohn aufzutreiben. Du magst ja vielleicht nicht glauben, daß es Krieg gibt, aber der Kobe-Club tut es, und unser Ziel ist es, davon zu profitieren!«

2

Noriko folgte Mung den Korridor des Palastes hinunter. »Vater wird dich vor dem Audienzraum des Kaisers erwarten«, sagte sie.

»Ich habe Schwierigkeiten, mich mit dir zu unterhalten, wenn du hinter mir gehst«, sagte Mung.

»Es wäre undamenhaft, in der Öffentlichkeit an deiner Seite zu gehen.«

»Und ich dachte, du wärst eine dieser liberalen, athletischen Frauen der Asiatischen Liga.«

»Onkel, du nimmst mich wieder auf den Arm. Bestimmte Bräuche haben sich endgültig geändert, andere nur auf Zeit, aber es gibt solche, die wir nie verändern werden. Ich werde hinter dir gehen.«

»Ich möchte, daß du die Vereinigten Staaten besuchst«, sagte Mung. »Amerikaner schaffen neue Traditionen.«

»Sie haben wenig Respekt vor der Vergangenheit oder für die Familie. Ich habe meinen Lehrer gefragt, wo Abraham Lincolns Verwandte leben. Er hat es nicht gewußt. Und der Direktor des amerikanischen Colleges auch nicht.«

»Ich sehe deinen Vater«, sagte Mung. Vor einem sonnenerleuchteten Fenster zeichnete sich die ein Meter fünfzig kleine, gedrungene Gestalt Iyeasu Koins, Erster Ratgeber von Kaiser Meiji, ab.

Die beiden alten Freunde verbeugten sich. »Willkommen daheim«, sagte Iyeasu. »Du wirst gebraucht.«

Mung warf einen Blick zur Tür des kaiserlichen Audienzraumes, dann sah er zu Noriko. »Deine schöne Tochter war mir in diesen langen Jahren eine große Hilfe. Dank ihr bin ich wieder genesen.«

»Ein nutzloses, faules Mädchen, ziemlich unattraktiv, das nach seinem Vater geraten ist.« Iyeasu strahlte seine Tochter an.

Noriko verbeugte sich errötend. »Gestattet ihr, daß ich mich wieder meinen Studien widme?«

»Ja, mach unserem Namen keine Schande.« Iyeasu sah ihr nach.

»Ich habe meinen jüngsten Enkel noch nicht kennengelernt, aber schon viel Gutes von ihm gehört«, sagte Mung. »Er wird zu Shimatzus Hochzeit kommen. Wenn er mir gefällt und vor deinen Augen Gefallen findet, darf ich ihn dann Noriko vorstellen?«

»Der Mann, der sie heiratet, muß einen besonders starken Charakter haben. Meine Tochter ist körperlich sehr aktiv und hat einen wachen Verstand. Sie studiert an einem ausländischen College und übt sich im Kampfsport.«

Mung hob die Schultern. »Wir werden sehen.«

Die beiden Freunde betraten den kaiserlichen Audienzraum. Mung erinnerte sich, wie er das erstemal vor dem Kaiser erschienen war und auf dem Bauch kriechen mußte. Jetzt standen er und Iyeasu vor einer leeren, polierten Plattform aus Teak und warteten.

»Die Heirat Shimatzus in die Familie Inei wird meinem Bruder Hideyoshi und seinen Militaristen nicht Einhalt gebieten«, sagte Iyeasu.

»Ist deine politische Fraktion denn befriedigt?« fragte Mung.

»Ich will keinen Krieg, aber ich bin der Meinung, wir sollten uns darauf vorbereiten. Die Westler verleiben sich ein Land nach dem anderen ein. Die Chinesen, die Koreaner und sogar die Russen werden ständig aktiver.«

»Ich habe noch ein oder zwei Asse im Ärmel, mit denen ich den Krieg vielleicht verhindern kann«, sagte Mung.

Iyeasu klopfte mit dem Finger an Mungs gestärkte Hemdbrust. »Du vergißt, daß wir jetzt Smokings im amerikanischen Stil tragen und keine losen Kimonos mehr. Da ist wenig Platz im Ärmel.«

Kaiser Meiji betrat den Audienzraum. Mung und Iyeasu blieben mit gebeugtem Haupt stehen, bis Seine Kaiserliche Hoheit auf dem einzelnen Rosenholzstuhl auf der Plattform saß.

»Es ist gut, den Schwarzen Drachen wieder bei Hof zu sehen«, sagte der Kaiser. Der Herrscher des Landes der Götter war siebenunddreißig und sah in seinem maßgeschneiderten Seidensmoking sehr jugendlich aus. Er winkte die beiden Männer näher zu sich. »Mung, ich habe Eure Berichte und Vorschläge durchgesehen. Insbesondere Eure Empfehlung, wie die nächste Parlamentssitzung umgangen werden kann. Ich bin nicht davon überzeugt, daß die Vorzüge, die durch die Heirat Eures Sohnes gewonnen werden, Hideyoshi und seine Bande von Expansionisten abhalten wird. Wenn es zu einer Abstimmung kommt, könnte das Parlament Korea den Krieg erklären.«

»Eure Kaiserliche Hoheit«, sagte Mung. »Die Flotte der Inei wird unseren Streitkräften strategische Mobilität geben. Das und die Umgestaltung der Inei-Fabriken auf Waffenherstellung wird Iyeasu und seine Fraktion zufriedenstellen.« Er warf seinem Freund einen Blick zu. »Was Iyeasus Bruder betrifft, so lasse ich durch den Bund des Schwarzen Drachen eine komplizierte Strategie ausarbeiten, die Graf Hideyoshi und seine Kriegspartei zufriedenstellen wird. Mein Plan beinhaltet zwei begrenzte militärische Operationen, deren eine von Eurer Majestät verlangt wurde. Wenn ich Hideyoshi zu der zweiten überreden kann, wird die Abstimmung über die Invasion Koreas auf unbestimmte Zeit verschoben werden.«

»Mein Bruder hat dir Rache für sein zwölfjähriges Exil auf Hokkaido geschworen«, sagte Iyeasu zu Mung.

»Das hat er sich selbst zuzuschreiben, egal, wie sehr er versucht, mir das in die Schuhe zu schieben. Er hat Schande über seine Familie gebracht, indem er sich mit gewöhnlichen Verbrechern verbündet hat. Aber seit unserem letzten Treffen sind zwei Jahrzehnte vergangen. Vielleicht ist er milder geworden«, sagte Mung, doch ganz war er davon nicht überzeugt, wenn er es auch nicht zugeben wollte.
»Wo genau plant Ihr diese militärischen Operationen?« fragte der Kaiser.
»In Kobe und Formosa«, antwortete Mung. Er trat mit einigen Landkarten vor.

Kaiserlicher Palast, 9. März 1894
»Die Jahre waren gnädig zu dir«, sagte Mung.
Udo verbeugte sich. »Ich habe einen Bauch, graue Schläfen und brauche morgens etwas länger zum Aufstehen.«
»Gin-ko scheint sich überhaupt nicht verändert zu haben. Sie ist schöner denn je.«
»Sie hat uns das Leben außerhalb Japans erträglich gemacht.«
»Diese Rückbeorderung deiner Familie ist kein Urlaub«, sagte Mung. Er wandte sich seinem Enkel zu.
Hiroki biß die Zähne zusammen, als die strahlenden dunklen Augen ihn musterten. Das steinerne Gesicht des Alten ließ ihm Kälteschauer über den Rücken jagen. Hiroki riß sich energisch zusammen und verbeugte sich. »Es ist mir eine Ehre, Euch und dem Kaiser zu dienen.«
»Der Kaiser zuerst.«
»Dem Schwarzen Drachen zu dienen heißt Seiner Kaiserlichen Majestät dienen«, erwiderte Hiroki. »Man hat mich gelehrt, es gäbe keinen Unterschied in der Anordnung der Prioritäten.«
Mungs Augen bohrten sich in die des jungen Mannes, um zu sehen, ob er blinzeln würde. Er war hocherfreut, als das nicht

passierte. »Wie ich höre, bist du auf dem Rücken eines Drachen aufgestiegen, um die Russen zu beobachten«, sagte Mung auf englisch.

»Ja, Großvater. Offiziere der kaiserlichen koreanischen Armee wurden in Trockenfeuer von Maschinengewehren, Artillerie und Mörsern unterrichtet.«

»Erkläre Trockenfeuer«, sagte Mung auf französisch.

»Verzeiht, Großvater«, erwiderte Hiroki und wechselte, ohne zu zögern, die Sprache. »Trockenfeuer heißt, das Laden und Schießen der Waffen ohne Munition üben. Sie benutzen Zielpfähle, von Pferden gezogene, bewegliche Ziele, und koordinieren Batteriefeuer mittels Ampeln und Heliograph. Telefone haben sie in ihrer Armee noch nicht eingeführt.«

Mung wandte sich an Udo. »Bedeutet die russische Präsenz in Seoul, daß der Zar Japan angreifen wird?«

»Die Genoysha-Agenten in Moskau und St. Petersburg sagen nein. Rußland versucht den Handel mit der Mandschurei, China und Korea auszubauen. Sie wollen einen Warmwasserhafen, um in den Pazifikhandel einsteigen zu können.«

»Sprich Englisch«, sagte Mung. »Du und dein Sohn werdet diese Sprache in Kobe benutzen.«

Udo nickte. »Ich habe Verbindung mit dem chinesischen Tong-Oberhaupt in Kanton aufgenommen, im Hinblick auf mögliche Verhandlungen mit China über Okinawa. Chin Shu ist der Nachfolger Kang Shus als Leiter des größten Tongs in China. Wenn es möglich ist, Bestechungsgelder im chinesischen Militär unterzubringen, werden die Tong-Mitglieder Chins das erledigen.«

»Der Kobe-Club hat den Kaiser gebeten, das Hafenviertel zu säubern«, sagte Mung. »Wird der Ohrring noch respektiert?«

Hiroki beobachtete, wie sein Vater in die Tasche griff und einen goldenen Ohrklipp mit geometrischem Muster herausholte.

»Chin hat ihn anerkannt«, sagte Udo. »Ich weiß nicht, ob das überall der Fall sein wird.«
Mung machte Udo ein Zeichen, den Ohrring wegzustecken.
»In Kobe gibt es eine große chinesische Kommune«, sagte Mung. »Die machen genausoviel Probleme wie das weiße Gesindel im Hafen. Die westlichen Nationen haben zwar die Gerichtsbarkeit in Kobe, aber sie haben die Kontrolle verloren.«
»Die Weißen haben Japan die Vertragshäfen aufgezwungen«, ereiferte sich Hiroki. »Wenn sie nicht regieren können, sollen sie gehen.«
Mung ignorierte die Unterbrechung seines Enkels und sagte zu Udo: »Die Beschreibung des Lebens in Kobe hört sich an wie die Goldgräberstädte Kaliforniens aus meiner Jugend. Einige ausländische Botschafter und der Kobe-Club haben uns um Hilfe bei der Säuberung gebeten. Wenn alles läuft wie geplant, dann wirst du die Operation für General Nogi und Admiral Takamora vorbereiten.«
»Aber das sind Hideyoshis Männer, und er ist dein Feind.«
»Ja, und meine Rückkehr ins öffentliche Leben sollte mit einer Übereinkunft zwischen uns beginnen. Hideyoshis militärische Anhänger müssen so beschäftigt sein, daß sie gar nicht daran denken, in Korea einzumarschieren.«
Hiroki war fasziniert von dem schnellen Wortwechsel zwischen seinem Vater und Großvater. Sie unterhielten sich über Dinge, die in Geschichtsbüchern aufgezeichnet werden würden. Er war begeistert, ein Teil davon zu sein.
»Zwei spanische Handelsschiffe werden französische, britische und amerikanische Marinesoldaten nach Kobe bringen«, sagte Mung. »Die Marinesoldaten werden an Bord der Schiffe bleiben. Die ausländischen Unerwünschten werden an Bord gebracht und dann in Macau abgeladen werden.«
»Auch die Chinesen?« fragte Udo.

»Nein«, erwiderte Mung. »Benutze den Ohrring, um die Sache in aller Stille mit unseren orientalischen Cousins zu bereinigen. Sollte das nicht möglich sein, gib den Chinesen, die die Mittel dazu haben, die Gelegenheit, sich eine Passage aus Kobe zu kaufen. Übergib die anderen der Armee.«
»Hideyoshis Männer werden sie töten.«
»Nur die Weißen müssen an Bord dieser drei Schiffe gehen«, sagte Mung. »Die anderen sind unwichtig.«
Hiroki war erstaunt über das Gedächtnis und die Entschlossenheit seines siebenundsechzigjährigen Großvaters. Der junge Mann hatte nie mit jemandem gesprochen, der älter als sein Vater war, und kannte gar niemanden, der so alt wie sein Großvater war. In Korea wurde kaum jemand älter als fünfundvierzig. In Japan fing man sogar ab sechzig an, das Alter neu zu zählen, als wäre ein Mensch dann wiedergeboren.
»Welche Hilfe kann ich erwarten?« fragte Udo Mung.
»Deine beiden ältesten Söhne sind bereits hier. Die Mitglieder des Kobe-Clubs und die städtische Polizei werden die Weißen identifizieren, die deportiert werden sollen. Du wirst General Nogi, Admiral Takamora und ihre Offiziere bei der Verhaftung beraten.« Mung zeigte auf Udo. »Bring dich nicht selbst in Gefahr! Vor zwanzig Jahren hab ich dich losgeschickt, um ein Spionagenetz in China, Rußland und Korea aufzubauen. Dank deiner Erfahrung hast du die Möglichkeit, Japan zu helfen, einen Krieg abzuwenden. Sollte das nicht gelingen, brauchen wir deine Hilfe, um ihn zu führen.«
»Aber wir wurden doch wegen der Mordnacht ins Exil geschickt«, platzte Hiroki heraus.
Mung erstarrte. Er vermied es, Hiroki anzusehen, doch seine barschen japanischen Worte waren wie ein eisiger Wasserguß. »Du hast das erstemal die Etikette verletzt, als du mich unterbrochen hast! Der zweite Fehler lag bei mir, da ich dich nicht

getadelt habe!« Mungs Nasenflügel bebten, seine Lippen zitterten. Er drehte sich zu seinem Enkel. »Wage es ja nicht, einen dritten Fehler zu machen! Einer, dessen Zunge seinem Verstand davonläuft, wird mit Sicherheit stürzen und andere verletzen, wenn er es tut!«

Hiroki verbeugte sich, bis seine Stirn und seine Handflächen den Boden berührten. »Vergebt mir, Großvater.« Er schluckte. »Bitte, vergebt mir.«

»Du bist ein Mitglied der Genoysha! Ich, der Schwarze Drache, befehlige beide Organisationen! Nicht einmal deine Mutter weiß, daß das Exil ein Vorwand für deinen Vater war, damit er das begründen konnte, was inzwischen eines der bestfunktionierenden Spionagenetze der Welt ist! Dein Vater ist nach Preußen gereist, um beim Meisterspion persönlich, bei von Stieber, zu lernen. Wenn du heiratest, muß deine Frau sich damit abfinden, in zwei Welten zu leben! Die Pflicht dem Kaiser gegenüber geht vor allem anderen!«

»So ist es befohlen«, erwiderte Hiroki. »So soll es geschehen.«

»Dein Vater und ich haben viel zu besprechen«, sagte Mung in etwas sanfterem Ton. »Die Wache wird dich zu Shimatzus Zimmer führen. Bring ihn zu deiner Mutter. Ihr drei werdet heute abend mit Graf Iyeasu und mir speisen.«

Es klopfte an der Schiebetür. »Herein«, sagte Gin-ko.

Der junge Mann im Anzug sah aus wie ein westliches Mannequin. Ein strenger, gerader Scheitel teilte seine geölten schwarzen Haare. Er trug eine Nickelbrille. An seiner Weste hing eine goldene Uhrkette.

»Bei den Göttern«, rief Gin-ko. »Shimatzu. Oh, mein lieber Shimatzu!«

»Mutter.« Er eilte zu Gin-ko, legte die Hände auf ihre Schultern und sah in ihre tränennassen Augen.

Gin-ko strich über seine Wange und drückte seine Arme. »Hier im Palast mußt du mich Tante nennen«, sagte sie mit erstickter Stimme.
»Du bist die einzige Mutter, die ich je gekannt habe.«
»Es könnte deinem Vater peinlich sein.«
»Er und ich sprechen von dir als meine Mutter. Ukiko bezeichnen wir als meine tote Mutter.«
Mit ungeheurer Willenskraft unterdrückte Gin-ko ihre Tränen. Sie sah zu Shimatzu hoch. »Die Jahre ohne dich sind langsam vergangen. Erzähl mir von deinen Reisen in Amerika und Europa.«
»Es gibt unendlich viel zu erzählen. Mein erster Universitätsabschluß war in Wirtschaft. Ich habe den Einfluß von Konzernstrukturen auf die internationale Finanzwirtschaft und den Handel studiert.«
Gin-ko klopfte ihm auf die Schulter. »Du mußt dich setzen und mir das erklären. Ich würde auch gerne etwas über deine zukünftige Braut erfahren.«
»Ich würde es auch gerne hören, Onkel.« Hiroki steckte den Kopf zur Tür herein. »Kennst du mich noch? Ich hab dich hierhergebracht.«
Shimatzu grinste. »Es ist ein seltsames Gefühl, einen Neffen zu haben, der breiter und größer als man selbst ist.«
»Du solltest dich mit deinen Geschichten besser beeilen«, sagte Hiroki. »Es sind nur noch fünf Stunden, bis wir alle mit Großvater zu Abend speisen.«

Die Stunden mit seiner Mutter und Shimatzu halfen Hiroki, Mungs Tadel zu vergessen. Strahlender Laune setzte er sich an das untere Ende des Tisches seines Großvaters. Seine Laune wurde noch besser, als eine junge Frau sich ihm gegenüber setzte. Noriko fesselte ihn. Ihre Bewegungen waren von natürlicher Grazie, ihr Gesicht exquisit. Die geschwungene Linie ihres Halses floß über in zarte Schultern, die weich, aber doch kräftig aussahen.

»Seit ihr ein Mitglied der Ishikawa-Familie?« fragte Hiroki sie.

»Nein.«

Sie schlug nicht die Augen nieder, wie sonst bei jungen Frauen üblich, was ihn erregte. »Ich bin ein Ishikawa durch Adoption«, sagte Hiroki.

»Ich weiß über Euch Bescheid«, sagte Noriko.

»Aber wir sind uns nie begegnet.«

»Onkel Mung liest mir die Briefe Eurer Mutter vor. Nach dem Schlaganfall habe ich sie ihm vorgelesen. Ihr schreibt nicht oft.«

Hiroki beugte sich vor, um Norikos Parfum besser riechen zu können. »Macht Euch mein Großvater angst?« flüsterte er.

»Natürlich nicht.« Noriko runzelte die Stirn. »Seid Ihr erkältet? Ihr schnieft so.«

Hiroki richtete sich auf und rieb sich die Nase. »Es ist nichts«, murmelte er.

Noriko sah, wie er einen verstohlenen Blick zu Mung am Kopf der Tafel warf. »Er ist stolz auf Euch«, sagte sie. »Eure Mutter hat von der Episode auf dem Rücken des Drachen geschrieben. Das war mutig.«

»Ich bin dem alten Mann heute nachmittag auf die Zehen getreten.«

»Nennt ihn nicht alten Mann.«

»Er kann einem wirklich angst machen.«

»Durch seine gebogene Nase und die tiefen Falten rechts und links von seinem Mund sieht er aus wie ein Relief«, sagte Noriko. »Ich vermute, er nutzt das aus, um Leute zu beeindrucken. In Wirklichkeit ist Moryiama Ishikawa ein ganz sanfter Mann.«

»Habt Ihr gewußt, daß er sich seine Nase bei einer Schlägerei als Junge auf Hawaii gebrochen hat?«

»Ich habe nie gedacht, daß Onkel Mung ein Mann der körperlichen Gewalt ist.«
Hiroki versicherte sich, daß keiner sie belauschte und flüsterte: »Mein Vater sagt, Großvater hätte eine Schußwunde aus einer Schießerei in den kalifornischen Goldfeldern. Mein Blutsgroßvater starb, als er Mungs Leben rettete. Deshalb wurde mein Vater adoptiert.«
Vom anderen Ende des Tisches kam Mungs Stimme: »Noriko, zeig Hiroki und Shimatzu die besten Plätze im Palastgarten zur Besichtigung der Pflaumenblüte. Die Knospen dürften geöffnet sein, wenn sie aus Kobe zurückkommen.«

3

In einem abgeschiedenen Teil des Palastes öffneten unsichtbare Hände eine Shoji-Tür zwischen zwei Zimmern. Mung, Udo Ishikawa und Graf Iyeasu Koin saßen Graf Hideyoshi Koin, General Nogi und Admiral Takamora gegenüber. Alle verbeugten sich.

»Du hast die Pläne für Kobe gelesen«, sagte Iyeasu zu seinem Bruder. »Stimmst du zu?«

Hideyoshis schwere Lider flatterten. Seine schmalen Lippen öffneten sich, aber er schwieg und zeigte auf General Nogi.

»Gesindel und Säufer aus dem Hafen von Kobe zu jagen, bringt keine Ehre«, sagte der General. »Ich ziehe es vor, meine Armee für die Invasion Koreas zu trainieren.«

»Es ist die kaiserliche Armee, nicht Eure«, erwiderte Iyeasu. »Der Kaiser wünscht, daß der Einsatz in Kobe in zehn Tagen beendet ist!«

»Seine Majestät befiehlt, und wir gehorchen«, sagte Takamora. »Es ist jedoch sehr schwierig, eine solche Truppenbewegung in so kurzer Zeit zu arrangieren.«

Gemäß Mungs Instruktionen, wie die Enthüllung des Inei-Abkommens zu bewerkstelligen sei, fragte Udo den Admiral: »Wie lange würde die Marine brauchen, um die Inei-Handelsflotte zur Ausbildung in ihre Reihen zu integrieren?« Ohne eine Antwort abzuwarten, wandte er sich an Nogi. »Die Armee wird in Kürze darum gebeten werden, Ratgeber in Ineis Fabriken zu schicken, die helfen sollen, die Produktion auf Waffen umzustellen. Würde das länger als zehn Tage dauern?«

Die beiden altgedienten Offiziere konnten ihre Freude nicht

verhehlen. Udo hatte Gerüchte bestätigt, die seit der Ankündigung von Shimatzus Hochzeit kursierten.

Hideyoshi runzelte die Stirn. »Wieder einmal gebt Ihr dem Löwen einen Ball zum Spielen, damit er nicht angreift«, sagte er zu Mung. »Für Japan ist die Zeit gekommen, sich zu behaupten! Wenn nicht, dann machen es Rußland oder China! Korea liegt im Einflußgebiet von Japan und sollte von uns kontrolliert werden!« Seine Augen blitzten Nogi wütend an.

»Der Geheimdienst der Armee berichtet, daß eine Division chinesischer Truppen vor der koreanischen Hauptstadt Seoul steht«, sagte der General.

»Außerdem«, fügte Takamora hinzu, »befinden sich die beiden neuen, von Holland gekauften chinesischen Schlachtschiffe in koreanischen Gewässern.«

Mung und Udo sahen sich an. Sie hatten von der Existenz der Schlachtschiffe gewußt, aber ihren Standort kannten sie nicht. Eine derartige Aktion deutete auf eine grundlegende Veränderung in der chinesischen Politik hin.

»Um so mehr Grund, unsere Männer in begrenzten Konfrontationen zu testen«, sagte Udo. »Sie sind noch nie im Kampf erprobt worden.«

»Diese Kloake Kobe zu säubern, kann man doch nicht als Kampfhandlung bezeichnen«, entgegnete Nogi.

»Mein Sohn wollte damit die etwas kompliziertere, amphibische Aktion gegen Formosa ansprechen.« Mung sah, wie das Interesse in den Gesichtern gegenüber erwachte. Er lockte die beiden Militaristen mit dem Traum jedes japanischen Soldaten der letzten dreihundert Jahre – dem Kampf gegen die Ausländer. »Wenn der Kaiser einen Angriff von Bataillonsstärke auf ein Banditenfort vom Meer aus befehlen würde, könnte die Armee und die Marine dann bereit sein? Ihr dürft nicht vergessen, daß sie einige hundert Meilen zurücklegen müßten.«

Nogi warf sich in die Brust. »Wenn es befohlen wird, wird es geschehen!«
»Hai!« erwiderte der Admiral.
Mung reichte dem General eine Schriftrolle. »Das sind die direkten Befehle des Kaisers für eine Kampagne gegen die Piraten von Formosa. Sie treten in Kraft, sobald die Kobe-Mission beendet ist.«
»Was soll denn das?« fragte Hideyoshi.
»Vor zwei Monaten wurden dreiundsechzig Fischer aus Okinawa ermordet und ihre Schiffe von Piraten aus Formosa gekapert. China beansprucht die Vorherrschaft über Formosa, Okinawa und den Rest der Riukiu-Inseln. Wir beanspruchen alle Riukiu-Inseln für uns, deshalb standen diese Fischer unter unserem Schutz. Der Kaiser macht China für die Aktion der Formosaner verantwortlich.« Mungs Vertrauen in sein eigenes Geheimdienstnetz wurde durch Hideyoshis Überraschung bestätigt. »Der Plan sieht vor, die Piraten, tot oder lebendig, nach China zu bringen und internationale Rechtsherrschaft sowohl über die Riukiu-Inseln als auch über Formosa zu beanspruchen.«
»Die Riukius vielleicht, aber China wird Formosa niemals abtreten«, sagte der Admiral.
Mung verbeugte sich und lächelte. »Auf Formosa werde ich verzichten und die Riukius nehmen.«
»Wie kommt Ihr zu der Überzeugung, daß sie so leicht zu kriegen sind?«
»Wenn wir in Kobe erfolgreich sind, werden die Amerikaner unseren Anspruch auf die Riukius unterstützen«, sagte Mung. »Die Russen haben dem schon vor zwanzig Jahren zugestimmt, als ich mit ihnen das Sachalin-Kurilen-Abkommen getroffen habe.«
»Warum sollten die Russen uns helfen?« fragte Nogi. »Sie sind doch vollauf damit beschäftigt, einen Warmwasserhafen in Korea zu finden.«

»Vor diesem Treffen hat der russische Botschafter in Tokio bestätigt, daß sein Land die Unterschrift Peters des Großen unter dem Sachalin-Abkommen honorieren wird«, sagte Iyeasu. »Der Botschafter aus St. Petersburg ist hocherfreut, wenn unsere Armee mit China beschäftigt ist und sich aus Korea raushält.«
Hideyoshi zeigte auf Mung. »Ihr wollt uns auch von Korea fernhalten! Ich sehe Kobe und Formosa nur als Ablenkungsmanöver Eurerseits! Wenn Japan als Weltmacht anerkannt werden soll, müssen wir bedeutsame militärische Aktionen bringen! Einen Hafen säubern ist Polizeiarbeit!«
»Vor dreihundert Jahren sind unsere Ahnen in Korea einmarschiert und zurückgeschlagen worden«, sagte Mung. »Diese Schande kann jeder in der Geschichtsschreibung nachlesen!« Er manipulierte Hideyoshi mit zwei japanischen Begriffen: Giri, der gesellschaftlichen Verpflichtung jedes Japaners, den makellosen Ruf seiner Familie und seines Landes zu erhalten, und Chu, der Pflicht gegenüber dem Kaiser, die vorrangig ist gegenüber Eltern, Kindern und der eigenen Person. »Seine Kaiserliche Majestät wird kein zweites Versagen in Korea dulden. Japan wäre für immer vor der ganzen Welt entehrt! Das sind die Worte unseres Kaisers!«
»Unsere Truppen sind nicht erprobt«, sagte Iyeasu, »unsere Offiziere haben keine Kampferfahrung und der Generalstab ist nicht ausgerüstet für einen Großangriff zu See oder zu Land. Kobe und Formosa sollen unser Trainingsprogramm sein.«
»Graf Hideyoshi, wir sind auch der Meinung, daß Japan ein starkes Militär braucht«, sagte Udo. »Es muß aber eine Armee und eine Marine von Qualität sein. Zahlenmäßig werden wir den Chinesen oder Russen immer unterlegen sein. Laßt uns langsam beginnen und von Erfolg zu Erfolg aufsteigen.«
Hideyoshi schaute kurz zu Nogi und Takamora. Die beiden Militaristen nickten zustimmend. »Kobe in zehn Tagen«, sagte

Hideyoshi und ließ die Schiebetür zwischen den beiden Räumen schließen.

»Kobe in zehn Tagen, Korea in zehn Monaten«, flüsterte Hideyoshi seinen Adjutanten zu.

»Erfolg in Kobe, Sieg in Formosa und internationale Anerkennung des Anspruchs Japans auf die Riukius«, sagte Mung. Er deutete auf die geschlossene Schiebetür. »Das wird ihren Appetit bändigen und uns Zeit für eine friedliche Lösung geben.«

4

»Hab ich dir erzählt, daß ich verliebt bin?« fragte Hiroki.
Shimatzu zog sich die Steppdecke über den Kopf und stöhnte.
»Die ganze letzte Nacht.«
Hiroki seufzte. »Ich bin reif für eine Doppelhochzeit mit dir.«
»Es wird einfacher Mord, wenn du mich nicht schlafen läßt.«
»Sie ist schön, intelligent und gütig.« Hiroki riß Shimatzu die Decke weg. »Du kannst nicht schlafen. Du hast versprochen, mich heute früh zu ihr zu bringen.«
»Das hab ich dir gestern nacht nur versprochen, damit du mich schlafen läßt.«
»Ich reise heute nachmittag nach Kobe ab. Wenn du dich nicht sofort anziehst, werde ich dich in deinen Hakka-Shorts mitten in den kaiserlichen Garten schleifen.«
Shimatzu rollte von seiner Schlafmatte. »Kennst du Kendo?« fragte er.
»Was haben denn Schwertkämpfe mit Noriko zu tun?«
»Deine kleine Schönheit trainiert mit der Liga Moderner Asiatischer Frauen in der kaiserlichen Kampfsporthalle. Sie wird heute früh dort sein.«
Hiroki zog Shimatzu hoch. »Worauf warten wir dann noch!«

Am Eingang legten sie ihre Sandalen ab und betraten die Kampfsporthalle. Hiroki zog sich die Kendo-Trainingsuniform an: einen Lederrock, gepolsterten Brustschutz, Fäustlinge, Armschutz und einen schwarzen, vergitterten Helm, der sein Gesicht verdeckte.
Shimatzu begrüßte einen Freund und stellte ihm Hiroki vor.

»Das ist mein Neffe. In Korea hat er die mittlere Stufe erreicht. Ich muß gehen. Könntest du mir einen Gefallen tun? Such ihm einen Partner zum Üben und arrangiere, daß er Noriko trifft.«
»Sie trainiert auf der anderen Seite der Halle. Warum muß er sie denn treffen?«
»Mein Neffe denkt, er wäre verliebt.« Shimatzu zwinkerte seinem Freund zu, und Hiroki errötete hinter seiner Maske. Die drei lachten und bemerkten die jungen Armeeoffiziere in der Nähe gar nicht.
»Da steht Shimatzu Ishikawa«, sagte Akichi Shibata. »Sohn des Pazifisten Moryiama Ishikawa.«
»Shibata, du hast so ein böses Funkeln in den Augen«, sagte sein Offizierskamerad.
»Hör dir bloß den Akzent des Neffen an«, sagte Shibata. »Der klingt ja wie ein Bauer aus Hokkaido. Er kommt, um Krieg zu simulieren, während sein Großvater seine Klause verläßt, um uns vom tatsächlichen Krieg abzuhalten.«
»Er ist groß und sieht auch stark aus.«
»Er wird wie ein Zwerg aussehen, wenn ich mit ihm fertig bin«, sagte Shibata.
»Du bist ein Senior im Kendo. Sie suchen einen aus der Mittelstufe.«
»Er möchte Noriko kennenlernen, dabei werde ich ihm helfen«, sagte Shibata.
»Sie ist nur in der Mittelstufe, weil sie eine Frau ist. Ein Mann mit ihren Fähigkeiten wäre überall in Japan bereits Meister.«
»Dann laß den Bauern von einer Frau besiegen.« Shibata ging zu Hiroki. »Ich habe zufällig mitgehört, daß ihr in Tokio zu Besuch seid und einen Partner sucht.«
»Sie sind als Senior eingestuft«, sagte Shimatzu.
»Das ist richtig.« Shibata verbeugte sich. »Die Mittelstufe trainiert auf der anderen Seite der Halle. Ich werde euch einen bringen.« Er durchquerte die Halle zur anderen Seite, vorbei an

Kämpfern, die Stöße und Hiebe mit dem zweihändigen Bambusschwert probten.
Hiroki ging in Position und machte einige Aufwärmübungen, hielt aber Ausschau nach Noriko.
»Sei vorsichtig«, warnte Shimatzu.
»Liebe hat mich hierhergeführt, nicht Krieg. Werden wir uns sehen, bevor ich heute nachmittag nach Kobe abfahre?«
»Wenn nicht, dann bei deiner Rückkehr.« Shimatzu verbeugte sich und verließ die Halle.

Shibata verbeugte sich vor der Leiterin der Liga Moderner Asiatischer Frauen. »Ich habe einen Mann gefunden, der bereit ist, gegen Eure Starschülerin zu kämpfen.«
Die ältere Frau nahm ihren Helm ab. »Ist das Euer Ernst?«
Shibata zeigte auf Hiroki auf der anderen Seite der Halle. »Der Große dort, der sich gerade aufwärmt.«
»Noriko«, rief die Meisterin.
Eine Gestalt, mit Helm und langer Robe mit schwarzer Kapuze, verbeugte sich vor ihrem Gegner und trat zurück. Sie steckte ihr Bambusschwert in die Schärpe und ging zur Meisterin.
»Es ist geschehen«, sagte die Meisterin. »Endlich hat dich ein Mann herausgefordert. Der dort.«
»Der Herausforderer stellt eine Bedingung«, sagte Shibata. »Wenn er gewinnt, wird Eurer Liga Moderner Asiatischer Frauen der Zutritt zu dieser Halle verboten.«
»Das ist unfair«, empörte sich Noriko. Sie war im Begriff, ihren Helm abzunehmen.
»Laß ihn auf«, befahl die Meisterin. »Das ist die Gelegenheit, einen Präzedenzfall für einen gleichberechtigten Kampf zwischen Männern und Frauen zu setzen.« Sie wandte sich an Shibata. »Ist der Herausforderer ein Meister?«
»Nein, er ist ein Besucher und rangiert in der Mittelstufe. Er ist von großer Körperkraft und überzeugt, daß die Frauen aus

dieser Halle vertrieben werden sollen. Und das will er tun, bevor er uns wieder verläßt.«

»Wir nehmen die Herausforderung an«, sagte die Meisterin. »Wer wird der Schiedsrichter bei dem Kampf sein?«

»Wir müssen warten, bis die Meister ihre Teepause machen.« Shibata grinste. »Es soll ein Kampf bis zum Finish auf dem Neun-Meter-Quadrat sein, keine Schiedsrichter und keine Punkte. Derjenige, der aus dem Quadrat tritt, hat verloren.«

»Nicht akzeptabel«, entschied die Meisterin.

Noriko verbeugte sich vor der Meisterin. »Ihr habt den Leuten gesagt, ich wäre zu niedrig eingestuft. Jetzt ist die Zeit gekommen, das zu beweisen. Ich werde Euch nicht enttäuschen.« Eine Glocke ertönte. Die Kendo-Meister verbeugten sich vor ihren Studenten, die sich dann in Zweierreihen gruppierten und hinausmarschierten.

Shibata verbeugte sich. »Meine Damen. Die Gelegenheit wartet.«

Er eilte zu Hiroki. »Euer Kampf ist arrangiert.«

Hiroki, dem nicht ganz wohl in seiner Haut war, wollte sich an Shimatzus Freund um Rat wenden. Der junge Mann wurde aber gerade von vier Offizieren weggeführt. »Ich bin hier, um zu trainieren, nicht, um zu kämpfen.«

»Ihr weigert Euch?« sagte Shibata verächtlich. Er zeigte auf die schlanke Gestalt im langen schwarzen Mantel der Yudansha-Klasse des Kendo, die am Neun-Meter-Quadrat stand.

Hiroki sah sich um. Menschen aus der ganzen Halle versammelten sich um das Quadrat. Wenn er sich weigerte, war er fürs Leben als Feigling gezeichnet. Er versuchte seinen Gegner abzuschätzen. An seiner Haltung, der Position des einen Meter langen Bambusschwertes war nichts erkennbar. Sie trugen beide die gleiche Rüstung, nur hatte er keinen Umhang. Sie trugen die gleichen gepolsterten Helme. Hiroki war größer als sein Gegner, aber im Kendo waren Training und Erfahrung

wichtiger als Stärke. Sein koreanischer Meister stufte ihn innerhalb der Mittelstufe sehr hoch ein, aber hier, in der kaiserlichen Kampfsporthalle, arbeiteten die besten Meister des Kendo. Er musterte die Menge um das Quadrat. Vielleicht war Noriko hier. Ihm blieb keine andere Wahl, er mußte kämpfen. Seine Ehre stand auf dem Spiel. Er ging in Stellung und sah sich nach den Schiedsrichtern um. Bevor er fragen konnte, wieso keiner anwesend war, rief Shibata: »Beginnt!«
Die Gestalt im schwarzen Umhang sprang auf ihn zu. Hiroki packte sein Bambusschwert mit beiden Händen und schlug zuerst gegen das Handgelenk, dann auf die Seite. Die schwarze Gestalt tänzelte hin und her, warf sich dann nach vorn und schlug gegen seinen Arm. Er parierte den Schlag, noch einen gegen seinen Kopf und stieß dann gegen die Brust des Gegners. Die schwarze Gestalt wich zurück und holte nun über den Kopf zu einem Schlag gegen seinen Hals aus. Hiroki wich ebenfalls zurück und wehrte eine Serie blitzschneller Schläge ab. Sein Angreifer blieb reglos stehen.
Hiroki war schweißgebadet und hörte, wie sein Atem im Helm durch die Zähne pfiff. Er stand einem Gegner aus der Renshi-Meister-Stufe gegenüber. Wenn ihm nicht schleunigst etwas ganz Besonderes einfiel, würde er besiegt werden.
Wieder griff die schwarze Gestalt an. Hiroki wich vor einem Hagel von Hieben und Stößen zurück, fast bis an den Rand des Quadrats. Er kreuzte das Schwert mit seinem Gegner und schob mit all seiner Kraft. Zu seiner Überraschung konnte er den Gegner mühelos zurückdrängen. Er attackierte, schlug wieder und wieder mit aller Kraft zu. Aber das schwarze Phantom parierte, blockte und konterte jeden Schlag. Mit letzter, verzweifelter Anstrengung stieß Hiroki einen Schrei aus, sprang nach vorn und schlug das Bambusschwert mit aller Kraft. Die schwarze Gestalt parierte den Schlag und schrie ebenfalls. Hiroki erstarrte. Es war die Stimme einer Frau.

Noriko hatte sich vor dem Betreten des Quadrats mit Zen-Meditation gesammelt, jede Faser ihres Körpers und ihren Geist auf Sieg konzentriert. Ihr Gegner war größer, muskulöser, aber nach dem ersten Schlagabtausch stufte sie ihn in den unteren Reihen der Yudansha-Klasse ein. Seine Technik war eingerostet. Nur seine größere Kraft und Schnelligkeit bewahrten ihn vor Treffern. Er erstarrte, als sie aufschrie, und sie brachte einen heftigen Schlag gegen seine Seite an. Er stöhnte, stand aber wie ein Baum. Noriko hob ihr Schwert, wirbelte es über dem Kopf und schlug es auf seinen Helm. Dann brachte sie den klassischen Schlag gegen seinen Halsschutz. Er fiel mit erhobenem Schwert auf die Knie.

Betroffenes Schweigen um das Quadrat. Eine Frau hatte einen Mann besiegt.

»Du hast gewonnen«, rief die Meisterin und wollte auf sie zugehen.

»Er ist noch auf dem Quadrat«, rief Shibata und winkte die ältere Frau zurück.

Noriko ging auf den knienden Mann zu.

Hiroki spürte, wie das Blut aus seiner Nase troff. Er kochte vor Wut. Man hatte ihn zu einem Kampf mit einer Frau überlistet. Er war außer sich, weil man ihn vor allen Leuten auf die Knie gezwungen hatte. Er hörte, wie Shibata das schwarze Phantom anfeuerte, ihn aus dem Quadrat zu treiben.

Sie richtete zu allem Überfluß noch ihr Schwert auf ihn und machte Hiroki ein Zeichen, sich zurückzuziehen. Sein Schwert lag links neben ihm. Er leckte sich das Blut ab, das von seiner Nase in den Mund tropfte. Atemlos vor Wut, schwor er sich, eher zu sterben, als sich zu ergeben. Die schwarze Gestalt machte ihm erneut ein Zeichen zu gehen, aber er versuchte durch ein Täuschungsmanöver, an sein Schwert zu kommen. Sie stellte sich zwischen ihn und die Waffe und stieß sie aus dem Quadrat.

Ein Seufzen ging durch die Zuschauer, und viele wandten sich ab, um Hirokis Schmach nicht mitansehen zu müssen.
Er zog seine gepolsterten Handschuhe aus und warf sie von sich. Dann rief er sich die erste Lektion seines Karatemeisters ins Gedächtnis. »Wut ohne Ziel ist geistiger Selbstmord. Konzentriere deine Wut auf ein einziges Ziel, und setze dann dein Können ein, um es zu zerstören.« Hiroki fixierte die Gestalt im schwarzen Umhang. Wut brandete in ihm auf, stieg in seinen Hals, und er dirigierte sie in seinen Kopf.
Noriko dachte, ihr Gegner würde durch die weggeworfenen Handschuhe seine Niederlage eingestehen. Sie entspannte sich. Aber dann nahm er eine sehr seltsame Position ein – den linken Fuß gebeugt nach vorne, den rechten nach hinten. Er hob seine Arme und bewegte sie wie zwei Schlangen in tödlichem Tanz vor seiner Brust. Ohne jede Warnung stürzte er sich auf sie und schlug auf sie ein. Sie stieß das Schwert gegen seinen Kopf, verfehlte aber ihr Ziel. Ein blitzschneller Tritt lähmte ihren linken Arm. Der Knochen wäre ohne die Polsterung sicher gebrochen. Sie schlug erneut zu, glaubte, er würde ausweichen, aber er nahm den Schlag ohne mit der Wimper zu zucken auf seinen Schulterschutz und trat ihr die Beine weg.
Wie hypnotisiert beobachtete die Menge, wie der Mann sich gleich einer Raubkatze auf die gefallene Frau stürzte. Doch Noriko schlängelte sich zur Seite und versuchte sich unter dem Hagel von Schlägen und Tritten zu sammeln, kam aber nicht auf die Beine.
Hiroki, der den schwarzen Gürtel vierten Grades in Karate besaß, riß sich den Helm vom Kopf. Er täuschte einen Tritt von vorne an und schlug dann mit aller Kraft mit dem Handrücken zu. Die schwarze Gestalt erstarrte mit erhobenem Schwert, und sein Schlag traf ihren Brustschutz. Der dumpfe Aufprall hallte durch den Raum. Die Wucht des Schlages hob sie hoch und schleuderte sie rückwärts aus dem Quadrat. Ihr Helm fiel vom Kopf.

»Noriko!« keuchte Hiroki. Er sah Shibatas grinsendes Gesicht. Die Leute drängten sich um ihn. Eine ältere Frau nahm Norikos Kopf in den Schoß. Er sah, wie die schönen, benommenen Augen sich auf ihn richteten und dann wegrollten. Noriko war bewußtlos. Hiroki wurden die Knie weich.

Hiroki ging direkt von der Kampfsporthalle zu den Docks von Tokio. Er begab sich an Bord des Postbootes nach Kobe und schloß sich in seiner Kabine ein.
Stundenlang lag er mit offenen Augen auf der Schlafmatte und dachte über seine Schmach und Erniedrigung nach. Die Meister waren früher als erwartet zurückgekehrt und hatten schnell reagiert. Noriko wurde weggebracht und von den Frauen versorgt. Hirokis Nase wurde mit Mull ausgestopft. Er hatte die Entschuldigungen von Shimatzus Freund abgewehrt, der sich die bittersten Vorwürfe machte, weil er sich von Shibatas Freunden hatte hereinlegen lassen. Die Kendo-Studenten mußten sich in Reihen aufstellen und schwören, zu Ehren der Halle und ihrer Lehrer Stillschweigen zu bewahren. Shibata und seine Freunde wurden auf Lebenszeit ausgeschlossen. Sie verließen die Halle, noch ehe der oberste Meister zu Ende geredet hatte. Am Ausgang drehte Shibata sich noch einmal um und zeigte auf den Meister. »Wenn das Militär an der Macht ist, wirst du aus dieser Halle verbannt werden«, brüllte er.
Hiroki stöhnte. Sein Lebenstraum, die Rückkehr nach Japan, war zum Alptraum geworden. Er schloß die Augen und ballte die Hände zu Fäusten. »Die Schmach!« murmelte er mit zusammengebissenen Zähnen. »Vor allen Leuten von einer Frau geschlagen zu werden!« Shibata und seine Freunde würden es in ganz Tokio herumerzählen. Hiroki zog Seppuku in Betracht, aber sein ritueller Selbstmord würde die Familie nicht von der Schande erlösen. Die ganze Welt würde den Grund

kennen. Noriko hatte sich mit Shibata verschworen, um ihn zu erniedrigen. Er mußte Schande über sie bringen. »Das ist das Wichtigste«, sagte er. »Sie muß leiden!« Er knirschte mit den Zähnen. »Aber ihre Schmach muß geheim sein, sonst wird Großvater Mung verletzt sein. Danach werde ich Shibata töten. Dann kann ich Seppuku begehen.« Er schlief mit dem Gedanken ein, wie er sich das Messer in den Unterleib trieb.

Hiroki entspannte sich durch seine Gedanken. Tiefer und tiefer glitt er in sein Unterbewußtsein, bis sein Bewußtsein sich mit der Seele vereinte. Er erhob sich und verließ seinen Körper. Er wanderte über die weiten, sanften Hügel der Ebene von Kanto. Er glitt hinunter zu einer Ansammlung Menschen, die sich in zwei Gruppen mit dem Rücken zu ihm unter einer Eiche versammelt hatten. Alle trugen die langen Roben der Kendo-Krieger. Auf den Helmen der einen Gruppe war das Gesicht Shibatas, auf denen der anderen das Norikos. Die beiden gingen aufeinander zu und nahmen sich bei der Hand.

Hiroki erstarrte. Er zitterte. Er spürte nicht das Schwanken des Schiffs und hörte nicht das Stampfen der Kolben, als das Boot vom Dock ablegte. Seine klappernden Zähne hatten ihn geweckt. Er setzte sich auf und hielt sich seine schwieligen Hände vors Gesicht. »Ich schwöre Giri«, flüsterte er. »Rache! Rache! Wenn ich ihn töte, muß ich mich selbst töten. Ich kann ihren Schmerz nicht mit ansehen.« Er schlug mit der Faust in seine Handfläche. »Je länger sie leidet, um so besser! Ja«, er nickte, »aber ihre Schmach muß geheim sein, Shibatas dagegen öffentlich. Ich werde ihn mit einem Schlag gegen die Lunge töten. Er wird an seinem eigenen Blut ersticken. Dann werde ich Seppuku begehen.«

Ein Klopfen an seiner Tür ließ Hiroki aufschrecken. »Herr«, rief eine Stimme, »Euer Vater ruft Euch.«

Jetzt spürte Hiroki das Schlingern und Stampfen des Schiffs, das den Hafen von Tokio verlassen hatte und durch die riesigen pazifischen Wellen schaukelte. »Ich komme gleich«, sagte er und verstaute seine Rachegedanken wie kostbare Juwelen. Einen gut gehüteten Schatz. Er zog sich um und eilte zur Kabine seines Vaters, überzeugt von seiner Lebensaufgabe – Giri! Seine Liebe zu Noriko war durch ihren Verrat zerstört worden.

»Wie war das Kendo-Training?« fragte Udo.

»Gut«, murmelte Hiroki erleichtert darüber, daß sein Vater nichts von den heutigen Ereignissen wußte. »Wie lauten unsere Befehle für Kobe?«

»Wir treffen William Whittefield an den Docks. Er wird uns führen.«

»Ist William der Sohn von Großvaters Adoptivbruder?«

»Ja, wir sind alle mit ihm verwandt, aber nicht blutsverwandt. Großvater Mung wurde von der Familie Whittefield aus Massachusetts adoptiert und später von der Familie Ishikawa in Kagoshima. Als mein Vater bei der Verteidigung Mungs starb, hat Mung mich adoptiert. Hättest du was dagegen, adoptiert zu werden, wenn es deine Stellung verbessert?«

»Darüber hab ich noch nicht nachgedacht.«

»Du bist der jüngste Sohn und wirst von mir nichts erben.«

»Außer deinem Familiennamen«, sagte Hiroki.

»Der ein adoptierter Name von Mungs Adoptivnamen ist. Shimatzu und deine älteren Brüder werden die Ishikawa-Linie weiterführen.«

Hiroki sah, wie liebevoll sein Vater ihn ansah.

»Gelehrte schreiben, daß der älteste Sohn eines Mannes der wichtigste ist und der mittlere Sohn für seine Bequemlichkeit sorgt«, sagte Udo. »Sie schreiben aber auch, daß der jüngste Sohn der kostbarste ist, weil sein Vater alles, was er bei der Erziehung der beiden anderen gelernt hat, dem letzten seiner Linie mitgibt. Ich möchte, daß du in Kobe vorsichtig bist.«

Hiroki verbeugte sich. Er hob den Kopf und sah seinen Vater fragend an.

»Shimatzu hat Mung und mir erzählt, warum du in die Kampfsporthalle gegangen bist.« Udo sah, wie sein Sohn erblaßte und die Augen niederschlug. »Es ist keine Schande, sich zu verlieben. Eines Tages werde ich dir von meiner Werbung für deine Mutter erzählen. Bist du in Noriko verliebt?«

»Was?«

»Das war doch der Grund für deinen Besuch in der Halle?«

»Ja, aber ...«

»Noriko war äußerst gütig zu Großvater Mung«, sagte Udo. »Er und Iyeasu sind begeistert von der Möglichkeit einer Liebesheirat. Sie denken an ein Mi-ai.«

»Ein voreheliches Begutachten.« Hiroki verschlug es fast die Sprache.

»Keine Angst. Das ist keine Verpflichtung zur Heirat. Obwohl deine Weigerung, an einem Mi-ai teilzunehmen, deinen Großvater verletzen und Iyeasu beleidigen könnte. Wenn du zu dem Schluß kommst, daß das Mädchen nichts für dich ist, werde ich das mit Anstand regeln. Es gibt eine Bedingung, die dir das Ganze erleichtern könnte. Iyeasu wünscht, daß du seinen Familiennamen annimmst, weil er keinen Sohn hat. Er würde dich adoptieren.«

Hiroki hörte die Worte seines Vaters kaum. Plötzlich waren die Details für den Racheplan an Noriko glasklar. Der süße Duft der Vergeltung machte ihn schwindelig. O ja, er würde zu einem Mi-ai gehen. Er würde ihr am Tisch gegenübersitzen und lächeln. »Warum habt Ihr mich getäuscht?« würde er fragen. »Ist Shibata Euer Liebhaber? Habt ihr beide das gemeinsam geplant?« Aber diese Gedanken konnte er seinem Vater schlecht mitteilen. »Ja, Vater, ein Mi-ai wäre angemessen.«

»Deine Mutter und ich befürworten diese Heirat, aber die Entscheidung liegt bei dir«, sagte Udo. »Du würdest Reichtum, Titel und Ländereien von Iyeasu Koln erben. Eine solche Heirat würde dir eine Machtposition zum Dienst am Schwarzen Drachen und dem Kaiser geben.«

»Zuerst muß ein Mi-ai stattfinden«, sagte Hiroki und grinste vor lauter Vorfreude.

»Zuallererst kommt unsere Mission in Kobe«, erwiderte sein Vater. »Die Zeit drängt. Deine beiden Brüder sind als Späher für Armee und Marine nach Kobe vorausgereist. Sie haben sich mit dem Vertragshafen vertraut gemacht. Wir werden mit ihnen alles auskundschaften und uns einen Plan für die Verhaftung der Unerwünschten überlegen.«

»Wird es zu Kämpfen kommen?« Hiroki war ganz aufgeregt bei dem Gedanken, seine Schmach durch einen Tod im Kampf sühnen zu können.

»Es kommen weder Schwerter noch Gewehre zum Einsatz«, antwortete Udo. »Der Schwarze Drache hat sein Wort gegeben, daß kein Weißer fallen wird.«

»Wie soll es dann gemacht werden?«

»Die Soldaten können mit Kendo-Stöcken bewaffnet über Land marschieren. Die Kober Polizei wird mit Schlagstöcken ausgerüstet. Das verspricht eine interessante Übung in Disziplin zu werden. In zehn Tagen muß die Sache beendet sein, damit wir Shimatzus Hochzeit nicht versäumen.«

5

Kobe

Ein chinesischer Diener half Udo und Hiroki in die geschlossene Kutsche, in der bereits William Whittefield saß.

Der Amerikaner erwiderte die Verbeugung von Vater und Sohn. »Ich glaube, wir sind verwandt«, sagte er auf japanisch. »Zwar nicht blutsverwandt, aber zumindest durch gemeinsame Anliegen. Unsere augenblickliche Aufgabe ist die Säuberung von Kobe.«

»Mung schickt Ihnen die herzlichsten Grüße«, sagte Udo. »Es ist meinem Sohn und mir eine Ehre, Sie kennenzulernen.«

Hirokis Blick wanderte zu den geschlossenen Fenstern. Man konnte hinaussehen, ohne gesehen zu werden.

Der Amerikaner klopfte mit dem Stock gegen das Kutschendach, und der Kutscher fuhr langsam los. »Wir fahren jetzt durch die Ausläufer des Hafenviertels, das geräumt werden muß«, sagte William. »Tagsüber ist es hier relativ ruhig. Aber wenn die Sonne untergeht, kommt das Gesindel aus den Bars, den Bordellen und Spielhöllen.«

Die Kutsche hielt an, und die Insassen spähten durch die Rolladen.

Ein weißer Mann mit einem Gewehr in der Hand und einer Pistole an der Hüfte rief dem Kutscher in Pidgin-Englisch zu: »Gruppe ein Dollar für ein Stunde Besuch. Jeder zahlen Dollar, ganze Tag bleiben. Du versuchen nix zahlen, ich dir Scheiß-Schlitzaugen ausstechen!«

Der Kutscher warf ihm eine Silbermünze in die ausgestreckte Hand. Der Mann winkte die Kutsche weiter.

»Hat er das Recht, von uns Geld zu verlangen?« fragte Hiroki.
»Ich bin erfreut, daß ihr Englisch sprecht«, sagte William.
»Mein Sohn und ich sprechen Französisch, Chinesisch und auch Koreanisch.«
»Das wird eine große Hilfe sein, wenn wir das Gesindel zusammentreiben. Der Abschaum aller Nationen ist an dieser Küste angeschwemmt worden. Der Privatwächter, den ihr gesehen habt, bewacht das Gebiet, das Duke's Ground genannt wird. Für einen Dollar pro Nase garantiert der Duke vierundzwanzig Stunden Schutz vor dem Gesetz.«
»Wollen Sie damit sagen, dieser Duke hat die Macht, die westlichen Autoritäten und die Polizei von Kobe auszusperren?« fragte Udo.
»Es gibt keine westliche Autorität. Schauen Sie sich die Gebäude links und rechts von der Straße an«, erwiderte William.
Udo und Hiroki spähten durch die Rolladen. Bewaffnete Männer patrouillierten auf den Dächern der Holzhäuser, die im westlichen Stil gebaut waren.
»Bei gutem Wetter schützen bis zu fünfzig Gewehre den Duke's Ground«, sagte William. »Seht ihr das große Schild da drüben – *The Iron Duke*. Diese Bar ist das Hauptquartier des Duke. Er verläßt nie das Haus. Seine Männer sind in Bereitschaft wie eine Feuerwehr. Duke ist der Schlüssel zur Säuberung Kobes. Im Lagerhaus neben dem *Iron Duke* stehen drei französische Kanonen und eine deutsche Gatling. Chinatown beginnt am Ende dieser Straße. Das Tong-Oberhaupt und der Duke haben ein Abkommen. Die Chinesen kontrollieren den gesamten Opiumhandel. Dafür helfen die Chinesen dem Duke, falls notwendig.«
»Wie viele Chinesen gibt es?« fragte Udo.
»Etwa vier- bis fünfhundert kampftüchtige Männer. Chinatown lebt von seinen Bordellen und der Arbeitervermittlung

für das Ausland. Sie kaufen und verkaufen ihre eigenen Leute, hauptsächlich aus Südchina.«
William klopfte mit dem Stock erneut gegen die Decke, und die Kutsche fuhr landeinwärts, an einer weiteren Wache vorbei, weg von Duke's Ground, auf einen sauberen, breiten Boulevard. Solide Steinhäuser standen zu beiden Seiten.
»Wer kontrolliert das?« fragte Udo.
»Nach Einbruch der Dunkelheit wird es Niemandsland«, antwortete William. »Kein ehrbarer Mensch wagt sich dann mehr unbewaffnet hierher. Diese Häuser, Carroll's House, Bellevue Hotel, Freimaurerhalle, Dutronquoy's sind Clubs, die die Geschäftsleute gegründet haben, um einen sicheren Platz zu haben, an dem sie sich treffen, schlafen und ihre Geschäfte abwickeln können. Hier wird man nicht vom Wasser krank. Im Hafenviertel grassieren Ruhr, Cholera und Diphtherie.« Er zeigte auf eine rot-weiße Flagge mit den Initialen K.C. »Das ist der Kobe-Club. Bitte faßt es nicht als Beleidigung auf, aber wir müssen den Hintereingang benutzen.«
»Weil wir Orientalen sind?« fragte Udo.
»Mischlinge, weiße Seeleute und Seekapitäne sind ebenfalls von der Mitgliedschaft ausgeschlossen. Ich bin dagegen, aber diese Situation hat sich aus der Notwendigkeit ergeben. Kobe war eine saubere, friedliche japanische Stadt, als es Vertragshafen wurde. Aber der erste europäische Verwalter war schwach und korrupt, und dadurch konnte der Abschaum des Pazifik hier Fuß fassen. Innerhalb kürzester Zeit hatten sie hier das Sagen.«
»Wenn die Westler unfähig sind, einen Vertragshafen zu verwalten, sollte er wieder an Japan zurückfallen«, sagte Hiroki.
»Ich würde sogar noch weiter gehen«, entgegnete William. »Kobe sollte in jedem Fall wieder unter japanische Verwaltung kommen. Die Säuberungskampagne ist der erste Schritt, die

europäischen Botschafter davon zu überzeugen, daß die unfairen Abkommen mit den Japanern neu verhandelt werden müssen. Alle Vertragshäfen sollten wieder unter japanische Herrschaft kommen. Der Einsatz japanischer Truppen in Kobe ist genauestens vorbereitet. Mung und ich möchten den westlichen Mächten zeigen, daß ihr Land ein diszipliniertes Militär hat, mit einem Sinn für christliche Gerechtigkeit.«

Vater und Sohn sahen sich bei den Worten ›christliche Gerechtigkeit‹ etwas erstaunt an, sagten aber nichts.

»So, und jetzt stell ich Sie dem Präsidenten des Kobe-Clubs vor«, sagte William.

Udo und Hiroki folgten ihm über die Hintertreppe zum Büro des Präsidenten, der sie freundlich begrüßte.

»Gentlemen«, sagte James Alburg, »der Plan, etwa dreihundert Westler einfach an den Stränden Macaus auszusetzen, mag grausam klingen, aber wenn Sie nur eine Nacht im Hafenviertel von Kobe verbringen, werden Sie unsere Position begreifen.«

»Das werde ich heute tun«, erwiderte Udo. »Welche Unterstützung können wir bei unserer Mission vom Kobe-Club erwarten?«

»Sie kommen direkt zur Sache«, sagte Alburg. Er blies gegen die Spitze seiner Zigarre. »Mitglieder unseres Clubs werden an der Säuberung teilnehmen. Sie allein werden Gewehre tragen. Sie werden die Weißen identifizieren und versuchen, sie zu überreden, ohne Widerstand zu gehen. Wenn Ihre Männer die Lage nicht in den Griff bekommen, werden unsere Leute ihre Gewehre benutzen. Die Polizei von Kobe wird Ihre Soldaten nach Chinatown führen. An diesem Teil der Operation werden die Clubmitglieder nicht teilnehmen. Wenn Japaner chinesisches Blut vergießen, wird keiner verantwortlich gemacht.«

»Mein Sohn und ich werden heute nacht das ganze Gebiet in

Augenschein nehmen«, sagte Udo. »Anschließend machen wir unsere endgültigen Pläne und sprechen uns mit Ihnen und der Polizei von Kobe ab. Meine beiden ältesten Söhne, beide Geheimdienstoffiziere, haben in Kobe Informationen gesammelt. Wir haben sie seit Jahren nicht gesehen. Entschuldigen Sie uns bitte. Sie erwarten uns.«

In einem friedlichen Teil Kobes, außerhalb des Hafengebiets, betraten Udo und Hiroki ein japanisches Haus. Udos Söhne verbeugten sich vor ihrem Vater. »Sogar in Zivilkleidung zeigt ihr militärische Haltung«, sagte Udo. »Eure Mutter und ich sind stolz auf euch.«

»Ich hoffe, Mutter hat dich nicht in dieses Schlangennest begleitet«, sagte Yaka, Udos ältester Sohn.

»Nein, aber sie sehnt sich nach euch. Ihr wart zu lange fort. Erinnert ihr euch noch an euren kleinen Bruder?«

»Er ist größer als wir beide zusammen.« Yaka lachte. »Was haben sie dir denn in Korea zu essen gegeben?«

»Ich kaue Nägel und spucke Schwerter«, antwortete Hiroki. »Wie geht's meinen Brüdern?«

»Immer noch gut genug, um dich zu beschützen, Kleiner«, sagte Uraga. »Schau nicht so ernst. Marine und Armee sind unterwegs. Wir kriegen das hier schon in den Griff.«

»Euer kleiner Bruder hat einen schwarzen Gürtel vierten Grades in Karate«, sagte Udo. »Habt ihr auch immer trainiert?«

»Offiziere des militärischen Geheimdienstes bekommen von Polizeilehrern Jiu-Jitsu-Kurse«, berichtete Yaka.

»Wie mir scheint, sind Armee und Marinespionage inzwischen etwas besser geworden«, sagte Udo. »Der Schwarze Drache und ich waren sehr überrascht, daß Hideyoshi von den Russen in Seoul und den chinesischen Schlachtschiffen in koreanischen Gewässern wußten.«

»Diese Information stammt von einem Handelskapitän«, erklärte Uraga. »Wir arbeiten viel mit zivilen Spionen.«

»Der militärische Geheimdienst ist nicht mal halb so effektiv wie der Bund der Schwarzen Drachen«, sagte Yaka. »Das Militär wird schon bald versuchen, sich den Bund der Schwarzen Drachen einzuverleiben.«

»Die Genoysha auch?« fragte Udo.

»Sie wissen nichts von der Existenz der Genoysha«, antwortete Yaka.

»Wie wollen sie denn die Kontrolle über den Bund der Schwarzen Drachen an sich reißen?« fragte Hiroki.

»Sollte Hideyoshi Erfolg mit seiner Kriegstreiberei gegen Korea haben, wird er fordern, daß die ganze Nation mobil macht«, antwortete Yaka. »Er glaubt, der patriotische Geist wird im ganzen Land entflammen. Wenn dann die nationalistische Hysterie ihren Höhepunkt erreicht hat, will er Nogi und Takamora zum Kaiser schicken. Sie werden behaupten, die Integration der Schwarzen Drachen in das Militär wäre für eine richtige Kriegführung notwendig.«

»Sie würden den Kaiser isolieren«, sagte Udo. »Der Kaiser erfährt nur anhand der Informationen der Schwarzen Drachen, was in der Nation wirklich passiert.«

»Und wer soll den Bund der Schwarzen Drachen dann kontrollieren? Armee oder Marine?« fragte Hiroki.

»Laut einiger junger Armeeoffiziere, Anhänger Hideyoshis, will er selbst alle Geheimdienste leiten.«

»Aber wenn Hideyoshi den Bund der Schwarzen Drachen kontrolliert, wird doch wieder ein Zivilist an seiner Spitze stehen«, sagte Hiroki. »Wenn Großvater Mung Hideyoshis Absichten publik macht, dann könnten er und der Bund unabhängig bleiben.«

Udo lächelte seinem Sohn zu, und seine beiden Brüder musterten ihn respektvoll.

»Eure Informationen sind sehr wichtig«, sagte Udo zu Yaka und Uraga. »Ich werde den Schwarzen Drachen über die Situation informieren. Jetzt aber ist es Zeit zu baden und zu reden, sich anzuziehen und zu speisen. Dann zeigt ihr Hiroki und mir die Docks bei Nacht, Duke's Ground und Chinatown.«

6

Dutch Henry stürmte durch die Schwingtür des *Iron Duke*. Bewaffnete Wächter, Kellner und Barkeeper wichen zurück, als er den Gang zwischen den beiden langen Bars entlangeilte, die sich parallel von einem Ende des Gebäudes zum anderen zogen.

Orientalen, Schwarze und Mischlinge tranken an der Bar zur Linken, spielten an den Tischen hinter der Bar und bumsten in offenen Nischen entlang der Wand. Die Weißen tranken, bumsten und spielten auf der rechten Seite des Raumes. Von einem Balkon aus beobachteten Männer mit Gewehren das Chaos unter ihnen.

Am Ende des Raums vereinten sich die beiden Bars. Auf einer Plattform saß in einem hohen Sessel, über den ein Tigerfell drapiert war, Tom Tiddler – entflohener australischer Sträfling, dreihundert Pfund schwer, ein Meter neunzig groß – der Iron Duke. Er trug einen samoanischen Sarong und eine offene schwarze Weste, die seine muskulösen Arme betonte. Sein ovales rosa Gesicht war von seidigen, langen blonden Haaren umrahmt.

Der Duke war flankiert von Mervin Kilday, einem Deserteur von den Irischen Füsilieren, und Black George, einem Gesetzlosen von den Fidschis. Jeder hatte ein Gewehr in der Hand und ein Paar Pistolen am Gürtel.

»Laßt Dutchy durch«, brüllte der Duke.

»Darauf hast du doch gewartet«, rief der Holländer und hielt ein Telegramm hoch. »Das Schiff mit den Weibern kommt rechtzeitig an, wenn das Wetter hält.«

»Wie schaut's denn draußen aus?« fragte der Duke.
»Heut abend wird's blasen«, antwortete Dutch Henry. Er reichte Black George das Telegramm.
»Das Wetter hier ist so dreckig wie das britische Kanonenboot, das vor dem Hafen von Kobe patrouilliert.« Er reichte Iron Duke das Telegramm. »Die englischen Schweine verfolgen uns zwar nicht an Land, aber auf See jagen sie jedem Sklavenschiff wie der Teufel hinterher.«
»Da hast du recht, Kumpel«, sagte der blonde Riese. »Schwing deinen schwarzen Arsch zum Telegrafenbüro, und nimm den Holländer mit! Sag unseren Männern am Strand, sie sollen der *Maria-Luz* signalisieren. Sie darf nicht in den Hafen einfahren! Die Weiber werden am Strand von Akahasi, eine halbe Meile die Küste hoch, an Land gebracht! Los, worauf wartet ihr noch!« brüllte er Black George und Dutch Henry an. »Nehmt Verbindung mit der *Maria-Luz* auf!«
Die beiden Männer eilten davon. Duke packte Kilday am Hemd und zog ihn zu sich. »Mach deine Männer und die Gewehre nebenan klar! Nur für den Fall, daß das britische Kanonenboot Marinesoldaten an Land bringt und versucht, die Weiber zu holen!«
Kilday rang sich ein mühsames, zahnlückiges Grinsen ab. »Mit den Wasserratten Ihrer Majestät gibt's keine Schwierigkeiten. Die kommen bloß an Land, um zu saufen, zu spielen und zu bumsen.«
Die Augen des Iron Duke wurden schmal. »In Duke's Ground sind mehr steckbrieflich gesuchte Männer als in den Knasts von Queensland. Irgendwann holen sich die Briten die.«
Kilday sprang auf, stolperte von der Plattform und verschwand eiligst durch eine Seitentür, die die Bar mit dem Lagerhaus verband. »Bin schon unterwegs.«

Die vierzehnjährige Shen Yan aus Hoppo in Südchina stand nackt und zitternd zwischen zwei Männern. Sie war von ihren Eltern für siebzehn Dollar an den Eigner der *Maria-Luz* verkauft worden, eine Dreihundert-Tonnen-Brigg mit zwei Masten und eckiger Besegelung, die Sklaven transportierte.
»Soll ich sie morgen mit der Ware vom Duke abladen?« fragte der Schiffsmaat.
»Ich will keinen Ärger mit diesem blonden Affen«, antwortete Captain Emilio Belviso. Er tauchte einen Lappen in eine Waschschüssel und wischte sich den Samen von seinem wabbeligen, haarigen Bauch. »Die ist gut zu ficken. Du kannst sie dir für heute nacht nehmen.«
»Die Kreuzfahrt bringt mich noch um«, sagte der Maat. »Ich ficke von morgens bis abends. Diese Schlitzaugenweiber sind so eng, daß mein Schwanz schon ganz wund ist.« Er warf dem Mädchen eine alte Decke zu und schob es zur Tür. Keiner der beiden Männer bemerkte, wie Shen Yans Hand aus der Decke glitt und sich ein Messer vom Essenstablett schnappte.
»Du hast zweihundert Fotzen zur Wahl, aber die fünfzig vom Duke rührt mir keiner an!« befahl Captain Belviso. »Die anderen reichen bis Lima.«
»Wenn dieser Kahn so lange hält«, sagte der Maat, schob das Mädchen zur Tür hinaus und folgte ihm.
Der Captain sah sich in der Kabine um. Dieses Schiff hat sein Leben vor sechzig Jahren mit mir in Lima angefangen, dachte er. Und jetzt, in meinem letzten Jahr auf See, muß ich endlich was besitzen. Ich geh in Pension, aber sie wird weiterfahren. Er sah in den Spiegel und deutete auf seine Brust. »Jetzt bist du Eigner und Captain und wirst das große Geld machen«, sagte er zu seinem Spiegelbild. »In Lima werd ich ein Vermögen mit den Sandelholzplattformen machen, in die die Frauen gequetscht sind.« Er zog sich Hose und Stiefel an und bekreuzigte sich. »Mit Gottes Hilfe.« Er ging zum Bullauge und schnup-

perte die Abendluft. »Mieses Wetter im Anzug, und die Briten patrouillieren vor dem Hafen von Kobe.« Er spuckte aus und knallte das Fenster zu. »Ich werd die Weiber morgen am Strand von Akahasi abladen, wie der Duke befohlen hat, und bin schon unterwegs mit dem Rest, den ich an die Bordelle entlang der peruanischen Küste verkaufen werde, bevor die Briten überhaupt erfahren, daß ich im Fernen Osten war.«

Um acht Uhr abends führten Yaka und Uraga ihren Vater und den jüngeren Bruder zu den Docks. Jeder hatte einen 44er Colt im Obi stecken.

»Das hier ist Niemandsland«, sagte Yaka und deutete auf den menschenleeren, breiten Boulevard. »Momentan ist es ruhig, aber es gibt fast jede Nacht eine Schießerei. Wir glauben, daß der Duke Rowdys hierherschickt, damit er expandieren kann.«

»Was tut die städtische Polizei dagegen?« fragte Udo.

»Sie dürfen keine Schußwaffen tragen«, antwortete Uraga. »Es ist verboten, einen Weißen im Hafenviertel zu verstümmeln, zu töten oder einzusperren. Die Polizei verschwindet einfach.«

»Und was machen sie mit den Nicht-Weißen?«

»Gesetzesbrecher werden ins Gefängnis gesteckt und erhalten eine Geldstrafe. Bei Wiederholungstätern hat die Polizei ein Abkommen mit dem Iron Duke. Sie übergeben sie seinen Shanghai-Gangs, und die lassen sie auf hoher See arbeiten. Auch eine Methode, um die Verbrecher zu dezimieren.«

Yaka und Uraga rückten näher an ihren Vater, als sie das Dockviertel betraten. Die Straße war erleuchtet von Kochfeuern und dem Licht aus den Schnapsläden. An den Segeltuchwänden großer, mit Elektrizität beleuchteter Zelte zeichneten sich die Silhouetten trinkender und bumsender Paare ab. Überall stank es nach Urin und menschlichen Exkrementen. Leichen und Betrunkene lagen auf der Straße herum. Japaner, Weiße und Mischlinge jagten Frauen über Planken, die über die schlammzerfurchten Straßen gelegt waren. Laute italienische Opernmusik aus Grammophonen wetteiferte mit dem Geschrei, den Flüchen und dem Gegröle betrunkener Männer. Die weichen Klänge einer westindischen Steelband vermischten sich mit dem Getöse.

»So ist es überall, bis wir im Duke's Ground sind«, erklärte Yaka. »Dann werden Orgien und Gewalt organisierter.«

»Bring uns dorthin«, sagte Udo. »Ich möchte diesen Iron Duke sehen.«

Hiroki folgte seinem Vater und seinen Brüdern in den Duke's Ground und dann ins *Iron Duke*. Aber in Gedanken war er ganz woanders. »Ich werde zum Mi-ai kommen«, sagte er und erschrak selbst, weil er laut geredet hatte. Er sah sich um, ob ihn jemand gehört hatte. Seine Brüder und sein Vater schauten zu einem blonden Riesen auf einer Plattform und den Gewehrschützen hoch, die auf dem Balkon über ihm postiert waren. Hiroki glitt zurück in den Kokon seiner Phantasie, seine Vorfreude auf das Treffen mit Noriko. Die Leute werden sagen: »Was für ein charmantes Paar, wie gut sie doch zusammenpassen.« Und wenn die anderen nicht hinsehen, werde ich sie mit schrecklichen Blicken zermürben. Ich werde den Nakoda – den Vermittler – um Erlaubnis bitten, mit ihr spazierengehen zu dürfen. Dann werde ich ihr zuflüstern: »Verräterisches Weib, die du den Mann gespielt hast. Du hast die Robe eines Schülers getragen, obwohl du doch offensichtlich ein Meister des Kendo bist. Du hast mich betrogen.« Er zitterte vor Wut bei dem Gedanken, wie er auf den Knien gelegen hatte. Er riß sich mit Gewalt zusammen und folgte seiner Familie aus der Bar. Noriko wird mir büßen, ich werde verstohlene Andeutungen auf ihre Maskulinität machen, als Grund für meine Weigerung, sie zu heiraten. Ihr Ruf wird von diesem bösen Geflüster, das in der japanischen Gesellschaft tötet, ruiniert werden. »Ich fühle mich so gut«, sagte er laut vor sich hin.

»Du scheinst dich ja auf die kommende Schlacht richtig zu freuen«, stellte Uraga fest. »Du hast wohl mehr von dem alten Samuraiblut mitgekriegt als ich. Du sagst wenig, aber träumst von der Schlacht.«
Hiroki runzelte die Stirn. »Vater, du und William Whittefield, ihr habt von einer Party gesprochen.«
»Ja, wir haben vor, allen Westlern im Hafen soviel freien Schnaps auszuschenken, wie sie trinken können, und ihnen zu erzählen, daß Feiertag ist. Wenn sie dann alle betrunken sind, rückt die Armee an. Fürst Takai hätte mit diesem Trick 1854 beinahe Commodore Perry überlistet. Großvater Mung und John Whittefield, Williams Vater, haben die Amerikaner auf ihr Schiff zurückgebracht, bevor sie angegriffen wurden, und der Vertrag wurde gerettet.«
»Wie kommt es, daß Großvater und John Whittefield damals die Westler gerettet haben und wir jetzt daran arbeiten, sie wieder hinauszuwerfen?« fragte Uraga.
»Wir mußten die europäische Vorherrschaft über unsere Hafenstädte akzeptieren, weil die Weißen militärisch stärker waren«, sagte Udo. »Aber es hat uns die Gelegenheit gegeben, sie aus unmittelbarer Nähe zu beobachten und von ihnen zu lernen. Zwanzig Jahre hat es gedauert, bis wir ihre Technologie in unsere Gesellschaft integriert haben. Jetzt haben wir Handelsschiffe, Telefone, Straßenbeleuchtung und den Telegrafen. Das japanische Bildungsniveau ist höher als das in England oder Amerika. Die Zeit ist gekommen, dem Westen das eine oder andere beizubringen.«
Yaka beugte sich vor. Seine Augen funkelten. »Werden wir je gegen sie kämpfen?«
»Eines Tages müssen wir«, antwortete Udo.
»Großvater glaubt nicht, daß wir sie besiegen können«, sagte Hiroki.
»Dein Großvater ist ein brillanter Mann, aber er hat eine zu

hohe Meinung von den westlichen Nationen«, erwiderte Udo. »Er hat sie als junger Mann, vor Japans Modernisierung, erlebt. Aber er hat zehn Jahre als Eremit verbracht. Wir haben jetzt unsere eigenen Stahlwerke, Kohlenminen und Eisenbahnen. Vor zwanzig Jahren waren die einzigen Räder in Japan an der kaiserlichen Kutsche und dem Begräbniskarren zu finden. Jetzt gibt es Straßen durchs ganze Land, und eines Tages werden wir unsere Inseln mit Brücken verbinden.«

»Ich glaube, wir können die Koreaner heute schlagen«, meinte Yaka.

»Und morgen die Chinesen«, sagte Uraga.

»Wenn wir diesen Hafen nicht säubern können«, antwortete Udo, »wird nicht einmal das Militär einen Angriff auf ein fremdes Land sanktionieren.«

Die vier waren inzwischen in Chinatown angelangt. Es war stiller und sauberer.

»Wohin bringst du uns jetzt?« fragte Hiroki.

»Zu Wongs Palast. Er regiert Chinatown. Dieses Bordellrestaurant ist das Hauptquartier der Tong-Männer in Kobe.«

»Schon länger her, daß ich eine gute chinesische Mahlzeit hatte. Als ich eure Mutter heiratete, hatten wir einen chinesischen Koch.«

»Ach ja«, sagte Hiroki. »Mutter hat erzählt, daß der Koch eines Nachts verschwand und nie wieder gesehen ward.«

Udo erwiderte nichts und folgte seinem ältesten Sohn in Wongs Palast zu einem Tisch. Er hatte diesen Koch, der ihm geholfen hatte, die Frau des damaligen russischen Botschafters und ihre lesbische Geliebte zu vergiften, getötet.

Der süße Geruch von Opium mischte sich mit den köstlichen Düften exotischer Gerichte, die den ganzen Raum durchzogen. Rote, schwarze und goldene Lackschnitzereien zierten hölzerne Säulen. Zarte Tuschzeichnungen schmückten die Wände.

»Ich habe einen speziellen Wunsch für das Mahl«, sagte Udo

auf hochchinesisch zum Kellner. »Ich hoffe, euer Koch wird so gütig sein, mir den Gefallen zu tun.«

»Wir werden unser Bestes versuchen«, erwiderte der Kellner mit kantonesischem Akzent. Er beobachtete, wie Udo einen goldenen Ohrring aus seinem Obi holte und ihn anlegte. Der Kellner starrte auf das geometrische Muster. »Meine Söhne kennen die chinesische Küche nicht«, sagte Udo auf kantonesisch. »Ich möchte für den japanischen Gaumen bestellen.«

Der Kellner starrte unverwandt den Ohrring an. »Es wird mir ein Vergnügen sein, jemanden zu bedienen, der so beredt ist wie Ihr.«

Udo bestellte, ohne in die ihm gereichte Karte zu sehen. »Ich möchte kurzgebratene Tintenfischblumen, gedämpfte Garnelen in der Schale und gesottenen Hummer. Wir nehmen Dim-sum als Vorspeise und Haifischflossensuppe zum Abschluß des Mahls.«

Der Kellner verbeugte sich. Udo nahm den Ohrring ab und legte ihn so auf die Karte, daß er in die Hand des Kellners glitt. Der Mann verbeugte sich wieder und eilte davon.

Hiroki zupfte sich am Ohr. »Was hat das zu bedeuten?«

»Vor fünfundzwanzig Jahren hat Großvater Mung in Kanton Kang Shu zum mächtigsten Tong-Oberhaupt in Südchina gemacht«, erzählte Udo. »Mein Bruder Uraga starb im Kampf gegen Kangs Rivalen. Ich blieb einige Jahre in Kanton und habe mit dem Tong-Führer zusammengearbeitet, der dem Bund der Schwarzen Drachen viele Informationen brachte. Vor zweiundzwanzig Jahren, bevor ich nach Japan zurückkehrte, gab Kang mir diesen Ohrring als Erkennungszeichen, wenn ich Hilfe von einem Mitglied seines Tongs brauchte. Kang starb vor einigen Jahren. Ich habe den Ohrring vor kurzem in China benutzt. Unser Kellner hier ist offensichtlich auch sehr beeindruckt davon.«

Der chinesische Kellner kehrte zurück und stellte einen Feuertopf auf den Tisch, mit einer Schale kochender brauner Sauce darauf. »Man nennt sie die Sauce der Vier Jahreszeiten, und sie wird mit verschiedenen Gemüsen, Fisch, Fleisch und Innereien serviert. Mit Empfehlung des Hauses.« Er verbeugte sich. »Das Dim-sum wird in Kürze gebracht. Mr. Wong bittet Euch zu sich, Herr.«

Udo nickte seinen Söhnen zu und folgte dem Kellner in den ersten Stock. Dieser führte ihn in ein ruhiges Zimmer, mit dicken Teppichen und üppigen Tapisserien an den Wänden. Ein junger Mann, in einem prächtigen königsblauen Gewand und einem runden Hut mit Quaste, machte Udo ein Zeichen, gegenüber Platz zu nehmen.

»Wie ich höre, sprecht Ihr unsere Sprache und kennt unsere Küche.« Er zündete ein Räuchergefäß zwischen ihnen an.

»Ich habe beides in China gelernt.«

»Woher habt Ihr das?« Der junge Mann hielt den Goldohrring hoch.

»Kang Shu von Kanton hat ihn mir vor vielen Jahren für erwiesene Dienste gegeben.«

»Ihr müßt äußerst viel für meinen Vater getan haben«, sagte Wong. »Er war kein sehr großzügiger Mensch.«

»Ich wußte nicht, daß Kang einen Sohn hatte«, erwiderte Udo.

Wong Shu lächelte. »Er hatte vierundfünfzig Kinder, obwohl er das nur selten erwähnte.«

»Sehr wohlerzogene Kinder, wie mir scheint. Ich habe Euren Vater oft auf seinem Schiff besucht, aber Kinderstimmen habe ich nie gehört.«

»Mein Vater hat zwischen den Bootsmenschen im Hafen von Kanton gelebt. Seine Frauen und meine Geschwister lebten an Land. Wir haben ihn nicht oft gesehen.« Wong Shu hielt den Ohrring gegen das Licht. »Was genau erwartet Ihr hiervon?«

»Laut Eures Vaters sind die Mitglieder des Shu-Tongs verpflichtet, mir zu helfen, wenn es in ihrer Macht steht.«

»Könnt Ihr Eure Freundschaft mit ihm beweisen?«
»Ich war dabei, als mein Vater, Moryiama Ishikawa, Kang Shu zum größten Tong-Führer Kantons machte.« Udo erzählte vom Tod seines Bruders Uraga in der Schlacht, von der Schlacht selbst und wie er danach ein paar Jahre lang alle drei Monate fünf Beutel Gold an Kang Shu lieferte, im Austausch für seinen Schutz und Informationen über Chinas Regierung und seine Wirtschaft. Dann berichtete er von den Geschäften, die er mit Wongs Vater als Comprador der Tillim Trading Company gemacht hatte.
»Dann seid Ihr derjenige, der die fünfzehnhundert Vertragsarbeiter, die die Deutschen abgelehnt haben, gekauft, verschifft und an dieselbe deutsche Gesellschaft für den doppelten Preis wieder verkauft hat.«
Udo verbeugte sich. »Das war mein letztes Geschäft mit Kang vor meiner Rückkehr nach Japan. Euer Vater war etwas geizig. Er hat seinen Vertragsarbeitern so wenig zu essen gegeben, daß siebzig Prozent auf der Überfahrt nach Hawaii starben und der Rest kurz nach ihrer Ankunft auf den Zuckerrohrfeldern. Deshalb haben sich die Deutschen geweigert, von ihm zu kaufen.«
»Etwas geizig ist milde ausgedrückt. Mein Vater war extrem geizig. Er mußte schließlich vierundfünfzig Kinder und einundzwanzig Frauen versorgen.« Er lächelte. »Ihr seid Udo. Der Shu-Clan hat Euch, Euren Vater und Euren toten Bruder nicht vergessen. Sind das Eure Söhne am Tisch?«
»Ja.«
»Kobe ist ein gefährlicher Ort. Wenn ich nicht durch diesen Ohrring verpflichtet wäre, könntet Ihr und Eure Familie bereits tot sein.«
Udo holte seinen Colt unter dem Tisch hervor und richtete ihn auf den Tong-Führer. »Ihr und einige Eurer Männer hättet nicht an der Beerdigung teilgenommen.«
Wong Shu nickte. »Man sagt, ihr wärt genauso skrupellos wie mein Vater.«

»Euer Vater war mehr als nur ein Freund, er war auch mein Lehrer.«

»Was kann ich für Euch tun?« fragte Wong.

»Dem Gesetz gehorchen. Stellt den Handel mit Opium und Frauen ein. Es ist in Japan verboten.«

»Richtig. Aber wir leben und arbeiten in einem Vertragshafen. Hier regieren die Westler nach ihren Gesetzen.«

»Die Gesetze gelten nur für sie, nicht für Orientalen«, erwiderte Udo. »Ihr und Eure Leute fallt unter das japanische Gesetz. Außerdem werdet ihr jede Vereinbarung mit dem Iron Duke als nichtig betrachten. Wir Chinesen und Japaner mögen vielleicht unsere Probleme haben, aber letztendlich sind wir doch beide Orientalen.«

»Selbst wenn Ihr den Duke isoliert, er kann die Polizei und die Weißen abwehren. Er hat es schon früher geschafft. Und gedroht, Kobe mit seinen Kanonen zu zerstören. Durch die vielen Holzhäuser könnte er es in wenigen Stunden in Schutt und Asche legen.«

»Er wird nicht dazu kommen, die Waffen aus seinem Lagerhaus einzusetzen. Ein Bataillon der kaiserlichen japanischen Armee ist auf dem Weg hierher, um die Polizei und die weiße Verwaltung in Kobe zu unterstützen.«

»Ihr riskiert einiges, indem Ihr mir diese Dinge erzählt«, sagte Wong. »Wir Chinesen in Kobe müssen unseren Lebensunterhalt mit Opium und Frauen verdienen.«

»Das Opium muß verschwinden. Nehmt chinesische Mädchen für eure Bordelle, keine japanischen. Eure Leute werden größere Einkünfte aus dem Glücksspiel, dem Alkohol und den Restaurants in den Docks haben, wenn Duke's Ground gesäubert ist.«

»Ich werde dem Ältestenrat diesen Ohrring zeigen und Euch morgen berichten, wie er entschieden hat.«

Udo schüttelte den Kopf. Er entsicherte seine Pistole. »Ich gehe

erst, wenn ich Euer schriftliches Wort habe, unterschrieben und mit dem Siegel Eurer Familie versehen. Ihr seid das Oberhaupt des Tong. Ihr entscheidet.«
»Und wenn ich mich weigere?«
»Die Militäroperation wird ihren Lauf nehmen. Mit einer Veränderung. Ich werde den japanischen Kommandanten anweisen, jeden Chinesen, Männer, Frauen und Kinder, in Kobe zu töten. Euer Besitz wird beschlagnahmt werden. Aber wenn Ihr unterschreibt, habe ich Euren Männern auf dem Festland ein Geschäft vorzuschlagen. Sie sollen bestimmte chinesische Beamte bestechen, im Hinblick auf die kommenden Verhandlungen über Formosa und die Riukiu-Inseln.«
Wong Shu blickte gelassen in den Lauf des Revolvers. »Wie hoch ist die Bestechungssumme?« fragte er.
»Fünf Millionen Yen werden auf ein Konto einer Shansi-Bank Eurer Wahl überwiesen. Nehmt, was nötig ist, der Rest gehört Euch.«
Wong nickte. »Eine beachtliche Summe.«
Ein paar Minuten später unterzeichnete Wong das von Udo diktierte Dokument, versah es mit dem Familiensiegel, oben und unten, und reichte es Udo. Dieser las es durch, dann legte er das Reispapier in das Rauchgefäß und beobachtete, wie es in Flammen aufging. »So wie dieser Rauch Eure Worte, Eure Gedanken und Versprechungen zu Euren Ahnen im Himmel trägt, so ist der Shu-Clan verpflichtet – gestern, heute und morgen verpflichtet –, danach zu handeln. Es ist der Wille der Götter.«
Wong lächelte. »Ich hätte Euch nicht verraten. Zumindest glaube ich das. Ihr wart ein guter Schüler meines Vaters, und er hatte recht, als er sagte, Ihr wärt ein Mann ohne Herz. Ich glaube, Ihr hättet tatsächlich jeden Chinesen in Kobe töten lassen.«
»Ohne sein Wort ist ein Mann nichts«, sagte Udo. Er verbeugte

sich, steckte die Pistole in den Obi und ging rückwärts aus der Tür.

Ein Fremder saß am Tisch seiner Söhne.

Der Mann erhob sich und verbeugte sich vor Udo. »Mutter des Herbstes.«

Udo antwortete mit der Parole der Drachen. »Vater des Frühlings.«

Der Mann reichte ihm ein Regencape. »Das Wetter hat sich verschlechtert, und der Schwarze Drache erwartet euch im Kobe-Club.«

7

Der Sturm tobte auf der Suche nach Beute durch die Meerenge von Kii und das Binnenmeer entlang. Er riß häßliche Narben in die Oberfläche der schwellenden See und entdeckte, fünfzig Meilen vor der Küste, die *Maria-Luz*. Gnadenlos hämmerten die Winde auf sie ein.

Unter Deck kauerten zweihundertfünfzig chinesische Mädchen im Alter von zwölf bis sechzehn in der Dunkelheit und klammerten sich aneinander. Captain Belviso betete seinen Rosenkranz. Mit einem Schiff voller Sklaven und einem englischen Kanonenboot, das die Hafeneinfahrt patrouillierte, konnte er sich nicht in den Schutz des Hafens von Kobe begeben.

»Rafft die Segel, und werft den Seeanker«, brüllte der Captain. »In diesem Sturm können wir nicht navigieren!«

»Wir überleben ihn vielleicht nicht«, brüllte der Maat zurück. »Der Kiel ist geschwächt, weil wir die Wände rausgenommen haben, um mehr Weiber unterzubringen. Die Balken schreien lauter als die Frauen!«

»Luken dicht! Heut abend wird nichts mit Landen! Beidrehen! Bei Morgengrauen laufen wir Akahasi an! Dort warten die Männer des Duke auf uns. Ab mit den Männern in die Wanten, bevor wir kentern!«

»Ich bin froh, daß Vater gegangen ist«, sagte Uraga. »Dann brauch ich dieses Zeug nicht zu essen. Wie kann etwas, das so schön aussieht, nur so widerlich schmecken?«

»Wenn Großvater in Kobe ist, wird's bald losgehen«, meinte

Hiroki. »Das ist das erstemal seit zwanzig Jahren, daß der Drache Tokio verlassen hat.«
»Ihr habt beide recht«, sagte Yaka. »Aber bevor es losgeht, sollten wir uns noch ein bißchen Vergnügen gönnen. Frauen sind gut gegen schlechten Geschmack im Mund.«
»Ich möchte keine essen, sondern mit ihr schlafen«, erwiderte Uraga lachend.
»Kellner!« rief Yaka. »Wir hätten gerne drei Damen für die Nacht.« Er holte seine Börse heraus, aber der Kellner winkte ab.
»Befehl von Mr. Wong. Ihr seid heute Gäste von Wongs Palast. Bitte folgt mir.«
Im ersten Stock übergab der Kellner sie an eine Madame, die ihnen auf Hirokis besonderen Wunsch drei chinesische Mädchen brachte. Mit einem ging sie direkt zu Hiroki. »Er versteht unsere Sprache nicht«, sagte sie, und Hiroki schwieg, obwohl er jedes Wort verstand. »Aber man hat dich gelehrt, mit deinem Körper zu sprechen. Streng dich an, er scheint chinesische Bräuche zu schätzen.«
Yaka und Uraga führten ihre Frauen aus dem Raum. Die Schiebetür schloß sich. Hiroki war mit seiner allein. Er musterte sie, als sie näher kam. Sie war genauso groß wie Noriko. Ihr zarter Körper zeichnete sich unter dem bodenlangen grünen Seidengewand ab. Sie spürte seinen Blick auf ihren Brüsten, legte ihre Hand mit den langen, lackierten Nägeln unter sein strenges Kinn und zog seinen Kopf zu sich. Sein Mund schloß sich um ihre Brustwarze und sog durch den Stoff daran. Er legte seine Hände um ihren Po und drückte sie an sich. Sie war zerbrechlich wie Noriko. Sie öffnete die Schlingen ihres Kleides und bot ihm ihre nackte Brust. Er biß zu, aber sie wich nicht zurück. Ihre geschickten Hände streiften ihm die Kleider ab, und sie versuchte verschiedene Techniken, aber sein junger, harter Körper forderte Befriedigung auf seine Art. Hiroki

wollte Noriko besitzen, sie bestrafen. Er war grob, aber trotzdem streichelte er sie. Ihre Lust und ihr Schmerz erregten ihn. Seine Bewegungen wurden immer hektischer.

Die Prostituierte stöhnte und schrie in den richtigen Momenten, aber dann, völlig unerwartet, entzündete Hirokis Feuer sie. Sie verlor allmählich die Kontrolle. Er warf sie auf die Decke, und sein goldener Schwengel stand senkrecht zwischen seinen muskulösen Schenkeln. Er fiel auf die Knie und öffnete ihre Schenkel. Der Ausdruck in seinem Gesicht ängstigte und erregte sie.

Hiroki sah Noriko unter sich. Er nahm seinen Penis in die Hand. »Das ist meine Waffe. Ich werde dich erniedrigen wie du mich!« Dann hob er Noriko hoch und stieß so tief es ging hinein, ohne Rücksicht auf ihren Schmerz. Sie schrie und versuchte ihn wegzuschieben, aber er stieß erneut zu – noch härter, sie sollte den Schmerz und die Scham fühlen, die er empfand. Mit gewaltigen Stößen bewegte er sich in ihr hin und her. Zuerst versuchte sie sich loszureißen, dann paßte sie ihre Bewegungen geschickt den seinen an und trieb ihn schnell zum Höhepunkt. Er erschauderte und packte ihre Arme. Sie konnte sich nicht bewegen. Er kniete zwischen ihren Schenkeln und starrte sie an.

Die Frau rang keuchend nach Luft und musterte ihn mit vor Leidenschaft glasigen Augen. »Du bist immer noch hart. Komm in mich, ich brauche dich«, sagte sie und versuchte ihn herunterzuziehen, aber er wehrte sich. Sie griff nach seinen goldenen Kugeln und massierte sie sanft. Dann nahm sie seinen nassen, pulsierenden Penis in beide Hände, drückte ihn und stöhnte. »Ich brauch das, will es in mir spüren.«

Hiroki schloß die Augen. Er lag wieder auf den Knien im Neun-Meter-Quadrat, und alle schauten zu. Noriko stand über ihm, nackt, lockte ihn mit ihrem schönen Körper. Sie streckte ihre Hüften nach vorn, drängte ihn zur letzten Erniedrigung, sie zu lecken wie ein Hund. Hiroki riß ihre Finger von seinem steinharten Penis. Er packte ihre Hände und drückte zu. Er sah, wie ihre Augen sich vor Schmerz weiteten. Sie schrie auf. Er stieß in sie und füllte sie ganz aus, arbeitete mit den Hüften hin und her, ließ aber ihre Hände nicht aus seiner Umklammerung. Lust erfüllte ihn. Mit jedem Stoß wurde seine Rache größer. Bis sie explodierte. Seine Beine erzitterten, sein Körper bäumte sich auf, und er glitt von ihr, weg in die gnädige Finsternis, in der weder Zeit noch Raum existieren.

Aus weiter Ferne hörte Hiroki die junge Frau, wie sie sich auf Chinesisch bei ihrer Madame beklagte und diese ihr erzählte, daß morgen neue Mädchen des Iron Duke in Akahasi an Land gebracht würden und Wong die meisten gekauft hätte, so daß sie in nächster Zeit nicht soviel arbeiten müßte.

Dann verfiel er in unruhigen Schlaf. Er und Noriko saßen Seite an Seite an einem Tisch, als Braut und Bräutigam gekleidet. Er spürte, wie sie ihn begehrte, und er begehrte sie. Sie legten sich beide nach hinten. Ihr Atem und sein eigener hallten in seinem Kopf. Mit jedem Schlag seines Herzens wurde seine Leidenschaft für sie größer. Er streckte die Hand aus und berührte die ihre, die unglaublich weich war. Sie wandte sich zu ihm und lächelte. Er ergoß sich, und sie lachte.

Hiroki schreckte hoch. Seine Beine waren naß vom Samen. Er stand auf und wusch sich. Plötzlich fielen ihm die Worte der Madame wieder ein. Er wußte, wie er den Männern des Iron Duke eine Falle stellen konnte! Er zog sich schnell an und eilte aus Wongs Palast hinaus in den Sturm, in Richtung Kobe-Club.

8

»Ihre Anwesenheit in Kobe ist eine unerwartete Ehre«, sagte James Alburg. »Wir werden Ihnen alles Nötige zur Verfügung stellen.«

Mung verbeugte sich. Er, Udo und ein dritter Japaner saßen an einem Tisch dem Präsidenten des Kobe-Clubs und William Whittefield gegenüber.

»Mir ist vor kurzem durch kaiserlichen Auftrag die Verantwortung für die Abteilung für Nationale Verschönerung übertragen worden«, berichtete Mung. »Meine erste Aufgabe wird es sein, das Dockviertel von Kobe zu verschönern. Für den Anfang werden wir das gesamte Gebiet einschließlich Duke's Ground und Chinatown niederbrennen.«

»Das übrige Kobe könnte ebenfalls Feuer fangen«, sagte Alburg.

»Der Meinung sind wir nicht«, erwiderte Udo und legte eine Karte auf den Tisch. »Der breite Boulevard, an dem die ausländischen Clubs stehen, trennt das Hafenviertel vom japanischen Teil der Stadt. Die steinernen Clubhäuser werden als Feuerschutz dienen. Die Bevölkerung der Stadt und die Feuerwehren werden in Alarmbereitschaft versetzt. Außerdem wird es wahrscheinlich weiterhin regnen.«

»Sie wollen früher als erwartet losschlagen«, sagte Alburg. »Da wird es schwierig sein, alle Mitglieder einzusetzen.«

»Neuere Ereignisse machen das notwendig«, entgegnete Mung. »Morgen früh trifft ein Bataillon kaiserlicher Truppen unter dem Kommando von General Nogi ein. Gestern beschloß Admiral Takamora, die Marine müßte zuerst hier sein.«

»Wird das Wetter sie nicht aufhalten?«

»Möglicherweise«, sagte Mung. »Das Postboot, mit dem ich reiste, wurde an der Einfahrt zum Hafen fast überschwemmt. Aber es gibt auch noch weitere Gründe für meine Anwesenheit. Wir bekamen in Tokio die Nachricht, daß der koreanische Revolutionsführer Kim Ok-kyum von chinesischen Soldaten getötet und seine Leiche der Sugyup, einer nationalistischen koreanischen Gruppe, übergeben wurde. Sie vierteilten die sterblichen Überreste Kims und schickten sie in die vier Ecken des koreanischen Königreichs, als Warnung gegen politische Aufstände.«

»War Kim nicht der Anführer der koreanischen Special Forces?« fragte William. »War das nicht eine paramilitärische Reformgruppe mit Verbindungen zu Japan?«

»Ich habe ihm schon vor mehreren Jahren geraten, politisches Asyl in Japan zu suchen«, sagte Udo und vermied somit eine direkte Antwort. »Kim war ein beliebter Redner in Tokio. Unglücklicherweise ist er zu früh nach Korea zurückgekehrt. Wir befürchten jetzt, daß Hideyoshi Koin Kims Tod als Vorwand benützt, eine japanische Invasion Koreas anzuzetteln.«

»Und das ist noch nicht alles«, sagte Mung. »Vor meiner Abreise aus Tokio ließ ich alle Telegrafenlinien in die Stadt unterbrechen, damit Hideyoshi und seine Kriegspartei keine Nachrichten erhalten können, die das Feuer noch schüren.« Mung nickte mit dem Kopf in Richtung des steif dasitzenden jungen Mannes in Zivilkleidung. »Das ist Captain Togo von der kaiserlichen japanischen Marine. Er hat uns eine Nachricht überbracht, die eine sofortige Kriegserklärung an Korea zur Folge haben könnte.«

Togos Englisch hatte einen starken Akzent. »Geheimdienstagenten derselben chinesischen Armee-Einheit, die Kim ermordete, haben sich mit der koreanischen Sugyup verbündet und einen Mob angestachelt, die japanische Botschaft in Korea niederzubrennen. Zwölf Japaner verletzt, ein Toter.« Captain Togo erwähnte nicht, daß der Tote ebenfalls ein Mitglied der Genoysha war, der die koreanischen Spezialeinheiten in unbewaffneten Kampftechniken unterrichtet hatte.

»Haben Sie deshalb den Telegrafen blockiert?« fragte Alburg Mung.

»Ich bin hier, um einen Krieg abzuwenden. Der chinesische General Li Hung-Chang hat den Befehl für die Ermordung Kims und den Angriff auf unsere Botschaft gegeben. Li ist mit einer Division seiner besten Truppen in Seoul. Seine Agenten kontrollieren das koreanische Königspaar. Auf Lis Anweisung hat der koreanische König alle russischen Militärberater nach Hause geschickt.«

»Das heißt, Korea ist ein Marionettenstaat Chinas«, stellte William fest.

»Mein Sohn Udo hat zwanzig Jahre lang in Korea gelebt«, sagte Mung. »Es wird interessant sein zu hören, was er zu berichten hat.«

»Captain Togos Information weist darauf hin, daß General Li jetzt die koreanische Monarchie kontrolliert.« Er legte eine weitere Karte über die erste und zeigte auf Nordchina. »Li ist ein Befürworter des chinesischen Imperialismus, aber er weiß, daß er den Westen nicht besiegen kann. Deshalb wendet Li sich nach Korea und Japan, um die Europäer zu umgehen. Wenn seine Position in Korea gefestigt ist, wird er danach streben, Japan zu erobern. Der Angriff auf unsere Botschaft war eine Warnung. Von Pusan bis Hiroshima sind es kaum hundert Meilen. Im dreizehnten Jahrhundert versuchte Kublai Khan eine Invasion über Pusan, und uns Japanern ist die Angst vor einem solchen Schlag angeboren.«

»Was wollen Koreas König und Königin?« fragte Alburg.

»Orientalische Monarchen beschäftigen sich nur selten mit der zeitraubenden Verantwortung politischer Führung«, antwortete Udo. »Sie überlassen die Verwaltung anderen und machen statt dessen den Genuß des Lebens zur Kunst. Meine Frau und ich waren häufig Gäste des Königspaars. Sie sind wahre Kenner des guten Lebens und interessieren sich nur wenig für Staatsprobleme.«

»Sie können die Nachricht vom Überfall auf Ihre Gesandtschaft nicht mehr lange vor Tokio geheimhalten«, sagte William.

»Wenn Kobe bis morgen abend gesäubert ist, kann ich jede militärische Aktion gegen Korea mindestens einen Monat verzögern«, erwiderte Mung.

»Wenn es einen Krieg geben sollte, wäre ein schneller Schlag wahrscheinlich Ihre einzige Chance zu gewinnen«, meinte Alburg.

»Es wäre nicht sonderlich weise, wenn Japan sich auf einen Krieg gegen China und Korea einließe«, sagte Mung. »Japan muß seine Feinde von deren Verbündeten isolieren, ehe es in den Krieg zieht. Das ist meine Aufgabe.«

»Eine unmögliche im Fall von China und Korea. Korea ist seit Jahrhunderten ein Vasallenstaat Chinas. Und wenn Japan gegen China kämpft, ist das, als würde ein Floh versuchen, Geschlechtsverkehr mit einem Elefanten zu haben.«

Captain Togo beugte sich mit geballten Fäusten und funkelnden Augen vor. Mung war klar, daß der Führer des Kobe-Clubs zwar glaubte, was er sagte, aber sie auch herausfordern wollte. Mung hatte seine eigenen Zweifel an Japans militärischen Fähigkeiten. Über dreihundert Jahre waren vergangen, seit Japan im Ausland gekämpft hatte. Er mußte wissen, was einer der besten Krieger Japans darüber dachte. Er nickte Togo zu.

»Es wird Krieg geben!« sagte der Captain. »Und Japan wird gewinnen!« Er wandte sich direkt an James Alburg. »Bedenken Sie nur Chinas ungeheure Ausdehnung und die zahlreichen Völker. Der Krieg wird nicht zu Lande, sondern zu Wasser gewonnen. China hat nur eine Eisenbahnlinie im Süden. Korea hat überhaupt keine. Weder China noch Korea haben große Straßen in den Norden. Truppenbewegungen müssen zur See stattfinden. Sie müssen zu uns kommen!«

»Selbst dann ist die chinesische Marine der japanischen haushoch überlegen«, sagte Alburg.

»Kampfgeist, Ausbildung und überlegene militärische Ausrüstung werden die entscheidenden Faktoren sein«, entgegnete Togo. »Wir werden gewinnen!«

»Sollte eine friedliche Lösung nicht möglich sein, so will ich zumindest die Chancen verbessern«, sagte Mung. Er schlug eine Akte auf und legte sie den beiden Amerikanern vor. »Das sind detaillierte Listen der militärischen Ausrüstung, die Japan dringend braucht: Artillerie und Kriegsschiffe, eine kontinuierliche Versorgung mit Lebensmitteln, Kleidung und Waffen, die bis aufs asiatische Festland geliefert werden müssen, je nachdem wie weit Japan vorrückt.«

Alburg und Whittefield blätterten die Akte durch und stellten Mung einige Fragen zu Details, die er aus dem Stegreif beantwortete, inklusive einiger Zahlen.

»Ich habe von Ihrem phänomenalen Gedächtnis gehört, doch in natura ist es wirklich sehr beeindruckend«, sagte Alburg. »Aber, Mr. Mung, erklären Sie mir eins, wieso wenden Sie sich damit an den Kobe-Club? William ist doch sozusagen Ihr Neffe. Er hat großen Einfluß im US State Department. England, Frankreich oder Deutschland könnten mit einem derart großen Auftrag ihre Wirtschaft ankurbeln.«

»Wenn wir das Geschäft mit Ihnen machen, umgehen wir Regierungsformalitäten, Abstimmungen, Verträge, Konzessionen unter dem Tisch. Der Auftrag ist zu groß, als daß ein Land ihn allein ohne nationale Debatten erfüllen könnte. Dadurch könnten unsere Feinde Wind von unseren Absichten bekommen. Der Kobe-Club dagegen kann von mehreren Ländern kaufen. Er kann finanziellen Druck auf Politiker ausüben, damit sie Japans Politik unterstützen und unsere Feinde schwächen.«

»Ich kann nicht garantieren, daß unsere Mitglieder sich damit einverstanden erklären, Politiker zu beeinflussen.«

»Es geht hier um ein Geschäft von hundertvierzig Millionen Dollar«, sagte Udo. »Bei einer solchen Summe erwarten wir einige Vorteile, die nichts mit der Ware zu tun haben. Muß ich Sie daran erinnern, daß es in dieser Straße noch einige Geschäftsclubs gibt?«

Jetzt schaltete sich William ein. »Sie sind wegen der besonderen Beziehung zwischen Ihrer und meiner Familie zu uns gekommen«, sagte er zu Udo. »Und weil der Kobe-Club der einzige ist, der mächtig und groß genug ist, ihre Forderungen im kürzest möglichen Zeitraum zu erfüllen. Wir werden unser Bestes tun und die Waffen, wenn nötig, bis in die verschneiten Wüsten der Mandschurei oder die Reisfelder in Südchina liefern. Sie können von unseren Mitgliedern verlangen, daß sie Druck auf ihre Regierungen ausüben, solange es nicht gegen ihre eigenen nationalen Interessen ist. Sie haben mein Wort als Gentleman und Samurai, den Rang, den ich von meinem Vater geerbt habe, der ihn von Fürst Shimatzu Nariakira von Satsuma 1853 verliehen bekam, daß der Kobe-Club alles, was in seiner Macht steht, tun wird, um diesen Vertrag zu erfüllen.«

»Vererbte Titel wurden in Japan mit der Verfassung und den Reformen abgeschafft. Der Rang eines Samurai existiert nicht mehr«, erwiderte Udo.

William lächelte. »Dessen bin ich mir bewußt. Deshalb hab ich den Gentleman an die erste Stelle gesetzt.«

Draußen waren eilige Schritte zu hören. Die fünf Männer drehten sich zur Tür, Udo zog seine Pistole. Die Tür öffnete sich. Wind und Regen fegten ins Zimmer.

Mung schob Udos Pistole zur Seite. »Du solltest deinen Sohn lehren, anzuklopfen!«

»Schließen Sie die Tür, bevor es uns davonbläst«, sagte Alburg. Hiroki schloß die Tür und verbeugte sich. »Verzeiht mein Eindringen. Ihr seid hier, um einen Plan zu erstellen, wie der Iron Duke und seine Männer gefangen werden können, nachdem sie all euren freien Whisky getrunken haben. Ich weiß einen besseren Weg.«

In der Innenstadt von Tokio, unweit der Kaiserlichen Kampfsporthalle, stand ein wenig einladendes, einstöckiges Gebäude. Es war von einer Steinmauer und hohen Hecken umgeben. Das war das Hauptquartier des Bundes der Weißen Wölfe, einer Gruppe Militaristen, die sich den Gesetzen des Staatsshintoismus verschworen hatten. Ihr Motto, das an der Innenseite der Tür befestig war, lautete:

Das japanische Volk ist dazu bestimmt,
die Nationen der Welt unter einem Dach zu versammeln.
Die ganze Menschheit soll von der segensreichen Herrschaft
des göttlichen Kaisers profitieren.

Lieutenant Shibata war im Dienstzimmer, als das Telefon klingelte. Zitternd vor Aufregung schrieb er nieder, was der Anrufer berichtete. Er legte auf, dachte kurz nach, dann lief er zur Tür und rief einem Mann im Trainingsraum zu: »Los, übernimm! Ich bin Offizier vom Dienst, und das ist ein Befehl!«

Die anderen im Raum grinsten. Shibata machte sich nur allzugern wichtig.

Shibata lief nach oben ins Billardzimmer, wo seine Freunde ein Spielchen machten. »Kommt mit!« befahl er. »Ich muß eine Nachricht überbringen!«

»Dafür haben wir Boten«, meinte einer seiner Kollegen.

Shibata streifte sich das Regencape über. »Das können wir keinem anderen anvertrauen! Ich brauche Schutz!«

»Hast du Angst, du schmilzt im Regen«, sagte ein anderer Freund und kreidete seelenruhig sein Queue ein.
Shibata riß ihm den Stock aus der Hand und stellte ihn ins Regal. »Jetzt wird nicht gespielt«, flüsterte er. »Wir müssen zu Graf Hideyoshi Koin. Das könnte unsere Karriere beschleunigen.«
Die anderen Männer stellten ihre Queues weg, nahmen ihre Capes und folgten Shibata hinaus in den Sturm.
Die fünf Offiziere bewegten sich im Laufschritt in Richtung Kaiserlicher Palast, dann eine breite Straße entlang zu einer geräumigen Villa. An der Tür wurden sie von zwei bewaffneten Wächtern angerufen, dasselbe wieder auf der Veranda, und schließlich führten sie zwei Männer mit Handfeuerwaffen ins Foyer. Nur Shibata wurde in das große Arbeitszimmer vorgelassen.
Der Lichtstrahl einer Lampe mit grünem Schirm fiel auf eine leere Flasche Suntory Whisky und warf drohende Schatten auf Graf Hideyoshi Koins pockennarbiges Gesicht. Der Graf hob den Kopf, aber seine Augen irrten unstet durchs Zimmer. »Ich hoffe, du hast eine Rechtfertigung dafür, meine Tatamis vollzutropfen, ansonsten wirst du Ameisenhügel in der Mongolei begutachten!«
Shibata verbeugte sich. »Verzeiht die Störung, aber ich glaube, meine Botschaft bedarf Eurer sofortigen Aufmerksamkeit.«
»Bring sie her, mach aber meinen Schreibtisch nicht naß«, sagte Hideyoshi. Er las das Papier durch und fragte: »Woher kommt das?«
»Per Telefon aus Yokohama. Der Sturm hat alle Telegrafenverbindungen von und nach Tokio unterbrochen. Der Anrufer ist ein Mitglied unseres Bundes.«
Hideyoshi Koin, Begründer und Führer des Bundes der Weißen Wölfe, erhob sich und kam hinter seinem Schreibtisch vor. »Wenn es stimmt, daß unsere Gesandtschaft in Seoul angegrif-

fen und einer unserer Leute getötet wurde, dann wird mein Traum, dieses Land in den Krieg zu führen, bald wahr. Wie ich sehe, Shibata, hast du das auch begriffen. Aber reiß dich zusammen. Wem hast du es noch erzählt?«

»Keinem.«

»Deinen Kameraden draußen auch nicht?«

»Nein, Sir.«

»Du bist ein beachtenswerter Mann, Shibata. Sag deinen Freunden, sie sollen warten. Ich muß einiges in die Wege leiten.« Hideyoshi legte seine knochige Hand auf die Schulter des jungen Lieutenant. »Japans Zeit des Ruhms ist nicht mehr weit! Die Weißen Wölfe werden unsere Nation in den Sieg führen! Ich wünsche General Nogi und Admiral Takamora zu sehen! Benachrichtige sie in Kobe! Sie müssen sofort zurückkehren! Wir können keinen Krieg ohne die Kommandanten von Marine und Armee beginnen!«

9

13. März 1894, fünf Uhr früh

Drei Meilen vor dem Strand von Akahasi, bei Sturmwindstärke, sichtete die erschöpfte Wache der *Maria-Luz* Land.

Der Maat drehte sich mit dem Rücken in den Regen. »Captain, die Mannschaft ist am Ende. Die Schotten unter Deck sind undicht, das Wasser in den Bilgen steigt.«

Emilio Belviso beobachtete vom Achterdeck aus die ehrfurchtgebietenden Brecher, die sich gegen die japanische Küste wälzten. Der Wind türmte die Wogen höher, als er es je gesehen hatte, bis sie das Übergewicht bekamen und mit Donnergetöse auf den schwarzen, vulkanischen Sand krachten. Durch sein Fernglas sah er eine Menschenmenge am Ufer stehen, zusammengekauert gegen den Wind. »Dukes Männer warten darauf, daß wir die Frauen an Land bringen«, sagte der Captain.

»Wir sollten dieses Wrack auflaufen lassen und alle von Bord gehn«, erwiderte der Maat. »Wenn wir erst mal in Duke's Ground sind, kann uns keiner mehr ans Leder.«

Das Deck erzitterte unter den Füßen des Captains. Das Stöhnen der Frauen unter Deck und der heulende Wind waren unheimliche Begleitmusik für das Chaos um ihn herum. Er packte seinen Rosenkranz fester. Tränen strömten über sein wettergegerbtes Gesicht. »Maat, einen letzten Versuch, in tieferes Wasser zu kommen! Holt den Seeanker ein! Setzt das Hauptsegel! Wenn das nicht funktioniert, laß ich sie auf Grund laufen und schick die fünfzig Frauen bei schwacher Flut an Land. Dann können wir das Schiff reparieren und bei Flut wieder auslaufen.«

»Ich mach noch einen Versuch mit den Männern, Captain, aber das ist verrückt!«
Der Maat packte sein Megaphon und ein Befestigungsholz und beorderte die widerspenstigen Männer hinauf in die Takelage. Aber sie schafften es nicht, das Hauptsegel zu setzen. Der Steuermann drehte das Schiff gegen die anstürmenden Wellen, und die Männer rutschten so schnell es ging an den Leinen nach unten und kauerten sich hinter Transportkisten. Die Wellen begruben das Deck unter Gischtmassen. Die See war stärker als der Wind vom Land her, und die *Maria-Luz* wurde rückwärts abgetrieben.
Unter Deck wurde das Schluchzen und Schreien der Mädchen immer lauter. Das Schiff bäumte sich hoch in die Wellen auf und krachte dann mit Donnergetöse wieder in den nächsten Graben. Das Wasser unter Deck stieg ständig.
Shen Yan lag zusammengekrümmt auf einer der untersten Kojen. Eine riesige Woge stellte die *Maria-Luz* fast senkrecht auf. Das Schiff krachte wieder nach unten, und Wasser strömte in Shen Yans Koje. Sie warf die durchnäßte Decke beiseite, packte ihr Messer und rollte sich aus der Koje. Nackt watete sie in knietiefem Wasser zur Leiter von Luke Nummer drei, wo es ihr nach einem vergeblichen Anlauf gelang, sich daran hochzuziehen. Sie hielt sich mit einer Hand an der Leiter fest und begann mit dem Messer auf das Holz um den Riegel einzuhakken. Das alte, wasserdurchtränkte Holz ließ sich in weichen Splittern wegkratzen.
Shen Yan spürte eine Hand an ihrem Bein. »Gut, daß du dich ausgezogen hast«, sagte ein nacktes Mädchen hinter ihr auf der Leiter. »Die Kleider ziehen uns nach unten, wenn wir schwimmen müssen.«
»Ich kann nicht schwimmen«, erwiderte Shen Yan.
»Wenn wir hier rauskommen, dann helf ich dir«, versprach das Mädchen. »Ich heiße Xu.«

»Kannst du mich festhalten?« fragte Shen. »Dann kann ich besser arbeiten.«
Xu stieg ein paar Stufen hoch. Sie schlang ihre Arme um Shen und packte die Leiter.
Die beiden Mädchen lösten sich ab und hackten und hämmerten um ihr Leben.

Mung wandte sich wütend an General Nogi und Admiral Takamora. »Gentlemen, Euer mutiger Einsatz, Kobe im Sturm zu erreichen, in allen Ehren, aber alles wird umsonst sein, wenn Ihr jetzt nicht handelt. Der richtige Zeitpunkt ist von allerhöchster Wichtigkeit.«
»Meine Soldaten schlafen im Stehen ein«, sagte der General. »Sie haben seit achtundvierzig Stunden keine Rast gehabt.«
»Meine Männer waren zusätzlich weitere sechs Stunden im Einsatz, um die spanischen Transportschiffe, die an der Hafeneinfahrt auf Grund gelaufen sind, zu retten.«
»Eure Taten verdienen Beifall«, sagte Mung. »Aber diese heroischen Taten wird die Regierung Euch nicht danken. Sie interessiert allein der Ausgang dieser kleinen Mission. Wenn Ihr versagt, könnte es Jahre dauern, bis das Parlament das Geld zur Expansion des Militärs genehmigt.«
»Wollt Ihr Graf Hideyoshi bei Eurer Rückkehr nach Tokio erzählen, Eure Männer seien müde gewesen?« fragte Udo herausfordernd.
»Laßt Euren Plan hören«, sagte Nogi, »dann werden wir entscheiden.«
Mung breitete eine Karte aus. »Die Hälfte der Männer des Iron Duke sind am Strand von Akahasi, um eine Ladung chinesischer Sklaven in Empfang zu nehmen. Mein Enkel Hiroki, Captain Togo und bewaffnete Mitglieder des Kobe-Clubs werden die Hälfte unserer Soldaten zum Strand führen. Damit dürften sie den Männern des Duke vier zu eins überlegen sein.«

»Was ist mit dem Hafen?«
»Legt Eure Schiffe längsseits im Hafenviertel an«, sagte Mung. »Ladet Eure Kanonen mit Platzpatronen und richtet sie auf die Barackensiedlung und auf Duke's Ground. Wenn Ihr Gebäude brennen seht, feuert drei Runden Platzpatronen aus jeder Kanone.« Mung wandte sich an Nogi. »Ihr werdet den Rest Eurer Männer und die Polizei von Kobe durch das Hafenviertel nach Chinatown führen. William Whittefield und fünfzig Mitglieder des Kobe-Clubs werden *The Iron Duke* von vorne angreifen.« Er schaute auf die Uhr. »Es ist fünf Uhr früh. Wir müssen uns beeilen, damit die eine Hälfte der Männer des Duke nicht in die Bar zurückkommt.« Er sah die beiden Offiziere an. »Bevor Ihr Euch entschließt, ob Ihr diesem Plan folgt oder nicht, die hier sind für Euch.« Er reichte jedem Mann einen Umschlag mit dem kaiserlichen Siegel. »Wenn Ihr heute Erfolg habt, dürft Ihr sie öffnen. Gemäß meinem Versprechen an Graf Hideyoshi sind das die Befehle, auf Okinawa und anschließend auf Formosa vorzurücken. Ihr werdet die erste japanische Übersee-Expedition in dreihundert Jahren leiten. Solltet Ihr hier in Kobe nicht erfolgreich sein, müßt Ihr diese Umschläge verbrennen. Alle Offiziere über dem Rang eines ersten Lieutenants werden Seppuku begehen.«
Nogi und Takamora berührten das kaiserliche Siegel mit der Stirn und verbeugten sich. »So ist es befohlen, so wird es geschehn.« Sie verließen den Raum.
»Ich dachte, der Kaiser ist gegen Seppuku?« sagte Udo.
»Das ist er auch«, erwiderte Mung. »Das war ein Beitrag meinerseits. Sie werden es erst erfahren, wenn sie die Umschläge öffnen.«
»Und wenn sie die Umschläge öffnen, waren sie bereits erfolgreich.« Udo lächelte. »Und wo ist mein Platz bei der Geschichte heute früh?«
»Ich bin zu alt und du zu wertvoll«, antwortete Mung. »Wir

werden aus der Kutsche des Kobe-Clubs zuschauen. Wenn wir unser Ziel erreicht haben, wirst du sofort zum Postboot aufbrechen. In der Sekunde, in der das Wetter besser wird, wirst du nach Formosa segeln. Setz dort deine Agenten und deinen Ohrring ein, um die Banditen, die die Fischer aus Okinawa getötet haben, ausfindig zu machen. Auf Befehl des Kaisers müssen Nogi und Takamora bis zu meiner Ankunft nach Shimatzus Hochzeit in Okinawa bleiben. So hast du in Formosa genug Zeit. Aber jetzt kümmern wir uns erst einmal um die Verschönerung der Docks von Kobe.«

Yaka und Uraga begleiteten William Whittefield und die fünfzig Mitglieder des Kobe-Clubs. »Warum müssen wir denn die Journalisten mitnehmen?« fragte Yaka William.
»Jede Gruppe hat einen Journalisten dabei. Sie werden der Welt berichten, daß die Japaner keine Feuerwaffen trugen und kein weißes Blut vergossen haben.« Er sah auf die Uhr. »Zeit zum Aufbruch.«

Der Regen hatte aufgehört, aber der Wind war stärker geworden. James Alburg führte zwanzig schwerbewaffnete Mitglieder des Kobe-Clubs zum Strand von Akahasi, Captain Togo vierhundert japanische Soldaten und Hiroki dolmetschte für den Journalisten.
Zwei Späher des Kobe-Clubs kamen ihnen kurz vor dem Strand entgegen. »Siebzig Männer des Duke sind auf der anderen Seite dieser Dünen. Sie beobachten das Schiff vor der Küste mit dem Rücken zu uns und dem Wind.«
»Sehr gut«, sagte James Alburg. »Jeder von euch führt eine Hälfte der Japaner, die sie dann im Halbkreis umzingeln. Meine Gruppe und ich nehmen die Mitte. Alles muß möglichst geräuschlos und schnell vonstatten gehen. Abteilung marsch.«
Die vierhundert erschöpften Soldaten kämpften sich mühsam

durch den weichen Sand, nur der Wind im Rücken half etwas nach. In kurzer Zeit waren die Männer des Duke umstellt, ohne daß sie etwas gemerkt hatten.
Dutch Henry lief auf das weiße Kontingent zu. »Wer, zum Teufel, seid ihr?« brüllte er James Alburg an. »Und was sollen die ganzen Schlitzaugen?«
Black George drängte sich durch die Menge nach vorn und stellte sich mit der Hand an der Pistole neben Dutch Henry. »Wer bist du, Scheißkerl?«
James Alburg drückte behutsam beide Läufe seiner Flinte ab, und Black George wurde zurück in die Menge geschleudert. Sein Blut und seine Gedärme regneten auf die Männer hinter ihm. Alburg warf die Flinte zu Boden und richtete seine Pistole auf den Kopf des Holländers. »Waffen fallen lassen!« brüllte er.
Dutch Henry griff nach seiner Pistole, und James Alburg erschoß ihn mit einem Blattschuß, genau zwischen die Augen. »Laßt eure Waffen fallen, oder ihr fahrt mit ihm zur Hölle!« schrie Alburg.
Der führerlose Haufen ergab sich ohne jeden Widerstand. Die Männer wurden in Zweierreihen formiert und erhielten den Befehl, zu den spanischen Transportschiffen zu marschieren.
»Moment!« rief der Journalist Hiroki zu und lief zu den Leichen von Dutch Henry und Black George. Er schob ihnen Sand unter die leblosen Köpfe, legte ihnen ihre Pistolen in die Hände und fotografierte sie aus verschiedenen Winkeln. Anschließend lief er zum Ufer, um das Schiff zu fotografieren, auf dem angeblich zweihundert junge Frauen waren. Hiroki folgte ihm zum Ufer, fasziniert von der Größe des Schiffs. Eine große Gruppe Dorfbewohner war ebenfalls auf dem Weg dorthin.
Hiroki wandte sich an den Dorfältesten. »Seltsam, daß der ausländische Captain sein Boot ins flache Wasser segelt.«

»Ja, der Ausländer glaubt, er kann sein Schiff vor dem Sturm retten, wenn er es auf den weichen, vulkanischen Sand auflaufen läßt. Wir haben Ebbe, und er meint wahrscheinlich, er kann dann mit der Flut wieder auslaufen. Aber da irrt er sich. Bei Ebbe hört der Wind für eine Stunde auf. Wenn er ein kluger Captain ist, verläßt er sein Schiff dann, weil es zertrümmert werden wird und alle an Bord ertrinken werden. Wenn die Flut einsetzt, kommt der Wind mit noch mehr Kraft vom Meer her.«

»Ihr meint, er dreht sich um 180 Grad?« fragte Hiroki.

Der alte Mann nickte. »Ja, so war's hier immer schon. Deswegen ist das ganze Dorf hier. Da wird viel Treibgut angeschwemmt.«

Hiroki sah hinaus zu dem todgeweihten Schiff. »Wie lange dauert es noch, bis der Wind aufhört und die Ebbe einsetzt?«

»Ungefähr eine halbe Stunde. Die Mannschaft kann nur überleben, wenn sie an Land geht.«

An Bord der *Maria-Luz* tobte ein heftiger Streit zwischen Maat und Captain. Der Maat wollte die Ladung Tee und Gewürze über Bord werfen, damit das dadurch leichter gewordene Schiff näher an den Strand kommen konnte. Der Captain aber wollte um keinen Preise seine Ladung verlieren und zwang den Steuermann mit vorgehaltener Pistole, das Schiff voll beladen in Richtung Strand zu steuern. In einiger Entfernung vom Ufer lief das Schiff schließlich auf einer Sandbank auf.

»Captain Belviso, ich entschuldige mich«, sagte der Maat. »Vielleicht schaffen wir es doch. Der Wind hat in den letzten fünfzehn Minuten nachgelassen. Die Männer bekommen was zu essen, während wir warten.« Er deutete mit dem Finger in Richtung Land. »Da watet jemand vom Strand direkt auf uns zu.«

»Vierzig Jahre auf hoher See, da lernt man schon ein bißchen was«, sagte der Captain. »Schickt den Boten in meine Kabine. Vorbereiten zum Abladen der Frauen des Duke!«

»Laßt die Strickleiter runter und hebt den Schwimmer an Bord«, befahl der Maat.

Matrosen zogen einen nackten Mann über die Reling.

»Ein Japse«, sagte der Maat auf spanisch. »Bist du einer von Dukes Männern?«

»Ich verstehe nicht«, erwiderte Hiroki auf englisch.

Der Maat sagte etwas in peruanischem Dialekt.

»Ihr seid in großer Gefahr«, antwortete Hiroki auf französisch.

Der Maat reichte Hiroki sein Regencape und sagte in gebrochenem Französisch: »Komm unter Deck, der Captain will dich sehen, aber nicht mit nacktem Arsch.«

Captain Belviso war begeistert. »Der Heide spricht also die Sprache der Liebe. Ha! Wo ist mein Geld?«

»Sie müssen dieses Schiff sofort evakuieren«, sagte Hiroki. »Der Sturm wird Kleinholz daraus machen!«

»Wohl wieder ein neuer Trick des Duke, was?« fragte Emilio Belviso. »Der Duke zahlt seine fünfzig Weiber! Die anderen bleiben an Bord!«

»Sie begreifen nicht«, erwiderte Hiroki. »Die Männer des Duke am Strand sind verhaftet worden. Zwei wurden getötet. Die japanische Armee und die Polizei säubern die Docks von Kobe. Der Iron Duke ist erledigt!«

»Was faselst du da?« fragte der Captain. »Ich hab Dukes Männer doch noch vor einer Stunde am Strand gesehen.«

»Ja, da waren sie auch. Sie sind verhaftet worden. Wir haben jetzt Ebbe! Ihr müßt das Schiff verlassen, sonst werdet ihr alle den Tod finden! Wenn die Flut dreht, dreht auch der Wind und kommt dann vom Meer! Das Schiff wird in Stücke gerissen!«

»Einen Scheiß werd ich tun!« Der Captain schob Hiroki beiseite und lief aus der Kabine. »Bringt den schlitzäugigen Bastard an Deck«, rief er dem Maat zu.

Oben an Deck angelangt, zeigte Belviso triumphierend zum Strand. »Da, die Männer des Duke!«
»Schauen Sie sich die Leute genauer an«, sagte Hiroki. »Das sind Dorfbewohner, die sich das Treibgut von Ihrem Wrack holen wollen!«
Der Captain schnappte sich ein Teleskop und richtete es auf den Strand. »Jesus, Maria und Josef«, stöhnte er. »Die stehn ja da wie die Geier und warten auf uns. Dukes Männer sind weg.«
»Wir können es noch an Land schaffen«, sagte der Maat. »Der Wind hat sich gelegt, wir haben Ebbe.«
»Nein! Die Polizei und die Armee sind da. Hast du den Japsen nicht gehört? Die verhaften uns wegen Sklaverei.«
»Aber das ist ein Vertragshafen. Da werden wir vor ein weißes Gericht gestellt. Die britische Marine kann uns auch nichts anhaben. Wir sind in Sicherheit.«
Der Captain schüttelte den Kopf. »Peru hat keine diplomatischen Beziehungen mit Japan. Die lassen uns in einem Japsengefängnis verfaulen oder schlagen uns die Köpfe ab. Ich bin ein gottesfürchtiger Christ.«
»Ich verstehe Ihre Sprache nicht«, sagte Hiroki, »aber ich warne Sie, es bleibt keine Zeit. Die Flut wird drehen, und Ihr Schiff wird in Stücke gerissen. Wenn Sie bleiben wollen, dann laßt doch wenigstens die Frauen von Bord!«
»Wir haben nur eine Chance«, sagte Captain Belviso zu seinem Maat. »An Bord bleiben, reparieren und auf die Flut warten, damit wir wieder Wasser unter den Kiel kriegen.« Er ließ seinen Rosenkranz durch die Finger laufen und richtete mit der anderen Hand seine Pistole auf den Maat. »Schick den Japsen zurück! Außer ihm verläßt keiner das Schiff!«
Der Maat leckte sich die Lippen, schaute auf die Pistole und nickte resigniert. Er nahm Hiroki sein Regencape ab und schob ihn zur Reling. Beide erstarrten, als eine Kanone vom Hafen in Kobe losdonnerte.

»Der Angriff auf die Docks hat begonnen«, sagte Hiroki. »Ihr müßt jetzt an Land gehn!«
Der Maat stellte sich mit dem Rücken zum Captain und flüsterte Hiroki zu: »Erzählt jemandem, daß der Captain dieses Schiffs verrückt geworden ist und keinen wegläßt. Wir haben zwanzig Matrosen und zweihundertfünfzig junge chinesische Mädchen an Bord. Hol Hilfe!« Er hob Hiroki hoch und warf ihn ins Meer.

10

Udo zeigte auf die Flagge des Kobe-Clubs. Sie flatterte vom Dach des höchsten Gebäudes im Hafen – der Freimaurerhalle. »Die Scharfschützen sind postiert, und Williams Männer dürften auch ihre Stellung gegenüber von *The Iron Duke* eingenommen haben«, sagte er zu Mung. Vor ihnen waren General Nogis Truppen und die Polizei von Kobe zu sehen.
Mung deutete auf die menschenleere, schlammzerfurchte Straße. »Der Sturm hat sie alle in die Häuser getrieben. Das erleichtert unsere Arbeit. Gib Befehl zum Abriß der Barackensiedlung! Laß alle Häuser im Duke's Ground niederbrennen!«
Udo hob zweimal die Faust, das Signal für den General. Seine Truppen und die Polizei trabten los und begannen in der Barackensiedlung Hütten und Zelte dem Erdboden gleichzumachen. Die wenigen Männer und Frauen, die ernsthaften Widerstand leisteten, wurden mit Leichtigkeit überrumpelt und in eine Umzäunung in der Nähe der Transportschiffe gebracht. Die anderen wurden in den Straßen zusammengetrieben. Anschließend steckten dreißig Polizisten mit Fackeln das Ganze in Brand.
Udo und Mung verfolgten das Geschehen aus ihrer Kutsche.

»Was, zum Teufel, ist das für eine Schießerei da draußen?« brüllte in der Bar der Duke von seiner Plattform.
Die Wächter auf dem Balkon traten von einem Bein aufs andere, schwiegen aber.
»Kilday«, schrie der Duke. »Schwing deinen Arsch aufs Dach und schau nach!«

Der Ire lief nach oben und kletterte die Leiter zum Dach hinauf, öffnete die Falltür und lugte hinaus. Fünf Meter weiter lag ein Wächter in einer Blutlache, mit einem Loch in der Stirn.
»Hilfe.« Kilday schreckte zusammen. Ein zweiter Wächter, mit blutverschmierter Jacke, hatte sich zur Falltür geschleppt. Kilday versuchte ihn durch die Luke zu zerren, aber auf halbem Weg fiel draußen ein Schuß, Kilday verlor den Halt, und sie purzelten zusammen die Leiter hinunter.
Kilday schüttelte den Verwundeten. »Was, zum Teufel, ist denn da los?«
»Polizisten stecken die Häuser von der anderen Seite an«, stieß der Wächter hervor. »Wir konnten sie nicht aufhalten. Scharfschützen mit Zielfernrohren haben uns vom Dach der Freimaurerhalle erwischt. Hilf mir.«
Kilday rannte nach unten und berichtete.
»Mach deine Kanone und die Gatling klar«, befahl der Duke und stieß Kilday von der Plattform. Dann befahl er den Wächtern auf dem Balkon, alle aus der Bar auf die Straße zu jagen. »Wir müssen wissen, ob die eine Falle gestellt haben.«
»Feuer! Feuer!« Der Alarm kam aus dem Frauenquartier an der Rückseite des Gebäudes. Männer und Frauen von beiden Seiten der Bar stürmten zur Eingangstür. Fenster wurden mit Stühlen eingeworfen, und die Menschen sprangen nach draußen, fielen übereinander, krochen auf die Straße.
Am Dock gegenüber der Bar gab William Whittefield sein Signal. Er und fünfzig Männer des Kobe-Clubs kletterten aus ihren Verstecken in den Booten, bildeten eine Reihe und rückten gegen das Lagerhaus neben der Bar vor. Yaka und Uraga rannten auf Williams Seite zu.
Das plötzliche ohrenbetäubende Donnern der Platzpatronen aus Admiral Takamoras Kanonen ließ die aus den Spielhöllen und Bordellen geflohenen Leute zusammenschrecken. Die Tür des Lagerhauses flog auf. Einundfünfzig Gewehre richteten

sich auf die Tür und feuerten gleichzeitig, mit verheerender Wirkung. Die wenigen Überlebenden von Dukes Männern krochen aus dem Lagerhaus und ergaben sich.

»Der Iron Duke war nicht dabei«, sagte Yaka.

William deutete auf das brennende Lagerhaus. »Die Rückseite der Bar muß auch brennen. Er muß hierherkommen.« Die Überlebenden aus dem Lagerhaus schienen es sehr eilig zu haben, möglichst viel Abstand zwischen sich und das Haus zu bringen. William griff sich einen der Männer. »Was wird dort gelagert?«

»Munition! Schießpulver! Fässer mit Alkohol!«

»Zurück!« brüllte der Amerikaner auf englisch und japanisch. »Alle runter zum Wasser! Das Lager kann jeden Moment explodieren!«

Kilday, von Schrotkugeln durchsiebt und aus zahllosen Wunden blutend, schleppte sich mit letzter Kraft in die Bar, in der der Duke sich mit seinen verbliebenen dreißig Männern verschanzt hatte. »Schnell, raus hier!« flüsterte der Sterbende. »Sie haben auf uns gewartet, es ist alles verloren. Das Lagerhaus kann jeden Moment in die Luft fliegen.«

Der Duke schlug Kilday zu Boden, befahl seinen Männern, die hintere Wand mit den Kartentischen einzuwerfen, dann lief er schnell in sein Büro, schnappte sich seine Geldkassette aus dem Safe und rannte zur Rückseite.

Der Raum war ein Inferno aus Rauch und züngelnden Flammen; die Männer versuchten vergeblich die Wand zu durchbrechen. Der Duke gab einem der Männer seine Kassette und Pistole, griff sich einen Tisch aus dem Feuer, schwang ihn einmal über dem Kopf und schleuderte ihn gegen die Wand. Der Tisch durchbrach die brennende Wand, und die Männer jubelten. Duke packte seine Kassette und Pistole und sprang durch das Loch. Andere folgten, aber die Scharfschützen von der Freimaurerhalle füllten die Öffnung mit Leichen. Nur drei schafften es ins Freie.

»Deckung! Deckung!« Yaka und Uraga rannten auf den Zug japanischer Infanterie zu, der gerade in Duke's Ground einmarschierte. Es gelang ihnen, die Männer hinter ein brennendes Haus zu führen, ehe das Lager explodierte. Der Knall und die Druckwelle waren kilometerweit zu hören und zu spüren. Tausende der Einwohner von Kobe flohen aus Angst vor einem Erdbeben auf die Straße.
Ein Lieutenant erschien zum Rapport bei Yaka. »Ein paar Leute sind hinten aus der Bar geflohen.« Er deutete in die Richtung. »In diese Senke.«
»Nehmt sie gefangen«, befahl Yaka dem Zugführer. »Lebendig!«
Dreißig Soldaten folgten im Laufschritt dem Lieutenant und sprangen blind über den Rand der Senke. Schüsse waren zu hören. Bambusschwerter pfiffen durch die Luft. Drei Gefangene wurden herausgebracht.
Yaka stand am Rand der Senke. Unter ihm schüttelte der Iron Duke Soldaten von sich ab wie ein Hund das Wasser aus dem Fell. Einem Mann schlug er den Schädel mit der Geldkassette ein. Drei erschoß er. Dann wurde ihm die Pistole aus der Hand geschlagen, und der blonde Riese war von wütenden Männern eingekreist. Andere Soldaten zerrten ihre Toten und Verwundeten beiseite. Alle warteten auf Befehle.
James Alburg kam herbeigelaufen. »Ihre Männer können dieses Tier ein paar Minuten lang bestrafen«, sagte Alburg zu Yaka, »aber umbringen dürfen sie ihn nicht!«
Yaka übersetzte, und die Soldaten machten sich an die Arbeit. Schläge prasselten auf den Duke wie Hagel, er stöhnte, sein Körper bäumte sich auf.
James Alburg machte Yaka ein Zeichen. »Holen Sie einen Journalisten!«

Dem Iron Duke gelang es mit übermenschlicher Kraft, wieder auf die Beine zu kommen. Ein Japaner rammte ihm sein Bambusschwert in den Leib. Der Riese brüllte, krümmte sich vor Schmerz und fiel auf den Hintern.
»Genug!« sagte Alburg und nahm die Pistole aus seinem Gürtel. »Wo bleibt denn dieser Journalist?« Er drehte sich um und sah Uraga, der einen Mann mit Kamera bei sich hatte. James Alburg warf dem Iron Duke die Pistole in den Schoß. »Ich geb dir noch eine Chance, von einem Weißen zum anderen. Heb sie auf, Duke!«
Das blutverschmierte blonde Haar verdeckte sein Gesicht, bis er den Kopf hob. »Ich hab Sachen gemacht«, sagte er leise mit angeschwollenen Lippen und gebrochenen Zähnen, »für die ich das Hängen verdient hab. Aber ich hab mich nie mit einem Japsen gegen einen Weißen verbündet wie du, Alburg!« Der Duke setzte sich die Pistole an die Schläfe und drückte ab. Der Fotograf machte eine Aufnahme. Der Schuß des Iron Duke war der letzte, den man an diesem Tag in Kobe hörte.

Am Strand von Akahasi drehte sich die Flut, und der Wind begann mit ungeheurer Macht in Richtung Land zu blasen. Die Wellen hämmerten gnadenlos gegen die *Maria-Luz.* Unter Deck waren schon einige Frauen in ihren Kojen ertrunken, andere versanken im steigenden Wasser.
Die Lebenden beobachteten Shen Yan und Xu. Sie standen zitternd im brusttiefen Wasser. Shen bohrte das Messer unter die letzte noch übrige Schraube. Verfaultes Holz brach weg. Sie nahm das Messer zwischen die Zähne und zog die Schraube mit blutigen Fingern heraus, dann sah sie nach unten und nickte. Xu rief den Frauen zu. »Zieht euch aus, sonst ziehen euch die Kleider unter Wasser. Wenn die Luke aufgeht, flieht aus diesem dunklen Loch, egal, was passiert! Oder ihr ertrinkt!«

Mit Gewehr, Pistole und Taschen voller Munition lief Captain Belviso das Achterdeck auf und ab und hielt seine meuternde Mannschaft in Schach. Zwei Männer hatte er bei dem Versuch, ein Boot zu Wasser zu lassen, erschossen, einen dritten, als er versuchte, an Land zu schwimmen.
Wind und Wellen kamen vom Meer her, genau wie Hiroki gesagt hatte. Eine riesige Welle hob das Schiff und drehte es zur Seite. Der Rumpf krachte auf den Sand, und mit einem Knall wie eine Kanone zerbrach der sechzig Jahre alte Kiel.
»Captain«, brüllte der Maat. »Alle Mann von Bord! Sonst ertrinken wir!«
Emilio Belviso feuerte das Magazin seines Gewehrs leer und schrie dabei: »Nein! Nein! Nein!« Dann zog er seine Pistole.

Shen Yan hob die Luke und spähte hinaus. Eine Woge krachte gegen den Rumpf des Schiffs, und fast wäre sie die Leiter hinuntergespült worden.
»Spring mit mir über die Reling«, sagte Xu. »Ich helf dir an Land.«
Tränen kullerten über Shens zarte Wangen. »Ich bin schon tot.« Sie schob die Luke beiseite und glitt hinaus aufs Deck, paßte dann die nächste Welle ab und kroch hinter eine Transportkiste. Ihr Blick fiel auf den Captain, der gerade sein Gewehr wieder lud. Sie rannte zur Leiter zum Achterdeck und begann zu klettern.
Der Captain sah einen Strom junger, nackter Frauen, der sich aus der Luke Nummer drei ergoß. Er feuerte, und einige starben, aber der Strom war endlos. Ein schlankes Mädchen sprang zur Reling und war im Begriff, ins Wasser zu hechten. Er zielte auf das Mädchen und bemerkte Shen nicht, die sich von hinten angeschlichen hatte. Shen Yan rammte das Küchenmesser in den Rücken des Captains, aber die Klinge verbog sich. Er wirbelte herum und erschoß sie mit seiner letzten Kugel.

11

Die *Maria-Luz* lag mit gebrochenem Rückgrat fünfhundert Meter vor der Küste. Alle Männer, Frauen und Kinder im Umkreis von fünf Kilometern hatten sich am Strand von Akahasi versammelt, um den Todeskampf mitanzusehen. Hiroki kämpfte sich aus dem Wasser, und eifrige Hände wickelten ihn in Decken und gaben ihm heißen Reis, Suppe und Tee.

Die Menge am Strand schrie auf. Nackte Frauen strömten auf das Deck des großen Schiffs, und Schüsse waren zu hören.

Ein Dorfältester hockte sich zu Hiroki. »Die Läufer, die Ihr um Hilfe nach Kobe geschickt habt, sind von den Soldaten zurückgeschickt worden«, sagte er. »Wenn wir ein Tau zum Schiff bringen könnten, wäre es möglich, ein paar von den Frauen zu retten. Aber ich frage mich, ob es wert ist, ein japanisches Leben für diese Ausländer zu riskieren.«

»Holt das Tau«, befahl Hiroki. »Die Flut steigt rasch.«

Die Leute wichen weiter zurück, der Wind trieb die Wellen landeinwärts. Jetzt waren es schon sechshundert Meter zum Schiff.

Sieben junge Männer brachten das Tau des Dorfnetzes zum Strand. Hiroki streifte sich die Decken ab, und die jungen Männer zogen sich aus. Er band sich die Leine um die Taille und führte sie in die Brandung. Sie wateten bis zu einer Sandbank in etwa hundert Meter Entfernung vom Schiff.

Hiroki sah, wie mit jedem Brecher mehrere Mädchen über Bord gespült wurden und dann in Richtung Süden im tiefen, aufgewühlten Wasser verschwanden.

Hiroki schrie dem Mann hinter sich zu: »Ich schwimme zur

linken Seite des Schiffs und laß mich von der Strömung vorbeitragen, dann versuche ich die Leine am Schiff festzumachen.«
Der Mann winkte, und Hiroki schwamm los.
Die Schießerei auf dem Schiff hatte aufgehört. Hiroki sah, wie die Matrosen versuchten, ein Boot zu Wasser zu bringen, aber ein Schwarm Mädchen sprang in das Boot, noch ehe es auf dem Wasser aufschlug, und es kenterte. Die Matrosen und die Mädchen wurden abgetrieben.
Die übrigen Mädchen an Deck schrien herzzerreißend. Einige versuchten Kisten ins Wasser zu stoßen und sich dann daran zu klammern, aber sie fanden keinen Halt. Eine nach der anderen rutschten sie ab und ertranken.
Hiroki hatte einen Punkt etwa dreißig Meter vom Ruder erreicht. Er ließ sich auf dem Kamm einer Welle hochtragen, um sich zu orientieren, und sah, wie ein riesiger Brecher sich auf das Schiff zuwälzte, breitseits gegen die *Maria-Luz* knallte und den Rumpf zerschmetterte. Kurz darauf war die Wand tosenden Wassers über ihm, donnerte auf ihn herunter, drückte ihn auf den Grund und rollte ihn durch den schwarzen Sand. Er versuchte sich zur Oberfläche zu kämpfen, hatte sich aber in der Schnur verheddert. Und dann, als ihm schon schwarz vor Augen wurde, durchbrach er die Oberfläche und sog gierig die Luft in seine schmerzende Lunge. Er schwamm los und streifte sich die Schnur, die sich um seine Beine gewickelt hatte, ab.
Die riesige Woge hatte die Männer an der Leine weggespült. Die Strömung trug ihn vorbei am Schiff, aber da war keiner mehr an Bord, der ihm ein Seil hätte zuwerfen können. Überall trieben Leichen. Er hörte Hilferufe auf chinesisch, doch er hatte nicht die Kraft, jemandem zu helfen. Er stieß gegen eine abgebrochene Spiere und klammerte sich daran fest.
Die Schnur um Hirokis Taille riß ihm die Haut auf, und er hinterließ eine Blutspur im grünen Wasser. Bilder von Haien

schossen ihm durch den Kopf, aber dann wurde ihm klar, daß er nichts zu befürchten hatte. Die Menschenfresser würden reiche Beute in den zahllosen geschmeidigen Körpern, die überall herumtrieben, finden. Er berührte einen der Körper. Er war noch warm, aber tot. Der Gedanke, loszulassen und sich ihnen anzuschließen, war verlockend. Plötzlich spürte er einen Ruck am Tau um seine Taille und wurde landeinwärts gezogen. Er ließ die Spiere los und stieß gegen einen Körper.
Xu rang keuchend nach Luft. »Rette mich«, rief sie.
Hiroki packte den Arm des Mädchens im Glauben, sie wäre die einzige Überlebende von der *Maria-Luz*.

An diesem Abend trafen William Whittefield und John Mung sich mit dem Präsidenten des Kobe-Clubs in seinem Büro.
»Zweihundertachtzehn Frauen und siebzehn Matrosen der *Maria-Luz* sind ertrunken«, sagte er. »Der Captain, Emilio Belviso, zwei Matrosen und zweiunddreißig Frauen wurden gerettet. Der Kapitän ist hier. Er dachte, unsere rot-weiße K.C.-Flagge bedeutet Knights of Columbus, und hat hier Zuflucht gesucht.«
»Peru hat keine diplomatischen Beziehungen zu Japan«, erwiderte Mung. »Er fällt nicht unter den Schutz der Extraterritorialität, sondern muß sich vor einem japanischen Gericht verantworten. Als Vertreter der Regierung Seiner Kaiserlichen Majestät verlange ich, daß Captain Belviso mir ausgeliefert wird.«
»Mr. Mung, der Kobe-Club wird das regeln«, entgegnete Alburg. »Ich werde jetzt nach unten gehen und die Anklage hören. Ich werde die Zeugen vernehmen und Emilio Belviso gestatten, sich selbst zu verteidigen. Dann hänge ich ihn auf.«
»Die japanische Armee und die Polizei hat heute Tapferkeit und Disziplin bewiesen«, sagte William zu Mung. »Kein einziger Tropfen weißen Blutes wurde von ihren Männer vergos-

sen. Lassen Sie uns das regeln. Sie möchten die Verträge, die Japan aufgezwungen wurden, abschaffen. Ich glaube, ich kann Ihnen versprechen, daß Sie der Kobe-Club dabei unterstützen wird.«

»Das garantiere ich«, erklärte der Präsident des Kobe-Clubs.

Mung beugte sich vor und sagte zu James Alburg: »Die japanische Armee und Marine werden in Kobe bleiben, bis Sie Ihr Wort gehalten haben. Wenn nicht, werde ich mir Belviso, falls nötig, mit Gewalt holen, ohne Rücksicht auf die Konsequenzen!«

Alburg reichte Mung seine Hand. »Ihr Militär kann beim Morgengrauen aufbrechen. Zu dieser Zeit wird der Captain der *Maria-Luz* hängen.«

»Reine Mutmaßung, Lieutenant Shibata«, sagte Graf Hideyoshi. »Tatsache ist, daß Mung die Armee und die Marine nach Formosa geschickt hat und ich sie nicht erreichen kann. Für den Augenblick sind uns die Hände gebunden. Aber ich habe Agenten in der Flotte. Wir werden bald ihren Standort erfahren und entsprechend handeln.«

Der junge Offizier schwieg. Seit seiner Ernennung zum persönlichen Adjutanten des Vorsitzenden des neugegründeten Komitees zur militärischen Expansion hatte er gelernt, wann er reden und wie er sich einschmeicheln konnte. Er setzte dem Grafen eine Tasse Tee vor.

»Das Parlament wird vor der Rückkehr General Nogis und Admiral Takamoras keine Aktion gegen Korea in Betracht ziehen«, fuhr Hideyoshi fort.

»Mung ist ein kleinkarierter, alter Bürohengst, der weiß, wie er die Bürokratie zu seinem eigenen Vorteil manipulieren kann«, entgegnete Shibata.

»Gut gesagt, Lieutenant.«

»Mir wär's lieber, wenn ich Mung seinen mageren Hals brechen könnte.«

»Also wirklich«, Hideyoshi hob den Kopf. »Ich habe in den letzten Jahren ein paarmal versucht, den Fischhändler zu töten. Ich hatte gehofft, er würde im Ruhestand sterben.«
Das Blut pochte in Shibatas Kopf. Das war die Gelegenheit, auf die er gewartet hatte. Eine Verschwörung mit einem der mächtigsten Männer des Königreichs. »Mungs Tod kann arrangiert werden«, sagte er.
Hideyoshi lehnte sich zurück und musterte ihn. »Wie viele Männer hast du bis jetzt getötet?« fragte er.
»Zwei«, antwortete Shibata. »Während meiner Ausbildung zum Offizier hat ein anderer Kandidat meine Familie beleidigt. Der zweite war ein gewöhnlicher Soldat, der mich angegriffen hat. In beiden Fällen vollzog ich Giri. Meine Rache war rein. Der Name meiner Ahnen ist unbefleckt. Beide Angreifer sind ausgelöscht.«
Hideyoshis pockennarbiges Gesicht verzog sich zu einem Grinsen. »Lügner«, flüsterte er. »Der Offizier, den du getötet hast, hatte einen Spielschuldschein von dir. Du hast ihn mit deinen Freunden auf der Straße überfallen. Deine Schuld verschwand mit seiner Leiche. Der einfache Soldat starb, weil er nicht dein Geliebter werden wollte.«
Shibata ließ den Kopf hängen. Er hörte, wie der Graf sich erhob und hinter seinem Schreibtisch hervorkam. Er spürte eine Hand auf seiner Schulter, war aber zu verängstigt, hochzuschauen.
»Ein Mann, der die Wahrheit verdreht, kann mir sehr nützlich sein«, sagte Hideyoshi. »Ich habe dich nicht wegen einer guten Information zu meinem Adjutanten gemacht.«
Shibata spürte, wie die Hand von seiner Schulter zum Hals glitt. Die Finger strichen über sein Haar und schlängelten sich in den Kragen. Sie öffneten den obersten Knopf, hoben sein Kinn und streichelten seinen Hals.
Die Blicke der beiden Männer begegneten sich, und der Graf

lächelte. »Du hast eine griechische Nase, wie das die Westler nennen. Sehr attraktiv.« Er ließ seine Hände über Shibatas breite Schultern gleiten.
Ein triumphierender Schauder durchströmte Shibatas Körper. Ungeahnte Möglichkeiten taten sich da vor ihm auf. Er öffnete die Knöpfe seiner Jacke und sagte: »Meine Freunde werden mir helfen, Mung zu erledigen.«
»Wofür hat man denn Freunde«, erwiderte Hideyoshi und zog dem jungen Mann die Jacke aus.

Noriko drehte ihr Gesicht zum offenen Fenster. Die Luft war mild und roch nach Frühling. Der Palastgarten war übersät von weißen und rosa Blüten. Shimatzu wird morgen schönes Wetter für seine Hochzeit haben, dachte sie. Ihre Neuerungen waren vom Protokollchef des Kaisers akzeptiert worden. Zum erstenmal würde beides, Zeremonie und Feierlichkeiten, in einem Schrein stattfinden.
Wenn ich mir doch über meine Gefühle Hiroki gegenüber genauso sicher wäre wie bei dieser Hochzeit, dachte Noriko. Die Zeitungen waren voll von Berichten und Bildern über seine Heldentaten. Besonders ein Foto hatte Norikos Blut in Wallung gebracht. Das Bild zeigte ihn nackt, wie er mit dem bewußtlosen Mädchen aus der Brandung stolperte. Es machte sie richtig eifersüchtig.
Gin-ko hatte ihr den ganzen Augenzeugenbericht der Reuter-Nachrichtenagentur in Tokio vorgelesen. Noriko erschauderte bei dem Gedanken an das Bild des erhängten Captains Belviso vor dem Kobe-Club.
Andere Bilder zeigten Hiroki, wie er im Ueno-Park in Tokio von ihrem Vater für seine Verdienste bei dem Schiffbruch geehrt wurde. Scharen von Menschen versuchten sein Autogramm zu ergattern, bevor er mit Ausländern zu einem Flug im Heißluftballon startete.

Noriko wußte, daß Hiroki bei der amerikanischen Junggesellenparty anwesend sein würde, die William Whittefield für Shimatzu veranstaltete. Die einflußreichsten Leute in der Hauptstadt hatten versucht, eine Einladung zu dieser Party zu bekommen. Keiner wußte, was eine Junggesellenparty war, nur, daß der Sohn des früheren amerikanischen Botschafters der Gastgeber war. Norikos Vater war auch schon ganz aufgeregt. Zweimal hatte er ihr bereits erzählt, daß Hiroki mit seinen Brüdern dort sein würde. Beim Gehen wiederholte er Hirokis Namen mit geheimnisvollem Lächeln ein drittes Mal. Noriko schüttelte seufzend den Kopf. Männer kämpfen, essen und lieben, aber die Herzlichkeit und Zuneigung, die eine Frau schätzt, dachte sie, können sie nicht teilen. Sie sind viel zu beschäftigt damit, sich gegenseitig zu beweisen, wie toll sie sind. Wenn ich doch bloß Shimatzus Braut kennen würde, dann würde ich für sie auch eine Party geben.

Die Zeitungsberichte über Hiroki waren der krönende Abschluß des Triumphes von Kobe und verdrängten für den Augenblick die Berichte über den japanischen Angriff auf die koreanische Botschaft auf die hinteren Seiten. Die ganze Hauptstadt war im Siegestaumel. Es war die Zeit des Pflaumenblütenfestes, und die Vorfreude auf die Hochzeit und die Junggesellenparty war ansteckend. Die Menschen waren glücklich. Sie zogen bunte Kleider an, lächelten mehr als sonst und verbeugten sich tiefer, als die Etikette es verlangte.
Mung hatte unter dem Vorwand der Einladung zur Hochzeit hochrangige Schwarze Drachen bis aus Südostasien und Sibirien kommen lassen. Zur Belohnung für seine Taten durfte sein Enkel an seiner Seite sitzen. Drei Tage lang hörten sich die beiden Berichte der Führer der Schwarzen Drachen an, deren Informanten von Java bis zur Beringstraße stationiert waren. Jetzt, kurz vor ihrem Aufbruch zur Junggesellenparty, wollte

der Schwarze Drache den jungen Mann prüfen. »Faß die Berichte und Meinungen, die du gehört hast, zusammen und werte sie aus!«

Auf diese Aufforderung hatte Hiroki sich vorbereitet. »Korea ist der Schlüsselpunkt. Die Chinesen haben den russischen Stützpunkt dort abgeblockt. General Lis Expansion der Penyang Flotte auf Basen in Hankow, Kanton und Tientsin stellen eine echte Bedrohung für Japan dar. Chinas Kauf von Kriegsschiffen aus Deutschland und Großbritannien steigern diese Gefahr noch. Lis Befestigungsausbau von Port Arthur und des Marinestützpunkts Weihaiwei im Norden bedroht die Flanke unserer Marine. Die Bedrohung durch China löst die durch Rußland ab.«

»Und wie sollen wir reagieren?« fragte Mung.

»Uns auf einen Krieg mit China vorbereiten.«

»So, du bist also derselben Meinung wie Graf Hideyoshi?«

»Nein. Er spricht von Korea. Das ist meiner Ansicht nach zu beschränkt. Eine Aktion gegen Seoul muß zu einem Krieg mit China führen. Hideyoshi denkt nur an den ersten Schritt. Ich denke an den zweiten.«

»Beschäftigen wir uns doch mit dem dritten«, sagte Mung. »Wenn wir China aus Korea vertreiben könnten, würde das ein Machtvakuum in der Region zur Folge haben?«

»Ja.«

»Was passiert in einem Vakuum?«

»Nichts«, antwortete Hiroki.

»Nichts, bis das Siegel gebrochen wird. Dann werden die Dinge in nächster Nähe eingesogen. Was in diesem Fall Japan wäre und auch Rußland. Ich fürchte Rußland mehr als China und Korea zusammen. Der neue Zar Nikolaus ist schwach, aber seine Armee stark. Seine Frau Alexandra ist eine dominierende Persönlichkeit. Sie kontrolliert den russischen Monarchen und propagiert eine aggressive Auslandspolitik in Fernost.«

Hiroki erinnerte sich an einen Kommentar seines Vaters, wonach Mung aufgrund seiner amerikanischen Kontakte in der Jugend das westliche Militär zu hoch einschätzte. Er sagte nichts.
»Laut der Informationen deines Vaters hat Rußland beträchtliche Kredite von Frankreich aufgenommen, um seine Marine auszubauen«, fuhr Mung fort. »Im Gegenzug hat der Zar einen gegenseitigen Verteidigungspakt mit Frankreich gegen Deutschland und Österreich abgeschlossen. Darin liegt ein Hoffnungsschimmer für uns. Kennst du ihn?«
»Verzeiht, Großvater, das tue ich nicht.«
»Im Falle eines europäischen Konflikts wären Rußlands Augen nach Westen gerichtet, nicht nach Osten.«
Mung sah Hirokis abwesenden Blick. Ich hab ihn überfordert, dachte er. Aber zumindest ist er Manns genug, es zuzugeben.
Mung sagte: »Ich bin der Meinung, wir sollten begrenzte Vorbereitungen für den Verteidigungskrieg treffen und beten, daß er nicht kommt. Die deutschen Generäle sagen, man braucht siebenmal mehr Männer, um eine Stellung anzugreifen, als sie zu verteidigen. Laß die Europäer ruhig siebenmal mehr ausgeben als wir. Unser Potential an Menschen, Wissen und Geld wird eingesetzt werden, um eine starke Wirtschaft aufzubauen. Krieg ist Verschwendung.«
Hirokis Augen waren wieder ganz wach. »Ich möchte mit aller Ehrerbietung vorbringen, daß Ihr einen Krieg mit Korea und China nicht vermeiden könnt. Ich bin in Seoul aufgewachsen und habe China bereist. Es wird weitere Vorfälle geben wie das Niederbrennen unserer Gesandtschaft. Der Japaner, den sie getötet haben, war mein Karatelehrer. Ich habe ihm bei der Ausbildung von Koreanern geholfen, jener Spezialeinheit, die Japan gegen China unterstützt. Wir hatten viele Straßenkämpfe mit Sugyup, der nationalistischen koreanischen Organisation. Sie wollen Krieg, und ein Krieg mit Korea bedeutet Krieg

mit China. Zusätzlich gibt es viele Japaner, die Krieg wollen. Graf Hideyoshi ist bereit, sie zu führen. Eure friedliche Position ist von beiden Seiten bedrängt. Ich sehe keine Möglichkeit zum Erfolg.«

»Ich habe Pläne zur Vermeidung eines Kriegs«, sagte Mung. »Wenn dein Vater seine Mission erfolgreich beendet und wir die Banditen aus Formosa gefangennehmen, sind die Heißsporne in Tokio befriedigt, und die Koreaner haben allen Grund, die Schlagkraft der japanischen Marine mit Respekt zu betrachten. Ich versuche die Verhandlungen mit China über die Riukiu-Inseln zu einem positiven Abschluß zu bringen. Wenn Japans Recht auf Okinawa von Europa anerkannt wird, wird es unserem Militär Ehre machen, unser Volk mit Stolz erfüllen und mir Zeit geben, die westlichen Länder zur Aufgabe der ungleichen Verträge mit uns zu bringen. Dazu brauche ich die Hilfe Lord Malcolm Cades.«

»Großvater, ich muß Eurer Schlußfolgerung widersprechen. Die meisten Japaner wollen nicht nur einfach diese Verträge beenden. Sie wollen sich im Kampf mit anderen Nationen messen.«

Mung lächelte. »Du wärst ein wunderbarer Samurai geworden und mit deinen beiden Schwertern wie ein Pfau herumstolziert. Aber diese Zeiten sind vorbei. Der Samurai von heute muß sich der Wirtschaft widmen. Der Kriegerkodex muß darauf verwendet werden, unsere Industrie und unsere Handelsflotten auszubauen und ausländische Devisen zu verdienen.« Mung sah auf die Wanduhr. »So, jetzt müssen wir aber los. Vielleicht wirst du bald selbst eine Junggesellenparty veranstalten. Bevor es aber soweit ist, laß uns die von Shimatzu genießen.«

12

William Whittefield, in Hirschleder und Waschbärmütze, empfing seine Gäste am Eingang des Gartenrestaurants. Geishas säumten den Weg zu beiden Seiten. Die Botschaftsangehörigen trugen alle ihre traditionellen Trachten. Die hawaiianische Delegation, angeführt von ihrem zwei Meter großen König Kamehamea III., tanzte zum Rhythmus ihrer eigenen Trommeln einen Hula den Weg entlang in den Garten. Als ein deutsches Mädchen sich eine Pfeife ansteckte und das Kissen in ihrem Busen zurechtrückte, entdeckten die Geishas, daß die Frauen Männer in Kleidern waren, mit Rouge auf den Wangen und Perücken. Die japanischen Mädchen konnten sich vor Lachen kaum halten. Ihre Versuche, sich würdevoll zu geben, wurden bei der Ankunft jeder Gruppe erneut zunichte gemacht.

»Sie hätten uns warnen sollen«, sagte Mung zu William, »dann wären wir in Kimonos statt im Smoking gekommen.«

»Überraschung ist ein wichtiger Bestandteil von Junggesellenpartys. Sie sollten wissen, daß Marquis Inei bereits da ist.«

»Er ist noch kein Marquis«, erwiderte Mung. »Wenn's erlaubt ist, wird Hiroki sich zu Ihnen stellen. Bitte informieren Sie ihn, sobald Lord Cade eintrifft. Ich muß mit dem Engländer reden.«

»Natürlich«, sagte William.

Mung und Iyeasu betraten den Garten, ein üppiges grünes Viereck, das von Hecken, die in der Form wilder afrikanischer Tiere geschnitten waren, eingerahmt war. Pastellfarbene Laternen in den Pflaumenbäumen tauchten die Blüten in einen Regenbogen von Farben. Elegante Zwergbäume in Töpfen waren raffiniert angestrahlt. Mädchen in Kimonos servierten Getränke und Essen für den japanischen und den westlichen Geschmack.

»Warum hast du gegen den Gebrauch von Ineis neuem Titel als Marquis protestiert?« fragte Iyeasu.

»Vielleicht will er ihn nicht mehr, wenn er den neuen Preis hört«, antwortete Mung. »Ich möchte den Mann nicht in Verlegenheit bringen.«

»Du willst noch zusätzliche Bedingungen daran knüpfen, und das in der Nacht vor der Hochzeit? Das wird Inei als Erpressung betrachten.«

»Nicht wenn ich ihm zeigen kann, wie die Ineis dem Kaiser dienen und gleichzeitig die wohlhabendste Familie des Reiches werden können. Bestimmte Ereignisse machen seine Kooperation unbedingt erforderlich.«

»Darf ich bei den Verhandlungen mit ihm zuhören?«

»Du mußt, als Ratgeber des Kaisers. Ich entschuldige mich, daß es nicht möglich war, dich im voraus zu informieren. Lord Cade wird sich uns anschließen.«

»Das Treffen interessiert mich genauso brennend wie die Party.« Iyeasu sah sich um. »Wo ist Shimatzu?«

»Meine drei Enkel bringen ihn jetzt.«

Trompeten und Trommeln ertönten, die amerikanische Marineband stimmte eine Sousa-Melodie an. Yaka, Uraga und Hiroki marschierten mit Shimatzu in der Mitte in das grüne Viereck.

Die drei Brüder traten zurück, und William Whittefield kam nach vorn. Er ließ einen Stuhl bringen und machte Shimatzu ein Zeichen, sich zu setzen. Der junge Mann rückte seine Drahtbrille zurecht, hielt die Frackschöße hoch und setzte sich, als hätte er einen Stock verschluckt.

»Ladies«, William räusperte sich, »und Gentlemen. Darf ich Ihnen unseren heutigen Ehrengast vorstellen, Shimatzu Ishikawa!«

Männer verbeugten sich. Die ›Ladies‹ machten Knickse und drehten kleine Pirouetten.

»Wir haben uns heute versammelt, um einen weiteren Junggesellen zu verabschieden, der morgen im glücklichen Hafen der Ehe landet. Einen Toast auf den Bräutigam!«

Gläser wurden gehoben und geleert.

William stellte Mung und Inei vor. Er brachte einen Trinkspruch auf sie und die Braut aus. »Auf Hiroki Ishikawa, den Helden von Kobe«, rief er dann.

Alle tranken noch einmal. Die Stimmung wurde zusehends heiterer, die Band spielte Musik zum Mitklatschen.

Ein Gast in Hirschleder sprach mit dem Bandleader, und die Musik hörte auf. »Achtung!« rief der Amerikaner.

Die übrigen Amerikaner formierten sich in Reihen und marschierten um das Viereck, rückten Shimatzu immer näher. Zwei Männer hoben ihn vom Stuhl auf eine Decke.

»Hipp, hipp, hurra!« Shimatzu wurde in die Luft geworfen.

»Hipp, hipp, hurra!« Shimatzu flog erneut hoch und noch einmal, dann wurde er wieder auf den Stuhl gesetzt – zerzaust und desorientiert.

Ein Lichtprojektor wurde auf ein weißes Laken an einer Wand gerichtet, und William stellte die Brüder Lumière aus Paris vor, die eine Vorführung ihrer laufenden Bilder brachten, gestiftet von der französischen Botschaft.

Danach stimmte die Band eine sanfte, exotische Melodie aus dem Mittleren Osten an.

»Heute abend zeigen wir Ihnen zu Ihrer Erbauung und zur Erweiterung Ihres Wissens«, verkündete William, »aus dem fernen Arabien, wo die Kunst weiblichen Tanzes zur Weckung männlicher Leidenschaften perfektioniert wurde – Fatima!«

Eine barfüßige Frau mit üppigen Formen, bekleidet mit einem goldenen Büstenhalter und durchsichtigen, seidenen Pumphosen, tanzte auf das Rasenviereck. Ihre Arme, Beine und ihr geschmeidiger Körper bewegten sich im Takt mit der verführerischen Musik. Sie näherte sich herausfordernd Shimatzu, zog ihn hoch und führte ihn hinter sich her.

»Er tanzt so steif wie die beweglichen Bilder vorhin«, rief jemand in der italienischen Delegation, und alle lachten. Shimatzu tanzte mit der Frau zu den Italienern. Sie wurde von ihnen umringt, und Shimatzu kehrte auf seinen Stuhl zurück.

»Ich gebe diese Party heute abend zu Ehren der Familien Ishikawa und Inei«, verkündete William. »Moryiama Ishikawa oder John Mung, wie er in Amerika bekannt war, lebte dort als Sohn meiner Großeltern und als Bruder meines Vaters. Zu Ehren meiner Eltern möchte ich einem Menschen Tribut zollen, der die Beziehungen zwischen seinem und meinem Volk so segensreich für beide gestaltet hat. Heute abend wird jede Botschaft traditionelle Volkstänze zu Ehren des Bräutigams, seiner Familie, der Braut und ihrer Familie aufführen. König Kamehamea III. von Hawaii wird als ranghöchster Gast seine Delegation anführen. Wir alle sind verpflichtet, mit ihnen den Hula zu tanzen.«

Der harte Klang hawaiianischer Trommeln erfüllte den Garten. Der riesige König führte den Bräutigam und die beiden Väter den Tänzern zu. Die drei Japaner versuchten kichernd im Rhythmus der hawaiianischen Musik zu stampfen und die Hüften zu schwingen, baten aber bald den König um Verzeihung, stellten sich zur Seite und schauten zu.

»Könnt Ihr für mich ein Gespräch unter vier Augen mit dem Ratgeber des Kaisers, Iyeasu Koin, arrangieren?« flüsterte der König Mung zu.

»Hiroki, begleite Graf Iyeasu ins letzte Zimmer im Seitenflügel des Gebäudes«, befahl Mung. »Ich begleite den König.«

»Ich möchte, daß Ihr dabeibleibt«, sagte der König lächelnd zu Mung. »Ich weiß, daß Ihr auch den Kaiser beratet und von den Vertragsarbeiterverhandlungen zwischen unseren Ländern wißt.«

»Es ist mir eine Ehre.« Mung verbeugte sich. Er wandte sich an Inei. »Bitte entschuldigt uns einen Augenblick. Ich würde mich später gerne mit Euch unterhalten.«
In dem abgeschiedenen Raum wandte Iyeasu sich an den hawaiianischen König. »Sake ist ein Geschenk des Himmels. Er öffnet das Herz, beschwingt die Seele und ist gut für die Gesundheit.«
»Ich ziehe diesen japanischen Whisky vor«, sagte der König und goß sich ein Glas voll ein. Er kippte die Hälfte hinunter und schmatzte genüßlich. »Wie kommt es, daß die Japaner in so kurzer Zeit so exzellenten Whisky brauen und Schiffe und Eisenbahnen bauen können?«
Iyeasu hielt abwehrend die Hände hoch. »Wir sind noch lange kein modernes Land, Eure Hoheit. Japan liegt noch weit hinter dem Westen zurück.«
»Jetzt spielt bloß nicht den bescheidenen Orientalen.« Der König klopfte sich auf die Brust. »Ich bin nicht so leicht auszutricksen wie diese Weißen. Ihr wart mit eurer Industrialisierung schneller als China, Indonesien, Indien und alle anderen in Asien.«
»Jetzt haben wir Inflation, Lebensmittelknappheit und Arbeitslosigkeit«, sagte Iyeasu.
»Ein temporärer Zustand, hervorgerufen durch ein zwölfprozentiges Wachstum der Bevölkerung innerhalb von dreißig Jahren«, erwiderte Kamehamea. »In Hawaii ist der Boden so fruchtbar, daß man nur den Finger in die Erde stecken muß, und schon wächst etwas. Trotzdem sterben meine Leute an Syphilis und Alkoholismus, und wir verlieren jedes Jahr Tausende durch Emigration. Plantagen, Geschäfte und Industrien gehören den Weißen. Die Amerikaner versuchen sich Hawaii einzuverleiben, während mein Volk auf dem Hintern sitzt und nichts tut.« Der König leerte sein Glas. »Sag einem Hawaiianer, er soll zur Schule gehen, und er nimmt sein Auslegerboot und geht Fische fangen.«

Mung lachte.
»Wie habt ihr es geschafft, euren Leute so schnell Bildung nahezubringen?« fragte der König.
»Der Kaiser hat ein Edikt erlassen«, antwortete Mung. »Von heute an soll es in keiner Gemeinde mehr eine Familie mit Analphabeten geben, es soll in keiner Familie im ganzen Kaiserreich mehr einen Analphabeten geben.«
»Die Menschen vollbringen durch ihr Studium Chu«, sagte Iyeasu. »Sie begleichen ihre Schuld beim Kaiser, indem sie seinen Willen erfüllen. Dasselbe gilt für die Arbeit im Zivildienst, der Armee oder bei privaten Geschäften. Ein Japaner widmet sich der Erfüllung seiner vorgegebenen Rolle im Leben.«
Der große König fixierte traurig sein leeres Glas. »Ich wünschte, meine Edikte würden befolgt. In Hawaii gibt es vor jedem Edikt ein Luau. Wenn die Party vorbei ist, sind alle so betrunken, daß keiner mehr weiß, was ich gesagt habe.« Er füllte sein Glas erneut. »Ich bin der König, weil keiner sonst in Hawaii soviel Schnaps verträgt wie ich. Was ist jetzt mit diesen Vertragsarbeitern? Ich brauche Leute wie die Euren, die arbeiten, aber nicht mein Land stehlen.«
»Die Anfrage Eures Botschafters wird geprüft«, sagte Iyeasu.
»Der wird jetzt schon seit drei Jahren geprüft«, erwiderte Kamehamea. »Tausende arbeitsloser Japaner könnten in Hawaii Arbeit finden. Es würde die Überbevölkerung ihrer Städte lindern, den Druck auf die Nahrungsmittelversorgung und wäre eine Einkunftsquelle für Devisen. Sie würden in US-Dollar bezahlt.«
»Die Leichen chinesischer Arbeiter düngen die Zuckerrohrfelder Hawaiis«, sagte Mung. »In Kobe sind über zweihundert chinesische Mädchen auf einem Schiff gestorben, das sie in Bordelle nach Peru bringen sollte. Wir prostituieren unsere Frauen nicht und verkaufen unsere Männer nicht als Sklaven.«

»Weiße Männer haben die Chinesen gnadenlos gekauft, verkauft und arbeiten lassen.« Kamehamea streckte seine mächtigen Arme aus. »Schaut Euch die Farbe meiner Haut an. Wir sind Brüder in Fleisch und Blut. Ich werde für Eure Leute in Hawaii sorgen. Schickt verantwortungsbewußte Männer, die Euch berichten, wenn ich mein Wort nicht halte.« Er warf den Kopf zurück und schlug sich auf die Brust. »Ich will Japaner, keine Weißen, in Hawaii! Ich möchte eine Föderation der pazifischen Inselstaaten begründen! Eine Allianz zwischen Japan und Hawaii wäre ein guter Anfang. Ich schlage eine Heirat zwischen meinem Sohn und Mutsuhitos Tochter vor.«
Die beiden Japaner starrten den Hawaiianer mit offenem Mund an. Keiner hatte je den Namen des Kaisers ausgesprochen, und hier war ein Ausländer, der eine Hochzeit mit dem Nachkommen der Sonnengöttin Amaterasu-o-mi-Kami vorschlug!
»Seid Ihr beleidigt?«
»Nein, nein«, stammelte Mung mit einem kurzen Seitenblick auf Iyeasu. »Wir sind überrascht, wie weitsichtig Eure Pläne sind. Eine Föderation der pazifischen Inselstaaten würde die Amerikaner in Schach halten.«
»Amerika hat im Fernen Osten keine imperialistische Politik verfolgt«, sagte Iyeasu. »Es hat Japan und China keine ungleichen Verträge aufgezwungen.«
»Bis jetzt noch nicht«, entgegnete der König. »Doch das US State Department versucht über weiße Pflanzer in Hawaii und Samoa sie zu Inselstaaten der amerikanischen Union zu machen.«
»Aber die Deutschen bremsen die Amerikaner in Samoa, und die Franzosen machen dasselbe in Hawaii«, sagte Mung.
Kamehamea schüttelte den Kopf. »Meine Spione berichten, die Deutschen und die Amerikaner hätten sich darauf geeinigt, sich für den Augenblick die Gouverneurschaft von Samoa zu teilen. Die Franzosen haben bereits zehn Millionen US-Dollar

von amerikanischen Geschäftsleuten für die Rechte auf den Panamakanal angenommen und dafür, daß sie sich nicht einmischen, wenn die USA Hawaii einnehmen.«

»Ich weiß, daß Präsident Grover Cleveland sich letztes Jahr einer Annektierung Hawaiis widersetzte, als die weißen Pflanzer Königin Liluio-kalani gefangengenommen hatten«, sagte Mung. »Er hat sie freigelassen.«

»Präsident Cleveland steht unter großem Druck. In Amerika herrscht Massenarbeitslosigkeit. Vor zwei Wochen hat er in Chicago Truppen eingesetzt, um einen Streik der Eisenbahnarbeiter niederzuschlagen. 1896 wird er nicht für eine dritte Amtsperiode nominiert werden. Uns bleiben zwei Jahre, um eine Föderation zu gründen. Wenn erst der Panamakanal geöffnet ist, werden die Amerikaner aus den Städten der Ostküste in den Pazifik strömen. Sie werden bald vor Japans Türen kampieren.«

»Ich muß gestehen, ich habe nicht die leiseste Ahnung, wie Japan zu einer Föderation der pazifischen Inseln steht«, sagte Iyeasu. »Ein solcher Vorschlag muß eingehend geprüft und diskutiert werden.«

»Und die Vertragsarbeiter?« fragte der König.

»Da werden wir sofort handeln«, versprach Iyeasu. »Eine Testgruppe von tausend Leuten wird nach Hawaii geschickt werden. Wenn das gutgeht, werden mehr folgen.«

»Schön. Jetzt kann ich zurück auf die Party und mich ernsthaft mit Trinken beschäftigen.«

Hiroki betrat den Raum, nachdem der König gegangen war. »Ich wollte nicht stören. Lord Malcolm Cade ist da.«

»Bitte zuerst Herrn Inei zu mir«, sagte Mung. »Warte zehn Minuten, und dann bittest du Lord Cade zu uns.«

Hiroki verbeugte sich und verschwand.

»Hast du diesen Vorschlag zu einer Föderation der pazifischen Inseln erwartet?« fragte Iyeasu Mung.

»Wir haben Japan immer schon als Führer der Völker Asiens betrachtet.«

»Ja, aber der König ist seiner Zeit zu weit voraus«, erwiderte Iyeasu. »Japan muß sich zuerst am asiatischen Festland orientieren.«

»Was hältst du von Kamehameas Vorschlag einer Heirat zwischen einem hawaiianischen Prinzen und der Tochter des Kaisers?«

»Dazu möchte ich mich nicht einmal äußern«, erwiderte Iyeasu und rollte die Augen. »Erzähl mir mehr von Inei.«

»Ein Bankier aus einer Familie von Reismaklern. Sie sagen, als Kind hätte er Pennies gehortet, und jetzt sammelt er Silber und Goldbarren, die er mit seinen Fabriken und der Handelsflotte verdient. Er hat die Indigo-Färbe-Industrie Japans begründet, die erste Seidenspinnerei, hat den Grundstein zu Japans Staatsschatz gelegt und über hundert erfolgreiche Unternehmen in Finanz und Industrie unterstützt. Er ist ein Patriot mit einer schönen Tochter, die mein Sohn morgen heiraten wird. Und heute abend werde ich Ineis Auffassung von Chu bis zum äußersten belasten.«

Ein kleiner, kräftiger, rotgesichtiger Mann betrat den Raum. »Gentlemen«, sagte er. »Ihr habt die Feierlichkeiten verpaßt. Sehr ungewöhnlich und unterhaltsam. Ich habe zum erstenmal erlebt, daß Westler sich gehenlassen. Sie haben tatsächlich einen Sinn für Humor.«

»Ich hoffe, Ihr habt Euren Sinn für Humor mitgebracht«, sagte Mung. »In zehn Minuten erwarten wir Lord Cade. Ich möchte Euch mitteilen, daß wir Eure sämtlichen Geschäftsanteile als Sicherheit für einen Fünfzig-Millionen Kredit von Großbritannien einsetzen.«

»Zusätzlich zur Umrüstung meiner Fabriken auf Waffenproduktion und der Genehmigung, meine Handelsschiffe zu bewaffnen?«

»Ja.«

Inei kratzte sich am Kinn. »Diese Hochzeit meiner Tochter kommt mich teurer zu stehen als erwartet.«

»Bis jetzt haben wir von einer Größenordnung von Millionen gesprochen. Ich prophezeie, daß Japan bis zur Mitte des zwanzigsten Jahrhunderts eintausend Millionen Dollar im Außenhandel umsetzt. Das sind nur noch fünfzig Jahre.«

»Wenn das Haus Inei einen Fünfzig-Millionen-Kredit platzen läßt, wird meine Familie bis in alle Ewigkeit arm sein.«

»Ihr dient dabei dem Kaiser. Sollte ein finanzieller Fehlschlag passieren, ist es Eure Schuld.« Mung holte einen Umschlag mit dem kaiserlichen Siegel hervor. »Das bestätigt Eure Berufung als Marquis ins Oberhaus. Außerdem enthält es einen kaiserlichen Auftrag zur Gründung der First National Bank of Japan. Zusätzlich werdet Ihr der nächste Geschäftsführer des nationalen Schatzamts. In diesem Umschlag nicht enthalten ist ein Versprechen, das ich Euch jetzt mündlich geben werde: Eine japanische Bank soll in Formosa gegründet werden. Eure dringlichste Aufgabe wird die Vereinheitlichung der Währung Formosas sein. Beruft meinen Sohn Shimatzu zum Leiter dieser Bank, und Ihr verdient zehn Millionen Dollar in dem Augenblick, in dem er eine ausländische Tauschrate für den Yen festsetzt.«

»Wie könnt Ihr so sicher sein, daß China eine japanische Bank auf Formosa gestatten wird?« fragte Inei.

»Mein Sohn Udo hat mich benachrichtigt, daß der chinesische Prinz Kung bereit ist, eine Bestechungssumme für die Genehmigung der Bank anzunehmen. Die Bank in Formosa wird es Euch ermöglichen, den Handel und die industrielle Entwicklung in Formosa, Südchina und den Südseeinseln auszunützen. Dazu müßt Ihr eine Handelsbank mit Zweigstellen in Tokio und Nagasaki gründen, natürlich unter einem anderen Namen. Die Genehmigungen für die Handelsbanken werden bereitliegen, wenn Ihr bereit seid.«

Iyeasu und Inei waren von Mungs Ausführungen äußerst beeindruckt. Inei verbeugte sich tief. »Wenn ein japanischer Fischer und ein bedeutungsloser Reishändler diesen Plan ausführen können, dann wird das Licht der aufgehenden Sonne eines Tages die ganze Welt erleuchten.«
Mung verbeugte sich ebenfalls. »Die Hochzeit Eurer Tochter mit meinem Sohn ist das Startsignal für die Expansion japanischer Wirtschaft. Bevor Ihr in dieses Zimmer kamt, hat der hawaiianische König uns vorgeschlagen, ein Bündnis mit den pazifischen Inselstaaten einzugehen. In meinen Augen wird Japan im Lauf der Zeit den gesamten Pazifik und seine rückständigeren Einwohner in Harmonie leiten.«
»Warum dann die Kriegsvorbereitungen?« fragte Inei.
»Ich für meine Person bin der Meinung, daß Überseeinvestitionen wie die Eure und die der Regierung von Kanonen geschützt werden müssen, und mein Bruder Hideyoshi möchte die anderen Länder besetzen, um die ausländischen Märkte und den Zugriff auf natürliche Ressourcen zu sichern.«
»Eure Fabriken werden schon bald Waffen exportieren«, sagte Mung. »Wenn Ihr Produkte von hoher Qualität herstellt, können sie große Profite erzielen.«
»Ich werde mich darum kümmern«, sagte Inei.
Es klopfte an der Tür. Hiroki kam mit Lord Cade herein. »Lord Malcolm Cade, britischer Bevollmächtigter im Fernen Osten.« Ein kleiner, drahtiger Mann mit großem Kopf und langem grauen Haar trat ein und erwiderte die Verbeugung der drei Männer. »Meine Glückwünsche für die Schwiegerväter und den Ratgeber des Kaisers«, sagte er. »Mögen Sie alle mit Gesundheit, Glück und schönem Wetter gesegnet sein.«
»Sollen wir darauf trinken?« fragte Iyeasu.
Der britische Edelmann hob beschwichtigend die Hände. »Nein, danke. Ich muß meine fünf Sinne zusammenhalten. König Kamehamea hat versucht, mich zu einem Besuch in

Honolulu zu überreden. Ich hab zu viel mit ihm getrunken.«
Lord Cade wandte sich an Mung. »Ich möchte Ihnen zur Verschönerung Kobes gratulieren. Die Regierung Ihrer Majestät ist sehr beeindruckt von der Disziplin, die die japanische Armee und Polizei bewiesen hat. Und vom heldenhaften Verhalten Ihres Enkels.«
Mung verbeugte sich.
»Das ist der Held von Kobe«, sagte Iyeasu und zeigte strahlend auf Hiroki. »Möglicherweise wird dieser junge Mann mein Schwiegersohn.« Iyeasu sah, wie schockiert Hiroki war. »Habe ich etwas mißverstanden? Du warst doch mit einem Mi-ai mit meiner Tochter einverstanden?«
Hiroki versuchte verwirrt, die richtige Antwort zu finden. »Ich ... äh ... ja, Herr, ich hab Vater gebeten, das Mi-ai zu arrangieren.«
»Dein Vater wird einige Zeit unterwegs sein«, sagte Mung. »Ich werde es arrangieren. Jetzt geh und amüsiere dich. Lerne, was man bei einer Junggesellenparty macht.«
»Auf die Söhne dieses Jungen werden Sie stolz sein können«, sagte Lord Cade. »Sie wollten etwas Wichtiges mit mir besprechen, Mr. Mung.«
»Nehmen Sie bitte Platz«, sagte Mung. »Marquis Inei ist mit der Gründung und Führung der First National Bank of Japan beauftragt worden. Er möchte von Großbritannien fünfzig Millionen Dollar leihen. Seine persönlichen Besitztümer in Japan sind weit mehr wert. Sie dienen als Sicherheit.«
»Wozu benötigen Sie diesen Kredit?« fragte Lord Cade.
»Um zwei Ihrer neuesten Schlachtschiffe und zwanzig der modernsten Torpedoboote zu kaufen. Die Art, auf der Ihre Marineberater unsere Männer ausbilden.«
»Das wäre für mein Land ein finanzieller Coup. Was muß ich tun?«

»Uns bei den Verhandlungen um Okinawa mit dem chinesischen Prinzen Kung helfen.«
»Das ist ein hinterhältiger Mensch, dem nicht zu trauen ist.«
»Deshalb wende ich mich an Sie«, sagte Mung. »Mein Sohn hat die Bestechung des Prinzen vorbereitet. Wir möchten aber eine Rückversicherung. Die bevorstehende militärische Operation gegen die Piraten Formosas soll wie folgt aussehen...«
Während Mung sprach, formulierte Lord Cade bereits seinen eigenen Plan.
»Ich werde Ihnen helfen, daß Prinz Kung sein Wort hält«, sagte Lord Cade. »Ich würde aber vorschlagen, daß Sie während der Verhandlungen drei Forderungen stellen: erstens, japanische Souveränität über Okinawa, zweitens, zwanzig Millionen Dollar Wiedergutmachung für die toten Fischer, drittens, statt der Bankrechte fordern Sie, daß China Ihnen die Insel Formosa abtritt.« Der Engländer beobachtete die drei. Er war überzeugt, daß sie keine Ahnung hatten, daß er Japan dazu benützen wollte, einen Teil Chinas für England zu sichern.
»Die Chinesen werden nie zustimmen«, erwiderte Mung. »Dazu ist die Bestechungssumme nicht hoch genug.«
»Sie können die Bankrechte für Formosa anstelle der Insel selbst akzeptieren. Dadurch wahrt Prinz Kung sein Gesicht.«
»Werden Sie den Kredit gewähren?«
»Wenn Sie in Formosa erfolgreich sind, garantiere ich den Kredit. Fünf Torpedoboote werden Sie in Kanton erwarten. Der Rest wird zu einem späteren Datum geliefert.« Er zeigte auf die Flasche Suntory Whisky. »Jetzt wollen wir aber einen auf den Erfolg des Unternehmens in Formosa und die wunderbare Hochzeit morgen trinken.«

13

Mung und Shimatzu verließen noch vor dem Morgengrauen den Palast in einer Rikscha. Ein buddhistischer Priester erwartete sie am Hafen von Tokio.

»Heute wirst du heiraten«, sagte Mung. »Heute abend reise ich nach Okinawa und anschließend nach Formosa. Deshalb ist es angemessen, daß wir gemeinsam die Totenzeremonie zelebrieren.«

Der Priester stellte sechs Bastkörbe, wie Boote geflochten, neben das Wasser. In der Mitte stand jeweils eine Kerze. Die Körbe waren mit Früchten, Süßigkeiten und Biskuits gefüllt. Der Priester zündete die Kerzen an und murmelte ein Gebet, als Mung den ersten Korb aufs Wasser setzte. Er rezitierte die Namen seiner Eltern und des Vaters seiner ersten und zweiten Frau, dessen Familiennamen er trug, dann den Namen seines erstgeborenen Sohnes Yoshida und beobachtete, wie die Boote langsam sanken. Das Wasser löschte die Kerzen, und Mung sprach ein kurzes Gebet und klatschte einmal in die Hände, um es auf den Weg zu schicken.

Jetzt trat Shimatzu vor und schickte Boote für seine Großeltern, seine Mutter und seinen Namenspatron, Lord Shimatzu Nariakira, auf den Weg.

Mung beobachtete, wie die Strahlen der Sonne die Wolken am Horizont aufleuchten ließen und sah in ihnen die Silhouetten Tausender himmlischer Krieger, die aus der Sonne heranstürmten. Erschaudernd drehte er sich weg. Als er noch einmal über die Schulter blickte, war die Geisterarmee verschwunden.

»Es wird ein schöner Tag für die Hochzeit«, sagte Shimatzu.

Mung bezahlte den Priester und setzte sich zu seinem Sohn in die Rikscha. »Wenn alles läuft wie geplant, wird dein Schwiegervater Direktor des japanischen Schatzamtes. Du wirst der Manager der ersten japanischen Bank in Formosa.«

»Aber wir haben doch keine Kontrolle über das, was in Formosa passiert.«

»Werden wir aber. Udos Berichte sind recht positiv. Seine Männer sind in Stellung gegangen, um die Banditen zu fangen. Prinz Kung ist bestochen worden. Deine Aufgabe wird es sein, die Währung Formosas zu regulieren und eine günstige Austauschrate für den Yen festzusetzen. Inei wird dir dabei helfen. Folge in allen finanziellen Dingen seinem Rat und plaziere meine Schwarzen Drachen und Udos Genoyshas in Schlüsselpositionen zur Sammlung von Informationen. Ich werde dir Leute schicken, die dafür ausgebildet sind, Berichte unserer Agenten aus Südchina und dem Südpazifik auszuwerten. Das Spionagenetz der Schwarzen Drachen ist inzwischen so groß, daß ich es, nach den Richtlinien der Preußen, in Büros und geographische Abteilungen neu organisieren mußte. Udo wird in Korea stationiert und von dort aus die Agenten in Nordchina, der Mongolei und der Mandschurei kontrollieren.«

»Sind deine Prioritäten immer noch Wirtschaft und Industrie, Vater?«

»Ich hoffe, daß wir dahin zurückkehren können, aber China, Korea und Rußland erweitern ihre Marine. Die militärischen Informationen haben jetzt Vorrang. Behalte kommerzielle Unternehmen im Ausland und zu Hause im Auge. Ich bin immer noch der Meinung, wir können durch Frieden gewinnen, was andere erhoffen durch Krieg zu erlangen.«

»Ich hatte keine Wahl, ich mußte Graf Hideyoshi einladen«, sagte Gin-ko zu Noriko. »Er wird sich sicher an William rächen, weil er ihn gestern nicht zur Junggesellenparty eingeladen hat. Aber Hideyoshi macht mir nicht so große Sorgen. Eher sein Adjutant Shibata und die anderen, die den Grafen zur Hochzeit begleiten werden.«

»Weiß Hiroki, wie der Vorfall in der kaiserlichen Kampfsporthalle zustande kam?« fragte Noriko.

»Ich hatte noch keine Zeit, es ihm zu sagen. Aber ich weiß, daß sein Vater und sein Großvater ihm von dem Mi-ai erzählt haben.«

»Ich habe dem Treffen mit Hiroki zugestimmt«, sagte Noriko, obwohl ihr dabei nicht sehr wohl in ihrer Haut war.

»Das freut mich.« Gin-ko erhob sich und plumpste wieder zurück. »So ungeschickt von mir.« Sie errötete.

Noriko half ihr hoch. »Fühlst du dich nicht wohl?«

»Mir ist nur ein bißchen schwindlig, die Vorbereitungen zur Hochzeit waren sehr erschöpfend.« Gin-ko schüttelte den Kopf. »Dein Vater ist hocherfreut über das Mi-ai. Er möchte, daß Hiroki deinen Familiennamen trägt. Udo und ich stimmen dem zu. Ich glaube, du weißt, daß Mung dich wie seine eigene Tochter liebt.«

Noriko errötete und schämte sich für ihre Unehrlichkeit. Sie hatte beschlossen, pro forma an dem Mi-ai teilzunehmen, und sich dann höflich, aber bestimmt zu weigern, einem nächsten Treffen zuzustimmen.

»Gib mir deine Hand«, sagte Gin-ko. »Wir werden die Vorbereitungen im Schrein ein letztes Mal überprüfen. Wenn Udo doch hier wäre. Ich habe versprochen, daß er an der Hochzeit seines ehemaligen Adoptivsohnes teilnehmen würde.« Gin-ko nahm Norikos Arm. »Ich möchte sehen, wie die Blumenarrangeure den alten Rikka-Stil mit dem neuen Moribana verbunden haben. Da wird es einiges Kopfschütteln unter den Traditionalisten geben.«

»Mung hat mich gebeten, das Traditionelle mit dem Modernen zu verbinden«, sagte Noriko. »Meine eigene Lehrerin führt die

Oberaufsicht. Sie ist die größte Ikebanakünstlerin in der Stadt.«

Die beiden schönen Frauen in ihren bunten Kimonos stiegen die Treppen zum Kan-eiji-Schrein hinauf. Pflaumenblüten bildeten einen zarten rosa-weißen Hintergrund für die uralten Zwergpinien, deren smaragdgrüne Zweige noch vom Morgentau schimmerten. Die Geishas, sorgsam nach Schönheit und Grazie von Noriko ausgesucht, deckten gerade die Tische für die vielen hundert erwarteten Gäste. In der Mitte jedes Tischs standen zwei Blumenarrangements der beiden Stilrichtungen.

Am obersten Treppenabsatz stützte Gin-ko sich schwer auf Norikos Arm. Die junge Frau sah sie fragend an, aber die ältere drehte den Kopf zur Seite.

»Ich bewundere die Schönheit deiner Gestecke. Erzähl mir etwas darüber«, bat Gin-ko.

»Im neueren Rikka-Stil werden die bunteren westlichen Blumen, die in den letzten Jahren eingeführt wurden, verwendet, aber die Symbolik bleibt die gleiche – unsere Welt unten, der Himmel darüber und die Menschheit dazwischen. Die buddhistische Kosmologie wird in jedem Zweig repräsentiert und in der Ausgewogenheit zwischen Gefäß und Pflanze dargestellt.«

»Die Gäste werden bald eintreffen«, sagte Gin-ko. »Ich glaube, diese Hochzeit wird einen neuen Stil kreieren. Es wäre gut, sich vor der Zeremonie noch ein bißchen auszuruhen.«

Noriko führte Gin-ko in ein Zimmer, in dem sie sich etwas hinlegen konnte.

»Ich würde gerne bei dir bleiben«, sagte Noriko, »aber ich bin verantwortlich für die letzten Vorbereitungen. Ich komme gleich zurück.«

Gin-ko schlief bereits, als Noriko die Tür schloß.

Der Tradition gemäß beteten die Braut und der Bräutigam mit ihren Familien in verschiedenen Schreinen. Danach kehrte

Kazumi Inei nach Hause zurück und kleidete sich in Weiß, wie eine Leiche. Sie verabschiedete sich von ihren Eltern und zerbrach vor der Tür eine Teetasse, ein Zauber, der ihre Rückkehr verhindern sollte. Danach folgte sie einer Prozession von Familie und Freunden, die Geschenke für Shimatzu, Mung und ihre Eltern zum Schrein trugen. Kazumi wurde am oberen Absatz der Steintreppe von Gin-ko und Noriko empfangen. Sie begleiteten sie in einen Raum, in dem sie einen bunten Kimono anlegte, einen großen weißen Hut mit breiter Krempe und einen passenden Obi. Ihre Wangen wurden mit Rouge geschminkt, die Augenbrauen nachgezogen und der Körper parfümiert.

Shimatzu erschien vor den versammelten Gästen in einem braunen Seidenkimono und einer kurzen Ebaori-Jacke, die mit komplizierten, glückbringenden Mustern bestickt war. Seine drei Stiefbrüder und sein Vater begleiteten ihn zu seinem Sitz an einem niedrigen Tisch vor dem Schrein. Gin-ko stellte sich zu Mung, und Marquis Inei, seine Frau und seine Familie begleiteten Kazumi zum Platz gegenüber Shimatzu. Noriko machte einem Mädchen im königsblauen Kimono ein Zeichen. Es trippelte zum Tisch und stellte drei Schalen von abgestimmter Größe und drei Sakeflaschen zwischen Braut und Bräutigam darauf.

Shimatzu nahm eine Flasche mit beiden Händen und goß die erste Schale voll. Er reichte sie Kazumi. Sie führte die Schale dreimal an den Mund. Jetzt füllte sie die zweite Schale und reichte sie ihm. Er berührte sie dreimal mit dem Mund. An der letzten Schale nippten beide dreimal.

Dann standen Braut und Bräutigam auf und gingen zusammen zum Shinto-Priester, der sie vor der großen Glocke von Kaneiji erwartete. Familie und Freunde folgten. Der Priester reinigte das Paar durch gesungene Gebete und Rauchwerk. Er lud die Götter ein, sich für sie einzusetzen.

Kazumi und Shimatzu ließen eine Münze neben die Füße des Priesters fallen. Er drehte sich um, packte das dicke Hanfseil und schwang den Klöppel. Die Glocke ertönte und machte die Götter aufmerksam; Braut und Bräutigam verbeugten sich. Beide sprachen ein stilles Gebet und klatschten einmal, um es auf den Weg zum Himmel zu schicken. Die Familien beglückwünschten sich. Die Gäste stellten sich auf, um ihnen zu gratulieren.

Jetzt tanzten fünfzig männliche Tänzer zum fröhlichen Klang von Trommel und Flöte herein und warfen einen hohen, schweren, mit Leder, Gold und Silber geschmückten Stamm in die Luft und fingen ihn wieder auf.

Ein buddhistischer Priester las Sutras. Ihm folgte eine bekannte Sängerin aus Tokio, die sich selbst auf einer Samisen begleitete. Getränke wurden gereicht und die Gäste gebeten, sich mit Essen zu bedienen.

Mung nahm Gin-ko, Kazumi und Shimatzu beiseite. Er verbeugte sich tief vor Braut und Bräutigam. »Meine Frau Ukiko starb bei Shimatzus Geburt«, sagte er zu Kazumi. »Gin-ko und Udo waren bei ihr, ich war weit weg, im Norden.« Er wandte sich an seinen Sohn, dann sah er hilfesuchend zu Gin-ko.

»Deine Mutter befahl dem Doktor, das Kind zu retten, selbst wenn es ihr Leben kostete«, fuhr Gin-ko fort. »Sie wußte, daß sie sterben mußte, und bat mich, dich hochzuhalten, damit sie dich sehen konnte. Sie hat dich angesehen, gelächelt und ist dann gestorben.«

Mung räusperte sich. »Es gibt in meinem Leben nur wenig, für das ich mich entschuldigen muß. Aber in den ersten beiden Jahren nach deiner Geburt, Shimatzu, mein Sohn, habe ich mich geweigert, dich zu sehen. Ich war zornig über den Verlust deiner Mutter. Gin-ko und Udo haben für dich gesorgt.« Mung wandte sich zu Gin-ko. »Dann ist diese schöne Frau sehr wütend auf mich geworden und hat dich mir gegen meinen

Willen in den Arm gelegt. In diesem Augenblick wußte ich, warum deine Mutter gelächelt hat. Von diesem Moment an habe ich dich geliebt, wie ich sie geliebt habe. Wenn ich dir weh getan habe, so bitte ich dich um Verzeihung.« Mung verbeugte sich.

Shimatzu und Kazumi verbeugten sich tief vor Mung. »Ich bin stolz, dein Sohn zu sein«, sagte Shimatzu. »Meine Frau und ich werden unsere Kinder dazu erziehen, dich und deine Ahnen zu ehren.«

Mung machte Noriko ein Zeichen, und sie brachte ein großes, mit Stoff verschnürtes Paket. Mung reichte es Shimatzu. »Weil ich in der Zeit ihrer Schwangerschaft nicht bei deiner Mutter war, und sie wußte, daß sie die Geburt nicht überleben würde, ließ sie während der neun Monate drei Porträts von sich anfertigen. Du siehst ihr sehr ähnlich. Ich glaube, sie ist glücklich gestorben, weil sie wußte, daß ich sie in dir sehen würde.«

Bevor Shimatzu etwas erwidern konnte, hatten Yaka, Uraga und Hiroki ihn gepackt und zerrten ihn zu den Tänzern. Kazumi nahm Mung das Paket ab. Sie verbeugte sich vor ihrem Schwiegervater. »Ich werde sie für meinen Mann aufheben. Ich hoffe, ich werde genauso tapfer sein wie die Mutter, die ihn geboren hat, so gut wie die Mutter, die ihn aufzog, und so ehrenwert wie der Mann, der ihn zeugte.« Sie verbeugte sich noch einmal und ging zu ihren Eltern.

»Der Tag ist ein Erfolg«, sagte Iyeasu zu Mung.

»Das Lob gebührt deiner Tochter.« Mung verbeugte sich vor Noriko. »Wenn du in meine Familie heiratest, kannst du deine eigene Zeremonie arrangieren.«

»Eine Heirat mit Hiroki würde den Fortbestand unseres Familiennamens sichern«, sagte Iyeasu zu seiner Tochter. »Aber die Entscheidung liegt natürlich bei dir.«

Noriko wurden die Knie weich. Sie war es ihrem Vater schul-

dig, Hiroki zu heiraten, sie konnte sich nicht verweigern, es würde Schande über die Familie bringen.
Shimatzu und seine drei Brüder lösten sich von den Tänzern. Sie wischten sich den Schweiß von der Stirn und ließen sich von den Geishas Essen und Trinken bringen.
Shimatzu nahm Hiroki beiseite. »Ich hab gehört, was in der kaiserlichen Kampfsporthalle passiert ist.« Hiroki lief puterrot an. »Du brauchst dich nicht zu schämen. Deine Karatevorführung war so beeindruckend, daß dieser Sport jetzt als neue Disziplin in der Halle eingeführt wird. Der Meister läßt fragen, ob du bereit wärst zu unterrichten.«
»Ich habe gegen eine Frau gekämpft«, murmelte Hiroki.
»Du und Noriko, ihr seid hereingelegt worden. Shibata und alle anderen in der Halle wußten, daß Noriko Kendo-Meisterin wäre, wenn sie keine Frau wäre.«
»Willst du damit sagen, Noriko wußte nicht, gegen wen sie kämpfte?«
»Richtig. Shibata hat ihr gesagt, jemand hätte die Frauen herausgefordert, und wenn ihre beste Kämpferin verlieren würde, müßten sie alle für immer die Halle verlassen.«
Hiroki fiel ein Stein vom Herzen. »Bring mich zu ihr«, sagte er.

»Ist das Udos Sohn, der da mit dem Bräutigam redet?« fragte Hideyoshi seinen Adjutanten.
»Ja, der, der gegen Frauen verliert«, antwortete Shibata.
»Wie ich höre, hat er sich am Strand von Akahasi sehr tapfer geschlagen.« Hideyoshi reizte Shibata absichtlich. »Ein Informant hat mir erzählt, Hiroki hätte dich ›eitrigen Abschaum vom Boden eines Scheißhauses gekratzt‹ genannt.«
Der junge Lieutenant erblaßte. Die Beleidigung war sicher erfunden, aber trotzdem mußte er etwas gegen die Besudelung seiner Familienehre unternehmen. Er fing an zu zittern.

Hideyoshi reichte ihm eine Schale warmen Sake. »Hast du gewußt, daß Hirokis Mutter eine Hure war?« fragte Hideyoshi. »Ohne Übertreibung. Bevor der Yoshiwara geschlossen wurde, war sie die beliebteste Kurtisane in diesem Prostituiertenviertel. Ihr Mentor, der inzwischen gestorben ist, war der führende Yakuza von Tokio.«

Shibata kippte den Sake hinunter. »Ihr meint den Führer der Tätowierten Männer? Sie war im Besitz Krimineller?«

»Sie hatte ihren Schutz. Hirokis Mutter hat in der Beuge ihres Ellbogens einen kleinen, gelben Schmetterling eintätowiert. Unterhalte dich doch mit deinen Kollegen darüber. Vielleicht findet ihr gemeinsam einen Weg, diesem Großmaul den Mund zu stopfen, mit dem er deine Familie so beleidigt hat.«

Noriko stand mit dem Rücken zu ihnen, als Hiroki und Shimatzu sich ihr näherten. Hiroki bewunderte ihren puderblauen Kimono mit den zarten Goldblumen.

»Ich möchte dir Hiroki Ishikawa vorstellen«, sagte Shimatzu. »Ihr beide habt euch im Palast und auf dem Neun-Meter-Quadrat kennengelernt.«

Noriko erwiderte Hirokis Verbeugung. »Ist es wahr, daß Ihr mich nicht herausgefordert habt, um die Frauen aus der kaiserlichen Kampfsporthalle zu vertreiben?« fragte sie.

Hirokis Herz schlug Saltos. »Ich bin in die Halle gegangen, um Euch zu sehen.«

»Um mit mir zu kämpfen?«

»Nein, nein! Es war alles ein schrecklicher Fehler.« Hiroki hörte, wie dumm das klang, konnte sich aber nicht helfen. Er sah sie lächeln und fühlte sich verletzt. »Amüsiere ich Euch?«

Noriko legte die Hand zwischen ihre Brüste. »Als wir uns das letztemal sahen, habt Ihr mir einen Stoß versetzt.«

Hiroki machte einen Schritt auf sie zu, und Noriko spürte dieselbe magnetische Anziehung wie bei ihrem ersten Treffen.

»Kennt Ihr die Bilder von der Hölle in buddhistischen Tempeln?« flüsterte Hiroki. »Da war ich seit dem Tag, als ich Euch den Schlag versetzt habe. Ich kann gar nicht in Worte fassen, wie entsetzt ich war, als die Maske von Eurem Kopf rollte.«
Noriko war so gefesselt von Hirokis Charme und seiner Unschuld, daß sie Angst bekam. »Schaut, mein Vater hat Euren Großvater zu einem Papierduell herausgefordert.«
»Wollen wir ein Mi-ai haben?« fragte Hiroki.
Noriko tat so, als hätte sie ihn nicht gehört. »Laßt uns zusehen. Mein Vater hat schon die Kohle und das Papier.«
Einige andere Gäste hatten sich auch um die beiden Männer versammelt; Hiroki und Noriko fanden einen Platz ganz hinten, nahe der steilen Eingangsstufen.
Die beiden Männer karikierten sich gegenseitig sehr kunstfertig unter großem Gelächter der Zuschauer. Mung gewann, weil er den großartigen Einfall hatte, Iyeasu die Züge der Bulldogge des englischen Botschafters zu geben.
Hiroki grinste Noriko an. »Ich glaube, Euer Vater hat schwer unter den Händen meines Großvaters gelitten.«
»Sie sollten deine Mutter, die Hure, porträtieren«, sagte Shibata, »mit einem Schild ›zu verkaufen‹ darunter.«
Hiroki wirbelte herum. Er schob Noriko beiseite und wurde sofort von fünf Armeeoffizieren umringt. Noriko lief los, um Hirokis Brüder zu suchen.
»Machst du den Zuhälter für deine Mutter?« fragte Shibata und tastete nach dem Dolch in seinem Ärmel. Eine Bewegung von Hiroki, und er würde ihn erstechen.
Hiroki war wie versteinert. »Ich werde dich töten«, rief er, und seine Stimme zitterte vor Wut. »Aber nicht hier auf Shimatzus Hochzeit. Verlaß sofort diesen Ort!«
»Wenn du dich so schämst, daß deine Mutter im Yoshiwara für die Yakuza gearbeitet hat, warum bringst du sie dann nicht um?«

»Eine Lüge!« schrie Hiroki.
»Die gelbe Tätowierung auf dem Arm deiner Mutter ist das Schutzzeichen der Yakuza für ihre Frauen«, sagte Shibata.
Hirokis Faust schlug so schnell zu, daß Shibatas Messer zu Boden fiel. Das Nasenbein seiner langen Nase brach mit einem hörbaren Knacks. Er stolperte und fiel rückwärts die steilen Stufen hinunter.
Die Offiziere warfen sich auf Hiroki, und er ging unter ihrem Gewicht zu Boden. Aber Yaka, Uraga und Shimatzu waren schon zur Stelle und trennten die Streithähne.
Einer der Offiziere zeigte auf den verletzten Shibata, der halb die Treppe hinuntergerollt war. »Warum schlägst du einen Mann dafür, daß er die Wahrheit sagt? Deine Mutter wurde drei Jahre lang im Yoshiwara ausgeschrieben.«
Hiroki duckte sich zum Angriff, aber Mungs Stimme hielt ihn zurück.
»Meine Schwiegertochter ist eine der ehrenwertesten Frauen des Kaiserreichs!« Mung zog seinen 44er Colt und richtete ihn die Treppe hinunter auf Shibata: »Nehmt diesen Abschaum und geht, bevor ich euch alle töte!«
Zehn Schwarze Drachen umringten die vier Offiziere und drängten sie die Treppe hinunter. Mung sah über die Köpfe der Leute Hideyoshis boshaftes Grinsen. Es juckte ihn in den Fingern, den Mann zu töten, aber er hielt sein Versprechen an den verstorbenen Fürsten Mito, Hideyoshis Vater.
»Kümmer dich um deine Braut«, sagte Mung zu Shimatzu.
»Geht direkt in meine Wohnung im Palast«, befahl er seinen Enkeln. »Ihr alle werdet Tokio verlassen!« Er sah Hirokis abwesenden Blick. »Hast du mich gehört?«
Der junge Mann nickte. Seine Gedanken waren bei der Tätowierung am Arm seiner Mutter. Sie hatte ihm gesagt, eines Tages würde er die Geschichte dieser Tätowierung erfahren.

14

»Ist es wahr?« fragte Hiroki.
Seine Brüder schwiegen. Dann sagte Yaka: »Der gelbe Schmetterling auf ihrem Arm war Wada Zenshichis Zeichen, um sie zu beschützen. Mutter hat ihm das Leben gerettet.«
»Stimmt es, daß er der Führer der Tätowierten Männer war?« fragte Hiroki.
»Du verstehst das nicht«, sagte Uraga. »Vor zwanzig Jahren hat der Yakuza Vater und Großvater bei einer Schlacht am Tamieka-Teich gerettet. Wada Zenshichi hat Großvater geholfen, nach Hokkaido zu fliehen. Die Information der Yakuza hat Sapporo davor bewahrt, von Piraten geplündert und angesteckt zu werden.«
»Meine Mutter ... « Hiroki schluckte. »Meine Mutter war eine Hure im Yoshiwara?«
»Das ist richtig«, sagte Uraga. »Deine Mutter war die berühmteste Kurtisane in Tokio. Du hast dein Leben außerhalb Japans verbracht. Dieser Vorfall in Kioto mit dem japanischen Mädchen zeigt deine lächerliche Einstellung zu Sex.«
»Prostitution ist in Japan ungesetzlich«, erwiderte Hiroki.
»Um die christliche Priesterschaft zu befriedigen«, sagte Yaka. »Der Yoshiwara wurde geschlossen, um sie zu beeindrucken. Das war Bestandteil der Verträge, die Japan unterzeichnen mußte. Aber es gibt in jeder Stadt und jedem Dorf Bordelle, und die Christen gehören zu den besten Kunden.«
Hiroki biß sich auf die Unterlippe und schüttelte den Kopf. »Hat unsere Mutter im Yoshiwara gearbeitet?« fragte er.
»Du begreifst die Umstände nicht«, antwortete Yaka.

Hiroki hob den Kopf. »Die Umstände werde ich von ihr erfahren.« Er schob seine Brüder beiseite und stolzierte aus dem Zimmer.

Noriko und Gin-ko hatten die Konfrontation zwischen Hiroki und Shibata beobachtet, und die ältere Frau war in Ohnmacht gefallen. Noriko brachte sie mit Hilfe von drei Schwarzen Drachen in die Palastwohnung ihres Vaters. Sie hatte seinen persönlichen Arzt holen lassen.

Gin-ko nippte eine Schale grünen Tee. Sie war blaß und sehr schwach, hatte sich aber wieder unter Kontrolle. »Hast du gewußt, daß ich eine Kurtisane war?«

»Deine Geschichte ist eine der romantischsten, die ich je gelesen habe«, erwiderte Noriko. »Ich habe das Theaterstück mit meiner Mutter, Prinzessin Atsu, dreimal gesehen. Sie war sehr stolz auf die Freundschaft mit dir. Mutter hat mir erzählt, du wärst die erste Frau gewesen, über die sie in ihrem Buch der Guten Taten geschrieben hat, und die einzige Frau, die zweimal erwähnt wird.«

Es klopfte an der Tür, und Hiroki trat ein. Er sah seine Mutter an und glaubte, ihre Blässe käme vom schlechten Gewissen. »Es ist an der Zeit, deinem jüngsten Sohn die Geschichte des gelben Schmetterlings zu erzählen.«

»Es war falsch, daß ich es nicht früher getan habe. Ich hab es immer wieder aufgeschoben, und plötzlich warst du erwachsen. Shimatzu und deine Brüder kennen meine Vergangenheit.«

»Wie es scheint, weiß jeder von deiner Zeit im Yoshiwara außer mir«, sagte Hiroki. »Oder ist mein Vater auch hereingelegt worden, oder hatte er nur mehr Geld als deine anderen Klienten?«

»Das reicht!« ertönte eine strenge Stimme von der Tür.

Hiroki wirbelte herum.

Mung war außer sich vor Wut. »Auf die Knie vor dieser Dame!«
Hiroki war durcheinander. »Ich bin doch hintergangen worden, aber alle sind gegen mich!«
»Auf die Knie! Ich, der Schwarze Drache, befehle es!«
Hiroki sank zitternd auf die Knie, obwohl er immer noch nicht begriffen hatte, warum.
Gin-ko flüsterte Mung mit schwacher Stimme zu: »Bitte, tu ihm nicht weh, um meinetwillen. Er hat genug durchgemacht.«
»Verbeuge dich vor der Frau, die einen Ignoranten wie dich zur Welt gebracht hat«, befahl Mung.
Hiroki schaute tränenüberströmt in das unerbittliche Gesicht seines Großvaters und warf sich zu Boden.
»Ich werde dir nicht befehlen, dich zu entschuldigen. Das muß aus deinem Herzen kommen. Steh auf und verschwinde! Warte im Büro des Hafenmeisters! Dort wirst du Befehle erhalten. Geh!«
Der Doktor trat zur Seite, und Hiroki lief aus dem Zimmer.
Mung wandte sich an den Arzt. »Wer ist krank?«
»Noriko hat ihn holen lassen, weil ich in Ohnmacht gefallen bin«, sagte Gin-ko. »Aber es war nur die Aufregung durch die Hochzeit.«
Mung wandte sich an den Arzt. »Sollte etwas nicht in Ordnung sein, will ich informiert werden.« Er verbeugte sich vor Gin-ko. »Paß auf dich auf. Du liegst mir sehr am Herzen. Mach dir keine Sorgen um Hiroki, das regle ich schon.«
Der Arzt schloß die Tür und ging zu Gin-ko. Sie zeigte mit dem Fächer auf ihn. »Solltet Ihr vorhaben, das Untersuchungsergebnis Mung oder jemand anderem mitzuteilen, werde ich mich nicht untersuchen lassen.«
»Euer Wunsch ist mir Befehl. Wie mir scheint, wißt Ihr bereits etwas, sonst würdet Ihr diese Forderung nicht stellen.«

Zwanzig Minuten später ließ sich der Arzt von Noriko einen Tee reichen und schlürfte ihn laut, um seine Gedanken zu sammeln, während die beiden Frauen ihn beobachteten. »Ich kann nur bestätigen, was der andere Arzt Euch mitgeteilt hat«, sagte er schließlich.

»Lymphdrüsenkrebs?« fragte Gin-ko. »Wieviel Zeit bleibt mir noch Eurer Meinung nach?«

»Wann wurde das zuerst festgestellt?«

»Vor drei Monaten in Seoul«, antwortete Gin-ko. »Der koreanische Arzt sagte, ich hätte noch zwischen zwei Wochen und einem Jahr zu leben.«

Noriko fiel in Ohnmacht. Der Arzt hielt ihr ein Fläschchen unter die Nase, und sie kam wieder zu sich. Sie setzte sich auf und bat Gin-ko um Verzeihung.

»Ihr müßt stark bleiben, wenn Ihr dieser Dame helfen wollt«, sagte der Arzt.

»Ich möchte dem Mädchen keine so schwere Aufgabe zumuten.«

»Du mußt mir erlauben, dir zu helfen«, flehte Noriko. »Ich werde stark sein, das verspreche ich.«

»Niemand darf es erfahren«, sagte Gin-ko. »Das wäre für mich schlimmer als die Krankheit.«

»Du kannst dich auf mich verlassen.«

»Ich verbürge mich für diese junge Frau«, sagte der Arzt. »Ich habe sie zur Welt gebracht und habe sie heranwachsen sehen. Eine Bessere findet Ihr nicht. Sie hat Wunder bei der Pflege Mungs vollbracht.«

Gin-ko nahm Norikos Hand. »Ich hoffe dir das Glück meines jüngsten Sohnes für den Rest eures Lebens anzuvertrauen. Aber es wird keine leichte Aufgabe.«

Norikos Lächeln war etwas mühsam. Die Pflege Gin-kos machte ihr wesentlich weniger Sorgen als die anscheinend unausweichliche Heirat mit Hiroki.

»Widerlich siehst du aus«, sagte Hideyoshi. »Deine Nase hat die Form eines Ballons.«
Shibata leckte sich die Lippen. »Der Arzt hat gemeint, in ein paar Tagen geht die Schwellung zurück.«
Hideyoshi erhob sich von seinem Schreibtisch. »Ich hätte nie gedacht, daß eine Nase so ausschauen kann. Dreh dich zur Wandkarte, ich kann das nicht sehen.« Er bemerkte, wie der junge Mann vor Wut zitterte, und freute sich. »Du wirst das erste Boot nach Hankow nehmen! Leg deinen Finger auf der Karte auf Shanghai! Folge dem Jangtse hinauf durch Zentralchina, vorbei an Nanking! Hankow ist eins der Arsenale von General Lis Kette befestigter Marinestützpunkte. Es liegt an der Mündung des Flusses Han in den Jangtse.«
Shibata rief: »Meine Karriere ist ruiniert.« Er drehte sich mit wutverzerrtem Gesicht zu Hideyoshi und schlug mit der geballten Faust auf den Tisch. »Hiroki Ishikawa wird sterben!«
»Der Beschreibung seiner talentierten Hände nach zu schließen glaube ich, es war ein Glücksfall, daß du die Treppe hinuntergestürzt bist. Er hätte dich töten können.«
»Ich werde weder nach Hankow noch sonstwohin gehen, bevor ich mich gerächt habe!«
»Du wirst tun, was ich dir befehle!« sagte Hideyoshi. »Ich bin der Weiße Wolf!«
»Zuerst höre ich Hirokis Todesröcheln! Ich werde diesen Bastard töten und dann Seppuku begehen, weil ich mich Euren Befehlen widersetzt habe!«
Hideyoshi legte seine Hand auf Shibatas. »Deine Nase wird bald heilen und deine Familienehre wiederhergestellt sein.« Er drückte Shibatas Hand. »Du kommst jetzt nicht an Hiroki heran. Meine Agenten berichten mir, daß er im Büro des Hafenmeisters auf ein Schiff nach Korea wartet. Das Büro kannst du nicht angreifen!«
»Ich habe keine Angst zu sterben.«

»Natürlich nicht. Aber hast du den Mut zu leben?« Hideyoshi streichelte die Hand des jungen Mannes und lächelte ihn an, obwohl ihn die gebrochene Nase anekelte. »Wenn du Hiroki jetzt ermordest, würde es unsere Pläne für Korea gefährden. Der Bund der Weißen Wölfe und die Zukunft Japans wären in Gefahr. Du bist wie die alten Krieger«, sagte Hideyoshi. »Aber der Tod, egal wie ruhmreich, ist nicht die Antwort auf diese Frage. Ich will, daß du lebst.«

»Wofür?«

»Für die Rache an Hiroki, an den Westlern, an denjenigen Japanern, die Japan daran hindern wollen, seine Bestimmung zu erfüllen, nämlich den rechtmäßigen Platz als Herrscher der Welt zu erlangen!«

»Was kann ich tun?«

»Ermorde Mung«, sagte Hideyoshi. »Keiner wird dich mit ihm in Verbindung bringen. Dann gehst du nach Hankow.«

»Was soll ich in China?«

»Dort liegt das Grüne Haus und eine neue Zukunft!« Hideyoshi beugte sich ganz nahe zu Shibata. »Das Grüne Haus ist das geheime Ausbildungszentrum für diejenigen Weißen Wölfe, die auserwählt sind, Spionagenetze außerhalb des Landes zu organisieren. Nach Beendigung des Kurses wird dir, je nach Talent, ein Gebiet zugeteilt. Gelder werden dir zur Verfügung gestellt. Du kannst dein Potential frei entfalten. Es ist wie die Verleihung eines Lehens, nur geheim. Du kannst so mächtig werden, wie du talentiert bist.«

»Warum ist dieses Ausbildungszentrum in China und nicht in Japan?«

Hideyoshi seufzte. »Uns Japanern sind durch Jahrhunderte von Tradition und moralischer Erziehung die Hände gebunden. Aber außerhalb unseres Vaterlandes sind wir frei von allen moralischen Fesseln. Was im Grünen Haus praktiziert wird, kann in Japan nicht praktiziert werden – der Gebrauch

und Mißbrauch von Männern und Frauen aller Nationalitäten. Das kann der entscheidende Schritt für deine Karriere werden. Töte Mung! Geh nach Hankow, und plane den Mord an Hiroki! Werde so einflußreich, wie du einfallsreich bist!«
Shibata lief unruhig im Zimmer auf und ab.
»Mung wird Hiroki im Büro des Hafenmeisters besuchen, bevor er nach Korea segelt«, sagte Hideyoshi. »Ein Angestellter ist einer unserer Agenten. Er wird dich über Mungs Schritte informieren. Sammle deine Freunde. Locke den Fischhändler in den Hinterhalt!«
»Mir wäre es lieber, wenn ich mehr Zeit für die Planung hätte.«
»Wir haben keine Zeit!« Hideyoshi schlug mit der Faust auf den Tisch. »Mung segelt morgen zu einem Treffen mit General Nogi und Admiral Takamora irgendwo im Pazifik. Es muß heute abend geschehen!«

15

Mung betrat das Büro des Hafenmeisters auf dem Landvorsprung über der Bucht von Tokio, und ein Schreiber drehte sofort dreimal kurz und zweimal lang seine Telefonkurbel.

Im Dienstzimmer des Bundes der Weißen Wölfe warteten fünf Männer neben dem Telefon. »Das ist unser Signal«, sagte Shibata. »Mung ist da. Wenn er Hiroki an Bord des koreanischen Schiffs geschickt hat, wird er alleine zurückkommen. Dann lauern wir ihm auf. Macht euch bereit!«

»Sollte ich sterben, bevor ich es gebrauchen kann«, Shibata hielt ein traditionelles Samurai-Kurzschwert hoch, »dann schneidet Mung damit die rechte Hand ab, spaltet ihm den Schädel und rammt ihm das Schwert in die Brust! Das ist die traditionelle Bestrafung für Verräter.«

Die vier Männer und Shibata begaben sich zu den wartenden Rikschas, dann fuhren sie hintereinander durch die leeren Gassen, ohne zu merken, daß sie verfolgt wurden.

Am Hafen ging Shibata zu Fuß mit seinen Männern in Richtung Büro des Hafenmeisters. In einer Biegung des Weges legten sie sich auf die Lauer.

Ein kleines Stückchen hinter ihnen flüsterte Uraga Yaka und Shimatzu zu. »Was haben die bloß hier zu suchen? Ich dachte, wir erwischen sie im Hafenviertel.«

»Ich glaube, die sind hinter meinem Vater her«, sagte Shimatzu. »Er wollte Hiroki verabschieden und dann nach Hause zurückkehren. Aber als Rückversicherung hat er sich entschieden, mit Hiroki an Bord zu gehen. Sie fahren mit dem Lotsenboot zu dem Schiff, das nach Korea abgelegt hat.«

»Fährt Mung nach Korea?« fragte Uraga.
»Er wird das Schiff zu einem Treffpunkt mit dem Saeki-Postschiff zu den Riukiu-Inseln dirigieren«, antwortete Shimatzu. »General Nogi, Admiral Takamora und die Flotte sind in Okinawa. Von dort aus werden sie nach Formosa segeln.«
»Wir müssen hier warten, bis Shibata merkt, daß Mung nicht zurückkehrt«, sagte Uraga.
»Das wird er merken, sobald er die Signallichter des Schiffes sieht«, erwiderte Shimatzu. »Dann müssen seine Freunde und er an uns vorbei. Die Beleidigung unserer Mutter wird gerächt werden!«

Nicht einmal das klingelnde Telefon im Büro des Hafenmeisters konnte Hiroki Ishikawa wecken.
»Euer Schiff legt jetzt ab«, sagte der Hafenmeister zu Mung. »Ihr müßt an Bord des Lotsenbootes gehen. Man wird Euch an der Boje Nummer eins an der Hafeneinfahrt aufnehmen.«
Mung rüttelte seinen Enkel wach und drückte ihm eine Kassette in die Hand. »Lies das, es ist über deine Mutter. An Bord des Schiffes können wir darüber reden. Schnell jetzt, folge mir.«
Gleichzeitig mit Mung, Hiroki und dem Hafenmeister verließ der Agent der Weißen Wölfe das Büro durch die andere Tür, um seine Freunde zu warnen, daß ihre Beute im Begriff war, ihnen zu entkommen.
Shibata gab seinen Männern ein Zeichen und deutete auf die sich nähernde Gestalt. Als der Schreiber noch zehn Meter entfernt war, sprang Shibata hoch und richtete seine Pistole auf ihn: »Stirb, Fischhändler«, schrie er, und alle Pistolen feuerten. Der Schreiber war tot, ehe er den Boden berührte, aber sein Körper zuckte noch. Die fünf feuerten weiter, bis Shibata ihnen Einhalt gebot. Die Männer starrten die Gestalt am Boden an, und plötzlich ergriffen sie die Flucht.
Shibata blieb allein zurück. Er zog sein Kurzschwert aus der

Scheide und hackte dem Toten die rechte Hand ab. Dann drehte er die Leiche um, um ihr den Schädel zu spalten. Er sah das Gesicht des Mannes. Es war nicht Mung. Er war gerade im Begriff zu fliehen, als er Schüsse von weiter unten am Weg hörte. Shibata duckte sich hinter einen Busch und lugte vorsichtig heraus. Seine vier Freunde lagen tot auf dem Weg. Er fiel zitternd auf die Knie.
Von unten waren Stimmen zu hören. »Wo ist er?«
»Der ist es auch nicht.«
»Sie suchen mich«, murmelte Shibata. Seine zittrigen Knie versagten ihm den Dienst, und er kroch auf allen vieren über die Leiche und weiter den Weg hinauf, auf die Lichter des Büros des Hafenmeisters zu.

Auf dem Schiff mit Kurs Korea hatten Mung und Hiroki verschiedene Kabinen. Mung befahl Hiroki, in der Kabine zu bleiben, bis er den Inhalt der Kassette gelesen hatte.
Erst am Morgen des zweiten Tages brach Hirokis Widerstand. Er stellte sein Frühstückstablett beiseite und öffnete die Kassette.
Obenauf lag eine Notiz von Mung. »Deine Mutter ist einer der tapfersten und großartigsten Menschen, der mir je begegnet ist. Die Opfer, die sie für ihre Eltern, Japan und den Kaiser gebracht hat, kennt fast jeder Japaner durch die Bücher, Theaterstücke und Gedichte, die Du hier vorfindest. Deine Mutter ist schon zu Lebzeiten eine Legende. Sie hat Dir ihre Vergangenheit nicht aus Scham, sondern aus Bescheidenheit verschwiegen. Dein Vater hat es Deinen Brüdern erzählt, und die haben es akzeptiert. Fürsten haben sich vor Deiner Mutter verbeugt. Die Schwester des Kaisers, Prinzessin Atsu, hat in ihrem Buch der Guten Taten über sie geschrieben. Ich schlage vor, Du fängst mit diesem Buch an.«

Gin-ko Ishikawa, geboren 1852 in Kagoshima, Fürstentum Satsuma, südliche Insel von Kiushu. Ehemalige Kurtisane, Yoshiwara, Tokio. Seit 1873 verheiratet mit Udo Ishikawa.

In Kagoshima wurde ein Mordversuch gegen Gin-kos Schwiegermutter, Ukiko Ishikawa, unternommen. Diese war zu jener Zeit im achten Monat schwanger. Sie wurden von drei Yakuza angegriffen, angeführt von der sogenannten Goldenen Eidechse. Gin-ko warf sich vor ihre Schwiegermutter, und so konnte ihr Mann den einen Angreifer töten. Ein zweiter wurde ebenfalls von ihrem Mann getötet. Der Leichnam fiel auf Ukiko, und sie hatte dadurch eine Frühgeburt. Gin-ko assistierte dem Arzt bei der schwierigen Geburt des Kindes Shimatzu. Die Mutter starb, nachdem Gin-ko ihr versprochen hatte, den Jungen wie ihren eigenen Sohn aufzuziehen. Zwei Yakuza und Gin-kos betagte weibliche Wächterin starben bei diesem Überfall.

Die zweite Belobigung für Gin-ko ist für ihre Unterstützung der Männer von Sapporo auf der nördlichen Insel Hokkaido. Im Winter 1874 führte Baron Benzowsky eine Flotte russischer Piraten in den Hafen von Sapporo, um die Stadt zu plündern und zu brandschatzen. Die Befestigungen der Verteidiger waren ungenügend, ihre Kanonen antiquiert und unterlegen. Als alles verloren schien, zwang eine Kältewelle die Piraten, ihre Schiffe zu verlassen. Sie wollten über das Eis die Stadt angreifen. Obwohl Gin-ko hochschwanger war, bewaffnete sie die Frauen von Sapporo mit scharfen Stöcken und führte sie gegen die Piraten. Diese Tat gab den Männern von Sapporo neuen Mut; sie gingen hinaus aufs Eis und besiegten die Piraten.

Hiroki schloß das Buch der Guten Taten. Allmählich fing er an, die Frau zu begreifen, die er immer nur als liebende Mutter gesehen hatte. Er las weiter: Gedichte, Zeitungsartikel, die sie als tapferste Frau Japans priesen. Dann nahm er sich die Zusammenfassung eines Theaterstücks über ihr Leben vor.

> Ihr Vater, ein sanfter Mensch, körperlich schwach und leicht zu beeinflussen, macht leichtsinnige Investitionen. Seine Lebensersparnisse, sein Haus und sein Besitz reichen nicht, um die Schulden zu zahlen. Er und seine Frau müssen ins Gefängnis. Gin-ko, kaum sechzehn, erkennt, daß ihr Vater aufgrund seiner schlechten körperlichen Verfassung das Gefängnis nicht überleben wird. Sie geht in den Yoshiwara und verkauft sich an ein Haus der Prostitution, um die Schulden ihrer Eltern zahlen zu können. Sie werden entlassen und von Gin-ko unterstützt, die bald die gefeiertste Kurtisane Tokios wird. Ihr Vater stirbt, als sie neunzehn ist, ihre Mutter kurz darauf. Sofort beendet Gin-ko ihre Tätigkeit im Yoshiwara und bereitet sich auf den Eintritt in ein buddhistisches Kloster als Nonne vor. Udo Ishikawa, Sohn des Ministers der Marine, trifft Gin-ko durch seine Adoptivmutter. Er folgt Gin-ko nach Kagoshima, wirbt um sie und heiratet sie. Im letzten Akt des Stücks machen Braut und Bräutigam einen offiziellen Besuch bei der Schwiegermutter, und die Yakuza greifen an. Das Stück endet damit, daß Gin-ko das Neugeborene über die tote Mutter hält und schwört, es wie ihr eigenes Kind aufzuziehen.

Tränen kullerten über Hirokis Gesicht. Er legte die Rolle zurück in die Kassette und ging zu Mung.
»Großvater, darf ich die Geschichten über Mutter behalten?« fragte Hiroki.
Mung nickte.

»Ich bin immer noch verwirrt«, sagte Hiroki. »Ich habe in den letzten Stunden erfahren, daß meine Mutter ein großartiger Mensch ist, aber ich habe auch erfahren, daß sie unanständige Dinge getan hat.«

»Du und ich, wir haben ein Problem«, erwiderte Mung. »Wir sind von Christen erzogen worden. Deshalb begreifen wir nicht, daß für Japaner Sex nichts Sündiges ist. Ich hatte es noch leichter als du, weil ich zumindest hier aufgewachsen bin. Sex war in meinem Fischerdorf selbstverständlich. Wenn meine Mutter ihre Menstruation hatte, suchte sie meinem Vater eine andere Frau aus. Saiyo, meine erste Frau, und Ukiko, ihre Schwester, suchten auch immer Frauen für mich aus. Ich habe aufgrund meiner christlichen Erziehung in Amerika nie Gebrauch davon gemacht, aber ich weiß, daß die Einstellung der Japaner zum Geschlechtsleben wesentlich gesünder als die der Christen ist. In Japan wird es als menschliches Bedürfnis betrachtet. Vergewaltigungen kennt man bei uns kaum. Wir haben das jährliche Penis-Fest im Tagata-Schrein und das Ososo Matsuri, das Vagina-Fest, im Inuyzana-Schrein. Geschlechtsverkehr war in einer bäuerlichen Gesellschaft wie der unseren eine Form von Gebet. Jetzt verändert die Industrialisierung unser Leben und unsere Moral.« Mung lächelte Hiroki an. »Wenn ich recht verstehe, hast du deine Meinung über deine Mutter geändert.«

»Ich möchte ihr schreiben und mich entschuldigen«, sagte Hiroki. Er verbeugte sich. »Ich danke Euch für Eure Geduld und Euer Verständnis. Ich habe noch einige Fragen, was meinen Auftrag in Seoul betrifft.«

»Das besprechen wir beim Frühstück«, sagte Mung.

Um drei Uhr nachmittags trafen sie auf das Saeki-Postboot in der Meerenge von Bungo. Ein Langboot wurde für Mung zu Wasser gelassen.

Hiroki verbeugte sich vor seinem Großvater und übergab ihm vier Briefe: »Für meine Mutter und meine Brüder.«
»Ich freue mich, daß du auch an sie gedacht hast«, sagte Mung, dann drehte er sich zu dem Offizier im Langboot um. »Einen Moment noch.« Er führte Hiroki zum Bug des Schiffs und legte den Arm um seine Schultern. »Deine Mutter ist krebskrank. Sie wird bald sterben.«
»Aber das kann doch nicht sein«, erwiderte Hiroki. »Sie hat mir nie ein Wort davon gesagt.«
»Sie glaubt, keiner weiß es. Ich habe es vor Shimatzu und deinen Brüdern geheimgehalten. Es ist meine Pflicht, deinen Vater zu informieren, wenn wir uns in Formosa treffen.«
»Ich muß zu ihr und mich entschuldigen.«
»Das kannst du nicht«, sagte Mung. »Sie möchte nicht, daß es jemand erfährt. Deshalb ließ ich dich den Brief schreiben, bevor ich es dir sagte. Wenn du es gewußt hättest, hätte sie es gespürt.«
»Wer wird sich um sie kümmern? Wieviel Zeit hat sie noch?«
»Sie hat die besten Ärzte im Kaiserreich. Noriko ist bei ihr. Und ich habe arrangiert, daß der Chefarzt der amerikanischen Flotte sie untersucht. Alles Menschenmögliche wird getan.«
»Mein Auftrag in Korea, wird er beendet sein, ehe Mutter ...« Hiroki versagte die Stimme.
»Keiner weiß genau, wie lange so etwas dauert. Aber du mußt deine Mission beenden. Es ist Chu, die Pflicht gegenüber dem Kaiser.«
Hirokis Augen füllten sich mit Tränen. »Ich muß ihr sagen, daß es mir leid tut.«
Mung klopfte auf die Briefe. »Das hast du doch schon. Wenn du Kraft brauchst, um weiterzumachen, lies die Geschichten noch einmal.«
Hiroki richtete sich auf und verbeugte sich. »Großvater, ich

danke Euch für das Privileg, dem Kaiser zu dienen. Und für die Gelegenheit, meiner Familie Ehre zu machen.«
Mung lächelte. »Als Junge habe ich den Ruf der amerikanischen Walfänger gelernt, der nur benutzt wurde, wenn ein ganz großer Wal in Sicht kam. Town-ho! Wir haben uns dann am Bug versammelt und beobachtet, wie die riesige Kreatur durchs Wasser schwamm. Egal, wie oft ich den Schrei hörte und einen Wal sah, es war immer wieder ein Erlebnis, eine der besonderen Schöpfungen Gottes zu sehen. Ich schaue dich an, Enkel, und bin stolz. Town-ho, Kleiner.«

16

Wochen waren seit Mungs Ankunft in Okinawa vergangen. Die Truppen waren entsprechend der Informationen, die Udo aus Formosa geschickt hatte, gedrillt worden. Die Kapitäne hatten sich mit den Seekarten der Küstengewässer Formosas vertraut gemacht. Jetzt kreuzte die Flotte ohne Lichter vor der Küste von Formosa und wartete auf ein Treffen. Mung freute sich schon auf Udo.

Um zwei Uhr früh stieß ein Sampan gegen den Rumpf des Flaggschiffs, und Captain Togo kam an Bord, marschierte direkt auf Mung zu und verbeugte sich. »Wir sind bereit, die Piratenfestung morgen nacht anzugreifen.«

»Ich hatte Udo erwartet.«

»Er mußte noch letzte Vorbereitungen treffen. Er freut sich, Euch zu sehen und von der Hochzeit seines Sohnes zu hören.«

»Ich habe ihm viel zu erzählen«, sagte Mung. »Kommt mit, Captain Togo. Admiral Takamora und General Nogi erwarten Euren Bericht.«

Im Salon des Schiffs saßen die vier Männer um einen Tisch voller Karten.

»Das sind die Straßenpläne von Pingtung«, sagte Togo. »Die anderen sind Karten des Hafens. Die Bojen sind markiert, um Euch zum Landungsplatz zu führen. Es befinden sich keinerlei Kriegsschiffe, weder westliche noch chinesische, in diesem Gebiet. Zweihundert bewaffnete Piraten sitzen in einem befestigten Lager neben einem buddhistischen Tempel. Hier«, Togo deutete auf die Karte. »Udo hat den Bauleiter bestochen, der die Reparaturarbeiten am Tempel überwacht. Wenn unser Plan korrekt ausgeführt wird, müßten wir die Piraten überraschen können. Auf mein Signal an Udo werden hölzerne Treppen gegen die Mauern der Piratenfestung gelegt. Die Tunnels sind bereits gegraben, und die Mauer ist an einigen Stellen geschwächt, damit unsere Truppen durchbrechen können. Die Piraten werden ein Fest zu Ehren ihres Führers feiern, mit großen Mengen Alkohol und Opium, die Udo beschafft hat.« Togo teilte einen weiteren Satz detaillierter Karten aus. »Das sind Pläne der Festung für die Offiziere und Schiffskapitäne. Wir schlagen morgen nacht los.«

»Euch gebührt Lob für die gründlichen Vorbereitungen«, sagte General Nogi.

»Das sind Udo Ishikawas Pläne«, erwiderte Togo. »Ich war an Bord des Flaggschiffs der chinesischen Penyang-Flotte als Kellner in der Offiziersmesse.« Er sah, wie überrascht sie waren, und fügte hinzu: »Udo hat das über einen chinesischen Tong-Führer arrangiert. In China ist praktisch jeder und alles käuflich. Prinz Kung wartet in Amoy auf Verhandlungen mit Euch und den Rest der Bestechungssumme. Ich hörte zufällig, wie ein chinesischer Marineoffizier erzählte, der englische Lord Cade habe den Prinzen besucht.«

»Der Engländer ist auf unserer Seite«, erklärte Mung. »Wenn wir morgen in Pingtung erfolgreich sind, werden wir in Amoy keine Schwierigkeiten haben.«

»Was habt Ihr sonst noch über die chinesische Marine erfahren, Captain Togo?« fragte Takamora.

»Die Soldaten werden von deutschen Marineexperten trainiert, aber die Moral ist schlecht. Die Offiziere sind fast durchweg unfähige Aristokraten, die sich ihren Rang gekauft haben. Admiral Ting Ju-Chang, Bruder von General Li Hung-Chang, ist ein fähiger Offizier, der Japaner und Weiße haßt. Er bezeichnet uns als Zwerge. Wir müssen so bald wie möglich gegen China in den Krieg ziehen. Ich bitte Euch, gebt mir das Kommando über ein Kriegsschiff. Ich werde sie versenken, noch bevor sie ihre Gefechtsfahne gehißt haben!«

»Aber was ist mit den neuen Kriegsschiffen und der erweiterten Penyang-Flotte, die uns vor einigen Monaten gemeldet wurde?« fragte Mung.

»Sie haben drei neue Schlachtschiffe, aber das sind nur umgebaute französische Kriegsschiffe mit der Originalpanzerung und Bewaffnung. Die neuen britischen 20-mm-Geschosse, die wir bestellt haben, werden sie durchschlagen. Laut Vertrag sollten die Schiffe eigentlich die neueste Ausrüstung haben, aber das Geld für die Extrakosten geriet in die falschen Hände. Die Korruption der chinesischen Politiker und der hochrangigen Militärs treibt Admiral Ting und General Li zum Wahnsinn. Die meisten Matrosen der Penyang-Flotte sind seit Monaten nicht bezahlt worden, weil die Politiker das Geld einstekken. Das bißchen Bargeld, das durchkommt, behalten die Offiziere. Um einer Massendesertion vorzubeugen, hat Admiral Ting seine Kapitäne angewiesen, private Fährdienste einzurichten, um Geld für die Mannschaften zu verdienen.«

Die drei älteren Männer waren entsetzt. »Sie schippern Menschen mit Kriegsschiffen herum?« fragte Nogi ungläubig.

»Vieh und landwirtschaftliche Produkte auch.«

»Gentlemen, ich glaube, Captain Togo hat sich sein Kommando eines Kriegsschiffs redlich verdient«, sagte Mung. »Aber wenn meine Pläne erfolgreich sind, kommt es nie zum Einsatz.«

»Ich werde dem Captain ein kleines Kriegsschiff geben«, erklärte Takamora. »Captain Togo, Ihr übernehmt das Kommando über die zwanzig von England bestellten Torpedoboote. Ihr werdet im Rang eines Commodore die neu gegründete Torpedobootschwadron befehligen. Ihr werdet nach Kanton reisen und die ersten fünf Torpedoboote Eurer Schwadron in Empfang nehmen, die mit den neuesten 20-mm-Schnellfeuerkanonen ausgerüstet sind.«

Togo verbeugte sich. »Sie haben uns Zwerge genannt«, sagte er, »aber wir werden zwanzig Haie gegen diesen aufgeblasenen Kugelfisch sein, wenn die Zeit gekommen ist.«
»Wir sollten jetzt die letzten Vorbereitungen für die Landung im Hafen von Pingtung noch einmal durchgehen«, meinte Mung.

Am folgenden Abend landeten fünfzig von Admiral Takamoras Marinesoldaten in Zivilkleidung vor Pingtung und machten sich auf den Weg zu ihren befohlenen Einsatzorten um die Piratenfestung. Sie riegelten die Umgebung ab und warteten mit einigen Polizisten Pingtungs auf die Schiffe. Die Landung der Soldaten verzögerte sich um eine Stunde, da das Flaggschiff auf Grund lief, aber fünfhundert Mann wurden mit Langbooten ans Ufer gebracht.
Um fünf Uhr früh waren die Truppen schließlich in Position. Auf Togos Signal hin kletterten Männer über die Tempelmauer; die letzten Steine wurden aus der Wand der Festungsmauer geschlagen, um den Zugang zu öffnen, und durch die Tunnels strömten weitere Männer unter der Mauer durch. Die Überraschung war perfekt gelungen. Japanische Soldaten stießen Piraten mit aufgepflanzten Bajonetten wach. Der Alkohol und das Opium hatten ihre Arbeit getan.
Als die Sonne über den Dächern von Pingtung erstrahlte, hatte man hundertvierundneunzig Banditen in der Festung gefangengenommen.
»Warum, zum Teufel, macht ihr das?« fragte der Führer der Piraten, ein dickbäuchiger Mongole. Er warf Udo einen Beutel Gold vor die Füße. »Wenn's nicht genug ist, dann sag, wieviel du willst.«
»Wir bringen dich und deine Männer auf das chinesische Festland, wo ihr wegen Mordes an sechsunddreißig Fischern der Riukiu-Inseln angeklagt werdet.«

»Das war doch, verdammt noch mal, schon vor sechs Monaten«, brüllte der Mongole. »Und was gehn die Scheiß-Riukius China an! Da gibt's doch sowieso zu viele Leute!«

»Wir sind keine Chinesen«, sagte Udo. »Ihr werdet von der kaiserlichen japanischen Armee eskortiert, die zum ersten Mal seit dreihundert Jahren auf fremdem Boden gelandet ist! Wenn deine Männer nicht schleunigst zu unseren Schiffen marschieren, werdet ihr in die Geschichte eingehen als die ersten, die von unseren Truppen getötet wurden!«

In Admiral Takamoras Kajüte wandte Mung sich an die vier Männer, die für Planung und Durchführung des Angriffs auf Pingtung verantwortlich waren. »Bevor General Ryochi Okuda starb, erklärte er, er hätte in seiner militärischen Karriere mehr Erfolge durch Fehler, als durch Absicht gehabt. Dasselbe kann man von der Aktion in Pingtung sagen.«

»Admiral Takamora und ich nehmen die Verantwortung für die Fehler auf uns«, sagte General Nogi. »Sie sind unserem Mangel an Erfahrung zuzuschreiben. Wir dachten, Flut und Gezeiten wären nicht wichtig, weil wir Dampfschiffe hatten. Ihr hattet recht, als Ihr Graf Hideyoshi sagtet, wir seien nicht darauf vorbereitet, Truppen vom Schiff an Land zu transferieren. Ohne die Hilfe der Schwarzen Drachen und die der Dorfbewohner, die unser Schiff wieder flottmachten, wäre die Aktion in einer Katastrophe geendet. Offensichtlich müssen unsere Geheimdienste weiter ausgebaut werden, und das Militär muß die Prinzipien moderner Kriegführung studieren.«

»Ich bin auch dafür, daß wir uns auf einen Verteidigungskrieg vorbereiten«, sagte Mung. »Aber es ist Verschwendung, Kugeln zu feuern, wenn Worte genügen.«

»Wir respektieren Eure Meinung, obwohl wir auf entgegengesetzten Seiten des Konferenztisches waren«, erwiderte Takamora. »Nur Euer naives Konzept, Japan könnte ohne militärischen Konflikt wirtschaftlich wachsen, hat uns in die Opposition gedrängt.«

»Wie lange würden Verhandlungen dauern?« fragte Nogi.

»Prinz Kung hat es eilig«, erwiderte Udo. »Er ist verschuldet und will nicht, daß General Li oder Admiral Ting mit einbezogen werden, bevor er die Abmachung unterzeichnet hat.«

»Könnte die Kaiserinwitwe den Vertrag annullieren?« fragte Nogi.

»Sie würde ihren Anteil an der Bestechungssumme verlieren«, antwortete Udo.

»Wollt Ihr damit andeuten, daß die Kaiserin einen Anteil des Bestechungsgeldes kassiert?« fragte Takamora.

»Sie ist unser Garant«, erwiderte Udo. »Die alte Frau baut einen neuen Sommerpalast. Außerdem ist sie auch verschuldet.«

»Wo bleibt der chinesische Nationalstolz?« sagte Nogi.

»Die Herrscher Chinas sind Mandschus. Es existieren nationalistische Bewegungen – angeführt von Söhnen von Kaufleuten des Mittelstandes. Eine der beliebtesten Gruppen ist die Harmonische Faust. Sie sind auch als Boxer bekannt. Sie wollen die Ausländer aus China vertreiben und ihre Regierung neu organisieren. Es geht das Gerücht, daß die Brüder Chang insgeheim die Boxer unterstützen«, erklärte Udo.

»Chinas politische Arena scheint ja eine Schlangengrube zu sein«, sagte Nogi. »Admiral Takamora und ich überlassen Euch die Verhandlungen mit Freude. Wir werden versuchen, unsere Landemanöver zu verbessern. Wenn diese Banditen wach und bewaffnet gewesen wären, würden unsere Knochen jetzt im Schlamm des Hafens von Pingtung bleichen.«

17

An Bord des japanischen Flaggschiffs mit Kurs auf Amoy in der Meerenge von Formosa schlief Udo zwanzig Stunden ohne Unterbrechung. Beim anschließenden Frühstück berichtete Mung ihm von Shimatzus Junggesellenparty und der Hochzeit, den Vorfall zwischen Shibata und Hiroki erwähnte er nicht. Mung hatte Angst davor, Udo von Gin-kos Krankheit zu erzählen, aber die Zeit war gekommen. Udos einziger Kommentar dazu war: »Lebt sie noch?«

»Ja, aber ihr bleibt nicht mehr viel Zeit.«

»Ich hatte gehofft, am Ende bei ihr zu sein.«

»Du weißt es!«

»Der koreanische Arzt hat es mir erzählt«, sagte Udo. »Gin-ko und ich haben ausführlich alles besprochen. Sie hat mehr Angst vor Mitleid als vor dem Tod.«

»Ihr seid beide mutige Menschen. Ich habe Gin-ko immer als meine Tochter betrachtet. Es ist so ungerecht!«

»Den Göttern ist Gerechtigkeit egal«, sagte Udo. »Sie fordern Pflichterfüllung, Ehre und Opfer.«

»Was kann ich tun?« fragte Mung.

»Gin-ko macht sich am meisten Sorgen um Hiroki. Er braucht eine starke Hand. Seine körperlichen und geistigen Talente sind offensichtlich. Man vergißt leicht, daß er erst zwanzig ist. Gin-ko macht sich Sorgen, daß er wegen seiner mangelnden Geduld mit anderen Ärger bekommt. Sie liebt Yaka und Uraga, meint aber, die beiden machen ihren Weg ohne Probleme.«

»Gin-ko möchte, daß Hiroki heiratet, ist es das?« fragte Mung.

»Nachdem wir von Shimatzus Hochzeit erfahren haben, war es

zwei Wochen lang, als wäre ein Wunder geschehen. Keine Schwäche- oder Schwindelanfälle. Es würde sie sehr beruhigen, Hiroki mit der richtigen Frau verheiratet zu sehen.«

»Was hältst du denn von Noriko?« fragte Mung.

»Du kennst sie besser als ich. Ist sie eine starke Persönlichkeit? Wenn nicht, trampelt Hiroki sie nieder. So war er schon als Kind. Sehr dickköpfig. Die Art Kind, die Eltern schnell altern lassen.«

»Nur wenige Leute machen Noriko angst. Sie wird mit Hiroki fertig werden, und Gin-kos Wunsch wird erfüllt. Sobald diese Verhandlungen beendet sind, werden du und ich mit dem schnellsten Boot nach Hause reisen. Sollten die Verhandlungen länger dauern, schicke ich dich auf einem privaten Schiff zurück. Ich möchte, daß du bei deiner Frau bist.«

Auf Mungs Bitte hin empfingen er und Udo Lord Malcolm Cade allein auf dem japanischen Flaggschiff, das vor dem Hafen von Amoy kreuzte. Vor langer Zeit hatte Mung festgestellt, daß Engländer in Anwesenheit von Landsleuten immer sehr förmlich sind. Alleine hatten sie Sinn für Humor, waren offener und gaben sich leichter eine Blöße.

»Hat Prinz Kung einen Kontakt mit dem Tong-Führer von Amoy erwähnt?« fragte Udo Lord Cade.

»Er sprach von dem Angebot des Tong-Führers über drei Millionen Yen Bestechungsgeld. Ich riet ihm, vier zu verlangen. Dann bleibt den Tong-Leuten von Amoy eine Million von den fünf, die Sie ihnen gegeben haben.«

»Wenn Prinz Kung sich mit einer Bargeldabfindung für die Abtretung der Riukius und dem Verleihen der Bankrechte für Formosa einverstanden erklärt, sind wir zufrieden«, sagte Udo.

»Aber Sie sollten mehr Zugeständnisse verlangen, damit Kung sein Gesicht wahren kann, wenn Sie dann am Ende weniger akzeptieren«, empfahl Lord Cade.

»Wir halten uns an Ihren Vorschlag. Aber sagen Sie, was für ein Mensch ist dieser chinesische Adlige?« fragte Mung.

»Er sieht aus wie eine blasse, fischäugige Kaulquappe«, antwortete Lord Cade. »Doch unterschätzen Sie ihn nicht. Er überlebt schon dreißig Jahre als Tsungili Yamen, ein Titel vergleichbar mit dem Chef von Großbritanniens Außenministerium. So lange hat das noch keiner geschafft. Seine Philosophie ist sehr einfach: Töte alle potentiellen Feinde. Und für ihn hat es funktioniert.«

»Wo werden die Verhandlungen stattfinden?« fragte Mung.

»Der Prinz wird an Bord eines deutschen Kreuzers gehen und Sie auf ein französisches Kriegsschiff. Die Konsuln der beiden Länder werden als Vermittler und Garanten für das Abkommen fungieren, damit Japans Rechte auf die Riukius sofort international anerkannt werden«, sagte Lord Cade. »Ich selbst werde nicht daran teilnehmen, das wäre zu auffällig. Wir streben die schnelle Lösung eines Problems an, das bereits gelöst ist.«

»Sind die Verhandlungen denn nur eine Formalität?« fragte Udo.

»Wir Briten haben ein Sprichwort: One must put on a Good Show. Die Show muß gut sein.«

»Aber wird Großbritannien sich Frankreich und Deutschland bei der Anerkennung von Japans Rechten auf die Riukius anschließen?«

»In dem Augenblick, in dem Prinz Kung unterzeichnet, kommt Englands Zustimmung automatisch. Wenn, wie Sie sagen, Rußland und Amerika Japans Rechte anerkennen werden, dann wird Ihr Kaiser bald einige Inseln mehr haben.«

Mung und Udo standen mit Takamora und Nogi auf dem Achterdeck und beobachteten den Transfer der Piraten auf chinesische Boote aus der Garnison Amoy.

»Ein französisches Boot geht längsseits«, sagte der Deckoffizier.

»Das ist für Euch«, sagte Nogi zu Mung und Udo. »Aber mir ist nicht ganz wohl bei dem Gedanken, unsere Schiffe während der Verhandlungen abzuziehen.«

»Die Westler garantieren unsere Sicherheit«, erwiderte Mung.

»Mein schnellstes Schiff wird hierbleiben und die Hafeneinfahrt kontrollieren«, sagte Takamora. »Wir werden das britische Angebot annehmen und in Foochow auftanken. Das gibt mir die Gelegenheit, Admiral Tings Marinestützpunkt zu sehen. Wir sind in zwei Tagen mit vollen Kohlebunkern zurück, dann können wir sofort volle Kraft in Richtung Tokio auslaufen.«

Weder Nogi noch Takamora erwähnten die Botschaft, die sie von Hideyoshi erhalten hatten – ihr erster Kontakt mit dem Weißen Wolf, seit sie Kobe verlassen hatten.

Mung und Udo wurden von Bootsmannspfeifen an Bord der französischen Fregatte empfangen, und der Captain ließ ein üppiges Mahl servieren. Ein reger Bootsverkehr entwickelte sich zwischen den französischen und deutschen Schiffen im Hafen von Amoy. Grußbotschaften, Forderungen und Bitten um Klärung verschiedener Punkte wurden ausgetauscht.

Am nächsten Morgen um sechs Uhr donnerte die Signalkanone des Hafenmeisters durch den Hafen von Amoy, gefolgt vom Klang von Trommeln, Zimbeln und Trompeten. Mung und Udo gesellten sich zum französischen Captain an Deck. Menschenmassen drängten sich zu den Docks. Ein Zug Soldaten erschien, in ihrer Mitte die Banditen aus Formosa.

»Sie führen die Banditen zur Hinrichtung«, erklärte der französische Captain, »zum südlichen Ende des Hafens. Sehen Sie, sie müssen ihre eigenen Kreuze tragen. Am Strand werden dann Löcher dafür in den Boden gegraben, die Männer werden erwürgt und an den Kreuzen in die Löcher gesteckt. Die Leichen läßt man dort verwesen. Damit sie keinen Widerstand leisten, hat man sie gestern abend reichlich mit Opium versorgt.«

»Ich ziehe es vor, der Hinrichtung nicht beizuwohnen«, sagte Mung und begab sich unter Deck.

Stunden später betrat Udo die Kabine. »Es ist vorbei. Die Küste hat einen neuen Wald von Leichen.«

»Mir wäre eine andere Lösung lieber, die Piraten abhalten würde, unschuldige Leute zu terrorisieren«, erwiderte Mung.

»Ich hätte die Leichen in allen Häfen, die die Piraten überfallen haben, zur Schau gestellt.«

»Ich habe das Gefühl, Prinz Kung will die Verhandlungen zum Abschluß bringen, ehe General Li oder Admiral Ting informiert werden.«

»Und da ist noch etwas«, sagte Udo. »Prinz Kung ist bereits an Bord des deutschen Kreuzers. Der französische und der russische Konsul sind ebenfalls an Bord.«

»Die Russen? Wieso sind die beteiligt?«

Es klopfte an der Tür.

»Gentlemen, der Tsungili Yamen bittet Sie zu einem Treffen«, sagte der französische Konsul. »Sind Sie bereit?«

»Ich bitte Sie, meinen Sohn Udo an Land gehen zu lassen«, sagte Mung. »Er fühlt sich nicht wohl.«

»Der Schiffsarzt steht Ihnen zu Diensten«, erwiderte der Captain.

»Mein Sohn ist an die orientalische Kunst der Akupunktur gewöhnt. Er hat ein chronisches Rückenleiden, das auf diese Form der Behandlung gut reagiert.«

»Wie Sie wünschen«, sagte der Captain. »Ich werde an Deck auf Sie warten.«

Die Kabinentür schloß sich, und Udo wandte sich an Mung.

»Was soll ich an Land für dich erledigen?«

»Ich wollte nur prüfen, ob wir Gefangene sind. Außerdem möchte ich, daß du dich mit dem örtlichen Tong-Führer in Verbindung setzt und herausfindest, was immer du kannst. Insbesondere, warum die Russen beteiligt sind.«
»Sei vorsichtig, wenn du allein verhandelst«, sagte Udo.

Mung wurde an Bord des deutschen Kreuzers mit allen Ehren empfangen. Der Captain begleitete ihn persönlich in den Salon, wo die Konsuln Englands, Frankreichs, Deutschlands und Rußlands zu beiden Seiten eines langen Tisches saßen. Am Kopf der Tafel, auf einem erhöhten Stuhl, saß Prinz Kung. Lord Cades Beschreibung war sehr treffend gewesen. Er sah tatsächlich aus wie eine Kaulquappe. Seine schwarze Seidenrobe war an den Schultern bestickt, um sie breiter wirken zu lassen. Mung verbeugte sich.
Der Prinz machte Mung ein Zeichen, am anderen Ende der Tafel Platz zu nehmen. Mung setzte sich und überlegte, warum der englische Konsul anwesend war, nachdem Lord Cade gesagt hatte, er würde nicht dabeisein.
»Gentlemen, ich habe die Ehre, Ihnen den Tsungili Yamen, Prinz Kung, vorzustellen«, sagte der deutsche Konsul. Als nächstes stellte er Mung als den persönlichen Repräsentanten des Kaisers von Japan und die übrigen Konsuln vor.
»Sir«, sagte Prinz Kung zu Mung, »wie kommt es, daß Ihr allein zu diesen Verhandlungen erscheint? Und Ihr erscheint ohne eine Kopie der Forderungen Eures Landes oder meiner Empfehlungen?«
Alle Augen richteten sich auf Mung.
»Euer Exzellenz, mein Sohn, der als mein Vertreter fungiert, ist an Land gegangen, um sich gegen ein hartnäckiges Leiden behandeln zu lassen«, erwiderte Mung. »Er will sich von einem chinesischen Arzt akupunktieren lassen. Wir Japaner sind uns dessen bewußt, daß die Wurzeln aller asiatischen Medizin in

den Akademien Chinas zu finden sind.« Der Prinz nickte anerkennend ob dieses Kompliments, und Mung fügte hinzu: »Ich habe die notwendigen Dokumente im Kopf.«

»Bei so wichtigen Verhandlungen vertraut Ihr auf Euer Gedächtnis?« fragte der Prinz.

»Ich bin siebenundsechzig Jahre alt, und es hat mich noch nie im Stich gelassen.«

»Na schön.« Der Prinz warf einen Blick in die Runde. »Dann wenden wir uns bitte Seite fünf, Absatz drei zu.«

»Die englische Übersetzung beginnt mit einem Hinweis auf China«, sagte Mung. »China soll Japans Recht auf die gesamte Länge Formosas anerkennen, von der südlichen Spitze von Swatow bis zum nördlichen Ende von Foochow auf dem Festland. Chinesische Schiffe in Seenot erhalten Landerechte für Reparaturen, Zuflucht und Proviantaufnahme. Sie haben aber die Insel so bald wie möglich wieder zu verlassen.«

»Bemerkenswert«, sagte der englische Konsul. »Der exakte Wortlaut der englischen Version.«

Mung trug die Vertragsklauseln auf japanisch vor, dann ließ er sich Pinsel und Tusche geben, da er chinesisch nicht sprechen konnte, und zeichnete den chinesischen Text auf.

»Unglaublich«, sagte Prinz Kung. »Ich hätte es nicht für möglich gehalten, daß ein Mensch solches Vertrauen in sein Gedächtnis hat. Meines ist von meinen Erwartungen beeinflußt.«

»Ich bin mit dieser Fähigkeit geboren worden«, entgegnete Mung.

»Trotzdem möchte ich Eure Fähigkeiten nicht allzusehr strapazieren«, sagte der Prinz. »Die Hauptpunkte Eurer Forderung sind: China soll Euch die Vorherrschaft über die Riukiu-Inseln und Formosa überlassen und zwanzig Millionen Dollar Entschädigung für den Tod der dreiundsechzig Fischer aus Riukiu bezahlen.«

»Das ist der Standpunkt meines Landes«, bestätigte Mung. Prinz Kung lächelte, und seine hervorstehenden Augen rollten. »Besprechen wir diese Fragen.«

Bei seiner Rückkehr an Bord des französischen Kriegsschiffs fand Udo Mung alleine in seiner Kabine, aus dem Bullauge starrend. »Ist etwas nicht in Ordnung?«
»Ich bin mir nicht sicher«, antwortete Mung und drehte sich zu Udo um. »Die Chinesen haben alle unsere Forderungen akzeptiert«, sagte er nachdenklich. »Sie haben uns Formosa gegeben! Die Westler haben gelächelt und Japans Souveränität über Formosa und Okinawa anerkannt, plus zwanzig Millionen Entschädigung, die in der British Bank in Hongkong deponiert werden sollen!«
Udo bekam ganz große Augen. »Ich hab's gerochen, daß da etwas im Gang ist, aber das habe ich nicht erwartet. Wie können sie so viel, so schnell weggeben?«
Mung schüttelte den Kopf. »Ich weiß es nicht. Die meiste Zeit verbrachten wir mit Zeremonien und Gratulationen. Ich zählte unsere Forderungen auf, und Prinz Kung sagte, sie seien akzeptabel. Die Dokumente wurden genauso unterzeichnet, wie wir sie vorgelegt hatten. Ich war total schockiert. Der französische Captain hat mich wie ein Kind an der Hand hierher zurückgeführt. Ich habe Ausschau nach der zurückkehrenden Flotte gehalten.«
»Sie sind vor drei Stunden angekommen und ankern im Hafen.«
»Ich muß mit Takamora und Nogi reden. Vielleicht haben die eine Ahnung, was da passiert ist. Hast du Verbindung mit dem Tong-Führer aufgenommen?«
»Ja. Er hat gesagt, Lord Cade habe Prinz Kung ein Darlehen von zwanzig Millionen Dollar angeboten, um unsere Forderungen zu begleichen. Zusätzlich hat er dem Prinzen noch eine

Million Bestechungsgeld zu den vier von uns gegeben, damit China uns jeden Punkt zugesteht.« Udo holte tief Luft. »Ich hätte den Tong-Führer fast einen Lügner genannt.«

An Bord des japanischen Flaggschiffs wandte Mung sich an General Nogi und Admiral Takamora. »Ich ging voller Angst, betrogen zu werden, zu dem Treffen mit Prinz Kung. Ich bin mit allem zurückgekehrt und habe das Gefühl, ich bin hintergangen worden. Wir haben Formosa nur pro forma verlangt, weil Lord Cade es vorgeschlagen hatte.«

»Nach dem, was Udo erzählt hat, scheint es, als hätte Lord Cade die Verhandlungen hinter den Kulissen manipuliert«, sagte Nogi.

»Was haben die Engländer davon, wenn sie China und Japan Geld leihen?« fragte Udo. »Was haben sie davon, wenn wir die Kontrolle über Formosa und die Riukius haben?«

»Ich weiß es nicht«, antwortete der General. »Aber ich bin mir sicher, wenn die Zeit reif dafür ist, wird Lord Cade uns informieren. Im Augenblick kann man Euch nur gratulieren.«

»Ich wäre Euch dankbar, wenn Ihr die Kopien der Verträge, sobald sie fertig sind, studieren würdet. Udo und ich bringen das Original mit dem schnellsten Schiff nach Tokio.«

»Das wäre das Patrouillenboot in der Hafeneinfahrt«, sagte Takamora. »General Nogi und ich werden die Dokumente durchsehen und hoffentlich einen kleinen Einblick in Lord Cades Motive gewinnen. Wir treffen uns in Tokio. Wir wünschen eine sichere Reise.«

18

Hankow, China

»Ausziehen«, befahl der Colonel.

Shibata streifte seine Hosenträger ab, zog sein Hemd aus und ließ die Hose fallen.

»Unterwäsche auch!«

Er stand nackt vor Colonel Honjo.

»Wenn du die geographische Wahl hättest, ein Spionagenetz zu errichten, wo würde das sein?« fragte der Colonel.

»Die Mandschurei grenzt an China, Korea, die Innere Mongolei und Rußland«, sagte Shibata. »Von der Mandschurei aus lassen sich diese Gebiete kontrollieren, und so kann man die Armee des Zaren aufhalten.«

»Glaubst du, die Russen werden in China einmarschieren?«

»Sie sind bereits in Richtung Süden von Wladiwostok vorgerückt und werden sich entlang der Route der Transsibirischen Eisenbahn ausbreiten.«

»Sehr gut«, sagte Honjo. »Während deines Aufenthalts im Grünen Haus wirst du Russisch, Chinesisch und Mongolisch studieren.« Der Begründer der Spionageschule der Weißen Wölfe ging um den nackten jungen Mann herum. »Deine Muskeln sind gut entwickelt, und was du zwischen den Beinen hast, wird ausreichend sein. Ich hoffe, zwischen den Ohren hast du etwas mehr. Einige Frauen finden deine kaputte Nase vielleicht attraktiv. Interessierst du dich für Männer?« Colonel Honjo klatschte seine Reitgerte ans Bein und knurrte: »Ohne Zögern antworten!«

»Ich mag Frauen, und ich habe mit Männern geschlafen«, sagte Shibata.

»Gut. Wir werden dich lehren, beide zu kompromittieren. Du bist hier, um die Kunst der Spionage zu erlernen, ins Feld zu ziehen, dein Wissen anzuwenden und andere zu unterrichten. Meine Studenten müssen alles registrieren, unter jeder Bedingung! Nichts darf nebensächlich sein! Handle ohne Moral und Skrupel! Wage ja nie, mich anzulügen!« Honjo schlug Shibata die Reitgerte so heftig auf den Rücken, daß sich ein roter Wulst auf der glatten Haut bildete.

»Es hat seine Gründe, daß ich das Grüne Haus in China eingerichtet habe«, fuhr der Colonel fort. »Du wirst hier Dinge tun, die zu Hause undenkbar sind. Du wirst lernen, Männer und Frauen jeder Rasse zu benutzen. Du wirst allen Formen von Sex in Kombination mit Drogen ausgesetzt werden. Du mußt lernen, nicht die Kontrolle zu verlieren. Man wird dir beibringen, wie Waffen gegen unsere Feinde am besten einzusetzen sind. Dein Training beginnt jeden Nachmittag um drei und endet um Mitternacht, sieben Tage die Woche, achtzehn Monate lang. Jeden Morgen ab sechs Uhr wirst du Unterricht in Überwachung, Kurzschrift, Codes, Sprachen, Kartografie und Fotografie haben.

Du solltest wissen, daß dein Entschluß, Mung zu töten, der ausschlaggebende Faktor für deine Berufung ins Grüne Haus war. Der Anschlag war amateurhaft, aber deine Flucht, bei der du deine toten Freunde zurückgelassen hast, ist ein Zeichen für einen guten Agenten. Ein Spion überlebt, er wird kein Held.«

Die Tür öffnete sich, und eine bildschöne weiße Frau mit roten Haaren trat ein, gefolgt von einem zierlichen blonden Mädchen. Ihre langen Seidenroben betonten die Kurven ihrer wohlgeformten Körper. Sie stellten sich vor Shibata, schauten ihn aber nicht an.

»Diese junge blonde Frau ist aus Rußland«, sagte Colonel Honjo. »Sie wurde speziell für eine solche Gelegenheit als Jungfrau gekauft. Greta«, er berührte die Schulter der anderen

Frau mit der Reitgerte, »wurde in Hankow von einem deutschen Captain ausgesetzt. Die Damen sollen dich unterhalten.«
Der Colonel drehte sich um und verließ den Raum.
Die beiden Frauen musterten Shibatas Körper. Die jüngere starrte mit großen Augen auf seinen ruhenden Penis. Greta sah ihn abschätzend an, wie ein Stück Fleisch auf dem Hackstock. Sie ließ ihre Robe fallen. Ihr Körper war kalkweiß, die Schamhaare lockig rot. Sie rieb ihre langen rosa Brustwarzen gegen seine und sah dann nach unten.
Shibatas Penis stand kerzengerade. Sie drehte sich um, murmelte etwas auf deutsch und zog dem Mädchen die Robe aus. Die junge Blondine versuchte zitternd ihre Blöße zu bedecken. Shibata sah Angst in ihren Augen.
Greta nahm das Mädchen in die Arme und rieb sich gegen seinen Körper. Das Mädchen strampelte sich los. Seine Brüste bebten vor Anstrengung. Der kleine runde Bauch zitterte über den seidigen goldenen Haaren zwischen den milchweißen Schenkeln. Greta zog das Mädchen wieder mit Gewalt an sich, beugte den Kopf und sog an seiner Brust.
Shibatas goldener Schwengel pulsierte. Er trat hinter Greta, stieß ihr die Beine weg und warf sie beiseite. Dann packte er das vor Angst fast hysterische Mädchen und zog es an sich. Der weiße Körper glühte an seiner Haut. Er schleuderte die Blondine zu Boden und riß ihre Schenkel auseinander. Ihre schönen Augen waren weit aufgerissen, der Mund offen, als er mit einem heftigen Stoß in sie eindrang. Sie war so eng, sie konnte nur eine Jungfrau sein. Das war wie ein elektrischer Schlag für ihn. Er drückte ihre Schultern zu Boden, stieß erneut zu, und sie schrie vor Schmerz. Er rammte sich lachend tiefer in sie. Dann zog er seinen Penis heraus und sah Blut auf seiner Vorhaut. Er warf sich wie ein Besessener auf sie und stieß immer und immer wieder zu, bis er sie endlich soweit hatte und sie sich im Rhythmus mit seinem Körper bewegte. Er ergoß

sich in sie, aber sein Schwengel verlangte nach mehr. Er warf sie auf den Bauch und nahm sie erneut, von hinten. Greta streichelte seine Hoden, und das war gut. Sie würde er sich später vorknöpfen.

»Steh auf, und zieh dich an!« Colonel Honjo warf Shibata eine Robe zu.

Er rappelte sich mühsam hoch, legte den seidenen Morgenmantel an und sah sich nach den Frauen um.

»Sie haben ihre Pflicht getan und sind dann gegangen«, sagte Honjo. »Sie haben dich kompromittiert. Es ist neun Uhr, und dein Unterricht hätte um sechs begonnen. Nimm eine Zigarette und setz dich!«

Shibata zündete sich eine Zigarette mit hölzernem Mundstück an. Er nahm einen tiefen Zug und fragte sich, wieso der Rauch so seltsam süß war. »Herr, ich bitte Euch untertänigst um Vergebung. Es wird nicht mehr passieren.« Er sah den Meisterspion grinsen. Shibata sollte nur zu bald erfahren, daß Honjos größtes Vergnügen das Leid anderer war.

»Das Mädchen war keine Jungfrau«, sagte Honjo. Er reichte Shibata einige Fotos, auf denen er zu sehen war, wie er Fellatio auf der Blondine praktizierte, während die andere Frau ihn bearbeitete. »Sie hat schon unzählige Männer gehabt. Was würdest du mir zahlen, damit ich diese Fotos nicht deiner Familie schicke?«

Shibata spürte den kalten Hauch der Angst im Nacken, aber sein Körper war seltsam entspannt. »Würdet Ihr die Bilder wirklich meiner Familie zeigen?«

»Wenn du mit deinem Schwanz statt mit deinem Kopf denkst, bist du wertlos für den Bund der Weißen Wölfe und Japan. Ein aufmerksamer Agent hätte bemerkt, daß die Schamhaare des Mädchens gefärbt waren.« Honjos Reitgerte zischte auf Shibatas Rücken. »Denk daran, nichts ist nebensächlich.«

Shibata ließ den süßen Rauch aus seinem Mund strömen. Er begriff nicht so richtig, was der Colonel ihm sagen wollte. Die Tür öffnete sich, und Honjo lächelte wieder. Zwei chinesische Mädchen mit einer Stofftasche kamen herein, gefolgt von einem großen Weißen in der Robe einer Frau.

Shibata hörte Honjo aus großer Entfernung sagen: »Du hast dich erneut kompromittiert. Die Zigarette, an der du so gierig ziehst, enthält eine Opiumkugel. Diese drei werden dich für deine Fehler bestrafen. Die Methode überlasse ich ihnen. Solltest du wieder Fehler machen, werden sie von mir bestraft.« Der Colonel verließ den Raum.

Die beiden Frauen zogen sich aus und holten eine schwarze Ledervorrichtung mit Schnallen aus der Tasche. Der Mann ging mit schwingenden Hüften auf Shibata zu. Er war dünn, aber grobknochig und sehr stark geschminkt. Er ließ seine Robe fallen, und Shibata sah seinen erigierten Penis.

»Bleib weg von mir«, schrie Shibata. Er versuchte aufzustehen, aber seine Beine verfingen sich in der Robe, und er stürzte zu Boden. Der Mann hinter ihm riß ihm das Gewand weg. Shibata war nackt und allein mit diesen Kreaturen.

»Ich freue mich, euch wieder in Tokio zu sehen, und das mit besseren Nachrichten, als ich mir erhofft hatte«, sagte Graf Hideyoshi. Er strahlte General Nogi und Admiral Takamora an. »Wie habt ihr es nur geschafft, soviel für das Leben von ein paar Fischern aus Okinawa rauszuschlagen?«

»Das Lob gebührt Mung«, erwiderte Takamora.

»Das braucht man ja nicht an die große Glocke zu hängen.« Hideyoshi grinste.

»Ja«, sagte Nogi. »Wir haben Mung, wie Ihr befahlt, zurückgelassen. Nicht um seine Ehre zu stehlen, sondern damit er diesen Erfolg nicht dazu verwendet, unsere Vorbereitungen für eine Invasion Koreas zu vereiteln.«

Takamora stellte sich vor Hideyoshis Schreibtisch. »Der General und ich sind der Meinung, daß man durch diesen Erfolg das Parlament und die Öffentlichkeit für das koreanische Unternehmen motivieren könnte.«

»Laut Berichten unserer Agenten haben General Li und Admiral Ting zusätzliche Truppen nach Seoul und Schiffe in den Hafen von Inchon geschickt«, teilte Nogi ihm mit. »Takamora und ich sind mehr denn je überzeugt, daß die Kontrolle über Korea für die japanische Sicherheit unerläßlich ist.«

»So ist es«, stimmte Hideyoshi ihm zu. »Und was ihr sagt, soll geschehen. Mung wird die Lorbeeren für die Verhandlungen erhalten.« Ich kenne genug Journalisten, um Mungs Rolle in dieser Geschichte zu schmälern, dachte er. »Aber auch ihr habt euren Teil geleistet. Das muß auch gesagt werden, wenn wir Freiwillige für das koreanische Unternehmen gewinnen wollen. Wie ist es euch gelungen, Mung aufzuhalten?«

»Ich habe seinem Sohn und ihm das schnellste Schiff der Flotte gegeben«, antwortete Takamora. »Leider hatte es vor dem Hafen von Amoy patrouilliert, und man hatte vergessen, es aufzutanken.«

»Wie lange wird es dauern, bis Mung Tokio erreicht?«

»Fünf Tage.«

»Dann nützen wir die Zeit«, sagte Hideyoshi und drehte die Kurbel am Telefon. »Offizier vom Dienst, hier spricht der Weiße Wolf. Ihr habt eine Liste aller Parlamentsmitglieder. Benachrichtigt sie, daß morgen eine Sondersitzung stattfindet! Verständigt alle Zeitungen, daß General Nogi, Admiral Takamora und der Führer von Japans Rüstungskommission, Graf Hideyoshi Koin, in zwei Stunden am Schrein von Yasukune eine wichtige Mitteilung zu machen haben!«

»Herr, gibt es Krieg?« fragte der Offizier vom Dienst.

»Noch nicht, aber hoffentlich bald. Schickt einen Mann, der den großen Kriegsgong des Shogun ertönen läßt! Weckt Tokio!

Japan erhebt sich aus dreihundertjährigem Schlaf!« Hideyoshi legte den Hörer auf und wandte sich an die beiden altgedienten Offiziere. »Vor zwanzig Jahren ertönte der Kriegsgong zum letztenmal. Die westliche Marine segelte in den Hafen von Tokio und zerstörte unsere Festungen. Sie haben unsere Schiffe versenkt und die Ehre Japans besudelt. Giri, meine Herren. Rache, gleichgültig, ob es zwanzig Jahre dauert oder hundert. Solange es einen Kaiser gibt, gibt es ein Japan. Solange es Japan gibt, wird es Japaner geben, um unsere Ehre aufrechtzuhalten. Schon bald werden wir aus dem Hafen von Tokio segeln, um die Eroberung des chinesischen Festlandes zu beginnen. Dann«, er erhob sich, »dann sollten die Westler sich vor den feurigen Strahlen der aufgehenden Sonne in acht nehmen!«

Die drei Männer drehten sich zur kaiserlichen Flagge und verbeugten sich.

19

Kaiserlicher Palast, 7. Juni 1894
»Euer Vater, Graf Iyeasu, hat mir erzählt, wie gut Ihr für meine Frau gesorgt habt«, sagte Udo.
»Gin-kos Mut gibt mir Kraft«, erwiderte Noriko. »Es ist eine Ehre, mit ihr zusammenzusein.«
»Darf ich sie jetzt sehen?«
»Sie ruht gerade«, sagte Noriko und fügte schnell hinzu, »aber wir gehen oft zusammen einkaufen. Sie ist eine ausgezeichnete Köchin, und wir teilen uns die Hausarbeit.«
»Ich dachte, sie müßte in ihrem Zimmer bleiben.«
Noriko lächelte. »Gin-ko ist sehr hartnäckig. Sie wird sich sehr freuen, Euch zu sehen.«
»Haben Yaka und Uraga ihre Mutter besucht?«
»Jeden Tag seit ihrer Rückkehr aus Formosa, obwohl sie sehr beschäftigt sind. Die Zeitungen schrieben über Mung und den wunderbaren Vertrag, den er ausgehandelt hat.« Noriko sah, wie ungeduldig Udo war. »Geht jetzt zu ihr. Sie wird sich freuen, Euch beim Erwachen zu sehen.«
Udo verbeugte sich so tief, daß Noriko errötete. »Wenn mein jüngster Sohn zurückkehrt, wird es ein Mi-ai geben. Ich hoffe sehr, daß Ihr Gefallen an ihm findet.«
Noriko verbeugte sich ebenfalls, aber ihr Lächeln war etwas gequält. Die Heirat mit Hiroki Ishikawa schien unausweichlich.
Udo näherte sich Gin-ko. Wie zart und zerbrechlich sie geworden war, die Haut fast durchsichtig, aber immer noch war sie atemberaubend schön. Er musterte ihr feines Gesicht und

erinnerte sich an ihr erstes Treffen in der Ginza. Kaum hatte er sie gesehen, hatte der Liebeslöwe sich in sein Herz gekrallt. Die berühmteste Kurtisane des Yoshiwara, und er hatte sich aufgeführt wie ein liebeskranker Junge. Er hatte sein Leben riskiert, um sie wiederzusehen, und deshalb eine Nacht im Gefängnis von Tokio verbracht. Ihre Liebesgeschichte war zur Legende geworden. Nur wenige wußten, daß er zum damaligen Zeitpunkt für den Bund der Schwarzen Drachen ein Bordell in Kanton geführt hatte und ein Profi der Liebeskunst war. Aber auf Gin-ko war er nicht vorbereitet gewesen. Es war der Unterschied zwischen Sex und Liebe. Er rührte nie wieder eine andere Frau an. Tränen rollten ihm übers Gesicht.

Udo spürte eine Berührung und sah hinunter. Gin-kos zarte Finger schlangen sich um seine.

»Weine nicht«, flüsterte sie. »Komm unter die Decke, und laß dich umarmen.«

Voll angezogen, schlüpfte Udo unter die Steppdecke. Er drückte sich an seine Frau und umarmte sie. Sie legte seinen Kopf in die Beuge ihres Halses, und er schluchzte wie ein Kind.

Gin-ko streichelte ihn. »Wir müssen von unserer Liebe sprechen«, flüsterte sie. »Wir müssen Pläne machen.«

»Seit Erhalt der Nachricht von dem Erfolg in Formosa haben die Lichter im Palast, im Parlament und in den Regierungsgebäuden Tag und Nacht gebrannt«, berichtete Iyeasu.

»Ich war überrascht von dem begeisterten Empfang im Hafen«, sagte Mung.

»Takamora und Nogi haben dich vielleicht zurückgelassen, aber sie haben in der Öffentlichkeit betont, daß der Erfolg dein Verdienst war.«

»Planen sie immer noch, in Korea einzumarschieren?«

»Es ist mir gelungen, sie und Hideyoshi im Paralament zurückzuhalten, bis du wieder da bist. Die Mitglieder beider Häuser warten darauf, dich anzuhören. Sie fordern eine große Entschädigung von Korea für den Überfall auf unsere Gesandtschaft dort. Andere möchten, daß die zwanzig Millionen von China zur Finanzierung der Invasion Koreas verwendet werden.«

»Und wo genau stehst du?« fragte Mung.

»Zeig mir, wie ich die Russen davon abhalten kann, durch die Mandschurei in Korea einzumarschieren. Oder wie man die Chinesen daran hindern kann, Seoul zu kontrollieren und den Sprung über die Hundertmeilenlücke nach Japan zu machen. Dann stimmen ich und die meisten anderen gegen das koreanische Abenteuer.«

»Siehst du eine Verbindung zwischen dem russischen und dem chinesischen Vormarsch auf Korea und Lord Cades Bestechung von Prinz Kung?«

»Die Briten sind undurchschaubar«, antwortete Iyeasu. »Aber er verlangt sicher von China oder Japan etwas als Gegenleistung.«

»Oder von beiden«, sagte Mung. »Die amerikanischen Walfänger, mit denen ich gesegelt bin, hatten ein Sprichwort über das Pokerspiel. Um zu gewinnen, muß man wissen, wann man setzen, wann man abwarten und wann man die Karten hinwerfen muß.«

»Und welche Methode wählst du jetzt?«

»Ich warte ab. Der Engländer muß zu mir kommen.«

»Und in zehn Stunden sollst du vor dem Parlament erscheinen. Das wird sein, wie eine Horde wilder Pferde aufhalten. Dein Erfolg in Formosa hat die Leute gierig auf das koreanische Unternehmen gemacht, und Hideyoshi gießt Öl aufs Feuer. Ich schlage vor, du ruhst dich bis dahin aus.«

Die beiden Freunde trennten sich. Mung nahm ein heißes Bad, aß eine Kleinigkeit und legte sich hin. Es kam ihm vor, als wäre er gerade erst eingeschlafen, als er vom Geräusch der Schiebetür wach wurde. Er griff nach seinem 44er Colt, als zwei Gestalten ins Zimmer kamen.

»Großvater, wir sind's, Yaka und Uraga.«

Mung steckte die Waffe unter seine Decke. »Dreht die Lampe hoch.«

Er bewunderte die Armeeuniform Yakas und Uragas Marineblau. »Sehr beeindruckend. Ich freue mich, euch zu sehen, aber ich muß euch leider etwas über eure Mutter sagen.«

»Wir wissen von ihrer Krankheit, aber Mutter weiß nicht, daß wir es wissen«, sagte Yaka.

Das bezweifelte Mung. Dazu war Gin-ko viel zu sensibel. Mutter und Söhne würden weiterhin so tun, als wäre nichts geschehen. Wäre es nicht besser, wenn sie darüber reden würden, wäre es nicht besser, dachte Mung. Jetzt merkte er, daß die jungen Männer ihn erwartungsvoll ansahen.

»Großvater, hörst du es?« Uraga deutete zum Fenster.

Mung erhob sich. »Ich werde allmählich ein bißchen taub.« Er ging zum Fenster und lauschte. Die Haare an seinen Armen richteten sich auf. »Es ist der große Kriegsgong von Tokio.«

»Admiral Ting hat den Hafen von Nagasaki verwüstet«, berichtete Uraga. »Achtzig Tote und noch mehr Verwundete. Das Hafenviertel ist niedergebrannt.«

»Warum sollte die chinesische Armee angreifen?« fragte Mung.

»Geheimdienstberichten zufolge war es Admiral Tings Rache für Prinz Kungs extreme Großzügigkeit beim Formosa-Abkommen. Ting hat ein Ultimatum gestellt. Entweder verhandeln wir in einem Monat in der neutralen Hauptstadt Seoul neu, oder er macht Nagasaki dem Erdboden gleich.«

»Es kommt noch mehr«, sagte Uraga. »Hirokis letzter Bericht ins Hauptquartier der Schwarzen Drachen deutet darauf hin, daß eine große Anzahl Koreaner bereit ist zu rebellieren.«

»Sie wollen den König und Königin Min töten?«

»Die Chinesen haben den König gezwungen, die Russen aus der Hauptstadt wegzuschicken. Viele Regierungsbeamte und Offiziere der königlichen koreanischen Armee und Marine wurden mit russischem Gold bestochen. General Li und Admiral Ting haben die Korruption gestoppt, aber einige mächtige Leute in der koreanischen Regierung gegen sich aufgebracht.«

»Das geht alles zu schnell. Ich brauche mehr Zeit, um den Krieg zu verhindern.«

»Zeit ist ein Luxus, den du nicht hast«, sagte Iyeasu, der gerade den Raum betrat. »Der Kaiser hat die Minister zu einer Notstandssitzung einberufen. Du und Hideyoshi werdet befragt, und dann wird eine Entscheidung in bezug auf einen Krieg mit China getroffen.«

»Werde ich jetzt für den Überfall auf Nagasaki verantwortlich gemacht?« fragte Mung.

»Die Mehrheit der Kriegsbefürworter betrachtet dich wegen Nagasaki als einen noch größeren Helden.«

Mung sah das Kriegsfieber in den Augen seiner Enkel. Es würde schwierig sein, die Minister davon zu überzeugen, daß Frieden eine vernünftige Alternative wäre. »Jungs, sagt eurem Vater, er soll die Leitung des Hauptquartiers der Schwarzen Drachen hier im Palast übernehmen. Während ich mit den Ministern konferiere, muß er alle Agenten anweisen, Informationen in bezug auf unsere Landung in Korea zu sammeln.«

Der goldene Thron von Kaiser Meiji stand auf einer mit rotem Samt bezogenen, erhöhten Plattform. Darüber spannte sich ein goldbedruckter Baldachin, gestützt von zwei Silberlanzen. Iyeasu stand zur Rechten des Kaisers, der Protokollchef zu seiner Linken. Hideyoshi und Mung befanden sich zu beiden Seiten des Rednerpults, ihnen gegenüber General Nogi, Admiral Takamora und hinter ihnen die Minister in Zehnerreihen.

»Am 6. Juni 1894 führte Admiral Ting Ju-Chang sieben Schiffe der Penyang-Flotte in den Hafen von Nagasaki«, verkündete der Protokollchef. »Chinesische und koreanische Truppen landeten, achtzig Japaner wurden getötet und die doppelte Anzahl verwundet. Der Gouverneur von Nagasaki wurde aus seinem Haus gezerrt und gewarnt: Wenn nicht innerhalb eines Monats eine Delegation zur Neuverhandlung des Formosa-Vertrags in der neutralen Stadt Seoul eintreffen würde, dann würde Nagasaki dem Erdboden gleichgemacht.«

Der Kaiser nickte Iyeasu zu. »Eine ausführliche Debatte des Reichstags könnte zwei Monate oder zwei gefühlvolle Minuten dauern«, sagte Iyeasu zu den Ministern. »Der Kaiser bittet Euch, die Fakten im kalten Licht der Realität abzuwägen. Ist die chinesische Aktion in Nagasaki als Kriegserklärung zu werten? Wie soll Japan reagieren?« Er drehte sich zur Linken und nickte. »Graf Hideyoshi Koin wird als erster reden.«

»Ohne Frage ist dieser Angriff eine kriegerische Handlung und sollte deshalb entsprechend beantwortet werden«, sagte Hideyoshi. »Korea, nicht China, wird das Schlachtfeld sein. Die Penyang-Flotte ist in Inchon stationiert. Koreanische Soldaten haben an dem Überfall auf Nagasaki teilgenommen. General Li Hung-Chang steht mit nur zweitausend Mann in Seoul. Wenn wir jetzt in Korea einmarschieren, wird man uns angesichts des Nagasaki-Massakers international anerkennen.«

»Warum China auf koreanischem Boden bekämpfen?« fragte der Kaiser.

»Sire, Japans Überleben hängt von unseren dramatischen Errungenschaften in Übersee ab«, antwortete Hideyoshi. »Unser Bevölkerungszuwachs war in den letzten zwanzig Jahren so groß, daß wir nicht einmal ein Viertel der Bevölkerung ernähren können, es sei denn, wir sichern uns ausländische Kolonien. Wenn andere Nationen Japans Nahrungsmittelversorgung kontrollieren und unseren Zugriff auf natürliche Ressourcen, werden wir zu ihren Sklaven.« Er ließ den Blick über die Minister schweifen und wandte sich dann wieder an den Kaiser. »Die Beschlüsse, die heute getroffen werden, sind entscheidend für die Ehre unserer Ahnen und das Überleben unseres Volkes.« Er richtete den Blick auf Mung. »Seit Jahrzehnten sagt man uns, wir sollen den Westen imitieren und modernisieren. Imperialismus ist ein Teil der Modernisierung. Jede größere westliche Nation bedient sich des kulturellen, wirtschaftlichen und militärischen Imperialismus. Jetzt, da wir Japans wirtschaftliche und militärische Basis im Ausland expandieren wollen, gibt es Leute, die dagegen sprechen.« Hideyoshi wandte sich an Nogi und Takamora. »Unser militärisches System basiert auf dem preußischen Modell. Graf von Moltkes Leitsatz sollte nicht vergessen werden. Ewiger Frieden ist ein Traum. Krieg ist ein von Gott befohlenes Element. Ohne Krieg würde die Welt stagnieren. Von Moltke hatte recht. Die Wissenschaft spricht vom Überleben des Fähigsten. Wir sind die Fähigsten in Asien, und es ist an der Zeit, daß wir die Führung der farbigen Völker dieser Welt übernehmen, Sire.« Hideyoshi verbeugte sich vor dem Kaiser. »Unser Militär kann die Chinesen und die Koreaner besiegen und eines Tages auch die Russen. Eure Majestät, wenn ein Mann in Zeiten des Friedens eine Warnung ausspricht, wird er im allgemeinen ignoriert. Wenn er in Kriegszeiten Alarm schlägt, ist es zu spät. Ich lasse mich lieber einen Narren heißen als einen Führer, der es versäumt hat, sein Volk darauf vorzubereiten, die zu bekämpfen, die uns so frech angegriffen haben!«

Es war die beste und durchdachteste Rede, die Hideyoshi je gehalten hatte. Mung dankte den Göttern, daß der Kaiser sich entschlossen hatte, den Reichstag nicht einzuberufen. Im Parlament hätte diese Rede unweigerlich zur Kriegserklärung geführt. Mung wußte, wenn es ihm nicht gelang, die Minister umzustimmen, war Krieg unvermeidlich.

Iyeasu machte Mung ein Zeichen, das Rednerpult zu übernehmen. Er trat vor. »Rüstet euch für den Krieg und sucht Frieden.« Er hielt inne, um den Worten mehr Gewicht zu verleihen. »Friedliche Beziehungen mit unseren Nachbarn sind einem Kampf mit ihnen vorzuziehen. Ein verfrühter Überfall könnte zum Desaster werden. Er könnte katastrophale Folgen haben, wenn die westlichen Nationen gegen uns intervenieren. Die Europäer müssen neutralisiert werden, ehe wir einen Schritt gegen China oder Korea unternehmen können.

Auf den ersten Blick scheint der Überfall auf Nagasaki ein willkürlicher Kriegsakt. Aber ein zweiter Blick zeigt etwas anderes. Es ist kein Geheimnis, daß ich Prinz Kung bestochen habe. Das erzürnt General Li und seinen Bruder Admiral Ting. Sie können dem Prinzen nichts anhaben, also lassen sie ihre Wut an Japan aus. Unser Militär hat den Überfall auf Nagasaki als Aufruhr bezeichnet. Es war ein kontrollierter Aufstand, absichtlich auf das Hafengebiet begrenzt. Keine großen Kanonen wurden eingesetzt. Nur der Hafen wurde beschädigt. Admiral Tings Forderung nach einem Treffen in Korea reduziert die Möglichkeit von Reibereien zwischen China und Japan. Ich akzeptiere Graf Hideyoshis Prophezeiung von Hunger und Arbeitslosigkeit, falls wir uns die Überseemärkte und natürlichen Ressourcen nicht sichern. Aber das kann durch freien Handel erreicht werden, wie es bei den anderen großen Wirtschaftsnationen Großbritannien, Frankreich und Spanien erreicht wurde.« Mung drehte sich zum Kaiser. »Sire, ich habe ein erfolgreiches Abkommen mit den Chinesen ausgehandelt. Ich bitte Euch untertänigst um Erlaubnis, es noch einmal zu versuchen. Wenn ich versage, gibt es keine andere Alternative außer Krieg.« Er verbeugte sich und stellte sich wieder an seinen Platz.

Nogi und Takamora wurden gebeten, den Stand der militärischen Vorbereitungen zu erläutern. Mung hatte die beiden vor dem Treffen an das Beinahe-Fiasko in Pingtung erinnert. »Ich brauche Zeit, um eine friedliche Lösung zu finden«, hatte er ihnen gesagt. »Ihr braucht Zeit, eure Soldaten vorzubereiten.« Keiner von beiden hatte ihm eine Antwort gegeben.

Jetzt sagte Nogi: »Wir haben sechs aktive Divisionen. Innerhalb eines Monats könnten wir durch ein bereits laufendes Trainingsprogramm elf weitere aktivieren.«

Mung wurde kalt ums Herz. Ein Monat reichte nicht. Sein einziger Trost war Hideyoshis gerunzelte Stirn.

»Die kaiserliche Marine hat in der Hoffnung auf eine Flottenerweiterung auf jedem Schiff drei Mannschaften eintrainiert«, berichtete Takamora. »Aber die neue Torpedobootschwadron und Marquis Ineis Handelsflotte sind noch nicht in den Verband integriert worden. Eine Landung in feindlichen Gewässern gegen schwerbewaffnete Truppen bedarf einer Vorbereitung von mindestens zwei Monaten.«

In der anschließenden Debatte entschieden sich die Minister schließlich, dem Reichstag eine Gesetzesvorlage zur Erweiterung von Marine und Armee zu unterbreiten. Mung erhielt drei Monate Zeit, die Chinesen zu überzeugen, eine Entschädigung für Nagasaki zu zahlen, und die Koreaner dazu zu bringen, für das Niederbrennen der japanischen Gesandtschaft Schadensersatz zu leisten.

Der Kaiser erhob sich. »Laßt uns mit aller Kraft eine friedliche Lösung anstreben. Aber sollte es zum Krieg kommen, darf kein Mann den Rücken kehren, bis die Schlacht gewonnen ist.«

»So ist es befohlen, so wird es geschehn«, dröhnten die Führer Japans im Chor.

20

Iyeasu begleitete Mung vom Treffen der Minister in das Hauptquartier der Schwarzen Drachen im Palast. Im Vorzimmer des Büros sah Mung zur Tür seines Büros und sagte seufzend. »Sobald die aufgeht, bin ich wieder mitten im Geschehen. Zuerst muß der Schaden in Nagasaki abgeschätzt werden, dann ab nach Korea zu den nächsten Verhandlungen.«

»Du kannst den Krieg nicht verhindern«, entgegnete Iyeasu.

»Vielleicht ruft uns Admiral Ting nach Seoul, um eine Konfrontation zu vermeiden. Die Chinesen ziehen es eventuell vor, zu verhandeln statt zu kämpfen.«

»Wir haben keine nennenswerte militärische Präsenz in Korea«, sagte Iyeasu.

»Ich habe William Whittefield, Lord Cade und den Kobe-Club gebeten, beim koreanischen Monarchen zu intervenieren in der Hoffnung, daß man uns genehmigt, ein Bataillon unserer Soldaten zum Schutz der Gesandtschaft in Seoul zu stationieren. Dann wären unsere Truppen halb so stark wie die chinesischen Streitkräfte.«

»Die Chinesen kontrollieren die Monarchen. Sie werden nicht zustimmen.«

»Falls König Kojong zustimmt, heißt das, daß die Brüder Chang ihm die Erlaubnis gegeben haben und Frieden wollen.«

»Wie kannst du die Brüder Chang für die Bestechung Prinz Kungs entschädigen und gleichzeitig Hideyoshi, der Krieg will, zufriedenstellen?«

Mung ging zu einem Globus und drehte ihn, bis seine Finger auf Formosa ruhten. »Ich könnte diese Insel den Chinesen zurückgeben, bis auf die Bankrechte, mehr wollten wir sowieso nicht. Im Austausch dafür gestatten die Chinesen eventuell eine starke japanische Militärpräsenz in Nordkorea, entlang des Flusses Jalu. Das würde den Russen den Weg nach Süden versperren. Die Westler wollen die Flotte des Zaren unter allen Umständen daran hindern, einen ganzjährig eisfreien Hafen im Pazifik zu bekommen. Sie würden helfen, Druck auf die Chinesen auszuüben.«

»Glaubst du, Hideyoshi und seine Fraktion wäre damit zufrieden, am Jalu herumzuhocken?«

»Nicht lange. Die Mandschurei wird von Kriegsfürsten kontrolliert, die ihre Unabhängigkeit von Peking bekräftigt haben. Ich bezweifle, daß die Brüder Chang Einwände hätten, wenn unsere Truppen vom Jalu aus den Russen die Mandschurei streitig machen würden. Sie könnten es als Strategie betrachten, uns und die Russen zu schwächen.«

»Zu kompliziert«, sagte Iyeasu. »Außerdem müssen die Chinesen für ihren Überfall auf Nagasaki bezahlen.«

»Ich hoffe, daß ich der chinesischen Kaiserin direkt eine Bestechung anbieten kann, ohne die Brüder Chang. China hat uns bereits fünfzehn Millionen mehr bezahlt als erwartet. Nehmen wir davon einfach zehn Millionen als Entschädigung für Nagasaki. Die übrigen fünf könnten über die Westler der Kaiserin angeboten werden.«

»Unsere Politiker und das Militär betrachten diesen Betrag bereits als den ihren. Irgendeine Entschädigung muß für die toten Japaner gezahlt werden, sonst ist unsere nationale Ehre besudelt.«

»Man könnte an die Bestechung für die Kaiserin die Bedingung knüpfen, daß die Koreaner eine großzügige Entschädigung für das Niederbrennen der Gesandtschaft bezahlen. Dadurch könnten China und Japan ohne Konflikt das Gesicht wahren.«

Iyeasu grinste und verbeugte sich. »Mein Freund, wenn ich

einen Hut hätte, würde ich ihn vor dir ziehen. Ob das natürlich funktionieren wird, ist eine andere Frage.«

»Ich muß versuchen, den Frieden zu wahren, während unser Militär und meine Agenten sich auf den Krieg vorbereiten.«

»Deine Söhne, Nogi und Takamora glauben, wir können China und Korea besiegen und Europas Macht in Asien brechen. Korea ist nur der erste Schritt.«

»Natürlich muß Japan expandieren. Aber kultureller und wirtschaftlicher Imperialismus ist besser und produktiver als militärische Beherrschung anderer Länder.«

»Ich fürchte, in dieser Angelegenheit stimme ich mit Hideyoshi überein. Der Westen wird uns nicht gestatten, die anderen asiatischen Nationen kampflos zu kolonialisieren.«

»Sie haben unser Recht auf die Riukius und Formosa anerkannt«, sagte Mung. »Sie werden moralisch verpflichtet sein, unseren Einfluß in Korea und später der Mandschurei zu akzeptieren.«

»Auf die europäische Moral würde ich mich nicht verlassen. Die Wirtschaft Europas ist auf dem Rücken ihrer Kolonien aufgebaut. Sie werden eine Konkurrenz von Orientalen nicht gutheißen.« Iyeasu sah auf die Uhr. »Ich kann nicht mehr viel länger auf William Whittefield warten.«

»Er müßte jeden Moment hier sein. Er kann dich mit seiner Rikscha direkt ins Parlament bringen. Dadurch gewinnst du Zeit.«

»Ich bezweifle, daß wir noch Gelegenheit haben werden, Mung zu töten, bevor er an Bord des Schiffs nach Nagasaki geht«, sagte der junge Armeeoffizier.

»Sind die Weißen Wölfe vor dem Palast in Stellung?« fragte Hideyoshi.

»Alles ist bereit. Ich habe den Amerikaner auf dem Weg zu Mung und Eurem Bruder gesehen.«

»Mein Vater hat Iyeasu vor Jahren verstoßen. Die Leute glauben, wir wären immer noch verwandt, weil der Kaiser uns beiden den Grafentitel verliehen hat.« Hideyoshi ging zur Wandkarte. »Ich bin der Meinung, daß Iyeasus Tod mehr nationalistischen Spielraum bringt als der Mungs.«
»Und wenn der Amerikaner im Weg ist?«
»Dann werft die Bombe«, sagte Hideyoshi. »Je mehr Verwirrung, desto besser.« Er reichte dem jungen Offizier ein Pamphlet. »Sorge dafür, daß das am Tatort gefunden wird. Morgen lasse ich sie auf der Straße verteilen.«

William verbeugte sich, dann schüttelte er Mung und Iyeasu die Hand. »Ich komme gerade aus der britischen Botschaft. Lord Cade hat die Deutschen und die Franzosen dazu gebracht, mit ihm gemeinsam die Kaiserinwitwe zu bearbeiten, daß sie die Brüder Chang daran hindert, Japan den Krieg zu erklären. Du wirst deine Vorschläge, nur das Bankrecht auf Formosa zu behalten, die militärische Präsenz am Fluß Jalu und die Zahlung einer koreanischen Entschädigung, vorbringen.«
»Wo steht Amerika?« fragte Iyeasu.
»Die Vereinigten Staaten werden sich neutral verhalten. Der Kobe-Club wird sich inoffiziell Lord Cade in seinem Bestreben um eine friedliche Lösung anschließen.«
»Kann der Kobe-Club die Waffen, die wir für den Kriegsfall angefordert haben, liefern?« fragte Mung.
»Ohne weiteres«, antwortete William. »Wir waren überrascht, wie wenig Schußwaffen, Munition und Artillerie ihr bestellt habt. Wie es scheint, zieht es Marquis Inei vor, diese Waffen selbst zu produzieren.«
Mung wandte sich an Iyeasu. »Bitte vergewissere dich, daß Marquis Inei im Kriegsfall auch liefern kann.«
»Das werde ich.«
»Ich habe Lord Cade gefragt, ob er für die Chinesen oder die

Japaner arbeitet«, sagte William, »und habe die typische Antwort eines englischen Aristokraten bekommen. Allein die Vorstellung, ein Gentleman könnte für einen Asiaten arbeiten, wäre schon eine Unverschämtheit, hat er gesagt. Ich repräsentiere England!«

»Warum hat er dann Prinz Kung mit einer Million aus eigener Tasche bestochen?«

»Die Mitglieder des Kobe-Clubs glauben, er hätte im Austausch dafür zwei weitere britische Handelsposten in China zugestanden bekommen. Cade will auch auf Formosa und Riukiu zumindest einen. Die extra Bestechung ist immer noch ein Rätsel.«

»Wie schätzen die Westler Japans Chancen im Fall eines Kriegs gegen Korea oder China ein?« fragte Iyeasu.

»Sie glauben, ihr verliert«, antwortete William.

»Wie ist Ihre persönliche Meinung?« fragte Mung.

»Daß sich alle auf eine Überraschung gefaßt machen können«, erwiderte William. »Wie man von den Engländern hört, die eure Leute an den Torpedobooten ausbilden, lernen die Männer schnell und arbeiten härter als alle anderen.«

»Das sollten sie auch«, meinte Mung. »Jeder von ihnen steht einen Rang über dem Rang eines Ersten Lieutenants.«

»Leider muß ich jetzt wirklich fort«, sagte Iyeasu. »Wir können ja auf dem Weg über die reduzierten Waffenaufträge diskutieren.«

»Es wird mir eine Freude sein«, erwiderte William.

Mung sah den beiden Männern nach, der eine so groß, der andere so rundlich und klein. Er öffnete die Verbindungstür zum Büro und winkte Udo zu sich. »Wie geht es Gin-ko?«

»Ich habe Schlimmeres erwartet und mir Besseres gewünscht.« Udo beobachtete, wie Mung den Stumpf seines Arms massierte und dann seine krumme Nase rieb. Er kannte diese Anzeichen nur zu gut. »Gin-ko weiß, daß ich nach Seoul muß.«

Mung war sichtlich erleichtert. »Du bist der geeignetste Mann im Kaiserreich für diese Aufgabe.«
»Gin-ko möchte mich begleiten. Königin Min ist ihre Freundin. Aber ich habe ihr gesagt, das wäre unmöglich.«
»Noriko wird sich weiterhin um sie kümmern«, versprach Mung.
Ein dumpfer Knall war zu hören, und die Vorhänge bauschten sich nach innen.
Udo sah kurz hoch, ging aber nicht weiter auf die Störung ein. »Ein Glück, daß es dir gelungen ist, das Militär davon zu überzeugen, nicht in den Krieg zu ziehen. Die chinesische Flotte ist von Nagasaki in die Meerenge von Bungo gesegelt und hat eine Falle für unsere Marine errichtet. Was bedeutet, das T kreuzen?«
»Das ist ein Marineausdruck für eine ideale Position zum Angriff auf eine Reihe von Feindschiffen. Derjenige, der das T kreuzt, hat alle Vorteile. Seine Schiffe feuern aus einer Flankenposition. Alle Kanonen zielen auf die erste Linie der Feindschiffe, die nur ihre Bugkanonen einsetzen können.«
Die Tür wurde aufgerissen. William Whittefields Gesicht war aschfahl, seine Kleider blutgetränkt. »Iyeasu hat's erwischt. Jemand hat eine Bombe in meine Rikscha geworfen. Ich bin rausgesprungen, aber Iyeasu war nicht schnell genug, ihm wurde das Bein abgerissen!«
»Ist er noch am Leben?« fragte Mung.
»Er war es. Ich habe die Blutung mit einem Druckverband gestoppt. Soldaten haben mir geholfen, ihn hierherzubringen. Sein Leibarzt ist bei ihm.«
Mung wandte sich zu Udo. »Hilf William. Ich muß zu meinem Freund.« An der Tür blieb er kurz stehen. »William, schicken Sie nach dem besten Marinechirurgen!«

Drei japanische Ärzte drängten sich um Iyeasu, als Mung eintrat. Er kniete sich neben seinen Freund.
»Ich bin noch hier«, flüsterte Iyeasu.
Mung nickte und blickte fragend zu den Ärzten.
»Wir haben die Blutung gestoppt«, sagte Iyeasus Leibarzt.
»Habt Ihr Erfahrung mit Amputationen?« fragte Mung.
»Nur sehr begrenzt.«
»Ich habe einen amerikanischen Marinearzt rufen lassen. Er dürfte mit dieser Art Verwundung vertrauter sein.«
»Vater!« Noriko stürmte ins Zimmer. »Was haben sie dir angetan?«
Er versuchte sich zu seiner Tochter zu drehen, aber die Anstrengung war zu groß. Iyeasu verlor das Bewußtsein.
»Wo ist er verwundet?« fragte Noriko.
»Das Bein Eures Vaters ist über dem Knie abgetrennt«, antwortete der Arzt.
Noriko schwankte, und Mung fing sie auf und setzte sie vorsichtig auf die Tatamis.
»Wir werden das Bein jetzt anästhesieren«, sagte der Arzt.
Udo erschien an der Tür, gefolgt von Yaka und einem kaiserlichen Leibgardisten. Er winkte Mung aus dem Zimmer.
Yaka reichte Mung ein Pamphlet. »Niemand außer uns hat das bis jetzt gesehen. Dieser Gardist hat es bei der Leiche eines Angreifers gefunden, der von seinen eigenen Leuten erschossen worden war. Anscheinend wollten sie, daß wir das Pamphlet finden. Es fordert eine sofortige Kriegserklärung gegen China und Korea.«
»Es muß geheim bleiben«, sagte Mung. »Findet die Druckerei, zerstört die Druckerpresse, brennt den Laden nieder und isoliert alle, die damit zu tun haben!« Er wandte sich an den Gardisten. »Dein schnelles Handeln soll belohnt werden. Verabschiede dich von deiner Familie! Du wirst meinen Sohn Udo nach Korea begleiten!«

Ein großer Amerikaner mit wettergegerbtem Gesicht und in blauer Marineuniform eilte auf Mung zu, begleitet von einem Burschen mit zwei Holzkoffern. »Sir, ich bin Charles Tate, Chefarzt der Pazifik-Flotte.«
»Kommen Sie herein«, sagte Mung. »Ich übersetze für Sie.«
»Bitte, lassen Sie einen Tisch bringen. Ich habe Schwierigkeiten, auf Knien zu arbeiten. Ich brauche mehr Licht. Außer den Ärzten müssen alle das Zimmer verlassen.«
Noriko, Udo und Yaka gingen aus dem Raum.
Dr. Tate zeigte auf die Nadeln, die aus dem Stumpf von Iyeasus Bein ragten. »Sind das Akupunkturnadeln?«
»Sie dienen der Anästhesierung, verlangsamen den Herzschlag und entspannen den Patienten«, sagte Mung.
Der Arzt untersuchte die Wunde eingehend. »Bitte informieren Sie meine verehrten Kollegen, daß ich, während ich arbeite, alles erklären werde. Für diese Verwundungen bin ich Spezialist, aber für eventuelle Vorschläge bin ich dankbar.«
Die drei Japaner verbeugten sich, nachdem Mung übersetzt hatte. Dr. Tate ließ die beiden Koffer öffnen, die voller Flaschen, Klammern und Stahlinstrumente waren. Der Bursche legte dem Arzt ein Skalpell in die Hand. Der Amerikaner begann zu operieren und dabei jeden Schritt zu erklären.
»Wird er überleben?« fragte Mung.
»Der Lebenswille des Mannes und Gottes Pläne werden das entscheiden«, sagte Dr. Tate. »Die Knochensäge, bitte.«

21

Hankow, China

Das zweistöckige Grüne Haus war absichtlich auf einer kleinen Anhöhe über dem Marinedepot von Hankow errichtet worden. Die Weißen Wölfe beobachteten die chinesische Marine und suchten sich bestimmte Offiziere aus, die man beeinflussen konnte.

»Setz dich!« sagte Colonel Honjo.

Die Sehnen von Shibatas Hals zitterten, seine Augen glühten vor Ehrgeiz. Er hatte sich geschworen, den Rekord in dieser Schule zu erzielen, und das war sein erstes Treffen mit dem Meisterspion seit seiner Einführung.

»Bestimmte Menschen sind geborene Agenten«, sagte Honjo. »Die Spezies ist rar, aber du, Akichi Shibata, gehörst dazu. Innerhalb von zwei Monaten hast du die Erwartungen deiner Lehrer weit übertroffen. Dein Chinesisch ist so gut, daß die Lektionen beendet werden können und du dadurch mehr Zeit auf Russisch und Mongolisch verwenden kannst. Deine Bitte, in die Grundlagen des Islam eingeführt zu werden, zeigt, daß du instinktiv begreifst, worauf es bei einem Agenten ankommt – nämlich ein Teil des Volkes zu werden, das man ausspioniert. Religion wird demnächst in deinen Studienplan integriert. Wir planen, Leute nach Rom, Indien und Mekka zum Studium zu schicken.«

»Danke«, sagte Shibata und verbeugte sich, bis sein Kopf den Boden berührte. »Wie lange wird es noch dauern, bis ich meinen Platz im Feld einnehmen kann?«

»Überstürze den Lernprozeß nicht«, sagte Honjo. »Du hast den

Auftrag erhalten, Commodore Hung-Ta gefügig zu machen. Was hast du erreicht?«

»Heute abend ist sein vierter Besuch im Grünen Haus. Er liebt Whisky, junge weiße Frauen mit großen Busen und gelegentlich eine Pfeife Opium. Er wird mit Euren Spezialzigaretten versorgt und bald auf unserer Seite sein. Heute abend hoffe ich ihn dazu zu bringen, an einer unserer Sexshows teilzunehmen.«

»Eine chinesische Flotte hat viele Japaner getötet und den Hafen Nagasaki niedergebrannt. Die Schwarzen Drachen haben erfahren, daß Admiral Ting unserer Marine in der Meerenge von Bungo eine Falle gestellt hat. In sieben Tagen verlassen drei Kreuzer und ein Truppenschiff den Marinestützpunkt Hankow. Ich wünsche, daß ihr Ziel ausfindig gemacht wird.«

»Hung-Ta müßte diese Information haben«, sagte Shibata.

»Gut. Aber sorge dafür, daß er am Leben bleibt. Wir brauchen ihn noch.«

Shibata zitterte innerlich vor Erregung. Er wußte genau, wie der chinesische Commodore gefügig zu machen war. »Ich werde den größten Raum im Grünen Haus und zwanzig Leute brauchen. Dann bekommt ihr Eure Information, noch ehe die Sonne aufgeht.«

»Ich werde dabei zusehen«, sagte Honjo.

Shibata führte den Commodore, der ein Whiskyglas in der einen, eine Opiumpfeife in der anderen Hand hielt, mit dem Arm um seine Schulter in einen großen Raum mit sanfter Beleuchtung, erfüllt vom Duft süßer Räucherstäbchen.

»Ich kann ihre Gesichter nicht sehen«, sagte der Commodore, »aber die Leute, die da im Schatten stehen, scheinen nackt zu sein.«

»Sie sind zu Eurem Vergnügen hier«, erwiderte Shibata. »Nehmt eine frische Pfeife, damit Ihr in Stimmung kommt.«

Hung-Ta machte es sich in den seidenen Kissen bequem und sog genüßlich an seiner Pfeife. Ein riesiger Mongole, mit rasiertem Schädel und langem Zopf, trat aus dem Schatten ins Licht. Ihm folgte eine schöne, nackte weiße Frau mit großen Brüsten, näherte sich ihm mit einer Flasche süßduftenden Öls und begann ihn zu massieren.

»Wenn er sie ohne Eure Erlaubnis berührt, werden die anderen Männer im Raum ihn fesseln und peitschen«, sagte Shibata.

»Ihr meint, ich habe die Kontrolle über diese Bestie?«

»Das ist ein Teil Eurer Unterhaltung.«

»Faszinierend. Die Frau scheint eine Expertin in Stimulation zu sein. Seine Erektion ist riesig. Ich würde gerne sehen, wie er die Frau nimmt.«

»Ihr habt die Macht.«

»Warten wir noch. Sie streichelt seinen goldenen Schwengel, und ihm fallen gleich die Augen raus. Hört doch, wie er keucht.«

Eine Laute begann zu spielen, und die Frau streichelte den Mongolen im Takt mit der Musik. Er warf den Kopf zurück, breitete seine muskulösen Arme aus und heulte wie ein Tier. Dann packte er die Frau am Hals und riß sie an sich.

Shibata gab ein Zeichen, und mehrere nackte Männer sprangen aus dem Schatten, trennten das Paar und hielten den sich heftig wehrenden Mongolen fest.

Fünf junge Frauen, eine schöner als die andere, traten ins Licht und zogen sich vor dem Commodore aus.

»Die würde ich jetzt am liebsten alle auf einmal nehmen«, sagte der Chinese.

»Vergnügt Euch. Ich nehme die Partnerin des Mongolen.«

»Und das arme Schwein?« fragte Hung-Ta. »Sein Penis steht wie eine Fahnenstange.«

»Meine Männer werden ihn zwingen, sich anzuschauen, was ich mit seiner Frau mache. Wenn wir bereit sind, wird er die Hauptunterhaltung des Abends.«

Shibata ließ seine Robe fallen und ging zu der Frau. Er stellte sie vor den Mongolen und begann sie zu liebkosen.
Colonel Honjo sah aus seinem Guckloch in der Wand, daß Shibatas Liebkosungen mechanisch waren. Die Frau und der Mongole interessierten ihn überhaupt nicht. Sein Blick galt nur Hung-Ta, den die Frauen jetzt auszogen und mit Öl einmassierten. Der chinesische Marineoffizier krümmte und wand sich vor Lust. Er bemerkte nicht, wie Shibata zwei sehr muskulösen Männern ein Zeichen gab. Die Mädchen ließen Hung-Ta los und rannten weg, als die beiden Männer sich von hinten näherten. Sie packten ihn an den Armen und drückten ihn mit dem Gesicht zu Boden. Zwei Mädchen rammten ihm ein großes Kissen unter den Bauch.
»Was geht da vor?« schrie Hung-Ta. »Wenn das ein Teil der Show ist, finde ich das gar nicht komisch!«
Shibata stellte sich vor sein Opfer. »Ich möchte alles über das Truppenschiff und seine Eskorten erfahren«, sagte Shibata. »Sie legen in sieben Tagen ab. Du wirst mir sagen, wohin, wann und warum diese Schiffe fahren!« Er hielt dem Chinesen seinen goldenen Schwengel vors Gesicht. »Damit werde ich dir die Information herausrammen.« Er stellte sich hinter den strampelnden Mann.
»Du scheißperverser Japaner!« schrie Hung-Ta, als Shibata in ihn eindrang. Er bäumte sich auf, wand sich, aber vergebens. Shibata ergoß sich in ihn und zog seinen Penis heraus. Er packte den Offizier am Haar, hob seinen Kopf, und Hung-Ta spuckte ihm ins Gesicht.
»Idiot!« Shibata wischte sich die Spucke ab. »Es warten noch zehn Männer darauf, dich zu nehmen. Wir werden Stunde um Stunde weitermachen, Tag um Tag. Aber zuerst«, er hob die Stimme, »laßt den Mongolen auf ihn los!«

»Drei Schlachtkreuzer werden das Truppenschiff *Kowshing* mit zweitausend Mann an Bord begleiten«, erzählte Shibata Honjo beim Frühstück. »Die Schiffe werden in Shanghai auftanken, und dann vom Ostchinesischen Meer ins Gelbe Meer segeln. Am Leuchtturm von Mokpo werden sie um die Südspitze Koreas kreuzen und nach Norden drehen. Die Truppen werden in Inchon an Land gehen und über Land nach Seoul marschieren.«

»Zu welchem Zweck?«

»Angeblich, um die Koreaner gegen eine mögliche Rebellion der Tonghaks, einer religiösen Gruppe, zu schützen. In Wahrheit hat der koreanische König einem Bataillon japanischer Truppen genehmigt, die Gesandtschaft in Seoul zu beschützen, und der chinesische General möchte mit den zweitausend Mann an Bord der *Kowshing* das Verhältnis mit unseren Truppen wieder ausgleichen. Wenn die chinesischen Kreuzer ihre Aufgabe als Eskorte erledigt haben, werden sie sich Admiral Tings Flotte anschließen und das Meer zwischen Japan und Korea patrouillieren.«

»Die Information deutet darauf hin, daß Admiral Ting bald die Meerenge von Bungo verlassen wird und unsere Marine sich nach Süden bewegen kann.« Honjo breitete eine Karte aus. »Hier, auf der Insel Tsushima, nahe der Südspitze Koreas, trainiert Captain Togo mit fünf neuen Torpedobooten. Er steht nahe genug am Leuchtturm von Mokpo, um den Konvoi abzufangen.«

»Wir sind aber nicht im Krieg«, sagte Shibata.

»Das wird der Weiße Wolf entscheiden. Lebt Hung-Ta noch?«

»Der Commodore ist so voll Opium, daß er mindestens zwei Tage braucht, bis er wieder seinen Dienst antreten kann«, antwortete Shibata. »Aber er ist mir hörig. Er wird herausfinden, was immer wir wissen müssen.«

»Besorge die genaue Route dieser Schiffe, die Stärke ihrer

Panzerung, Reichweite und Anzahl ihrer Kanonen. Auch den genauen Standort der Pulvermagazine auf den Kreuzern zu wissen, wäre für unsere Marine sehr hilfreich.«

»Ich möchte darauf hinweisen, daß fünf Torpedoboote zu schwach für drei schwere Kreuzer sind.«

»Besorge diese Information so bald wie möglich! Togo und seine Torpedoschwadron sollen sich darüber den Kopf zerbrechen. Hideyoshi möchte die fünf Boote vielleicht opfern, um einen Zwischenfall zu inszenieren. Es bedarf nur eines kleinen Funkens, um den Krieg auszulösen.«

22

Kaiserlicher Palast, Tokio

»Die Chancen, einen Krieg zu vermeiden, stehen besser, als wir dachten«, sagte Udo. »Die Kaiserinwitwe hat die Brüder Chang in Korea praktisch ausgesetzt. Sie haben freie Hand, aber kein Geld. Die chinesische Armee rekrutiert ein Heer von elf Divisionen für das Gebiet des Tarim-Beckens. Ein Rebell namens Yakub Beg hat mit heimlicher Unterstützung der Briten einen unabhängigen Moslemstaat im Tarim-Becken gegründet. Die Kaiserin will den Kopf Yakub Begs und die Vertreibung der Russen.«

»Die chinesische Armee müßte Tausende von Kilometern über Berge und durch Wüsten, um dieses Gebiet zu erreichen«, sagte Mung. »Korea ist wesentlich näher und produktiver. Wo bleibt die Logik?«

»Der offizielle Grund für den Vormarsch auf Yakub Beg ist Ehrerbietung gegenüber den kaiserlichen chinesischen Ahnen«, antwortete Udo, »da frühere chinesische Kaiser dieses Gebiet regiert haben. Inoffiziell gestattet es der chinesischen Kaiserin, Prinz Kung und den Hofbeamten noch mehr Geld von der Regierung zu stehlen.«

»Ein kleineres Land wäre durch so viel Korruption längst ruiniert worden«, sagte Mung.

»Es könnte zu unserem Vorteil sein. General Li und sein Bruder haben bei der Regierung eine Petition gegen die Tarim-Expedition eingereicht. Sie möchten Korea gegen uns absichern und die Mandschurei gegen die Russen. Der General hat einen Kredit von den Shansi-Banken aufgenommen, um Waffen zu kaufen. Er hat das Vermögen seiner Familie für den Kauf von Wollmühlen und die Pacht von Ackerland ausgegeben. Um seine Armee mit Proviant und Kleidung versorgen zu können, läßt er die meisten Soldaten auf den Feldern und in den Fabriken arbeiten. Nur die besten sechzigtausend Soldaten stehen unter Waffen.«

»Das ist ein Viertel seiner angeblichen Truppenstärke«, sagte Mung. »Und ihre Marine?«

»Admiral Ting läßt einige seiner Schiffe als Fähren arbeiten, um Geld für den Sold seiner Männer zu haben. Drei neue Schlachtkreuzer wurden aus den Docks von Hankow in Betrieb genommen. Trotzdem glaube ich, die Brüder Chang sind jetzt eher zu Verhandlungen bereit, nachdem ihre Regierung sie im Stich gelassen hat.«

»Hiroki berichtet von einer kleineren Rebellion durch die Tonghaks. Welche Auswirkungen wird das deiner Meinung nach auf die Chinesen und uns haben?«

»Die Tonghaks haben anfänglich nur friedlich eine Änderung der korrupten koreanischen Verwaltung angestrebt. Sie glauben an Christus, Buddha und eine Reihe von Dämonen und haben keine klaren Ziele. Wir haben Genoysha-Agenten in ihrer Organisation; einer ist Priester. Wir müßten bestimmte Teile der Tonghaks beeinflussen können.«

»Ich möchte Ruhe in Korea«, sagte Mung. »Mir scheint es, als würde General Li Frieden wollen.«

»Ja, aber ich habe das Gefühl, Admiral Ting hätte lieber Krieg.«

»Hat General Nogi meine Vorschläge akzeptiert?« fragte Mung.

»Ja, das Bataillon, das in Korea stationiert werden soll, besteht hauptsächlich aus Offizieren. Der Kommandant jeder Kompanie hat ein tragbares Fotolabor und Druckerpressen erhalten. Jeder Mann hat eine Kamera und Karten und ein bestimmtes Gebiet zum Auskundschaften zugeteilt bekommen. Im Fall, daß wir in Korea einmarschieren, können diese Männer unsere Streitkräfte dirigieren. Sie haben sich gestern eingeschifft, und ich werde ihnen morgen früh nach Korea folgen.«

»Geh jetzt zu deiner Frau«, sagte Mung. »Ich werde sie besuchen, bevor ich nach Nagasaki aufbreche.«

»Ihr Zustand hat sich sehr gebessert, seit sie Iyeasus Pflege übernommen hat. Sie verwöhnt Noriko und hat sogar ein bißchen zugenommen. Bitte, sei auf der Hut vor Hideyoshi. Eigentlich hatte ich ein Attentat auf dich, nicht auf seinen Bruder erwartet. Ich habe dich bewachen lassen.«

»Ohne mein Wissen?«

»Sie werden dich nach Nagasaki begleiten. Lebwohl, Vater. Wir treffen uns in Seoul.«

Udo betrat das Zimmer auf Zehenspitzen. Gin-ko legte einen Finger an den Mund und zeigte auf den Berg unter der Decke. Iyeasu schlief. »Er ist kräftiger geworden«, flüsterte sie und führte ihren Mann aus dem Zimmer.

»Und du?«

»Mir geht es gut. Iyeasu und ich reden bereits wieder über die Zukunft. Das Schwierigste für ihn ist die strenge Diät, die der amerikanische Arzt ihm verordnet hat. Iyeasu muß abnehmen, bevor er ein künstliches Bein kriegen kann.«

Udo nahm Gin-ko in die Arme. »Ich bin gekommen, um dir zu sagen, daß ich aufbrechen muß.«

»Haben wir noch Zeit füreinander?«

»Einige Stunden.«

»Dann machen wir sie zu einer schönen Erinnerung. Ich werde Noriko bitten, mich hier abzulösen. Du und ich, wir werden das Kissenspiel machen. Es ist schon so lange her.«

Udo küßte Gin-ko auf die Stirn. »Du solltest deine Kräfte schonen.«

»Wofür?«

»Für mich.« Er drückte sie an sich. »Ich brauche dich.«
Gin-ko hielt ihren Mann fest umschlungen, damit er ihre Verzweiflung nicht sehen konnte. Am liebsten hätte sie ihn schreiend angefleht, bei ihr zu bleiben. Ihm erklärt, wie sehr sie ihn brauchte, wenn das Ende nahte. Aber sie zwang sich, mit heiterer Stimme zu sagen: »Möglicherweise kuriert mich dein goldener Schwengel. Ich brauche die Erinnerung, sie wird mir Kraft geben, wenn du weg bist.«
»Bitte«, flüsterte Udo zitternd. »Bitte, stirb nicht. Du bist meine Kraft, mein Leben, meine Liebe. Ohne dich kann ich nicht leben.«

Noriko saß auf dem Balkon des Zimmers ihres Vaters und beobachtete den aufgehenden Mond. Gin-ko hatte ihr anvertraut, daß Yaka und Uraga einen Nakoda engagiert hatten, der Ehen für sie arrangieren sollte. Sie hatten darum gebeten, ihre Mi-ais gleichzeitig mit ihrem und Hirokis abzuhalten. Dann waren die drei Brüder zu ihr gekommen. Sie wollten eine dreifache Hochzeitszeremonie, solange ihre Mutter noch lebte. War Noriko damit einverstanden?
»Jetzt ist es noch schlimmer als vorher«, sagte Noriko zum Mann im Mond. »Es ist nicht fair. Du hast das Bein meines Vaters genommen, wirst Gin-ko bald das Leben nehmen, und ich werde auf ewig in meiner Ehe mit Hiroki gefangen sein. Warum müssen wir alle so leiden? Wir sind doch brave Leute. Hab ich es verdient, mit ihm verheiratet zu sein?« Tränen liefen ihr übers Gesicht. »Die Tradition zwingt mich, ja zu sagen«, schluchzte sie, »mir bleibt keine andere Wahl. Aber ich muß mich jemandem anvertrauen. Ich finde, die Götter sind brutal und gefühllos.«
Ein leichtes Klopfen an der Tür kündete Mungs Erscheinen an. Noriko trocknete ihre Tränen und führte ihn auf den Balkon. Die beiden unterhielten sich kurz über Iyeasus Zustand. Er war

auf dem Weg der Besserung. Auch Gin-ko ging es besser, aber beide wußten, daß das nur vorübergehend war.

»Sag deinem Vater, ich werde mich in Nagasaki über die Schäden informieren. In zwei Wochen, am 5. August, muß ich in Seoul sein.«

»Vater wird enttäuscht sein, daß er nicht mit dir reden konnte.«

Mung sah zu dem Berg unter der Decke. »Er ist mein bester Freund. Vergib einem alten Mann seine Sentimentalität. Japanische Männer umarmen sich nicht.« Mung sah Noriko an. »Wenn ich dich in den Arm nehme, könntest du ihn dann von mir umarmen?«

Noriko ging zu Mung und legte den Kopf auf seine Schulter. »Er hat nie jemandem etwas zuleide getan«, schluchzte sie. »Warum haben sie ihn angegriffen? Sie müssen bestraft werden!«

Mung drückte das Mädchen an sich und schaute zum Mond hinauf. Sein Herz flehte die Götter an: Segnet dieses Mädchen. Macht seine Ehe mit meinem Enkel lange, glücklich und fruchtbar.

Udo wurde, wie befohlen, um vier Uhr früh geweckt. Er sah seine Frau an und küßte ihre Stirn. Er hatte sie liebkost und gefühlt, wie dünn sie geworden war. Ihr engelsgleiches Gesicht war jetzt entspannt. »Ich liebe dich«, flüsterte er ihr zu. »Bitte warte auf mich.«

Während der Nacht hatte Gin-ko Udo das Versprechen abgenommen, sich nicht umzubringen, wenn sie starb. Er hatte mit zärtlichem Liebesspiel geantwortet. Jetzt atmete sie ruhig, hörte sein Flüstern, antwortete aber nur mit dem Herzen. Die Liebesnacht hatte ihre letzte Kraft gekostet.

Sie schloß die Augen, als er sich über sie beugte und seinen letzten Abschiedsgruß murmelte. »Du bist mein Leben.«

Vor dem Palast ignorierte Udo die Rikschas und machte sich alleine zu Fuß auf den Weg in die Ginza. Er ging vorbei am No-Theater und trat in den Eingang eines Bonsai-Ladens.

Ein Mann wartete im Schatten. »Folgt mir«, sagte er.

Es waren zwanzig Jahre vergangen, seit Udo die Feuchtigkeit in dem dunklen Laden gerochen hatte. Er stieg die Holztreppe hinauf zum Speicher. »Soll ich mich ausziehen?« fragte er seinen Führer.

»Ihr seid ein Ehrengast. Das wird nicht nötig sein.«

Eine einzelne Laterne erleuchtete den Speicherraum. Zu beiden Seiten eines langen Tisches saßen sechs Männer mit freiem Oberkörper, über und über mit komplizierten Tätowierungen bedeckt.

Am Kopf der Tafel saß der oberste Yakuza von Japan. Er verbeugte sich vor Udo. »Vor zwei Jahrzehnten habt Ihr uns um Hilfe gebeten.« Er legte eine Schriftrolle auf den Tisch und deutete darauf. »Es steht geschrieben, daß Ihr und Euer Vater, Moryiama Ishikawa, Eure Gelübde gehalten habt. Daß Ihr Wada Zenshichi, den früheren Meister der Tätowierten Männer, geehrt habt. Wie können wir Euch dienen?«

»Ich will Rache an Graf Hideyoshi Koin und Lieutenant Akichi Shibata.«

»Wir agieren zwar außerhalb des Gesetzes, aber nur selten üben wir Gewalt aus«, sagte der oberste Yakuza.

»Ich wünsche diese beiden Männer selbst zu töten«, erwiderte Udo und legte fünf Beutel auf den Tisch. Und genau wie damals vor zwanzig Jahren kippte er sie einen nach dem anderen um. Goldstaub funkelte in kleinen Häufchen im Schein der Lampe.

»Shibata ist momentan außer Landes. Hideyoshi wird von professionellen Wächtern geschützt. Ich möchte wissen, wie ich diese Wache umgehen kann. Sollte ich getötet werden, muß ich die Gewißheit haben, daß diese Männer so sterben, wie es Verräter verdient haben.«

»Ist das die Vergeltung für den Mordversuch an Mung am Büro des Hafenmeisters?«

»Das alleine wäre schon Grund genug«, antwortete Udo. »Aber ich will Vergeltung für die öffentliche Beleidigung meiner Frau bei Shimatzu Ishikawas Hochzeit. Es ist Giri, meine gesellschaftliche Pflicht, dafür zu sorgen, daß diese Männer sterben.«

Die Yakuza diskutierten kurz in ihrer Geheimsprache. Eine Schriftrolle wurde gebracht und konsultiert. Udo wartete.

Schließlich sagte der oberste Yakuza: »Hier steht geschrieben, daß die Dame Gin-ko das Zeichen des gelben Schmetterlings trägt. Das Schutzzeichen Wada Zenshichis verpflichtet uns zur Hilfe. Deine Frau hat einmal das Leben meines Vorgängers gerettet. Meine Ehre verlangt es, daß ich ihren Ruf beschütze.«

Er zeigte auf die Beutel mit Goldstaub. »Die nehmt mit. Wir werden Ninjas anheuern, professionelle Mörder, die den Tod Graf Hideyoshis und den Akichi Shibatas nach seiner Rückkehr nach Japan planen werden.«

Udo verbeugte sich. »Ich danke den Yakuza für ihren ehrenwerten Vorschlag, aber ich muß diese beiden Männer, wenn möglich, selbst töten.«

»Und solltest du vorher sterben, werden wir dafür sorgen, daß es geschieht«, sagte der oberste Yakuza.

Udo verbeugte sich erneut. Schon bald war er auf dem Weg zu dem Schiff nach Inchon und seinem Treffen mit dem koreanischen König in Seoul.

23

27. Juli 1894

Im künstlichen Teich vor dem Haus spiegelten sich fruchtstrotzende Pflaumenbäume. Mung saß im Lotussitz auf der Veranda und betrachtete die Ruinen des Hafens von Nagasaki. Kichernde Kinder, auf dem Weg zur Schule, gingen am Haus vorbei, aber der Gestank von verbranntem Fleisch, faulendem Fisch und verkohltem Holz lag immer noch wie ein Nebel über der Stadt. Mung mußte seine aufbrausenden Emotionen mit Gewalt unterdrücken.

Ein Kohlentender der Marine dampfte mit voller Kraft in den Hafen und legte an den Resten des Gemeindepiers an. Ein Armee- und ein Marineoffizier sprangen von Bord, noch ehe das Schiff vertäut war. Mung sah, wie die Soldaten, die sie empfingen, auf sein Haus deuteten. Er streckte die Beine und bereitete sich auf den Empfang der Boten vor.

Yaka und Uraga verbeugten sich. »Großvater, der Krieg scheint unausweichlich«, sagte Yaka.

Mung sah, wie aufgeregt die beiden waren. Einen zu emotionell gefärbten Bericht konnte er nicht brauchen. Er versuchte sie erst einmal mit Fragen nach Gin-kos Befinden und dem geplanten dreifachen Mi-ai der drei Brüder zu beruhigen.

»Wir hoffen, daß unsere dreifache Hochzeit ein denkwürdiges Ereignis wird«, sagte Yaka. »Vielleicht mit einer gleichzeitigen Siegesfeier.«

Mungs Enkel waren nicht zu bremsen. Er mußte sich jetzt ihre Neuigkeiten anhören. »Wie lauten eure Befehle?« fragte er.

»Wir sind auf dem Weg zur Insel Tsushima mit Befehlen für

Commodore Togo!« sagte Uraga. »Seine Torpedoboote sollen das chinesische Truppenschiff *Kowshing* und seine Eskorte vom Leuchtturm Mokpo nach Inchon beschatten! Die zweitausend chinesischen Soldaten an Bord sind für Seoul bestimmt! Das ist eine Verletzung von General Lis Abkommen mit unserem Botschafter in Korea!«

»Wer hat den Befehl gegeben?« fragte Mung.

»Der neue Kriegsminister, Hideyoshi Koin«, erwiderte Yaka.

Mung holte tief Luft. »Wie ist Hideyoshi Koin Kriegsminister geworden?«

»Großvater, du weißt, wie aufgebracht die Öffentlichkeit durch den Überfall auf Nagasaki war«, sagte Yaka. »Hideyoshis Gefolgsleute haben sie durch Flugblätter und die Zeitungen noch weiter aufgeheizt. Das Parlament wurde auch vom Kriegsfieber erfaßt und hat hundertfünfzig Millionen Yen für den Militärhaushalt zugebilligt, mit Hideyoshi Koin als Kriegsminister! Ohne eine einzige Gegenstimme. Nachdem du eine so stattliche Summe mit dem Formosa-Abkommen eingebracht hast, glauben sie, deine Verhandlungen mit den Chinesen in Korea werden noch mehr Geld bringen.«

»Hat der Kaiser seine Ansichten kundgetan?« fragte Mung.

»Graf Iyeasu war zu krank, um des Kaisers Ansichten zu vertreten«, sagte Uraga. »Ein Gefolgsmann Iyeasus hat das an seiner Stelle getan und konnte gerade noch verhindern, daß Hideyoshi die Schwarzen Drachen und die Genoysha übernimmt.«

Mung kam sich vor wie auf einer ungebremsten Talfahrt. »Du hast mir einmal erzählt, daß weder Hideyoshi noch der militärische Geheimdienst von der Existenz der Genoysha wissen.«

»Der Bund der Weißen Wölfe ist viel größer und effizienter, als wir dachten«, erwiderte Yaka. »Als Iyeasu von Hideyoshis Versuch, sich die Schwarzen Drachen unter den Nagel zu reißen, hörte, ließ er sich ins Parlament tragen. Er hat die

Mitglieder überzeugt, daß du der beste Mann für die Koordination des militärischen und zivilen Geheimdienstes bist. Deshalb sind wir hier. Du wirst ab jetzt Kopien von allen Berichten des militärischen Geheimdienstes und des Bundes der Weißen Wölfe kriegen.«

»Großvater, du hättest Hideyoshis Gesicht sehen sollen«, sagte Uraga. »Er war lila vor Wut.«

»Sie haben offen über die Schwarzen Drachen, die Genoysha und die Weißen Wölfe gesprochen?«

»Es war sogar in den Zeitungen«, antwortete Uraga.

Mung lachte, bis ihm die Tränen übers Gesicht liefen. »Ich soll den Geheimdienst des Landes leiten, und sie veröffentlichen es in der Zeitung?« sagte Mung. »Wahrscheinlich haben sie auch noch die Namen unserer Agenten aufgelistet.«

Die jungen Männer grinsten. »Natürlich nicht«, sagte Uraga. Er reichte Mung einen Stapel Papiere. »Das sind Berichte des militärischen Geheimdienstes und von Colonel Honjo in Hankow. General Nogi und Admiral Takamora werden bald hier sein. Du mußt sie informieren.«

»Warum hier?« fragte Mung.

»Nagasaki soll der Kommandoposten werden, wenn wir in Korea einmarschieren«, antwortete Yaka. »General Nogi hat siebzehn Divisionen. Marquis Ineis Schiffe haben bereits angefangen, sie nach Süden zu transportieren.«

»Unser Vater berichtet aus Seoul, daß die kaiserliche koreanische Armee von den Tonghak-Rebellen besiegt wurde«, sagte Uraga. »Aus einer späteren Botschaft geht hervor, daß General Lis chinesische Truppen abwarteten, bis die geschlagene koreanische Armee den Rückzug antrat, und dann die Tonghaks abgeschlachtet haben. Nach dem Massaker hat General Li Koreas Status als tributpflichtigen Staat unter dem Schutz Chinas bestätigt.«

»Das alleine ist schon Anlaß zum Krieg«, sagte Mung. »Die

Niederlage der koreanischen Armee bedeutet, daß kein Puffer mehr zwischen Japan und China existiert. Aber wenn es Krieg gibt, dann müssen wir siegen! Durch eine Niederlage würden wir zum Vasallen Chinas oder Sklaven in der Schuld der Europäer! Selbst wenn wir gewinnen, könnte Japan zum Armenhaus werden!«
Die funkelnden Augen ihres Großvaters erinnerten Yaka und Uraga an die Geschichten, wie er die Schützen von Satsuma gegen den Shogun geführt hatte.
»Unsere Truppen in Korea werden in Gefahr sein, wenn der Krieg erklärt wird!« sagte Mung. »Nehmt Tauben mit an Bord, für euren Vater in Seoul und mich hier in Nagasaki. Trefft euch mit Togo und seiner Schwadron! Sollte es Gefechte geben, laßt die Vögel fliegen! Benachrichtigt euren Vater, er soll alle Mittel einsetzen, um Koreaner und Chinesen aus dem Gleichgewicht zu bringen! Der Schwarze Drache befiehlt es!«
Yaka und Uraga verbeugten sich. »So ist es befohlen, so wird es geschehen.«

Drei Stunden nachdem der Kohlentender abgelegt hatte, trafen die ersten Armee- und Marinekontingente in Nagasaki ein. Die Menschen von Nagasaki empfingen sie mit Jubelgeschrei und Freudentränen als Wiederhersteller der Ehre Japans.
Mung sandte codierte Botschaften an seine Agenten im Fernen Osten und in Europa. Sie sollten sich auf Krieg vorbereiten. Vom Marinegeheimdienst erhielt er die Nachricht, Admiral Ting hätte seine Penyang-Flotte aufgeteilt, um die Marinebasis Weihaiwei auf der Halbinsel Shantung und Port Arthur auf der Halbinsel Liaotung zu verstärken. Jetzt war die japanische Marine im Gelben Meer von zwei Seiten bedroht. Ein Landungsversuch in Inchon wurde dadurch sehr riskant.

Admiral Takamora und General Nogi trafen mit der halben japanischen Flotte und sieben Truppentransportern in Nagasaki ein. Sie wurden von Lord Cades Flaggschiff beschattet. Die Japaner erklärten sich auf Bitten Lord Cades bereit, ihre beiden Stabschefs und Moryiama Ishikawa zu einem Treffen mit ihm und den Botschaftern Frankreichs, Deutschlands und Rußlands auf sein Schiff zu entsenden.

»Meine Herren«, sagte Lord Cade. »Meine Kollegen«, er deutete auf die drei Botschafter, »und ich werden der geplanten Annektierung Koreas durch Japan nicht zustimmen. Auch die anderen europäischen Staaten unterstützen Chinas traditionelle Rolle in Korea.«

»Wir haben keine Absichten auf koreanisches Territorium«, entgegnete Takamora. »Aber wir werden nicht tatenlos zuschauen, wie unser Heimatland überfallen wird. Sie haben den Hafen von Nagasaki gesehen. Admiral Ting und ein Teil der Flotte, die die Stadt überfallen hat, sind jetzt in Inchon. Japan wünscht ein unbesetztes Korea. Wie können die Europäer, die die Menschenrechte predigen, gegen ein freies Korea sein?«

»Die Buchmacher in Kanton setzen sieben zu eins für China in einer Konfrontation mit Japan«, sagte der russische Botschafter.

»Ich wette zehntausend Yen auf Japan«, konterte Nogi. »Halten Sie dagegen?«

»General Nogi, Sir«, unterbrach der deutsche Botschafter die beiden. »Japan ist zahlenmäßig und waffentechnisch unterlegen. Der Versuch, in Korea einzumarschieren, ist wie der Versuch, eine Schildkröte durch den Panzer zu stechen. Der Körper ist Korea, der Panzer China.«

»Erlauben Sie uns, eine internationale Friedenskonferenz in Seoul einzuberufen«, sagte Lord Cade.

Nogi klopfte sich auf die Brust. »Wir werden direkt Gespräche mit den Koreanern und den Chinesen haben! So werden Geschäfte zwischen Gleichgestellten gemacht!« Er drehte sich zu Mung. »Der Direktor für Nationale Verschönerung wird bald nach Seoul gehen und diese Verhandlungen arrangieren!«

In dieser Nacht trafen Mung und Lord Cade sich unter vier Augen, in einem evakuierten Viertel des Hafens, bewacht von Schwarzen Drachen und britischen Marinesoldaten.

»Sir, Sie verwirren mich«, sagte Mung. »Sie haben Prinz Kung mit Ihrem eigenen Geld bestochen, damit er uns eine größere Entschädigung für Formosa zahlen würde. Ihre Männer haben Yakub Beg zu einer moslemischen Revolution im Tarim-Becken angestachelt, wodurch General Li Geld und Truppen abgezogen wurden. Warum diese Hilfe für Japan, wenn Sie gleichzeitig vor Ihren europäischen Alliierten behaupten, China zu unterstützen?«

Malcolm Cade schob das Kinn vor. »England ist mein erstes und wichtigstes Anliegen«, antwortete er. »Ich möchte die Marine und Handelsmarine des Zaren davon abhalten, einen Warmwasserhafen im Pazifik zu kriegen.«

»Warum kommen Sie dann mit dem russischen Botschafter hierher und versuchen uns in Korea aufzuhalten?«

»Ich bin hier, um ihn zu beobachten, Mr. Mung, nicht um Japan aufzuhalten. In dem Augenblick, in dem Ihre Streitkräfte in Korea Fuß fassen, wird England das Gebiet als zu Ihrem Einflußbereich gehörig anerkennen. Das ist ein neuer, geopolitischer Ausdruck, der ein Gebiet bezeichnet, das für Ihre strategischen Interessen lebenswichtig ist. Wäre das zufriedenstellend für Ihre Regierung?«

»Wenn wir einmarschieren, wäre das sehr akzeptabel.«

»Wichtig genug, daß das japanische Militär eine Linie entlang des Flusses Jalu und der Halbinsel Liaotung hält, um ein Eindringen der Russen zu verhindern?«

»Aber die Wetten stehen doch angeblich sieben zu eins gegen uns«, sagte Mung.
»Sie werden zehn zu eins stehen, wenn bekannt wird, daß Admiral Ting Port Arthur und den Marinestützpunkt Weihaiwei verstärkt hat. Und die chinesische Marine rückt auf Inchon vor, sie kontrolliert das Gelbe Meer.«
»Warum dann ein Freundschaftsangebot?«
»Der Kobe-Club unterstützt keine Verlierer«, sagte Malcolm Cade. Er zündete sich eine Zigarre an. »Alburg und Whittefield führen die härtesten, abgekochtesten Geschäftsleute im Fernen Osten an. Der Kobe-Club rechnet mit hohen Einkünften durch Lieferungen an die japanische Armee und Marine im Ausland. Und den Berichten nach sind Ihre Matrosen ausgezeichnet. Die Chinesen dagegen sind unterbezahlt, unzufrieden und wurden mit Gewalt rekrutiert. Das Offizierskorps ist korrupt. Die Truppen in Port Arthur sind Söldner unter der Führung eines lokalen Kriegsfürsten. Wenn Ihre Soldaten genauso gut sind wie Ihre Matrosen, dann werden die Chinesen fliehen. Und Ihnen bleibt keine andere Wahl. Sie müssen kämpfen, sonst verkaufen Prinz Kung und die Kaiserinwitwe Korea an die Russen. Dann ist es nur eine Frage der Zeit, bis China oder Rußland, oder beide, bei Ihnen einmarschieren.«
Mung seufzte. »Ich habe mir die Aufgabe gestellt, den Krieg zu verhindern, aber ich bin offensichtlich der einzige, der nach Frieden strebt. Sie haben mein Wort. Wenn Japan in Korea gewinnt, dann werde ich Druck machen, daß unsere Truppen die Russen zurückhalten.« Er erwähnte nichts von Hideyoshis Plänen, die Jalu-Linie als Ausgangspunkt für eine Invasion des mineralreichen Territoriums der Mandschurei zu benützen.
»Wenn Japan die Halbinsel Liaotung vor den Russen schützen soll, dann möchten wir über sie und über Port Arthur die Kontrolle.«
Malcolm Cade schritt leise pfeifend mit den Händen auf dem

Rücken auf und ab und überlegte. Dann wandte er sich wieder an Mung. »Falls Japan meinen Rat befolgt und gegen China erfolgreich ist, wird Großbritannien Ihren Anspruch auf die Halbinsel Liaotung als Teil einer Entschädigung für Admiral Tings Überfall auf Nagasaki akzeptieren.«

»Und Ihr Preis?«

»Um Port Arthur halten zu können, müssen Sie den chinesischen Marinestützpunkt Weihaiwei erobern. Treten Sie ihn an Großbritannien ab. Dann könnten wir die Kontrolle über das Gelbe Meer untereinander aufteilen.«

Mung begriff sofort, was der Engländer vorhatte, und seine Pokermiene verschwand. »Wir würden die Meerenge von Pohai kontrollieren«, flüsterte er mit heiserer Stimme. »Sie beherrscht die Seeroute zur chinesischen Hauptstadt Peking!«

»Und zur nördlichen Hauptstadt Mukden.« Malcolm Cade lächelte. »Gut beobachtet, Mr. Mung. Ist Japan reif genug für eine solche Verantwortung?«

»Reife ist nicht das Problem«, antwortete Mung. »Meine Priorität ist eine friedliche Lösung, und Sie verlocken mich, sie zu ignorieren.«

»Frieden existiert nicht mehr als Option.«

»Wenn dem so ist, muß Japan den Krieg gewinnen«, sagte Mung. »Wir beide setzen viele Dinge über einen langen Zeitraum voraus. Aber ein Faktor macht es unmöglich, daß Japan von diesem Krieg profitiert. Sieg, Niederlage oder ein Unentschieden, wir sind in jedem Fall bankrott. Selbst wenn wir erfolgreich sind, wäre es wirtschaftlich unmöglich, eine militärische Präsenz entlang des Flusses Jalu und der Halbinsel Liaotung zu halten.«

»Ich dachte, Sie hätten ihre Lektion von Prinz Kung gelernt«, sagte Malcolm Cade. »Japan muß Krieg als geschäftliches Unternehmen betrachten. Zwingt die Chinesen an den Verhandlungstisch, und ich werde Japans Anspruch auf eine Entschädigung unterstützen, die hoch genug ist, um die hundertfünfzig Millionen Yen zu decken, die Ihr Parlament für den Krieg bewilligt hat.«

Jetzt kamen Mung die Informationen Shimatzus über europäische Geldtransaktionen zugute. »Egal wie erfolgreich Japan gegen China auch sein mag, wir wären zu unorganisiert und erschöpft, um innerhalb so kurzer Zeit die Armee des Zaren aufzuhalten. Die Russen würden unsere Armee einfach beiseite fegen und Korea besetzen.«

»Großbritannien wird keine Truppen auf das asiatische Festland entsenden. Wir sind in Indien schon zu weit verstreut.«

Das hatte Mung hören wollen. Er spielte sein As aus. »Lassen Sie britische Bankiers die französische Regierung überreden, ihre überfälligen Kredite auf die Transsibirische Eisenbahn zu kündigen. Das würde russische militärische Aktivitäten in der Mandschurei auf Jahre bremsen.«

»Mein Gott, Mann!« Lord Cade packte Mungs Hand. »Das ist ja brillant! Wie kommen Sie denn auf die Idee?«

»Mein Sohn hat im Ausland internationales Finanzwesen studiert.«

»Ihr Sohn hat gerade die Unkosten für seine Erziehung zehnfach wieder eingebracht und Japan wahrscheinlich einige Armeedivisionen, ein paar Kriegsschiffe und die Invasion seiner Inseln erspart. Ich werde dafür sorgen, daß die Kredite gekündigt werden, und wenn ich den französischen Finanzminister persönlich erwürgen muß!«

»Und ich werde am 5. August in Seoul sein und versuchen, einen Friedensvertrag auszuhandeln.«

Der Engländer drückte seine Zigarre aus und sagte: »Sollte Ihnen das nicht gelingen, informieren Sie Ihr Militär, daß die Küstenstellungen in Weihaiwei und Port Arthur nur seewärts feuern können. Sie können ihre Kanonen nicht drehen.«

»Aber die Briten haben diese Festungen doch entworfen. Sie haben die großen Kanonen installiert.«

»Wir gingen von der Möglichkeit aus, daß wir einmal selbst diese Stützpunkte angreifen müssen. Von der Landseite her natürlich«, sagte Lord Cade. »Seien Sie ein guter Junge und gewinnen Sie den Krieg, ja?«

24

Tsushima, Marinestützpunkt, 29. Juli 1894

»Kämpfen wir?« fragte Commodore Togo.

»Der Schwarze Drache wird versuchen, den Frieden zu wahren, während wir uns auf Krieg vorbereiten«, sagte Yaka.

»Sind das meine Order?« fragte Togo und zeigte auf den Umschlag, den Uraga in der Hand hatte.

»Ja, vom Kriegsminister Hideyoshi Koin. Eure Schwadron soll das Truppenschiff *Kowshing* und die drei Schlachtkreuzer vom Leuchtturm Mokpo bis zur Küste von Inchon beschatten! Wenn man auf Euch feuert, greift an!« Uraga reichte Togo den Umschlag.

»Wir haben jetzt zehn Torpedoboote«, sagte Togo. »Eskorten eines Kriegsschiffs werden auf so viele unidentifizierte Schiffe schießen.«

»Ich glaube, der Kriegsminister weiß das«, erwiderte Yaka.

»Wie sollen wir denn die chinesische Flotte abfangen?«

Uraga zeigte auf den Umschlag in Togos Hand. »Colonel Honjo vom Bund der Weißen Wölfe garantiert für diese Information. Admiral Takamora glaubt, ihr werdet die ersten Japaner sein, die mit einer ausländischen Macht ins Gefecht kommen. Der Schwarze Drache betrachtet es als Selbstmordkommando und warnt Euch, nicht den ersten Schuß abzugeben.«

»Wir sind bereit zu sterben«, sagte Togo. »Und noch mehr bereit zu gewinnen.«

»Gegen drei moderne Schlachtkreuzer?« Uraga runzelte die Stirn. »Die sind nur einen halben Meter kürzer als Kriegsschiffe.«

»Kommt mit«, sagte Togo.

Auf einem Laufsteg, mit Blick auf den Hafen, zeigte Togo ihnen die Schiffe seiner Schwadron. »Seht. Die Briten haben uns mit dem Besten, was sie haben, ausgerüstet. Die Boote machen zwanzig Knoten. Jedes hat zwei 20-mm-Schnellfeuerkanonen, deren Geschosse laut Geheimdienst die Panzerung der größten Schiffe der Chinesen durchschlagen können.« Er zeigte auf zwei etwa sechseinhalb Meter lange Zylinder, die zu beiden Seiten der Torpedoboote angebracht waren. »Das sind die neuesten Whiteheads, Torpedos mit niedrigem Tiefgang, von Druckluft angetrieben. Geschwindigkeit dreißig Meilen in der Stunde, Schußweite eintausend Yards. In jedem befinden sich zweihundert Pfund Sprengstoff.«

»Ich bin auch Marineoffizier«, sagte Uraga. »Diese chinesischen Kreuzer blasen euch aus dem Wasser, ehe ihr auf fünf Meilen an sie rankommt. Die Kanonen sind so groß, daß sie das Boot gar nicht zu treffen brauchen. Die Druckwelle der Granaten wird euch den hölzernen Kiel aufreißen.«

»Wir werden bei Nacht angreifen«, erwiderte Togo. »Nachts kommen wir näher an sie ran.«

»Selbst mit Honjos Information wißt ihr nicht genau, wo sie zu finden sind.«

»Ich habe zwei Schiffe mehr als vorher. Wir verteilen uns fächerförmig über den Kurs der *Kowshing*. Euer Kohlentender kann sich in die Linie meiner Torpedoboote einreihen.«

»Und das zweite Schiff?« fragte Yaka. »Ist es das?« Er zeigte auf einen schnittigen, dreißig Meter langen, dreimastigen Dampfsegler mit niedrigem Aufbau.

»Das ist mein Kommandoboot«, sagte Togo. »Colonel Honjo hat es mit seinem eigenen Geld von der englischen Marine gekauft. Ich nenne sie *Naniwa*. Sie hat zwei Sechzigpfünder und zwei drehbare Zwanzigpfünder am Bug und Achtern. Ich habe zusätzlich vier 20-mm-Schnellfeuerkanonen installiert.

Das wird die chinesischen Schiffe nicht versenken, aber zumindest die Aufmerksamkeit ablenken, während meine Torpedoboote sich die *Kowshing* holen.«

Die beiden Brüder sahen sich an. »Wir bitten respektvoll um die Genehmigung, an Bord der *Naniwa* zu sein, wenn Ihr auf die *Kowshing* trefft«, sagte Yaka.

»Einer von Euch hat das Ticket«, antwortete Togo. »Der andere muß den Kohlentender kommandieren, das Gefecht beobachten und lossegeln und berichten.« Er verbeugte sich vor Yaka. »Wenn es Krieg gibt, werdet Ihr noch genug zu kämpfen finden, wenn Ihr mit der Armee landet.«

Yaka verbeugte sich ebenfalls. »Es tut mir leid, daß ich nicht an der ersten ausländischen Aktion der kaiserlichen Marine teilnehmen kann. Viel Glück.«

Seoul

Sie waren in Abständen von fünf Minuten im Hauptquartier der Genoysha eingetroffen – drei Schwarze Drachen, zwei Armeeoffiziere, der japanische Botschafter am koreanischen Hof und Hiroki Ishikawa.

»Gentlemen, wir haben Befehl, den Frieden auszuhandeln, und planen Krieg«, sagte Udo. »Die Chinesen kontrollieren jetzt den Kyongbokpalast und haben die koreanischen Monarchen gefangengenommen. König Kojong und Königin Min sind Geiseln des chinesischen Generals Li. Die chinesischen Streitkräfte in Seoul sind fünf zu eins in der Übermacht gegenüber unseren Soldaten.«

»Ich dachte, unser Heer hätte sechzig Prozent der Anzahl der Chinesen in Seoul«, sagte der Botschafter.

»Mehr als die Hälfte unserer Männer sind als Kundschafter unterwegs«, erwiderte Udo. »Sie fotografieren das Gelände nördlich des Jalu und legen Karten davon an. Wenn unsere Armee einmarschiert, können diese Leute sie führen.«

»Was für Pläne gibt es zum Schutz japanischer Zivilisten, wenn der Krieg wirklich ausbricht?«

Udo machte seinem Sohn ein Zeichen zu antworten.

»Alle Nicht-Kämpfer werden einen Satz Kleidung und Essen und Wasser für fünf Tage bereithalten«, sagte Hiroki. »Im Fall eines feindlichen Angriffs sollen sie sich bei unserem Armeestützpunkt in Seoul einfinden. Keine koreanischen Ehefrauen oder Kinder gemischter Herkunft dürfen das Camp betreten.« Hiroki hielt inne. Er kannte Schwarze Drachen und Armeeoffiziere, die mit Koreanerinnen verheiratet waren. Nachdem niemand Einwände hatte, fuhr er fort. »Die Spezialeinheiten, bestehend aus japanfreundlichen Koreanern und angeführt von Genoysha-Agenten, werden den Feind außerhalb des Armeestützpunktes behelligen. Überlebende der Tonghak-Rebellion sind von einem Priester, der Genoysha-Agent ist, organisiert worden. Sie werden die feindliche Kommunikation und die Transporte im Kriegsfall unterbinden. Sagt euren Leuten, sie sollen die Geschichten ignorieren, daß in den Telefonmasten und -leitungen Teufel sitzen, die das geodatische Gleichgewicht von Yin und Yang in der Erde stören. Die lebhafte Phantasie unseres Priesters hat die Tonghaks in den Hügeln überzeugt.«

Udo ging zu einer Wandkarte von Korea und gab der Gruppe Instruktionen für die nächsten beiden Stunden. Er erwähnte mit keinem Wort den kühnen Plan, den er und Hiroki zur Abwehr der Chinesen ausgeheckt hatten. Der Plan basierte auf der militärischen Macht der Min-Familie und dem Zorn der Königin auf die Chinesen, die sie in ihren Gemächern festhielten.

30. Juli 1894

Die Männer der Torpedobootschwadron beobachteten den Horizont und die untergehende Sonne voller Angst, sie könnten nach Einbruch der Dunkelheit die *Kowshing* verpassen. Commodore Togo kauerte im Ausguck der *Naniwa*, zwanzig Meter über dem Deck. Mit dem Fernglas in der einen und dem Telefon in der anderen Hand, studierte er die Positionen seiner zwanzig Meilen langen Linie dreißig Meilen vor dem Leuchtturm von Mokpo. Er schaute auf die Uhr. »Zwölf Minuten bis zur Dunkelheit«, murmelte er. Sie hätten die Schiffe längst sichten müssen, ohne dabei selbst gesehen zu werden.

Uragas Stimme ertönte durchs Telefon. »Boot Nummer eins signalisiert!«

Togo richtete das Fernglas auf das südlichste Boot und las die Heliographbotschaft. »Kontakt zwei Strich Steuerbord.« Er brüllte ins Telefon: »Plan Z für Zebra! Ausführen!« Er hörte das Tickern des Heliographen unter sich, der seine Order an die Schwadron, sich hinter der *Naniwa* zu formieren, weitergab. »Da sind sie«, sagte er laut, »vier Rauchfahnen vor der orangenfarbenen Sonne.«

Die Sonne glitt hinter den Horizont, und es wurde dunkel. Draußen in der Nacht zündeten die chinesischen Schiffe ihre Lichter an. Die *Kowshing* sah aus wie eine kleine Stadt, die sich durch die Nacht bewegte.

Togo kletterte hinunter und ließ seine Männer zusammenrufen. »Unsere Schwadron hat sich hinter der *Naniwa* formiert! Plan Z läuft an! Voraussichtlicher Zeitpunkt des Kontakts mit dem chinesischen Konvoi ist 23 Uhr 30. Wir reagieren nur, wenn man auf uns feuert!«

Uraga, der neben dem Commodore stand, wußte, daß Boot Nummer vier das Glückslos gezogen hatte und als erstes Kontakt mit der *Kowshing* haben würde. Wenn man, wie erhofft, darauf schießen würde, würde es den Kreuzer an der Steuerbordseite angreifen. Die *Naniwa* würde sich den vorausfahrenden Kreuzer vornehmen, der dritte würde von der *Kowshing* selbst verdeckt sein.

»Unsere Kanonen sind für die Kreuzer. Sie sind nicht groß genug, um sie zu versenken, aber sie können ihre Zielgenauigkeit stören. Unsere Torpedos sind für das Truppenschiff. Es ist ein ungepanzerter, umgebauter englischer Frachter. Wir alle wissen von Colonel Honjo, daß die *Kowshing* außer den Männern Wagen, Proviant und Waffen geladen hat. Ihr Pulverlager ist voller Munition. Die weiße Farbe, die über ihre Steuerbordseite gekippt wurde, markiert das Pulvermagazin.«
Jemand drückte Uraga eine Schale Sake in die Hand.
»Für den Kaiser und den Sieg«, sagte Togo. »Kampai!«
Die Offiziere tranken.
»Behaltet die Schalen«, empfahl Togo. »Wenn die Chinesen nicht schießen, können wir uns sinnlos betrinken und sie mit Tränen der Trauer füllen. Wenn sie das Feuer eröffnen, vollbringen wir Giri für Nagasaki. Dann besaufen wir uns und füllen sie mit Tränen der Freude.«

Der Leuchtkegel des Turms von Mokpo schlug einen Bogen durch die Dunkelheit und erleuchtete die chinesische Flotte. Togo und Uraga standen auf dem Achterdeck der *Naniwa.* »Die *Kowshing* ist ein Riese«, sagte Uraga.
»Und beleuchtet wie ein englischer Weihnachtsbaum«, erwiderte Togo. »Die Westler behaupten, wir Orientalen wären feige, unentschlossen und dumm. Die Chinesen haben uns Zwerge genannt. Aber die nächsten Minuten werden beweisen, wie groß wir sind.«
Genau um 23 Uhr 34 eröffneten die Chinesen laut Eintrag im Logbuch der *Naniwa* das Feuer, ohne Provokation und ohne Versuch einer Identifikation. Die japanische Torpedoschwadron, jeder Mann mit einem roten Stirnband mit den schwarzen Schriftzeichen ›Bis zum Tod‹ stürzte sich mit dem uralten Kampfschrei »Banzai« in die Schlacht.
Zwei Stunden später orderte Yaka den Kohlentender, von dem

aus er die Schlacht beobachtet hatte, auf Kurs nach Pusan und schrieb seinen Bericht. »Chinesen haben Feuergefecht vor Mokpo eröffnet. Die *Kowshing* und ein Schlachtkreuzer gesunken. Zweiter Kreuzer verlassen, sinkt. Dritter Kreuzer konnte entfliehen. Unsere Verluste: Drei Torpedoboote, fünfundzwanzig Mann. Schwadron kehrt für Reparaturen zum Stützpunkt zurück. Ich segle nach Pusan, um die Landung unserer Truppen vorzubereiten. Dai Nippon banzai! Lang lebe ein großes Japan!«

Im Morgengrauen ging Yaka zum Heck des Schiffs und ließ die Tauben für Mung nach Nagasaki fliegen. Zehn Minuten später ließ er die Vögel für seinen Vater in Seoul frei. »Es ist Krieg.«

25

Im Geiste sah Hiroki Noriko ihm gegenüber am Tisch seines Großvaters sitzen. Ihr lächelndes Gesicht. Diese schönen Schultern. Er hatte ihre Kraft auf dem Kendo-Quadrat gespürt. Er erinnerte sich an ihre schlanke Gestalt, ihren grazilen Gang und den eleganten Schwung ihres Halses. Er erinnerte sich an ihre sanfte Stimme, wie sie die Geschichte jedes Aussichtspunktes im Garten des Kaisers erzählte. Er wollte bei ihr sein. Ihr erzählen, was passierte. Was er in den nächsten Stunden tat, würde das Leben aller Japaner entscheidend beeinflussen.

Sein Vater las Yakas Botschaft noch einmal durch, dann hielt er sie hoch. »Aktiviere deine Spezialtruppe«, sagte Udo. »Du wirst den Kyongbokpalast unbewaffnet betreten. Wenn möglich, hätte ich die Koreaner gerne auf meiner Seite. Wir führen gegen die Chinesen Krieg.«

»Werden die Genoysha und die Schwarzen Drachen mit einbezogen?« fragte Hiroki.

»Nur diejenigen, die schon im Palast sind. Der Bund der Weißen Wölfe und der militärische Geheimdienst werden von Mung in Nagasaki koordiniert. Ich habe jeden Agenten im Fernen Osten aufgerufen.«

»Meine Spezialtruppe steht bereit«, sagte Hiroki. Das war seine Bewährungsprobe. Alle Gedanken an Noriko waren verschwunden. Seine Stimme zitterte vor Erregung. »Warten wir auf eine offizielle Kriegserklärung?«

»Das ist Sache der Politiker«, antwortete Udo. »Wir können uns nicht erlauben, das Überraschungsmoment zu verlieren.

Niemand außer uns kennt in Korea das Schicksal der *Kowshing* und ihrer Begleitschiffe. Aber ich kann mir vorstellen, daß zweitausend ertrunkene Chinesen eine ziemlich deutliche Kriegserklärung sind.«
»Der Ballon ist bereit«, sagte Hiroki. »Sind die neuen amerikanischen Feldtelefone einsatzfähig?«
»Bist du im Lager nicht über die Drähte gestolpert?«
»Ich meinte draußen. Um den Kontakt zum Palast herzustellen.«
»Alles ist bereit«, sagte Udo. »Denk daran, die koreanischen Spezialtruppen nicht in die Gemächer der Königin zu lassen. Sie müssen glauben, sie unterstützt uns. Und daß es eine Chance gibt, sie aus dem Palast in unser Lager zu eskortieren, obwohl es in Wirklichkeit keine Möglichkeit gibt, den König und die Königin zu befreien. Wenn wir die Königin als Geisel in ihren Gemächern festhalten, wird die koreanische Armee so lange außer Gefecht gesetzt, daß unsere Truppen ohne Widerstand in Pusan landen können. Königin Min ist der Schlüssel zu unserem Erfolg. Du weißt, was zu tun ist, wenn die Chinesen versuchen, sie erneut zu fangen?«
»Ja, aber was ist mit unseren Bürgern?«
»Nachdem du mit deinen Männern in den Palast eingerückt bist, werde ich sie zusammenrufen. Sollte etwas schiefgehen, versuche nach Pusan durchzukommen.« Udo sah seinem Sohn in die Augen. »Ich habe Leute töten müssen, die keine Fremden waren, aber es war nie persönlich, und ich hatte nie nachträgliche Bedenken.«
»Ich werde meine Pflicht tun«, sagte Hiroki.

Hiroki verließ das Armeequartier und ging direkt in das Lager der Spezialtruppe. Er winkte den Männern zu, die einen kleinen Heißluftballon aufbliesen. Fünfzig Koreaner in losen weißen Segeltuchuniformen standen in Habtachtstellung. Ihre fünf japanischen Offiziere salutierten, und Hiroki verbeugte sich. Mit vielen dieser Männer hatte er seit seiner Kindheit trainiert, jeder von ihnen war speziell auf diese Aktion gedrillt worden. Alle waren Blutsverwandte der mächtigen Familie Min, der Königin treu ergeben und Experten im Kampf ohne Waffen.

»Die Zeit ist gekommen, Königin Min zu befreien«, sagte Hiroki. »Chinesische Kriegsschiffe haben im Gelben Meer das Feuer auf japanische Schiffe eröffnet. Euer Land wird entweder ein Vasallenstaat des korrupten chinesischen Reiches oder eine freie, unabhängige Nation, die von Japan geführt wird. Das Unternehmen heute nacht kann eure Zukunft entscheiden. Seid ihr bereit, für euer Land zu kämpfen?«

Die Antwort war ein Schrei wie aus einem Mund: »Wir sind bereit zu kämpfen! Bereit, für ein freies Korea zu sterben!« Die Männer der Spezialtruppe reckten die Fäuste gen Himmel. Ihre Hände waren voller Schwielen von jahrelangem Schlagen in Sand und Kies, gegen Holz und Stein.

Hiroki erwiderte ihren Gruß. »Unser oberstes Ziel ist die Befreiung Königin Mins von ihren chinesischen Häschern! Sie wird in das japanische Quartier gebracht, von wo aus sie ihr Volk zum Aufstand rufen wird! Eine kleinere Einheit wird versuchen, zu König Kojong vorzudringen! Ich habe Männer postiert, die alle chinesischen Spione, die unser Vordringen auf den Palast melden könnten, aufhalten werden!« Er zeigte auf den Ballon. »Der wird dazu dienen, uns das Signal zu geben, wann wir die Nordwand des Palastes übersteigen können!«

Kyongbokpalast, neun Uhr morgens

Ein Mann der Spezialtruppe zündete die Lunte, die in den Korb des Ballons führte. Er begann zu steigen, und die Männer ließen ihn bis kurz über die sechseinhalb Meter hohe Mauer hoch, wo er dann festgemacht wurde. Andere entzündeten

Sternraketen und Schnüre mit Krachern, die sie im Vorbeirennen über die Palastmauer schleuderten.
Als der Ballon über der Mauer auftauchte, führte Hiroki seine Männer über die Nordmauer. Innen angelangt, rannten sie, zwei Genoysha-Agenten folgend, über den Paradeplatz auf den Küchentrakt zu. In einer Viertelmeile Entfernung explodierte spektakulär der Ballon, alle Palastwachen rannten zum Ort der Explosion, und Hiroki und seine Männer stürmten ins Gebäude. Dort teilten sie sich, fünfzehn Mann machten sich im Laufschritt auf den Weg zu den Räumen des Königs, Hiroki und der Rest rannten die Treppe hinauf zu Königin Mins Gemächern. Sie überwältigten die vier chinesischen Wächter vor der königlichen Tür, und Hiroki klopfte energisch dagegen. Eine zarte Stimme ertönte aus den königlichen Gemächern: »Parole bitte.«
Hiroki erkannte die Stimme der Königin. »Ich bin Gin-kos Sohn«, erwiderte er.
Nach kurzer Zeit hörte man, wie ein Riegel zurückgeschoben wurde. Die Tür öffnete sich einen Spalt. Hiroki beugte sich vor und sah direkt in das herzförmige Gesicht Königin Mins. »Ja?« sagte sie.
»Eure Hoheit.« Hiroki verbeugte sich. »Als Vertreter Seiner Majestät, des Kaisers von Japan, ist es mir eine Ehre, Euch seine Grüße zu überbringen und Euch seinen Schutz anzubieten.«
»Ihr und Eure Männer seid unbewaffnet?« fragte die Königin.
»Wie Ihr verlangt habt«, sagte Hiroki. »Seid Ihr bereit zu gehen?« Sein Auftrag war es, in die Gemächer vorzudringen und die Königin zu isolieren.
»Erst wenn mein Mann hier ist. Ihr könnt eintreten.« Sie öffnete die Tür.
Hiroki trat ein, und die Tür schlug hinter ihm zu. Er sah direkt in die Läufe zweier Jagdgewehre, die zwei ältere Diener auf ihn richteten.

»Hände hoch«, sagte die Königin. »Meine Männer werden Euch durchsuchen. Inzwischen erzählt mir von Eurer Mutter. Geht es ihr gut?«

»Ihr wißt ja von ihrer Krankheit. Es geht ihr den Umständen entsprechend gut.«

Die Diener traten zurück, und die Königin nickte ihnen zu. »Wenn meine Männer eine Waffe bei Euch gefunden hätten, wärt ihr jetzt ein toter Mann«, sagte sie zu Hiroki. »Und ich hätte auf die Seite der Chinesen gewechselt. Wo ist König Kojong?«

»Verzeihung.« Hiroki ging zum Fenster, ohne die beiden Diener aus den Augen zu lassen. Er zog die Vorhänge zurück und stellte eine elektrische Lampe ins Fenster. »Wenn ich diese Lampe dreimal hebe, wird eine Botschaft zu Eurer Familie und den Min-Generälen geschickt, daß Ihr Japans Hilfe zur Vertreibung der chinesischen Invasoren in Anspruch nehmt.«

»Wenn Ihr diese Laterne nur einmal hebt, werde ich meinen Männern befehlen zu schießen«, sagte die Königin. »Ich mache keine Zusagen, ehe der König eingetroffen ist! Japans Hilfe zur Vertreibung der Chinesen war nicht Teil unserer Abmachung! Euer Land sollte den Status einer bevorzugten Nation für die Befreiung meines Mannes und mir von den Chinesen erhalten.«

Es war ein Fehler gewesen, die Königin zu bitten, Japans bewaffnete Intervention zu genehmigen, aber das Licht am Fenster war das Zeichen, daß die Königin Hirokis Geisel war. Sein Vater würde alles übrige regeln. Er mußte lediglich den beiden alten Männern die Gewehre abnehmen und die japanischen Offiziere in die Gemächer holen.

Laute Stimmen auf dem Korridor und heftiges Klopfen an der Tür lenkte die beiden alten Diener ab, und Hiroki entwaffnete sie blitzschnell. Dann schlug er mit seiner schwieligen Handkante einen kleinen Tisch in Stücke. »Königin Min, befehlt Euren Dienern, sich zurückzuhalten, oder Ihr seid tot!«

»Seid Ihr mein Beschützer oder mein Feind?«
Das Pochen an der Tür wurde lauter. Hiroki ging in Kampfstellung und bewegte sich drohend auf die verängstigten alten Männer zu.
»Sie werden tun, was Ihr verlangt«, flüsterte die Königin. »Ich fürchte, es war ein Fehler, der Ishikawa-Familie zu vertrauen.«
Hiroki öffnete die Tür, und drei japanische Offiziere stürmten herein und sperrten die Tür hinter sich ab. »Berichtet!« befahl Hiroki.
»General Lis Truppen haben den König aus dem Palast verschleppt. Zwölf unserer Leute wurden bei dem Versuch, in seine Gemächer vorzudringen, getötet.«
»Was ist mit den Koreanern vor der Tür?« fragte Hiroki.
»Sie wissen nicht, was vorgeht.«
Hiroki sah, wie die Königin den Telefonhörer abnahm. Er machte einen Satz durchs Zimmer und riß ihr den Hörer aus der Hand.
»Ja, Eure Hoheit«, sagte eine Stimme. Hiroki starrte entsetzt den Hörer an. »Möchten Eure Hoheit einen Anruf machen?«
Er wollte gerade das Telefon aus der Wand reißen, als ihm eine Idee kam. »Hier spricht der japanische Botschafter. Ich diniere mit der Königin. Ich muß dringend mit Herrn Udo Ishikawa im japanischen Quartier sprechen.«
»Einen Moment bitte.«

Japanisches Quartier
»Schickt Läufer zu den Min-Ältesten und Generälen!« Udo reichte dem Boten mehrere Umschläge. »Sagt ihnen, wir haben ihre Königin gerettet! Sagt ihnen, sie müssen ihre koreanischen Truppen bis auf weiteres in den Kasernen festhalten!« Er machte dem Boten ein Zeichen zu gehen und rief drei Schwarze Drachen zu sich in den Raum. »Mein Sohn hat signalisiert, daß die Königin seine Geisel ist. Hirokis Leben könnte davon

abhängen, wie schnell es euch gelingt, die drei konservativen koreanischen Minister zu töten, die König Kojong unterstützen. Unsere Leute haben gesehen, wie die Chinesen König Kojong aus dem Palast verschleppt haben. Das koreanische Parlament ist zu einer Notstandssitzung einberufen worden.« Das Telefon klingelte, und Udo hob ab. Die Stimme in der Leitung verschlug ihm die Sprache. »Hiroki! Wo bist du?«

»Bei der Königin in ihren Gemächern. Die Telefone sind noch so neu, ich glaube, sie haben vergessen, die Leitungen zu kappen. Ich sehe aus meinem Fenster, daß die königliche koreanische Leibwache von General Lis Männern abgeführt wird. Chinesische Einheiten umstellen die koreanischen Kasernen vor den Palastmauern. Wir sitzen hier fest. Chinesische Soldaten postieren sich auf dem Paradeplatz unter dem Fenster. Ich nehme an, wir werden bald angegriffen, und unsere einzigen Waffen sind zwei Gewehre.«

Udo sah vom Telefon hoch und brüllte: »Colonel!« Der Kommandant der japanischen Streitkräfte stürzte ins Zimmer. »Wie viele Männer könnt ihr sofort unter Waffen stellen? Sie müssen von hier zum Palast rennen und dreihundert Chinesen überwältigen.«

»Unsere siebenhundert können dreihundert Chinesen überwältigen«, sagte der Colonel. »Gerüchten zufolge haben sie uns als krummbeinige Zwerge bezeichnet.«

Ich kann nicht nach Japan zurückkehren und Gin-ko sagen, daß Hiroki tot ist, dachte Udo. »Dringt in den Kyongbokpalast ein«, befahl er und gab damit zum erstenmal in seinem Leben einen Befehl aus persönlichen Gründen. »Hindert die Chinesen daran, Königin Min gefangenzunehmen! Schützt meinen Sohn!«

Der Colonel brüllte bereits auf dem Weg aus dem Zimmer Befehle.

»Halte durch, solange es geht«, sagte Udo ins Telefon. »Jetzt laß mich mit Königin Min reden.«

Hiroki bat die Königin, ans Telefon zu kommen, aber sie weigerte sich. »Sie will nicht mit dir reden«, teilte er seinem Vater mit.

»Egal«, sagte Udo. »Verbarrikadiere dich in den Gemächern! Die japanische Armee ist unterwegs.« Als er keine Antwort hörte, fragte er: »Bist du noch da?«

»Ja, Vater. Hast du das Gefühl, wir verändern die Geschichte?«

»Du machst Geschichte! Sei da, wenn ich komme, dann schreiben wir sie gemeinsam! Ich bin unterwegs!«

Udo legte auf und kritzelte eine Botschaft auf einem Zettel. Er reichte ihn seinem Diener. »Schick das an den Schwarzen Drachen, aber besorg mir zuerst eine Rikscha! Ich ziehe in den Krieg!«

26

Nagasaki, 2. August 1894

»Wir können es uns nicht erlauben, uns von Gerüchten über eine westliche Verschwörung gegen uns ablenken zu lassen«, sagte Nogi. »Wir haben einen Krieg mit China auszufechten.«

»Ich denke an Friedensverhandlungen«, erwiderte Mung.

»Nicht wenn wir verlieren.«

Mung wandte sich an Takamora. »Ich möchte, daß im Protokoll dieser Konferenz aufgezeichnet wird, daß meine Agenten berichten, Rußland, Frankreich und Deutschland hätten die Kommunikation mit den Briten, gleichzeitig mit Chinas Kriegserklärung an uns, abgeschnitten. Diese drei Länder haben unseren Botschafter in Seoul wegen des Versenkens der *Kowshing* zu sich gerufen. Sie sagen, wir hätten gegen internationales Recht verstoßen. Ich glaube, sie konspirieren gegen Japan.«

»Meint Ihr, sie würden uns angreifen?« fragte Nogi.

»Ihr Militär brauchte zwei Monate zur Vorbereitung«, antwortete Mung.

»Wir sind jetzt bereit«, sagte Takamora. »Die Invasion Koreas hat begonnen.« Er ging zur Wandkarte. »Ich habe Togos Torpedobootschwadron Order erteilt, sich mit mir auf hoher See zu treffen. Wir werden Marquis Ineis Truppenschiffe zur Landung in Pjongjang, der Provinzhauptstadt von Nordkorea, begleiten. Hideyoshis Weiße Wölfe berichten, daß der Hauptteil von General Lis Armee dort kampiert. Sie haben alte Waffen und schlechte Disziplin. Außerdem sind die meisten hochrangigen Offiziere auf Urlaub in Peking.«

»Ich dachte, Ihr wolltet zuerst Seoul angreifen?« sagte Mung.
»Die koreanische Hauptstadt wird automatisch fallen, wenn wir die Chinesen im Norden und die koreanische Armee bei Pusan im Süden besiegen. Durch Eure Schwarzen Drachen haben wir ausgezeichnete Informationen über die Befestigungen Pusans. Udo hat seine Lehre aus dem Formosa-Fiasko gezogen.«
»Er und Hiroki sind noch immer im Kyongbokpalast eingeschlossen.«
»Viele Männer werden Opfer bringen, ehe dieser Krieg vorbei ist«, sagte Nogi. »Die Zeit ist gekommen, Mut zu zeigen, Ehre zu erlangen und dem Kaiser zu dienen. Wenn es Udo gelingt, die koreanischen und chinesischen Truppen noch vierundzwanzig Stunden in Seoul festzuhalten, dann wird es für sie zu spät sein, Verstärkung nach Pjongjang oder Pusan zur Abwehr unserer Landung zu schicken.«
»Habt Ihr noch telefonische Verbindung mit Udo?« fragte Takamora.
»Durch Yaka in Pusan«, antwortete Mung. »Das müßte er jetzt sein.« Er riß den Hörer beim ersten Klingeln von der Gabel.
»Großvater, unsere Ingenieure haben die Telefonleitungen geteilt«, sagte Yaka. »Du kannst direkt mit Vater in Seoul reden.«
»Ich bin hier«, brüllte Udo durch das Krachen von Statik.
»Wie ist die Lage im Palast?« schrie Mung.
»Verworren. Die Chinesen befürchten, daß sie, wenn der Königin etwas zustößt, gegen uns und die Koreaner kämpfen müssen.«
Mung wiederholte, was Udo berichtet hatte, damit die anderen es auch hören konnten.
»Sagt ihm, die Möglichkeit muß in Betracht gezogen werden. Aber er muß die chinesischen und koreanischen Streitkräfte in Seoul festhalten.«

Mung wiederholte Nogis Befehl in den Hörer.
»Vielleicht gibt es eine andere Möglichkeit«, erwiderte Udo. »Die Tonghaks haben Regierungsstellen und koreanische Armee-Einheiten in den Außenbezirken Seouls angegriffen. Ich habe angeboten, daß sich unsere Soldaten im Palast mit einer gleichen Anzahl koreanischer Truppen zusammenschließen, um die Tonghaks zu unterdrücken. Dann würde General Li die Erlaubnis erteilen, unsere Zivilisten auf Schiffe mit Kurs nach Japan zu evakuieren. Nach ihrer Abreise werde ich Königin Min freilassen. Das dürfte mindestens zweiundsiebzig Stunden dauern.«
»Ich dachte, die Tonghaks wären auf unserer Seite«, sagte Takamora.
»Das sind religiöse Fanatiker, die gegen alles sind«, entgegnete Mung.
»Wie lange kann Udo General Lis Truppen immobil halten?« fragte Nogi.
»Drei bis fünf Tage«, sagte Udo zu Mung.
»Kann Udo Colonel Honjos Bericht über eine Flotte von zehn chinesischen Schiffen im Gelben Meer bestätigen?« fragte Takamora.
Mung wiederholte die Frage und Udos Antwort. »Admiral Ting hat jetzt zwölf Schiffe im Gelben Meer. Zwei neue Schlachtschiffe von je siebentausend Tonnen haben sich der Nordmeerschwadron im Marinestützpunkt Weihaiwei angeschlossen. Weitere zwanzig Schiffe sind in Port Arthur.«
»Wenn sie uns auf hoher See erwischen wie wir die *Kowshing*, dann gibt es eine Katastrophe«, sagte Takamora.
»Wenn wir nicht so kühn handeln wie unsere Männer, die im Kyongbokpalast eingekreist sind, dann verdienen wir es zu verlieren«, sagte Nogi. »Sagt Udo und seinem Sohn, sie sollen ihren Plan fortführen.«
Mung legte den Hörer auf. »Die Leitung ist tot.«

Sie waren nun schon drei Tage in der königlichen Suite mit Königin Min eingesperrt. Die Japaner hatten die chinesischen Truppen überwältigt und den Palast gestürmt, waren jetzt aber von General Lis Einundzwanzigster Division und anderen chinesischen Einheiten umzingelt. Hiroki hatte kaum schlafen können. Er schaute von seiner Schlafmatte hoch und beobachtete seinen Vater am Schreibtisch der Königin. Ein Berg zerknülltes Papier lag neben Udo, und er hielt ein Dokument gegen die Sonne.

»Kann ich helfen?« fragte Hiroki.

»Findest du, das sieht offiziell aus?«

Hiroki rollte sich von der Matte und sah sich das Papier an. »Sieht recht beeindruckend aus.«

»Stimmt die Unterschrift?« Udo reichte ihm einige Proklamationen, die Königin Min unterschrieben hatte.

»Ja, aber werden die koreanischen Generäle die Kriegserklärung ihrer Königin an China akzeptieren, ohne sie von ihr direkt zu hören?«

Udo warf einen Blick auf die beiden japanischen Wachen vor der Tür zum Schlafzimmer der Königin. »Du mußt die Familie Min davon überzeugen, daß diese Möglichkeit besteht.«

»Aber ich möchte hier bei dir bleiben«, sagte Hiroki.

»Du bist draußen wichtiger. Wenn General Li Wort hält und unseren Truppen erlaubt, Seite an Seite mit den Koreanern gegen die Tonghaks zu kämpfen, möchte ich, daß du dich mit ihnen hinausschleichst und diesen Brief dem Min-Ältesten überreichst.« Udo nahm das Siegel der Königin und brachte es an denselben drei Stellen wie auf den anderen Dokumenten an.

»Das müßte die Koreaner noch eine Weile hier festhalten. Ich bezweifle, daß sie, ohne mit der Königin selbst gesprochen zu haben, gegen die Chinesen kämpfen oder gegen uns nach Süden vorrücken werden. Die Chinesen werden gezwungen sein, ihre Einundzwanzigste Division weiter in Seoul zu belassen, um die Koreaner und uns zu beobachten.«

»Sobald unsere Soldaten den Palast verlassen, könnten die Chinesen ohne weiteres in diese Gemächer eindringen«, sagte Hiroki.

»Sie sind in der Überzahl und könnten das jetzt schon tun. Ich habe General Li aber klargemacht, daß ich, wenn er versucht, die Königin gefangenzunehmen, bevor unsere Staatsbürger evakuiert sind, sie töten werde.« Udo zeigte auf den Brief in der Hand seines Sohnes. »Tu deine Pflicht!«

Es klopfte an der Tür, und eine Stimme rief: »Herr, der koreanische General lädt unsere Männer vor dem Kampf gegen die Tonghaks zu einem Frühstück ein.«

»Wenn mir etwas passieren sollte, versuche dich zu deiner Mutter durchzuschlagen«, sagte Udo. »Du bist ihr Liebling. Ich möchte, daß du weißt, daß wir beide sehr angetan von Noriko sind. Ich bezweifle, daß du eine bessere Frau finden kannst.«

Hiroki verbeugte sich. »Ich werde gehorchen.«

»Noch eins«, sagte Udo. »Laßt die Koreaner beim Frühstück zuerst essen. Sie werden vielleicht versuchen, unsere Männer zu vergiften.«

Nagasaki

»Bitte nehmt Telefon Nummer drei ab. Es ist Graf Iyeasu.«

Mung nahm den Hörer ab, und Iyeasu sagte: »Der Kaiser, das Parlament und ganz Tokio sind besorgt. Die Leute waren die ganze Nacht auf der Straße und haben auf Nachricht gewartet. Unsere Streitkräfte hätten vor drei Tagen in Pusan eintreffen müssen und einen Tag vorher in Pjongjang.«

»Die Chinesen haben alle Kommunikationslinien im Land unterbrochen und das Unterwassertelefonkabel von Pusan nach Nagasaki und Hiroshima gekappt«, erwiderte Mung.

»Die letzten Tauben sind mit alten Botschaften von Hiroki eingetroffen. Die Tonghaks sind ausgelöscht und unsere Staatsbürger auf dem Weg nach Hause. Königin Min ist in die Obhut General Lis entlassen worden. Sie ist bei König Ko-jong.«

»Konnte Udo entkommen?«

»Ja. Er befindet sich bei Hiroki und unseren Soldaten. Sie sind in ihr Militärquartier in Seoul zurückgekehrt. Keine Nachricht von Takamora oder Nogi.«

»Der Krieg könnte vorbei sein, ohne daß wir es wissen«, sagte Iyeasu. »Der Kaiser wünscht, daß in Zukunft für bessere militärische Kommunikation gesorgt wird.«

»Wir können nur abwarten. Ich werde dich benachrichtigen, sobald ich etwas höre.« Mung legte auf und ging schlafen.

Sechs Stunden später weckte ihn die Telefonvermittlung. »Herr, der Präsident des Kobe-Clubs.«

»Gratuliere«, sagte James Alburg. »Meine Agenten in Pusan berichten, daß Ihre Streitkräfte die kaiserliche koreanische Armee aufgemischt haben. Sie befinden sich auf dem Rückzug in Richtung Hauptstadt.«

»Was für Einzelheiten haben Sie?« fragte Mung.

»Ihre Schiffe sind beim Morgengrauen ohne Zwischenfall im Hafen von Pusan eingefahren. Meine Agenten sagen, Ihre Armeekundschafter aus Seoul haben die Kompaniekommandanten mit Karten, Fotos und detaillierten Plänen der Position der koreanischen Armee versorgt. In den Außenbezirken Pusans gab es eine heftige sechsstündige Schlacht. Dann haben die Koreaner ihre Stellungen verlassen und sind in Richtung Seoul geflohen.«

»Ich danke im Namen des Kaisers dafür, daß Sie uns informiert haben. Ich werde die Informationen weitergeben.«

»Die Europäer haben geglaubt, die Chinesen würden euch mit Haut und Haaren auffressen«, sagte Alburg. »Aber wir vom

Kobe-Club waren anderer Meinung. Ihr Militär hat unser Vertrauen gerechtfertigt.«

»Es gibt immer noch keine Nachricht aus Pjongjang.«

»Das wird seine Zeit dauern. Per Schiff ist es tausend Meilen weiter als Pusan entfernt.«

»Ich danke Ihnen noch einmal. Der Kobe-Club wird in der Geschichte unseres Volkes freundlich bedacht werden.« Mung legte auf. Alle, die sich inzwischen in seinem Raum eingefunden hatten, starrten ihn an. »Sieg auf der ganzen Linie in Pusan«, sagte er leise.

Jubelgeschrei lockte die Männer aus weiteren Büros an, und danach verbreitete sich die Nachricht wie ein Lauffeuer in der ganzen Stadt. Das Volk von Nagasaki jubelte. Mung hätte sich ihnen gerne angeschlossen, aber er war immer noch um die zweite Invasionstruppe besorgt. Er rief Iyeasu in Tokio an, um ihm die Nachricht aus Pusan zu übermitteln. Kurz darauf ertönte der uralte Kriegsgong Tokios, und die Hauptstadt geriet in Freudentaumel.

Zwölf Stunden später immer noch keine Nachricht aus Pjongjang. Die nationale Euphorie hatte ihren Höhepunkt überschritten. Eine erschöpfte Bevölkerung hielt eine zweite Wache ab. Und vierundzwanzig Stunden später gab es noch immer keine Nachricht. Die Stimmung war gedrückt. Die Straßen leerten sich. Die Menschen standen in langen Schlangen vor Schreinen und Tempeln, um für ihre Soldaten zu beten.

Sechsunddreißig Stunden nach der Siegesnachricht aus Pusan wurde Mung wieder vom Telefon aus dem Bett geholt.

»William Whittefield hier. Ich habe Nachricht aus Pjongjang.«

Mungs Herz machte einen Satz. »Gut oder schlecht?«

»Ihr habt es geschafft!« schrie William. »Nogis Truppen sind gelandet und haben die Chinesen aus der Provinzhauptstadt vertrieben, obwohl diese in der Überzahl waren. General Li sammelt seine Truppen am Fluß Jalu, und Nogi verfolgt sie.«

»Wie lange ist das her?«
»Sieben Tage. Haben Sie meine Nachrichten erhalten?«
»Nichts ist gekommen«, sagte Mung.
»Dann wissen Sie ja gar nichts von Admiral Ting und seiner Flotte. Das könnte den Untergang der kaiserlichen Marine bedeuten.«
Die Männer im Dienstraum sahen, wie das Lächeln auf Mungs Gesicht gefror. Er legte den Hörer auf.
»General Nogi hat Pjongjang eingenommen und bewegt sich in Richtung Norden auf die chinesisch-koreanische Grenze zu«, sagte Mung.
Die Männer hielten den Atem an und folgten Mung zur Wandkarte.
»Admiral Ting hat den Marinestützpunkt Weihaiwei verlassen, um unsere Flotte in der Bucht von Korea einzukesseln«, fuhr Mung fort. »Er hat zwölf Schiffe, inklusive der beiden Siebentausend-Tonnen-Schlachtschiffe. Wir haben nur elf kleine Schiffe. Die Chinesen sind uns haushoch überlegen.« Er zeigte auf Mukden, Antung und Jingkou auf der Karte. »Zu Land hat General Li seine Reserven hier, hier und hier mobilisiert. Zweihunderttausend Mann sind unterwegs, um General Nogi am Fluß Jalu einzukreisen. Ich habe keinen Kontakt zu unseren Agenten und kann weder Nogi noch Takamora warnen. Laßt nur die Nachricht von Pjongjang an die Öffentlichkeit!«
Für eine kurze Zeit jubelte das Volk Japans über die Siegesnachricht. Aber dann wuchs die Spannung, während man auf Neuigkeiten aus dem Norden wartete und um eine Niederlage von Admiral Tings Flotte betete.

18. September
Mung wurde von der Signalkanone im Hafen aufgeschreckt. Aus seinem Bürofenster sah er eines von Togos Torpedobooten

mit voller Kraft in den Hafen rauschen, mit pfeifender Dampfsirene und Salutschüssen aus ihren 20-mm-Geschützen. Ein ablegender Frachter grüßte mit seinem Nebelhorn. Ein Schiff nach dem anderen begrüßte das Torpedoboot. Die Männer im Büro drängten sich hinter Mung.

»Sie haben die Siegesflagge gesetzt«, kam eine Stimme über Mungs Schulter.

Mung konnte zwar sehen, daß eine kleinere Flagge unter dem Banner des Kaisers wehte, aber Farbe oder Zeichen vermochte er nicht auszumachen. Mung fand es etwas seltsam, daß ihn die Erkenntnis, daß er eine Brille brauchte, am meisten aufregte.

»Wir haben gewonnen!« schrie ein junger Lieutenant. »Herr, wir haben gewonnen!«

»Zu Land oder zu Wasser?« fragte Mung.

»Das werde ich herausfinden.« Der Lieutenant rannte aus dem Büro.

Mung beobachtete, wie Menschenmassen zum Hafen stürmten. Tempelgongs ertönten. Und er sah den Lieutenant mit einem jungen Marineoffizier zurückkehren. Alle im Gebäude versuchten ihnen ins Einsatzbüro zu folgen.

Der Marineoffizier stellte sich vor Mung, und jetzt sah er, daß es Uraga war. Mung begann zu strahlen.

»Großvater, Admiral Takamora hat die Nordmeerschwadron der Chinesen in der Bucht von Korea besiegt! Die magische Zahl war Vier. Es hat vier Stunden gedauert, sie zu besiegen, vier ihrer Schiffe sind untergegangen und vier sind beschädigt. Admiral Ting ist mit vier Schiffen zum Marinestützpunkt Weihaiwei geflohen.«

»Und unsere Verluste?« fragte Mung.

»Bis auf geringe Schäden ist die kaiserliche Flotte intakt.«

Stummes Erstaunen herrschte im Raum. Dann nahm Mung seinen Enkel in die Arme, und alle im Zimmer riefen: »Banzai! Banzai! Dai Nippon banzai!«

»Er soll erzählen, wie es war«, rief jemand.
Mung schwoll das Herz vor Stolz auf seinen Enkel und sein Vaterland.
»Sie hatten größere Schiffe«, berichtete Uraga. »Aber unsere Waffen, unsere Panzerung und unsere Taktik waren überlegen. Die Chinesen haben uns wie Kavallerie in einer Linie angegriffen. Admiral Takamora hat unserer Flotte signalisiert, sich in zwei Kolonnen zu teilen und sie einzukreisen. Sobald sie in Schußweite waren, konnten unsere Schiffe auf all ihre feuern, aber nur ihre Schiffe außen konnten auf uns feuern. Diese äußeren Schiffe wurden versenkt oder beschädigt. Die anderen konnten entfliehen.«
»Wo ist unsere Flotte jetzt?«
»Sie haben Admiral Ting in Weihaiwei eingekesselt und den Rest der Penyang-Flotte in Port Arthur eingeschlossen.«
»Gibt es Nachricht von General Nogi?«
»Ein Erfolg nach dem anderen«, erwiderte Uraga.
»Wir haben von seinem Sieg in Pjongjang gehört«, sagte Mung. »Dann gab es Berichte, daß zweihunderttausend Chinesen ihm am Jalu eine Falle stellen wollen.«
»Er hat sie vor mehreren Tagen besiegt.« Uraga sah, wie fassungslos sein Großvater und die anderen im Zimmer waren. »Ich dachte, du weißt das. Die ganze chinesische Armee entlang des Jalu befindet sich auf dem Rückzug. General Nogi hat drei Sturmtrupps vorgeschickt, um Mukden zu erobern.«
Mung packte seinen Enkel am Arm und zerrte ihn zur Wandkarte. »Aber vom Jalu nach Mukden sind es hundertfünfzig Meilen! Die Stadt hat über eine Million Einwohner! Was denkt sich Nogi eigentlich dabei?«
»Großvater, ich glaube, Nogi hat nicht vor, in Mukden haltzumachen. Er hat meinem Vater signalisiert, er soll alle unsere Agenten auf dem Weg von Mukden nach Peking in Alarmbereitschaft versetzen.«

»Ist der Mann vollkommen wahnsinnig geworden?« stieß Mung hervor. »Er kann doch nicht die Hauptstadt Chinas erobern!«
»Großvater, der Himmel hat uns mit der göttlichen Führung Seiner Majestät des Kaisers gesegnet. Wir können tun, was immer er befiehlt.«
»Ich bezweifle, daß der Kaiser an Mukden oder Peking gedacht hat.«
»Es liegen nur dreihundert Meilen zwischen den Städten«, sagte Uraga.
»Und ein paar Millionen Chinesen, die den Weg versperren.«
»Wir werden mit den Leichen derer, die sich uns in den Weg stellen, das Land fruchtbar machen!«
Mung ignorierte dieses Armeeklischee. »Wo ist dein Vater?«
»In der Nähe von Inchon mit Hiroki und Yaka. Sie sind in Sicherheit.«
Mung griff nach dem Telefon und wählte. »Fukoku kyhoii«, sagte er, als Iyeasu abnahm. »Erinnerst du dich an diesen Schlachtruf? Reiches Land, starkes Heer?«
»Lord Hotta hat ihn ausgestoßen, bevor er Seppuku begangen hat«, antwortete Iyeasu.
»Hotta hat sein Leben für meines geopfert. Er hat mir angedroht, er käme aus dem Grab und würde mich verfolgen, wenn ich je in meiner Pflicht gegenüber Japan wankelmütig würde. Nachdem du dem Kaiser berichtet hast, schicke bitte jemanden zu Hottas Grab, der ihm Uragas Schlachtbericht vorliest.«
»Das kannst du selber machen«, sagte Iyeasu. »Der Kaiser beruft dich nach Tokio zurück, damit du zusammen mit Hideyoshi ein Abkommen mit China aushandelst. Lord Cade ist mit einer Botschaft aus Peking eingetroffen. Dein Sohn und deine Enkel sind ebenfalls nach Tokio zurückbeordert worden. Der Kaiser wünscht, daß sie bei Gin-ko sind. Sie liegt im Sterben.«

27

»Lieber heirate ich ein Schwein oder einen Pantagruelianer«, sagte Noriko. Diesen Satz hatte sie von einem amerikanischen Mädchen in der Schule gelernt. Sie arrangierte kichernd einen Zweig wilder Blumen in einer Bambusvase. Sie hatte keine Ahnung, was ein Pantagruelianer war, aber sie war wütend auf Hiroki. Seit seinem Brief vom Schiff hatte seine Mutter nichts mehr von ihm gehört. Wenn er mich wirklich heiraten will, hätte er mir einen Brief schicken müssen.

»Lächelst du wegen des Mi-ai?« fragte Gin-ko.

»Ich fürchte, die Zeremonie wird zuviel für dich«, sagte Noriko.

»Heute bin ich stark. Es wird sicher wieder anstrengend, wenn Hiroki eintrifft. Du solltest gehen und dich auf das Mi-ai vorbereiten. Es würde ihn beschämen, wenn du dabei bist, wenn er sich bei mir entschuldigt.«

»Möchtest du, daß ich dich zu der Zeremonie begleite?«

»Das macht mein Mann.« Bei dem Gedanken an Udo mußte Gin-ko lächeln. Sie scheuchte Noriko aus dem Zimmer.

Noriko wartete im Korridor auf Hiroki. Tausendmal hatte sie geübt, was sie zu ihm sagen würde. Und als er dann endlich um die Ecke bog, brachte sie sein schuldbewußtes Gesicht ganz aus dem Konzept. Sie wurde wütend, weil er ihr leid tat. Er verdiente es, unglücklich zu sein. Statt ihrer gewandten, zynischen, vorbereiteten Rede platzte Noriko einfach mit etwas heraus, das sie überhaupt nicht hatte sagen wollen: »Deine Mutter stirbt!«

Hiroki zuckte zusammen und schlug die Augen nieder. »Ich weiß.«

»Sie glaubt, du und deine Brüder, ihr wißt nichts von ihrem Zustand. Wenn du ihr noch mehr Schmerz zufügst, werde ich dich nicht heiraten!« Noriko holte den kleinen Dolch ihrer Mutter aus dem Obi. »In den Zeiten der Samurai war er für Frauen bestimmt, die sich lieber umbrachten, als sich der Schande auszusetzen. Ich nehme mir lieber das Leben, als dich zu heiraten, wenn du ihr weh tust!«
»Mein Großvater hat mir erzählt, wie liebevoll du meine Mutter gepflegt hast«, sagte Hiroki. »Ich bin und werde immer in deiner Schuld sein. Ich bin gekommen, um mich vor dem Mi ai bei ihr zu entschuldigen. Ich hoffe, du bist mir wohlgesinnt und wir können bald heiraten.«
»Mein Vater wünscht unsere Hochzeit. Er möchte, daß du den Familiennamen weiterträgst.«
»Ich nehme voller Stolz den Namen Koin an und werde ihm und unseren Kindern Ehre bringen.«
»Dann ist es mein On gegenüber deiner Mutter und meinem Vater, dich zu heiraten«, sagte Noriko. Sie zuckte zusammen, als sie merkte, wie sehr Hiroki das traf.
»Wenn du keine Verpflichtungen hättest, würdest du mich dann auch in Betracht ziehen?« fragte Hiroki.
Er sah, wie Norikos schöner Mund schmal wurde und ihre dunklen Augen sich ins Leere richteten.
»Ich habe auch ein On gegenüber meiner Familie und werde dich heiraten, weil du für meine Mutter und meinen Großvater eine so große Hilfe warst«, sagte Hiroki. »Ich habe die Verpflichtung gegenüber dem Kaiser, unsere Familiengüter und die politische Macht zum Wohle Japans zu vereinen. Aber wenn keiner dieser Gründe existierte, würde ich dich trotzdem heiraten wollen.« Er suchte nach einer Reaktion, aber es berührte Noriko offensichtlich nicht.
»Onkel Mung und mein Vater werden nicht am Mi-ai teilnehmen«, sagte Noriko. »Sie treffen sich mit Lord Cade und Graf Hideyoshi.«

Hiroki wandte sich ab und begab sich zur Tür seiner Mutter. Er öffnete sie und kroch auf dem Bauch hinein. Beim Weggehen wurde Noriko wieder wütend auf sich selbst, weil er ihr leid tat.

»Du wirst deine Mutter zum Weinen bringen«, sagte Gin-ko. »Steh auf und laß mich den Helden vom Kyongbokpalast umarmen.«

Hiroki rutschte auf Knien zu seiner Mutter. Er wollte etwas sagen, brachte aber bloß ein lautes Schluchzen heraus. Seine Mutter war nur noch ein Schatten ihrer selbst. Die Augen waren groß, das Gesicht mager und ihr pechschwarzes Haar, obwohl perfekt gekämmt, völlig stumpf.

Sie streckte ihm die Arme entgegen, und er begrub sein Gesicht an ihrer Schulter. »Es tut mir so leid, Mutter. Bitte vergib mir. Ich könnte Seppuku begehen für mein Verhalten dir gegenüber.«

»Es war sicher ein Schock für dich, von meiner Vergangenheit zu erfahren.« Gin-ko streichelte ihn wie ein Baby. »Bald wirst du heiraten und lernen, daß Sex und Liebe zwei verschiedene Dinge sind. Wenn sie zusammentreffen wie bei deinem Vater und bei mir, ist es das schönste Geschenk, das die Götter der Menschheit gegeben haben. Es ist etwas, wonach du in deiner Ehe streben solltest. Noriko ist eine wunderbare junge Frau. Wir sind in den letzten Monaten enge Freunde geworden. Ich habe ihr gegenüber ein On, das ich nur schwer erfüllen kann.«

Hiroki hockte sich auf seine Fersen. »Mutter, könnte ich unter Umständen diese Verpflichtung für dich einlösen?«

Genau das hatte Gin-ko hören wollen. Sie sah ihrem Sohn direkt in die Augen. »Vielleicht ist es zuviel verlangt. Als junger, kraftvoller Mann kannst du es möglicherweise nicht erfüllen.«

»Bitte, Mutter, erlaube mir, dieses On für dich einzulösen.«

»Sie hat viel Zeit und Energie darauf verwendet, mir diese letzten Monate angenehm zu gestalten. Sie hat deinen Großvater gepflegt, was meine Pflicht gewesen wäre, wenn ich hier gewesen wäre. Ich möchte, daß sie für den Rest ihres Lebens glücklicher als die meisten japanischen Frauen ist.«

»Genau das möchte ich auch«, sagte Hiroki.

»Dann bist du verliebt?«

»Ich hab sie vom ersten Augenblick an geliebt.«

»Du schlägst deinem Vater nach. Der Liebeslöwe hat sich auch in sein Herz gekrallt. Zuerst habe ich deinen Vater für einen törichten Bauern gehalten. Wie sehr ich mich doch geirrt habe. Er hat mich absolut glücklich gemacht. Ich möchte dasselbe für Noriko.«

»Mutter, sag mir, was ich tun soll.«

»Es wäre naiv zu glauben, daß es im Lauf der Jahre keine Streitigkeiten bei euch geben wird.«

»Gibt es denn eine spezielle Methode, die Harmonie des Heims zu erhalten?«

»Sex«, sagte Gin-ko. »Mehr Streitigkeiten sind im Bett geschlichtet worden als über einer Tasse Tee. In der japanischen Gesellschaft wird akzeptiert, daß ein Mann eine oder mehrere Konkubinen hat. Ich halte die Christen in dieser Beziehung für fortschrittlicher. Ihre Religion verlangt sexuelle Treue. Die Natur bringt Männer und Frauen zusammen. Man kann sich nicht weiter böse sein, wenn man sich umarmt. Dein Vater und ich haben das festgestellt. Weder er noch dein Großvater hatten Konkubinen oder sind in Freudenhäuser gegangen. Unsere Ehe war trotz widriger Umstände ideal. Ich möchte, daß Noriko ein Leben mit einem treuen Mann genießt.«

»Ich schwöre, daß ich vom Tage meiner Hochzeit an mit keiner anderen Frau außer meiner Ehefrau schlafen werde.«

»Ich würde es vorziehen, wenn dein Gelübde heute beginnt, nachdem sie dich beim Mi-ai akzeptiert hat.«

»Und so soll es sein«, sagte Hiroki und verbeugte sich. »Danke, Mutter. Unser erstes weibliches Kind soll deinen Namen tragen.«

Gin-ko reichte ihrem Sohn ein Päckchen. »Das ist etwas sehr Rares. Die meisten Kissenbücher illustrieren und erklären, wie Frauen Männern Lust bereiten können. Das hier wurde vor zweihundert Jahren von einem Experten in der Kunst der Liebe geschrieben. Es sagt dem Mann, wie er der Frau Lust bereiten kann. Liebe Noriko mit deinem Herzen und deinem Körper, Hiroki, mein geliebter Sohn.« Sie nahm ihn in die Arme und zog ihn an sich.

Tränen füllten seine Augen.

»Geh zu deinen Brüdern und bereitet euch vor, eure zukünftigen Bräute zu sehen. Dein Vater wird mich begleiten.«

Hiroki berührte mit dem Buch seine Stirn. Er verbeugte sich und verließ das Zimmer.

Mung und Iyeasu waren unterwegs zu dem Treffen mit Hideyoshi und Malcolm Cade. Iyeasu mühte sich mit seinem Holzbein ab, und seine Krücken klopften in stetem Rhythmus über den Steinboden des Kaiserpalastes. Er hatte nicht abgenommen und bewegte sich nur langsam vorwärts.

»Wie ist denn der Zustand meiner Schwiegertochter augenblicklich?« fragte Mung.

»Die Frau hat ein Rückgrat aus Stahl und unglaublichen Mut. Sie hat mir den Willen zum Leben wiedergegeben, nachdem ich mein Bein verloren hatte. Aber die Krankheit frißt sie auf. Die Ärzte geben ihr höchstens noch einen Monat«, sagte Iyeasu.

»Trotzdem muß ich dich bitten, alle Gedanken an sie zu verdrängen. Wir richten unsere Aufmerksamkeit auf meinen Bruder. Er ist jetzt der mächtigste Mann im Parlament. Wenn es eine Wahl gäbe, würde er Premierminister.«

»Ohne den Segen des Kaisers?«

»Wir haben einen demokratischen Staat, und Hideyoshi kontrolliert ihn. Er behauptet, der Aufbau des Militärs wäre sein Verdienst, und nur deshalb hätten wir in Korea gewonnen.«

»Wissen die Leute, daß General Nogi auf dem Weg nach Mukden festsitzt? Er hat mehr Verluste durch Krankheit als durch Feindberührung. Den letzten Berichten zufolge hat er kaum noch Proviant und Munition.«
»Was ist mit den garantierten Lieferungen des Kobe-Clubs?« fragte Iyeasu.
»Sie haben ihr Abkommen eingehalten und unsere Streitkräfte im Süden versorgt«, antwortete Mung. »Dort haben wir alles Nennenswerte zwischen Pusan und Seoul besetzt. Aber Marquis Inei hat sich beim Bedarf für den Norden verkalkuliert. Er ging davon aus, daß seine Fabriken den gesamten Bedarf der Armee liefern können. Der Krieg hat früher angefangen und ist heftiger als erwartet.«
»Du hattest mich gebeten, Inei zu befragen, weil der Kobe-Club das Gefühl hatte, ihre Aufträge wären zu klein.«
»Das war an dem Abend, an dem du dein Bein verlorst«, sagte Mung. »Die Frage ist über den hektischen Ereignissen vergessen worden.«
Iyeasu senkte den Kopf und schüttelte ihn.
»Jetzt können wir nichts mehr tun. Vielleicht weiß Lord Cade eine Lösung.«
Hideyoshi saß bereits mit Malcolm Cade am Tisch, als Mung und Iyeasu eintraten. »Ich habe Lord Cade gebeten, ohne Förmlichkeiten direkt zum Thema zu kommen.«
Mung und Iyeasu nickten zustimmend.
Der Engländer beugte sich vor und sagte: »Japan steht entweder an der Schwelle zu einem großen Sieg oder zu einer katastrophalen Niederlage. Keiner im Westen glaubte, Ihre Armeen könnten Korea besetzen, den Jalu überqueren oder die Penyang-Flotte einkesseln.«
»Wenn wir so erfolgreich sind, wo ist dann die Katastrophe?« fragte Iyeasu.
»Sie liegt in Ihrem Erfolg«, erwiderte Malcolm Cade. »Ihr

Militär ist zu weit über den Jalu vorgedrungen. Sie brauchen Waffen, Munition und Wintervorräte. Der mandschurische Winter wird Nogis Armee töten. Er kann Mukden nicht erreichen, ehe der Frost einsetzt. Im Frühjahr wird General Li eine Million Männer die Straße von Mukden entlang bringen, über den Jalu und ihre Armee von Korea ins Gelbe Meer jagen.«
»Woher bekommen die Chinesen Proviant?« fragte Mung.
»Von den Russen«, antwortete Hideyoshi. »Meine Weißen Wölfe berichten, der Mönch Rasputin hätte ein Geheimabkommen mit Peking angeregt.«
Mung runzelte die Stirn. »Colonel Honjo sollte mir alle Informationen zuschicken. Davon bin ich nicht unterrichtet worden!«
»Gentlemen, Sie können Ihre Differenzen ein andermal ausdiskutieren«, sagte der Engländer. »Ich habe einen Vorschlag zu machen, um Ihren Sieg abzusichern.«
»Sir, Sie waren doch so sicher, daß Sie die Franzosen dazu bewegen können, ihre Kredite an die Russen zu kündigen«, sagte Mung. »Und jetzt liefert der Zar Waffen an China.«
»Ich habe getan, was ich versprochen hatte«, erwiderte Malcolm Cade. »Ich hatte ein Abkommen mit dem französischen Finanzminister, aber auf ihn ist offensichtlich Druck ausgeübt worden. Etwas ist zwischen Frankreich, Rußland und Deutschland passiert, aber weder ich noch mein Geheimdienst haben ergründen können, was genau. Das ist ein weiterer Grund für Japan, diesen Krieg möglichst schnell mit einem Sieg zu beenden.«
»Können Sie uns diesen Sieg geben?« fragte Iyeasu.
»Zwei davon.« Der Engländer grinste.
»Werden die Chinesen verhandeln?« fragte Mung.
»Nach Ihrem Erfolg in Pjongjang und am Jalu haben die Chinesen Großbritannien um einen Kredit gebeten. Ich werde meine Zustimmung dazu geben unter der Bedingung, daß Frieden

zwischen Japan und China zustande kommt. Das bringt die Chinesen an die Kandare. Prinz Kung und die Kaiserinwitwe werden mit Begeisterung über eine Abfindung für Port Arthur und Weihaiwei verhandeln. Eine Bestechung wird günstige Bedingungen für Japan absichern.«

»Was hat Großbritannien davon?« fragte Mung.

»Japan wird uns den Marinestützpunkt Weihaiwei abtreten und die ganze Halbinsel Shantung, die China an Sie abtreten wird. Sie behalten Port Arthur und die Halbinsel Liaotung. Damit kontrollieren wir zusammen das Gelbe Meer, den Golf von Pohai und alle Wasserstraßen nach Peking, der Hauptstadt Chinas.«

»Und welche Entschädigung wird China uns für Frieden zahlen?« fragte Iyeasu.

»Darüber hab ich noch nicht nachgedacht, aber seien Sie versichert, Japan wird reichlich entschädigt werden, wodurch Peking sich noch weiter verschuldet. Großbritannien wünscht besondere Handelsprivilegien in Shanghai und am Jangtse dafür, daß es diese Bankdienste leistet.«

»Was macht Sie so sicher, daß wir Port Arthur und Weihaiwei einnehmen können?« fragte Mung.

»Die Tatsache, daß wir Ihre Marine ausgebildet und ausgerüstet haben und wissen, daß sie besser als die chinesische Marine ist. Ihre Truppen sind jetzt erprobt. Die Soldaten, die Port Arthur bewachen, wurden von einem mandschurischen Kriegsfürsten angeheuert. Wenn ihr sie nicht schlagen könnt, könnt ihr sie immer noch kaufen.«

»Da ist noch etwas«, sagte Hideyoshi. »Die Briten haben die Marinestützpunkte entworfen und gebaut. Sie haben die großen Kanonen absichtlich so gesetzt, daß sie nur seewärts feuern können, für den Fall, daß sie diese Stützpunkte angreifen müßten.«

Mung war Lord Cades gerunzelte Stirn nicht entgangen. Er

und Hideyoshi hatten offensichtlich konferiert. Der Lord war ziemlich freizügig mit seinen geheimen Informationen, wie es schien.

»Ich habe die Pläne der beiden Stützpunkte an General Nogi und Admiral Takamora weitergeleitet«, fuhr Hideyoshi fort. »Sie haben Befehl, beide Stützpunkte vom Land her anzugreifen.«

»Aber der Kaiser hat einem solchen Plan nicht zugestimmt«, sagte Iyeasu.

»Der Kaiser gibt der Regierung nur seinen Segen, er kontrolliert sie nicht.«

»Wir haben den Shogun gestürzt, um den Kaiser wieder an die Macht zu bringen«, erwiderte Mung.

»Aber Ihr wart doch derjenige, der darauf bestand, der Regierung eine demokratische Form zu geben. Ich war dagegen.« Hideyoshi schnaubte verächtlich. »Und jetzt finde ich es ganz praktisch.«

»Japans innenpolitische Streitigkeiten sollten seine Entschlußkraft nicht behindern«, sagte Malcolm Cade. »Wenn Ihre Truppen nördlich des Jalu erfrieren, haben Sie den Krieg verloren. Ziehen Sie sie vor Einbruch des Winters zurück, und nehmen Sie diese beiden chinesischen Stützpunkte ein. Ich verspreche, daß das Friedensabkommen mit China alle Kriegskosten decken, Ihnen Kontrolle über Korea und einen ansehnlichen Teil Chinas geben wird.«

»Wenn ich Sie recht verstanden habe«, sagte Mung, »hat Graf Hideyoshi bereits seine Macht als Kriegsminister dazu benutzt, Port Arthur und Weihaiwei anzugreifen. Was ich von Großbritannien möchte, ist ein gegenseitiger Verteidigungspakt. Wir unterstützen Sie gegen Deutschland, Frankreich und China. Sie helfen uns gegen Rußland und China.«

Die drei Japaner beobachteten den Engländer. Wenn er zustimmte, so bedeutete das Anerkennung Japans als gleichberechtigter Partner durch eine der mächtigsten Nationen der Welt. Das würde der erste derartige Vertrag einer christlichen Nation mit einem nicht-weißen Staat sein.

»Dafür ist das nicht der richtige Zeitpunkt«, sagte Malcolm Cade. »Lassen Sie uns die Diskussion einer anglo-japanischen Allianz bis nach der Einnahme Port Arthurs und Weihaiweis vertagen.«

28

Trotz der endlich wieder vereinten Familie Ishikawa war das Mi-ai eine sehr melancholische Angelegenheit. Gin-ko war glücklich, Yaka und Uraga mit ihren zukünftigen Bräuten zu sehen, aber ihr ging es sehr schlecht, und die Zeremonie wurde so schnell wie möglich zu Ende gebracht. Die drei Brüder verabschiedeten sich von ihren Eltern und zukünftigen Schwiegereltern. Jeder ging dann mit seiner Braut weg, gefolgt vom Heiratsvermittler.

Noriko bog in einen Pfad ein, der zu einer Bank unter einem Ahorn führte. Hiroki folgte ihr und bewunderte ihre Bewegungen. Sie setzte sich auf die Steinbank und schaute hinauf in das rotgoldene Laub. Er kam näher, und sie errötete.

Das Sonnenlicht funkelte auf Norikos glänzendem schwarzen Haar. Hiroki sah, wie hart ihre schwarzen Augen plötzlich wurden. Sie hatte das Kinn vorgeschoben, und ihr Mund war ganz schmal. »Warum bist du so zornig auf mich?« fragte er.

Die Frage überraschte Noriko, und sie wandte den Kopf ab. Hiroki sah den Schwung ihres Nackens und begehrte sie.

»Dir fällt alles in den Schoß«, sagte Noriko. »Du gehst nicht, du stolzierst einher, als würde dir die Welt gehören, und erwartest, daß jeder dir zu Diensten ist. Es gibt Verpflichtungen, die sich im Lauf der Zeit sammeln. Mir kommt es vor, als würdest du den Begriff von On nicht verstehen.« Sie sah, wie er zusammenzuckte, und wollte ihm jetzt erst recht weh tun. »Du bist mit außerordentlichem Intellekt und prächtigem Körperbau gesegnet. Dir fällt leicht, was andere sich mühsam erarbeiten müssen. Trotzdem scheinst du nicht dankbar.«

»Wem soll ich dankbar sein?« fragte Hiroki. »Für dich ist alles selbstverständlich.«
»Du wirst für mich nie selbstverständlich sein.«
»Bist du damit einverstanden, daß ich weiterstudiere, Sozialarbeit leiste und auch zukünftig Kendo-Unterricht habe?« fragte Noriko.
»Wenn es die Harmonie unseres Heims und die Erziehung unserer Kinder nicht beeinträchtigt.«
»Wie viele Kinder?« Sie schmollte.
»Wie viele möchtest du denn?« Hiroki grinste, aber Noriko runzelte die Stirn. »Ich mag Kinder«, sagte er. Sie wandte sich ab, und er fügte hinzu: »Du wirst Diener haben.«
»Ich bin bisher sehr gut ohne Diener ausgekommen. Ich werde das Haus führen und mich selbst um meine Kinder kümmern.«
»Glaubst du, du könntest mich lieben?« fragte Hiroki.
Es war für Noriko wie ein Schlag in den Magen. So gerne hätte sie die Hand ausgestreckt und sein glattes, starkes Gesicht gestreichelt, seine Halsmuskeln und die breiten Schultern berührt. Wieder überkam sie sexuelles Begehren, und das machte sie wütend. »Sollen wir heiraten?« fragte sie.
»Wir haben eigentlich keine andere Wahl«, antwortete Hiroki. »Die Ehre verpflichtet uns dazu.« Er wandte sich an den Heiratsvermittler und sagte: »Wir sind mit der Heirat einverstanden.«

»Das Mi-ai ist gut verlaufen«, berichtete Udo. »Die anderen Familien haben Gin-kos Wunsch akzeptiert, daß die Hochzeit in drei Wochen stattfinden und auf die engste Familie beschränkt sein soll.«
»In Ordnung«, sagte Iyeasu.
»Gin-ko bleibt nicht mehr viel Zeit«, fuhr Udo fort. »Ich möchte soviel wie möglich bei ihr sein.«
»Wir werden versuchen, dich nicht zu stören«, versprach Mung.

»Nur gib uns jetzt deine Auswertung dessen, was wir dir von unserem Treffen mit Lord Cade und Hideyoshi erzählt haben.«

Udo fragte sich, wie Mung, der durch ihn seine Frau, und Iyeasu, der durch ihn sein Bein verloren hatte, es überhaupt ertragen konnten, mit Hideyoshi in einem Zimmer zu sein. Er verdrängte mit Gewalt seine persönlichen Gefühle und sagte: »Wie es scheint, haben der Engländer und Hideyoshi eine geheime Abmachung. Es könnte etwas mit den Russen, Franzosen und Deutschen zu tun haben, die den Briten gegenüber in Kanton, Tokio und Seoul sehr kühl geworden sind. Unseren Agenten ist es nicht gelungen, weitere Informationen zu bekommen. Ich halte Lord Cades Taktik für vernünftig. Nogis Truppen sollen sich, bevor der Schnee kommt, hinter den Jalu zurückziehen. Er soll mit Takamora Port Arthur und Weihaiwei einnehmen. Wir brauchen die Waffen, die Munition und den Proviant, die in Port Arthur eingelagert sind.«

»Denk an Formosa«, sagte Mung. »Diesmal wird Admiral Ting uns erwarten.«

»Nicht von der Landseite her«, erwiderte Udo. »Vater, du hast unser Militär schwer unterschätzt. Unsere Erfolge in Korea waren kein Geschenk der Götter. Unsere Männer haben Repetiergewehre, die keine Ladehemmung durch Schlamm oder Dreck kriegen. Unsere Nachtangriffe zu Land wurden durch die neuen Feldtelefone koordiniert. Die Schwarzen Drachen, die Genoysha und die Weißen Wölfe haben detaillierte Karten geliefert. Sie haben unsere Männer persönlich durch unbekanntes Terrain geführt. In manchen Fällen haben Agenten die chinesischen Verbindungslinien und Brücken sabotiert und ihre Vorräte verbrannt. Siebzig unserer Männer wurden unter die chinesischen Söldner in Weihaiwei eingeschleust. In Weihaiwei stehen zwanzig Schwarze Drachen bereit, die unsere Truppen bei einem Angriff zu Land führen werden. Wir haben die Originalpläne der Marinestützpunkte, ihre Hafenkarten und die Standorte ihrer schwimmenden Minenfelder. Wir haben vor, ihr Trinkwasser zu verseuchen und ihre Proviant- und Kommunikationszufuhr zu unterbinden.«

»Die Geheimdienste haben eine solide Grundlage für unseren Erfolg geschaffen«, sagte Iyeasu. »Wenn wir diese Stützpunkte einnehmen, werden die Chinesen bestimmt Frieden wollen. Es muß bald geschehen. Uns geht das Geld und der Proviant aus.«

»Es gibt einen beunruhigenden Faktor«, sagte Udo. »Hideyoshi hat Colonel Honjo zum General befördert und ihn von Hankow nach Tokio berufen. Honjo ist einer der gefährlichsten Männer der Welt. Er wird sicher in Hideyoshis Pläne, Premierminister zu werden, mit einbezogen.«

Hankow

General Honjo schlug Shibata auf die Schulter. »Wir verlassen beide Hankow. Ich reise nach Tokio, du in die Mandschurei.«

»Der Rest dieses Kriegs wird auf den Halbinseln Shantung und Liaotung ausgetragen werden. Ich könnte dort nützlich sein.«

»Die Chinesen sind bereits geschlagen und nur zu dumm, sich zu ergeben«, sagte Honjo. »Der nächste Krieg wird gegen die Russen sein und der Einsatz Korea, die Mandschurei und die nördlichen Territorien bis Sibirien sein. Ich schicke dich aus dem Grünen Haus, um den Weg zu ebnen. Du hast zwischen drei und zehn Jahre, um das Fundament für unsere Invasion der Mandschurei zu legen. Ich möchte die Erfolge der Schwarzen Drachen in Korea kopieren. Wenn unsere Armee das nächstemal den Jalu überquert, möchte ich, daß sie Mukden, Wladiwostok und eine halbe Million Quadratmeilen der Mandschurei einnehmen.«

»Ist meine Bitte um ein pharmazeutisches Labor in Betracht gezogen worden?« fragte Shibata.

»Dein Wundertrank auf Opiumbasis wird hergestellt und hier

in Hankow abgefüllt werden, ebenso die Golden-Bat-Zigaretten. Es wird ungefähr ein Jahr dauern, dir Vorräte zu liefern. Verbring die Zeit mit Reisen durch die Mandschurei. Bau Verbindungen auf. Bezahl Chinesen, Mongolen und Russen, damit sie als Agenten für dich fungieren. Auf unserem Bankkonto in der Shansi-Bank liegt eine Viertelmillion Yen, über die du verfügen kannst.«

Shibata verbeugte sich. »Ich werde den Weg für die kaiserliche Armee ebnen. Wenn sie in der Mandschurei einmarschiert, wird sie Euch wie eine reife Pflaume in die Hände fallen.«

Honjo lächelte, holte mit seiner Reitpeitsche aus und wollte sie Shibata ins Gesicht schlagen. Aber der jüngere Mann hatte die Gerte mit einer schnellen Bewegung abgefangen und bog den Arm des Generals auf dessen Rücken. »Meine Judolehrer waren sehr gut.«

»Ja«, sagte Honjo. »Laß mich los. Du warst bis jetzt der beste, der perfekte Kandidat. Keiner hat je so hohe Punktzahlen erreicht wie du. Jetzt schließ die Augen! Streck beide Arme aus! Ich habe ein Geschenk für dich.«

Shibata befolgte den Befehl und wartete gespannt. Dann hörte er die Reitpeitsche durch die Luft sausen. Sie traf ihn genau zwischen den Beinen. Er krümmte sich, stürzte zu Boden und übergab sich.

Honjo stellte sich über ihn. »Das ist mein Geschenk an dich, Akichi Shibata! Deine letzte Lektion! Bring dich nie in eine angreifbare Lage, egal, wer es von dir verlangt!« Er bückte sich zu dem sich windenden Mann. »Das Grüne Haus wurde nicht wegen seiner Farbe so getauft, sondern weil es ein Treibhaus ist, in dem ich todbringende Schurken ziehe. Du bist mein bester Ausbildungserfolg bis jetzt. Vertrau keinem!« Honjo salutierte mit der Reitpeitsche. »Viel Glück mit den Mandschus!«

»Heute ist vielleicht die letzte Gelegenheit zum Feiern vor der Hochzeit«, sagte Yaka zu seinen Brüdern. »Vater und Großvater sind mit dem Krieg beschäftigt. Shimatzu ist in Formosa. Wir sollten uns unsere Junggesellenparty selbst machen, wenn sie sonst schon keiner für uns gibt. Folgt mir!«

Uraga und Hiroki folgten Yaka ins Hafenviertel Tokios, wo sie dann von einer westlichen Bar in die andere zogen und sich vollaufen ließen. Nach einer kleinen Schlägerei mit schwedischen Matrosen beschlossen Yaka und Uraga, in ein Bordell zu gehen.

»Ich kann nicht mitkommen«, sagte Hiroki.

»Kleiner Bruder, diesmal wartet auf jeden von uns eine schöne Chinesin.« Yaka grinste.

»Nein«, sagte Hiroki.

»Betrachtest du Chinesinnen auch als deine Schwestern?« fragte Uraga.

Hiroki schüttelte den Kopf.

»Bist du krank?«

Hiroki hatte es eigentlich geheimhalten wollen, aber ihm war klar, daß seine Brüder keine Ruhe geben würden, bis er seine Weigerung erklärt hatte. »Ich habe die Verpflichtung von Mutters On gegenüber Noriko auf mich genommen. Mutter hat mich gebeten, Vaters und Großvaters Beispiel zu folgen.«

»Eine Verpflichtung, deiner Frau sexuell treu zu sein?«

Hiroki nickte, und seine Brüder erschauderten. »Ich bin froh, daß ich nicht aus Liebe heirate«, sagte Yaka.

»Bei unseren Eltern hat es funktioniert«, erwiderte Hiroki und fragte sich, ob Noriko ihn jemals lieben würde. »Geht nur, ihr zwei. Ich muß etwas lesen.« Vielleicht hatte seine Mutter recht. Durch das Kissenbuch konnte er möglicherweise lernen, Noriko zu bezaubern.

29

2. Oktober 1894

Zwei Monate nach dem Untergang der *Kowshing* fuhr Admiral Takamoras Schiff mit flatterndem Siegesbanner im Hafen von Tokio ein. Der große, bronzene Kriegsgong ertönte, und öffentliche Feierlichkeiten wurden eingeleitet. Schreine, Tempel und Regierungsgebäude wurden festlich geschmückt. Den organisierten Paraden schlossen sich spontan Gruppen von Leuten in Festtagskleidung an, die Fahnen und Banner schwenkten.

In der großen Halle des Reichstags saß der Kaiser auf seinem goldenen Thron. Mitglieder des Ober- und Unterhauses, des Kabinetts und des kaiserlichen Rats waren anwesend. Alle warteten schweigend auf den Kriegsbericht.

General Nogi schritt zum Podium. Seine tiefe Stimme dröhnte wie Artilleriegeschosse. Er berichtete von der Niederlage der Chinesen und anschließend von den Ereignissen in Korea.

»Ich gestattete König Kojong, unversehrt in den Kyongbokpalast zurückzukehren, aber trotzdem tötete seine Familie Königin Min als Kollaborateurin der Japaner. Sie wurde auf dem Paradeplatz vor den Augen des königlichen koreanischen Offizierskorps bei lebendigem Leib verbrannt. Dann haben wir interveniert. Die kaiserliche japanische Armee kontrolliert jetzt den Palast von Kyongbok und das koreanische Parlament. Ich habe einen neuen König eingesetzt, der einer demokratischen Regierung unter unserer Leitung geneigter ist. Japan muß die Verantwortung für das koreanische Königreich auf sich nehmen bis zu dem Zeitpunkt, zu dem es fähig ist, sich selbst zu regieren.«

Mung rückte seine Drahtbrille zurecht und richtete den Blick auf die Mitglieder des Generalstabs, die in der vordersten Reihe saßen. Sie wußten, daß der Grund für Königin Mins Tod die Verwirrung war, die Udos gefälschte Befehle ausgelöst hatten. Er verurteilte erneut die Methoden seines Adoptivsohnes. Trotzdem mußte er zugeben, daß die überwältigenden Siege zum Teil Udos Verdienst waren.

Nogi fuhr mit seinem Bericht fort. »Japan hat eintausendundfünf tapfere Männer auf dem Schlachtfeld verloren, viertausendneunhundert wurden verwundet. Die Verluste der Chinesen betragen fünfzigmal soviel. Sie werden Jahre brauchen, um sich von dieser Niederlage zu erholen.« Ein beifälliges Raunen über die niedrigen Verluste ging durch den Saal.

Mungs Schwarze Drachen hatten berichtet, daß mindestens fünfzehntausend Japaner am Jalu durch Krankheit und Kälte gestorben waren, aber die wurden nicht als Gefallene gerechnet. Die meisten Mitglieder des Reichstags waren ehemalige Samurai, die es als Schande für einen Soldaten empfanden, so zu sterben.

Nogi verbeugte sich vor Takamora. »Wir sind eine Inselnation. Unser oberstes Ziel muß die Beherrschung der Meere sein. Es ist nur angemessen, daß der Kommandant der kaiserlichen Marine diesen Bericht fortsetzt.«

Er trat zurück.

Takamora verbeugte sich vor dem Kaiser und wandte sich dann an die Versammlung. Er berichtete von der Besetzung der beiden Marinestützpunkte und der völligen Zerstörung der chinesischen Flotte. »Ich habe Admiral Tings Schlachtbanner an die Bewohner von Nagasaki geschickt, um zu zeigen, daß Giri erfüllt worden ist!« sagte er. »Die Ehre unseres Volkes, unserer Nation und des Kaisers ist gewahrt worden! Unsere Ahnen, die vor vierhundert Jahren an den Küsten Koreas gefallen sind, wurden gerächt!

Vor zwei Tagen hat Admiral Ting sich uns ergeben und sich dann erschossen. China fürchtet mit Recht, daß unsere Truppen Mukden einnehmen und gen Peking marschieren könnten. Sie wollen Friedensverhandlungen. Es ist nur angemessen, daß unser Kriegsminister, Graf Hideyoshi Koin, gebeten wird, vor dieser Versammlung zu sprechen. Er hat uns mehr als manch anderer dazu überredet, das größte Militärbudget unserer Geschichte zu genehmigen. Das ist unser Mann des Weitblicks, der unsere Siege zu Lande und zu Wasser vorausgesehen hat!«

Die Mitglieder des Reichstags brachen in Jubelgeschrei aus. Zylinder flogen in die Luft, als Hideyoshi Koin die Rednertribüne betrat und sich vor dem Kaiser verbeugte.

»Mein Bruder nutzt jeden Vorteil«, flüsterte Iyeasu Mung zu. »Er war nicht als Redner vorgesehen.«

»Er verdient Anerkennung«, sagte Mung. »Er hatte mehr Vertrauen zu unserem Militär als ich.«

Der erste Kriegsminister des modernen Staates Japan ergriff das Wort.

»In zehn Tagen wird Lord Cade, der britische Bevollmächtigte im Fernen Osten, General Li Hung-Chang zur Aushandlung eines Friedensvertrags nach Shimonoseki begleiten«, sagte Hideyoshi.

Mung wandte sich an Iyeasu. »Wieso wurde ich nicht informiert?«

»Ich habe mich unmittelbar vor dieser Konferenz mit dem Kaiser getroffen, und er wußte auch nichts. Mein Bruder hat sich einen Platz bei den Verhandlungen gesichert. Hideyoshi ist jetzt ein zu großer Held, der Kaiser kann ihn nicht maßregeln.«

»Es muß, wie Udo vermutet, eine Verbindung zwischen Cade und Hideyoshi geben«, flüsterte Mung. »Honjos Ankunft könnte damit in Verbindung stehen.«

»Möglicherweise«, sagte Iyeasu. »Nogi und Takamora überlassen Hideyoshi alle Ehren. Das Militär möchte vielleicht die Unterstützung des Engländers, wenn sie gegen Rußland Krieg führen.«

»Krieg gegen Rußland? Sind sie verrückt geworden?«

»Du weißt, daß der Plan existiert.«

»Ikarus' Plan zu fliegen existierte auch«, sagte Mung.

Hideyoshis dünne Stimme war bis in die letzten Reihen zu hören und ließ die Herzen vor Stolz schwellen. »Die Westler dachten, wir würden besiegt werden. Die Chinesen waren sich dessen sicher. Selbst einige Japaner zweifelten. Diejenigen, die an unserem Sieg zweifelten, kennen unser Land und den Geist und den Siegeswillen des japanischen Kriegers nicht! Wir sind erfolgreich, weil wir von einem Gott geleitet werden, der zur Erde herabgestiegen ist.« Hideyoshi verbeugte sich vor dem Kaiser.

Mung erhob sich zusammen mit allen anderen Männern im Reichstag und verbeugte sich. »Dein Bruder wird der nächste Premierminister Japans«, flüsterte er Iyeasu zu.

»Wenn ja, werde ich mein Versprechen an Seine Majestät brechen und Hideyoshi töten. Der Kaiser ist ihm ziemlich egal und das Volk sowieso. Er denkt nur an sich selbst.«

Mung sah seinen Freund mit den Krücken an. Iyeasu würde seinen Bruder tatsächlich töten.

»General Nogi und Admiral Takamora, tretet vor«, sagte der Kaiser.

Die beiden Männer stellten sich neben Hideyoshi.

Der Kaiser lächelte und verkundete: »General Nogi und Admiral Takamora, Ihr werdet mit dem Großen Chrysanthemenband ausgezeichnet und alle Rechte, Einkünfte und Pensionen erhalten, die Japans höchsten Würdenträgern zustehen. Und von diesem Tag an seid Ihr Grafen des Reiches der Aufgehenden Sonne.« Er richtete den Blick auf Hideyoshi. »Graf Hideyoshi Koin, Ihr werdet in den Rang eines Marquis erhoben und nehmt Euren Platz als Mitglied auf Lebenszeit im Kaiserlichen Rat ein.«

Mung sah Iyeasu an.
»Der Kaiser konnte nicht anders«, sagte Iyeasu. »Hideyoshi ist zu populär. Aber ich glaube, je näher Hideyoshi Seiner Kaiserlichen Majestät ist, desto besser kann der Kaiser ihn kontrollieren.«
»Minister Moryiama Ishikawa und Graf Iyeasu Koin«, rief der Kaiser. »Ihr, die Ihr entscheidend an der Aushandlung des günstigen Vertrags für Okinawa und Formosa beteiligt wart, werdet Marquis Hideyoshi Koin und die Grafen Nogi und Takamora zu den Verhandlungen mit Lord Cade und dem chinesischen General Li nach Shimonoseki begleiten.«

Die Deckenlampe in General Honjos privatem Empfangssalon spiegelte sich in seiner Glatze.
»Du siehst ziemlich eingeengt in deinem Smoking aus«, sagte Hideyoshi. »Wie mir scheint, können die Schulternähte jeden Moment platzen.«
»Mein Herz ist voller Stolz.« Honjo verbeugte sich. »Du wirst mit Sicherheit der nächste Premierminister.«
»Hoffentlich.« Hideyoshi strahlte. »Der Kaiser hat mich und die anderen, die nach Shimonoseki reisen, zu sich berufen.«
»Bevor du zum Kaiser gehst, solltest du wissen, daß Lord Cade die Chinesen bereits wie eine Zitrone ausgequetscht hat. Japan erhält noch mehr Geld als erwartet. General Li ist jetzt eine Marionette des Engländers. Die Kaiserinwitwe fürchtet einen Aufstand der chinesischen Bauern, wenn sich die Verhandlungen zu lange hinziehen. Sie möchte, daß sie möglichst schnell abgeschlossen werden.«
»Wer sind die Hauptagitatoren im chinesischen Volk?«
»Der Bund der Harmonischen Faust, die Boxer.«
»Können wir sie manipulieren?«
»Ich habe bereits Leute in ihrer Organisation, und einige ihrer Führer werden im Grünen Haus trainiert.«

»Gut. Das müssen wir später besprechen. Was ist mit Lord Cade?«

»Er wartet auf eine Bestätigung deiner Zusicherung, eine japanische Truppe entlang der mandschurischen Grenze aufzustellen, um die Russen daran zu hindern, sich einen Warmwasserhafen in Korea zu sichern.« Honjo gab Hideyoshi einen Brief. »Er bittet dich, das zu unterzeichnen.«

Hideyoshi las den Brief und lächelte. Er holte sein offizielles Siegel heraus. »Natürlich muß dieses Abkommen vor unseren Regierungen geheimgehalten werden.«

»Das ist eine Sache zwischen dir und Lord Cade.«

»Ich brauche ein neues Siegel für meinen Rang als Marquis.« Hideyoshi drückte sein Zeichen auf den Brief.

»Im Augenblick kann dir der Kaiser kaum etwas abschlagen«, sagte Honjo. »Du bist zu populär. Ich habe auch eine Bitte.«

Hideyoshi warf sich in die Brust. »Ich bin gerade in der Stimmung, Vergünstigungen zu verteilen.«

»Ich möchte das Erziehungswesen Japans kontrollieren«, sagte Honjo. »Es ist ein Plan, an dem ich seit Jahren arbeite, und jetzt ist der richtige Zeitpunkt dafür. Der Erziehungsminister ist vor kurzem gestorben, und die Stellung ist noch nicht besetzt. Erbitte, daß einer deiner Anhänger zum Erziehungsminister ernannt wird, einen schwachen Mann, den ich beeinflussen kann.«

»Wie sieht dein Plan aus?«

»Wenn Japan eine Weltmacht werden soll und seinen Status erhalten will, werden wir über kurz oder lang gegen die Europäer kämpfen müssen. Um zu gewinnen, müssen wir Persönlichkeiten formen, die zum Gehorsam erzogen sind. Buddhismus und Shintoismus sind bereits in das Schulsystem integriert. Wir werden sie dazu erziehen, dem Kaiser zu gehorchen und nicht dem Gesetz. Im Augenblick dient die konstitutionelle Regierung zwar unseren Zwecken, aber wir müssen die

Möglichkeit haben, das System zu umgehen, um es zu kontrollieren.«

»Und wenn wir den Kaiser vom Volk isolieren, kontrollieren wir auch ihn«, sagte Hideyoshi.

»Es wird eine Generation dauern, bis wir greifbare Ergebnisse haben«, fuhr Honjo fort. »Aber wenn wir das preußische Erziehungssystem einführen und jede Schule im ganzen Land am selben Tag zur selben Stunde dieselbe Lektion unterrichtet, garantiere ich eine gehorsame Bevölkerung. Man wird ihnen beibringen, daß jeder Armeeoffizier, Polizist oder Staatsbeamte ein verlängerter Arm des Kaisers ist. Daß Ungehorsam ihnen gegenüber Ungehorsam gegenüber dem Kaiser ist. Die jüngere Generation wird lernen, sich anzupassen.«

»Du wirst mir hier in Tokio eine große Hilfe sein«, sagte Hideyoshi. »Ich verspreche dir, daß du das Erziehungswesen kontrollieren wirst, und ich werde Japan regieren. Wir werden uns beim Siegesessen nach meinem Treffen mit dem Kaiser weiter darüber unterhalten.«

Mung und Iyeasu standen auf dem Balkon des kaiserlichen Empfangssalons und beobachteten das Feuerwerk über dem Teich von Tamieka. Die Hauptstadt und ganz Japan feierten in dieser ungewöhnlich warmen Oktobernacht den Sieg.

Mung reichte Iyeasu einen Umschlag. »Ich habe das nach deiner Audienz beim Kaiser erhalten. Es ist von Shimatzu aus Formosa.«

»Erzähl mir, was drinsteht. Ich bin zu erschöpft zum Lesen.«

»Möchtest du einen Stuhl?«

»Wenn ich mich setze, stehe ich nie wieder auf«, sagte Iyeasu.

Mung räusperte sich und begann zu lesen. »Die Schwarzen Drachen berichten, daß Lord Cade die Chinesen gezwungen hat, Japan zweihundertdreißigtausend Tael Silber zu zahlen und zu bestätigen, daß Formosa und die Pescadoren uns gehoren.«

»Wo, in Buddhas Namen, sind die Pescadoren, und wieviel ist ein Tael Silber in Yen wert?«

»Ein Tael hat zweieinhalb Unzen Silber«, sagte Mung. »Ich habe meinen Abakus nicht da, aber es dürfte fast doppelt soviel sein, wie unsere Kriegsunkosten betrugen. Die Pescadoren liegen zwischen Formosa und dem chinesischen Festland. Es steht noch mehr in dem Brief. Die Chinesen werden auch Port Arthur und Weihaiwei auf den Halbinseln Liaotung und Shantung abtreten.«

»Meiner Treu«, sagte Iyeasu. »Ich hätte mich nicht einmal die Hälfte des Geldes und höchstens ein Drittel des Landes zu verlangen getraut.«

»Wir haben ein Abkommen mit Lord Cade, ihm Weihaiwei und die Halbinsel Shantung abzutreten.«

»Was ist mit Korea?«

»Wir haben Korea bereits besetzt und regieren es«, antwortete Mung. »China wird anerkennen, daß es in unseren Einflußbereich gehört.«

»Warum sollten die Chinesen so harte Bedingungen annehmen?«

»Shimatzu schreibt, daß Großbritannien China das Geld für die Entschädigung leihen wird«, sagte Mung. »Prinz Kung und die Kaiserin sind von uns bestochen worden. Vergiß nicht, die herrschende Familie Chinas besteht aus Mandschus, und denen sind ihre Ahnen und die Mandschurei wichtiger als das chinesische Festland. Shimatzu ist der Meinung, wir sollten die Verhandlungen abschließen und rechtzeitig aus Shimonoseki zurückkehren, um der Hochzeit unserer Kinder beizuwohnen.«

»Ich habe das Gefühl, Hideyoshi ist der Drahtzieher hinter all diesen Ereignissen«, sagte Iyeasu.

»Er trägt uns und Japan auf dem Kamm einer Welle voran.« Mung deutete auf die Raketen über dem Hafen. »Dein Bruder hat viel zu feiern. Weißt du, warum er das Erziehungsministerium will?«

»Du kannst sicher sein, es ist zu seinem Nutzen, nicht zu dem des Volkes.« Iyeasu schwang sich auf seinen Krücken davon. »Ich muß schlafen, bevor ich an Bord des Schiffs nach Shimonoseki gehe. Hoffen wir, daß die Welle, die wir reiten, nicht herunterkracht und alles zerstört. Dafür ist mein Bruder bekannt.«

30

23. Oktober 1894

Zwei Tage nach Unterzeichnung des Shimonoseki-Abkommens stand Mung vor der Legislative Japans. Er verbeugte sich vor dem Kaiser und den Parlamentsmitgliedern und begann die Rede, die ihn im ganzen Land berühmt machen würde.

»Eure Kaiserliche Majestät. Verehrte Mitglieder des Reichstags. Marquis Hideyoshi Koin, die Grafen Iyeasu Koin, Nogi und Takamora sollten bei der Präsentation dieses Berichts anwesend sein. Unglücklicherweise sind sie alle an Lebensmittelvergiftung erkrankt. Ich kann den Mitgliedern des Parlaments garantieren, daß sie alsbald wieder genesen sein werden«, sagte Mung, obwohl er sich dessen mitnichten sicher war. Auf der Rückreise aus Shimonoseki waren drei Matrosen gestorben, und die Hälfte von Takamoras Mannschaft lag mit der Krankheit darnieder, obwohl keiner dasselbe Essen wie die Offiziere zu sich genommen hatte. Der Kaiser hatte Mung angewiesen, die Krankheit herunterzuspielen, sich auf den Erfolg in Shimonoseki zu konzentrieren und für sich möglichst viele Lorbeeren für die Verhandlungen einzuheimsen. Iyeasu hatte vom Krankenbett aus zugestimmt und gesagt, es wäre die perfekte Gelegenheit, Hideyoshis Aufstieg zum Premierminister zu blockieren. Und Iyeasus Assistent hatte mit Zustimmung des Kaisers Mungs Rede geschrieben.

Mung begann jetzt seine Rede aus dem Gedächtnis. »Der Krieg mit China war ein doppelter Erfolg. Er beendet die Bedrohung unserer Inseln durch Korea und hat die Integrität unseres Volkes wiederhergestellt. Wir sind nicht mehr länger ein Land, das aus feudalen Fürstentümern besteht. Wir sind eine moderne Nation. Dieser Konflikt hat unserem Volk die Kraft gegeben, sich gegen einen gemeinsamen Feind zu vereinen. Damit haben wir die Fundamente einer Nation des zwanzigsten Jahrhunderts gegossen. Von diesem Tag an muß Japan als führende Militärmacht im Fernen Osten anerkannt werden!«

Mung fand es schrecklich, daß er wie Hideyoshi klang, aber die Worte taten ihre Wirkung. Er fühlte die Macht über seine Zuhörer. Es war mucksmäuschenstill im Saal.

»Infolge unserer Siege zu Lande und zu Wasser ist eine diplomatische Revolution ausgelöst worden. Die Briten haben sich zuerst für uns eingesetzt. In Shimonoseki haben sie für uns Bedingungen diktiert, die die Chinesen akzeptiert haben. Frankreich, Deutschland und Rußland haben ebenfalls auf die neue Realität eines erwachten Japan reagiert. Die Vereinigten Staaten und ganz Europa müssen jetzt ihre Politik in Asien und dem Pazifik neu überdenken. Sie sind sich sehr wohl bewußt, daß siebzig Prozent der Weltbevölkerung in China, Indien und dem Fernen Osten leben. Aufgrund seines Nationalgefühls, seiner Religion und seiner kürzlich errungenen Siege ist Japan prädestiniert, die orientalischen Nationen ins zwanzigste Jahrhundert zu führen. Kein ausländisches Land hielt es für möglich, daß wir die chinesische Armee und ihre koreanischen Alliierten besiegen könnten. Der Westen muß Japans Platz im Schema der Weltpolitik neu einordnen.«

Als nächstes schilderte Mung mit Trauer im Herzen das endgültige Abkommen mit China. General Li war bei den Verhandlungen nur eine Marionette der bestochenen kaiserlichen Familie gewesen. Li hatte das Abkommen unterzeichnet und Shimonoseki als gebrochener Mann verlassen. Er und sein Bruder gehörten zu den wenigen aristokratischen Patrioten Chinas, das korrupte System hatte beide ruiniert. Jetzt kamen Berichte über die Boxer, aus Hankow und Kanton, einer neuen

Generation von Chinesen, die sich gegen die korrupten Händel ihrer Regierung mit Japan auflehnten und öffentliche Proteste gegen den Vertrag anführten.

Aber von Mungs Trauer war in seiner Rede nichts zu spüren. Sie war genau darauf abgestimmt, die Herzen seiner Zuhörer mit Stolz zu erfüllen. »Eine der Klauseln des Shimonoseki-Abkommens lautet wie folgt: Japan wird vierhundertvierzehn Millionen Yen erhalten, das Dreifache der Kriegskasse.« Die meisten Parlamentsmitglieder würden nie erfahren, daß ein Teil des Geldes dazu bestimmt war, die militärische Präsenz am Fluß Jalu zu finanzieren. Es war eine von Lord Cades Bedingungen.

»Die japanischen Werte Mut, Durchhaltevermögen und Selbstopfer auf dem Schlachtfeld und zu Hause haben uns diese Siege gebracht.« Die Männer waren wie hypnotisiert. »Das war ein Krieg der Gerechtigkeit. Es war unsere Pflicht gegenüber den asiatischen Völkern, den Unterdrückten Chinas und Koreas Freiheit und Menschenrechte zu bringen. Peking hat für die brutale Behandlung seiner Bürger bezahlt. Zusätzlich zu den vierhundertvierzehn Millionen Yen Entschädigung hat China uns den Marinestützpunkt Weihaiwei und die Halbinsel Shantung abgetreten, plus Port Arthur und die Halbinsel Liaotung. General Li Hung-Chang hat bestätigt, daß Formosa und die Pescadoren unter japanischer Herrschaft stehen. Korea wird unter japanischem Schutz zu einem freien und unabhängigen Staat gemacht werden. Japan wird außerdem Zugang zu den sieben neuen Handelshäfen auf dem chinesischen Festland erhalten. Das beinhaltet auch Sonderprivilegien zur Errichtung steuerfreier Industrien dort.« Mung verbeugte sich vor dem Kaiser. »Eure Kaiserliche Majestät, Japan hat jetzt Kolonien auf dem asiatischen Festland, die als erste Verteidigungslinie gegen jeden Aggressor dienen werden. Ihr habt Euren Armeen befohlen zu marschieren. Wir haben gehorcht. Japan

hat gesiegt!« Er drehte sich wieder zu den Parlamentsmitgliedern. »Wenn Ihr Euch mit diesen Klauseln einverstanden erklärt, ist der Krieg mit China beendet.«
Absolutes Schweigen herrschte in der großen Halle. Keiner bewegte sich. Mung ließ den Blick durch den Saal schweifen. In drei kurzen Monaten hatte sein Land zweihunderttausend Quadratmeilen Land dazugewonnen, die dreifachen Fischgründe, genug Geld, um seine Schulden zu zahlen, seine Industrien zu modernisieren und die Ehre der Ahnen wiederherzustellen, die vor vierhundert Jahren in Korea gescheitert waren. Und trotzdem reagierte hier keiner.
Ein alter Mann, ein früherer Prinz von Choshu, erhob sich und verbeugte sich vor Mung. Seine Stimme hallte durch die Stille. »Danke.«
Mit lautem Rascheln erhoben sich alle im Saal und verbeugten sich. Jemand klatschte, andere schlossen sich an. Lautem Jubelgeschrei folgten Gesang und Applaus. Junge Männer liefen zur Rednerplattform, hoben Mung auf die Schultern, trugen ihn durch die Halle und dann, begleitet von allen Leuten im Saal, zum Schrein von Yasukune.
Am nächsten Tag war Mungs Bild auf der Titelseite jeder japanischen Zeitung. Auslandskorrespondenten telegrafierten die Geschichte um die ganze Welt.

»Einsiedlerkönigreich beendet seine Isolation.«
»Japan imitiert den Westen.«
»Japan - die neueste imperialistische Nation der Welt.«

Auf der Titelseite von Tokios größter Tageszeitung prangte Mungs Foto mit der Unterschrift: »Moryiama Ishikawa, Held von Formosa, Held von Shimonoseki und Großvater dreier Bräutigame bei morgiger Hochzeit.« Die königliche Familie, das Parlament und die Industrie hatten sich mit Angeboten,

eine prächtige Hochzeit auszustatten, überschlagen, aber Mung und Udo hatten alle Angebote höflich abgelehnt.
»Die Familie Ishikawa bittet darum, alle Geschenke zu Ehren der dreifachen Hochzeit den verwundeten Soldaten und den Familien der Toten zu spenden. Die Hochzeitszeremonie findet im engsten Kreis der Familie statt, da die Mutter der Bräutigame krank ist.«

Udo saß im abgedunkelten Zimmer neben seiner Frau. Gin-ko war mit ihrer Hand in der seinen eingeschlafen. Sie beklagte sich nie, aber wenn er nachts nahe bei ihr lag, hörte er sie im Schlaf stöhnen. Er hatte sie auf den Besuch des Arztes vorbereitet und sie dann zu ihrer Schlafmatte getragen. »Ich dachte, ich hätte noch mehr Zeit«, flüsterte sie, bevor sie einschlief.
Udo sah in ihr vom Leid gezeichnetes Gesicht. Er dachte an die Macht, die er hatte, an die wichtigen Männer, die seinen Befehlen gehorchten. Und trotzdem konnte er nichts für Gin-ko tun. Keiner konnte helfen. Nicht einmal die Gebetszettel, die er körbeweise gekauft hatte, oder der protestantische Priester, den er aufgesucht hatte.
Udo saß mit Gin-kos Hand in seiner da und erinnerte sich daran, wie er sich auf den ersten Blick in sie verliebt hatte. Und doch war diese Liebe, obgleich sie seine Seele verbrannt und seinen Verstand versengt hatte, nur ein Abklatsch der Liebe, die sie im Lauf der Jahre geteilt hatten. Er beugte sich zu ihr und horchte nach ihrem Atem. Er erstarrte, da war nichts. Aber dann spürte er, wie sie seine Hand fester packte, seufzte und wieder zu atmen begann.
»Ihr Götter, wenn ihr sie holen wollt, dann nehmt sie in Frieden«, flüsterte Udo. »Laßt sie nur noch die Hochzeit ihrer Söhne erleben.«
Kurze Zeit später kam der Arzt, und Gin-ko bat Udo, während der Untersuchung den Raum zu verlassen.

Udo nickte und ging.
Der Doktor griff nach der elektrischen Lampe.
»Bitte, dreht sie nicht an.«
»Ich muß Euch sehen.«
»Es gibt keine Besserung, und es wird auch keine mehr geben. Ich bitte Euch nur, mir etwas zu verschreiben, das mir die Kraft schenkt, morgen an der Hochzeit teilzunehmen.«
»Ich rate Euch, nicht teilzunehmen«, sagte der Doktor. »Schont Eure wenigen Kräfte.«
»Wofür? Ich möchte, daß mein Mann, meine Söhne und ihre Frauen mich in guter Erinnerung haben.«
Der Arzt schwieg.
»Bitte«, sagte Gin-ko. »Ich habe versucht, keine Last zu sein. Ich möchte, daß meine Kinder glauben, ich fühle mich gut, damit sie ihre Hochzeit und ihre Hochzeitsnacht genießen können.«
»Ehrenwerte Dame, Ihr wart eine Pagode aus Stein. Alle haben aus Euch Kraft geschöpft.«
»Dann helft mir, meine Würde zu wahren.«
Der Arzt verbeugte sich. »Ich komme eine Stunde vor der Zeremonie. Trinkt etwas Ziegenmilch, damit Euer Magen geschont wird. Das Stimulansmittel ist sehr kräftig.«

»Vater, du wirst nicht aufstehen, ehe du wieder ganz gesund bist«, sagte Noriko.
»Ich habe nur ein Kind, und ich will morgen bei seiner Hochzeit dabeisein!«
»Dein Bruder und viele andere sind todkrank durch diese Influenza, die man zuerst als Lebensmittelvergiftung diagnostiziert hat. Du könntest einen Rückfall erleiden. Jetzt iß noch ein bißchen Suppe.«
»Wenn ich die Suppe bei mir behalte, gibst du mir dann meine Krücken wieder?«

Noriko verschränkte die Arme und machte einen Schmollmund.
Iyeasu nahm die Suppenschale. »Wir lassen morgen den Arzt entscheiden.«
Noriko lächelte, als ihr Vater die Suppe trank. »Der Doktor fürchtet sich vor dir«, sagte sie. »Er wird deinen Befehlen gehorchen.«
»Du wirst bald Befehle von deinem Mann erhalten.«
»Du kannst auch im Liegen reden«, sagte Noriko und deckte ihren Vater zu.
»Wenn deine Mutter hier wäre, brauchte ich dir gar nichts zu sagen. Sie hätte dich alles über die Beziehung zwischen Mann und Frau gelehrt.«
»Mutter hat mir ihre Kissenbücher hinterlassen.«
»Ich spreche nicht vom Sex. Es geht um die Verpflichtung, die Mann und Frau einander gegenüber haben. Du hast die liberalste Erziehung genossen, die eine japanische Frau haben kann. Jetzt frage ich mich, ob das richtig war.«
»Ja, Vater. Ich bin dir dankbar dafür. Ich wünschte, ich könnte meine unterdrückten Schwestern an der Hand nehmen und ihnen dasselbe zukommen lassen.«
»Trotzdem ist es in Japan das Schicksal einer Frau, im Schatten ihres Mannes zu leben und sich ihm in allen Dingen zu unterwerfen.« Iyeasu zögerte einen Augenblick und sah seiner Tochter in die Augen. Sie beugte den Kopf. »Die Lebensaufgabe einer Frau ist Gehorsam«, sagte er. »Sie muß die Gesellschaftsregeln beachten. Sie muß Extravaganz vermeiden, sich ihrer Position gemäß verhalten und vor allem den Regeln gehorchen. Eifersucht und Unzufriedenheit müssen vermieden werden.«
»Und sie darf nie schlecht über jemanden reden und sich nie albern benehmen, das hast du vergessen, Vater.«
»Das hast du noch nie getan und wirst es auch nie tun. Ich bin

stolz auf dich. Deine Mutter und ich waren sehr stolz, als du geboren wurdest. Du hast mich nie enttäuscht. Ich wünsche dir das Glück, so geliebt zu werden, wie ich deine Mutter geliebt habe.«

Mit Erleichterung hörte Noriko das Klopfen an der Tür. Sie verdrängte den Gedanken an Liebe und Hiroki gewaltsam aus ihrem Kopf.

»Das ist kein Kaiserpalast, das ist ein Krankenhaus«, sagte der Arzt. Er prüfte Iyeasus Puls. »Ihr seht besser aus als Euer Bruder. Hideyoshi hat immer noch Wasser in der Lunge. Wenn er nicht an der Influenza stirbt, wird ihn die Wut über Mungs Popularität umbringen.« Der Arzt grinste. »Ihr werdet bald wieder auf den Beinen sein.«

»Dann überredet meine Tochter, mir meine Krücken rechtzeitig für die Hochzeit morgen zurückzugeben.«

»Das ist vielleicht noch ein bißchen früh«, meinte der Arzt.

»Das war keine Bitte, das war ein Befehl«, knurrte Iyeasu.

»O, Vater, das machst du immer, wenn du deinen Willen durchsetzen willst.«

»Ich werde Euch eine kleine Dosis des Mittels geben, das ich für Gin-ko vorbereitet habe«, sagte der Arzt.

»Wie geht es ihr?«

Der Arzt schüttelte den Kopf. »Wenn sie die Hochzeit überlebt, ist es ein Wunder.«

31

Der Familienschrein der Koins lag in einem alten Friedhof unweit des Kaiserpalastes. In einem Pavillon saß eine ein Meter fünfzig hohe Nachbildung des Buddha von Kamakura auf einem moosbewachsenen Stein. Seine zukünftige Frau würde heute morgen hierherkommen, das war ein Teil der Hochzeitszeremonie, und Hiroki erwartete sie. Er sah sie graziös auf Holzpantinen die Straße im Regen überqueren.
Noriko ging zum Brunnen des Schreins und reinigte sich symbolisch durch Waschen von Mund und Händen. Dann trat sie in den Pavillon und läutete die Glocke, um die Aufmerksamkeit der Götter zu erregen. Sie meditierte, verbeugte sich und klatschte einmal in die Hände, um das Gebet zu denen, die über den Wolken residierten, zu schicken. Sie betete für ihren Vater und Gin-ko und flehte die Götter an, sie vor Scheidung zu bewahren, damit sie ihrer Familie keine Schande machte. Sie gelobte, ihrem Gatten zu gehorchen und sich seinen Launen anzupassen. Sie wünschte sich viele Kinder zum Lieben.
»Ich brauche Liebe«, sagte sie und öffnete ihren Schirm.
Hiroki kam durch den Regen in den Pavillon gelaufen.
»Du hast mich erschreckt«, sagte Noriko.
»Du hältst deinen Schirm wie ein Kendo-Schwert. Willst du mich wieder niederschlagen?«
Noriko schaute entsetzt ihren Schirm an, und Hiroki lachte.
»Ich bin gekommen, um dich zu fragen, ob dein Vater Hilfe braucht, um an der Zeremonie teilnehmen zu können, und dir etwas in bezug auf meine Mutter zu sagen. Wir müssen so tun, als wüßten wir nichts von ihrer Krankheit.«

Noriko legte den Kopf zur Seite. Gerne hätte sie ihm gesagt, wie lieb er manchmal sein konnte und dann doch wieder wie ein alter Samurai umherstolzierte. Aber sie hatte ein Gelübde abgelegt und schlug die Augen nieder. »Danke, mein Vater wird es alleine schaffen. Und deine Mutter wird vor der Hochzeit etwas einnehmen, das ihr Kraft gibt.«

»Eigentlich bin ich gekommen, um mit dir zu reden«, sagte Hiroki.

»Das bringt Unglück.«

»Heute ist Freitag, der dreizehnte. Die Westler halten das für eine Unglückszahl. Ich glaube, die Leute schmieden ihr eigenes Glück.« Er zeigte auf den Buddha. »Unsere Götter sind genauso hilflos wie der Christengott, den sie an die Wand hängen.«

»Was wolltest du mir sagen?«

»Meine Brüder haben ihre Frauen nach Fotos ausgesucht. Bei uns ist das anders.«

»Ja, du hast mich bewußtlos geschlagen.« Noriko versuchte ein böses Gesicht zu machen.

»Aber erst nachdem du mich mit dem Kendo-Stock geschlagen hast.« Hiroki zeigte auf seine Nase. »Sie blutet immer noch, wenn ich niese.«

Noriko lachte, und Hiroki war hingerissen. So glücklich hatte er sie seit ihrem ersten Treffen nicht erlebt. »Unsere Hochzeit war zwar nicht arrangiert, aber alle haben fest damit gerechnet.«

»Jetzt ist es ein bißchen spät, um noch etwas zu ändern«, sagte Noriko.

»Wenn das nicht funktioniert hätte, hätte ich dir den Hof gemacht«, erwiderte Hiroki.

»Vielleicht weil du mir dankbar für die Pflege deiner Mutter bist?«

»Meine Zuneigung zu dir war schon vorher da.«

»Du weißt, daß ich jahrelang deinem Großvater geholfen

habe«, sagte Noriko. »Das muß für dich ein großes On sein. Fühlst du dich verpflichtet, mich zu heiraten?«
»Ja«, antwortete Hiroki. Trauer umfing Norikos Herz. Ihre größte, geheimste Angst war, daß Hiroki sie aus Pflichtgefühl heiraten würde. Jetzt hatte er es zugegeben. Sie öffnete ihren Regenschirm, um ihre Tränen zu verstecken. »Das hab ich mir gedacht«, murmelte sie und wollte den Pavillon verlassen.
»Ich bin meinem Herzen verpflichtet, Noriko. Ich liebe dich.«
Noriko blieb inmitten einer Pfütze stehen und drehte sich zu ihm, den Schirm achtlos fallen lassend. Ihr Herz war von einer großen Last befreit, und sie verbeugte sich. »Ich liebe dich«, schluchzte sie. »Ich werde mit Freuden deine Frau, wenn du mich nimmst.«
Hiroki grinste. Er sprang aus dem Pavillon und fiel in die Pfütze, direkt vor ihre Füße. Er schaute zu ihr hoch und sagte: »Ich werde immer versuchen, dich zu beeindrucken. Bitte vergib mir, wenn ich mich jetzt lächerlich mache. Ich liebe dich von ganzem Herzen.«
Ihre Blicke begegneten sich, und beide lachten.

Trotz zwölf Stunden Schlaf und Udos Warnung war Mung entsetzt über Gin-kos Aussehen. Udo saß neben ihr und stützte sie.
»Du bist schockiert«, flüsterte Gin-ko.
»Vergib mir«, sagte Mung. »Ich hätte eher kommen sollen.«
»Bitte setz dich naher zu mir. Meine Bitte ist ziemlich unverschämt und meine Stimme nicht sehr stark.«
»Meine liebe Schwiegertochter«, sagte Mung. »Was immer du verlangst, wenn es in meiner Macht steht, betrachte es als geschehen.«
»Ich ... ich bitte dich, nach der Hochzeit deine Stellung als Schwarzer Drache zu benutzen, um unsere Söhne und ihre Frauen aus Tokio wegzuschicken.«

»Bist du kräftig genug, an der Zeremonie teilzunehmen?« fragte Mung.
»Die Vorfreude hat mich die zehn letzten Tage am Leben erhalten«, sagte Gin-ko.
Mung sah zu Udo, der nickte.
Gin-ko blickte von ihrem Mann zu Mung. »Wir haben das besprochen und sind beide einverstanden. Der Arzt gibt mir vor der Hochzeit ein Stimulans, damit ich die Zeremonie durchstehe. Ich bezweifle, daß mir danach noch viel Zeit bleibt. Könntest du die Reisebefehle für die Kinder sofort ausstellen? Ich möchte nicht, daß sie die ersten Tage ihrer Ehe mit Trauer verbringen.«
»Ich hatte gedacht, ich schenke meinen Enkeln und ihren Frauen eine Auslandsreise im Frühling«, sagte Mung. »Ich möchte, daß Hiroki Luftreisen studiert.«
Gin-ko griff nach Mungs Hand. »Bitte schicke Hiroki nicht wieder im Drachen hoch.«
»Keine Drachen. Ich spreche von gasgefüllten Ballons. Sie sind so sicher, daß der Himmel eines Tages voll von ihnen sein wird.«
Gin-kos fahles Gesicht bekam ein bißchen Farbe. »Erinnerst du dich noch an den Heißluftballon in Hokkaido?«
Mung lächelte und nahm Gin-kos Hand. »Die Vulkanpiraten haben ein Loch hineingeschossen, und ich bin in einer Schneewehe verschwunden.«
Gin-ko legte ihren Kopf auf Udos Schulter. »Ja, Udo und Danjuro haben dich herausgezogen. Glaubst du, ich werde Danjuro treffen?«
Mung biß sich auf die Zunge. Fast hätte er sie daran erinnert, daß Danjuro tot war, aber das wußte Gin-ko. Er erhob sich. »Sei unbesorgt. Die Kinder werden sofort nach der Zeremonie Tokio verlassen. Heute abend geht ein Schiff nach Hawaii. Sie werden mitsegeln.«

Udo legte Gin-kos Kopf behutsam in die Kissen. »Mung und ich haben etwas Geschäftliches zu besprechen. Ich komme gleich wieder.«
Vor dem Zimmer unterhielten sie sich flüsternd. »Die Jungen werden es sehr bedauern, nicht bei ihrer Mutter sein zu können«, sagte Mung.
»Ich möchte auch, daß sie fahren«, erwiderte Udo. Sein Körper begann zu zittern.
Mung umarmte seinen adoptierten Sohn. »Sei stark«, flüsterte er. »Sei stark. Deine Bitte wird erfüllt. Kann ich sonst noch etwas für dich tun?«
Udo wollte etwas sagen, aber dann schüttelte er den Kopf. »Ich muß wieder zu ihr. Der Arzt wird bald das Stimulansmittel bringen, es könnte gefährlich werden.«

Mung saß den drei Hochzeitspaaren gegenüber.
»Gleich werden wir mit euren Eltern die verkürzte Hochzeitszeremonie feiern. Sie muß kurz sein, weil eure Mutter stirbt. Eure Eltern haben mich gebeten, daß ihr weg seid, wenn ...«
Mung räusperte sich. »Ihr werdet Tokio verlassen! Ihr werdet sofort nach der Hochzeit an Bord eines Schiffs nach Hawaii fahren!« Sein Blick richtete sich auf die Bräute. »Beim Mi-ai wurden euch die Verpflichtungen eurer Männer gegenüber dem Bund der Schwarzen Drachen erklärt. Noch vor sehr kurzer Zeit wäre das nie mit der Ehefrau besprochen oder in der Öffentlichkeit erwähnt worden. Unsere Parlamentarier haben es jetzt für nötig befunden, Japans patriotische Vereinigungen zu erwähnen. Die Zeitungen, einheimische und internationale, haben unsere Arbeit im sino-japanischen Krieg enthüllt. Deshalb halte ich es für meine Pflicht, euch vom nächsten Auftrag eurer Männer zu unterrichten. Heute abend brecht ihr alle nach Hawaii auf!« Mung reichte Yaka einen Umschlag. »Das sind eure Order. Du und deine Braut, ihr segelt von Honolulu

aus nach Deutschland!« Er reichte den anderen ihre Umschläge. »Uraga, du gehst mit deiner Braut nach Frankreich, Hiroki und Noriko gehen in die Vereinigten Staaten!«
Die drei Brüder verbeugten sich. »So ist es befohlen, so wird es geschehn«, sagten sie im Chor.
Noriko verbeugte sich als erste zum Zeichen ihrer Einwilligung, die beiden anderen schlossen sich ihr an.
»Nachdem keine Zeit für eine Junggesellenparty war, betrachtet diese Reise als eine weitere westliche Neuerung, die Flitterwochen heißt«, sagte Mung. »Ich wünsche euch allen Glück und ein langes und ehrenhaftes Leben. Gehen wir jetzt zu euren Eltern und beginnen mit der Hochzeitszeremonie.«

Mung war erstaunt über Gin-kos Verwandlung. Sie war sehr dünn, sah aber unglaublich schön aus. Ihr dunkles Haar glänzte. Sie hatte alle Make-up-Tricks der Kurtisanen angewandt, um die Zeichen ihrer Krankheit zu verstecken. Ihr violetter Kimono mit gelber Schärpe war so drapiert, daß man den Stuhl ohne Beine, der ihren Rücken stützte, nicht sah.
Gin-ko und Udo saßen an einem Ende des Tischs. Mung, der Älteste, nahm den Platz gegenüber ein. Zu seiner Rechten saßen die drei Bräute und ihre Eltern, ihnen gegenüber die Bräutigame.
Gin-ko nickte ihren Söhnen zu, und sie überreichten ihren Schwiegereltern Geschenke. Die Bräute legten ihre Geschenke vor die Bräutigame.
Das übliche Yuino-Bankett wurde durch Tee und Reis ersetzt. Mung bemerkte, daß Iyeasu zwei Reiskuchen aß. Die Medizin hatte bei seinem Freund und bei seiner Schwiegertochter gut gewirkt.
Die drei Bräute verließen den Raum und kehrten in Weiß gekleidet zurück, dem Symbol des Todes. Sie setzten sich ihren Eltern gegenüber zu ihren Ehemännern, um den Bruch der

Bande mit ihren Familien zu symbolisieren. Dann verschwanden die sechs und zogen sich bunte Kimonos an.

»Mutter sieht recht gut aus«, sagte Uraga im Umkleidezimmer der Männer.

»Sie hat ein Stimulansmittel genommen«, erwiderte Hiroki. »Hinterher wird es ihr noch schlechter gehen. Wie können wir sie verlassen?«

»Der Schwarze Drache hat es befohlen, und Mutter hat darum gebeten und Vater ebenfalls. Wir müssen gehorchen«, sagte Yaka. »Wenn wir zur Zeremonie zurückkehren, macht glückliche Gesichter. Wir wollen uns mit einem Lächeln von unserer Mutter verabschieden. Ich bin froh, daß Noriko sich so gut hält. Sie ist wie eine Tochter für Mutter. Paß auf Noriko auf, Hiroki. Wir lieben sie auch.«

»Das werde ich«, versprach Hiroki.

Die drei Brüder setzten sich zum Zelebrieren des San-san Kudo neben ihre Bräute. Jedes Paar bekam drei verschieden große Schalen. Auf ein Zeichen Gin-kos gossen ihre Söhne Reiswein in die kleinsten Schalen und reichten sie ihren Bräuten. Die jungen Frauen führten die Schalen dreimal an den Mund.

Hiroki sah Noriko in die Augen und vergaß alles um sich herum. Er beobachtete, wie sie mit zarter Hand die zweite Schale füllte und sie ihm reichte. Ihre Blicke begegneten sich erneut. Er führte die Schale dreimal zum Mund. Die dritte Schale wurde gefüllt und neunmal hin und her gereicht.

Udo stellte sich hinter die Paare und übergab jedem ein Regierungsformular. Nachdem alle unterzeichnet hatten, sammelte er sie wieder ein. Jeder Bräutigam reichte jetzt seiner Frau einen Zeremoniendolch, um ihre Ehre zu schützen. Dann begann das Hochzeitsbankett. Kellner brachten Tabletts mit herrlich dekorierten Speisen.

Iyeasu räusperte sich. »Während meiner Studien in Frankreich und England war ich einige Male bei christlichen Hochzeiten zu

Gast. Ein beliebter Trinkspruch des Brautvaters lautete: ›Ich habe nicht eine Tochter verloren, sondern einen Sohn dazugewonnen‹. In meinem Fall ist das besonders zutreffend.« Er reichte seinem Schwiegersohn einen Umschlag und verbeugte sich vor Udo und Gin-ko. »Mit Erlaubnis seiner Eltern überschreibe ich hier alle Besitztümer, Unternehmungen und Vermögen im Falle meines Todes Hiroki Ishikawa.«
Hiroki verbeugte sich vor seinem Großvater, seinen Eltern und Iyeasu. »Ich nehme diese Adoption an und die Verantwortung, einen Erben zu zeugen, der den Familiennamen Koin weiter trägt. Ich werde für das Wohl meiner Frau und Eurer Besitztümer sorgen. Ich werde Euer Grab und das Eurer Ahnen ehren.«
Er wandte sich zum Kopf der Tafel und sah eine Träne am Auge seiner Mutter zittern. Er verbeugte sich und wollte etwas sagen, aber die Stimme versagte ihm. Er räusperte sich. »Auch wenn ich den Familiennamen Koin annehme, werde ich trotzdem meine Sohnespflichten gegenüber meinen Eltern erfüllen.« Hiroki wußte, daß er seine Mutter nie wiedersehen würde, und Tränen traten ihm in die Augen.
Mung machte dem Shinto-Priester ein Zeichen, hereinzukommen.
Der Priester schwang ein brennendes Weihrauchgefäß und einen Weidenzweig. Dabei sang er Gebete, um die frischvermählten Paare zu läutern, und flehte die Götter an, sie zu segnen. Er legte mit Schmetterlingsschleifen gebundene Kirschblütenzweige und Kiefernzweige vor jedes Paar – ein Symbol für Fruchtbarkeit und Tugend, und es erinnerte die Frauen und Männer an die drei, drei, neun schweigenden Gelübde mit den Reisweinschalen.
»Gin-ko Ishikawa möchte ein paar Wort sagen«, verkündete Udo.
Gin-ko fragte sich, ob die Leute merkten, wie schwach sie war. Die Wirkung des Stimulansmittels ließ nach. »Männer sind

sich über den starken Einfluß der Frauen auf sie bewußt«, sagte sie. »Deswegen haben wir so viele Bräuche, die dem Mann die Dominanz über die Frauen geben. Bei uns ordnet sich die Frau gewöhnlich dem Mann in ihrem Tun und Denken unter. Es gibt nur wenige Männer, die stark genug sind und genügend Selbstvertrauen haben, mit ihren Frauen das Gute und das Schlechte im Leben gleichberechtigt zu teilen. Mein Mann ist einer von ihnen.« Sie sah Udo an.

Noriko nahm Hirokis Hand und drückte sie.

Gin-ko wandte sich an ihre Söhne. »Ich hoffe, ihr werdet dem Beispiel eures Vaters folgen. Mein Leben war erfüllt und reich durch diese ungewöhnliche Beziehung.« Allmählich verschwammen die Gesichter am Tisch vor ihren Augen. Sie sammelte ihre letzten Kraftreserven. »Euch jungen Bräute wünsche ich viele glückliche Momente euer ganzes Leben lang, Treue gegenüber dem Kaiser und euren Männern. Möget ihr Kinder haben, die so ungewöhnlich sind wie meine.«

Iyeasu verneigte sich, dann sagte er: »Ich ergreife das Wort für die Eltern der Bräute. Wir versprechen dir, uns um deine prächtigen Söhne zu kümmern. Wir werden dafür sorgen, daß sie gut zu unseren wundervollen Töchtern und unseren Enkeln sind.«

Mung erhob sich am Ende der Tafel und verkündete: »Würden sich die Brautpaare bitte von ihren Eltern verabschieden. Diese Zeremonie ist beendet.« Er sah Gin-ko an und sagte: »Du hast einen weiten Weg vor dir. Wisse, daß unsere Herzen, unsere Gedanken und unsere Liebe dich begleiten.« Er verneigte sich vor ihr.

Udo und Gin-ko blieben sitzen, als die Gäste gegangen waren. Er machte den Dienern ein Zeichen, ebenfalls zu gehen. Gin-ko ließ sich an seine Schulter fallen. »Ich bin so müde«, flüsterte sie.

Ganz behutsam hob Udo seine Frau auf und trug sie in ihr Zimmer.

32

Der Arzt schloß die Tür zu Gin-kos Zimmer. »Ich kann nichts mehr für sie tun. Sie schläft.«

»Wie lange noch?« fragte Udo.

»Bald.«

Udo holte einen Umschlag aus dem Ärmel und reichte ihn dem Arzt. »Bitte laßt das im Bonsai-Laden in der Nähe des No-Theaters in der Ginza abliefern.«

»Ich kann Euch ein Beruhigungsmittel geben.«

»Nein, danke«, sagte Udo, öffnete die Tür und kehrte an Gin-kos Seite zurück. Sie schlief. Er schob die Vorhänge auf, die Sonne verschwand gerade am Horizont.

Udo setzte sich zu Gin-ko, lauschte ihrem schwachen Atem und dachte zurück an ihr gemeinsames Leben. Im Dunkeln fühlte er, wie ihre Hand nach der seinen tastete. Zusammen hatten sie ihre Vergangenheit in Bordellen vergessen, und beide wurden aus ihrer Liebe neu geboren. Ihr Leben war eine Neuentdeckung ihrer selbst und der Welt um sie herum geworden.

»Jetzt müssen wir gemeinsam den Rubikon überschreiten, geliebte Gin-ko«, flüsterte er. »Wir werden die Wahrheit über Himmel, Hölle oder Nichtexistenz erfahren.«

Udos Kopf neigte sich, und er schlief ein.

Es war dunkel. Still. Udo hatte jedes Zeitgefühl verloren. Er spürte Gin-kos kühle Hand in seiner. Sie hatte aufgehört zu atmen. Er küßte sie, und ihre Lippen waren kalt. Er umarmte ihren schlaffen Körper und flüsterte ihr zu: »Warte auf mich, Liebes.« Er legte ihr die Hände an die Seiten.

Udo ging zu einem Schrank und holte das lange und das kurze Schwert eines hochrangigen Samurai und einen sechsschüssigen Colt heraus. Er steckte sie in seinen Obi und verneigte sich vor seiner Frau. »Ich bin jetzt frei, Giri zu machen.« Er ging auf die Knie und berührte mit der Stirn den Boden. »Ich habe kein Leben ohne dich, Gin-ko, und keine Ehre ohne Giri.« Er rutschte auf den Knien rückwärts aus dem Zimmer.

Am Westtor des Kaiserpalastes trat ein Mann aus dem Schatten. Er schob seinen Ärmel hoch und zeigte eine komplizierte Tätowierung auf seinem Unterarm. »Wir haben deine Botschaft erhalten. Wir sind bereit, das On von Wada Zenshichi an die Dame Gin-ko zu bezahlen.« Er gab ein Zeichen, und eine Rikscha erschien aus der Dunkelheit. »Die Ninjas sind bereits vor Hideyoshis Haus in Stellung gegangen. Es ist nicht weit von hier. Bist du bereit?«

Udo legte die Hände an seine beiden Schwerter und nickte.

»Bitte steig ein«, sagte der Yakuza.

Ein maskierter, dunkel gekleideter Mann saß bereits in der Rikscha. »Ich bin der Ninja-Führer. Gut, daß Ihr eine Pistole dabei habt. Hideyoshis Wachen sind Profis und sehr wachsam. Wir werden jetzt mit der Rikscha zum Haupttor des Hauses des Marquis fahren. Wir werden versuchen, die Wachen ohne Aufsehen aus dem Weg zu schaffen, und eine andere Truppe erledigt die Wächter auf der Veranda und im Haus. Wir werden versuchen, die Wachen außer Dienst in der Gärtnerhütte nicht zu wecken.«

Innerhalb weniger Minuten hatten die Ninjas ihren Plan in die Tat umgesetzt und die letzten Wachen in der Eingangshalle ebenfalls schnell und ohne einen Laut getötet. Die Ninjas huschten an Udo vorbei, die Gänge entlang und die Stufen hinauf. Sie lauschten an jeder Tür.

Udo wurde zur Tür von Hideyoshis Arbeitszimmer geführt. Der Mann, den er töten wollte, schrieb gerade etwas in ein

Buch. Die schwarzgekleideten Ninjas schlichen über die Tatamis und standen neben Hideyoshi, als er den Kopf hob. Udo sah mit Genugtuung die Angst in dem pockennarbigen Gesicht, ehe eine schwarzbehandschuhte Hand ihm den Mund zuhielt. Hideyoshis Arme wurden ihm auf den Rücken gebogen. Seine entsetzten Augen zeigten, daß er Udo, der jetzt auf ihn zuging, erkannt hatte. Hideyoshi versuchte sich zu befreien. Er bäumte sich auf, trat und versuchte vergebens zu schreien. Der Ninja-Führer streckte die Hand aus und drückte einen Wirbel am Nacken des Marquis. Hideyoshi erstarrte und fiel dann in sich zusammen.

Die beiden Ninjas schlugen ihn ins Gesicht, bis er wieder bei Bewußtsein war.

»Tötet mich nicht«, keuchte Hideyoshi. »Was wollt ihr? Ich werde bald Premierminister sein. Ihr könnt alles haben!«

»Euren Tod«, sagte Udo.

»Euer Vater hat mir verziehen!«

»Mung und Iyeasu hätten Euch längst getötet, wenn da nicht der Kaiser wäre. Eure gekauften Mörder haben Eurem Bruder das Bein genommen und Mungs Frau getötet. Euer Mann, Shibata, hat meine Frau öffentlich beleidigt, und Ihr habt ihn dazu angestiftet. Deshalb werde ich Euch töten!«

Hideyoshis Kopf rollte hin und her. Tränen liefen ihm übers Gesicht. »Ich hatte nichts damit zu tun. Nichts! Ich bin unschuldig! Ich will Eure Frau um Verzeihung bitten!«

»Ja«, sagte Udo. »Das ist eine gute Idee. Gin-ko ist gerade gestorben.«

Hideyoshi warf sich nach vorne und versuchte seine Pistole, die unter der Schreibtischplatte versteckt war, zu greifen. Die Ninjas packten seine Arme.

»Haltet ihm den Mund zu, und legt seine rechte Hand auf den Tisch«, befahl Udo.

Hideyoshis Schreie wurden von der schwarzbehandschuhten

Hand erstickt. Udo holte ein kleines Messer aus dem Obi und spießte damit Hideyoshis Hand auf die Tischplatte, dann trat er zur Seite und zog sein kurzes Schwert. Er sah in Hideyoshis weit aufgerissene, angsterfüllte Augen, dann hackte er die Hand am Gelenk ab. Hideyoshi starrte fassungslos den Stumpf an, aus dem das Blut spritzte, und stöhnte.
Udo stellte sich vor ihn. »Das ist der Tod, den Shibata, Euer Liebhaber, für Mung geplant hatte! Den Tod eines Verräters!«
Hideyoshi sah, wie Udo erneut mit dem kurzen Schwert ausholte. Er jaulte durch die Hand vor seinem Mund wie ein kranker Hund. Seine Augen traten aus den Höhlen.
»Du bist ein Verräter deines Standes, deiner Ahnen und der menschlichen Rasse«, sagte Udo und stieß Hideyoshi das Schwert in die Brust.
Die Ninjas ließen Hideyoshis Arme los, und der Körper bäumte sich im Stuhl auf, erschauderte kurz und fiel dann in sich zusammen. Udo trat zurück und zog sein langes Schwert. Er hob es mit beiden Händen und spaltete Hideyoshis Schädel und ließ es dort stecken. »Das ist für die Ehre meiner Frau, meiner Familie und für mich!«
Die drei Ninjas brachten Udo zur Rikscha und begleiteten ihn zum Westtor des Palastes. Zurück in seiner Wohnung, holte Udo eine Schale Wasser und einen Pinsel aus dem Schrank. Er trug sie zu Gin-ko und pinselte ihre Lippen im letzten Wasserritus. Er zog ihr ein langes, weißes Musselingewand an, nahm ihr Kissen weg und legte den Kopf in Richtung Norden. Udo zog sich eine lange weiße Robe an. Er legte seine Schlafmatte neben Gin-kos und stellte eine Truhe zu ihren Füßen. Darauf tat er zwei brennende Kerzen und zwei Räucherstäbchen auf jede Seite der beiden Vasen. Hinter die Truhe stellte er einen kleinen Paravent. Er nahm einen kurzen Dolch, der, den er Gin-ko zur Hochzeit geschenkt hatte, und legte ihn auf das Reispapier, auf das er sein Todesgedicht geschrieben hatte.

»Wenn mein Auge den Ort schaut, an dem meine Liebste weilt,
Bleibt nur mein Schluchzen.
Wenn ich die Blume meines Herzens suche,
Seh ich kein Licht, hör keinen Laut.
Der Tod führt einen Kalender,
Wir haben ein Rendezvous.«

Udo öffnete seine Robe und kniete sich neben Gin-ko. Er holte tief Luft und spannte seine Unterleibsmuskeln. Dann trieb er die Spitze des Dolches in seine linke Seite, zog die Klinge nach rechts und drehte die Spitze nach oben. Blut strömte über seine Beine. Er zog das Messer heraus und legte es neben das Todesgedicht. Er streckte langsam die Beine aus, nahm Gin-kos Hand und legte seinen Kopf neben den ihren. Sein Körper erschauderte, er seufzte und schloß die Augen.

33

»Wir wissen, wer Marquis Hideyoshi getötet hat und warum«, sagte General Honjo den im Einsatzraum versammelten Armeeoffizieren. »Aber die Wahrheit bringt uns nichts. Der Kaiser hat befohlen, daß das Morden zwischen Weißen Wölfen und Schwarzen Drachen ein Ende haben muß. Seine Kaiserliche Majestät ist wütend auf Mung, weil sein Sohn sich einem kaiserlichen Befehl widersetzt hat. Die Ishikawas werden morgen früh in einer privaten Zeremonie eine Stunde nach Marquis Koins Staatsbegräbnis beigesetzt. Es ist ein Zeichen der Ungnade des Kaisers gegenüber Mung und seiner Familie.«

»Wir haben die Pflicht, Mung und den Yakuza, der für das Attentat bezahlt hat, zu töten«, sagte ein Offizier, andere schlossen sich seiner Meinung an.

»Falsch!« rief General Honjo. »Ihr seid nur dem Kaiser und Japan verpflichtet! Ich verbiete hiermit jeden Mordversuch! Wir müssen jemanden finden, der den Platz des Marquis im Oberhaus einnimmt. Ich suche einen Führer, der bereit ist, unsere territoriale Expansion auf dem chinesischen Festland in die Mongolei weiter vorzunehmen. Jemanden, den wir kontrollieren können!«

»Eure Berufung auf diesen Platz kann arrangiert werden«, sagte ein älterer Offizier.

»Nein«, erwiderte Honjo. »Ich kenne meine Grenzen. Meine Stärke ist das Manipulieren von Menschen aus den Kulissen.«

Ein junger Offizier erhob sich. »Ich bin Adjutant von Graf Iga Sasaki. Er hat Marquis Hideyoshis Politik mit Geld und Stimmen unterstützt. Er ist eine sehr schwache Persönlichkeit.«

»Gut. Wie verhält er sich sonst?«
»Er wirft das Geld zum Fenster hinaus und sieht seine Familie nur selten, trinkt gerne und genießt etwas ungewöhnlichen Sex. Es reicht, um ihn in Verruf zu bringen.«
»Der genügt. Macht einen Plan, um ihn weiter zu kompromittieren, damit wir ihn ganz in der Hand haben. Ich werde ihm bei der Beisetzung einen Ehrenplatz verschaffen, um zu zeigen, daß er Hideyoshis Nachfolger ist.«
»Herr, noch eine Frage, wenn die Ninjas und die Yakuza nicht für den Tod des Marquis zur Verantwortung gezogen werden können, wer wird es dann?«
»Udo Ishikawas Vater.«
»Herr, es wäre mir eine Ehre, Mung zu töten.«
»Das ist nicht nötig. Hideyoshi hatte einen Plan, um ihn in Verruf zu bringen, wobei die Engländer eine Rolle spielten. Mung wird sich wünschen, er wäre neben seinem Sohn und seiner Schwiegertochter begraben!«

Der buddhistische Priester verließ den Familienfriedhof der Ishikawas. Seine Gebete für Udo und Gin-ko waren nur von Mung, Iyeasu, zwei Rikschafahrern und einigen Beobachtern General Honjos gehört worden.
Mung und Iyeasu setzten sich in den nahe gelegenen Pavillon.
»Sie waren eine andere Generation als wir«, sagte Mung und deutete auf die frischen Gräber.
Der kleine, dicke Mann legte seine Krücken beiseite. »Ich bin ungefähr in ihrem Alter.«
»Ja, aber Udo ist außerhalb von Japan aufgewachsen. Er hätte sich an den Befehl des Kaisers, an dich und mich halten müssen und deinen Bruder nicht töten dürfen.«
»Er hat es erst nach Gin-kos Tod getan«, sagte Iyeasu. »Eigentlich bin ich ganz froh, daß Hideyoshi tot ist. Die Art, wie er getötet wurde, ist eine angemessene Botschaft an die Weißen

Wölfe, die dich töten wollten und mich mein Bein gekostet haben.«

»Es hat eine traurige Schönheit, wie Udo und Gin-ko gefunden wurden, Seite an Seite, Hand in Hand. Es erklärt, daß Udo so nachdrücklich auf die Abreise seiner Söhne aus Tokio bestanden hat.«

»Glaubst du, Gin-ko hat gewußt, daß er ihr in den Tod folgen wollte?«

Plötzlich fing der tonnenschwere Buddha auf dem moosbewachsenen Stein zu wackeln an. Mung hielt sich am Geländer des Pavillons fest. Iyeasu klammerte sich an die Bank. Der behäbige Buddha flog von seinem Sockel.

Auf halbem Weg zwischen Tokio und Yokohama im am dichtesten besiedelten Teil Japans hatte sich ein Spalt in der Oberfläche der Erde aufgetan. Erdrindenverschiebungen bewegten die östliche Schicht der Bruchzone sieben Meter nach Norden. Dadurch sprang die westliche Schicht vier Meter nach Süden. Innerhalb von zwei Minuten hatten die wilden Bewegungen der Erdoberfläche jedes Gebäude in tausend Meilen Umkreis vom Epizentrum beschädigt oder zerstört. Kochfeuer zur Zubereitung des Mittagessens wurden in alle Richtungen zerstreut und setzten die hölzernen Häuser in Brand.

Die Bewohner der Pazifikküste hörten, wie die See sich zischend von der Küste zurückzog. Teile des Meeresbodens, die noch nie das Tageslicht gesehen hatten, wurden sichtbar. »Tsunami!« ertönte der gefürchtete Schrei. Leute packten ihre Kinder und flohen landeinwärts. Wasser rauschte aus Buchten und Häfen, um die neugeschaffene Kluft im Meeresboden zu füllen, und die gigantische Woge landauswärts staute die See auf. Die neuen Unterwasserschluchten füllten sich, und die Wasser standen still. Aber die See ließ sich nicht zurückhalten. Sie türmte sich mit den verzögerten Wellen landeinwärts zu einem riesigen Berg auf. Der Tsunami tobte mit dreihundert Stundenkilometern auf das Land zu. Er rauschte auf die Hauptinsel Honshu zu und wurde von vulkanischen Hängen gebremst, wuchs und wurde dichter. Die zweihundertfünfzig Kilometer lange Wasserwand wuchs auf drei, dann sechs, dann zwanzig Meter Höhe vor der Küste hoch. Die Killerwelle bewegte sich fünfhundert Meter landeinwärts und krachte dann herunter; ihr Sog riß Menschen, Häuser, Bäume, Felsblöcke und Steintempel mit aufs Meer hinaus.

Mungs Sitz wurde aus seiner Verankerung gerissem und er wurde aus dem Pavillon geschleudert. Das Dach krachte auf Iyeasu nieder. Mung sprang auf und wurde wieder zu Boden geschleudert. Er versuchte zu seinem Freund zu kriechen, wurde aber zur Seite geworfen. Er sah die Häuser um den Friedhof herum einstürzen. Dann war mit einem Mal Ruhe. Mung gelang es, auf die Knie zu kommen. Zwischen ihm und dem Kaiserpalast stand kein einziges Haus mehr. Ein Vogel setzte sich auf einen schiefen Grabstein, legte den Kopf zur Seite und sah ihn an, das einzige, was sich auf dem Friedhof noch bewegte. Mung blickte sich um. Offene Särge überall, herausgeschleuderte Skelette mit offenen Kiefern und dunklen, anklagenden Augenhöhlen.
»Hol mich hier raus!« ertönte Iyeasus Stimme. Mung sah, daß sich das Dach des Pavillons bewegte.
»Bist du verletzt?« rief Mung.
»Noch nicht.«
Bei einem Nachbeben stürzt das Dach über Iyeasu zusammen, dachte Mung. Er blickte sich nach den Rikschafahrern um, aber die waren geflohen, und weiter entfernt sah er einen der Weißen Wölfe, die zur Beobachtung gekommen waren, weglaufen. Mung schaute vorsichtig unter das Dach. Er packte das Stück über Iyeasu. »Wenn ich das Teil hochhebe, kriech raus!«

Nachdem das geschehen war, ließ Mung das Dachstück fallen und setzte sich.
»Meine Krücken sind noch da drunter!« rief Iyeasu.
»Vergiß sie. Das Ding krieg ich nicht noch einmal hoch. Komm jetzt, weg hier!«
»Wo sollen wir denn hin? Die Welt ist zerstört!«
»Der Kaiserpalast steht noch. Und dahinter sehe ich auch noch ein paar Häuser.«
Der Schrei eines Kindes durchbohrte die Luft. Von überall her ertönten jetzt Schreie und das Stöhnen von Menschen, die in eingestürzten Häusern gefangen waren. Mung rannte auf das Geräusch des Kindes zu. Er stolperte über ein Skelett, fing sich wieder und eilte weiter. Ein unversehrtes Baby saß neben der ausgestreckten Hand seiner Mutter. Mung räumte die zerbrochenen Ziegel auf der Mutter zur Seite und mußte feststellen, daß ihr Kopf völlig zertrümmert war. Er deckte ihn schnell wieder zu. Von überall her kamen Hilferufe.
»Feuer!« schrie Iyeasu. »Lösch das Feuer!«
Mung nahm das Kind in den linken Arm und lief zum Brunnen des Schreins. Er war verschüttet. Die Schreie der Eingeschlossenen wurden lauter.
Iyeasu schleppte sich auf die Rikschas zu, und Mung lief zu ihm. »Halte das Kind, während ich versuche, den Leuten zu helfen.«
»Wir haben gelernt, Städte zu retten«, sagte Iyeasu. »Wir müssen uns darauf verlassen, daß andere den Menschen helfen. Ich habe Tokios Feuerwehrhandbuch und die Feuergesetze von 1873 geschrieben.« Er zeigte in Richtung Hafen. »Schau.«
Mung hielt das Baby fester und starrte mit offenem Mund auf die Rauchlinie, die sich auf die Stadt zubewegte. »Bei den Göttern«, keuchte er. »Der Wind treibt es vor sich her!«
Iyeasu schleppte sich in die Rikscha. »Jetzt gib mir das Kind! Du ziehst uns zum Hauptquartier der Feuerwehr. Ich muß

ihnen sagen, daß sie sich an der Eitai-Brücke aufstellen müssen.«

Mung reichte ihm das Kind. Nach anfänglichen Schwierigkeiten beim Ziehen der Rikscha durch seine fehlende Hand bastelte er sich ein provisorisches Geschirr aus seiner Jacke, und die drei fuhren weg vom Friedhof.

Die Straßen mit kleinen Häusern waren relativ frei von Trümmern, aber als sie sich dem Fluß Sumida näherten, sahen sie, daß größere Gebäude auf die Straße gestürzt waren. Überall klafften Risse, und an manchen Stellen war die Erde bis zu drei Meter hoch aufgeschüttet.

»Geh weiter in Richtung Fluß. Das ist ein natürlicher Feuerbruch.«

Mungs siebenundsechzig Jahre machten sich allmählich bemerkbar, und er ging langsamer, aber selbst bei diesem Tempo war das Ziehen der Rikscha äußerst anstrengend. Überall Leichen. Verwundete und Verstümmelte lagen auf der Straße herum und schrien nach Hilfe. Aus den eingestürzten Gebäuden kamen Hilferufe. Geröll blockierte die Straße. Mung verdrängte all das Elend und konzentrierte sich auf die Straße. Sie näherten sich der Eitai-Brücke, und das Vorwärtskommen wurde immer schwieriger.

»Halt!« schrie Iyeasu. »Die Götter sind verrückt geworden!«

Sie hörten ein menschliches Geräusch, das klang, als käme es von einem riesigen verängstigten Tier. Mung standen die Haare zu Berge. Eine Menschenmasse ergoß sich über die Brücke, gejagt von einer kilometerlangen Feuerwand. Tausende sprangen in den Fluß. Feuerwehrmänner versuchten den Menschenstrom auf den offenen Platz des Militärdepots und den Paradeplatz zu dirigieren.

»Du schaffst es nicht bis zur Brücke gegen diesen Mob«, schrie Iyeasu. »Das Feuer wird am Fluß einhalten, und dann legt sich die Panik. Dann können wir weiter.«

Mung entledigte sich seines improvisierten Geschirrs und kletterte in die Rikscha. Das Feuer hatte einige der Fliehenden eingeholt. Der Geruch verbrannten Fleisches schnürte ihm die Kehle zu. Hölzerne Gebäude explodierten zu gigantischen Fackeln, noch ehe die Flammen sie erreicht hatten. Die Zementfundamente der Brücke begannen zu bröckeln. Die Hitze verbog Metallstützen. Pflastersteine explodierten. Das Feuer tobte wie ein tollwütiges Tier zu beiden Seiten des Flusses.
»Der Wind hat sich gedreht«, schrie Iyeasu. »Er bläst auf das Feuer zu! Tokio ist gerettet!«
»Nicht auf dieser Seite des Flusses«, schrie Mung. »Der Rauch kommt immer noch auf uns zu!«
»Wie kann das sein?« brüllte Iyeasu gegen den tosenden Sturm. Er zeigte auf den hochgewirbelten Staub, der um sie herum zum Fluß hinunterpeitschte, und versuchte das Kind mit seinem Körper zu schützen.
Mung kauerte mit aschfahlem Gesicht in der Rikscha. Er schrie Iyeasu ins Ohr. »Ein Hitzevakuum! Das Feuer saugt den Sauerstoff an. Daher kommt der Wind! Schau, die Feuerwehr weicht vom Fluß zurück!«
Sie beobachteten, wie das Banner auf einem langen Bambuspfahl die vor Angst verrückte Menge zum offenen Paradeplatz führte, wo sich bereits Zehntausende versammelt hatten.
»Warum geben die Feuerwehrleute auf?« rief Mung.
Iyeasu packte seinen Arm und deutete nach vorne. »Tornados!«
»Nicht in Japan«, sagte Mung.
»Schau! Es sind zwei! Die Bestie überquert den Fluß!«
Mung hatte solche Wirbelstürme in Amerika gesehen, aber in Japan – das hatte er noch nie gehört. Sein Verstand weigerte sich zu glauben, was seine Augen sahen – zwei riesige rote Wirbel, gigantische Feuersäulen, die in den Himmel ragten. Sie wirbelten über den zweihundert Meter breiten Fluß, sengend,

saugend, alles was ihnen in den Weg kam, Menschen, Tiere, Häuser. Der Himmel rötete sich von der Glut, die sie hochwirbelten und mit der sie das Feuer über ganz Tokio ausbreiteten. Mung zählte vier weitere Feuerstürme, die den Fluß im Süden überquerten.
Iyeasu drückte Mung das Baby in die Arme. »Verschwinde von hier«, schrie er.
Mung schob ihm das Kind wieder zu und sprang aus der Rikscha. Er streifte sich das Jackengeschirr erneut über und trabte los. Menschen rannten an ihm vorbei. Eine Frau rempelte ihn an, wollte sich zur Entschuldigung verbeugen und wurde niedergetrampelt. Seine Last wurde leichter. Er wurde geschoben, schneller und immer schneller, von den Menschenmassen, die vor dem Feuer flohen. Mung rannte so schnell er konnte. Er stolperte, aber sein Geschirr hinderte ihn am Sturz, er stolperte wieder und fiel ins Geröll.
Und plötzlich waren fast alle Leute weg. Mung stand auf, mit zerrissenen Kleidern, blutigem Gesicht, ohne Brille. Er drehte sich zu Iyeasu um und starrte in eine Feuerwand.
»Nimm es und renn!« schrie Iyeasu. Er warf ihm das Kind in die Arme. Ein weiterer Feuersturm raste auf sie zu. »Lauf! Mögen die Götter mit dir sein!« Iyeasu wandte sich in der Rikscha um und sah seinem Tod ins Auge.
Mung packte das Kind und rannte mit gebeugtem Rücken los. Die Hitze und die Angst gaben ihm Kraft. Er überholte Leute, die vorher an ihm vorbeigestürmt waren.
Ein Abflußgraben bog links von der Straße weg, und Mung sprang über den Rand. Er rutschte den Abhang hinunter in den Schlamm, den Schleim und den menschlichen Kot, als die riesige rote Säule die Nachmittagssonne verdunkelte. Andere folgten ihm in den Graben. Diejenigen, die zögerten, brannten wie Fackeln. Mung legte dem Baby die Hand vor den Mund und grub sich in den Dreck, weg von der Hitze. Er tauchte erst

wieder auf, als der Körper des Babys zu erschlaffen begann. Das Kind und er atmeten gierig die heiße Luft ein. Die Feuersäule war vorbeigezogen.

»Ihr habt mein Leben gerettet!« Ein junger Mann watete durch den knietiefen Unrat auf ihn zu. Er nahm Mungs Arm und half ihm hoch. »Ich habe Euch runterspringen sehen und bin gefolgt.«

»Kannst du mir zum Kaiserpalast helfen?« fragte Mung.

»Herr, ich glaube, Ihr braucht einen Arzt, bevor Ihr irgendwo hingeht. Euer Rücken ist verbrannt und voller Blasen.«

»Dein Rücken muß auch versorgt werden«, sagte Mung.

»Ja, aber ich zähle nicht so viele Jahre.« Der junge Mann verbeugte sich.

»Hier. Trag das Kind. Bestimmt haben sie im Kaiserpalast ein Krankenhaus eingerichtet. Wie heißt du?«

»Taro Kihei.«

»Taro, laß uns von diesem Ort hier weggehen.«

Mung kämpfte sich mit Hilfe des jungen Mannes aus dem Graben. Oben angelangt, drehte er sich langsam im Kreis. »Zwei Drittel der Stadt sind zerstört.«

»Wenigstens haben die Feuerstürme aufgehört«, sagte Taro.

»Es gibt nichts Brennbares mehr. Ohne die Gebäude kann man sich gar nicht orientieren.« Plötzlich merkte Mung, daß er vor den verkohlten Resten seines Freundes stand. Eine rundliche Form in den Überresten einer Rikscha. Mung wandte sich ab und würgte.

Er ging in Richtung Palast los, gefolgt von Taro mit dem Kind. Sie näherten sich dem Paradeplatz.

»Herr, schaut Euch all die reglosen Menschen an«, sagte Taro.

Mung ging wie ein Schlafwandler auf die dichtgedrängten Massen auf dem Platz zu. Die umliegenden Lager waren bis auf die Grundmauern niedergebrannt. Da waren nur noch Tausende und Abertausende von Menschen, im grünen Gras aneinandergedrängt. Keiner bewegte sich. Keiner weinte. Das Banner der Feuerwehr wehte sanft in einer kühlen Brise. Feuerwehrleute standen darum herum – groteske Statuen. Alle schauten nach oben, mit demselben Ausdruck des Entsetzens im Gesicht.

»Geht da nicht hin«, rief Taro. »Ich glaube, die sind alle tot.«

»Sie sind nicht verbrannt. Ich muß sehen, was sie getötet hat.« Mung trat zwischen die Leute. Alle, kniend, stehend, zusammengekauert, hatten dasselbe entsetzte Gesicht.

»Ich habe gesehen, wie zwei Feuerstürme auf das Feld zugerast sind, als ich in den Graben gesprungen bin«, berichtete Taro.

»Das sind Zehntausende hier.« Mung berührte die Schulter des Feuerwehrkommandanten. In dem Moment fiel sein Körper um und riß ein Dutzend Feuerwehrleute mit wie Dominosteine. Mung wandte sich ab und stolperte auf Taro und das Kind zu. »Du hast recht«, sagte er. »Sie sind alle tot.« Er spürte, wie seine Knie nachgaben und sein Körper zu zittern begann. Er sah den Boden auf sich zukommen, und dann umfing ihn gnädige Finsternis.

34

Kobe, 28. Oktober 1894

»Es sind die Berichte, die wir nicht bekommen haben, was mich nervös macht«, sagte William Whittefield. »Seit zwei Tagen ist Tokio abgeschnitten. Kein Laut aus Yokohama, Kanagawa oder Tschiba. Die gesamte Ebene von Kanto ist von der Außenwelt abgeschnitten.«

James Alburg zündete sich eine Zigarre an und erwiderte: »Nagoya hat Erdbeben gemeldet. Das passiert auf diesen Inseln mindestens einmal die Woche. Telefonmasten werden zerstört, und die Kommunikation ist für eine Weile unterbrochen.«

»Aber doch nicht zwei volle Tage«, wandte William ein. »Und für solche Gelegenheiten haben unsere Agenten Tauben.«

Die Signalkanone im Hafen ertönte. Beide Männer gingen zum Fenster. Sieben Boote mit schwarzverschmierten Segeln fuhren langsam in den Hafen ein.

»Das sind Boote aus Tokio mit der Notflagge«, sagte William. »Draußen auf See sind mindestens noch dreißig Schiffe. Da stimmt etwas nicht.«

Eine Stunde später wurde ein sehr mitgenommener Amerikaner ins Büro des Präsidenten geführt. »Tokio ist zerstört«, platzte Roger Johnson heraus. »Es gibt keine Lebensmittel, die Menschen trinken Regenwasser und schlafen im Freien. Zehntausende sind tot!«

»Sie sind müde und überdreht«, sagte Alburg. »So schlimm kann es doch nicht sein.«

»Ich bin erschöpft, aber ich übertreibe nicht. Das Erdbeben hat einige tausend Menschen getötet. Die Springflut zehn- oder fünfzehntausend. Das Feuer aber hat die Stadt fast ausgelöscht. Ich bin bis zur Bewußtlosigkeit unter Wasser im Sumida geschwommen. Der Fluß war so heiß, daß ich dachte, wir werden bei lebendigem Leib gekocht.«

»Aber Tokio hat die beste Feuerwehr der Welt«, sagte William.

»Sie war machtlos.« Johnson fuhr sich mit der Hand übers Gesicht. »Sie wollten am Fluß eine Feuerbresche schlagen, aber Feuersäulen sind über den Fluß gesprungen und haben sich über die ganze Sadt ausgebreitet. Sie haben versucht, die Leute auf dem größten freien Platz ohne Brennbarem zu sammeln.« Johnson fing an zu zittern.

Alburg drückte ihm ein Glas Whisky in die Hand. »Trinken Sie das!«

Der Mann kippte alles auf einmal hinunter. Er holte tief Luft. »Die auf dem Paradeplatz sind nicht verbrannt. Sie standen nur da, Reihe um Reihe, mit offenem Mund, die Augen nach oben.«

»Was ist passiert?«

»Tot. Alle tot. Ein Feuerwehrmann aus Tschiba hat gesagt, sie seien erstickt. Feuerstürme sind über das offene Feld gezogen und haben die Luft weggesogen.«

»Wie viele?«

»Die Polizei konnte nicht alle zählen. Sie waren zu dicht gedrängt. Sie haben ein zehn mal zehn Meter großes Viereck abgemessen, die Leichen gezählt und mit fünfhundert multipliziert.« Das leere Glas entglitt Johnsons Hand. Er fing zu weinen an. »Vierzigtausend Männer, Frauen und Kinder.«

»Sie meinen in ganz Tokio?« fragte William.

»Nein. Nur auf dem Paradeplatz. Vierzigtausend. Und die Babys. Die kleinen Babys mit den offenen Mündern.«

William hob das Glas auf und füllte es. Er trank die Hälfte und reichte es dann Johnson. Alburg trank direkt aus der Flasche.

»Vierundzwanzig Stunden später kam ein schweres Nachbeben«, berichtete Johnson. »Zwei Millionen Menschen waren in Tokio, als die Erde zu beben anfing. Die Überlebenden brauchen Hilfe.«
»Die bekommen sie vom Kobe-Club«, sagte James Alburg. »Zwei unserer Schiffe liegen im Hafen. Das eine hat Reis für den Norden geladen, das andere Rindfleisch in Dosen. Marschverpflegung und Medikamente für die englischen und amerikanischen Truppen in Kanton und Peking. Ich werde beide Schiffe sofort nach Tokio schicken.«
»Laß mich eine Sammlung von Zelten, Kleidung und Medikamenten unter den Leuten von Kobe organisieren«, sagte William.
»Schaff es innerhalb von acht Stunden an Bord. Dann legen wir ab.« Alburg ging zu seinem Schreibtisch und stellte zwei Schecks aus. Er blies die Tinte trocken und reichte sie William. »Das ist der Anfang für einen Hilfsfonds. Zehntausend Dollar von mir und zehntausend Dollar vom Kobe-Club.«
William setzte sich und schrieb seinen Scheck über zehntausend Dollar aus. »Wir nehmen Verbindung mit Shimatzu Ishikawa in Formosa auf. Wir brauchen Zement, Holz, Schindeln, Nägel, Werkzeug und anderes Material, um Tokio wieder aufzubauen.«
Die Nachricht von der Katastrophe breitete sich im ganzen Königreich aus, und alle halfen mit Lebensmitteln, Baumaterial und Geld.
Auf Formosa kaufte Shimatzu mit dem Geld der Bank alles verfügbare Holz. Mit Familiengeld erwarb er drei Sägewerke, ließ sie auseinandernehmen und nach Tokio verschiffen. Er kaufte zwei Druckerpressen und alles Papier, das innerhalb von achtundvierzig Stunden geladen werden konnte. Er mietete das schnellste Schiff im Hafen und belud es mit Medikamenten, Lebensmitteln und so vielen chinesischen Ärzten, wie er mit

hohen Löhnen locken konnte. Shimatzu und seine Frau segelten mit diesem Schiff nach Hause.
Der amerikanische Kommandant der Pazifik-Flotte befahl, daß zwei seiner Schiffe Shimatzus Schiff begleiteten und man in Tokio half, wo Not am Mann war.
Aus allen vier Himmelsrichtungen setzten sich japanische, amerikanische und christliche Missionsgruppen in Marsch. Aber innerhalb einer Stunde waren in Tokio bereits einhundertfünfzigtausend Menschen gestorben. Sechsundfünfzigtausend waren verletzt. Die Winterregen, die Kälte und die schlechten Wohnbedingungen steigerten die Influenzafälle zur Epidemie. In den nächsten zwei Monaten starben weitere zwanzigtausend an Erkrankungen der Atemwege.

»Vater, da ist ein junger Mann mit einem Kind, das angeblich dir gehört«, sagte Shimatzu.
Mung hob den Kopf. »Taro Kihei«, rief er. »Bitte, tritt ein und setz dich. Shimatzu, das ist der junge Mann, der mich aus dem Graben gezogen hat.«
»Ich habe gehört, wie Ihr meinen Vater zum Palast gebracht habt.« Shimatzu verbeugte sich. »Ich danke Euch. Wir haben Euch schon gesucht.«
Der junge Mann errötete und nahm das Baby fester in den Arm.
»Und wer hat sich inzwischen um das Baby gekümmert?« fragte Mung.
»Zuerst ich. Ich habe es mir auf den Rücken geschnallt und beim Abladen der Hilfsschiffe geholfen. Dann habe ich die Influenza bekommen. Die Frauen in der Zeltstadt in der Nähe des Hafens haben den Kleinen versorgt. Es gibt viele verwaiste Babys. Ihre Eltern sind gestorben, als sie die Kinder mit ihren Körpern vor dem Feuer schützten.«

Mung sah das Mitleid in Taros Gesicht. »Es ist also ein Junge«, sagte er fröhlich, um das Thema zu wechseln. »Wir werden ihn brauchen, um Tokio wieder aufzubauen.«

»Bis er erwachsen ist, wird das erledigt sein«, meinte Taro. »Die Straßen sind seit Wochen geräumt. Der meiste Schutt ist abtransportiert, und jeden Tag wachsen neue Gebäude hoch.«

»Ich bin hocherfreut, das zu hören«, sagte Mung. »Als Direktor für Nationale Verschönerung liegt der Wiederaufbau der Kanto-Ebene in meiner Verantwortung.« Er deutete auf Shimatzu. »Mein Sohn hat praktisch meine ganze Arbeit gemacht. Ich war auch an der Influenza erkrankt und habe den Palast nicht verlassen, seit du mich hergebracht hast.«

»Was habt Ihr vor dem Beben gemacht?« fragte Shimatzu Taro.

»Ich bin dem Beruf meines Vaters gefolgt. Ich bin konfuzianischer Gelehrter und Lehrer.«

»Wo sind deine Eltern jetzt?« fragte Mung.

»Sie sind im Feuer umgekommen. Meine Schwestern, meine Frau, unser Haus und unser gesamter Besitz sind verloren.« Taro drückte das Kind an sich. »Das Baby war mir ein Trost. Deswegen habe ich so lange gebraucht, um es zurückzubringen. Als ich erkrankte, wurde mir klar, daß ich die Verantwortung für den Kleinen nicht übernehmen kann.«

Mung sah die Trauer in den Augen des jungen Mannes. Er rückte sich die Brille zurecht und sagte: »Bist du am Wohlbefinden dieses Kindes interessiert?«

»Sogar sehr«, erwiderte Taro.

»Wärst du geneigt, dich weiterhin um es zu kümmern?«

»Ja. Aber die Bedingungen in der Zeltstadt sind ungeeignet. Das Kind gehört Euch.«

Mung schüttelte den Kopf. »Ich habe es neben seiner toten Mutter gefunden. Bist du bereit, deine konfuzianischen Lehren in die Praxis umzusetzen?«

Taro fragte zögernd: »Inwiefern?«
»Du hast gesagt, es gäbe noch andere Kinder, deren Eltern während des Bebens umgekommen sind? Sammle noch zwanzig ein. Gründe ein Waisenhaus. Ich werde es im Namen Graf Iyeasu Koins finanzieren.«
Shimatzus düsterer Blick hellte sich auf. »Ich werde Baumaterial stiften und den Bau überwachen.«
Mung lächelte seinen Sohn an. »Dein Angebot macht mich stolz, aber wenn Taro einverstanden ist, wird er den Bau des Waisenhauses überwachen. Du mußt in zwei Tagen nach England aufbrechen. Lord Cade hat unsere Bitte um einen Kredit abgelehnt. Japan braucht das Geld, um Tokios Industrien wieder aufzubauen und unsere Menschen vor dem Hungertod zu bewahren.« Er drehte sich zu Taro um. »Mein Sohn und ich hoffen, du wirst die Verantwortung für das Waisenhaus übernehmen.«
»Ich bin Euer demütiger und ergebener Diener.«
»Wie nennst du den Kleinen?« fragte Mung.
»Ich habe ihm keinen Namen gegeben, weil ich dachte, er gehört Euch«, erwiderte Taro. »Wenn Ihr einverstanden seid, wird er Iyeasu heißen, zu Ehren des Grafen, nach dem das Waisenhaus benannt werden soll.«
»Sehr gut«, sagte Mung. »Wenn du es wünschst, werde ich dich und den Jungen in die Familie Ishikawa adoptieren.«
Taro verbeugte sich. »Ich danke Euch für die Ehre, bitte Euch aber untertänigst, den Namen Kihei beibehalten zu dürfen. Ich bin der einzige Überlebende. Ich möchte Iyeasu adoptieren.«
Mung wandte sich an Shimatzu. »Laß die Adoptionspapiere fertigmachen, bevor du abreist. Ich betrachte es als Familien-On, Taro und den kleinen Iyeasu in allem zu fördern.« Er lächelte Taro an. »Jetzt gib mir mal das Kind. Wenn es nicht gewesen wäre, wäre ich sicherlich nicht so schnell gerannt und auch nicht so schnell in den Graben gesprungen.«

Während Mung das Baby wiegte, ertönten plötzlich laute Stimmen vor seiner Tür. Er konnte nicht ahnen, daß die Botschaft, die er gleich erhalten würde, ihn in Ungnade stürzen und Japan auf einen unabänderlichen Kurs in einen weiteren Krieg führen würde.

35

Die Kuriere der Schwarzen Drachen warteten, bis Shimatzu, Taro und der kleine Iyeasu fort waren. Dann erst wandten sie sich an Mung. »Herr, die Botschafter Frankreichs und Deutschlands fordern ein Treffen mit unserem Premierminister. Sie werden angeführt von Sergei Witte, dem russischen Finanzminister.«

»Verständlich«, sagte Mung. »Diese Länder haben finanzielle und militärische Interessen im Fernen Osten. Sie möchten unsere geklärt haben.«

»Vom Büro der Schwarzen Drachen in Formosa ist die Nachricht eingegangen, daß die französischen Truppen in China und Südostasien in Alarmbereitschaft versetzt worden sind. Alle militärischen und diplomatischen Urlaube sind gestrichen. Deutsche und französische Kriegsschiffe werden in den chinesischen Docks von Hankow überholt.«

»In welchem Zusammenhang steht diese Nachricht deiner Meinung nach, mit der Bitte um ein Treffen?«

»Es war eine Forderung, keine Bitte. Unsere Genoysha-Agenten in Wladiwostok berichten, daß die Stadt unter Kriegsgesetz steht. Die Schwarzmeer-Flotte und die Baltische Flotte des Zaren sammeln sich dort. Russische Truppen in der Mandschurei, der äußeren Mongolei und Sibirien versammeln sich in Häfen entlang des Japanischen Meeres.«

Mungs Knie waren weich, als er zum Globus ging. Er legte den kleinen Finger auf Wladiwostok und den Zeigefinger auf Hankow. »Sie haben uns eingekeilt.« Er klopfte mit dem Knöchel auf Korea. »Unsere besten Truppen sind in Übersee.«

»Noch mehr schlechte Nachrichten, Herr. General Li Hung-Chang hat den Rest der Penyang-Armee in Mukden zusammengezogen. Und russische, französische und deutsche Schiffe transportieren seine Soldaten flußabwärts in die großen Häfen.«

»Bei den Göttern!« rief Mung. »Sie haben vier Invasionsheere und drei Kriegsflotten. Wo ist Lord Cade?«

»Ab nach Indien.«

»Verdammt! Ich muß Takamora und Nogi informieren.«

»Sie sind bereits beim Kaiser. Ihr, General Honjo und der neue Kriegsminister, Iga Sasaki, seid zu einer sofortigen Audienz berufen.«

»Marquis Hideyoshi hätte seine Freude an dem, was demnächst passieren wird«, sagte Honjo.

»Seid Ihr sicher, daß der Kaiser nur Mung und den Premierminister zu den Verhandlungen schicken wird?« fragte Iga Sasaki.

»Befolgt meine Instruktionen, und Ihr werdet bald Japans nächster Premierminister sein. Beobachtet meine rechte Hand. Wenn sie an meiner Seite ist, sprecht. Wenn sie hinter dem Rücken ist, schweigt.«

»Ich habe Eure Instruktionen auswendig gelernt«, sagte Sasaki. »Bekomme ich den Baukredit für meine Villa in Gifu?«

»Tut, was ich sage, und Ihr erhaltet das Geld als Geschenk, plus einen extra Bonus in Form von zwei interessanten jungen Damen aus Kalkutta. So, bringen wir das hinter uns.« Honjo ging voran zur kaiserlichen Empfangshalle.

»Bitte nehmt Platz«, sagte der Protokollchef, verneigte sich vor dem Kaiser und zog sich zurück.

»Premierminister Mori, ist die Lage so ernst, wie sie scheint?« fragte der Kaiser.

»Ja, Eure Majestät. Eine Invasion Japans ist möglich.« Mori

nickte Mung zu. »Der Schwarze Drache berichtet, daß das russische, das deutsche und das französische Militär Kriegsvorbereitungen treffen. Die Penyang-Armee geht entlang Chinas Ostküste in Stellung. Alle chinesischen Handelsschiffe im Golf von Pohai werden von der kaiserlichen chinesischen Armee beschlagnahmt.«

»Kriegsminister, wie sieht die Verteilung unseres Militärs aus?« fragte der Kaiser.

Honjo legte die Hand auf den Rücken, und Graf Iga Sasaki murmelte: »Sire, die Stabschefs können Euch einen genaueren und detaillierteren Bericht geben«, sagte der Minister.

General Nogi verbeugte sich. »Eure Majestät, wir haben zweihunderttausend Mann in Korea stationiert, entlang des Jalu und in Port Arthur. Als wir Weihaiwei an die Engländer abtraten, sind fünfzigtausend Mann nach Formosa, Okinawa und auf die Pescadoren verlegt worden. Es sind über eine Viertelmillion Männer in Übersee.«

Admiral Takamora verbeugte sich vor dem Kaiser. »Sire, unsere Marine ist über Zehntausende von Quadratmeilen verteilt, um die Versorgungswege für unsere Truppen und die neuen Kolonien zu schützen.«

»Ich ziehe es vor, sie nicht Kolonien zu nennen«, sagte der Kaiser. »Japan wird diese neuen Territorien als moderne Nationen in die Unabhängigkeit führen.« Er beugte sich vor und fragte leise: »Können wir uns gegen eine Invasion verteidigen oder sie zurückschlagen?«

»Es würde zwei Monate dauern, um unsere Truppen zurückzubringen. In Japan sind nur knapp zwanzigtausend kriegserfahrene Soldaten, und der Wiederaufbau von Tokio und der Kanto-Ebene schafft weitere Probleme.«

»Selbst wenn unsere Marine in Stellung wäre, hätten wir keine Chance gegen die kombinierten Flotten von Rußland, Frankreich und Deutschland«, sagte Takamora.

»Ich schlage vor, wir bereiten uns auf eine Invasion vor, aber treffen uns gleichzeitig mit den Europäern und hoffen, daß es einen anderen Grund für den militärischen Aufmarsch gibt«, meinte Mung.
Honjo fragte Mung lächelnd: »Weiß der Schwarze Drache von der geheimen franko-russischen Militärallianz im Fernen Osten?«
»Das wurde offensichtlich vor mit geheimgehalten«, antwortete Mung. Der Bund der Weißen Wölfe hätte mich informieren müssen, dachte er zähneknirschend. Er sah, daß Honjo seine Hand an die Seite legte.
»Der Schwarze Drache hätte es wissen müssen«, sagte Sasaki. »Es war diese Allianz, die die Briten daran hinderte, Frankreichs Bankkredite an Rußland zu sperren.«
Mung beobachtete, wie das Licht sich in Honjos kahlem Schädel spiegelte. Der Mann ist viel gefährlicher als Hideyoshi, dachte er.
»Prinz Kung erhielt vor kurzem drei Millionen Rubel Bestechungsgeld von Sergei Witte, um gegen eine japanische Expansion auf dem Kontinent zu stimmen«, sagte Honjo. »Außerdem hat das britische Außenministerium Lord Cades Politik, Rußland auf den Fernen Osten zu beschränken, abgelehnt. London hat das Vorrücken Zar Nikolaus' in die Mandschurei ermutigt. Lord Cade ist im Augenblick unterwegs nach England, um sein Außenministerium zu überzeugen, seine Prioritäten neu zu ordnen.«
Mung war rot angelaufen, er konnte seine Wut nicht unterdrücken. Innerhalb von fünf Minuten war seine Qualifikation dreimal in Frage gestellt worden. Jetzt hieß es, sein Bericht, Lord Cade sei auf dem Weg nach Indien, sei auch falsch. Er sah, wie Honjo seine Hand an die Seite legte, und sofort ergriff Iga Sasaki wieder das Wort.
»Eure Kaiserliche Majestät, es ist von äußerstes Wichtigkeit,

daß der Premierminister vom Direktor für Nationale Verschönerung zum Treffen mit den ausländischen Botschaftern begleitet wird«, sagte Sasaki.

Honjo sah Iga Sasaki fragend an. »Stärkt es denn nicht im allgemeinen die Verhandlungsposition, wenn man der Opposition zahlenmäßig überlegen ist?« Seine Hand wanderte wieder an die Seite, und der Minister trug seine vorbereitete Antwort vor.

»Die westlichen Botschafter werden gewisse uns betreffende Forderungen geltend machen«, sagte Sasaki. »Es ist die Pflicht des Premierministers, sich ihnen zu stellen. Wie es scheint, stehen diese Forderungen im Zusammenhang mit dem Shimonoseki-Abkommen mit China. Der Schwarze Drache war für diese Verhandlungen verantwortlich und sollte an dieser Konferenz teilnehmen, um seine Gewinne zu verteidigen.«

Nogi trat vor. »In dem Fall sollten Admiral Takamora und ich zur Delegation gehören. Wir waren genauso am Abkommen beteiligt.«

Mung freute sich über die Unterstützung der Stabschefs, aber er mußte Honjos nächsten Worten zustimmen. »Japan kann es sich nicht leisten, die besten Militärs im Land zu verlieren. Sollten uns übertriebene Bedingungen aufgrund unserer Verletzlichkeit gegenüber einer Invasion aufgezwungen werden, müßten General Nogi und Admiral Takamora zurücktreten, wenn sie dabei sind.« Honjo lächelte Mung wieder an. Er und Hideyoshi hatten von der dreifachen Intervention gewußt. Die Überholung der französischen und deutschen Flotten im Marinestützpunkt Hankow hatten dem Grünen Haus eine Flut von Informationen gebracht.

»Ich bin zu dem Schluß gekommen, daß Minister Sasaki recht hat«, sagte der Kaiser. »Premierminister Mori und der Direktor für Nationale Verschönerung werden als einzige mit den Europäern verhandeln! Sie müssen versuchen, die Sache in die

Länge zu ziehen, damit wir Zeit gewinnen! General Nogi, Admiral Takamora, befehlt alle Truppeneinheiten aus Übersee zurück, die wir brauchen, um uns einer ausländischen Invasion zu stellen! Alle können gehen außer Mung.«

Als die anderen nacheinander das Zimmer verließen, dachte Mung, er würde jetzt seines Amtes als Schwarzer Drache enthoben, und war erleichtert. Die Organisation war ihm über den Kopf gewachsen, er konnte sie nicht mehr führen. Es war falsch gewesen, seine Enkel und Shimatzu nach Übersee zu schicken. Jetzt, da Udo tot war, fühlte er sich isoliert und spürte, daß Honjo einige von seinen Männern in den Bund der Schwarzen Drachen und die Genoysha eingeschleust hatte.

»Ich habe Euch seit dem Tod von Udo und Gin-ko aus meiner Nähe verbannt«, sagte der Kaiser. »Aber Ihr wart immer in meinen Gedanken.«

»Das ehrt mich, Sire.«

»Ihr seid immer noch der einzige Nichtaristokrat, mit dem ich je ein privates Gespräch hatte. Ihr denkt anders als die Aristokraten.« Der Kaiser musterte Mungs Gesicht. »Ihr müßt einsam sein ohne Iyeasu.«

»Er war ein guter Freund«, erwiderte Mung.

»Er fehlt mir auch«, sagte der Kaiser. »Wenn da nicht Udos Indiskretion wäre, würde ich Euch zum persönlichen Ratgeber machen.«

Der ehemalige Fischer aus Nakanohama beugte den grauen Kopf. »Es ist besser, Eurer Kaiserlichen Majestät nicht so nahe zu sein, zumindest bis diese Verhandlungen beendet sind. Jedesmal wenn General Honjo lächelte, wurde mir ein weiterer Fehler meinerseits gezeigt.«

»Der Premierminister und Ihr, ihr seid in einer schwierigen Lage. Japan könnte wirklich eine Invasion erleben. Wir brauchen Millionen Yen, um Tokio wieder aufzubauen, Millionen, um unsere Industrien zu mechanisieren, und noch mehr, um unsere Exporte zu steigern und eine moderne Handelsmarine zu finanzieren.«

»Sire, haltet Ihr diese Ziele für wichtiger als die neuen Territorien, die wir dazugewonnen haben?« fragte Mung.

»Ich glaube, daß Japan noch nicht bereit ist, sich mit den Problemen der Verwaltung von ausländischen Staatsbürgern oder der neuen Territorien in Übersee herumzuschlagen. Wir brauchen neue Handelshäfen in China. Geld muß in unsere Wirtschaft gepumpt werden, nicht umgekehrt. Ich möchte die westliche Kontrolle von Japans Import-Export-Zöllen beenden. Wir können nicht Korea und einen Teil Chinas verwalten, während die Europäer unsere Seehäfen kontrollieren und den Preis japanischen Goldes auf vier zu eins zu ihren Gunsten festlegen. Japans Währung muß stabilisiert werden, wenn wir wirtschaftlich unabhängig werden wollen. Dafür würde ich die Rechte an Korea, an Port Arthur, an allem abgeben! Aber das kann ich nicht öffentlich sagen. Unsere militärischen Erfolge und dein Erfolg als Unterhändler haben unseren Nationalstolz und die Phantasie unserer Leute so angeregt, daß sie glauben, wir wären die mächtigste Nation im Fernen Osten.«

»Weiß der Premierminister von diesen Ansichten?«

»Ich habe mit ihm über die Notwendigkeit gleichberechtigter Handelsrechte mit den Europäern in China gesprochen. Er weiß, daß ich gegen die Unkosten für den Unterhalt einer Überseearmee bin. Unsere Wirtschaft muß gekräftigt werden. Wir müssen uns mit der Verbesserung Japans beschäftigen, nicht mit koreanischen, chinesischen oder russischen Interessen in der Mandschurei.«

»Wollt Ihr damit sagen, daß ich am Verhandlungstisch unsere hinzugewonnenen Territorien abgeben soll?«

»Ja. Die Halbinsel Liaotung, unsere Präsenz in Korea und entlang des Jalu. Um einen Krieg zu verhindern, würde ich alles hergeben, obwohl ich das nicht laut sagen darf. Ihr und

Premierminister Mori, ihr müßt es so hindrehen, als hätten die Westler euch das als Bedingungen auferlegt.«

»Das würde die Verhandlungen für uns sehr vereinfachen«, sagte Mung. »Ich fürchte, Sergei Witte fordert unseren Abzug aus der Mandschurei.«

»Ja, aber Euch und dem Premierminister wird vielleicht nie vergeben, wenn ihr kapituliert. Ich kann keinen von euch unterstützen, aber ich werde dafür sorgen, daß mein Rat im Parlament dafür stimmt, eure Empfehlungen anzunehmen.«

»Sire, ich bitte Euch, mich meines Amtes als Schwarzer Drache vor den Verhandlungen zu entheben. Ich bin siebenundsechzig. Ihr habt meine Fehler gehört. Ich bin zu alt für den Posten.«

Der Kaiser ignorierte Mungs Bitte. »Ich wollte mit Euch alleine sprechen, weil wir möglicherweise nie mehr die Gelegenheit dazu haben werden. Vor zwanzig Jahren habe ich Euch öffentlich zum Shishi, meinem persönlichen Kämpfer, ernannt. Wenn es dem Premierminister und Euch gelingt, bei den Verhandlungen das von mir Geschilderte zu erreichen, werdet ihr beide in Ungnade fallen. Aber es wird zu Japans Bestem sein. Wir müssen unser Militär aus Übersee abziehen und unsere Inseln schützen, Territorium gegen Sicherheit eintauschen. Die Europäer haben China in Schulden gestürzt und kontrollieren es deshalb. Ich möchte nicht, daß in Japan dieselbe Situation entsteht.«

»So ist es befohlen, so wird es geschehn.« Mung verbeugte sich.

36

»Ihr Land hat die Seifenblase chinesischer Militärmacht zum Platzen gebracht«, sagte James Alburg zum japanischen Premierminister und Mung. »Japan hat gezeigt, daß die Kaiserinwitwe das legendäre Mandat des Himmels nicht mehr besitzt.«

»Während der bevorstehenden Verhandlungen mit den Europäern wird Sergei Witte die Schneide für den Anschnitt der chinesischen Melone sein«, erklärte William Whittefield.

»Soll das heißen, daß diese dreifache Intervention eine List ist, um Territorium für den Westen zu gewinnen?« fragte Premierminister Mori.

»Eine sehr fadenscheinige List«, erwiderte der Präsident des Kobe-Clubs. »Ihr habt England Weihaiwei abgetreten. Prinz Kung hat ihnen Burma gegeben, und die Kaiserin hat ihnen Handelsrechte auf dem Jangtse zugestanden. Rußland, Frankreich und Deutschland werden Peking unter Druck setzen, jedem von ihnen genausoviel Territorium zu überlassen. Um China den Schlag zu versüßen, werden die drei europäischen Alliierten Japan zwingen, die Gebiete, die es vor kurzem gewonnen hat, wieder zurückzugeben. Wenn ihr eure Truppen abzieht, werden die Europäer China auseinandernehmen.«

»Haben sie denn kein Gefühl von Menschlichkeit gegenüber den Chinesen oder von Fairneß uns gegenüber?« fragte Mori. »Wo bleibt da die Gerechtigkeit?«

»Es gibt ein etwas obszönes amerikanisches Sprichwort«, sagte Alburg: »Ein steifer Penis hat kein Gewissen. Rußland, Frankreich und Deutschland sind im Begriff, China zu vergewaltigen. Wenn Japan in die Quere kommt, wird es auch geschän det. Das Blut Europas kocht. Eure Armee und eure Marine haben China bis aufs Hemd ausgezogen. Euer Militär hat gezeigt, wie hilflos China ist, und jetzt hecheln die Europäer danach, es einzunehmen. Sie sehen das als letzte Gelegenheit, reiche koloniale Zugeständnisse in einer ständig schrumpfenden Welt zu erhalten.«

»Können wir Hilfe von Amerika erwarten?« fragte Mung.

»Ich glaube nicht«, antwortete Whittefield. »Die neu erklärte Dollar-Diplomatie unseres Präsidenten ist eine sehr trickreiche Möglichkeit, sich dem Kolonialisierungsrennen anzuschließen. Sie wollen Hawaii, Samoa und die Philippinen annektieren.«

»Wissen Sie beide, was genau Sergei Witte von Japan und für sich selbst will?« fragte Mori.

Alburg und Whittefield wechselten einen kurzen Blick. »Wenn Mr. Alburg diese Information preisgibt, muß sie Ihr Geheimnis bleiben. Der Kobe-Club hat eine stattliche Summe dafür gezahlt und möchte aus dieser Investition profitieren.«

Mori und Mung verbeugten sich. »Sie haben unser Wort.«

Alburg holte ein Blatt Papier aus der Tasche und begann zu lesen: »Frankreich erhält Indochina – von Saigon bis Hanoi und von Bangkok bis Phnom Penh. Rußland erhält Gebietseinfluß in der Mandschurei und Korea. Peking wird dem Zar die Rechte einräumen, Eisenbahnen, Minen und zollfreie Industrien in der Mandschurei zu erschließen. Drei Monate nachdem Japan von der Halbinsel Liaotung und aus Port Arthur abgezogen ist, werden Sergei Wittes russische Truppen von Prinz Kung eingeladen, diese Orte wieder zu besetzen. Deutschland wird die ganze Bucht von Kiachow übernehmen, den Hafen von Tsingtau und die Handelsrechte entlang des Jangtse, Holland die indonesischen Inseln Malaya, Sumatra, Borneo und was sonst noch da daußen ist.«

»Dann liegen die Holländer nur noch knapp dreihundertfünfzig Meilen vor Australien«, sagte Mung. »Wie sind die denn mit hineingezogen worden?«

»Holland hat dem Zaren vierhundert Millionen Gulden zu einem Prozent Zinsen geliehen gegen Wittes Zusicherung Indonesiens. Rußland wird einen Großteil des Geldes zu sechs Prozent Zinsen an China verleihen. Der Rest soll zur Erweiterung der Schienen der Transsibirischen Eisenbahn in die Mandschurei und zur Errichtung eines Warmwasserhafens und eines Zugangs zum Gelben Meer dienen.«

Die Diskussion wurde durch den Protokollchef unterbrochen. Er sagte mittels eines Dolmetschers: »Mr. James Alburg, Mr. William Whittefield, es ist Zeit. Bitte begleiten Sie mich in das kaiserliche Audienzzimmer. Ihnen wird der Orden des Heiligen Schatzes verliehen.«

Mori reichte den beiden Amerikanern die Hand. »Sie haben Japans höchste Auszeichnung für die Organisation und Verwaltung des Erdbebenhilfsfonds verdient. Mung und ich wären gerne bei der Verleihung dabei, aber wir müssen uns auf das morgige Treffen mit Sergei Witte vorbereiten. Das japanische Volk dankt Ihnen von ganzem Herzen.«

Die vier Männer verbeugten sich und schüttelten einander die Hände. »Sind Sie sicher, daß diese Information richtig ist?« fragte Mung den Präsidenten des Kobe-Clubs.

»Ja«, antwortete Alburg. »Wir haben den Cousin des Zaren bestochen. Er ist meistens betrunken, aber wenn Geld im Spiel ist, ist er prompt und sehr genau.«

William schüttelte Mung die Hand. »Möge es Ihnen wohlergehen, mein Freund. Präsident Roosevelt hat mich als persönlichen Berater für die Pazifischen Inseln und Japan zurückberufen.«

»Vielleicht begegnen wir uns eines Tages wieder, meine besten Wünsche an Ihre Familie«, sagte Mung.

Nachdem die beiden Amerikaner gegangen waren, führte Mori

Mung zu der großen Wandkarte. »Zeit, Pläne für die morgigen Verhandlungen mit den Rundaugen zu machen.«
Mung deutete auf die Karte. »Das ist relativ simpel. Wir geben ihnen einfach alles, was sie wollen.«
Mori lächelte. »Wir beide verlieren vielleicht unser Gesicht, aber laßt uns besprechen, was wir für Japans Zukunft retten können. Ich bezweifle, daß wir beide nach diesen Verhandlungen je wieder aktiv am politischen Leben unseres Landes teilnehmen werden.«

Sergei Witte saß auf einem Stuhl mit hoher Lehne am Kopf des Konferenztisches. Er war flankiert vom deutschen und vom französischen Botschafter. Am anderen Ende des langen, polierten Tisches saßen Mung und Mori dem russischen Finanzminister gegenüber.
Als erstes stellte Witte die Forderung nach einem bedingungslosen Abzug der Japaner aus den kürzlich eroberten Gebieten auf dem asiatischen Kontinent. Durch den deutschen Botschafter wurde diese Forderung damit begründet, daß Japan das politische Gleichgewicht bedrohe.
Mungs und Moris Verhandlungsstrategie war sehr einfach: den Europäern geben, was sie verlangten, und so tun, als würden sie deren Druck weichen. Mung machte den ersten Schritt. »Gentlemen, seit Commodore Perry Japan vor vierzig Jahren der Außenwelt geöffnet hat, haben wir Japaner versucht, den Westen zu kopieren. Nach allem, was wir gelernt haben, ist territoriale Expansion das natürliche Recht einer wachsenden Nation und für den Fortschritt eines modernen Staates notwendig.«
»Der Orientale hat Schwierigkeiten mit dem Konzept der Modernisierung, das ständige Veränderung verlangt«, sagte Sergei Witte. »Der östliche Verstand sieht Fortschritt in Stabilität, nicht in Bewegung. Ihr gelben Völker wollt expandieren

und trotzdem den Status quo erhalten. Das ist ein Konflikt zwischen Gedanken und Aktion.«

»Mit dieser Schlußfolgerung bin ich nicht einverstanden«, erwiderte Mori. »Die Ziele Japans und Europas sind nicht so verschieden, auch ihre Methoden nicht. Wir streben politische und wirtschaftliche Unabhängigkeit durch Handel und Verhandlungen an, nicht Krieg.«

»Monsieur«, der französische Botschafter hob scherzhaft drohend den Finger. »Das ist unglaublich naiv. Die Nationen, die auf internationalen Handel angewiesen sind, befinden sich im Wirtschaftskrieg miteinander. Sofortigen Erfolg erhält man über einen Pistolenlauf. Langzeiterfolge über das Visier einer Kanone.«

»Soll das heißen, daß Frankreich, Deutschland und Rußland in ihren Wirtschaftsschlachten nur einen vorübergehenden Erfolg haben?« fragte Mung scheinheilig. Er beobachtete, wie die Mienen der Europäer erstarrten.

»Haben Sie Kiplings neues Gedicht, ›Die Ballade von Ost und West‹, gelesen?« fragte Witte. »Da heißt es: ›Osten ist Osten und Westen ist Westen, nie werden sich die beiden begegnen.‹«

Lord Cade hatte Mung Rudyard Kiplings *Barrack-room Ballads* geschenkt, und dank seines absoluten Gedächtnisses konnte Mung jetzt sagen: »Aber dann laßt uns auch den ganzen Vers vortragen: ›Osten ist Osten und Westen ist Westen, nie werden sich die beiden begegnen.‹ Er betonte die folgenden Zeilen:

Bis zum Tag, an dem Himmel und Erde vor Gottes
 großem Richterstuhl stehen.
Doch gibt es weder Ost noch West noch Grenze, Herkunft,
 Stamm,
Stehen zwei starke Männer sich gegenüber,
Selbst wenn sie von entgegengesetzten Polen der
 Welt kommen.«

Mung sah den schockierten Europäern einem nach dem anderen direkt in die Augen. »Sind wir stark genug, eine gleichberechtigte und faire Lösung zu finden?«
Der deutsche Botschafter mischte sich ein, damit Sergei Witte sich nicht noch mehr blamieren würde. »Sie verstehen nicht, Mr. Mung. Japans Präsenz auf dem asiatischen Festland beschleunigt den Untergang der Mandschu-Dynastie. Das hätte eine radikale Veränderung in Asiens politischer und wirtschaftlicher Entwicklung zur Folge. Das daraus entstehende Chaos würde internationale Rivalitäten schüren. Das kann nicht toleriert werden!«
Mung rückte seine Brille zurecht und rieb sich seine gebogene Nase. »Ich wiederhole die erste Frage des Premierministers«, sagte Mung. »Mit welchem Recht fordern die Europäer Japans Rückzug aus Territorien, die ehrenhaft auf dem Schlachtfeld gewonnen und durch einen Friedensvertrag zwischen zwei souveränen Staaten ausgehandelt wurden? Das ist Asien. Japan ist das neue Rom des Fernen Ostens. Wir werden die Völker Asiens, Afrikas und Indiens anführen!«
Sergei Wittes kalte blaue Augen richteten sich auf Mung. »Japan ist nicht Rom, und Sie sind nicht Caesar! Ihr müßt eure selbstgefälligen Prätentionen auf eine Führerschaft der farbigen Völker einstellen. Sie fragen, mit welchem Recht wir Ihren Rückzug verlangen. Mit dem Recht der Macht fordern wir ihn!« Der russische Finanzminister schlug auf den Tisch. »Ganz einfach! Wir sind stärker als Sie! Unsere Armeen sind zahlenstärker und in der Position, in Japan einzumarschieren!« Er lehnte sich zurück. »Ihre Armee und Ihre Marine sind in alle Winde verstreut! Nehmen Sie das Angebot als realistische Wertung von Japans Militärmacht, oder Sie werden zermalmt!«
Mung warf Mori einen Blick zu. Entweder war der Mann ein wirklich guter Schauspieler oder tatsächlich betroffen.

Mit leiser Stimme sagte der Premierminister zu ihm: »Bis jetzt haben Sie uns noch kein Angebot gemacht. Nur mit lauter Stimme Forderungen gestellt, die, gleichgültig, wie man es betrachtet, immer nur Krieg oder Schande für unser Land zur Folge haben.«

»Evakuieren Sie den asiatischen Kontinent, und dann können Sie alles behalten, was Ihnen die Chinesen gegeben haben«, sagte Witte. »Ich werde dafür sorgen, daß die Kaiserinwitwe Japan mit zusätzlichen dreißig Millionen Tael Silber für die Kooperation entschädigt.«

Mung schwirrte der Kopf. Alles, was der Kaiser gefordert hatte, und noch mehr wurde ihnen aufgezwungen. Er riß sich zusammen. Er nahm wieder teil am internationalen Pokerspiel und war bereit, die Karte auszuspielen, die er bereits seit zwei Jahrzehnten im Ärmel hatte. »Gentlemen, die Vereinigten Staaten von Amerika und England haben sich einverstanden erklärt, die ungleichen Verträge zu kündigen, die Japan vor vierzig Jahren aufgezwungen wurden. Vor zwanzig Jahren hat der russische Graf Muriev eine Absichtserklärung mit diesem Inhalt unterzeichnet. Es war ein Teil des Sachalin-Kurilen-Abkommens, das ich mit dem Grafen ausgehandelt habe. Vor wenigen Monaten hat der russische Botschafter in Tokio Murievs Absichtserklärung bestätigt.« Und an Witte gewandt, fuhr er fort: »Wenn Rußland, Frankreich und Deutschland bereit sind, die Kontrolle japanischer Export-Import-Steuern und die Regulierung unseres Währungssystems aufzugeben, dann kann ich eine beschleunigte Zustimmung garantieren.«

Und Mori fügte wie ein geborener Pokerspieler hinzu: »Ich würde die Empfehlungen meines Kollegen lieber noch einmal überdenken. Japan muß seine Handelsprivilegien auf dem chinesischen Festland behalten als Verlustausgleich für die Territorien, die wir aufgeben sollen. Wir werden uns morgen weiter unterhalten!«

Die Verhandlungen zogen sich noch fünf Tage hin. Am letzten Tag hob Sergei Witte die Hand und zeigte auf die beiden japanischen Diplomaten. »Wir werden unseren militärischen Vorteil nicht durch weiteren Zeitverlust aufgeben. Wir haben alles, was möglich ist, zugestanden! Kehren Sie zu Ihrem Kaiser zurück. Sagen Sie ihm, Ihrem Parlament und Ihrem Volk, wenn Japan nicht innerhalb von drei Tagen einem Abzug vom asiatischen Festland zustimmt, beginnt die Invasion der Inseln!« Er stürmte aus dem Zimmer, gefolgt von den anderen Europäern.

Mung drehte sich zu Mori. »Wir haben es geschafft!«

»Sie haben es für uns erledigt«, sagte der Premierminister. »Aber obwohl wir Japan vor einer Invasion und finanzieller Sklaverei bewahrt haben, werden die Leute uns als Verräter abstempeln. Wir haben unsere Ahnen entehrt, indem wir uns aus Korea zurückziehen, der zweite Fall nationaler Erniedrigung in unserer Geschichte. Wir werden als das Paar bekannt werden, das On nicht verstand.«

»Ich habe unseren Anhängern im Reichstag Anweisungen erteilt«, sagte General Honjo zu Iga Sasaki. »Wir werden Mungs und Moris Schande ausnützen. Ihr werdet Premierminister, und ich werde die Schwarzen Drachen und die Genoysha unter meinem Kommando vereinen. Ihr werdet mich zum Leiter des Militärgeheimdienstes machen, wenn Ihr Staatsoberhaupt seid. Dann beginnen wir mit unserer Planung für die Niederlage Rußlands.«

Zwei Tage später wandte sich Sergei Witte, ganz der mitleidige Sieger, an die beiden grimmigen Japaner am Konferenztisch. »Gentlemen, ich bedauere die Attentatsversuche gegen Sie nach Ihren Reden im Parlament, bin aber sehr erfreut, daß Japan unsere Bedingungen akzeptiert hat. Unglücklicherweise

sind die Expansionsversuche Ihres Landes zeitlich mit unseren zusammengefallen. Europa hat die heilige Mission, westliche Kultur, industrielles Fachwissen und das Christentum an unsere asiatischen Brüder zu vermitteln. Möchten Sie vor der Unterschrift noch etwas hinzufügen?«
Weder Mung noch Mori gaben eine Antwort. Beide Männer waren erschüttert von den Beschimpfungen, mit denen sie im Parlament, in der Presse und auf den Straßen überhäuft worden waren. Und innerhalb von zwei Tagen hatte man zweimal versucht, sie zu ermorden.
Sergei Witte legte den beiden fünf Kopien des Vertrags zur Unterschrift vor. Die Japaner unterzeichneten, lehnten es ab zu feiern und verließen den Raum. Sie kehrten, geschützt von fünfzig Schwarzen Drachen und einer Truppe der kaiserlichen Leibgarde, in den Kaiserpalast zurück.
Im Audienzzimmer legte der Premierminister dem Kaiser das Abkommen vor. »Eure Majestät, es ist geschehen, wie Ihr befohlen habt.«
»Ich werde das Dokument später durchlesen«, sagte der Kaiser. »Nennt mir die Hauptpunkte.«
»Sire, Japan behält das unumstrittene Recht über die Riukiu-Inseln, Formosa und die Pescadoren. Unsere Truppen müssen China und Korea innerhalb von zwei Monaten verlassen. Zum Ausgleich dafür haben die Europäer die Kontrolle über unsere Seehäfen, Zölle und unser Währungssystem aufgegeben. Wir sind von allen ungleichen Verträgen befreit. China wird Japan weitere dreißig Millionen Tael Entschädigung zahlen und uns sieben neue Handelshäfen auf dem Festland eröffnen. In diesen Häfen werden wir das Recht haben, steuerfreie Industrien zu errichten und im Handel den Status einer bevorzugten Nation erhalten.«
Der Kaiser lächelte. »Ihr habt Japan gerettet! Was ihr beide getan habt, war genauso wichtig wie eine Schlacht. Die Zu-

kunft wird euer Handeln rechtfertigen. Manche mögen euch Verräter nennen, aber ihr seid Helden! Zu meinem Bedauern kann ich das nicht öffentlich verkünden. Ich rechne damit, daß eure Situation sich in nächster Zeit noch weiter verschlechtern wird. Wir haben Meldung aus Korea, daß zwanzig Offiziere in Korea Seppuku begangen haben, um mich dazu zu bringen, das Abkommen für nichtig zu erklären und die Evakuierung zu stoppen. Die Evakuierung wird trotzdem wie geplant durchgeführt. Ich würde euch gerne schützen, indem ich euch erlaube, abzudanken und euch in die Anonymität zurückzuziehen, bis man im Lauf der Zeit begreift, was ihr geleistet habt. Leider brauche ich aber meinen Premierminister, um das Abkommen zu ratifizieren. Mung, Ihr wart meine Augen und meine Ohren, seit ich vor zwanzig Jahren nach Tokio gekommen bin. Ihr habt es mir als Schwarzer Drache ermöglicht, Japan in die moderne Welt zu führen. Aber durch diesen Massenselbstmord bin ich gezwungen, Euch als Schwarzen Drachen abzusetzen. Ich hoffe das Militär zu beruhigen, indem ich alle Geheimdienste unter militärische Leitung stelle.«
Mung verbeugte sich. »Es war mir, meinen Ahnen und meinen Nachkommen eine Ehre, Eurer Kaiserlichen Majestät zu dienen. Ich bin bereit für das Altenteil.«
»Noch nicht ganz«, sagte der Kaiser lächelnd. »Unter dieser grauen Bürste arbeitet ein brillanter Verstand und ein untrügliches Gedächtnis, geleitet von einem loyalen Herzen. Ich brauche alle drei. Ihr habt mir einmal erzählt, die Stärke einer modernen Nation würde am Grad der Bildung ihrer Bevölkerung gemessen.«
»Das war mein Leitspruch als Gelehrter von Satsuma und als ich 1873 berufen wurde, die Richtlinien für das nationale Erziehungswesen festzulegen.«
»Jetzt beeinflußt General Honjo das Erziehungswesen«, sagte der Kaiser. »Durch sein System soll der Verstand unseres

Volkes kontrolliert und beherrscht werden. Wenn er Erfolg hat, wird sein militärisches Konzept die Zukunft der japanischen Gesellschaft regieren, nicht meines.«

»Sire, Honjos System legt besonderen Wert auf Ehrerbietung gegenüber dem Kaiser«, erwiderte der Premierminister. »Ich hielt das für eine positive Sache.«

»Ist es auch, wenn die Macht in den Händen moralischer Männer liegt. Honjo plant, mich zu isolieren und dann für mich zu sprechen, wie früher die Shogune für ihre Kaiser. Ich bin entschlossen, das zu verhindern, indem ich ein Institut für höhere Bildung gründe – mit so viel Prestige, daß es dem Lehrplan und dem Standard niederer Schulen als Vorbild dient. Der Körper folgt dem Kopf. Mung, Ihr werdet zum Vizekanzler ernannt und habt die Verantwortung für die Gründung der Universität und für die Festlegung ihres Standards. Prinz Matsukata, ein loyales Mitglied meines Rates, wird Kanzler. Seine Rolle wird es sein, Honjo und Sasaki daran zu hindern, sich einzumischen. Ihr werdet damit beginnen, die kaiserlichen Fakultäten von Kaisei Gakko und Tokio Igakko zusammenzulegen und damit die Universität Tokio begründen. Das allererste Problem ist die Finanzierung.«

»Sire, ich glaube, das Geld für die Universität könnte aus dem Profit einer außerordentlichen Transaktion, die Mung geplant hat, abgeleitet werden«, sagte Mori.

Der Kaiser zog eine Augenbraue hoch, dann nickte er Mung zu.

»Eure Majestät, im Kleingedruckten des Dokuments, das Ihr bekommen habt, stimmt Sergei Witte meiner Bitte um einen Vorschußkredit an Japan im Gegenwert von dreißig Millionen Tael in Rubeln zu«, sagte Mung. »Mit diesem Kredit habe ich mich an Marquis Inei gewandt. Er hat einige Tonnen Gold aus Formosa zum künstlich niedrig festgesetzten Preis der Europäer gekauft. Morgen, wenn die ungleichen Verträge offiziell abgeschafft werden, werden wir tun, was die Europäer seit fünfzig Jahren mit uns machen, nämlich das Gold für den vierfachen Preis verkaufen.«

»Aber kein Mensch in Japan oder im Fernen Osten wird es kaufen«, entgegnete der Kaiser. »Zumindest nicht, bis sich der Goldmarkt nach Auflösung der Verträge stabilisiert hat.«

»Mein Sohn Shimatzu wird das Gold morgen in London verkaufen, bevor das alles publik wird.«

»Wie könnt Ihr ihn so schnell erreichen?«

»Witte erlaubt mir, den neuen Transalaskatelegrafen zu benutzen. Die Russen haben ihre Leitungen mit denen der Amerikaner verbunden. Sie haben ein Kabel von Wladiwostok über das Bering-Meer gelegt. Wir haben ein Unterwasserkabel von Sapporo nach Wladiwostok.«

»Aber wie könnt Ihr von der Spitze Nordamerikas Verbindung mit London bekommen?« fragte der Kaiser.

»Über Britisch-Kolumbien, Kalifornien, New York und dem Transatlantikkabel nach Europa.«

»Ist denn schon einmal eine Botschaft von einer Seite der Welt zur anderen geschickt worden?« fragte der Kaiser.

»Nicht aus Japan«, antwortete Mung. »Aber die Ausrüstung ist bereit, und theoretisch müßte es gehen.«

Der Kaiser schüttelte den Kopf. »Die Welt schrumpft. Shimatzu hat zehn Tage nach London gebraucht. Jetzt schickt Ihr ihm innerhalb von Stunden Botschaften. Als ich studiert habe, waren auf dem Teil der Welt, den wir jetzt Europa nennen, nur Seeungeheuer eingezeichnet.«

»Sire, wenn diese Goldtransaktion erfolgreich ist, haben wir genug Kapital, um die Universität zu finanzieren«, sagte Mori. »Mung wird dann etwas positive Anerkennung finden zum Ausgleich für die negative Reaktion auf unseren militärischen Rückzug.«

»Nicht möglich«, sagte der Kaiser. »Wenn das Militär von diesem Geld erfährt, wird Japan bald auf dem Weg in den Krieg mit Rußland sein. Es deprimiert mich, daß ich die Opfer, die ihr beide für Japan gebracht habt, nicht öffentlich anerkennen kann.« Er drehte sich zum Protokollchef. »Gebt mir Euer Kurzschwert!« Kaiser Meiji nahm die funkelnde Stahlklinge und schnitt sich zwei Knöpfe vom Smoking. Er drückte den beiden Männern je einen schwarzen Beinknopf in die Hand. »Das ist vom Kaiser von Japan, Nachkomme der Sonnengöttin Amaterasu-o-mi-Kami, an seine treuesten Untertanen. Dieses Zeichen meiner Wertschätzung muß geheim bleiben. Seid vorsichtig. Viele haben geschworen, euch beide zu töten. Es könnte Jahre dauern, bis wir uns wieder begegnen.«

Teil II

37

Fairhaven, Massachusetts, 21. April 1902

Hiroki und Noriko Koin hatten gelernt, sich in amerikanischen Hotelzimmern zu entspannen. Mehrere Jahre auf Kaufmissionen für ihre Regierung hatten sie zu erfahrenen Reisenden gemacht. Diesmal hatten sie ihre beiden Jungen bei Freunden in Washington gelassen. Es sollten ihre zweiten Flitterwochen werden.

Noriko kam aus der Dusche und trocknete sich ab. Hiroki lehnte sich auf dem Bett zurück und genoß den Anblick ihrer Schönheit, die glatte Haut, die schlanken Schenkel und die vollen Brüste, gestützt von breiten, kräftigen Schultern.

Noriko merkte, daß er sie ansah, und lächelte. Sie wickelte sich das Handtuch um die schmale Taille. »Dein goldener Schwengel kommt schon wieder auf dumme Gedanken. Wird er denn nie müde?«

»Nicht, solange du so aussiehst.« Er lachte und versuchte sie zu greifen.

Noriko wich ihm aus. Ihre dunklen Augen strahlten. »Wir haben keine Zeit für Sex vor unserer Verabredung. Lies den Brief deines Großvaters.«

»In sieben Jahren haben wir sieben Briefe von ihm gekriegt. Und jeder Brief fing mit der Ermahnung an, die Totenzeremonie für unsere Eltern einzuhalten. Dann schreibt er, wie gut seine Universität läuft. Und vom Erfolg des Waisenhauses.«

»Dieser Brief ist per Spezialkurier aus Washington gekommen«, sagte Noriko. »Ich hoffe, wir werden nach Hause beordert.«

»Wohl kaum. Die Informationen, die ich über die amerikanischen Verbesserungen an Graf Ferdinands Zeppelin geschickt habe, haben uns ein weiteres Jahr in Washington eingehandelt. Ich bin sicher, mein letzter Bericht über Marconis drahtloses Radio bringt uns noch ein Jahr Exil.«

»Ich wäre so gern bei den Kindern«, sagte Noriko. »Ich mache mir immer Sorgen, wenn ich sie zurücklasse. Und ich mache mir auch Sorgen wegen der Schwierigkeiten, die sie haben werden, wenn wir endlich wieder nach Hause kommen.«

»Wir sprechen Japanisch mit ihnen.«

»Aber mir wäre es lieber, wenn sie in Japan zur Schule gingen.«

Hiroki sah Norikos sehnsüchtige Miene. »Ruf in Washington an. Rede mit ihnen, während ich mich anziehe. Dann lesen wir den Brief.«

Nachdem Noriko zu ihrer Erleichterung mit den Kindern gesprochen hatte und Hiroki angezogen war, nahm er den Brief und untersuchte den Umschlag genau. Zu Noriko sagte er: »Unser Sicherheitschef in Washington hat uns angewiesen, besonders vorsichtig zu sein. Honjo läßt von unseren Agenten die ganze Post aus den ausländischen Botschaften und den westlichen Militärstützpunkten lesen, bevor sie aus Japan rausgeht.« Hiroki erbrach das Siegel, faltete den Brief auseinander und begann zu lesen: »Liebe Enkel und Urenkel. Ihr habt uns beim Familientreffen gefehlt. Yaka und Uraga kehrten rechtzeitig zum Besuch von Premierminister Moris Grab aus Peking zurück. Mit Shimatzu waren wir vier am Friedhof. Seit Moris Ermordung vor sechs Jahren gedenkt nur eure Familie öffentlich seiner. Ich erinnere euch daran, die Riten für eure toten Eltern nicht zu vergessen.«

»Siehst du«, sagte Hiroki. »Ein Brief pro Jahr, und er schreibt nur über Totenzeremonien.«

Noriko griff nach seiner Hand. »Halt das Papier ruhig. In der nächsten Zeile schreibt er, er will mich und die Kinder zu Hause haben.«

»Und ich werde nach Korea geschickt.«
»Ich lasse mich nicht von dir trennen.«
»Das ist ein Befehl.«
Norikos Mund wurde schmal. Sie schwor sich insgeheim, ihren Ehemann zu begleiten.
Hiroki las weiter.
Mung schrieb über die positiven Auswirkungen des Vertrages von 1894. »Unser Land ist wie eine chinesische Rakete ins zwanzigste Jahrhundert geschossen. Tokio ist schöner als zuvor wieder aufgebaut worden. Unsere Handelsbilanz ist vierzigmal höher als vor zehn Jahren. Ineis Finanzgenie hat unsere Handelsflotten verdreifacht und uns eine der höchsten Kreditwürdigkeiten der Welt eingebracht. Japan platzt vor wirtschaftlicher und militärischer Energie.
Die internationale Unterdrückung des Boxeraufstands in China hat Japan wesentlich mehr betroffen als jede andere Nation. Die erste organisierte Revolte in Hankow wurde von Leuten, die in Honjos Grünem Haus ausgebildet wurden, angezettelt. Wir haben die Rebellen unterstützt, bis sie sich mit der Kaiserinwitwe gegen alle Ausländer gestellt haben. Dann haben wir uns der multinationalen Streitkraft angeschlossen. Unsere Agenten in China waren Augen und Ohren dieser Streitmacht. Unser Elite-Offizierskorps von achttausend Mann hat die Expedition nach Peking hinein angeführt. Wir brachten mehr Männer als Rußland, England oder Frankreich. Der russische General Lineivitch hat der Kaiserin die Friedensbedingungen diktiert. Die Chinesen müssen dreihundertdreiunddreißig Millionen Dollar Entschädigung bezahlen – dreißig Prozent an Rußland, einundzwanzig Prozent an Deutschland, sechzehn an Frankreich, an England elf Prozent, an Japan und die Vereinigten Staaten je acht Prozent. Italien, dessen Soldaten nicht einmal dabei waren, wird sechs Prozent erhalten. Diese unfaire Vereinbarung wurde von denselben Ländern manipuliert, die

uns schon einmal betrogen haben, und hat eine Welle von Entrüstung bei unserem Militär, unseren Politikern und unserem Volk ausgelöst. Alle haben den Respekt vor westlicher Fairneß und westlicher Kampftüchtigkeit verloren. Selbst westliche Militärexperten geben zu, daß der japanische Soldat bei der Aktion in Peking im Kampf allen anderen überlegen war. Unsere Männer haben den entscheidenden Angriff auf Peking angeführt und die meisten Verluste erlitten. Nur unsere Soldaten und die US Marines haben an den Plünderungen, den Vergewaltigungen und den Morden nicht teilgenommen. Der deutsche Kaiser hatte befohlen: Keine Gnade und keine Gefangenen. Honjo hat mir eine Kopie des Befehls des Kaisers geschickt, in dem er die Japaner und Chinesen als ›Gelbe Gefahr‹ bezeichnet.«
Hiroki hob den Kopf. »Ich frage mich, ob Kaiser Wilhelm die Floskel Gelbe Gefahr erfunden hat, oder ob er sie aus der amerikanischen Zeitung von der Westküste hat.«
»Ich würde gerne wissen, warum man dich nach Korea schickt«, sagte Noriko.
»Wahrscheinlich weil ich die Sprache beherrsche.« Hiroki fuhr mit dem Brief fort. »Das dynamische Wachstum unseres Landes, gekoppelt mit den Beleidigungen unserer Nation, die wir bei den letzten Verhandlungen erdulden mußten, und unser Respektsverlust vor dem westlichen Militär hat in Japan ein Pulverfaß geschaffen. Die Russen haben letzte Woche die Lunte gezündet, indem sie die Mandschurei besetzten und Nordkorea zu ihrem Einflußgebiet erklärten. Wir wissen, daß Sergei Witte ein geheimes Abkommen mit China unterzeichnet hat. Witte hat keine Ahnung, daß Lord Cade und ich aus der Versenkung aufgetaucht sind, um ein geheimes Bündnis zwischen England und Japan zu unterzeichnen. Informiere William Whittefield davon. Er weiß, wen er in der amerikanischen Regierung davon unterrichten muß. Sage ihm, die Briten

werden Japan als Polizei für die Russen auf dem Festland einsetzen. Wir werden England dazu benutzen, die Chinesen zu neutralisieren. Wenn ein Krieg zwischen Japan und Rußland ausbrechen sollte, hat England versprochen, den Suezkanal für die baltische Flotte des Zaren zu sperren. Dadurch gewinnen wir einen Monat für Vorbereitungen. Diesmal haben wir die Garantie, daß Frankreich die Kredite Rußlands kündigen wird, wodurch der russische Eisenbahnbau und ihre Einkäufe von Kriegsmaterial limitiert werden.
General Honjo bittet, daß du dich deinen Brüdern beim militärischen Geheimdienst in Seoul anschließt. Du sollst deine Spezialtruppen zum Zweck der Spionage und Sabotage gegen die Russen in Korea reaktivieren. Vor Honjo und seinen Leuten sei eindringlich gewarnt. Sie sind loyale Japaner, aber skrupellos. Sie rechtfertigen jede Aktion, gleichgültig wie amoralisch sie ist, durch ihre Ergebnisse.
Dein Bericht über das drahtlose Radio hat hier viele Leute sehr erregt. Wir haben Vorführungen gesehen. Nogi und Takamora hätten gerne einen Posten Radios für die Armee und die Marine. Bitte William um Hilfe beim Erwerb und auch bei dem amerikanischer militärischer Observierungsballons.
Angesichts der unfairen Behandlung, die Japan 1894 erfahren mußte, und wegen der jüngsten Ereignisse in Peking habe ich den Kaiser an einen Leitsatz von Norikos Vater erinnert, einen lateinischen Spruch: ›*Si vis pacem – para bellum.* Wenn du Frieden willst, bereite dich auf den Krieg vor.‹«
»Der Eiserne Kanzler, Otto von Bismarck, hat einmal zu meinem Vater gesagt, Japan dürfte nie gegen mehr als einen Feind Krieg führen«, sagte Hiroki. »Die anglo-japanische Allianz isoliert Rußland im Fernen Osten, und das hat Großvater eingefädelt.«
»Ich bin so froh, daß er nicht mehr länger in Ungnade ist.«
»Hört sich an, als würde er sich mit Honjo zumindest arbeits-

mäßig verstehen. Mein Großvater ist zu wertvoll, um ihn auf dem Altenteil zu lassen, wenn das Land sich auf Krieg vorbereitet.«

»Wann sollen wir zurückkehren?«

»Sofort.«

Es klopfte an der Tür, und eine Stimme rief: »Marquis Koin, Marquise? Ihre Gäste erwarten Sie in der Lobby.«

»Danke«, erwiderte Hiroki. »Ich kann mich nicht daran gewöhnen, daß ich ein Marquis bin«, flüsterte er Noriko zu.

»William muß uns mit unseren Titeln registriert haben. Kannst du mir die Bluse hinten zumachen?«

Hiroki stellte sich hinter seine Frau und küßte ihren Nacken.

»Die Knöpfe bitte«, sagte sie. »Es wird wunderbar sein, endlich wieder einen Kimono zu tragen.«

»Es tut mir leid, daß ich dich und die Kinder verlassen muß, aber ich freue mich, wieder in den aktiven Dienst zu gehen.«

Noriko hatte ihre eigenen Pläne, die sie aber für sich behielt.

»Die westlichen Frauen müssen Schlangenmenschen sein, wenn sie sich ihre Blusen alleine zumachen können«, sagte sie.

38

»Marquis, Marquise«, sagte der Bürgermeister, »Ihre Anwesenheit ist eine Ehre für Fairhaven, aber meine Frau und ich wissen nicht, ob wir uns verbeugen, salutieren oder die Hand schütteln sollen.«
Hiroki reichte ihm lächelnd die Hand. »Meine Frau und ich haben uns an die amerikanische Art zu grüßen gewöhnt.« Dann schüttelte er William Whittefields Hand. »Mein Großvater und Williams Vater haben zusammen studiert. Sie waren Adoptivbrüder.«
»Deshalb habe ich euch in diesem Hotel untergebracht«, sagte William. »Es war vor fünfzig Jahren eine Matrosentaverne.« Er zeigte auf die Theke der Rezeption. »Das ist noch ein Teil der originalen Bar. Eure Tour von Fairhaven beginnt hier.«
»Bevor wir damit anfangen, wäre ich Ihnen dankbar, wenn Sie so schnell wie möglich Reisearrangements nach Washington für uns treffen könnten«, sagte Hiroki. »Wir sind nach Japan zurückberufen worden.«
»Ich bin sicher, William kann das alles für Sie arrangieren«, meinte die Frau des Bürgermeisters. »Jetzt hätte ich aber eine Bitte. Jede Sprache hat doch eigentlich ihre eigene Musik. Ich würde so gerne einmal Japanisch hören.«
»Ich glaube, Sie werden enttäuscht sein.« Hiroki lachte. »Für das westliche Ohr klingt unsere Sprache wie eine Reihe von Grunzlauten. Aber William und ich demonstrieren es Ihnen gern.« Er wandte sich an William. »Gehe ich recht in der Annahme, daß diese Leute uns nicht verstehen«, sagte er auf japanisch.

»Kein Wort.«
»Gut. Wir müssen auf dem schnellsten Weg unsere Kinder in der Hauptstadt abholen und dann weiter nach Kalifornien. Ich bin nach Korea beordert worden.«
»Ich nehme an, das steht in Zusammenhang mit den Russen. Ich habe eine Botschaft von Präsident Roosevelt für Ihre Regierung.«
»Das scheint mir eine sehr ernste Unterhaltung zu sein«, sagte der Bürgermeister. »Ich schlage vor, wir beginnen die Tour.« Er führte sie aus dem Hotel. »Die Pflastersteine und Betonstege waren zur Zeit Ihres Großvaters noch nicht da. Damals waren die Gehsteige aus Holz, die Straßen aus Lehm und die Piers aus Balken. Hauptsächlich haben hier dreimastige Walfänger angelegt.« Der Bürgermeister ging, gefolgt von den anderen, über die Straße, zeigte auf eine große Messingtafel, die im Pier eingelassen war, und las vor:

> »Von diesem Pier ging im Jahr des Herrn 1840 die *John Howland* mit William Whittefield als Eigner auf Walfang. Sie rettete im Januar 1841 zwei japanische Schiffer. Shinho starb. Captain Whittefield adoptierte Mangiro, getauft auf den Namen John Mung, und zog ihn in Fairhaven auf. 1851 kehrte John Mung auf seine Heimatinseln zurück, wo er im Dienste der japanischen Regierung zu hohen Posten aufstieg.«

»Jedesmal, wenn wir einen Titel Ihres Großvaters eingravieren wollten, erhielten wir Nachricht, daß er einen neuen bekommen hatte«, sagte der Bürgermeister. »Wir sind stolz auf John Mung.«
»Leider war das nicht immer so«, erwiderte William Whittefield. »Früher war man sehr intolerant gegen Ausländer. Er brach deshalb 1848 zu den kalifornischen Goldfeldern auf und

ist nie mehr nach Fairhaven gekommen. Er ist dann über Hawaii nach Japan zurückgekehrt. Trotzdem hat er, wie er mir erzählte, fast nur gute Erinnerungen an Fairhaven.« William zeigte auf eine Gruppe Gebäude am Ende der Straße. »Das ist die Werft, in der er und mein Vater während der Ferien von Harvard gearbeitet haben.«

»Hier hat er sich die Entwürfe für die Pläne des ersten Walfängers, den er in Kagoshima gebaut hat, eingeprägt«, sagte Hiroki.

»Wie alt ist Ihr Großvater jetzt?« fragte die Frau des Bürgermeisters.

»Vierundsiebzig«, antwortete Hiroki. »Und immer noch sehr aktiv. Er behauptet, seine Langlebigkeit sei auf die westliche Ernährung in seiner Jugend zurückzuführen. Er züchtet Schafe und Geflügel und betreibt Weizenanbau an der Universität von Tokio, um die japanische Ernährung zu verbessern, und hatte schon einige Erfolge im Heilen von Rachitis. Er hofft, eines Tages die Nationalkrankheit, nämlich den O-beinigen Japaner, besiegen zu können.«

Der Bürgermeister sah auf die Uhr. »Wir sollten uns auf den Weg machen. Sie werden erwartet.«

»Unterwegs halten wir kurz beim Telegrafenbüro, um die Reise der Koins zu arrangieren«, sagte William.

Noriko nickte. »Ich muß auch ein Telegramm schicken.«

»An wen denn?« fragte Hiroki auf japanisch.

»An deinen Großvater. Er muß genehmigen, daß die Kinder und ich dich nach Korea begleiten.«

»Das könnte gefährlich werden«, wandte Hiroki ein. »Ich werde die meiste Zeit auf Reisen sein.«

»Deine Mutter ist mit deinem Vater durch Korea, die Mongolei und die Mandschurei gereist und hat Shimatzu versorgt, während sie mit Yaka schwanger war. Ich komme mit dir!«

Hiroki sah, wie entschlossen seine Frau war. »Ich werde mich deiner Bitte anschließen«, sagte er. »Wenn mein Großvater es ablehnt, glaube ich ist es an der Zeit, daß der Marquis und die Marquise ungehorsam sind. Wie meine Mutter damals.«

Vom Telegrafenbüro führte der Bürgermeister sie eine breite Straße mit ordentlichen Häusern und weißgestrichenen Zäunen entlang. Sie blieben vor einem hohen weißen Holzhaus mit einem Turm stehen. Auf einem Schild stand: FIRST METHODIST CHURCH OF FAIRHAVEN.

»Marquis und Marquise von Koin«, sagte der Bürgermeister, »vor einem halben Jahrhundert hat die Gemeinde dieser Kirche an einem unchristlichen Akt teilgenommen. Sie haben die Familie Whittefield aufgrund von Rassenvorurteilen gegenüber ihrem adoptierten Sohn, Ihrem Großvater, aus der Kirche ausgestoßen. Wir haben seither der Familie Whittefield Abbitte geleistet und bitten mit allem Respekt um die Gelegenheit, uns bei der Familie von John Mung zu entschuldigen.«

Hiroki und Noriko nickten sich zu. Sie folgten dem Bürgermeister in die Kirche. Die Glocken läuteten.

Im Inneren ertönte ein Chor Hunderter Stimmen, in vollendeter Harmonie vereint:

»Yes we shall gather at the river,
The beautiful, beautiful river.
Yes we shall gather at the river,
Doing the work of the Lord ...«

Am Ende der Hymne wandte der Priester sich an Noriko und Hiroki. In aller Form entschuldigte er sich bei Hiroki und Noriko für alles, was man ihrem Großvater als jungem Mann hier angetan hatte, und bat sie, John Mung mitzuteilen, daß er und seine Familie jetzt auf Lebenszeit Mitglieder dieser Kirche sind. Danach bat der Priester Hiroki aufs Podium. »Wir würden es sehr zu schätzen wissen, wenn Sie uns Ihre Gedanken zu diesem Augenblick mitteilen würden.«

Hiroki ging zum Podium.
»Ladies und Gentlemen, Glaubensbrüder der First Methodist Church.« Hiroki mußte volle zwei Minuten warten, bis sich der Beifall gelegt hatte. Dann sagte er: »Meine Frau und ich sind tief bewegt von dem, was Sie getan haben. Mein Großvater ist jetzt vierundsiebzig, aber bei guter Gesundheit und erzählt immer noch Geschichten von seinem Leben in Fairhaven. Geschichten von Liebe und Stolz und Verständnis. Die Rassenvorurteile in Fairhaven wuchsen in dem Maß, in dem John Mung heranwuchs. Er war ein gutaussehender Mann, und die Eltern hatten Angst, ihre Töchter könnten einen Orientalen als Ehepartner in Betracht ziehen. John Mung war einer der jüngsten Männer, die je Captain von einem Walfänger aus New England wurden. Und der einzige Nicht-Weiße, der je ein amerikanisches Schiff zurück um Kap Hoorn navigiert hat. Er wurde von der Mannschaft, einer weißen Mannschaft, zum Kommandanten gewählt. Wenn Mung weiß gewesen wäre, ware er für irgendeine junge Dame aus Fairhaven ein guter Fang geworden.«
Im ganzen Saal wurde geraschelt, gehüstelt und sich geräuspert.
Hiroki fuhr fort. »Was Sie nicht wissen, ist, daß mein Großvater ebenfalls Rassenvorurteile hatte. Wir Japaner sind ein stolzes und traditionsbewußtes Volk. John Mung kehrte nach Japan zurück, weil er weder in Amerika noch in Hawaii eine geeignete japanische Braut finden konnte. Er wollte keine Weiße und auch keine Chinesin. Er hatte die Pflicht, japanische Kinder zu zeugen, die die Gräber seiner Ahnen ehren würden. Er litt unter der Ausstoßung aus dieser Kirche, nicht weil er betroffen war, sondern weil die Familie Whittefiel darunter zu leiden hatte. Der Einfluß Fairhavens, die Harvard-High-School und seine Walfängerreisen erlaubten es meinem Großvater, nach Japan zurückzukehren – als erste Brücke modernen

Wissens nach zweieinhalb Jahrhunderten in unser Land. Im Namen meines Großvaters, meiner Familie und meines Volkes danke ich Ihnen für diese selbstlose Geste der Brüderlichkeit.«
Hiroki setzte sich, heftig beklatscht von der Gemeinde.
William erhob sich. »Im Auftrag der Familie Whittefield und der Menschen von Fairhaven wird ein Museum im Namen Mangiros, John Mungs, des Fischerjungen, der den Lauf der japanischen und amerikanischen Geschichte verändert hat, errichtet. Das Haus meines Großvaters, in dem Mung seine frühen Jahre verbracht hat, wird der Standort dieses Museums sein.«
»Der Stadtrat hat die Unterhaltskosten für das Mangiro-Museum für alle Zeit in seinen Haushalt aufgenommen«, verkündete der Bürgermeister.
Noriko flüsterte Hiroki etwas zu, und er stand auf. »Zum Dank für die Ehre der Mitgliedschaft in Ihrer Kirche werden meine Frau und ich einen Flügel für die amerikanische Missionsbibliothek in Tokio stiften.«
Der Priester trat vor. »Jedes gute Geschenk und jedes vollkommene Geschenk kommt von oben. Lasset uns beten.«
Danach segnete der Priester die Gemeinde, und Noriko und Hiroki verließen die Kirche.
William Whittefield brachte sie zum Bahnhof von Fairhaven und bat den Stationsleiter für kurze Zeit um sein Büro, um ein letztes ungestörtes Gespräch mit den beiden zu führen.
»Großvater hat geschrieben, Sie wüßten, wem Sie von der geheimen Allianz zwischen England und Japan erzählen müssen«, sagte Hiroki.
»Ja, Theodore Roosevelt. Der Präsident will die Russen aus der Mandschurei haben. Unser Geheimdienst prophezeit zukünftige russische militärische Expansionen auf dem asiatischen Kontinent und eine mögliche Invasion von Japan.«
»Wird Amerika uns unterstützen?« fragte Hiroki.

William schüttelte den Kopf. »Zumindest wird es keine Truppen entsenden. Ich habe vor kurzem einen Brief von Präsident Roosevelt an den russischen Zaren entworfen, in dem er den Abzug russischer Truppen aus Korea und der Mandschurei verlangt.«

»Mit welchem Ergebnis rechnen Sie?«

»Mit keinem. Roosevelt hat die Russen in Washington als lügende Diplomaten bezeichnet, die die Unwahrheit zur Wissenschaft machen. Im Falle eines russisch-japanischen Krieges hofft der Präsident, daß Japan gewinnt. Sie sollen Ihrer Regierung sagen, daß er jede Hilfe amerikanischer Privatleute für Japan gegen Rußland lächelnd dulden will. Die Vereinigten Staaten werden euch bei einer Landung in der Mandschurei und Korea nicht in die Quere kommen. Im Austausch dafür will Roosevelt keine japanische Opposition gegen unsere neuen Besitzungen im Pazifik.«

»Sie meinen Hawaii?«

»Die Philippinen ebenfalls«, sagte William. »Diese Inseln sind uns bei einem Friedensvertrag mit den Spaniern in den Schoß gefallen. Unsere Diplomaten wissen immer noch nicht, was sie damit machen sollen.«

US-Marineoffiziere hatten Hiroki in Washington erzählt, daß Amerika durch Manila und Honolulu die beiden Kohlestationen erhielt, die es für seine Flotten brauchte, um den Pazifik zu kontrollieren. Die Amerikaner waren damit praktisch schon auf halbem Weg nach Japan, aber er verdrängte den Gedanken, daß Amerika und Japan eventuell aneinanderprallen könnten.

»Ich bin sicher, Washington wird in Kürze Japans Zusicherung, sich in Hawaii und auf den Philippinen nicht einzumischen, erhalten«, sagte Hiroki. »Ich muß Sie jetzt noch um Ihre Hilfe beim Kauf amerikanischer Observierungsballons für das Militär bitten.«

»Ich werde mich persönlich darum kümmern«, erwiderte William.

Hiroki wandte sich an Noriko. »Nachdem das drahtlose Radio sich noch in der Entwicklungsstufe befindet, würde ich gerne einen Teil des Vermögens der Familie Koin dazu verwenden, eine Fabrik in der Nähe der Edison-Laboratorien zu eröffnen, um zu versuchen, die perfekten drahtlosen Radios für unser Militär zu produzieren. Die Familie Inei in New York könnte die Geschäftsführung übernehmen.«

»Du bist das Haupt der Familie Koin«, sagte Noriko. »Die Entscheidung liegt bei dir.«

»Ich muß es für Japan tun.«

»Ich stimme zu.«

Der Stationsführer kam zurück. »Sir, der Zug fährt ein.«

»Danke.« William drehte sich zu Hiroki. »Alles, was wir besprochen haben, wird erledigt werden. Ich wünsche euch eine schnelle und sichere Reise. Grüßt eure Familie von mir. Präsident Roosevelt schickt ebenfalls seine besten Wünsche. Er hat mich gebeten zu sagen, wenn ihr Frieden wollt, bereitet euch auf den Krieg vor.«

Hiroki verbeugte sich, um nicht zu zeigen, wie schockiert er war. Anscheinend hatte das Sicherheitssystem des japanischen Konsulats ein Leck.

Si vis pacem – para bellum.

39

Juli 1903

Die Herberge zum Fünften Mond stand vor den Toren Mukdens, an der Kreuzung der Straßen nach Peking, Korea und der Mandschurei. Das Gebäude war einstöckig, langgezogen, mit rotlackierten Wänden und gelben Dachziegeln, die in der Sonne golden glänzten. Die Herberge hatte sich in den letzten fünf Jahren einen guten Namen gemacht. Reisende sprachen von gutem Essen, fairen Preisen und reizenden Mädchen im ersten Stock. Chinesische und russische Soldaten aus den Garnisonen um Mukden waren immer vertreten. Die Offiziere bekamen zwanzig Prozent für die Einquartierung ihrer Männer plus freie Unterbringung im ersten Stock mit einem Mädchen, das ihre Sprache sprach, sei es nun Khalka, Mongolisch, Kantonesisch oder Russisch.

Der japanische Besitzer war aufmerksam, ehrlich und auf Sauberkeit bedacht. An diesem Tag stand er auf seinem Balkon und beobachtete, wie ein Orquen-Mongole mit seinem kleinen Pony auf den Stall zutrabte. Die anderen Gäste der Herberge beachteten den Jäger in Hirschleder mit dem Gewehr kaum. Er reichte die Zügel einem Diener und ging zum hinteren Eingang.

Der Besitzer lief eilfertig nach unten und verbeugte sich tief vor dem Jäger. »Euer Zimmer und Euer Bad erwarten Euch, Herr.«

»So muß es auch sein«, sagte Akichi Shibata und warf dem Mann sein Gewehr zu. »Ich will sofort informiert werden, wenn General Honjo eintrifft!«

»Er ist bereits hier, Herr, und bittet um Eure Gesellschaft nach dem Essen. Der General ist augenblicklich im ersten Stock beschäftigt.«

Die Sonne war bereits untergegangen, als Shibata Honjos Zimmer mit einer ledernen Aktentasche betrat. Seine hellblaue Robe betonte sein hageres, sonnengebräuntes Gesicht. Shibatas Augen hatten bereits jeden Winkel des Zimmers gemustert, ehe er die Tür hinter sich schloß und sich verbeugte. »General, Euer Besuch ehrt mich, und ich hoffe, ich kann die Reise für Euch lohnend gestalten.«

»Ich bin fünf Tage nicht vom Pferd runtergekommen«, sagte Honjo. »Die Straßen scheinen sicher zu sein.«

»Meine Leute haben Euch von dem Augenblick an, in dem Ihr von Bord gegangen seid, beschützt. Vor acht Jahren, als ich hier anfing, war es anders.«

»Wie viele Leute stehen jetzt in deinen Diensten?«

»Fünftausend Vollangestellte plus achthundert japanische Agenten. Ich kontrolliere außerdem zusätzliche vierzigtausend Teilzeitinformanten.«

»Wie schaffst du es, so viele Leute zu manipulieren?« fragte Honjo.

»Mit Opium. Das Grüne-Haus-Elixier, das wir seit Jahren auf Märkten vertreiben, ist mit der Droge angereichert. Die Golden-Bat-Zigaretten mit dem Opiumkügelchen im Mundstück sind der Einstieg. Sie holen sich immer mehr, und je mehr sie brauchen, desto mehr Informationen kommen herein. Sowohl die chinesischen als auch die russischen Soldaten gehören zu unseren besten Kunden.«

»Ich bin beeindruckt«, sagte Honjo. »Erklär mir, wie das System mit Herbergen als Kommandozentralen funktioniert.«

Shibata stolzierte wie ein Pfau im Zimmer auf und ab, während er redete. »Wir haben jetzt dreißig Herbergen in der Mandschurei und Nordchina, alle an Hauptstraßen, die meisten in der Nähe von Armeestützpunkten. Die Frauen werden im Befragen geschult. Das neueste sind billige Jiu-Jitsu-Kurse für Armeeangehörige. Für zehn Stunden kriegen sie einen Nachmittag im ersten Stock umsonst. Aber am produktivsten ist die Bestechung von Postbeamten, die uns die Post lesen lassen. Die meisten Leute hier sind Analphabeten. Wenn jemand schreibt, dann ist es auch etwas Wichtiges. Die Operation ist so lukrativ, daß ich sie Euch morgen gerne vorführen würde.«

»Sehr gut«, sagte Honjo. »Dein letzter Bericht über hundertfünfundsiebzigtausend russische Soldaten, die die Mongolei besetzt haben, hat sogar Mung davon überzeugt, daß die Möglichkeit eines Krieges besteht.«

Shibata erstarrte. »Ich dachte, Mung sei in Ungnade?«

»Er war. Ich bin mit den Methoden des Mannes nicht einverstanden, aber er ist ein sehr talentierter Patriot. Er hat eine Geheimallianz mit den Engländern arrangiert, die Rußland im Fernen Osten isoliert. Als ich den Bund der Schwarzen Drachen und die Genoysha übernommen habe, hat er mich voll unterstützt. Ich habe ihn über die Jahre auf dem laufenden gehalten.«

Honjo sah, daß Shibata glaubte, er sei zu weich geworden.

»Was ist mit seinem jüngsten Enkel, Hiroki Koin?« fragte Shibata. »Ist er nach Japan zurückgekehrt?«

Der Kerl respektiert mich nicht mehr, dachte Honjo. Ich werde ihn eines Tages töten müssen. Aber im Augenblick ist er genau wie Mung zu wertvoll. Honjo grinste. »Ich habe Marquis Koin nach Korea geschickt. Er organisiert die Spezialeinheiten neu und baut Spionage- und Sabotagetrupps in Nordkorea auf.«

Shibatas Augen wurden ganz glasig, und seine Hände zuckten.

»Ich werde dieses Schwein zu mir bringen lassen«, knurrte Shibata. Er hatte Schaum in den Mundwinkeln. »Wo genau ist er? Ich werde ihn fangen und foltern!«
»Nein!« brüllte Honjo.
»Er hat mir die Nase gebrochen!«
»Du wirst deinen Treueeid mir und dem Kaiser gegenüber brechen, wenn du ihn jetzt tötest! Wir brauchen ihn zur Errichtung des Spionagenetzes in Korea!«
Shibata holte einen Taschenspiegel heraus und musterte seine entstellte Nase. »Das sehe ich jeden Tag im Spiegel! Und ich sehe, wie mich die anderen deswegen anschauen!« Er wischte sich die Spucke vom Mund.
»Hiroki Koin ist genauso wichtig für die Eroberung der Mongolei wie du.«
»Sind seine Informationen ebenso wichtig wie das hier?« Shibata warf eine Akte auf den Tisch. »Die genauen Pläne der elektrisch kontrollierten Minenfelder der Russen zum Schutz von Mukden! Auf diesen Plänen ist exakt eingezeichnet, wo meine Agenten Sprengladungen installiert haben, um alles in die Luft zu jagen!« Shibata warf eine zweite Akte auf die erste. »Das ist für Takamora. Die Verteidigungspläne von Port Arthur, Kanonen, Minen, Torpedonetze.«
Honjo war sichtlich beeindruckt. »Ich glaube, Togo wird die Flotte befehligen. Er ist jetzt Admiral.«
»Dann sagt Admiral Togo, daß Admiral Fersen in Port Arthur starke Scheinwerfer installiert hat. Er läßt die Angreifer herankommen, schaltet die Scheinwerfer an und versenkt sie. Gebt mir Hiroki Koin, dann zerstöre ich die Torpedonetze, markiere einen Weg durch die schwimmenden Minenfelder und schalte diese Scheinwerfer aus.«
»Nicht jetzt.« Honjo versuchte, den vor Rachegelüsten halb wahnsinnigen Shibata zu beruhigen. »Hiroki ist zu wichtig.

Du wirst diese Mission in Port Arthur erledigen, ich verspreche dir, wenn es vorbei ist, werde ich dir Hiroki persönlich ausliefern.«

Shibata zitterte vor Wut. Er warf Honjo ein kleines schwarzes Buch zu. »Das ist der russische Militärcode!« Tränen liefen ihm übers Gesicht. »Gebt mir das Schwein jetzt, ich habe es mir verdient! Bitte!«

Honjo überlegte. Er mußte diesen Rasenden irgendwie ablenken. Er lächelte Shibata an. »Ich habe dir die brutale Methode der Rache beigebracht. Jetzt werde ich dir die elegantere chinesische Methode zeigen. Greif das an, was dein Feind am meisten liebt. Brich sein Herz, und später kannst du dann mit seinem Körper spielen. Denke an Hirokis Familie. Sie sind alleine in Seoul. Er hat zwei kleine Söhne und eine schöne Frau. Gebrauche deine Phantasie.«

Shibata sah Honjo an, als wäre er ein Gott. Noriko. Er leckte sich die Lippen und murmelte: »Seine Frau und seine Kinder, sagt Ihr?«

»Wir haben drei Tage Zeit, uns darüber zu unterhalten. Ich möchte deine Postgeschichte sehen und hören, wie deine Elektroschockfolter funktioniert.«

Am nächsten Tag führte Shibata Honjo ins Postgebäude.

Eine Stunde nach Ankunft der Post hatten Shibata und vierzehn seiner Leute sie bereits in ihren Händen. Die Briefe wurden sortiert, die interessanten sofort an Übersetzer, die einundzwanzig Sprachen beherrschten, weitergereicht und übersetzt, dann wieder von Experten neu verschlossen und zur Zustellung freigegeben.

Shibata zeigte Honjo die Übersetzung eines Briefes. »Der hier ist über mich. Abdur Rashid Ibrahim ist der Anführer der moslemischen Tataren. Er hat einem Priester namens Gapon nach St. Petersburg geschrieben. Sie haben sich letztes Jahr beim Treffen des Russischen Sozialistischen Revolutionsrates in Stockholm kennengelernt.«

»Was schreibt er über dich?«

»Unsinn. Daß ich ein Mann ohne Ideale und Moral sei, aber die revolutionäre Bewegung mich zur Beschaffung von Waffen einsetzen könnte.«

»Und, machst du das?«

»Erst zu dem Tataren. Ibrahim ist ein Kriegsfürst, der zwanzigtausend Mann hinter die russische Armee in der Mandschurei bringen kann. Seine Leute sind undiszipliniert, aber man kann sie zur Sabotage gegen die Transsibirische Eisenbahn und die russischen Handelsposten einsetzen. Ich werde Tokio bitten, Gapon eine Schiffsladung Handfeuerwaffen zu schicken. Ich bezweifle, daß er mit seiner Revolution Erfolg haben wird, aber als Ablenkungsmanöver kann sie ganz nützlich sein.«

»Was hältst du von diesen sozialistischen Revolutionären in Europa?« fragte Honjo.

»Die Idealisten sind Kanonenfutter für die antizaristischen Politiker. Fanatiker wie Gapon machen dem Zaren vielleicht ein bißchen Kopfweh, mehr aber auch nicht. Werdet Ihr die Bitte um Waffenlieferung unterstützen?«

»Ja. Unser Militär und unsere Regierung ist von deiner Arbeit in der Mandschurei sehr angetan. Bis jetzt sind alle deine Forderungen erfüllt worden. Ich werde dafür sorgen, daß das so bleibt.«

Shibata nahm die Übersetzungskopie eines Briefes und reichte sie Honjo. »Wenn Premierminister Sasaki und der Generalstab Krieg wollen, dann wird ihnen das sicher Freude machen.«

Honjo zog überrascht die Augenbrauen hoch. »Der ist von General Bezobrazov, dem Oberkommandierenden aller Streitkräfte des Zaren in Sibirien, der Mandschurei und Korea.«

»Ja. Einer unserer Agenten ist sein Hausboy in Port Arthur.

Ich habe die wichtigsten Passagen unterstrichen. Er ist an den Zaren adressiert.«

»Der Ferne Osten ist noch im Umbruch«, las Honjo. »Entschlossenheit und militärische Macht sind notwendig, um die Mandschurei und Korea fest in das Reich Eurer Kaiserlichen Majestät zu integrieren. Ohne einen kühnen Schlag wird es Rußland nicht möglich sein, die weitaus zahlenreicheren Völker Asiens zu regieren oder ein Übergreifen durch die feindlichen europäischen Rivalen in diesem Teil der Welt zu verhindern.«

Shibata reichte Honjo ein übersetztes Telegramm. »Wir haben auch Abhörposten an den Telegrafenlinien. Das ist die Antwort des Zaren an Bezobrazov.«

»Es wäre wünschenswert, daß die Japaner scheinbar die Feindseligkeiten eröffnet haben, bevor Sie mit Gewalt in Korea einmarschieren. Wenn aber ihre Armee in Seoul einmarschiert und den achtunddreißigsten Breitengrad überschreitet, haben Sie die Erlaubnis, ohne Kriegserklärung anzugreifen.«

Honjo studierte die Botschaft einige Minuten, dann sagte er: »Nogis Plan ist es, Seoul einzunehmen und nach Norden zu marschieren. Aber wenn sie das erwarten, dann schlage ich vor, daß wir einen Bogen um Seoul machen, den Jalu hochmarschieren und Mukden von dort aus angreifen. Technisch gesehen, ist Koreas Neutralität dadurch nicht gefährdet.« Er klopfte Shibata auf die Schulter und führte ihn aus dem Zimmer. »Ich möchte dir zu deinen Leistungen gratulieren und dich belohnen. Ich befördere dich hiermit im Namen des Kaisers zum Generalleutnant. Du bekommst es schriftlich, sobald ich zurückgekehrt bin.« Honjo verbeugte sich vor seinem ehemaligen Studenten. »Ich habe gesagt, du bist der geborene Spion. Trotzdem hast du alle meine Erwartungen und Vorhersagen übertroffen.«

»Danke«, sagte Shibata. »Meine Agenten und ich werden weiterhin unser Bestes geben. Ich hätte aber eine Bitte.«

»Nenne sie.«

»Ich werde Hiroki Koin nicht anrühren, bis er für Euch nicht mehr nützlich ist. Laßt zwei der besten Liebhaber im Grünen Haus, einen Mann und eine Frau, nach Seoul kommen. Ich werde ihnen ihre Instruktionen hinsichtlich Noriko schicken. Wenn Hiroki seine Frau das nächstemal sieht, wird er sich an seine Hure von Mutter erinnern.«

40

Tokio, Oktober 1903

Mung zog sanft an der Schnur, mit der eine Reihe von zwanzig Körben, die von der Decke hingen, verbunden waren. Er setzte ein Lächeln für die Fotografen auf und legte den Finger an den Mund, denn sie waren im Babyschlafsaal des Waisenhauses. Er legte den Finger an den Mund. »Psst. Wir wollen die Kinder nicht stören.« Er reichte die Schnur einem kleinen Jungen und führte die Reporter in den Garten hinaus.

Dieses Interview war das letzte in einer Reihe, die General Nogi und Admiral Takamora vorgeschlagen hatten. Diese Interviews sollten Mungs guten Namen in den Augen der Öffentlichkeit wiederherstellen.

»Herr, was hat Euch dazu bewogen, dieses Waisenhaus zu gründen?« fragte ein Reporter.

»Iyeasu, der Junge, dem ich die Schnur gereicht habe. Und dieser Mann.« Mung zeigte auf Taro Kihei, der gerade den Garten betrat. »Herr Kihei ist der Verwalter des Waisenhauses. Er hat mir nach dem Erdbeben und dem Feuersturm 1894 geholfen, zum Kaiserpalast zu kommen. Der Junge und er haben an diesem Tag beide ihre Familien verloren. Ich verlor einen lieben Freund, nach dem der Junge benannt ist und auch das Waisenhaus. Graf Iyeasu Koin kam im Feuersturm um.«

»Abtreibungen und Ermordung weiblicher Babys werden seit Menschengedenken in Japan geduldet«, sagte ein anderer Reporter. »Haben Eure Aufrufe die Anzahl verringert?«

»Nein«, antwortete Mung. »Alle Aufrufe waren umsonst. Aber Taro Kihei hatte Erfolg. Er ließ die Nachricht verbreiten, daß die Frauen ihre Kinder in Körben am Tor lassen könnten. Wir drehen die Außenbeleuchtung ab. Sie kommen in der Dunkelheit. Keiner sieht etwas, keiner stellt Fragen.«

»Wie viele Kinder werden hier versorgt?«

»Einhundertfünfzig.«

»Warum habt Ihr Euch entschlossen, die Bräuche und Sitten unseres Volkes zu ändern?«

Mung wußte, daß seine christliche Erziehung der eigentliche Grund war, erwiderte aber: »Es macht mich krank und wütend, voll ausgebildete Embryos auf Müllplätzen zu sehen. Das sind kleine menschliche Wesen. Es ist falsch, daß Elten ihre Kinder töten. In unserer modernen Industriegesellschaft können Frauen genauso produktiv wie Männer sein. Wir sind eine kleine Nation im Vergleich zu unseren Nachbarn. Wir brauchen eine größere Bevölkerung.«

»Herr, wir wissen, daß die Russen die Mandschurei besetzt und Truppen nach Korea entsandt haben. Propagiert Ihr mehr Kinder für den Fall, daß es Krieg gibt?«

»Mein Ziel ist es, Kinder zu retten, die Jugend zu erziehen und die Gesundheit unserer Bevölkerung zu verbessern. Ich habe mich vor zehn Jahren aus der Politik zurückgezogen. Es wäre anmaßend von mir, Vermutungen über einen Krieg anzustellen«, sagte Mung, obgleich ein Krieg gar nicht mehr so abwegig war. Seit einigen Monaten hatte Honjo ihm einen speziellen Verbindungsoffizier zugeteilt, der ihn über die russischen Aktivitäten auf dem Festland informierte. Und Mung hatte auch schon mit dem Kobe-Club Gespräche über Waffenkäufe geführt. Er hatte seinen Einfluß im Finanzimperium der Ineis geltend gemacht und damit den Bau von Observierungsballons und den Import drahtloser Radios, die von Hirokis amerikanischer Fabrik gebaut wurden, finanziert. An diesem Nachmittag war er zum zweiten Mal innerhalb der letzten Monate beim Kaiser zur Audienz geladen.

Taro verbeugte sich vor den Reportern und sagte mit einem Blick zu Mung: »Meine Herren, Herr Ishikawa muß sich auf ein Treffen vorbereiten.« Er zeigte auf eine Reihe von Schwestern mit Körben voller Babyflaschen. »Ich glaube, Fotos vom Füttern der Kinder werden den Lesern sehr gefallen.«

»Zum Kaiserpalast«, sagte Mung zum Fahrer. Er lehnte sich in der geschlossenen Kutsche zurück und dachte an sein kommendes Treffen mit dem Kaiser. Irgendwie standen diese Interviews in Verbindung mit den wachsenden Feindseligkeiten zwischen Japan und Rußland. Dreiundfünfzig japanische Soldaten an Bord eines von der russischen Marine gekaperten Schiffs hatten Seppuku begangen, um nicht in Gefangenschaft zu geraten. Honjos Verbindungsoffizier hatte Mung erzählt, daß es Späher der Neunzehnten Kaiserlichen Division waren, die Landeplätze in der Nähe Wladiwostoks hatten auskundschaften wollen. Gestern hatte Mung eine codierte Nachricht von Yaka und Uraga aus Korea erhalten. Sie behaupteten, Honjo hätte die Kundschaftertruppe nach Wladiwostok geschickt und dann durch Akichi Shibata verraten lassen, um die Russen abzulenken. Im Kriegsfall wäre das erste Angriffsziel der japanischen Marine Port Arthur, fünfzehnhundert Seemeilen entfernt. Ein gutes Ablenkungsmanöver, dachte Mung, aber der Preis war zu hoch. Man hätte genausogut über Shibatas Spionagenetz den Russen falsche Informationen zuspielen können.
Der letzte Satz der Botschaft seines Enkels beunruhigte Mung. »Es wäre ratsam, Hiroki und seine Familie sofort nach Japan zurückzuberufen.«
Mung wurde von der Kutsche in den kaiserlichen Audienzraum geführt, wo Nogi und Takamora ihn erwarteten. Sie standen auf der Plattform zu beiden Seiten des leeren goldenen Throns.

»Schön, Euch wieder bei uns zu haben«, sagte Nogi. »Eure lateinische Botschaft an den Kaiser hat uns dazu bewogen, Eure Anwesenheit zu fordern. Bereitet Euch auf den Krieg vor.«

»Wenn ihr Frieden wollt«, vollendete Mung das Zitat.

»Unter welchen Bedingungen würdet Ihr das Schwert gegen die Russen erheben?« fragte Takamora.

»Wenn ich überzeugt wäre, daß der Zar bereit ist, Asiens Karte mit japanischem Blut neu zu zeichnen. Meine Herren, ich bin siebenundsiebzig. Das Alter bringt bestimmte Privilegien. Ich bitte Euch mit allem Respekt, mir zu sagen, warum ich gerufen wurde.«

»Dieser Vorfall mit den Soldaten, die Seppuku begangen haben, hat eine sehr bedrohliche Welle von antirussischen Gefühlen ausgelöst«, berichtete Takamora. »Die Menschen haben den Russen weder vergeben noch vergessen, daß sie uns die eroberten Gebiete aus dem chinesisch-japanischen Krieg wieder abgenommen haben. Und auch nicht, wie wir von ihnen im Boxer-Abkommen vor den Kopf gestoßen wurden.«

»Und, was noch wichtiger ist, seit Honjo die Schwarzen Drachen kontrolliert, haben er und Sasaki den Kaiser isoliert«, sagte Nogi. »Seine Majestät wird manipuliert wie in den Tagen des Shogun. So hat sich der Kaiser die konstitutionelle Monarchie nicht vorgestellt.«

»Aber Seine Majestät hat doch Einfluß auf das Kabinett«, erwiderte Mung.

»Seit Sasakis überwältigendem Erfolg bei der letzten Wahl ist das Kabinett nur noch eine Marionettenshow, deren Fäden Honjo mittels Sasaki zieht.«

»Könnte Sasaki mit seiner Mehrheit im Parlament Rußland den Krieg erklären?« fragte Mung.

»Das einzige, das ihn noch daran hindert, sind der Kaiser, Nogi und ich«, antwortete Takamora.

»Aber ich dachte, Ihr wärt für militärische Expansion.«

»Korrekt«, sagte Nogi. »Aber momentan ist unser Militär nicht in der Lage, es mit Rußland aufzunehmen. Die Finanzen stehen nicht gut, und Ihr habt uns die Wichtigkeit von Verhandlungen als militärische Waffe gezeigt.«

»Was wollt Ihr von mir?«

»Verzögert den Ausbruch von Feindseligkeiten um drei bis vier Monate«, sagte Takamora. »Wenn Ihr mir so viel Zeit verschafft, kann ich einen Sieg zur See garantieren.«

»Ich glaube, es gibt eine Möglichkeit«, erwiderte Mung. »Aber Euch ist klar, daß ich mit friedlichen Mitteln erreichen will, was Ihr mit Krieg anstrebt. Ich muß mit Eurer Kooperation rechnen können.«

»Die zerstörerische Kraft moderner Waffen ist zu groß geworden und bar persönlicher Ehre«, sagte Nogi. »Ich betrachte es als unsere Pflicht, mit allen Mitteln eine friedliche Lösung unserer Probleme mit Rußland anzustreben. Aber Bezobrazov hat Witte als führende Macht Rußlands in der Mandschurei abgelöst, und er will Krieg.«

»Wie könnt Ihr die Russen aufhalten?« fragte Takamora.

»William Whittefield hat mich informiert, daß der amerikanische Präsident bereit ist, wenn unsere Regierung es will, Rußland aufzufordern, aus der Mandschurei und Korea abzuziehen. Und er wird Deutschland davon in Kenntnis setzen, daß die Vereinigten Staaten Japan unterstützen werden, falls Kaiser Wilhelm dem Zaren hilft.«

»Weiß Roosevelt von unserer geheimen Allianz mit England?« fragte Takamora.

»Ich habe ihn letztes Jahr durch Whittefield davon unterrichtet.«

»Dann ist die Frage: Was gewinnt Amerika, wenn es Japan unterstützt?«

»Die koreanischen, mandschurischen und sibirischen Märkte«, antwortete Mung. »Roosevelt versucht für Amerika das zu tun, was Fürst von Metternich vor fünfzig Jahren für Österreich getan hat. Er will ein Gleichgewicht der Macht im Fernen Osten herstellen, damit die Russen, Chinesen und wir Japaner erkennen, daß keiner gewinnen kann. Sein Erfolg wird einen riesigen Markt im Fernen Osten erschließen, und Roosevelt will Amerika diesen Markt sichern.«

»Ein brillantes Konzept für einen Mann, der vorgibt, ein Cowboy zu sein«, sagte Nogi. »Ich möchte meinen, England wird ihn aufhalten.«

»Vor zehn Jahren hätten sie es vielleicht versucht. Heute sind sie zu weit verstreut. Es sind immer noch eine Viertelmillion britische Soldaten in Südafrika, um die Spuren des Burenkriegs zu beseitigen. Die Meutereien und Revolten in Indien und Burma halten die englische Armee auf Trab, und die Marine rast hin und her, um die Versorgung zu sichern. Roosevelt glaubt nicht, daß wir die Russen besiegen können. Und mit Amerika im Hintergrund kann Rußland nicht in Japan einmarschieren.«

Nogi beugte sich mit funkelnden Augen vor. »Gebt uns vier Monate, dann können wir die Russen schnell und entscheidend schlagen.«

»Ich denke, zunächst einmal solltet Ihr jede Forderung Akichi Shibatas nach Waffen für die Revolutionäre in allen großen russischen Städten erfüllen«, sagte Mung. »Die sozialistischen Revolutionäre haben größere industrielle Zwischenfälle ausgelöst, wodurch eine große Anzahl der besten Truppen des Zaren aus der Mandschurei abgezogen werden mußten, um die aufständischen Arbeiter in Schach zu halten.«

»Für einen Mann, der so lange fern der Macht war, seid Ihr erstaunlich gut informiert«, erwiderte Nogi.

»General Honjo hält mich auf dem laufenden«, sagte Mung.

»Sehr dienlich, daß Honjo und Ihr diese Beziehung habt«, meinte Nogi. »Er und Premierminister Sasaki warten draußen.«

Der Vorhang hinter der Plattform öffnete sich, und der Kaiser erschien. Mung fragte sich, wieso der Kaiser hinter dem Vorhang gehorcht hatte. Die drei Männer verbeugten sich, und der Kaiser begab sich zu seinem Platz.

Nogi befahl dem Protokollchef, Premierminister Sasaki und General Honjo hereinzuholen. Nachdem sie ihre Plätze neben Mung eingenommen hatten, begann er. »Die Ablösung Sergei Wittes durch Alexander Bezobrazov in der Mandschurei zeigt, daß Rußland die Absicht hat, in Korea einzumarschieren. Die geheime Allianz zwischen China und Rußland deutet auf Pläne zur Invasion Japans hin. Im Falle eines Landkriegs auf dem Kontinent sind wir umzingelt.«

»Das glauben die Russen«, warf Honjo ein. »Aber sie irren sich. Die Politiker und Militaristen des Zaren sind blind, weil sie viel zu beschäftigt sind, die Unkosten für die Fertigstellung ihrer Eisenbahnlinien zu rechtfertigen.« Honjo schaute zu Mung und fuhr fort: »Moryiama Ishikawa hat vor zwanzig Jahren die Überlegenheit des Dampfschiffs mit Eisenrumpf gegenüber der sibirischen Eisenbahnlinie erkannt, als er den Russen Sachalin für die Kurilen und die Anerkennung japanischer Rechte auf die Riukius abtrat. Die Russen können per Bahn bloß siebentausend Mann pro Monat in die Mandschurei bringen. Die Schienen sind nur einspurig und einen Teil des Jahres durch Schnee blockiert. Akichi Shibata hat Sabotagetrupps in Sibirien, der Mongolei und Mandschurei, die in kürzester Zeit die Schienen unterbrechen können. Wir sollten alles tun, um die Russen dazu zu bekommen, sich auf einen Landkrieg in Asien festzulegen. Ihre Armee baumelt dann an einer sechstausend Meilen langen Versorgungslinie, die wir auf Befehl unterbrechen können. Der Ausgang eines Krieges unter diesen Voraussetzungen läge in den Händen der Marine.«

»Der Kaiser zieht Verhandlungen einem Krieg vor«, erwiderte

Takamora. »General Nogi und ich brauchen noch vier Monate, um die kaiserlichen Streitkräfte auf eine Konfrontation mit den Russen vorzubereiten.«
Mung sah, wie Honjo Sasaki mit dem Kopf ein Zeichen gab, und der Premierminister sagte: »Jetzt ist der richtige Zeitpunkt, zuzuschlagen. Der Vorfall mit den dreiundfünfzig Märtyrern hat die Öffentlichkeit und das Parlament in Rage gebracht.«
Die Blicke der fünf Männer richteten sich auf den Kaiser, aber der schwieg.
»Die Kosten eines Kriegs mit Rußland werden astronomisch sein«, sagte Nogi. »Wenn wir einen militärischen Sieg erringen und eine wirtschaftliche Niederlage erleiden, wirft das Japan um Jahre zurück. Wir brauchen Zeit, um finanzielle Unterstützung aus Übersee zu sichern.«
»Wir haben unsere Lektion gelernt«, entgegnete Sasaki. »Militärische Schwäche in den Augen der Europäer bedeutet Zerstörung und nationale Demütigung für Japan. Militärische Macht wird uns Respekt und wirtschaftliche Konzessionen bringen. Durch einen entscheidenden Sieg über Rußland wird Japan eine große Entschädigung erhalten.«
Nogi nickte in Richtung Mung. »Herr Ishikawa hat uns informiert, daß Amerika keinen entscheidenden Sieg weder für Rußland noch Japan für wünschenswert hält. Präsident Roosevelt befürwortet ein Gleichgewicht der Machtpolitik.«
»Herr Ishikawa hat mich von dieser Situation unterrichtet«, sagte Honjo. »Aber was die Amerikaner, die Europäer und viele unserer Staatsmänner nicht erkennen, ist, daß Japan sich auf diesen Krieg so gut vorbereitet hat, daß er innerhalb von sechs Monaten beendet sein wird, zu schnell für eine Intervention von irgend jemandem.«
»Als Premierminister Japans bin ich bereit, von hier direkt ins Parlament zu gehen und zu einer sofortigen Kriegserklärung gegen Rußland aufzurufen.«

»Und ich werde Euch daran hindern!« sagte der Kaiser.
Sasaki schwankte, als hätte er einen Schlag bekommen. Den anderen stockte der Atem. Seit dem ersten Shogun vor dreihundert Jahren hatte sich kein Kaiser mehr in die Politik eingemischt.
Sasaki verbeugte sich tief. »Ich bitte untertänigst um Verzeihung, Eure Majestät. Es ist meine Absicht, die Nation und Eure Position als göttlicher Führer zu stärken.«
»Eure Anstrengungen sind verständlich und anerkennenswert«, erwiderte der Kaiser. »Aber die Umstände verlangen es, daß ich eine aktive Rolle in den zukünftigen Beziehungen Japans mit der Welt spiele. Parlamentarische Entscheidungen sind oft langsam und manchmal schnell durch undisziplinierte Gefühle beeinflußt. Vor dem Krieg zwischen China und Japan wurde viel zuviel Zeit mit parlamentarischen Debatten vergeudet. Ich habe Graf Hideyoshis Einfluß auf die Legislative durch mein Kabinett und Moryiama Ishikawa umgangen, der damals der Schwarze Drache war. Die Leute vergessen, daß durch das Zögern des Parlaments während der Boxer-Rebellion die Entsendung der ersten internationalen Hilfstruppe nach Peking ein Fiasko wurde. Mit Hilfe von General Nogi und Admiral Takamora habe ich noch einmal die Legislative umgangen und unsere Streitkräfte vor der zweiten Entsendung nach Peking, die erfolgreich war, vervierfacht. Vor kurzem ließ ich Moryiama Ishikawa die anglo-japanische Allianz aushandeln.«
Mung war sich jetzt sicher, daß der Kaiser die Presseinterviews angeregt hatte, aber er begriff nicht, wofür all dieses Lob für ihn gut sein sollte.
»Ich akzeptiere General Honjos Vorhersage, daß wir einen entscheidenden Sieg über Rußland erringen können«, sagte der Kaiser. »Aber General Nogi und Admiral Takamora fordern weitere vier Monate Zeit für die Vorbereitungen, und Marquis Inei, der Finanzminister, fordert weitere vierzig Millionen

Dollar für das Militär. Zehntausend Pferde sind aus dem Mittleren Osten und Europa unterwegs hierher. Sie müssen trainiert und in unsere Kavallerie, Artillerie und Versorgungseinheiten integriert werden.« Der Kaiser hielt inne. Eine volle Minute lang schwiegen alle im Raum. Die fünf Männer vor ihm verbeugten sich und warteten.

Der Kaiser ergriff wieder das Wort. »Vor sechshundert Jahren versuchte Kublai Khan zweimal Japan zu besetzen. Seine erste Landung machte er mit nur fünfundzwanzigtausend Mann und wäre fast erfolgreich gewesen aufgrund der Unfähigkeit der japanischen Feudalherren, gemeinsam schnell und entschlossen zu handeln. Unsere nationale Vorliebe für einstimmige Beschlüsse hätte den Mongolen fast den Sieg gebracht. Um Japan vor der zweiten, größeren Armee von hundertvierzigtausend Mongolen zu retten, schuf der Kaiser den Posten des Tairo, des Großen Alten. Er war der Oberste Ratgeber des Kaisers, Generalissimo, Befehlshaber aller Streitkräfte der Nation und letzter Schiedsrichter in allen Staatsangelegenheiten!« Der Kaiser beugte sich vor. »Ich verlange von der Regierung, ohne Debatte die Wiedereinführung des Amtes des Tairo zu akzeptieren! Ein Mann wird die Macht haben, alle internen, politischen und militärischen Dispute unserer Führer zu regeln! Seine Entscheidungen sind unwiderruflich! Der Tairo wird für mich sprechen!«

Mung fragte sich, wen der Kaiser wohl dazu ausersehen hatte, und hörte seinen Namen.

»Moryiama Ishikawa, tretet vor!« sagte der Kaiser.

Mung zitterten die Knie. Zum erstenmal bestieg er die erhöhte Plattform, auf der Seine Kaiserliche Majestät saß. Er verbeugte sich tief und hörte den Kaiser sagen: »Aufgrund des Ansehens, das Ihr Euch bei Freund und Feind in einem halben Jahrhundert Dienst für dieses Land erworben habt und für Eure schweigende Hinnahme unverdienten Schmerzes, ungerechtfertigter öffentlicher Schande und persönlicher Entbehrungen im Dienst Eures Kaisers ernenne ich Euch zum Tairo, Großer Alter Mann! Von diesem Moment an werdet Ihr mein oberster Ratgeber sein! General Nogi, Admiral Takamora, Premierminister Sasaki und General Honjo sind zu Euren Ratgebern ernannt!« Der Kaiser wandte sich an die vier Männer. »Ihr werdet die Entscheidungen des Tairo dem Parlament überbringen, wo sie mit einem Minimum von Debatten angenommen werden sollen! Es wird zwar nicht offiziell verkündet werden, aber verbreitet, daß das Wort des Tairo das Wort des Kaisers ist!«

»Sire, vergebt mir, aber als Premierminister muß ich die ... die Durchführbarkeit Eurer Empfehlung in Frage stellen«, stotterte Sasaki.

Der Kaiser richtete seine dunklen Augen auf Sasaki. »Das ist keine Empfehlung, sondern ein Befehl von Eurem Kaiser. 1874, vor meinem Umzug von Kioto nach Tokio, lagen sich die japanischen Feudalherren in den Haaren, während die Europäer uns mit einer Invasion bedrohten. Um Japan zu retten, schickte ich einen Boten zu den verfeindeten japanischen Parteien. Der Bote trug die Symbole meiner göttlichen Autorität bei sich – das Schwert, die Juwelen und den Spiegel. Ich befahl meinem Boten, die drei Symbole in die See zu werfen, falls die Feudalherren Japans sich nicht gegen den Westen vereinten.« Der Kaiser erhob sich. »Ich werde diese drei himmlischen Symbole zerstören und von dieser Erde verschwinden, wenn meinem Befehl nicht sofort und ohne Fragen Folge geleistet wird!« Er streckte beide Arme aus und sagte: »Ich ernenne Euch, Großer Alter Mann, zum Obersten Ratgeber der Nachkommen von Amaterasu-o-mi-Kami!« Er sah die vier Männer an und befahl: »Verbeugt euch vor dem Tairo!«

Mung wollte sich auch verbeugen, aber der Kaiser schüttelte den Kopf. »Treuer Diener, Moryiama Ishikawa, Ihr wart mein persönlicher Kämpfer mit dem Titel Shishi. Die Jahre sind vergangen, und Tairo ist jetzt angemessener. Führt das Reich in den Frieden oder Krieg. Seid Euch bewußt, daß ein Sieg in dem, was Ihr wählt, für die Zukunft Japans lebenswichtig ist.« Der Protokollführer brachte einen Spiegel und hielt ihn Mung vors Gesicht. »Tairo, seht Euer Spiegelbild und wisset, daß Ihr ein Mann im Dienst eines Gottes seid!« sagte der Protokollchef. Er trat zurück und kam mit einer Juwelenkette in den Händen wieder zu Mung. »Tairo, seht das reflektierte Licht an den Wänden. Wenn ich die Juwelen so drehe, werden die Bilder verzerrt. Wenn ich sie so drehe, sehen wir schöne geometrische Muster. Behaltet immer im Auge, was das Beste für den Kaiser, die Verkörperung Japans, ist!« Er legte ein uraltes Schwert in die Hände des Kaisers und sagte zu Mung: »Der Sohn des Himmels ist Euer Beschützer!«

Mung verbeugte sich und hörte, wie der Kaiser die vier Führer Japans instruierte. »Die Entscheidung, wann und ob wir in den Krieg ziehen, liegt beim Tairo, dem Großen Alten Mann!«

»So ist es befohlen, so wird es geschehn.«

41

Hiroki Koin dechiffrierte das Telegramm, mochte aber Yakas knappe Botschaft gar nicht glauben. »Komm sofort ins Hauptquartier zurück, Noriko hat Selbstmordversuch gemacht.«
Er packte seine Taschen und nahm den ersten verfügbaren Zug. Allein auf der hintersten Plattform des Seoul-Expreß, versuchte er Norikos Tat zu verstehen. Es mußte irgend etwas Tragisches mit den Kindern passiert sein. Einen anderen Grund konnte er sich nicht vorstellen.
Der Zug wurde langsamer und fuhr mit quietschenden Bremsen im Zentralbahnhof Seouls ein. Hiroki sprang ab, noch ehe der Zug hielt, drängte sich durch die Menge am Bahnsteig und stieg in die erste Rikscha.

»Bitte, der Verband brennt«, sagte Noriko.
»Das kommt von den Tränen«, erwiderte die Schwester und trocknete Norikos Gesicht. »Kein Wunder nach einer Woche weinen.«
Noriko zerrte an den Bändern, mit denen ihre Hände und Füße an die Bettpfosten gefesselt waren.
»Nicht den Hals verdrehen, während ich den Verband wechsle«, sagte die Schwester. »Ihr reißt sonst die Wunde wieder auf.«
»Mein Mann kommt«, stöhnte Noriko. »Er wird bald hier sein. Er darf mich nicht so sehen! Was soll ich ihm sagen?«
»Die Wunde an Eurem Hals heilt. Wenn sie geschlossen ist, zeige ich Euch, wie man sie mit Schminke völlig abdecken kann.«
»Die Narbe auf meinem Gewissen muß ich auslöschen«, rief

Noriko. »Ich werde immer wissen, was ich getan habe.« Sie rang nach Luft. »Wo sind meine Jungen? Meine Kinder!«
Die Schwester strich ihr beruhigend durchs Haar. »Ihr braucht Euch keine Sorgen um sie zu machen. Sie sind gut untergebracht. Sie sind bei Eurer Tante in Pusan, und ich werde sie wie jeden Abend anrufen und Euch dann alles erzählen, was sie gesagt haben.«
»Warum? Warum?« stöhnte Noriko.
»Ihr wollt doch nicht, daß Eure Söhne Euch so sehen«, erwiderte die Schwester.
Noriko fing an zu schluchzen. »Ich will meine Medizin!« Sie versuchte sich aufzusetzen, aber die Fesseln ließen das nicht zu.
»Ihr wißt doch, daß der Doktor sie auf zweimal pro Tag rationiert hat.«
»Ich brauche mehr! Bitte!«
»Es ist verboten«, sagte die Schwester. »Das Elixier hat Euch das angetan.«
Noriko schloß die Augen und stöhnte. »Ich selbst habe mir das angetan. Bitte laßt mich sterben, bevor mich mein Mann so sieht.«
»Hört auf damit! Der Arzt hat Euch erklärt, wie diese Agenten Euch abhängig gemacht haben. Euer Schwager Yaka sagt, Euch trifft keine Schuld. Ihr hattet keine Chance.«
»Gebt mir wenigstens eine Zigarette«, flehte Noriko.
»Der Arzt hat gesagt, nur drei pro Tag. Ihr hattet schon zwei und könnt eine dritte vor dem Einschlafen kriegen.«
»Ich brauche jetzt eine, bevor mein Mann kommt! Bitte! Bitte!«
»Marquise, bitte, bettelt nicht.« Die Schwester wandte sich ab, damit Noriko ihre Tränen nicht sehen konnte. Sie zündete eine Zigarette an und steckte sie ihr in den Mund.
Nach dem dritten Zug glätteten sich die tiefen Sorgenfalten auf Norikos Stirn, und ihre Gedanken wanderten zurück zu den

ersten Tagen nach ihrer Ankunft in Seoul. Sie hatte Hirokis Angebot, ein Dienerehepaar zu nehmen, abgelehnt, weil sie ihr Haus selbst saubermachen und die Kinder alleine aufziehen wollte.

Aber kurz nachdem Hiroki in den Norden abgereist war, waren die Kinder und sie krank geworden. Sie brauchte Hilfe. Ein attraktives koreanisches Paar, das Japanisch sprach, erklärte sich bereit, im Haus zu leben und die Kinder zu unterrichten, alles auf temporärer Basis, bis sie wieder gesund war.

Zuerst waren Kim und Woo tüchtig, angenehm und zurückhaltend. Sie schirmten sie vor Freunden ab, die sie besuchten, und brachten ihr eine Spezialmedizin, damit sie wieder zu Kräften kam.

Noriko hatte das Etikett gelesen und gelacht. »Grünes-Haus-Elixier, Produkt aus Hankow. Zur Behandlung instabiler Meridiane. Bringt die kosmische Energie im Körper wieder ins Gleichgewicht. Regeneriert das Chi und die Balance von Yin und Yang.« Sie hatte ihre Zweifel, probierte es aber trotzdem. Die Kinder erholten sich von der Krankheit und kehrten in die Schule zurück, aber Noriko hielt sich weiter an die Bettruhe, die ihr die Diener so eindringlich empfahlen. Sie brauchte immer größere Dosen des Elixiers und fing auch an, die Zigaretten zu rauchen, die Woo ihr lieferte.

Dann kam der Tag, an dem sie nach ihrer Medizin rief und Kim ohne Hemd ins Zimmer kam. Er war gut proportioniert und muskulös. Sie tadelte ihn, und er ging wortlos und nahm die Medizin mit. Noriko wartete ungeduldig. Sie rief ihn erneut. Kim öffnete die Tür, ohne Hemd, das Elixier in der Hand. Er zeigte ihr die Flasche. »Wollt Ihr das?«

»Ja. Bring sie wieder, wenn du anständig angezogen bist.«

Kim verbeugte sich und ging.

Noriko wartete. Die Kinder kamen aus der Schule. Noriko schickte sie weg und wartete weiter. Sie hörte, wie Woo die Jungen

zu Bett brachte. Es war dunkel, als Kim wieder in der Tür erschien, immer noch ohne Hemd, mit der Flasche in der Hand. »Ich hab dir gesagt, zieh dich an, und bring mir die Flasche!« schrie Noriko.
Kim verbeugte sich und ging.
Noriko tastete nach einer Zigarette, aber die Schachtel war weg. »Woo! Komm sofort hierher!« hörte sie sich selbst schreien, aber es war ihr egal.
Die schöne junge Frau erschien in der Tür. »Dein Mann ist unverschämt«, sagte Noriko. »Er gibt mir meine Medizin nicht! Bitte bring sie mir, und sorge dafür, daß er sich anständig anzieht.«
Woo ging zum Bett. Sie strich Norikos Haar glatt. Sie wusch und massierte sie wie jeden Tag, sagte aber nichts.
»Könnte ich noch eine Schachtel von den Zigaretten haben?« flüsterte Noriko.
Woo verließ ohne ein Wort den Raum.
Zwanzig Minuten vergingen. Vierzig Minuten. Eine Stunde. Noriko bekam Magenkrämpfe. Sie zitterte von Kopf bis Fuß, gierte nach ihrer Medizin. Sie schrie, warf Sachen zu Boden, aber keiner kam.
Schließlich stand sie auf und stolperte zur Tür. Der Gang schien ihr fremd, seltsam. Noriko merkte, daß sie seit Wochen ihr Zimmer nicht verlassen hatte. Sie tastete sich die Wand entlang zur Küche. Im schwachen Licht des Herdfeuers sah sie, wie Kim und Woo sich umarmten. Sie wußten, daß sie da war, und liebkosten sich trotzdem weiter. Das schöne Mädchen war nackt, Kim trug nur eine dünne Hose, durch die seine Erektion gut sichtbar war.
Noriko wollte ihnen befehlen, das Haus zu verlassen, aber sie brachte nur heraus: »Meine Medizin bitte.«
Kim streichelte Woos Brüste, sah aber Noriko an. Er ging zu einem Regal, nahm eine der grünen Flaschen, entkorkte das

Elixier und kam ganz nahe zu Noriko. Sie konnte sein Parfum riechen. »Ich hole eine Tasse«, sagte er.
Noriko riß ihm die Flasche aus der Hand und trank.
Kim nahm ihr sanft die Flasche weg. »Zuviel, und du schläfst für immer.«
Noriko spürte die beruhigende Wirkung. Kims muskulöser Körper schmiegte sich an sie, und sie versuchte ihn wegzuschieben. Aber ihre Hand glitt kraftlos von seiner warmen Schulter. Er legte den Arm um sie und drückte sie an sich. Sie hatte nicht die Kraft, sich zu wehren. »Nein«, flüsterte sie. »Hör sofort auf.«
Seine Hände liebkosten ihre Brüste, er küßte ihre Schultern und den Hals. Sie spürte seine Erektion und beobachtete die Szene wie eine Außenstehende. Kim hob sie auf und trug sie zu einer Schlafmatte. Er rauchte eine von Woos Zigaretten mit ihr. Noriko trieb zwischen Traum und Realität, während er sie streichelte. Sie merkte, daß er nackt war und sein Körper phantastisch muskulös. Er liebkoste sie, machte Dinge mit seinen Händen und Lippen, die ihren Körper auf den seinen einstimmten. Er nahm ihr die Zigarette aus dem Mund, drückte sie aus und riß ihr langsam das Nachthemd entzwei. Er bedeckte ihr Gesicht und ihren Hals mit Küssen, während seine Hände jeden Teil ihres Körpers erforschten. Er beugte den Kopf und biß sanft in ihre Brustwarzen. Er biß sie in den Bauch, und dann bewegte sein Kopf sich tiefer. Noriko trieb auf einem Meer der Lust.

Danach stand jeden Morgen eine neue Flasche Elixier neben Norikos Bett, und Woos Zigaretten lagen auch da. Tage und Nächte verschwammen ineinander, und immer wieder kam Kim, nackt, unersättlich. Sie merkte, daß Woo oft dabei im Zimmer war und ihr Liebesspiel beobachtete.
Dann, eines Nachts, streichelte Kim sie, und Noriko fühlte

nichts. Plötzlich stand Woo nackt über ihr, drehte sich, zeigte ihren wunderschönen nackten Körper und legte sich neben Noriko. Kim drückte seinen Körper gegen Norikos Rücken. Woos feste Brüste berührten sie, und Noriko schauderte. Sie war eingequetscht zwischen zwei warmen Körpern. Kims erigierter Penis drängte sich zwischen ihre Schenkel. Woos Zunge schob sich in ihren Mund. Kim umarmte sie beide. Woos Hand glitt zwischen Norikos Beine, dirigierte mit flatternden Fingern Kims Penis in ihre samtweiche Höhle. Noriko warf den Kopf zurück und schrie, als sie der Orgasmus packte. Sie trieb dahin im Drogenrausch, und das koreanische Paar befriedigte sich an ihrem Körper.

Irgendwann in den frühen Morgenstunden wurde Norikos Verstand wieder klar, und sie lauschte dem Flüstern.

»Akichi Shibata müßte mit diesem Bericht zufrieden sein«, sagte Kim. »Ich nehme an, er will, daß wir die Sucht der Marquise und ihre perversen Neigungen enthüllen. Das müßte ihren Mann treffen.«

»Können wir dann verschwinden?« fragte Woo.

»Direkt zurück nach Hankow und dem Grünen Haus«, antwortete Kim. »Wir werden wahrscheinlich zu Lehrern befördert.« Die beiden verließen den Raum.

Angewidert von den entsetzlichen Erinnerungen an das, was sie getan hatte, übergab Noriko sich. Der Schmerz in ihrem Herzen riß den Opiumvorhang von ihrem Verstand, und sie wußte, was sie zu tun hatte. Sie konzentrierte sich mit aller Kraft ihres Kendo-Trainings, zog ein Gewand an, kroch zu einer Truhe und holte den kleinen Dolch heraus, den Hiroki ihr zur Hochzeit geschenkt hatte. Sie widerstand der halbleeren Flasche neben ihrem Bett. Sie kroch auf Händen und Füßen zur Wand, tastete sich hoch und schleppte sich zur Tür. Dann stolperte sie den Gang entlang zum hinteren Teil, wo die Kinder schliefen. Hoffentlich würden sie nie vom schändlichen

Verhalten ihrer Mutter erfahren. Ihre Beine zitterten, und sie wußte, wenn sie zögerte, war es zu spät. Das Zimmer verschwamm vor ihren Augen. Tränen liefen ihr übers Gesicht.
»Seid gegrüßt, meine Kinder.« Sie ließ die Scheide fallen und setzte den Dolch an ihrem Hals an.

»Du kannst sie erst sehen, wenn du mit dem Arzt gesprochen hast«, sagte Yaka.
»Noriko ist meine Frau«, erwiderte Hiroki.
»Und wenn du willst, daß das so bleibt, wirst du mich erst anhören. Sie hat in einer Woche vier Selbstmordversuche gemacht.«
»Warum?« fragte Hiroki. »Sind die Kinder tot?«
»Den Kindern fehlt nichts. Sie sind bei meiner Familie.«
»Wo ist Noriko?« fragte Hiroki.
»Ich werde es dir nicht sagen, bis du die ganze Geschichte gehört und mit dem Arzt gesprochen hast.«
»Dazu habe ich nicht die Geduld. Yaka, bitte, was ist passiert?«
»Das ist meine größte Angst. Deine Ungeduld. Mutter hat immer gesagt, das sei deine schlimmste Charakterschwäche.«
Hiroki warf die Hände hoch. »Ich höre.«
»Höre mit dem Herzen«, sagte Yaka. »Noriko braucht dein Verständnis.« Er hielt eine Flasche hoch und zeigte Hiroki das Etikett. »Hast du so etwas schon einmal gesehen?«
»Ja. Shibatas Agenten benutzen das, um chinesische und russische Beamte gefügig zu machen.«
Yaka nickte. »Shibata hat zwei von seinen Leuten befohlen, Noriko zu kompromittieren. Sie waren Musterschüler im Grünen Haus.«
Hiroki wurden die Knie schwach, und er lehnte sich gegen die Wand. Er wußte nur zu gut, was das bedeutete. Er machte Yaka ein Zeichen fortzufahren.
»Die beiden Agenten, ein Mann und eine Frau, sind kurz nach

deiner Abreise in Seoul angekommen. Sie haben das Essen vergiftet, das Noriko aus einem Nudelgeschäft holte. Sie und die Kinder wurden krank. Noriko hat die beiden als Dienerehepaar engagiert, bis es ihr besserginge. Die Kinder erholten sich schnell, aber die Agenten machten Noriko von diesem Elixier abhängig. Dann taten sie mit ihr, was sie wollten.«

Hiroki schluckte. »Was war das?«

»Shibata hatte befohlen, dir durch Noriko Schande zu bereiten.«

Tränen rollten über Hirokis Gesicht. »Haben sie ihr weh getan?«

»Sehr.« Yaka strich über den Kopf seines Bruders. »Nur du kannst sie retten.«

»Laß mich zu Noriko.«

»Erst wenn der Arzt mit dir gesprochen hat«, sagte Yaka.

»Wann wird das sein?«

»Bald.«

»Wo sind die Agenten, die das getan haben?«

»Komm. Ich habe sie für dich auf Eis gelegt.« Yaka führte Hiroki nach draußen in ein Lager, in dem ein Schwarzer Drache Wache stand. Hiroki folgte seinem Bruder. In der Mitte des Zimmers lag ein Heuhaufen. Yaka schob das oberste Heu beiseite. Darunter lagen ein Mann und eine Frau mit den Gesichtern nach unten auf Eisblöcken. »Sie haben unter Folter alles gestanden«, sagte Yaka. »Dann habe ich sie an das Eis gebunden und erfrieren lassen. Ich versichere dir, sie haben für das, was sie getan haben, gelitten! Du mußt sie vergessen und nur daran denken, wie du Noriko helfen kannst! Sie hat unsere Mutter bis in den Tod gepflegt. Verlaß sie nicht!«

Der Wächter öffnete die Tür und meldete: »Der Arzt ist da.«

»Verbrenn diese zwei Stück Unrat, und wirf ihre Asche auf den Misthaufen«, befahl Yaka dem Wächter. Er brachte seinen Bruder zurück in das Hauptquartier.

»Etwas Tee vielleicht?« fragte der Arzt Hiroki.
»Ich will meine Frau sehen.«
»Das werdet Ihr auch. Aber ich muß Euch warnen. Euer erstes Treffen ist entscheidend für ihre Genesung.«
»Jetzt!« sagte Hiroki. »Ich will Noriko jetzt sehen!«
»Trinkt Euren Tee«, erwiderte der Arzt. »Ich muß Euch genau erklären, was mit Eurer Frau passiert ist und wie Ihr ihr helfen könnt. Es dürfen keine Geheimnisse zwischen Euch sein, die Eure Beziehung stören könnten. Ich hoffe, Ihr seid ein starker Mann.« Der Arzt machte Yaka ein Zeichen zu gehen.
Zwei Stunden später, mit dem erkalteten Tee vor sich, hörte Hiroki den Arzt sagen: »Ihr könnt jetzt Eure Frau besuchen. Sie ist zu Hause.« Aber Hiroki bewegte sich nicht.
Der Arzt erhob sich. »Wenn Ihr nicht die Kraft habt, ihr zu vergeben, dann geht nicht zu ihr. Noriko wird den Vorwurf in Euren Augen sehen, und irgendwann wird es ihr gelingen, sich zu töten. Wir können sie nicht ewig anbinden.«
Der Arzt ging, und Yaka kam ins Zimmer.
»Erzähl mir, wie du davon erfahren hast«, sagte Hiroki.
»Eure Nachbarin hörte die Kinder weinen. Sie und ihr Mann sind in dein Haus gegangen. Sie fanden Noriko auf dem Boden des Kinderzimmers mit einer Dolchwunde am Hals. Sie blutete schrecklich und flehte die Nachbarn an, ihre Kinder vor Shibatas Agenten zu schützen, die im Haus schliefen. Der Nachbar ist einer deiner Männer aus der Spezialeinheit. Er hat das Paar festgenommen.«
Hiroki hob den Kopf. »Weiß Noriko, daß ich hier bin?«
»Ich habe ihr gesagt, daß du bald kommen wirst.«
»Ich brauche Zeit zum Nachdenken«, sagte Hiroki und ging aus dem Haus.

42

Mung verließ die Gemächer des Kaisers und ging alleine zum Yasukune-Schrein. Er hatte niemanden außer den Göttern, denen er von seiner Ernennung zum Tairo erzählen konnte. Er betete, dann kehrte er nach Hause zurück, um das Wunder seinem Sohn und seinen Enkeln per Brief mitzuteilen.
Die folgenden Tage verbrachte er in Konferenzen mit Nogi, Takamora und den Kabinettsmitgliedern. Mung nahm telefonischen Kontakt zu Inei auf und per Telegraf mit Shimatzu in Formosa. Er bereitete seinen Stab auf das erste Arbeitstreffen vor.

General Honjo und Premierminister Sasaki waren auf dem Weg zum Palast zu ihrem ersten Treffen mit dem Tairo.
»Wir befinden uns in einem Kampf um die Macht über den Kaiser«, sagte Sasaki.
»Gebrauch doch deinen Kopf«, keifte Honjo. »Seit dem Augenblick, in dem der Kaiser sich persönlich eingemischt hat, beherrscht er selbst das Land.«
»Warum hat er das nicht schon früher getan?«
»Den Shogunen und den früheren Premierministern ist es gelungen, die Kaiser zu isolieren. Sie waren nicht wirklich ungehorsam, da sie tatsächlich keine kaiserlichen Befehle erhielten. Aber Kaiser Meiji läßt sich das nicht gefallen. Wir müssen abwarten. Ich habe Einfluß auf die Leute, die seinen Sohn erziehen. Er wird leichter zu kontrollieren sein.«
»Ich hatte gedacht, du würdest kämpfen, um deine Autorität zu behalten.«

»Die Leute denken, ich strebe nach persönlicher Macht«, erwiderte Honjo. »Dem ist nicht so. Mein Ziel ist es, Japan zu einer mächtigen Nation zu machen.«
»Und du bist bereit, den Friedenspropagierer Mung als Tairo zu akzeptieren?«
»Mung befürwortet unsere militärische Expansion mehr als manche neugewählten Parlamentarier von der Nationalen Vereinigung der Sozialisten.«
»Aber Hideyoshi hat Mung gehaßt. Er wollte ihn mehr als einmal töten lassen.«
»Hideyoshi hat jeden gehaßt. Er hat nie die Abschaffung der Aristokratie verwunden, und Mung war die treibende Kraft hinter der Verfassung.«
»Aber Mung ist jetzt siebenundsiebzig«, sagte Sasaki. »Er ist schwerhörig, und seine Hände zittern.«
»Sein Verstand ist scharf wie ein Samurai-Schwert und sein Gedächtnis immer noch absolut. Der Kaiser hat recht. Wir brauchen den Tairo, um die Russen zu besiegen.«
»Was, wenn Mung eine friedliche Lösung findet?«
»Ganz einfach. Er wird eliminiert. Dann kannst du, Nogo oder Takamora Tairo werden.«

Mung hatte darauf bestanden, sich vom Palastarzt ein Stimulans geben zu lassen, damit er dieses entscheidende Treffen durchstehen konnte. Das Ergebnis war, daß er mit rasendem Puls am langen, niedrigen Verhandlungstisch saß und hoffte, nicht wieder einen Infarkt zu erleiden.
Mung verbeugte sich vor Nogi, Takamora, Sasaki und Honjo und begann. »Aufgrund Eurer Informationen und Empfehlungen habe ich, der Tairo, folgende Schritte unternommen. Mein Sohn ist auf dem Weg nach London, um vierzig Millionen Dollar für Kriegsvorbereitungen zu leihen.« Er reichte Sasaki einen Brief. »Bitte schickt das als offizielle Mitteilung an den

Zaren Nikolaus in St. Petersburg und eine Kopie an den Vizekönig Bezobrazow in Port Arthur. Darin wird Rußland aufgefordert, alle Truppen aus Korea und der Mandschurei abzuziehen. Alle russischen Minen- und Produktionsunternehmen dürfen weitergeführt werden. Japan wird ebenfalls das Recht erhalten, in der Mandschurei Rohstoffquellen zu suchen und zu nützen.«

»Erwartet Ihr, daß die Russen das akzeptieren?« fragte Sasaki.

»Präsident Roosevelt wird eine ähnliche Mitteilung nach St. Petersburg schicken. Er wird den habsburgischen Cousin des Zaren, Wilhelm, Herrscher von Österreich-Ungarn, davor warnen, Krieg mit Japan anzufangen, ansonsten würde Amerika sich auf unsere Seite schlagen. Lord Cade hat diesmal Wort gehalten. Die französische Regierung und die Finanziers haben alle Kredite an Rußland gekündigt. Zar Nikolaus steht unter Druck, seine Schulden zurückzuzahlen. Damit dürften sämtliche sofortigen russischen Militäraktionen verzögert sein.«

»In Erwartung von Shimatzus finanziellem Erfolg in London möchte ich sieben weitere Infanteriedivisionen ausbilden und ausrüsten«, meldete Nogi sich zu Wort.

»Und ich möchte drei neue englische Minensuchboote erwerben«, sagte Takamora.

»Und Ihr, General Honjo?« fragte Mung. »Was braucht der militärische Geheimdienst?«

»Das Anfangsdatum des Krieges«, antwortete Honjo. Er öffnete eine große Mappe und reichte Karten und Spionageberichte herum. »Die wurden von Eurem Enkel Hiroki in Korea und Akichi Shibata in der Mandschurei zusammengetragen. Beide haben sehr tüchtige Spionage- und Sabotageeinheiten gegründet.«

»Ich bin sehr zufrieden mit Euren Geheimdiensten«, sagte Mung. »Ich möchte diese Gelegenheit wahrnehmen, um Euch dafür zu danken, daß Ihr mich über die Jahre auf dem laufenden

gehalten habt. Ich hatte erwartet, daß Ihr Euch gegen meine Wahl zum Tairo stellt.«
Honjo verbeugte sich. »Ihr seid einer der Begründer des Staates Japan. Wir mögen vielleicht sehr konträr sein, und in Eurer Position hätte ich manches anders gemacht, aber ich hätte es nicht besser machen können. Ich unterstütze Euch, weil der Kaiser es befohlen hat und wegen Eurer vergangenen erfolgreichen Fehlschläge.« Honjo lächelte. »Ihr haltet Euch für einen Friedensstifter, aber Tatsache ist, daß nach jedem Versuch von Euch, Frieden auszuhandeln, Kriege das Ergebnis waren, aus denen Japan stärker hervorging. 1854 habt Ihr moderne Gewehre und Artillerie beschafft, die den Fall des Shogun herbeiführten. 1873 sind Lord Saga und die Choshu-Rebellen durch Eure Gewehre getötet worden. 1874 verschwanden die drei Häuser von Mito. Vor kurzem waren wir in Formosa und Korea gegen die Chinesen erfolgreich. Jede Eurer Friedensbestrebungen endete in einem erfolgreichen Krieg für Japan. Ich sage, schickt Eure Briefe an den Zaren Nikolaus. Und wenn die Deutschen gegen uns kämpfen wollen, auch recht.« Honjo beugte seinen kahlen Schädel zu Mung. »Wir werden die weißen Armeen der Steppe abschlachten und jeden anderen, der uns in Asien herausfordert!«
Honjos Bewertung seiner Karriere traf Mung wie ein Schlag in der Magengrube, aber er ließ sich nichts anmerken. Er zeigte auf den Brief in Sasakis Hand. »Wenn Rußland meiner Forderung Folge leistet, wird es keinen Krieg geben.«
»Woher sollen wir wissen, daß der Zar tatsächlich seine Truppen abzieht?« fragte der Premierminister.
»Die Russen werden genauestens beobachtet werden«, antwortete Mung. »Von Akichi Shibata in der Mandschurei und Hiroki Koin in Korea.«

Hiroki kam nach langen Irrwanderungen durch Seoul in einen buddhistischen Tempel am Rande der Stadt. Er setzte sich zu Füßen der großen Statue, unfähig zu beten, und auch der Buddha hatte keine Antwort.
»Ein junger Mann, der vor der Statue von Buddha weint, muß eine traurige Last tragen.«
Hiroki hob den Kopf. Vor ihm stand ein alter Priester mit gütigem Gesicht. Seine Augen erinnerten Hiroki an Großvater Mung.
Der Priester setzte sich neben Hiroki und schaute zum Buddha hinauf. »Ich hoffe, du bittest nicht eine Steinstatue um Lösungen.«
»Nein«, schluchzte Hiroki.
»Frag einen Mann«, sagte der Priester.
Tränen kullerten über Hirokis Gesicht. »Wie kann ein Mann zu seiner Frau zurückkehren, wenn sie mit einem anderen geschlafen hat? Was wird aus unseren Kindern?«
Der alte Mann brachte Hiroki dazu, Stück für Stück seine traurige Geschichte zu erzählen.
»Ich muß Akichi Shibata töten«, schloß Hiroki.
Aber der alte Priester ließ es nicht zu, daß er durch sein Gerede von Rache die Möglichkeit einer Lösung verdrängte. »Shibatas Tod ist im Augenblick nicht wichtig. Laß uns vom Leben sprechen. Deinem Leben, dem deiner Frau und der Kinder. Ich sehe zwei Möglichkeiten. Entweder mußt du dich entschließen, deine Familie zu verlassen, oder bei ihr bleiben. Wenn du weiterhin das Oberhaupt des Haushalts bleibst, wirst du entweder deine Frau bestrafen, was eigentlich eine Strafe für dich und die Kinder ist, weil du allen das Leben zur Hölle machst, oder du kannst sie trösten und helfen, ihre Gesundheit und ihre Selbstachtung wiederherzustellen.«
»Und meine Selbstachtung? Ich bin an eine Frau gebunden, die einen anderen Mann in ihr Bett ließ.« Hiroki würgte.

Der Priester war froh, daß Hiroki sich noch nicht entschlossen hatte, seine Familie zu zerstören. Er reichte Hiroki ein Stück Wurzel. »Kaue das. Es schmeckt angenehm und wird dich entspannen.«

Hiroki biß ein Stück ab und kaute. »Was soll ich tun?« fragte er mit tränenerstickter Stimme.

»Dich der Wahrheit stellen. Der Grund für deinen Schmerz ist nicht die Tatsache, daß deine Frau verführt wurde, sondern dein verletzter Stolz. Deinem Ehrenkodex nach ist dein Stolz wichtiger als das Leben deiner Familie und dein eigenes. Du hast erwähnt, daß deine Eltern vor ihrer Heirat beide Prostituierte waren. Und trotzdem haben sie einander wirklich geliebt.«

Hiroki konnte sich nicht daran erinnern, dem Priester von seinen Eltern erzählt zu haben, aber es spielte keine Rolle. Er kaute weiter an der angenehm schmeckenden Wurzel, und seine Gedanken trieben davon. Die Stimme des Priesters kam von weit weg.

»Erfülle den Schwur, den du deiner Mutter abgelegt hast. Liebe deine Frau. Sorge für deine Kinder. Schließe dich der Welt der wahren Männer an. Ruhe, mein geplagter Freund.«

Hiroki lehnte sich mit dem Kopf gegen die Wand und schlief. Der alte Mann steckte den Finger in Hirokis Mund und holte die gekaute Wurzel heraus. »Träume weiter. Ich bete, daß meine Worte deiner Seele Trost spendeten und deinen Geist in die richtige Richtung gelenkt haben.« Er drehte sich um und verließ den Tempel. Nachdem er seine Rolle als Priester erfüllt hatte, würde er jetzt dem koreanischen Heeresgeheimdienst berichten, daß japanische Agenten in Seoul waren.

Der von der Wurzel ausgelöste Traum begann damit, daß Hiroki seinen Eltern begegnete. Dann ermahnten die beiden ihn streng, sein On gegenüber Noriko zu erfüllen.

»Sei geduldig«, sagte seine Mutter. »Erfülle dein Versprechen

an mich und dein On an Noriko.« Sie verschwand in der Dunkelheit, und Hiroki schlief tief und traumlos.
Er erwachte auf dem Boden des Tempels und sah sich um. Der alte Priester war weg. Leute zündeten Räucherstäbchen an, beteten, meditierten. Hiroki legte eine großzügige Spende zu Füßen der Statue. Dann ging er hinaus ins helle Tageslicht und eilte nach Hause.

Die Sonne fiel schwach durch die geschlossenen Bambusrollos und zeichnete ein Muster auf die Decke des Bettes. Hiroki folgte dem Arzt in das Zimmer, und die Schwester trat vom Bett zurück. Noriko schlief. Hiroki war entsetzt. An Händen und Füßen an die Bettpfosten gefesselt, lag sie mit verdrücktem Nachthemd wie gekreuzigt auf dem Bett. Sie hatte ein Drittel ihres Körpergewichts verloren. Ihre Augen waren tiefliegende Höhlen mit dunklen Ringen. Ihr Haar war stumpf und strähnig. Hirokis Tränen fielen auf das dünne, eingefallene Gesicht, und sie schlug die Augen auf. Hiroki sah Erkennen.
Norikos Augen wurden groß. »Neeeeiiiin!« schrie sie und bäumte sich auf. »Neeeeiiiiin! Schau mich nicht an!«
Hiroki sah die häßliche rote Narbe unter ihrem Kinn. »Alles wird wieder gut«, flüsterte er.
»Was hab ich getan?« schluchzte Noriko. Ihr Körper erbebte.
»Bindet ihr die Füße los«, befahl Hiroki der Schwester. Er löste die Fesseln von den Handgelenken seiner Frau.
Noriko entzog sich seiner Umarmung und glitt vom Bett. Sie kauerte sich mit den Armen über dem Kopf in eine Zimmerecke. »Töte mich! Töte mich«, stöhnte sie immer wieder.
Die Schwester reichte Hiroki eine Schachtel Zigaretten. »Gebt Ihr eine. Das wird sie beruhigen.«
»Woher, zum Teufel, habt Ihr die?«
»In der Küche steht eine ganze Kiste Golden Bats«, erwiderte die Schwester. »Sie waren hier, als ich kam.«

Hiroki holte eine Zigarette aus dem Päckchen und brach das Mundstück ab. Er hielt das kleine Kügelchen, das herausfiel, hoch. »Opium. Die ganze Kiste vernichten!«

Zwei Tage lang reagierte Noriko überhaupt nicht auf Hiroki. Am dritten Tag drehte er ihr kurz den Rücken zu, um eine Zeitung aufzuheben. Wie der Blitz hatte sie eine Vase zerschlagen und versuchte sich mit der Scherbe die Pulsadern aufzuschneiden. Hiroki warf sich über sie und entriß ihr die Scherbe. Er kniete sich vor sie und umarmte sie. »Noriko, ich liebe dich. Ich verstehe, daß du sterben willst. Ich helfe dir dabei, aber unter einer Bedingung. Du mußt es vor den Kindern machen. Ich bringe sie hierher.« Hiroki stand auf und ging zur Tür. Noriko kroch auf allen vieren hinter ihm her und packte ihn um die Knie. Ihre Augen waren vor Angst weit aufgerissen. »Nein! Die Kinder dürfen mich nicht so sehen! Sie haben mich schon mit aufgeschnittenem Hals gesehen. Ich bete, daß die Erinnerung sie nicht verfolgt.«

»Soll ich sie bringen, um deine Leiche anzusehen?«

»Verbrenn mich. Sag es ihnen nicht. Bitte!« Sie brach zusammen.

Hiroki kniete sich zu seiner Frau und umarmte sie. Er küßte ihre Wangen, ihren Kopf, den Mund und flüsterte: »Du hast mir geholfen, die Wahrheit über meine Eltern zu akzeptieren. Wenn unsere Kinder je erfahren sollten, was hier in Seoul passiert ist, mußt du es sein, die es ihnen erklärt.«

»Mein Körper giert nach dieser Medizin«, flüsterte sie. »Du bist bei mir am Bett gesessen, und ich habe mich schlafend gestellt und dabei immer überlegt, wie ich dich bewußtlos schlagen kann. Vielleicht versuche ich sogar dich zu töten, um die Medizin zu kriegen.«

»Ich weiß«, sagte Hiroki. »Du hast mich verflucht, und das mit Ausdrücken, die ich von einer Dame deiner Herkunft nicht erwartet habe.«

»Daran kann ich mich gar nicht erinnern.«

»Es passierte immer, wenn du deine Schmerzanfälle hattest. Und du brüllst.«

»Es war nicht so gemeint, wenn ich dich verflucht habe«, sagte Noriko.

»Liebst du mich?«

Noriko senkte den Kopf. »Ja«, murmelte sie.

»Dann verlaß mich nicht.« Hiroki packte sie an den Armen und begann zu weinen. »Bitte verlaß mich nicht. Du leidest nicht alleine. Ich habe Angst ohne dich.«

Norikos Arme schlangen sich langsam um den Hals ihres Mannes. »Sag dem Arzt, ich bin bereit, die Behandlung zu machen«, flüsterte sie.

»Dazu gehört völliger Entzug vom Opium.«

»Wirst du bei mir bleiben?« fragte Noriko.

»Immer.«

»Doktor, ich kann es nicht mehr länger ertragen, Noriko so leiden zu sehen«, sagte Hiroki.

»Diese vier Tage Schwitzen, Kräuterteediät und die Reinigung ihrer Eingeweide sind notwendig, um den Körper von der Droge zu säubern. Erst dann kann ich mit der Akupunktur beginnen. Das Ziel ist es, den freien Fluß der Lebensenergie, des Chi, zu schaffen und es rhythmisch im Fluß zwischen und durch die lebenswichtigen Organe auszubalancieren. Wenn dieser ununterbrochene Fluß des Chi erreicht ist, beginnen wir die Endphase der Kur.«

Hiroki blieb für den Rest der Behandlung an Norikos Seite. Im Vierstundentakt setzte der Arzt sechsunddreißig Nadeln an verschiedenen Stellen ihres Körpers. Am Ende des dritten Tages vibrierten die Nadeln, die Norikos lebenswichtige Organe markierten, ohne Unterlaß, und die Assistenten, die die Nadeln ständig wieder erhitzt hatten, konnten weggeschickt werden.

Der Arzt zog die letzte Nadel heraus, dann nahm er eine Schale ungekochten, braunen Reis. »Eure Frau hat seit einer Woche keine feste Nahrung mehr zu sich genommen. Wenn sie versuchen würde, diesen Reis mit ihren Zähnen zu zermahlen, würden sie brechen oder herausfallen. Wenn Ihr ihn ihr nicht vorkaut und von Mund zu Mund füttert, werde ich die Schwester bitten, das zu übernehmen.«

Hiroki nahm die Schüssel. »Wann werden wir wissen, ob die Behandlung erfolgreich war?«

»Das Chi fließt jetzt ungehindert, aber es ist sehr schwach. Es muß durch frische Luft, gutes Essen und Bewegung unterstützt werden. Ich werde sie Yoga und Meditation lehren und Euch eine Liste wichtiger Nahrungsmittel geben.«

»Ich muß in einer Woche nach Norden.«

»Nehmt Eure Frau mit«, sagte der Arzt.

»Das ist eine gefährliche Militärmission. Gefangenschaft wäre gleichbedeutend mit Exekution. Die Russen haben sich bereit erklärt, aus Korea und der Mandschurei abzuziehen, und ich soll ihren Abzug überwachen.«

»Das Schlimmste, was Eurer Frau unterwegs passieren kann, ist der Tod. Allein in Seoul ist sie bereits tot. Eure Liebe hat sie gerettet, nicht meine medizinischen Kenntnisse.«

Hiroki nickte. Während der nächsten sechs Tage befolgte er die Instruktionen des Arztes. Sie bekam wieder etwas Farbe, ging mit ihm einkaufen und kochte, während er ihr Gedichte vorlas. Am siebten Tag – Noriko kämmte gerade ihr Haar vor dem Morgenspaziergang – machte Hiroki Yaka, der vor dem Haus wartete, ein Zeichen.

Es klopfte an der Tür. Hiroki versteckte sich in der Küche und antwortete nicht, als Noriko ihn zu öffnen bat. Schließlich ging sie selbst zur Tür. Ihre beiden Söhne, sechs und sieben Jahre alt, standen davor. Noriko fiel den beiden Jungen um den Hals und überschüttete sie mit Küssen, während ihr die Tränen

übers Gesicht liefen. Hiroki, der das alles beobachtet hatte, trocknete sich seine Tränen und ging zu ihnen.
»Mutter, du bist so dünn«, sagte der ältere Junge.
»Eure Mutter war krank«, erklärte Hiroki. »Sie ist noch nicht ganz gesund, und ich muß ihr weiter gute Sachen zu essen geben. Wenn sie wieder schön dick ist, bringe ich sie zu euch nach Japan.«
Die Jungen zeigten nicht, wie enttäuscht sie waren, daß sie alleine nach Japan zurückkehren mußten, und Hiroki war stolz. Yaka hatte sie gut vorbereitet.
Noriko sah Hiroki an. »Wieder eine Mission?«
»Ja, und diesmal kommst du mit.«
»In meinem Zustand mache ich deine Aufgabe nur schwerer. Ich bin gesund genug, um allein bleiben zu können.«
»Aber ich brauche dich, damit du auf mich aufpaßt.« Hiroki lächelte sie an. »Es ist nur für einen Monat. Du und ich werden zum Jalu zu Fuß gehen und dann zu den Jungen nach Hause nach Japan segeln. Ich bin zum Major des neugegründeten Luftaufklärungsbataillons in Tokio ernannt worden. Aber darüber erzähle ich dir später. Heute verbringen wir den Tag mit unseren Söhnen. Morgen reisen wir in den Norden.«

43

Als koreanische Händler verkleidet reisten Hiroki, Noriko und fünf Mitglieder der Spezialeinheit von Seoul in Richtung Norden durch das Chang-Dang-Tal, seit alters her die Invasionsroute nach Seoul. Drei Soldaten ritten immer voraus, um Hirokis Feldagenten zu kontaktieren und sie nach Einbruch der Dunkelheit ins Lager zu bringen.

In der ersten Woche fuhr Noriko meist im Karren und ging nur wenig zu Fuß, machte aber täglich Fortschritte. Am fünfzehnten Tag lief sie von Sonnenaufgang bis Sonnenuntergang und blieb noch lange auf, um den Bericht eines Agenten der Spezialeinheit zu hören. »Ich glaube, die Russen haben vor, in Korea einzumarschieren«, sagte Noriko anschließend. »Dann werden sie sich doch sicherlich nicht aus der Mandschurei zurückziehen. Die paar russischen Lager, die wir passiert haben, sind zwar klein, aber sie stellen Zelte auf und graben Latrinen, anstatt alles abzubrechen. Wenn sie in Korea bleiben wollen, wie es aussieht, dann führt die Versorgungslinie durch die Mandschurei. Sie müssen sie schützen.«

»Du wärst ein guter Agent, Noriko. Diese Berichte bestätigen deine Beobachtungen. Die Russen haben unsere Regierung angelogen. Wir sind schon fast am Jalu und am Ende unserer Reise. Wir müßten mehr Russen sehen und detailliertere Berichte bekommen.«

»Du schläfst jetzt anscheinend weniger als am Anfang der Reise«, sagte Noriko.

»Nein. Am Anfang hast du fast den ganzen Tag geschlafen. Jetzt sehen wir uns mehr.«

»Würdest du bei mir schlafen?« fragte Noriko. »Ich verstehe es, wenn du mich nicht lieben willst. Aber bitte halte mich fest. Das brauche ich.«
Hiroki schaute verlegen zu Boden. »Ich möchte gerne mit dir schlafen, aber der Arzt hat mich gewarnt. Er meinte, du wärst dazu vielleicht noch nicht bereit.«
»Ich möchte es versuchen.«
Hiroki zog sich aus und legte sich zu ihr. Norikos Körper war weich und warm, und seine sofortige Erektion machte den Plan, es sehr langsam anzugehen, zunichte. »Ich habe keine Frau außer dir gehabt, und es wird auch keine andere geben«, keuchte er. »Es war so lange.« Er rollte auf sie, stieß in sie und ergoß sich. »Noriko, ich liebe dich«, stöhnte er.
Sie strich ihm über das Gesicht. »Du mußt dir die Haare schneiden lassen.«
Hiroki versuchte jetzt, sie zu befriedigen, aber trotz Anwendung aller Lehren aus dem Kissenbuch seiner Mutter reagierte sie nicht.
»Komm, halt mich fest, und dann schlafen wir«, sagte Noriko und kuschelte sich an ihn. Sie schloß die Augen und stellte sich schlafend, voller Angst, ihr Mann würde sie nie wieder so lieben wie früher.
Während der Nacht wollte Noriko aufstehen, um zur Toilette zu gehen. Plötzlich packte sie Hiroki und hielt sie fest. »Geh nicht weg«, murmelte er.
»Ich werde keinen Selbstmordversuch machen«, sagte sie und drehte sich zu ihm.
Er murmelte schlaftrunken: »Ich brauche dich. Bitte bleib.«
Noriko weinte Tränen der Freude und beruhigte ihn, bis er sie losließ.
Als sie wieder zurückkam, küßte sie ihn auf den Mund und ließ dann ihre Lippen über seinen Körper wandern.
»Was machst du da?« fragte er.

»Ich will den Mann lieben, den ich geheiratet habe. Diese Vereinigung werden wir so schnell nicht vergessen. Schau hoch zu den Sternen und merk dir ihre Position.«
Hiroki schlug die Augen auf. »Der Himmel ist bewölkt.«
Sie streichelte seinen goldenen Schwengel. »Du wirst bald Sterne sehen.«

Am folgenden Morgen konnten die beiden vor Müdigkeit kaum laufen. Sie fuhren im Karren und lächelten sich ständig an.
Kurz vor Mittag kam einer ihrer Soldaten angerannt, gefolgt von einem großen Mongolen zu Pferd. »Der Kerl arbeitet für Euch und Shibata.«
»Ich habe befohlen, daß alle Treffen erst nach Einbruch der Dunkelheit stattfinden sollen«, sagte Hiroki. »Die Koreaner haben auch Agenten.«
»Herr, dieser Mongole hat einen Brief von Eugene Alexiev, dem obersten Ratgeber des Zaren, gestohlen. Er ist an den Vizekönig Bezobrazov in Port Arthur adressiert, und der Mongole kann ihn nicht lesen, weil er in Französisch geschrieben ist.«
»Gib her«, sagte Hiroki. »Und finde heraus, warum er ihn nicht Akichi Shibata gebracht hat.«
»Er hat gesagt, er sei seiner grasenden Herde auf dieser Seite des Jalu gefolgt. Er hatte den Brief bei sich und hat zufällig erfahren, daß Ihr hier seid.«
Hiroki sah, daß das Siegel bereits aufgebrochen war, und nahm den Brief aus dem Umschlag.
»Wir in St. Petersburg sind besorgt, weil weiterhin primitive Völker den Mineralienreichtum des Fernen Ostens verwalten. Die Zeit ist gekommen, Rußlands militärisches Recht wahrzunehmen, Korea und die Mandschurei dem Reich des Zaren einzuverleiben. Die Beherrschung der nördlichen Nomaden-

stämme wäre ein heilbringender, humanitärer Akt. Wir werden Ordnung schaffen, wo Chaos herrscht, Schamanentum mit Christentum ersetzen und Erleuchtung in ein kulturelles Brachland bringen. Wenn wir die Mandschurei nicht erobern, werden die zahlenmäßig überlegenen gelben Völker eines Tages in Rußland einfallen und versuchen uns zu beherrschen. Wir haben ein Geheimabkommen mit Peking. China wird uns gestatten, die Bodenschätze der Mandschurei zu erschließen, und die Errichtung verwandter Industrien unterstützen. Die Kaiserinwitwe wird Korea als Einflußgebiet Rußlands akzeptieren. Dadurch bleibt es ein tributpflichtiger Teil Chinas. Somit ist Japan die einzige Militärmacht, die zwischen wirtschaftlicher, politischer und militärischer Stabilität im Fernen Osten steht. Unser Geheimdienst berichtet, daß die Japaner augenblicklich zwei Infanteriedivisionen in Korea haben. Die eine im Süden, die andere über das ganze Land verteilt, verkleidet als Händler, Seeleute und Handwerker. Ihr müßt unsere nördliche Armee auf Krieg vorbereiten. Wir in St. Petersburg werden die Feindseligkeiten offiziell am 1. Mai 1904 eröffnen, am ersten Tag des Frühlings. Es ist anzunehmen, daß wir bis Winteranfang einen Sieg errungen haben. Dann werden wir den kleinen gelben Männern Bedingungen stellen, mit der Expansion Rußlands fortfahren und den Fortschritt nach Asien bringen.«

Hiroki schaute auf. »Wir haben schon den 20. Dezember. Wir müssen das sofort Tokio mitteilen.« Er rief seine Männer zusammen. »Dieser Brief gibt das Datum an, an dem Rußland Japan den Krieg erklären wird. Meine Frau und ich müssen sofort nach Japan zurückkehren. Laßt zwei Kopien von dem Brief anfertigen! Trefft Vorbereitungen für den Aufbruch morgen früh!«

Hiroki ging mit dem Mongolen ein Stück vom Lager weg. »Würdest du einen Mann für Geld töten?« fragte Hiroki.

Der große Mongole überlegte. »Wieviel Geld?«
»Genug, um tausend Pferde zu kaufen.«
»Ich habe schon aus Spaß getötet, warum nicht für Geld. Wen?«
»Den Weißen Wolf der Mandschurei.«
Der Mongole erwiderte: »Die Viper, die Akichi Shibata beißt, wird sich vergiften.«
Hiroki legte einen Beutel Gold in die schwielige Hand des Mongolen. »Geh zu deinen Pferden und überleg dir, was ich gesagt habe. Wenn du meine Bitte erfüllen willst, gebe ich dir noch einen Beutel Gold. Und ich schicke dir noch zwei, wenn du den Weißen Wolf getötet hast.« Hiroki reichte ihm den Brief. »Bring das Shibata! Sag nichts von unserem Treffen! Er wird dich verhören und dich in seiner Nähe behalten, während er den Brief an Bezobrazov neu versiegelt.«
Der Mongole wog den Beutel in seiner Hand. »Mit meiner Herde brauche ich mindestens einen Monat bis zu Shibata.«
»Denk unterwegs drüber nach.«

Mitten in der Nacht wurde das Lager plötzlich von herangaloppierenden Pferden geweckt. Der Mongole ließ sein Pferd vor Hiroki steigen und warf ihm eine Leine zu. »Ich habe fünf Pferde gebracht. Wenn ihr nicht reiten könnt, seid ihr alle tot! Hundert koreanische Soldaten unter der Führung des kaiserlichen koreanischen Geheimdienstes werden euch gleich angreifen!«
Hiroki zog Noriko aus dem Karren und setzte sie auf ein Pferd. Dann gab er ihr eine Kopie des Briefes und sagte: »Einer von uns muß Tokio erreichen.«
»Beide«, erwiderte Noriko.
»Keine Zeit für Diskussionen«, knurrte der Mongole. »Gebt mir den zweiten Beutel Gold!« Er grinste. »Ihr verliert es sowieso. Wenn sie euch erwischen, nehmen sie's euch weg.«

Hiroki sprang aufs Pferd. »Du bekommst es, wenn wir die Straße nach Chongjin erreicht haben.«
Der Mongole packte wortlos den Zügel von Norikos Pferd und führte sie im Gänsemarsch weg von der Hauptstraße in die Reisfelder und bis zu einer kleinen Kreuzung. Er hielt an.
»Steigt nicht ab«, befahl der Mongole. »Ich bin der beste Pferdedieb auf beiden Seiten des Jalu! Ich habe nicht vor, mich von einem Haufen mistfressender Soldaten fangen zu lassen! Folgt dieser Straße fünfzehn Meilen. Dann nehmt die Abzweigung rechts auf die Hauptstraße nach Chongjin! Ab dort ist sie beschildert. Treibt eure Pferde an, bis sie tot umfallen! Dann lauft zu Fuß weiter, bis ihr am Hafen seid, sonst seid ihr tot! Laßt euch nicht lebendig von denen fangen!«
»Ich habe unterwegs meine Waffe verloren«, sagte Hiroki.
»Den zweiten Beutel Gold für eine Pistole.«
Hiroki gab dem Mongolen den Beutel. »Wirst du tun, worum ich dich gebeten habe?«
Der große Mann steckte den Beutel in seinen Gürtel. »Wenn ich sicher bin, daß ich nicht erwischt werde.« Er warf Hiroki seine Pistole zu. »Nur vier Kugeln drin. Sagt Euren Männern, sie sollen mir folgen. Wir werden die Soldaten auf die falsche Spur lenken. Reitet schnell!« Er zeigte auf den Telegrafendraht »Das trägt Geheimnisse geschwinder als der Wind.«
Er wendete sein Pferd und galoppierte davon, gefolgt von Hirokis Männern.
»Warum steigst du ab?« rief Noriko Hiroki zu.
»Ich muß die Telegrafenleitung zerstören, sonst können sie Nachricht über uns vorausschicken.« Er kletterte hinauf, schoß den Draht kaputt, rutschte dann den Mast wieder herunter und stieg aufs Pferd. »Der Tod könnte uns sehr plötzlich ereilen. Vielleicht habe ich keine Gelegenheit mehr, dir zu sagen, daß ich dich liebe.«
»Ich weiß, daß du mich liebst«, erwiderte sie, und sie galoppierten davon.

Es war schon hell, als sie die Straße nach Chongjin erreichten. Die Pferde waren total erschöpft. Hiroki fand einen langen Stock, mit dem er versuchte, die Pferde anzutreiben.
»Die armen Pferde können nicht mehr«, sagte Noriko. »Wir müssen zu Fuß weiter.«
»Es sind dreißig Meilen. Schaffst du das?«
Noriko glitt von dem erschöpften Tier und nahm Hiroki den Stock ab. »Darauf werde ich mich stützen. Wenn ich müde werde, kannst du mich damit antreiben.«
Es begann zu regnen, und die anderen Reisenden auf der Straße suchten Schutz im Unterholz. Das junge Paar eilte durch den Schlamm weiter. Es wurde dunkel, und die beiden waren als einzige noch unterwegs.
Kurz vor Mitternacht hörte es auf zu regnen, und sie konnten die Lichter vom Leuchtturm Chongjins erkennen. Der breite Lichtstrahl kreiste im Halbminutentakt über den Hafen.
»Hurra!« rief Hiroki. »Wir schaffen es. Ich trage dich, wenn nötig.«
Noriko stapfte weiter und antwortete nicht aus Angst, er könnte hören, wie ihre Zähne klapperten.
»Packt sie«, rief eine Stimme, und aus der Dunkelheit stürzten sich mehrere Gestalten auf sie.
Hiroki ließ sich auf ein Knie fallen und feuerte. Er tötete zwei Männer und verletzte einen weiteren. Ein anderer warf sich mit gezücktem Messer auf Noriko Hiroki warf sich dazwischen. Er und der Angreifer fielen gegen Noriko und schleuderten sie nach hinten. Hiroki ging zu Boden und spürte den brennenden Stahl in seiner Seite. Er hörte, wie die Klinge an seinen Rippen kratzte, und zerschlug das Gesicht vor sich mit dem Pistolenknauf. Zwei weitere Männer warfen sich auf ihn und packten ihn an den Armen. Sie entwanden ihm die Pistole. Er schlug einem Angreifer den Kopf ins Gesicht und den Mittelknöchel seiner Hand gegen die Schläfe. Der zweite

Angreifer stieß sein Messer in Hirokis linke Schulter und wollte ihm dann die Kehle durchschneiden, aber Hiroki hielt schützend den linken Arm davor. Dann knallte er seine rechte Handkante so gegen die Nase des Angreifers, daß der Knochen ins Gehirn getrieben wurde.
Hiroki versuchte sich unter den Leichen herauszuschlängeln, aber seine linke Seite war lahm. Drei weitere Männer sprangen ihn an. Er landete einen Handkantenschlag gegen den Adamsapfel des einen und erschrak, als ein vertrauter Kampfschrei ertönte, der ihm das Blut in den Adern gefrieren ließ – Norikos Kendo-Schrei. Er sah, wie Noriko mit dem Stock angriff, ihn wie ein Kendo-Schwert hielt – ein weiblicher Panther, der seinen verwundeten Gefährten verteidigt. Ihr Angriff war brutal, ihre Schläge blitzschnell. Ein Mann brach mit eingeschlagenem Schädel über Hiroki zusammen. Der letzte floh humpelnd in die Dunkelheit.
Noriko rollte die Leichen von Hiroki. Schluchzend versuchte sie, die Blutungen zu stillen. Er wollte ihr sagen, daß er sie liebte, hatte aber nicht die Kraft dazu.

44

Hiroki konnte nichts sehen, und seine linke Seite war taub.
»Ich werde Euch die Augen säubern«, sagte eine fremde weibliche Stimme.
»Wo bin ich?«
»An Bord eines japanischen Schiffs nach Tokio.«
»Meine Frau?«
»Öffnet jetzt die Augen.« Noriko schlief sitzend in einer Ecke des Raums.
»Geht es ihr gut?«
»Die Marquise hat Euch zwei Wochen lang gepflegt.«
»Sagt ihr, daß ich sie liebe«, flüsterte Hiroki und schlief wieder ein.
Als er das nächste Mal erwachte, saß Noriko neben ihm. Sie sahen sich an. Beide weinten.
Ein paar Tage später erzählte ihm ein Soldat der Spezialeinheit, der ihn an Bord gebracht hatte, daß Noriko einen Angreifer getötet und die beiden anderen in die Flucht geschlagen hatte. Noriko weigerte sich, darüber zu reden.
»Ein Agent der Spezialeinheit war im Telegrafenbüro der koreanischen Armee, als die Nachricht kam, daß eine Patrouille uns suchen sollte«, erzählte sie ihm. »Der Mann hat weitere Agenten zusammengetrommelt, und sie haben uns auf der Straße gefunden. Der Doktor, der dich versorgt hat, behauptet, du hättest jetzt mehr Stiche als ein gestickter Kimono.«
Hiroki strich seiner Frau übers Gesicht. »Indem ich dich in Seoul gerettet habe, habe ich mich selbst gerettet. Ich habe gedacht, ich müßte sterben, aber dann habe ich gesehen, wie du

wie eine Wildkatze um mein Leben gekämpft hast, und da wollte ich für dich am Leben bleiben.«

Tokio

Noriko kniete vor Mung nieder und zog ihm die Hausschuhe an. »Es ist so gut, dich nach zehn Jahren endlich wiederzusehen«, sagte sie. »Hiroki schläft noch.« Sie führte Mung zu einem europäischen Stuhl im Wohnzimmer, damit er die Knie nicht beugen mußte, und rückte ihm den Hibachi näher, damit er nicht fror.

»Wie geht es meinem liebsten Enkel?« fragte Mung.

»Jeden Tag besser. Er hinkt und kann den linken Arm nicht über die Schulter heben, aber seine Hand hat wieder die volle Kraft.«

»Wenigstens das.« Mung hob den Stumpf seines Arms. »Es kann recht lästig sein mit nur einer Hand.« Er beugte sich vor und fragte besorgt: »Und wie geht es dir?«

Einen Moment lang dachte Noriko, er hätte von ihrem Unglück erfahren. Aber dann verzog sich sein strenges, altes Gesicht zu einem strahlenden Lächeln, und er rückte sich die Brille zurecht. »Wie ich sehe, bist du noch schöner geworden. Saiyo, meine erste Frau, war auch so. Sie kamen immer zu unserem Haus und baten darum, sie anschauen zu dürfen, weil sie so schön war. Aber sag, kommst du in diesem Haus alleine ohne Diener zurecht?«

Noriko errötete. »Ich habe ein paar Zimmer zugesperrt, und ein altes Ehepaar kommt jeden Tag, um sauberzumachen und den Garten zu pflegen. Das Kochen besorge ich lieber selbst.« Nie wieder würde sie Personal im Haus wohnen lassen.

»Betrachte das Haus als das deine«, sagte Mung. »Ein Willkommensgeschenk für dich und deine Familie. Ich habe es gekauft, als ich politisch in Ungnade war.«

Hiroki stand an der Tür und stützte sich gegen die Wand. »Und jetzt ist mein Großvater Tairo und hat einen ständigen Wohnsitz im Palast.« Noriko wollte ihm helfen, aber er winkte ab und schlurfte allein ins Zimmer. »Ich möchte dir zeigen, daß ich voll genesen bin und den größten Mann im Reich begrüßen kann.« Er verbeugte sich tief, und Noriko stellte ihm einen Stuhl nahe zu Mung.

»Es ist mir eine Ehre, Kinder wie euch zu haben«, sagte Mung. »Ich wäre schon früher gekommen, aber der Brief von Alexiev an Bezobrazov hat alles etwas kompliziert. Einige Kabinettsmitglieder wollten, nachdem sie den Brief gelesen hatten, sofort den Krieg erklären. Ich habe das unterbunden und Rußland offiziell aufgefordert, sein Versprechen über den Abzug einzuhalten. Ich habe unsere Berichte über die Tuppenverstärkung in Korea beigelegt. Bezobrazovs Antwort an unseren Botschafter war, er würde mit kleinen gelben Affen wie uns nicht schachern. Er ist nach St. Petersburg abgereist, General Stossel kommandiert jetzt Port Arthur.«

Hiroki lief vor Wut rot an. »Wir werden diesem weißen Pavian zeigen, wie teuer es ihn zu stehen kommt, Japan zu unterschätzen! Wann greifen wir an?«

»Nogi und Takamora haben sich bis März Zeit erbeten, um die neue Ariaka-Artillerie, deine Radios und die neuen Murato-Gewehre mit einbeziehen zu können. Nogi bringt seiner Feldartillerie bei, mit Radios und Kanonen mit großer Reichweite umzugehen. Ein Vorposten mit Radio gibt die Koordinaten den Artilleristen durch, die ihr Ziel nicht einmal sehen können. Wenn sie geschossen haben, wird per Radio justiert. Der Feind hat keine Ahnung, woher die Schüsse kommen. Die Radios sind auch in der Marine sehr nützlich. General Honjo hat einen tragbaren Sender entwickelt, der mit der Pedalkraft von Fahrrädern betrieben wird. Er hat Hunderte von Spezialisten trainiert. Sie werden mit ihren Familien an strategischen Punkten entlang internationaler Seerouten wie zum Beispiel dem Suezkanal, Kap Hoorn und dem Kap der Guten Hoffnung stationiert. Sie leben dort und können unsere vorbeifahrenden Schiffe anfunken oder einen anderen Agenten im Gebiet, der die Informationen dann per Telefon oder Telegraf weitervermittelt.« Mung schaute sich um. »Dabei fällt mir ein, wo sind denn die Kinder?«

»Sie haben gerade Japanischunterricht«, sagte Noriko. »Es muß besser werden, damit sie in der Schule mithalten können.«

»Sprechen sie Englisch?«

»Gestern habe ich bei Uraga mit ihnen angegeben«, sagte Hiroki stolz. »Ich habe mich mit den Jungen auf koreanisch, englisch und japanisch unterhalten.«

»Ausgezeichnet«, lobte Mung. »Sprachen sind sehr wichtig. Tokio ist eine internationale Stadt geworden. Journalisten aus aller Welt warten auf den Kriegsausbruch. Da ist ein unverschämter Reporter vom *New York Journal*, der ständig abfällige Dinge über Japan schreibt, die meisten völlig unbegründet.«

»Das *Journal* ist eine Zeitung, die nur im Dreck wühlt. William Randolph Hearst, der Eigentümer, ist sehr antiorientalisch und nutzt die gelbe Gefahr, um die Verkaufszahlen seiner Zeitungen zu steigern. Wer ist der Reporter, von dem du sprichst?«

»Jack London«, sagte Mung. »Honjo will ihn durch einen arrangierten Unfall töten lassen. London treibt sich immer in den Bars im Hafen von Yokohama herum, säuft und sucht Händel.«

»Jack London zu töten halte ich für keine gute Idee«, sagte Noriko. »Sein Buch *Ruf der Wildnis* ist der diesjährige Bestseller in Amerika. Ich habe ihn bei einer Cocktailparty in New York kennengelernt, wo er einen Vortrag gehalten hat. Er glaubt an Nietzsches Konzept des Übermenschen und an Karl Marx' Theorie vom Kommunismus.«

»Ich bin mit beiden Thesen vertraut«, erwiderte Mung. »Mir erscheinen sie gegensätzlich. Wie bringt der Autor die beiden unter einen Hut?«

»*Ruf der Wildnis* dreht sich um einen Hund, der nach jahrelangen, treuen Diensten für seinen Herrn in den Wald zurückkehrt und dann an der Spitze eines Wolfsrudels gegen die Siedlung zieht. Der Hund stellt den Übermenschen dar, der seine unterdrückte Klasse vereint und in eine blutige Revolution gegen ihre dekadenten Herren führt. Die Moral ist, daß der Sozialismus triumphiert.«

»Der Sozialismus reckt auch hier schon seinen häßlichen Kopf«, sagte Mung.

»Sozialismus in Japan? Unglaublich!« empörte sich Hiroki. »Wir Japaner machen doch immer, was man uns sagt.«

»Die japanischen Extremisten sind die allerschlimmsten«, meinte Mung. »Im Juni dieses Jahres fand ein großes Sozialistentreffen im Kanda-Viertel von Tokio statt. Sie haben rote Fahnen geschwungen, die den Anarchismus und den Anarcho-Kommunismus propagieren. Die Polizei hat sie gewarnt, daß es ungesetzlich sei, die Absetzung des Kaisers zu fordern, aber sie haben weiter demonstriert und wurden eingesperrt. Die Mitgliedslisten wurden konfisziert, und Massenverhaftungen fanden statt. Bei der Durchsuchung eines Hauses wurde Sprengstoff entdeckt, und unter Honjos Elektroschockfolter hat eine Gruppe von fünfundzwanzig Leuten gestanden, daß sie plante, den Kaiser zu ermorden.«

»Man sollte sie zum Tode verurteilen«, sagte Hiroki.

»Sie wurden gehenkt«, erwiderte Mung. »Die sozialistische Bewegung in Japan ist niedergeschlagen. Dafür hat Honjo gesorgt. Aber dadurch konnte er seine Kontrolle über die Nachrichtenzensur und die Gedankenkontrolle durch das Erziehungssystem noch weiter ausbauen. Die Polizei von Tokio ist seine Privatarmee. Seine Unterdrückung der Bürgerrechte wird von vielen Parlamentariern unterstützt, aber diese Politik isoliert den Kaiser.«

Noriko servierte Tee und sagte zu Mung: »Ich habe gehört, daß du allein zwischen Sasakis und Honjos Herrschaft über Kaiser und Regierung stehst.«

»Deshalb wurde ich zum Tairo ernannt. Aber der Posten ist ein Anachronismus. Unsere Regierung ist zu kompliziert geworden, als daß ein Mann sie in Gang halten könnte. Hör dir diese Nachricht von Shimatzu an.« Mung holte einen Brief aus der Tasche.

»Ist er noch in Formosa?« fragte Hiroki.

»Seine Familie ist da«, antwortete Mung. »Er ist unterwegs, um einen Staatskredit mit den Briten auszuhandeln, aber die Bankiers haben ihn abgelehnt. Er hat einen Exilrussen namens Jacob Schiff getroffen, der den Zaren wegen seiner Judenverfolgungen haßt. Dieser Schiff hat Shimatzu mit nach Amerika genommen, um das Geld aufzutreiben. Ich lese euch vor, was Shimatzu aus New York schreibt.« Mung rückte seine Brille zurecht und räusperte sich. »Jacob Schiff führte mich in einen Raum, in dem mehrere Leute versammelt waren. Später erfuhr ich, daß diese Männer mehr als die Hälfte von Amerikas Reichtum kontrollieren. Jacob Schiff hat diesen Männern einen Vortrag über die Japaner gehalten, über alles, was wir in den letzten Jahren geleistet haben. Dann schrieb er einen Scheck über sechs Millionen Dollar aus. J. P. Morgan, der Präsident der First National City Bank, bestätigte, daß Präsident Roosevelt daran interessiert ist, die Russen aus der Mandschurei zu haben. Morgan glaubt nicht, daß Japan fähig ist, die Russen zu besiegen, aber er hat das Gefühl, unsere Armee könnte den Einfall in die Mandschurei für die Russen zum Verlustgeschäft machen. Er schrieb einen Scheck. Als nächster sprach John D. Rockefeller von der National City Bank. Er sagte, es wäre ein paar Millionen Dollar wert, wenn die Russen keinen Warmwasserhafen bekämen, und schrieb einen Scheck. Vater, ich habe diesen Raum mit dreißig Millionen Dollar in der Tasche verlassen!« Mung schaute auf und grinste.

»Heißt das, ich soll mich darauf vorbereiten, mich meinem Luftobservierungsbataillon anzuschließen?« fragte Hiroki.

»Du hast etwa sechzig Tage, um dich zu erholen, dann noch dreißig für das Training. Ich habe Nogi und Takamora soviel Zeit versprochen. Inzwischen hoffe ich auf Nachricht aus der Mandschurei, die den Krieg verhindert.«

45

Das vierte Jahr des zwanzigsten Jahrhunderts war drei Tage alt. Eisige sibirische Winde peitschten durch Mukden und hämmerten gegen die Wände der Herberge zum Fünften Mond. Akichi Shibata las noch einmal das Ende von Honjos Botschaft. »Bereite dich vor, den Stiel zu durchschneiden.« Es war das Signal für die Vorbereitung der japanischen Invasion in der Mandschurei.

Shibata hatte Honjo vor zehn Jahren versprochen, daß das nördliche Territorium wie eine Pflaume fallen würde, wenn die japanischen Truppen angriffen. Er nippte an seinem Reiswein und überlegte, daß wahrscheinlich seine letzte Botschaft den Tairo dazu bewogen hatte, Krieg in Betracht zu ziehen. Er hatte detaillierte Berichte über den Aufmarsch des russischen Heeres und der Marine geschickt und Bezobrazovs Erklärung in St. Petersburg, daß die chinesischen Provinzen Amur und Kwangtung der russischen Rechtsprechung unterliegen würden. Damit war der Anfang für die zaristische Annektierung der Mandschurei und den russischen Einmarsch in Korea gemacht.

Shibata winkte seinen Adjutanten zu sich. »Für uns hat der Krieg begonnen. Wenn du geglaubt hast, wir hätten bis jetzt hart gearbeitet, wirst du dich wundern, wie wir selbst bei Temperaturen unter Null schwitzen werden.«

»Was soll mit dem Mongolen passieren?« fragte der Adjutant. »Er ist draußen.«

»Bring den Pferdedieb herein, aber halte ihm unauffällig die Pistole in den Rücken!«

Der Pelzhut des Mongolen streifte fast die Decke, und er beherrschte den Raum.
»Du wirst das erste Opfer dieses Kriegs sein«, sagte Shibata.
»Welcher Krieg?« fragte der Mongole.
»Du hast mich belogen! Der Brief von Alexiev an Bezobrazov ist nicht direkt an mich gegangen. Hiroki Koin hat schon vor Wochen eine genaue Kopie nach Tokio gebracht!« Er hielt dem Mongolen Honjos Brief unter die Nase. »Hier steht es.«
»Ich kann nicht lesen«, sagte der große Mann und verfluchte sich innerlich, weil er Shibata nicht getötet hatte. Er ließ sein Messer aus dem Ärmel in die Hand gleiten und spürte plötzlich einen Pistolenlauf im Rücken.
Shibata holte eine Luger aus der Schublade und schoß dem Mongolen in beide Schultern. Das Messer fiel zu Boden, und Shibata lachte. »Bring ihn raus, und binde ihn an den Pfosten gegenüber von meinem Fenster«, befahl er seinem Adjutanten. »Gieß Wasser über ihn! Er wird langsam erfrieren!«
Shibata setzte sich an seinen Schreibtisch, um Operation Rote Taube einzuleiten, einen Plan, der die russischen Truppen, die in die Mandschurei und nach Korea kamen, demoralisieren und aufhalten würde. Seine Leute würden kleine Sabotageakte gegen die Transsibirische Eisenbahn und ihre Schienenstränge durchführen. Entgleisungen, falsch verschickter Proviant und faules Trinkwasser, alles sollte wie zufällig aussehen. Er schrieb und codierte seine Botschaft an Honjo: »Ich bereite die Pflaume auf ihren Fall vor.«

»Wünscht eurem Onkel Uraga eine gute Reise«, sagte Noriko. »Ihr dürft salutieren.«
Die beiden Jungen salutierten zackig mit der Hand an der Schläfe.
Uraga erwiderte ernst den Gruß seiner Neffen. »Möchtet ihr auch zur Marine und eine Uniform wie die meine tragen?«

Sie schauten beide verlegen zu Boden und schwiegen.
»Ah, ihr wollt wohl lieber Adlerschwingen haben, wie euer Vater?«
Die beiden Jungen grinsten und verbeugten sich. Dann wünschten sie ihrem Onkel alles Gute und gingen zu Bett.
»Brichst du heute abend auf?« fragte Noriko.
»Ja«, erwiderte Uraga. »Ich bin dem Stab von Admiral Togo als oberster Geheimdienstoffizier zugeteilt worden. Hiroki wird sicher auch bald seine Order kriegen.«
»Hat er schon. Am 1. Februar wird seine Einheit an der Mündung des Jalu landen.«
»Yaka ist der oberste Geheimdienstoffizier dort.«
»Der Krieg mit Rußland ist beschlossene Sache?«
»Praktisch«, sagte Uraga. »Gerade kam im Radio, daß unsere Sonderbeauftragten von Bezobrazov aus St. Petersburg geworfen wurden. Wir haben vor kurzem heimlich eine dritte Division Infanterie nach Korea eingeschleust, um einen russischen Überraschungsangriff aus der Mandschurei abwehren zu können. Die Entscheidung zum Krieg liegt bei Großvater, dem Tairo. Ich werde dafür sorgen, daß er keine andere Wahl hat.«

Mung, der seine Macht als Tairo vorsichtig handhabte, hatte beschlossen, das Militär abstimmen zu lassen. Er saß auf einer erhöhten Plattform, Honjo und Sasaki zu seiner Linken, Nogi und Takamora zu seiner Rechten. Vor ihnen saßen in fünf Reihen die höchsten Offiziere der kaiserlichen Armee. Mung versuchte nicht zu zeigen, wie klein er sich vorkam. Jeder der hier Anwesenden war ein Held.
»Wenn es Krieg gibt, sollten wir wie ein Mann handeln«, sagte Mung. »Bevor wir eine so tiefgreifende Entscheidung treffen, werde ich Euch bitten, abzustimmen. Wir wissen, daß der Zar die Mandschurei jetzt als Teil Rußlands betrachtet. Außerdem will er Korea als russisches Protektorat. Unsere Agenten be-

richten uns, daß Bezobrazov ein Sonderkomitee für Fernöstliche Angelegenheiten gegründet hat. Es hat den Auftrag, die Übernahme und Verwaltung Koreas zu organisieren. Zusätzlich hat Rußland den Abzug unserer Truppen aus Korea verlangt. Sie drohen damit, daß jede japanische Truppenbewegung nördlich des achtunddreißigsten Breitengrades als Kriegsakt gegen den Zaren betrachtet wird. Jetzt möchte der Chef des Nationalen Geheimdienstes, General Honjo, vor der Abstimmung noch ein paar Worte an Euch richten.«
Honjo erhob sich. »Meine Herren, ich erinnere daran, daß es nur einhundert Meilen von Pusan an der Südspitze Koreas nach Nagasaki oder Hiroshima sind. Wir können nicht dulden, daß die Russen Korea besetzen! Über kurz oder lang würden sie von Pusan aus eine Invasion Japans starten. Tausende meiner Armeeagenten arbeiten bereits nördlich von Seoul. Die Russen wissen das. Rußland hat also Japan de facto bereits den Krieg erklärt!« Er verbeugte sich und nahm wieder Platz.
»Bevor Ihr abstimmt, ist es meine Pflicht, Euch an die Schrekken des Kriegs und die Katastrophe und Schande einer Niederlage zu erinnern«, sagte Mung. Er nahm sich die Zeit, jedem einzelnen in die Augen zu sehen. »Stimmt ab!« befahl er.
»Krieg! Krieg! Krieg! Krieg! Krieg! Krieg! Krieg! Krieg!« riefen sie wie aus einem Mund bis auf einen.
»Admiral Togo, Ihr habt geschwiegen«, sagte Mung.
Togo verbeugte sich tief vor Mung. »Tairo, ich habe mich nur enthalten, um sprechen zu dürfen, bevor die endgültige Entscheidung gefallen ist.«
»Dann sprecht jetzt!«
Togo ging auf die Plattform und verbeugte sich. »In diesem Krieg werden wir es nicht mit einfachen chinesischen Banditen zu tun haben. Die russische Artillerie und ihre Schiffskanonen sind die besten der Welt. Sie haben Infanteriedivisionen mit jahrhundertealter Geschichte. Wir müssen jeden Vorteil nüt-

zen, um das Leben unserer Männer zu schützen und einen schnellen Sieg zu sichern. Ich stimme mit General Honjo überein, daß die Botschaft des Zaren eine Kriegserklärung ist. Deshalb müssen wir das Überraschungsmoment nützen und ohne Warnung zuschlagen. Der erste Schlag muß zur See geführt werden. Wenn unsere Marine die russischen Flotten in Wladiwostok und Port Arthur festhalten kann, dann baumeln ihre Landstreitkräfte am Ende einer sechstausend Meilen langen Versorgungslinie, die nur aus einem Schienenstrang besteht. General Honjos Leute haben zugesichert, daß sie diese Linie abschneiden werden. Die russische Armee wird verwelken und sterben.« Togo verbeugte sich. »Ich stimme für den Krieg und für die Genehmigung, ohne offizielle Kriegserklärung anzugreifen.«

Nogi, Takamora, Sasaki und Honjo schlugen sich als Zeichen ihrer Zustimmung mit der Faust aufs Herz.

Mung erhob sich und verkündete das Wort, das er am meisten fürchtete. »Krieg!«

Alle Offiziere standen auf und sagten im Chor: »So ist es befohlen, so soll es geschehn.« Sie warfen die Köpfe zurück und brüllten: »Auf Sieg oder Tod! Dai Nippon banzai! Lang lebe ein großes Japan! Dai Nippon banzai!«

Es war schon dunkel, als Hiroki nach Hause zurückkehrte. Noriko sah sofort, daß etwas Wichtiges passiert war, aber Hiroki erzählte nichts und nahm schweigend mit ihr sein Abendessen ein.

Nach dem Essen sagte Hiroki schließlich: »Wir stechen heute abend in See.«

»Aber du solltest doch erst in drei Wochen losfahren«, erwiderte Noriko.

»Es ist Krieg. Großvater Mung sah keine andere Möglichkeit.«

»Können wir die Russen schlagen?«

»Die meisten Russen nehmen uns nicht ernst. Das ist unser Vorteil. General Honjo ist der Meinung, wir können in sechs Monaten gewinnen.«

»Laut der westlichen Presse gehören die russische Armee und Marine zu den besten der Welt«, sagte Noriko.

»Die westlichen Journalisten verbreiten diesen Mythos, weil sie nur das europäische Militär in Aktion kennen. Der Westen ist farbenblind, und Mung lockt die Auslandskorrespondenten von unseren Marinestützpunkten und Trainingslagern weg. Er hat sie auf eine Sonderzugfahrt nach Kobe eingeladen. Sie werden bewirtet und auf einer Yacht in einem Binnensee sein, wenn der Krieg ausbricht. Wir haben auch Befehl, die Kriegskorrespondenten von Einheiten im Feld wegzuhalten und alle Telegramme und Briefe, die sie schicken, aufzufangen. Mung ist zwar für die Pressefreiheit, aber er ist überzeugt, daß alle Journalisten Spione sind.«

»Kann ich dir packen helfen?« fragte Noriko.

»Mein Bursche hat schon alles gepackt.«

»Dann weck deine Kinder und verabschiede dich von ihnen. Ich werde warten.«

Noriko hörte, wie Hiroki sich von seinen Söhnen verabschiedete. Sie trat in ihr Zimmer und ließ ihre Robe zu Boden gleiten.

Hiroki ging gedankenverloren den Gang entlang. Er schaute auf und sah Noriko im Schein einer Lampe – eine goldene Statue. Er lief auf sie zu, blieb aber noch einmal kurz stehen und genoß den Anblick ihres wunderbaren Körpers.

Noriko zog ihn langsam aus, ihre wundervollen Brüste hoben und senkten sich immer rascher. Er streichelte ihre Schenkel, küßte ihr Gesicht, den Hals, ihren Mund. Sie sanken zusammen auf die Schlafdecke und liebten sich. Danach lagen sie engumschlungen da und sprachen von ihrer Liebe.

Das Telefon klingelte, und Hiroki nahm den Hörer ab. »Ja. Ja.« Er legte auf. »Das war mein Bursche. Ich habe ihn gebeten, anzurufen, bevor er kommt und mich abholt.« Er küßte Norikos Brüste, dann senkte er den Kopf und drückte ihn in ihren sanft gerundeten Bauch. Er biß zu, hob den Kopf und zeigte auf das violette Mal. »Damit du dich an mich erinnerst.«

»Ich liebe dich«, flüsterte Noriko und hielt ihn fest. »Ich liebe dich. Ich liebe dich.«

46

Spätabends betrat Mung das kaiserliche Audienzzimmer. Der Kaiser war alleine.

»Eure Majestät, ich habe die Entscheidung für Krieg bis zum letzten Moment hinausgezögert. Jetzt habe ich einen Überraschungsangriff auf Port Arthur befohlen, um die Flotte Rußlands außer Gefecht zu setzen.«

»Ich nehme an, Ihr wißt, wie die internationale Reaktion ohne Kriegserklärung aussehen wird«, sagte der Kaiser.

»Ich glaube, England und Amerika werden schweigen. Einige europäische Nationen werden die Aktion verurteilen. Aber Japan wird den Respekt aller farbigen Völker der Welt haben. Wir werden als erste orientalische Nation der Moderne einer weißen, christlichen Nation in offenem Krieg begegnen. Das dürfte die Orientalen dazu bringen, bessere Bedingungen von den Kolonialmächten zu fordern und die Möglichkeiten für japanische Geschäfte in Übersee vergrößern.«

»Ihr klingt wie die Expansionisten, von denen ich gehört habe«, erwiderte der Kaiser. »Wir müssen uns fragen, was passiert, wenn wir gegen die Russen verlieren.«

»Sire, wir sind so gut vorbereitet, daß nichts schiefgehen kann. Ich habe alle Pläne im Kopf. Alles ist zur rechten Zeit am rechten Platz. Mein Sohn Shimatzu hat, mit Hilfe Roosevelts, einen Kredit von einhundert Millionen Dollar von Kuhn and Loeb Associates in New York erhalten. Ich ziehe die Möglichkeit einer Niederlage nicht in Betracht!«

»Die Krieger Japans haben meinen Segen. Kein Mann soll umkehren, ehe nicht sein Ziel eingenommen oder seine Aufgabe vollendet ist.«

6. Februar 1904

Während Honjos Agenten einem geheimen Kongreß russischer Revolutionäre in Stockholm Waffen lieferten und die Aristokratie St. Petersburgs die Geburt eines Sohnes für Zar Nikolaus feierte, fuhr Admiral Togo mit seiner Schwadron durch die kalte, dunkle Nacht auf die Halbinsel Liaotung zu. Togo war felsenfest davon überzeugt, daß die Japaner die russische Flotte in Port Arthur neutralisieren mußten, um den Krieg gewinnen zu können.

»Sobald unser Angriff auf Port Arthur begonnen hat, gibt es kein Zurück mehr, bis wir die russische Flotte zerstört oder abgeblockt haben«, sagte Togo zu seinen Adjutanten.

Uraga trat mit einem Päckchen auf den ausgestreckten Händen vor. »Es sind zehn Jahre vergangen, seit Ihr die kaiserliche japanische Marine zu ihrem ersten Sieg geführt habt. Als Signal habt Ihr diese Z-Flagge benutzt.« Uraga verbeugte sich. »Ich habe sie für eine solche Gelegenheit aufgehoben.« Er hob die Flagge und verkündete: »Bis zum Sieg oder Tod!«

Jeder Mann in der Kajüte schlug seine Faust aufs Herz und wiederholte den Eid. »Bis zum Sieg oder Tod!«

Togo griff in seine Schreibtischschublade und holte das kurze Zeremonienschwert heraus, das für Seppuku benutzt wurde. Er hielt es in der geballten Faust und rief ebenfalls: »Bis zum Sieg oder Tod!« Dann wandte er sich an Uraga. »Laßt die Z-Flagge hissen und signalisiert: Alle Mann auf Gefechtsstation!«

Um neun Uhr früh änderte sich das Geräusch der riesigen Bronzepropeller, die die Schiffe durch das ruhige, kalte Meer trieben. Die Schiffe der Ersten Kaiserlichen Schwadron beschleunigten. Die Glocken ertönten, und jeder Mann an Bord erstarrte. Über Lautsprecher kam: »Hört! Hört! Admiral Togo hat die Z-Flagge gehißt! Alle Mann auf Gefechtsstation! Das ist keine Übung! Alle Mann auf Gefechtsstation!«

Neunzig Sekunden später war Admiral Togos Stimme von

einer Schallplatte über die Lautsprecher aller Schiffe zu hören: »Zivilisierte Krieger Japans, ihr steht an der Schwelle zu glorreichen Taten! Wir werden zum erste Mal gegen einen europäischen Feind kämpfen! Ihr braucht keine Angst zu haben! Ihr repräsentiert die bestausgerüstete Marine der Welt! Ihr könnt schneller segeln, besser kämpfen und ihr habt mehr Mut als jede andere Gruppe von Menschen auf dieser Welt! Ich übertreibe nicht! Das sind Tatsachen! Der Kaiser hat euch die modernste Ausrüstung gegeben! Eure Offiziere haben euch gut gedrillt! Der Ausgang der Schlacht liegt bei euch! Das Ziel ist Port Arthur! Ehret den Kaiser! Ehret Japan! Dai Nippon banzai!«

Die Offiziere und ihre Mannschaften antworteten mit einem dreifachen Hurra. Dann verbeugten sich alle vor dem am nächsten gelegenen Lautsprecher.

Togos Kommunikationszentrum war im Steuerhaus an Bord des Flaggschiffs *Hatsuse*. Uraga hörte das Klicken des Radios und erstarrte. Die Botschaft kam von Akichi Shibata.

»An Admiral Togo. Die russischen Seeleute in Port Arthur auf Freigang. Offiziere an Bord des Flaggschiffs *Zarewitsch* im Konzert. Positionen der Kreuzer und Schlachtschiffe unverändert. 21 Uhr 45 werden die Torpedonetze fallen. Treff mit Pilotschiffen an der Hafeneinfahrt, werden euch durch Minenfelder führen. Zwei schwimmende Fackeln werden die sichere Durchfahrt markieren.«

»Schickt diese Antwort«, sagte Togo. »Exzellente Arbeit. Sind die feindlichen Suchlichter in Position?«

Die Antwort wurde von Uraga wiederholt. »Ja, wir warten bis zur letzten Minute mit dem Löschen der Suchscheinwerfer. Dai Nippon banzai!«

Um zehn Uhr abends, während die russischen Offiziere an Bord der *Zarewitsch* einem Konzert lauschten, meldete der Wachposten in Port Arthur die Ankunft einiger kleinerer Schiffe vor dem Hafen. Die japanischen Schiffe identifizierten sich mit Hilfe des von Shibata gestohlenen russischen Codebuchs als russische Torpedobootgruppe Fünf, die sich, wie befohlen, in Port Arthur meldete.

Der Offizier vom Dienst erteilte Erlaubnis zur Einfahrt und schickte, nachdem er feststellen mußte, daß sein Feldtelefon tot war, einen Läufer zum Hauptquartier.

Das Lotsenboot des von Shibata bestochenen Hafenmeisters machte sich auf den Weg, die Japaner unbeschädigt durch die Minenfelder zu führen.

Unterwegs zum Hauptquartier stellte der Läufer fest, daß alle Feldtelefone außer Betrieb waren, und ihm dämmerte, daß da etwas nicht in Ordnung war. Nachdem er sich bis dahin viel Zeit gelassen hatte, legte er den restlichen Weg zum Hauptquartier tatsächlich im Laufschritt zurück.

Admiral Kostov und General Stossel kamen auf dem schnellsten Weg ins Hauptquartier. Diese deutschen Aristokraten aus dem baltischen Staat Estland, deren Familien sich mit Generationen professioneller Soldaten brüsteten, erkannten sofort, daß es Ärger geben würde, was durch eine laute Explosion bestätigt wurde.

»Eine Mine«, sagte Stossel. »Ich kenne das Geräusch.«

Zwei weitere Detonationen waren zu hören.

»Das waren keine Minen!« Kostov schlug auf den Kartentisch und grinste. »Wenn es den Japanern gelungen ist, in den Hafen einzudringen, dann sind wir bereit! Alle Suchscheinwerfer aller Schiffe sind an den Hügeln über dem Hafen angebracht. Laßt die kleinen gelben Schweine ruhig kommen! Wenn die Lichter angehen, werden unsere Schützen sie wie Enten auf dem Teich abknallen!«

Sieben japanische Torpedoboote waren dem russischen Lotsenboot durch das Minenfeld gefolgt. Boot Nummer fünf kam vom Kurs ab und wurde von einer Mine zerrissen. Die Druckwelle zertrümmerte den Rumpf von Boot sechs, und es begann zu sinken. Es gelang aber dem Kapitän noch, das Boot aus dem Kanal zu steuern, dann sprang er mit seiner Mannschaft über Bord.

Uraga überbrachte Admiral Togo die Radiomeldungen. »Der Angriff hat begonnen. Boot fünf und sechs im Minenfeld verloren! Feindliche Torpedonetze gefallen! Zwei Torpedos haben die *Zarewitsch* mittschiffs getroffen! Auch das Schlachtschiff *Retzvison* und der schwere Kreuzer *Pallada* sind getroffen!«

Im russischen Hauptquartier erhielt General Stossel seinen ersten Schlachtbericht. Er reichte Admiral Kostov die Nachricht. »Die *Zarewitsch* und *Retzvison* sind beide getroffen und haben schwere Schlagseite. Der Kreuzer *Pallada* ist auf Grund gesetzt worden, damit er nicht untergeht. Ich schlage vor, daß die Artillerie das Feuer eröffnet.«

Kostov sah aus dem Fenster. »Warten wir noch eine Minute, dann sind die Japaner in der Falle. Wir werden sie zerstören!«

Stossel deutete aus dem Fenster. »Ich zähle vierzehn Schiffe in Brand. In ein paar Minuten wird Ihre Flotte ausgelöscht sein.«

»Aber wir sind in einem Heimathafen und können reparieren. Die Japaner werden da draußen gestrandet sein und im eiskalten Wasser sterben.« Kostov wandte sich an den Offizier vom Dienst. »Geben Sie das Signal!«

Eine grellrote Rakete zischte in die Luft, und Hunderte starker Suchscheinwerfer rund um den Hafen wurden eingeschaltet. Einen Moment lang war alles im grellen weißen Licht erstarrt.

Aus seinem Versteck an einem seitlichen Abhang sah Shibata voller Stolz Togos Schwadron und die Flagge der aufgehenden Sonne mit ihren sechzehn Strahlen im Wind flattern. Er packte den Auslöser des elektrischen Zünders mit beiden Händen und rammte ihn nach unten. Das Elektrizitätswerk von Port Arthur explodierte wie eine Neujahrsrakete. Die Suchscheinwerfer auf den Hügeln über Port Arthur erloschen, noch ehe die erste russische Kanone auf die japanische Flotte justiert war.

Die Zerstörung des Elektrizitätswerks war das Signal für Shibatas Agenten, Feuer zu entzünden. Diese Feuer dienten als Zielscheiben für Togos Kanoniere, die sich mit Hilfe ihrer detaillierten Karten darauf konzentrierten, die Verteidigungsanlagen des Hafens in Schutt und Asche zu legen.

Um zwei Uhr früh wandte Togo sich an Uraga. »Gebt das Signal zum Rückzug! Bei Tageslicht müssen alle aus dem Hafen sein!«

Es wurde acht Uhr, bis sich der dichte schwarze Rauch über Port Arthur verflogen hatte und der angerichtete Schaden festgestellt werden konnte.

»Einundzwanzig Schiffe versenkt oder auf Grund«, wiederholte Uraga mit lauter Stimme. »Dreizehn beschädigt oder brennend.« In diesem Augenblick empfing Uraga eine weitere Nachricht über Kopfhörer und kritzelte sie hastig auf ein Stück Papier. Er hob den Kopf und strahlte Admiral Togo an. »General Shibata schickt eine Nachricht von seinen Agenten aus Wladiwostok. Der russische Admiral Makarov wurde an Bord seines Flaggschiffs bei einem Gefecht mit unserer nördlichen Schwadron getötet. Die russischen Schiffe sind in Verwirrung nach Wladiwostok zurückgekehrt und von unseren Minen und Schiffen eingeschlossen. Ein zweiter Bericht kommt von den Eskorten der Truppenschiffe auf dem Weg zur Landung am Jalu. Sie haben ein russisches Truppenschiff und seine Eskorte eingeschlossen und manövrierunfähig gemacht. Die feindlichen Schiffe sind an der koreanischen Küste gestrandet und evakuiert worden.«

Togo verschränkte die Hände auf dem Rücken. »Die Zerstörung des Truppenschiffs und seiner Eskorte wird die Russen vor unserer unmittelbar bevorstehenden Landung am Jalu warnen. Aber es wird ihnen nicht helfen. Ohne seine Seemacht hat Rußland den Krieg verloren!« Er beugte den Kopf, schloß die Augen und betete, daß seine Ahnen den Triumph der japanischen Marine sehen konnten. »Uraga«, sagte er, »schickt folgende Botschaft an Seine Kaiserliche Majestät, den Kaiser von Japan! Mission abgeschlossen. Verständigt die Stabschefs in Hiroshima. Japan beherrscht die östlichen Meere. Dann könnt Ihr Truppenschiffe und Barkassen für den Landangriff auf Port Arthur herbeiordern.«

Admiral Kostovs Gesicht war aschfahl. Er ließ den Verlust- und Schadensbericht auf den Kartentisch fallen und wandte sich an General Stossel. »Das ist unmöglich. Meine Flotten hier und in Wladiwostok sind zerstört oder befinden sich unter Blockade.« Der Admiral schüttelte den Kopf. »Ich begreife es nicht.«

»Wir haben billige orientalische Arbeitskräfte zum Bau der Befestigungen eingesetzt«, sagte Stossel. »Offensichtlich waren darunter japanische Spione und Saboteure.«

Kostov gab keine Antwort. Er drehte sich auf dem Absatz um und marschierte in sein Büro.

Kurze Zeit später war der Knall eines Revolvers zu hören. Ein Schreiber rannte in Kostovs Büro und schrie: »Der Admiral ist tot!«

Stossel beobachtete, wie die Leiche seines Kollegen abtransportiert wurde. Dann versammelte er seinen Stab um den Kartentisch. »Die Japaner haben unsere Marine geschlagen, aber wenn sie Port Arthur haben wollen, müssen sie zu uns kommen! Wir haben fünfundfünfzigtausend hervorragend ausge-

bildete Soldaten in der Stadt! Der Feind muß vom Land her angreifen, und wir werden ihn erwarten! Ich möchte, daß noch bestehende Geschützpositionen befestigt werden. Jede Kanone, die von den beschädigten Schiffen noch tauglich ist, soll an Land gebracht werden! Ich habe genug Waffen, Munition und Lebensmittel, um zehn Jahre hier auszuhalten!« Er schlug mit der Faust auf den Tisch. »Meine Herren, wir kämpfen. Der erste Tagesbefehl lautet: Werft jeden schlitzäugigen Bastard aus Port Arthur! Überprüft alle Positionen und zieht neue Gräben! Unsere Gräben müssen so tief sein, daß nur direkte Treffer unsere Männer und Kanonen gefährden können!«
»General, wir haben Februar«, sagte der verantwortliche Offizier. »Der Boden ist bis in eine Tiefe von zwei Metern gefroren.«
»Dann nehmt Dynamit! Holt die Kohle von den Schiffen und taut den Boden auf! Aber grabt! Wenn die Japaner kommen, werde ich die Straßen zu dieser Stadt mit ihren Leichen pflastern!«

47

Port Arthur, November 1904

Neun lange Monate waren vergangen. Es war wieder Winter, und der Landkrieg in der Mandschurei und in Port Arthur schleppte sich dahin.

»Hat Noriko etwas über meine Familie geschrieben?« fragte Uraga.

Hiroki klopfte seinem Bruder auf die Schulter. »Ich hatte gehofft, von dir etwas über zu Hause zu erfahren. Ich habe meine Familie fast ein Jahr nicht gesehen, und es sind schon zwei Monate her, daß wir Post in der Mandschurei gekriegt haben.«

»Nur drei Dinge kommen nach Port Arthur rein – Munition, Lebensmittel und Ersatz. Wir haben seit neun Wochen keine Post.« Uraga führte seinen Bruder in ein Zelt. »Hier wohne ich. Alle zwei Tage muß ich zur Front, um die feindlichen Stellungen zu beobachten.«

»Nachdem wir von Togos Überraschungsangriff gehört haben, dachten wir, Port Arthur würde in ein paar Wochen fallen«, sagte Hiroki. »Jetzt ist schon fast ein Jahr vergangen.«

Ein verschlafener Major steckte den Kopf unter einem Haufen Decken hervor. »General Honjo hat prophezeit, daß es sechs Monate dauern wird, die Russen zu besiegen, aber er hat vergessen, es General Stossel zu mitzuteilen.«

»Das ist Mini vom Armeegeheimdienst«, sagte Uraga zu Hiroki. »Wir arbeiten zusammen.«

»Abkürzung für Minobe«, erklärte der Major. Er wickelte sich eine Decke um die Schultern und setzte sich auf. »Ich glaube

nicht, daß wir General Stossels Stellung vor dem Frühling einnehmen können.«
»Ich dachte, wir sind in der Überzahl«, erwiderte Hiroki.
»Das schon, aber Stossel ist raffiniert, und er hat gute Truppen, die sich hervorragend verschanzt haben. Wir haben keinen Platz zum Manövrieren, das größte flache Stück Land ist nur siebenhundert Meter breit. Jeder Angriff muß ein Frontalangriff sein.«
»Die Russen haben reichlich Lebensmittel und Munition«, sagte Uraga. »Sie können alle Angriffsflächen decken.«
»Wir haben bis jetzt neunzehntausend Verwundete und achttausendfünfhundert Tote, ohne etwas dafür vorweisen zu können«, stellte Minobe fest.
»Vielleicht hilft meine Luftbeobachtung«, meinte Hiroki. »In Korea und der Mandschurei sind wir nicht zum Einsatz gekommen. Ich war Verbindungsoffizier für die koreanischen Spezialeinheiten. Nachdem unsere Truppen die Russen in die Mandschurei zurückgedrängt hatten, wurde ich dem Heeresgeheimdienst auf dem Vorstoß nach Mukden zugeteilt. Wir kennen die russischen Schlachtpläne für Mukden, aber kommen nicht hin.«
»Ich dachte, Honjo hätte euch alles wie auf dem Präsentierteller vorbereitet«, sagte Minobe.
»Man braucht Infanterie, um einen Krieg zu gewinnen«, sagte Hiroki. »Die Russen haben unsere Versorgungslinie verlängert, indem sie sich stufenweise in die nördliche Hauptstadt zurückziehen. Sie haben einige gute Soldaten und fähige Offiziere, aber wir sind besser.«
»Worin?« fragte Minobe.
»Disziplin, Hygiene und Ausbildung. Einige Russen sind gut gedrillt, andere direkt aus dem Kuhstall rekrutiert. Sie sind in der Überzahl, aber wir kreisen sie ein, und sie ziehen sich zurück. Ihre verlassenen Lager stinken wie Schweinekoben.«

Hiroki hielt sich die Nase zu. »Wir haben den Göttern für den mandschurischen Winter gedankt, weil bei diesen Temperaturen menschliche Exkremente gefrieren. Unsere Soldaten sagen, wenn die Russen den Wind im Rücken hätten, würden sie den Krieg bestimmt gewinnen.« Er grinste. »Wenigstens ist hier in Port Arthur eine Belagerung im Gange, und die Schlachtlinien sind stabil. Vielleicht komm ich doch noch zum Fliegen.«

»General Nogi möchte dich heute abend in die Gräben führen, um dir zu zeigen, was von unserer Seite aus am Boden passiert«, sagte Uraga. »Der erste Angriff ist um ein Uhr früh, der zweite um fünf Uhr.«

Nach Einbruch der Dunkelheit folgte Hiroki Uraga und Minobe durch ein Tal, einen Hügel hinauf und in einen flachen, gewundenen Graben. Die vertrauten Geräusche von befreundeter Artillerie und Mörsern wurden immer wieder durch das magere Krachen von Gewehrfeuer und Einschläge feindlicher Granaten auf dem gegenüberliegenden Hügel unterbrochen. Immer wieder erhellten grelle Leuchtsätze den Stacheldraht, wo ratternde Maschinengewehre den tödlichen Hintergrund bildeten.

Uraga führte Hiroki durch den Graben, vorbei an den Kampfbunkern mit Schießscharten und den Bunkern, in denen die Männer schliefen, kochten und warteten. Er zeigte ihm, wie er, sobald der Abschuß eines Mörsers ertönte, bis zehn zählen und sich dann zu Boden werfen mußte, um den tödlichen Schrapnellsplittern zu entgehen.

Minobe war verschwunden, und Uraga zeigte Hiroki einen Bunker. »Der ist groß genug für zwei zum Schlafen. Mini wird uns rechtzeitig für den Angriff um fünf Uhr wecken. Der Angriff um ein Uhr hat keine Chance auf Erfolg.«

»Warum greift ihr dann an?«

»Zur Ablenkung. Ich glaube auch nicht, daß der um fünf gelingt, aber das ist ein Krieg.« Uraga kroch in den Bunker. Hiroki folgte ihm in ein dunkles, feuchtes Loch, so schmal und kurz, daß sich ihre Schultern berührten, als sie sich hinlegten, und ihre Stiefel nach draußen ragten. Schon nach wenigen Sekunden hörte er seinen Bruder schnarchen. Hiroki strich mit der Hand über die Lehmwand und fuhr über die rauhe Rinde des Baums, dessen Äste das Sandsackdach stützten. Granaten schlugen in der Nähe ein, und Erde rieselte ihm in die Augen. Er wischte sich das Gesicht ab und zog dann den Hut tief hinein. Er lauschte seinem eigenen Atem, dem Schnarchen seines Bruders und den Kriegsgeräuschen draußen.

Hiroki träumte, er rutschte einen langen, dunklen, modrigen Tunnel hinunter, jemand zog ihn an den Füßen durch den Dreck. Er erwachte, versuchte sich aufzusetzen und stieß mit dem Kopf gegen die Balkendecke. Uraga zog ihn an den Beinen aus dem Bunker.

Minobe reichte Hiroki eine dampfende Blechtasse Tee. »Trink schnell. Der Angriff auf die Anhöhe Reiskuchen beginnt in Kürze.«

Wieder folgte Hiroki den beiden Männern, diesmal in die Gräben, die den Hügel hinunter zu den feindlichen Linien fünfhundert Meter weiter führten. Sie schlossen sich der Angriffstruppe an, die in Stellung ging, Männern in langen Mänteln mit Pelzkrägen und polierten Patronengurten und nagelneuen Murato-Gewehren. Sie sehen aus, als wären sie auf dem Weg zur Parade, dachte Hiroki.

»Wir bleiben hier«, sagte Minobe. »Das ist der beste Beobachtungsposten.«

»Warum ist die Anhöhe Reiskuchen so wichtig?« fragte Hiroki.

Minobe führte ihn zu einem Schützengrabenauftritt, und sie schauten über die Brüstung. Er zeigte auf einen hohen, runden

Hügel. »Mit zweihundertunddrei Metern ist das die höchste Erhebung in diesem Gebiet. Oben ist sie flach und erstreckt sich hinter die russischen Linien. Von dort aus hat man einen Überblick über ganz Port Arthur. Wenn wir sie einnehmen, werden die Russen sich ergeben.«

»Ich verstehe immer noch nicht, wie ihr die russische Marine so schnell schlagen konntet und die Armee des Zaren einfach nicht schafft«, sagte Hiroki.

»Erstens hat Togo die Marine überrascht«, erklärte Minobe. »Zweitens scheinen die Russen in der Verteidigung besser zu sein als im Angriff. Trotz zahlenmäßiger Überlegenheit gegenüber unserem Heer in Mukden haben sie lieber den kämpfenden Rückzug angetreten, um unsere Streitkräfte zu zermürben. Sie haben Napoleon durch ihre brillante Verteidigung besiegt und ihn gezwungen, im russischen Winter den Rückzug anzutreten. Und drittens, glaub ja nicht alles, was du in japanischen Zeitungen liest. Dein Bruder ist im Marinegeheimdienst. Der kann dir alles erzählen.«

»Einige russische Marineoffiziere sind unfähige Feiglinge und andere wieder sehr tapfer«, sagte Uraga. »Ich kann dir ein gutes Beispiel geben. Einer ihrer Kapitäne hatte bemerkt, daß unsere Schiffe immer dieselbe Route vor dem Hafen von Port Arthur nehmen, und sah eine Möglichkeit, unserer Morgenpatrouille eine Falle zu stellen. Er plante, nachts Minen über unseren Kurs zu legen, aber ein ranghöherer Offizier auf dem Schwesterminenleger *Yenisei* wollte den Ruhm für sich. Er bekam durch seinen Rang Vortritt, fuhr hinaus, legte die Minen. Dann hat er zuviel getrunken, ist auf seine eigenen Minen aufgelaufen und gesunken. Der Kreuzer *Bojarin* ist ausgelaufen, um die Besatzung der *Yenisei* zu retten. Das war sehr mutig, denn unsere Streitkräfte waren inzwischen alarmiert. Togo signalisierte der *Bojarin*, daß wir nicht eingreifen würden, aber der russische Kreuzer ist auf eine weitere Mine aufgelaufen. Der Zerstörer hatte nicht genug Rettungsboote, also wurde ein Zerstörer zur Rettung herbeigerufen. *Die Bojarin* brannte zwar und hatte schwere Schlagseite, war aber noch nicht gesunken. Der Captain befahl dem Captain des Zerstörers, die *Bojarin* zu versenken, und der Zerstörer feuerte zwei Torpedos ab. Der erste war ein Volltreffer, und die *Bojarin* sank wie ein Stein. Der zweite Torpedo verklemmte sich aber in seinem Schacht, explodierte und versenkte den Zerstörer. Das haben wir von den Kapitänen des Zerstörers, des Kreuzers und des Minenlegers, die wir alle drei gerettet haben.« Uragas Gesicht wurde ernst. »Wir waren so siegessicher, daß wir vierundzwanzig Stunden wieder dieselbe Route auf der Morgenpatrouille nahmen. Der russische Captain, der sich das mit den Minen ursprünglich ausgedacht hatte, hatte einfach seine Befehle ignoriert und fünfzig Minen entlang unseres Kurses gelegt. Togo wurde an Bord der *Hatsuse* beinahe getötet. Das Schlachtschiff *Yashima* kam zur Rettung, stieß ebenfalls auf eine Mine und wurde zerstört. Unsere Kapelle hat die Nationalhymne gespielt, und ich habe gesehen, wie sie das Bild des Kaisers von Bord trugen, ehe die *Hatsuse* unterging. Das wirst du in der japanischen Presse nicht lesen, weil es verboten ist, schlechte Nachrichten zu drucken, und die ausländische Presse hat keinen Zutritt zur Kriegszone.«

»Klingt, als hätten wir auch einige Unfähige«, sagte Hiroki. Er hörte stampfende Geräusche im Graben unter sich und sah Männer auf und ab hüpfen. »Was soll denn das?«

»Sie prüfen, ob die Ausrüstung Lärm macht.«

»Bajonette aufpflanzen!« rief ein Offizier.

Das Zischen der Stahlklingen aus den Scheiden jagte Hiroki eine Gänsehaut über den Rücken. »Und die Artillerie?«

»Wir hoffen den Feind ohne sie zu überraschen«, sagte Minobe. »Sie werden vor dem Morgengrauen keinen Angriff erwarten. Unsere Truppen haben nicht die Absicht, bei vollem

Tageslicht durchs Niemandsland zurückzukommen, bis sie Anhöhe Reiskuchen eingenommen haben.«

Das erste Regiment von General Nogis dritter Armee kletterte über die Leitern aus den Gräben. Eintausendfünfhundert Mann formierten sich zu fünfzehn Kompanien. Dann marschierten sie Schulter an Schulter durch das taillenhohe Hirsefeld in den Morgennebel und verschwanden nach hundert Metern im Dunst.

Uraga schielte auf seine Uhr. »Jetzt müßten sie gleich am russischen Stacheldraht sein ... jetzt!«

Hiroki zuckte beim Knall fernen Gewehrfeuers zusammen.

»Wir sind gut unterwegs«, sagte Minobe. »Diese Schüsse sind von russischen Spähern. Unsere Männer müssen etwa dreihundert Meter von der Hauptgrabenlinie an der Anhöhe Reiskuchen entfernt sein.«

»Die Sonne wird in ein paar Minuten das Tal erreicht haben«, erwiderte Hiroki. »Dann stehen unsere Männer auf dem Präsentierteller.«

»Ihre auch«, entgegnete Uraga. »Sie haben ihre Gräben auf flachem Boden am Fuß der Anhöhe Reiskuchen. Sie stehen auf und feuern über die Brüstung.«

Schwarzer Dreck und Trümmer wurden durch den Nebel ins Morgenlicht geschleudert. »Unsere Männer haben die russischen Minenfelder erreicht«, stellte Minobe fest. »So weit sind sie noch nie vorgedrungen. Vielleicht gibt es eine Chance.«

»Psst! Horch!« sagte Uraga.

Lautes Donnergrollen war aus der Richtung von Port Arthur zu hören. Hiroki sah, wie Uraga und Minobe besorgte Blicke tauschten.

»Russische Kanonen«, sagte Uraga. »Die haben eine tödliche Falle mit Zeitzünder-Artillerie gelegt.«

Obwohl die Explosionen dreihundert Meter weit weg waren, erzitterte der Boden unter Hirokis Füßen. Der Lärm war ohrenbetäubend. Er zerrte Uraga und Minobe hinter die Brüstung. Schrapnelle peitschten über ihre Köpfe. Dreck, Metallstücke, Knochensplitter und Fleischfetzen regneten auf sie herab.

Erst nach einigen Minuten konnten sie sich wieder aufrichten. Der Nebel war verschwunden, der Tag klar und kühl. Die Kanonen hatten alles verstummen lassen. Feuer schwelten im Zentrum der geschwärzten Einschlaglöcher im Niemandsland. Eine Handvoll japanischer Soldaten irrte unter Schock ziellos im Feld herum.

»Wo ist das erste Bataillon?« fragte Hiroki.

»Sie sind bis auf hundertfünfzig Meter herangekommen«, erwiderte Uraga.

»Aber wo sind sie?«

Wie zur Antwort erhoben sich drei Gruppen japanischer Infanterie vom Boden, die führenden Einheiten, die vor dem mörderischen Sperrfeuer gewesen waren. Zwei Kompanien formierten sich voll sichtbar vor dem Feind und griffen an. Aber die dritte Kompanie kehrte um und kam zurück zur japanischen Linie.

»Was rollen die Russen da aus den Gräben?« brüllte Hiroki.

»Das sind Zwanzigpfundbälle Zündwatte, die mit Sprengstoff vollgestopft sind.« Sie beobachteten, wie mehrere der tödlichen Kugeln unter den dichtgedrängten Japanern explodierten. Uniformen fingen Feuer, und Soldaten rannten geblendet in Minenfelder oder Stacheldraht. Die übrigen setzten den Angriff fort, aber feindliche Maschinengewehre mähten jeden Mann nieder. Keiner kam näher als fünfzig Meter vor die russischen Gräben.

Zwei Vickers-Maschinengewehre begannen neben Hiroki zu feuern. Er zuckte zusammen und schrie: »Die schießen ja auf unsere Männer, die zurückkommen. Halt!«

Uraga schob seinen Bruder in den Graben.

Hiroki schaute hoch und brüllte: »Seid ihr alle verrückt geworden? Das sind keine Feiglinge! Jeder Mann des ersten Bataillons, ob tot oder lebendig, hat eine Medaille verdient!«
»Unser Schlachtruf ist Sieg oder Tod! Da gibt es kein Umkehren!«

48

1. Dezember 1904

Ein sehr grimmiger Mung sprach im Kaiserpalast zu den Mitgliedern des Kabinetts. »Laut Marquis Ineis Bericht steht Japan erneut am Rande des Bankrotts!« Er nickte Shimatzu zu. »Mein Sohn hat die Geldaufnahme im Ausland gestoppt, nachdem er von den Siegen unserer Marine in Port Arthur und Wladiwostok gehört hat. Er und viele andere von uns haben darauf vertraut, daß der Krieg in sechs Monaten zu Ende ist.« Mung beugte sich vor, und sein eiskalter Blick richtete sich auf Honjo. »Der Chef des japanischen Geheimdienstes hat das behauptet?«

Honjos Gesicht lief feuerrot an. »Es ist, wie Ihr sagt, Tairo.« Er haßte sich für seine Prahlerei und Shibata noch mehr, weil er sein Versprechen nicht erfüllt hatte. »Ich übernehme die volle Verantwortung und werde meine Pflicht tun.«

»Seppuku ist keine Antwort«, keifte Mung. Er brauchte Ergebnisse, und ein wütender Honjo war der schnellste Weg dazu. Er kanzelte den am meisten gefürchteten Mann des Imperiums absichtlich wie einen Schuljungen herunter. »Ich will, daß Ihr und Eure Agenten endlich euer Versprechen erfüllt! Ihr habt versprochen, die Versorgungslinie zu unterbrechen. Die Eisenbahn läuft nach wie vor! Bis zum Frühling wird General Kuropatkin in Mukden eine halbe Million Männer haben, die doppelte Anzahl unserer Truppen! Wenn wir Port Arthur nicht einnehmen und General Nogis Truppen in die Mandschurei bringen, haben wir den Landkrieg verloren! Im April werden die Russen aus Mukden ausbrechen und unsere Truppen über den Jalu zurückdrängen! Dann hat Kuropatkin freies Feld in Korea!« Mung zeigte auf Honjo. »Sagt Lieutenant Akichi Shibata, er soll sein warmes Puff verlassen und sich an die Arbeit machen!«

Honjo zitterte vor Wut, und Iga Sasaki versuchte von ihm abzulenken. »Tairo, wir können den Druck auf unser Schatzamt vermindern, indem wir internationale Kredite von den Europäern beantragen.«

»Herr Premierminister«, sagte Mung zähneknischend. »Weder die Amerikaner noch die Engländer sind in der augenblicklichen Kriegssituation bereit, uns Geld zu leihen! Andere Nationen haben Spione. Sie wissen, wenn Rußland Port Arthur bis in den Frühling halten kann, so hat Japan den Krieg verloren. Und bis nächsten Sommer sitzen dann die Soldaten des Zaren in Pusan, einhundert Meilen vor der japanischen Küste. Wir müssen die Schlachten von Port Arthur und Mukden schnell gewinnen und Frieden schließen. Erst dann bekommen wir von den Bankiers aus dem Okzident wieder Kredite! Mein Sohn Shimatzu wird einen neuen Sparplan einführen und fördern, um im ganzen Kaiserreich Kapital aufzutreiben. Das gemeine Volk, das überall Bankkonten hat, wird dadurch direkt angesprochen. Der Kaiser muß die Kampagne unterstützen. Zusätzlich wird Marquis Inei Kriegsanleihen auf den Markt werfen. Ich befehle den Mitgliedern dieses Rats und ihren Familien, dafür zu sorgen, daß diese Anleihen innerhalb von einer Woche verkauft sind! Das ist ein Befehl des Tairo! Und danach werden wir noch andere Anleihen auf den Markt werfen.« Mung wandte sich an Honjo. »Schüttelt Euren Geheimdienstchef in der Mandschurei, bis ihm die Zähne rausfallen! Die russischen Verstärkungen dürfen Mukden nicht mehr erreichen! Ich schicke General Nogi ein Ultimatum, Port Arthur vor März einzunehmen!«

Port Arthur, 23. Dezember 1904

»Ihr zwei müßt mit mir im Ballon aufsteigen«, sagte Hiroki. »Ich brauche euch, um meinen Plan für die Einnahme von Anhöhe Reiskuchen zu vervollständigen.«

»Ich bin zur Marine, um zu fischen, nicht um mit den Vögeln zu fliegen.« Uraga lachte.

»Ich habe Höhenangst«, sagte Minobe.

»Jetzt seid mal ernst. Seit dem Befehl des Tairo, Port Arthur einzunehmen, sind alle Zugänge zur Anhöhe 203 rot durchtränkt von japanischem Blut.«

»Ich mache keine Scherze, ich habe wirklich Höhenangst«, sagte Minobe.

»Da oben ist es viel sicherer als vor den russischen Kanonen. Ich brauche eure Kenntnisse über Infanterietaktiken und eure Erfahrung in Schützengräbenkämpfen. Und ich brauche Uraga als Marineoffizier, weil Schiffe ein Teil meines Plans sind.«

»Dein Bruder ist wirklich brillant, Uraga. Wenn die Russen Togos Flotte über den Berg segeln sehen, ergeben sie sich sofort.«

»Das ist nicht komisch«, entgegnete Hiroki. »Da draußen sterben Menschen. Helft mir, und ich verspreche euch, daß Anhöhe 203 fallen wird.«

»Wir müssen scherzen«, sagte Uraga, »sonst wären wir alle schon verrückt. Wann fliegen wir?«

Um fünf Uhr früh, als die Kochfeuer in den Gräben entzündet wurden, näherten Uraga und Minobe sich vorsichtig dem großen, länglichen Beobachtungsballon.

»Sieht aus wie ein Schoner ohne Masten und Kabine«, sagte Minobe.

Hiroki hakte sich von hinten bei den beiden unter und zerrte sie zu dem schwebenden Ballon. »Anfangs dachten sie, dieses

Modell brauchte einen Kiel, wie ein Segelboot, um es zu stabilisieren«, berichtete Hiroki. »Neuere Modell sehen aus wie Zigarren und haben starre Rahmen. Das ist eine riesige Seidenhülle, zwanzig Meter lang, die mit Wasserstoffgas gefüllt ist.« Er öffnete die Tür des großen Weidenkorbs und schob das wenig begeisterte Paar hinein. Dann drehte er sich um und schrie: »Leinen los, und Leitschnur auf fünfhundert Meter abrollen lassen!«

»Wie lange dauert es, bis wir oben sind?« fragte Minobe.

»Wir sind schon unterwegs nach oben«, antwortete Hiroki.

Minobe sah über den Korbrand und ließ sich stöhnend zu Boden fallen.

»Der hat wohl wirklich Höhenangst«, sagte Uraga. »Wie kommen wir wieder runter?«

Hiroki zeigte auf zwei Schnüre, die an den Seiten des Ballons hochführten. »Damit lockere ich die offenen Klappen oben am Ballon, bis wir negativen Auftrieb erreicht haben. Wenn ich es mir anders überlege, werfe ich ein paar von den Sandsäcken ab, die außen an der Gondel angebunden sind, und wir steigen wieder.«

Es gab einen harten Ruck, und der Ballon hatte das Ende der Leitschnur erreicht. Nach kurzer Zeit hatte sich die Gondel stabilisiert und Uraga und Hiroki packten Minobe unter den Armen und stellten ihn auf die Beine, damit er über den Korbrand schauen konnte.

Einige Augenblicke starrte er entgeistert nach unten. »Das hätte ich nie für möglich gehalten«, flüsterte er. »Ich kann alles sehen. Ich kann direkt in ihre Gräben schauen.« Er streifte Hirokis Hand ab und nahm sein Fernglas. »Ich sehe alles auf Anhöhe 203. Warum habt ihr nicht gleich gesagt, daß es so ist!« Er machte sich hektisch Notizen.

»Wie willst du die Marine einsetzen?« fragte Uraga.

Hiroki zeigte auf die dreiundzwanzig japanischen Schiffe, die vor der Küste patrouillierten. »Die Kanonen der Schiffe haben eine Reichweite von sechs Meilen. Hinter diesen Hügeln dort sind sie in vier Meilen Entfernung von Anhöhe Reiskuchen und außer Sichtweite der russischen Artillerie. Wir verständigen sie über Telefon. Das Kabel läuft entlang der Führungsschnur, und am Boden sitzt ein Funker, der die Nachrichten an Admiral Togos Flaggschiff weitergibt. Versuch's.«

Uraga nahm das Telefon. »Vielleicht hast du den Schlüssel für die Einnahme von Port Arthur gefunden! Wenn ich unsere Marinekanonen dirigiere, ist unsere Feuerkraft verdreifacht!«

Hiroki drehte die Kurbel des Telefons, und Uraga hörte eine Stimme sagen: »Bereit zur Übermittlung von Befehlen zur Feuerkontrolle an Bord des Flaggschiffs *Asahi.*«

Uraga nickte seinem Bruder voller Respekt zu. »Bereit für Koordinaten und zwei Runden Feuer zur Zielfestsetzung.« Er holte eine Karte heraus, sah nach unten und gab seine Befehle. Fünf Minuten später explodierten zwei Geschosse auf Anhöhe Reiskuchen.

Uraga schrie ins Telefon: »Korrektur«, und gab neue Koordinaten.

Drei Minuten später landeten zwei weitere Geschosse.

»Ich habe die russische Geschützbatterie im Visier!« schrie Uraga. »Ich kann sie ausradieren!«

»Hör auf, herumzuhüpfen«, sagte Minobe. »Gib mir das Telefon, dann jage ich ein paar Maschinengewehrstände in die Luft!«

»Noch nicht«, warf Hiroki ein. »Ich möchte, daß der Beschuß der Marine eine völlige Überraschung ist, kombiniert mit einem massiven Infanterieangriff. Ich habe noch ein paar Ideen, die ich mit euch beiden durchsprechen muß, bevor wir dem Generalstab den Plan vorlegen.«

»General Nogi«, sagte Hiroki. »Commander Ishikawa, Major Minobe und ich haben eine Strategie zur Einnahme von Hügel 203 entwickelt.«

»Von drei hochrangigen Offizieren des Geheimdienstes muß ich das ernst nehmen«, erwiderte Nogi. »Mein Stab und Admiral Togo und sein Stab sind ganz Ohr. Vergeudet unsere Zeit nicht.«

Hiroki ging mit einem Zeigestock zur großen Wandkarte von Port Arthur. »Wie wir alle wissen, ist Anhöhe Reiskuchen die stärkste Position des Gegners. Aber General Stossel hat eins übersehen. Diese Anhöhe ist auch der einzige Fehler in seinen Verteidigungsanlagen, weil dahinter keine zweite Verteidigungslinie existiert. Wenn sie fällt, fällt Port Arthur.«

Hiroki verteilte Luftaufnahmen. »Ihr seht die Stellungen am Fuß der Anhöhe 203. Seit zwei Wochen sind dort die Fünften Sibirischen Schützen im Einsatz. Ihre normale Einsatzzeit beträgt drei Wochen. Das ist unsere Strategie. Wir starten eine sechstägige Zermürbung des Feindes mit Artillerie, Mörsern und Infanterievorstößen. Wir müssen sie ununterbrochen wachhalten bis einen Tag vor ihrer Ablösung, die auf den ersten Januar fällt. Ich glaube zwar, die Russen sind zu diszipliniert, um sich bei Neujahrsfeiern erwischen zu lassen, aber sie werden erschöpft sein.«

»Die Sibirischen Schützen sind eine Eliteeinheit«, sagte Nogi. »Sie haben in den letzten Wochen Tausende meiner Männer getötet.«

»Am Tag unseres Angriffs sollte sich unsere gesamte Artillerie plus die schweren Kanonen der Marine darauf konzentrieren, sie aus ihren Löchern zu blasen.« Hiroki trat zurück und reichte Uraga den Stock.

»Wir justieren seit einigen Tagen unsere Marinekanonen auf Anhöhe 203«, sagte Uraga. »Aus dem Beobachtungsballon kann ich die dreifache Feuerkraft als vorher auf das Ziel bringen. Zusätzlich können die größten Kanonen unserer Schlachtschiffe Schneisen durch die Minenfelder schießen, die die Schützengräben am Fuß von Anhöhe Reiskuchen schützen.« Er verbeugte sich und reichte Minobe den Stab.

»Auf den Fotos seht Ihr, daß die Schützengräben der Russen sehr schmal sind«, sagte Minobe. »Die Bahrenträger haben größte Schwierigkeiten, um die Kurven zu kommen. Wenn sie erst einmal anfangen, Verwundete nach hinten zu bringen, kommen die Reserven nicht mehr nach vorne durch. Eine heftige Bombardierung der Grabenlinie bringt reichlich Verwundete, und die Reserven gelangen nicht mehr nach vorne, um die Stellungen zu verstärken. Außerdem hat sich der russische Kommandant, der die Stellung der Maschinengewehre am Fuß von Hügel 203 ausgesucht hat, geirrt. Seine Maschinengewehre können nicht weit genug gesenkt werden, um unsere Männer zu treffen, wenn sie durch das Hirsefeld kriechen.«

»Kein japanischer Soldat kriecht in die Schlacht«, keifte Nogi. »Wir marschieren oder laufen, aber kriechen – niemals! Das würde die Moral beeinträchtigen!«

»Bei allem Respekt«, sagte Hiroki, »diese Massenangriffe gegen moderne Kanonen und Maschinengewehre sind die reine Verschwendung. Wenn die Leute sich verteilen, anstatt Schulter an Schulter zu marschieren, wären sie viel schlechter zu treffen, und wir hätten weniger Verluste.«

»Kriechen ist nicht statthaft«, beharrte Nogi. »Nur Späher und Scharfschützen dürfen kriechen. Diese neue Form eines Infanterieangriffs mit verteilten Soldaten klingt logisch, muß aber erst im Training beobachtet und ausgewertet werden.«

»Mein Plan verlangt eine Woche schweres Bombardement, bevor wir angreifen«, erwiderte Hiroki. »Das gibt unseren Truppen Zeit zu trainieren.«

Nogi und Togo nickten sich zu und machten Hiroki ein Zeichen, fortzufahren. Drei Stunden lang erklärten Uraga, Minobe und er ihre Pläne im Detail und beantworteten Fragen. Am Ende der Konferenz wurde der Dritten Kaiserlichen Armee Befehl erteilt, die neuen Infanterieformationen zu drillen.

Aus ihrem Ballon in einer Höhe von dreitausend Metern dirigierten Hiroki, Uraga und Minobe die kaiserliche Artillerie und Mörser zur Zerstörung der feindlichen Schützengräben. Uraga justierte die Kanonen von Togos Schlachtschiffen und Kreuzern auf die feindlichen Artilleriestellungen in Port Arthur. Währenddessen durchkämmte Nogi am Boden seine Armee nach Minenarbeitern und bildete eine Maulwurfeinheit, die die feindlichen Minenfelder untertunnelte.

1. Januar 1905, 5 Uhr 20

Die ersten Strahlen der Sonne hatten den Berggipfel berührt und fielen in das Tal darunter. Uraga, Minobe und Hiroki schaukelten sanft in ihrer Gondel fünfhundert Meter über dem Schlachtfeld.

»Ein ehrfurchtgebietender Anblick«, sagte Minobe. »Zwanzigtausend Mann warten dort unten auf den Befehl zum Angriff.«

»Wenn wir diesmal versagen, wird Nogi gezwungen sein, das Heer zurückzubeordern, weil uns die Munition ausgeht«, bemerkte Uraga.

»Dann ziele genau mit deinen Kanonen«, erwiderte Hiroki. »Jede Salve muß sitzen!«

»Ich habe keine Waffe bei mir«, sagte Minobe. »Ich mache mir Sorgen, was passieren würde, wenn die Russen einen Gegenangriff starten und uns runterziehen.«

»Wir haben nichts zu befürchten«, entgegnete Hiroki. »Wir würden die Leinen kappen und uns vom Wind davontreiben lassen.« Er schaute nach unten und rief: »Die Späher und Scharfschützen sind unterwegs!«

Die Männer liefen vornübergebeugt durch das Hirsefeld und gingen unmittelbar vor der Maulwurfeinheit in Stellung. Drei Linien Soldaten trabten hinter den Spähern her und dann im Gänsemarsch in die Tunnels.

Tausend Männer kletterten über die Brüstungen und standen in Reih und Glied, pflanzten die Bajonette auf und gingen los. Die nächsten tausend kletterten aus dem Graben, formierten sich und marschierten los. Und noch mal tausend und noch mal tausend.

»Sie sind phantastisch!« schrie Hiroki. »Wir dürfen sie nicht im Stich lassen! Feuer frei auf die feindlichen Schützengräben!«

Uraga und Minobe kurbelten ihre Telefone an und gaben Order. Sekunden später donnerte es vom Meer her und von den Artilleriestellungen des Heeres hinter den Bergen. Unten sah Hiroki das Mündungsfeuer der Mörser. Immer noch kamen die Männer in Tausenderreihen aus den Gräben.

Die Sonne fiel schräg ins Tal hinunter, Geschosse schlugen in den russischen Schützengräben ein, und die japanische Infanterie marschierte vorwärts, trotz Mörserbeschuß.

Eine Trompete ertönte. Die kaiserlichen Infanteristen hoben ihre Gewehre und trabten los; das erste Bataillon hatte die Ehre, den Angriff zu führen. Einzelne Soldaten stürzten sich in den Stacheldraht. Ihre Kameraden rannten über sie in die Minenfelder, folgten den Einschlaglöchern der Kanonen, um nicht auf Minen zu treten. Viele verfingen sich in Falldrähten und wurden in die Luft gesprengt. Aber wo einer fiel, folgten drei hinterher.

Zwanzig Minuten später hatten die drei im Ballon die großen russischen Kanonen, die die Anhöhe Reiskuchen schützten, fernmündlich zum Schweigen gebracht.

Hiroki kurbelte sein Telefon mit der Direktleitung zum Hauptquartier an. »General Nogi, es ist Zeit für den endgültigen Angriff.«

»Sie sind unterwegs«, sagte Nogi.
Mehr Männer kletterten aus den Gräben, pflanzten ihre Bajonette auf, formierten sich und marschierten los.
»Uraga, Mini«, schrie Hiroki. »Ihr habt noch Zeit für zwei Salven auf die Hauptgrabenlinie! Dann Feuer einstellen!« Er band die Schnüre zu den Klappen los, und der Ballon sank. Er band die Klappen wieder fest, warf vier Sandsäcke ab, und der Ballon blieb zweihundert Meter über dem Schlachtfeld stehen. Die drei Männer in der Gondel sahen die Geschosse in den russischen Gräben einschlagen. Sie hörten den Banzai-Kriegsruf und beobachteten, wie ihre Infanterie angriff. Der Feueraustausch zwischen den Bodentruppen begann. Japanische Soldaten fielen wie gemähter Weizen, stapelten sich so hoch, daß die Russen erst feuerten, wenn die nachfolgenden Soldaten über die Toten geklettert waren. Hiroki sah, wie die Russen Wasser über ihre überhitzten, rauchenden Kanonenläufe gossen.
Dann kamen die japanische Maulwurfeinheit und die in den Tunnels versteckten Soldaten. Sie drangen als erste in die Schützengräben der Russen ein, mit Messern, Keulen und bloßen Händen. Der Hauptteil der japanischen Infanterie erreichte die Gräben und erstickte die Verteidiger.
Minobe packte Hiroki am Arm. »General Nogi ist am Telefon! Er will einen Lagebericht!«
Hiroki nahm den Hörer und sagte mit tonloser Stimme: »General Nogi, unsere Truppen haben die Hauptgrabenlinie des Feindes eingenommen. Die Fünften Sibirischen Schützen haben bis zum letzten Mann gekämpft. Ihre Unterstützung ist zusammengebrochen und flieht. Anhöhe Reiskuchen ist gefallen. Port Arthur gehört Euch.«
»Wie hoch schätzt Ihr unsere Verluste?«
»Über fünfzig Prozent.«
»Ihr werdet alle drei ausgezeichnet und befördert«, sagte Nogi.

»Uraga, Ihr meldet Euch bei Admiral Togo zurück. Hiroki und Minobe kommen mit mir in die Mandschurei.«

»Danke«, murmelte Hiroki. Seine Knie versagten ihm den Dienst, und er fiel auf den Boden der Gondel. Er schaute mit tränenüberströmtem Gesicht zu Uraga und Minobe hinauf. »Ich habe das geplant, um Leben zu retten. Habt ihr das Massaker gesehen?«

49

Kaiserpalast, 3. Januar 1905

»Der Tairo hat alle Mitglieder des Kabinetts zusammengerufen, um ihnen eine wichtige Mitteilung zu machen«, sagte Admiral Takamora.

»Meine Herren, wir haben soeben die Nachricht erhalten, daß Port Arthur gefallen ist«, verkündete Mung. »Die Festung ist unser. Wir haben einen hohen Preis dafür bezahlt.« Er stützte seinen zitternden Arm aufs Knie, um den Bericht besser lesen zu können. »Zwanzigtausend Tote und sechzigtausend Verletzte. Der Feind hat neuntausend Tote, zwanzigtausend Verwundete und sechsundzwanzigtausend Offiziere und Soldaten wurden gefangengenommen. Wir haben fünfhundert Kanonen, fünfunddreißigtausend Gewehre, hundertachtzig Maschinengewehre und eine Million Schuß Munition erbeutet. Weiterhin haben wir vier einsatzfähige Schlachtschiffe, zwei Kreuzer und fünfzehn Kanonenboote erbeutet. Die Lager sind voller Lebensmittel, Kleidung und sonstiger Vorräte, die für das Heer in der Mandschurei eingesetzt werden können.« Er wartete bis die Mitglieder des Kabinetts sich gegenseitig gratuliert hatten. Dann wandte er sich an Takamora. »Der Admiral wird demnächst eine Flotte Truppenschiffe anführen, die die Fünfte Kaiserliche Armee in die Mandschurei bringt, wo sie sich mit General Nogis Dritter Armee und unseren anderen Streitkräften vereinen wird zum gemeinsamen Sturm auf Mukden.«

»Meine Herren«, sagte Takamora. »Die Jahre haben sich unbemerkt an mich herangeschlichen. Ich bereite mich jetzt auf meine letzte Mission im Dienste Seiner Kaiserlichen Majestät vor. Deshalb ist es mir ein besonderes Vergnügen, diese Siegesfeier anzuführen. Banzai!« schrie er. »Dai Nippon banzai! Lang lebe ein großes Japan!«

Während die anderen jubelten, flüsterte Honjo Sasaki zu: »Allmählich macht sich der Druck auf den Tairo bemerkbar. Es ist das erstemal, daß ich den Großen Alten Mann einen Bericht ablesen und nicht auswendig heruntersagen sehe.«

»So gerne ich ihn auch abservieren würde«, meinte Sasaki, »er ist doch der Mann, der für diesen Sieg verantwortlich ist.«

Ein hochrangiger Agent der Weißen Wölfe kam ins Zimmer und steckte Honjo ein Telegramm zu. Der General las es und ging zum Rednerpult. Er verbeugte sich und flüsterte Mung zu: »Tairo, das kommt von einem Agenten aus St. Petersburg. Ihr möchtet es vielleicht nicht publik machen.«

Mung rückte seine Brille zurecht und las es, dann winkte er Honjo mit besorgtem Gesicht zu sich auf die Plattform. Alle im Raum verstummten.

»Ich habe General Honjo öffentlich kritisiert«, sagte Mung. »Jetzt ist es mir eine Freude, seine Fähigkeiten zu preisen. Ich würde lieber bessere Nachrichten überbringen, aber leider muß ich den hier Anwesenden mitteilen, daß wir erneut bedroht sind.« Er nickte Honjo zu.

»Meine Agenten in St. Petersburg teilen mit, daß Zar Nikolaus nach Erhalt der Nachricht vom Fall Port Arthurs Admiral Rodjestvensky das Kommando der Baltischen Flotte übertragen hat. Diese Armada von fünfzig Schiffen hat Befehl erhalten, aus Rußland loszusegeln, die japanische Marine zu versenken, unsere Handelsflotte und unsere Küstenstädte zu bombardieren, bis wir uns ergeben.«

4. März 1905
Tokios Postangestellte hatten sich freiwillig für Überstunden gemeldet, um die Post aus der Mandschurei zu sortieren und bis spät in die Nacht auszutragen. Die Straßen der Hauptstadt waren hell erleuchtet. Die Leute standen mit Laternen im Regen vor ihren Häusern. Frauen und Mütter warteten an den Türen auf die Postboten.
Noriko sah den Postboten in ihre Straße einbiegen und betete, daß ein Brief für sie dabei wäre. Seit dem Fall von Port Arthur hatte sie von Hiroki nichts mehr gehört. Zwei Monate. Sie sah, wie der Postbote mit leeren Händen auf sie zuging. Sie wandte sich ab, damit er ihre Tränen nicht sehen konnte. Wenn er am Leben wäre, hätte Hiroki geschrieben.
»Marquise? Marquise Koin?«
Noriko wirbelte herum. Der Postbote hielt ihr einen dicken Umschlag entgegen. Sie verbeugte sich. Der Postbote verbeugte sich ebenfalls und sagte: »Das ist der dickste Umschlag, den ich heute ausgetragen habe.« Dasselbe hatte er schon vielen Frauen erzählt.
»Verzeiht meine Tränen«, sagte Noriko und nahm den Brief.
»Jeder, der einen Brief bekommt, weint, und ich bin auch glücklich«, erwiderte der Postbote. »Wenn kein Brief da ist, weine ich. Aber trotzdem ist heute ein Freudentag für alle. Mukden ist gefallen. Der Landkrieg ist vorbei.«
Noriko verbeugte sich noch einmal und lief in das Haus. Aus dem Zimmer der Jungen war nichts zu hören, und sie war froh darüber. »Ich möchte mit meinem Hiroki alleine sein«, murmelte sie, setzte sich an den Hibachi und öffnete den Brief.

Meine geliebte Noriko,
Du und die Jungen, Ihr fehlt mir so sehr. Bitte sage Yakas Familie, daß ich ihn vor drei Tagen gesehen habe und es ihm gutgeht. Drei Deiner Briefe sind gleichzeitig einge-

troffen. Ich habe sie immer wieder gelesen. Mini hat keine Post bekommen, also habe ich ihm meine Briefe vorgelesen. Er hat Deinen Namen Dir zu Ehren in großen schwarzen Lettern auf beide Seiten des Ballons geschrieben. Die Truppen nannten uns Norikos Augen.
Um die Wahrheit zu sagen, hier ist unsere Arbeit nicht so wichtig wie in Port Arthur. Bis wir unseren alten Gasbeutel aufgeblasen haben, ist der Feind meist schon zurückgefallen. Diese russischen Soldaten sind keine Eliteeinheiten wie in Port Arthur. Meist sind es auf sieben Jahre Zwangsrekrutierte, deren jämmerlicher Sold nicht mal ihre Familien ernähren kann. Wir haben gehört, daß in Rußland viele Leute hungern.

Wir haben das russische Oberkommando überrascht, indem wir die Dritte und die Fünfte Armee im Februar bei strengem Frost in die Mandschurei übergesetzt haben. Unsere Sabotageeinheiten haben gute Arbeit im Rücken des Feindes geleistet. Sie haben Kommunikationslinien und Schienen gesprengt, Minenfelder hochgehen lassen und uns detaillierte Berichte über Geschützstellungen und Truppenverteilung gebracht.

Siebzig Meilen vor Mukden haben sich die Russen das erstemal gestellt. Wir haben den Feind über den Fluß Sha-ho zurückgedrängt, etwa dreißig Meilen näher an Mukden. Dann sind sie wieder in Verteidigungsstellung gegangen, mit sechzigtausend Mann mehr als wir. Sie haben auch ihre berühmte Kosakenkavallerie zum Einsatz gebracht. Mini und ich waren auf sechshundert Meter Höhe, als wir die feindliche Kavallerie entdeckten. Wir mußten unsere Kavallerie zum Einsatz bringen. Die Russen sind bessere Reiter. Wir sind bessere Soldaten. Wir haben die berühmten Kosaken in die Flucht geschlagen! Unser Geheimdienst berichtet auch, daß die Russen sich selbst verwunden, um nicht weiterkämpfen zu müssen.

Jeder von unseren Soldaten will in der Schlacht der erste sein. Ich habe gesehen, wie General Nogis einziger Sohn als Führer des Angriffs auf den Sha-ho starb. Ein jüngerer Offizier übernahm für ihn und wurde auch getötet, dann hat ein einfacher Soldat den Angriff weitergeführt, bis der Feind geschlagen war.

Vom Ballon aus habe ich beobachtet, wie eines unserer Regimenter einen Zug eroberte. Die Russen ließen zwanzig Güterwaggons zurück, aber keine Lokomotive. Unsere Offiziere und Männer haben Kanonen, Munition und Vorräte in die Güterwaggons geladen. Dann haben sie sich selbst vor die Waggons gespannt, sie in sieben Stunden fünfzehn Meilen weit gezogen, anschließend alles abgeladen und eine fünffache Übermacht der Russen bombardiert und in die Flucht geschlagen. Ich glaube, Mukden wird bald kapitulieren. Außer den unzufriedenen Rekruten ist die russische Armee auch noch unterwandert von kommunistischen und sozialistischen Revolutionären, die Fahnenflüchtige und Überläufer ermutigen. Wir haben in den letzten zwei Tagen fünfzehntausend Gefangene gemacht.

Meine Liebste, leider werde ich beim Fall von Mukden nicht dabei sein. Unser Ballon wurde von zwei Geschossen durchschlagen, und wir stürzten aus hundertfünfzig Metern ab. Ich habe mir das Bein gebrochen und Mini hatte Nasenbluten. Er behauptet, Dein Name auf dem Ballon hat mir Glück gebracht. Wenn Du diesen Brief erhältst, bin ich schon auf dem Weg nach Hause.

Noriko rannte zum Zimmer ihrer Kinder und rief schluchzend: »Kinder, Kinder, euer Vater kommt nach Hause!«

Honjo überflog einige Berichte, dann wandte er sich an Sasaki. »Wir haben Korea, Port Arthur und den Großteil der mineralreichen Mandschurei eingenommen. Mung hat recht. Es ist an der Zeit, Frieden mit dem Zaren zu suchen.«

»Aber wenn Rußland uns nicht eine große Entschädigung zahlt, könnte Japan bankrott gehen«, erwiderte Sasaki. »Die ungeheuren Kriegskosten sind mit ausländischen Krediten finanziert worden.«

»Laut meiner Agenten ist Mung im geheimen über William Whittefield an Roosevelt herangetreten, damit er die Leitung einer Friedenskonferenz übernimmt, und der Präsident hat zugesagt. Roosevelt war einer der eifrigsten Unterstützer Japans.«

»Die Russen sind nicht in der Stimmung für Verhandlungen. Admiral Rodjestvensky führt eine Armada gegen Japan.«

»Ich habe Shibata Order erteilt, die Baltische Flotte zu beobachten und aufzuhalten«, sagte Honjo. »Die Kommunisten haben bereits die *Orel*, ihr eigenes Schlachtschiff, durch Eisenspäne in den Kugellagern sabotiert. Das Schiff ist außer Gefecht. Zusätzlich hat Mung die Briten dazu überredet, den Russen die Durchfahrt durch den Suezkanal zu verweigern. Um das Kap der Guten Hoffnung brauchen sie zwei Monate mehr. Inzwischen trainiert Admiral Togo seine Mannschaften und rüstet seine Schiffe mit neuen hochexplosiven Geschossen aus Deutschland und mit Marconi-Radios aus.«

»All das löst Japans finanzielle Probleme nicht«, entgegnete Sasaki. »Wenn Togo die Baltische Flotte besiegt und Roosevelt eine Friedenskonferenz abhält, müssen die Russen die Verhandlungen nur hinauszögern, dann können die westlichen Bankiers Japan das Wasser abgraben, wie Mung vorausgesagt hat.«

»Deswegen war Euer Plan, Rußland zu erobern und den Zaren abzusetzen, unüberlegt. Leicht greifbarer Reichtum liegt im

Süden, nicht im Norden. Japans Schicksal ist untrennbar mit dem Chinas verbunden. Wir müssen anfangen, die chinesische Kuh zu melken, wie die Europäer das seit dem vorigen Jahrhundert machen.« Honjo beugte sich zu Sasaki. »Ich schlage vor, Ihr schickt einen Gesandten nach Peking, der Amnestie für Feldmarschall Tso-lin und seine Kandidatur als Gouverneur der Provinz Fentien fordert. Ihr könnt Akichi Shibata dazu verwenden, wenn Ihr wollt.«

Sasaki wußte sehr wohl, daß dieser Vorschlag ein Befehl war. Er nickte zustimmend.

»Der Kriegsfürst Tso-lin und sein Stab sind in unserer Hand«, sagte Honjo. »Sie sind von Shibatas Opium abhängig.«

»Warum sollte Peking einer solchen Forderung zustimmen?« fragte Sasaki.

Honjo entfaltete eine Karte und zeigte auf Mukden. »General Nogi hat eine Viertelmillion kampferprobte Soldaten, die dreihundert Meilen vor Peking stehen. Wenn China unserem Bestimmungsrecht über die Provinz Fentien nicht zustimmt, nehmen wir es ein!«

»Und wenn Togo auf See besiegt wird? Dann sind unsere Armeen in Korea und der Mandschurei abgeschnitten.«

»Das liegt in den Händen Akichi Shibatas«, sagte Honjo. »Er ist verantwortlich für die Verzögerung, Demoralisierung und Verfolgung der russischen Flotte, damit Togo ihr eine Falle stellen kann.«

50

Formosa, April 1905

Der Chef des japanischen Geheimdienstes war wütend, weil er sich auf einen Stuhl hatte manipulieren lassen, der direkt im Sonnenlicht stand. Sein Schützling hatte ihn außerdem nur mit einem knappen Kopfnicken anstatt einer respektvollen Verbeugung begrüßt. Japan braucht Akichi Shibata jetzt, dachte Honjo. Es wird eine Zeit kommen, in der er wieder Respekt zeigen muß.

»Du hast deinen guten Namen in der Schlacht um Mukden zurückgewonnen«, sagte Honjo. »Unsere Verluste waren dank deiner genauen Informationen geringer. Der Feind hat sich wegen deiner Sabotageeinheiten ergeben.«

»Es freut mich, daß meine bescheidenen Anstrengungen geschätzt werden«, erwiderte Shibata und goß Honjo Reiswein ein. »Wenn das vorüber ist, wünsche ich zu einem Urlaub nach Hause zurückzukehren.«

»Da wäre noch die Angelegenheit der baltischen Flotte«, sagte Honjo und dachte, Shibatas Anwesenheit in Tokio wäre sicher eine Bedrohung für seine Führerschaft. Er öffnete seine Aktentasche. »Du kennst das Telegramm des Zaren, in dem er Admiral Rodjestvensky befiehlt, sich mit der baltischen Flotte in japanische Gewässer zu begeben und ...«

»Seither beobachte ich doch auf Euren Befehl die Flotte«, unterbrach ihn Shibata. »Ich habe zumindest alle vierundzwanzig Stunden einen Bericht über ihre Reise eingereicht.«

Honjo ignorierte seine Unverschämtheit einfach. »Wo ist die Flotte im Moment?«

»In Madagaskar. Bis nach Japan sind es jetzt fünfzehntausend Meilen anstatt siebentausend für sie, da die Briten ihnen den Suezkanal verweigert haben. Die Hamburg-Amerika-Linie versorgt sie mit Kohle. In jeder Flotte von Kohlentendern gehört mir mindestens ein Mann. Sofort nachdem die russischen Schiffe beladen sind, erstatten diese Männer mir Bericht und ich Admiral Togos Geheimdienstoffizier.«

»Hast du dafür die Million Yen ausgegeben? In deinem Bericht stand, es wäre eine einmalige Zahlung an einen anonymen Informanten.«

»Die Leute auf den Kohlentendern sind wesentlich billiger. Damit habe ich den Kurs und das Ziel der Flotte erkauft. Der Cousin des Zaren ist der Informant. Togo kann der baltischen Flotte zwischen Korea und Japan auflauern. Rodjestvenskys Ziel ist Wladiwostok. Die Meerenge ist zwar hundert Meilen breit, aber die Russen haben nur noch fünfundvierzig der ursprünglichen Schiffe.«

»Trotzdem sind sie Togos Flotte an Feuerkraft und Besatzungsstärke immer noch haushoch überlegen.«

»Ja, aber er hat eine bessere Ausrüstung und mutigere Männer. Und er wird im voraus wissen, ob der Feind die koreanische Seite der Meerenge oder die Tsushima-Seite fährt. Das engt das Gebiet auf fünfzig Meilen ein. Meine Spione an Bord des russischen Flaggschiffs werden meinen Fischerbooten, die entlang der Route stationiert sind, Zeichen geben. Die Information wird mir dann zugefunkt und geht weiter an Togo. Sagt unserem Admiral, er kann die russische Marine irgendwann nach Mitte Mai erwarten.«

2. Mai 1905

»Ist unsere Marine bereit für die russische Flotte?« fragte der Kaiser Mung.

»Ja, Sire. Admiral Togo und sein Stab sind sehr zuversichtlich.«

»Warum herrscht dann eine so gedrückte Stimmung in unserem Volk?«

»Eure Untertanen hatten an einen kurzen Krieg geglaubt«, antwortete Mung. »Die enormen Verluste, Lebensmittelknappheit und die dreißig Prozent Entwertung des Yen haben das Leben schwergemacht.«

»Wäre es denn möglich, mit den Russen Frieden zu schließen, ehe sich unsere beiden Marinen begegnen?«

»Ich glaube nicht. Der amerikanische Präsident nennt den Zar einen dummen kleinen Diktator, der in die Schranken verwiesen werden muß. Ich habe eine Botschaft von Theodore Roosevelt, vermittelt durch William Whittefield. Whittefield hat bereits inoffiziell versucht, eine Friedenskonferenz in die Wege zu leiten. Die Antwort des russischen Botschafters war, Japan würde auf den Knien um Frieden betteln, wenn die baltische Flotte Tokio bombardiert.«

»Aber alle wissen doch, daß unsere Marine die russische Flotte erwartet. Korrespondenten verfolgen und berichten ständig über die Reise der baltischen Flotte. Sind die Russen blind?«

»Farbenblind, Sire. Ich begreife inzwischen Iyeasu Koins Prämisse, daß Europäer alle Nicht-Weißen für dämliche Feiglinge halten.«

»Warum vertraut Ihr dann Roosevelt?«

»Er ist Amerikaner«, antwortete Mung. »Sie denken anders, das liegt an ihrer gemischten Herkunft. Theodore Roosevelt ist die Essenz Amerikas. Er ist fanatischer Patriot und ein fairer Mann. Er hat den Staat Kalifornien und sechs weitere Staaten im Westen dazu gezwungen, ihre Anti-Orientalen-Gesetze abzuschaffen, die Chinesen und Japanern untersagten, gewisse Schulen zu besuchen, Land zu besitzen und Geschäfte zu machen.«

»Was halten denn Honjo und Nogi von Roosevelt als Vermittler?«

»Sie sind beide einverstanden. Honjo hat die von Roosevelt kürzlich gehaltene Rede vor der amerikanischen Marineakademie zitiert: Kein Friedenstriumph ist so befriedigend wie ein Kriegstriumph. Nogi zitierte einen bekannten Grundsatz des Präsidenten: Eine Kanone und ein Eimer Schwarzpulver sind mehr wert als alle Verträge und Bände des internationalen Gesetzes zusammen.«

»Wieso ist unser Militär so siegessicher, wenn die westliche Presse unsere Niederlage auf See, die Zerstörung unserer Küstenstädte und unsere Kapitulation gegenüber Admiral Rodjestvensky prophezeit?«

»Die Leute aus dem Westen unterschätzen uns immer noch. Bis wir unsere militärische Überlegenheit bewiesen haben.«

Der Kaiser dachte kurz nach. »Was die Amerikaner betrifft, bin ich nicht Eurer Meinung. Die wenigen, die ich kennengelernt habe, kommen mir vor wie Engländer mit schlechten Manieren. Wenn sie unter Druck stehen, werden die Amerikaner genauso auf uns reagieren wie die Europäer bis jetzt.«

»Möglicherweise überzeugt ein entscheidender Sieg zur See den Westen, daß wir gleichberechtigt sind. Ich habe immer versucht, Krieg zu vermeiden, aber dieses Mal war es nicht möglich. Hoffen wir, daß es für Japan einem positiven Zweck dient.«

29. Mai 1905

Noriko kam mit ihren beiden Söhnen ins Wohnzimmer. Sie gingen Schulter an Schulter und hatten die Hände auf dem Rücken.

»Meine Jungen sehen aus, als führten sie etwas im Schilde«, sagte Hiroki zu Mung.

Mung lächelte. »Ihr wollt doch nicht etwa eurem Urgroßvater einen Streich spielen? Wie alt seid ihr denn?«

»Ich bin sieben«, sagte Yukhi.

»Ich bin acht«, sagte Kunio.

»Also, wenn ihr älter werden wollt, dann spielt mir keinen Streich.«

Die beiden Jungen tuschelten kichernd miteinander, dann überreichten sie mit ernster Miene ihrem Vater einen polierten Spazierstock.

»Was ist das?« fragte Hiroki.

Die beiden antworteten im Chor. »Das ist für unseren ehrenwerten Vater, Held von Port Arthur und Mukden, dem wir in den Dienst des Kaisers folgen wollen, wenn wir alt genug fürs Militär sind.«

»Wo habt ihr denn das gelernt?«

Die Jungen mußten wieder kichern. »In der Schule«, antwortete Kunio. »Wir mußten alle Schlachten und viele Dinge über unsere mutigen Soldaten und Matrosen und ihre glorreichen Siege auswendig lernen.«

»Jetzt erzählt eurem Vater, warum ihr diesen schönen Gehstock ausgesucht habt«, sagte Noriko.

»Als Ersatz für den Bambusstock, den dir die Armee gegeben hat, damit du mit uns spazierengehen kannst.«

Hiroki untersuchte den Stock sehr genau. »Was für Holz ist das denn?«

Die Jungen schauten hilfesuchend zu ihrer Mutter. Noriko flüsterte es ihnen zu, und sie wiederholten: »Rosenholz.«

»Und er hat einen schönen silbernen Griff«, sagte Mung. »Ich glaube, euer Vater sollte vorführen, wie er damit geht, bevor ihr ins Bett müßt.«

Hiroki stand auf und hinkte durchs Zimmer. Er blieb vor seinen Söhnen stehen. »Das ist der schönste Spazierstock, den ich je gesehen habe. Meinem Bein geht es schon nach diesen paar Schritten besser. Morgen früh kann ich euch bestimmt in die Schule begleiten.«

Die beiden strahlten und verbeugten sich vor ihrem Vater.

»Der Lehrer hat gesagt, du kannst uns mit dem Stock auch schlagen, wenn wir dem Familiennamen Schande machen, dem Kaiser untreu sind oder Verräter am Staat werden«, berichtete Kunio.
Hiroki sah kurz zu Mung und Noriko. »Sehr praktisch veranlagte Lehrer haben meine Kinder. Vielleicht solltet ihr beiden in die amerikanische Schule gehen wie eure Mutter und ich.«
Hiroki sah Angst in ihren Augen.
»Nein, Vater«, bat Kunio. »Die fremden Teufelslehrer würden uns schlechte Gedanken in die Köpfe pflanzen.«
Noriko entfernte die Kinder schleunigst aus dem Zimmer.
»Den Ausdruck ›fremder Teufel‹ habe ich seit Jahren nicht mehr gehört«, sagte Mung. »Das ist Honjos Einfluß. Die Gedanken der jüngeren Generation formen.« Er zeigte auf Hiroki. »Ihr jungen Leute müßt euch davor hüten.«
»Du bist der Tairo.«
»Ja, und ich fühle mich wirklich wie der Große Alte. Ich bin müde, und der Druck der bevorstehenden Seeschlacht zermürbt mich.«
»Wenn ich doch nur bei Togo und Uraga sein könnte«, sagte Hiroki.
»Das habe ich gehört«, sagte Noriko. »Du bleibst zu Hause, bis dein Bein richtig verheilt ist. Vor zwei Wochen hat der Leibarzt des deutschen Botschafters mit einer neuen Erfindung, einer Röntgenkamera, ein Foto vom Inneren seines Beins gemacht. Es war an drei Stellen gebrochen, nicht an zwei, wie der Feldarzt gesagt hatte. Sie mußten den Knochen noch mal brechen und ihn neu einrichten. Hiroki hat jetzt eine Gehschiene am Bein.«
»Noriko hat recht«, warnte Mung seinen Enkel. »Deine Gesundheit ist inzwischen Staatsangelegenheit. Ich bin heute abend gekommen, um deine Ernennung zum jüngsten Mitglied des Kabinetts zu bestätigen.« Er legte eine Hand auf

Hirokis Arm. »Den Posten hast du dir verdient.« Mung sah zu Noriko. »Dein Vater hat eine gute Wahl getroffen mit ihm als Sohn und Schwiegersohn.«

Noriko lächelte. »Mein Vater hat Hirokis Potential erkannt, und er wußte, daß ich deinen Enkel bessern kann.«

»Mach weiter so. Er ist an den Kanten noch etwas rauh. Ich nehme an, wenn ihr euch beide auf die Aufgabe konzentriert, wird Hiroki eines Tages persönlicher Berater des Kaisers. Aber«, Mung hob warnend den Zeigefinger, »keine Schlachtfelder mehr. Unsere Familie ist im Militär reichlich vertreten. Uraga ist an Bord von Togos Flaggschiff und Yaka auf der Insel Chefu. Gestern haben wir von Yaka gehört, daß die Feindflotte dreihundert Meilen von der Meerenge Tsushima entfernt ist.«

Hiroki überlegte kurz. »Die Schlacht könnte genau in dieser Minute schon im Gange sein.«

»Wohl eher erst morgen«, sagte Mung. »Jetzt werde ich schlafen gehen. Ihr zwei braucht keinen alten Dachs, der mit euch die Berufung ins Kabinett feiert. Morgen früh, Hiroki, wirst du mich in den Kaiserpalast begleiten.«

Es war schon nach Mitternacht, als Hiroki das Zimmer seines Großvaters betrat. Plötzlich bewegte sich Mung, und Hiroki starrte in den Lauf eines 44er Colts. »Ich bin es, Großvater.«

»Ich sehe so schlecht ohne meine Brille. Außerdem habe ich dich schon als kleiner Junge gewarnt, daß du dich nie anschleichen sollst, wenn ich schlafe.«

Angst packte Hiroki. Sein Großvater hatte vergessen, daß er in Korea aufgewachsen war. »Die feindliche Flotte ist vor einer Stunde in der Nähe von Tsushima gesichtet worden«, sagte Hiroki.

»Wieviel Uhr ist es?« Mungs Stimme war plötzlich hellwach.

»Zwanzig Minuten nach Mitternacht.« Hiroki drehte die Lampe an und sah, daß Mung voll angezogen geschlafen hatte.

»Bring den Boten her«, sagte Mung.
Als der Bote den Raum betreten hatte, befahl Mung: »Schickt die folgende Depesche an die Flotte: Vom Tairo an Admiral Togo und die Männer der kaiserlichen Flotte. 27. Mai 1905, Tagesbefehl. Das Schicksal des Reiches liegt in euren Händen. Der Feuersturm in Tokio hat bewiesen, daß jede japanische Stadt in Schutt und Asche gelegt werden kann. Das ist das Ziel des Feindes. Hißt die Z-Flagge! Der Schlachtruf ist Sieg oder Tod! Den Feind in Schach zu halten genügt nicht! Zerstört ihn! Dai Nippon banzai!«

51

27. Mai 1905
Auf der Brücke des neu in Dienst gestellten Flaggschiffs *Mikasa* sprach Uraga über eine direkte Telefonlinie mit dem Kommunikationszentrum mittschiffs. Er rückte seine Kopfhörer zurecht und beendete seine Wiedergabe von Mungs Tagesbefehl.
»Sieg oder Tod!« wiederholten Admiral Togo und sein Stab und verbeugten sich.
»Euer Großvater weiß sich auszudrücken«, sagte Togo. »Die Botschaft soll auf allen Schiffen über Lautsprecher ertönen! Mit meinen Empfehlungen! Entweder triumphieren wir, oder wir begrüßen unsere Ahnen!« Er zeigte auf das Seidenbündel an Uragas Koppel. »Ist das die Z-Flagge?«
Uraga entfaltete das berühmte Schlachtenbanner, und Togo trat vor. »Meine Herren«, sagte Togo zu den Stabsoffizieren, »vereinen wir unsere Hände auf dieser Flagge zu einem heiligen Eid!«
Admiral Togo sah den Männern nacheinander direkt in die Augen. »Von Anbeginn der Welt an gab es zahlreiche Götter.« Er zeigte zum Himmel. »Die letzten großen waren Izanagi und Izanami. Diese beiden Götter schufen Japan und übergaben es der Sonnengöttin Amaterasu. Amaterasu hat die Herrschaft über die heiligen Inseln ihrem Sohn Jimmu Tenno übertragen, dem Vater aller Japaner, dem ersten in der Linie der Nachfolger auf den kaiserlichen Thron. Wir sind ein Volk, das von einem Gott abstammt und von einem Gott geführt wird! Der lebendige Gott hat durch den Tairo gesprochen! Er hat Sieg befohlen!«
Das Feuer in Togos Augen brannte sich in die Herzen seiner

Männer. »Gibt es einen lebenden Japaner, der sich dem Wort des Kaisers widersetzt?«

»Nein!« erwiderten die Männer im Chor mit stolzgeschwellter Brust. »Nein!«

»Dann schwört diesen heiligen Eid mit mir. Wenn ich in der Erfüllung meiner Pflicht versagen, meine Verantwortung scheuen oder auf irgendeine Art dem Kaiser Schande machen sollte, mögen meine Genitalien vom Körper abfallen!« Die Männer wiederholten den Spruch wie hypnotisiert. »Mögen meine Familie und meine Ahnen in Haufen widerlichen Drecks verwandelt werden und mein Name in alle Ewigkeit ausgelöscht sein!« Jetzt holte er sie mit seinem Schrei aus ihrer Trance. »Bis in den Sieg oder Tod!«

»Dai Nippon banzai!« brüllten die Männer.

»Alle Mann auf Gefechtsstation«, befahl Togo. »Bootsmann, Uhrenvergleich!«

»01:45 Uhr, zwei Stunden und fünf Minuten seit erster Sichtung des Feindes.«

Uraga horchte auf. Eine neue Botschaft kam über Kopfhörer. »Admiral Togo, eine wichtige Nachricht«, sagte er. »Eine verspätete Depesche von einem Fischerboot, das die Feindflotte verfolgt, an unsere Agenten an Land: Dringlichkeitsstufe eins. Dreiundvierzig feindliche Schiffe nach Mitternacht Tsushima-Meerenge. Lazarettschiff fünf Meilen hinter der Flotte, Lichter an. Schmutzige Kiele reduzieren Geschwindigkeit der Schlachtschiffe um zwei Knoten. Superaufbauten. Neue Schlachtschiffe, ohne Aufbauten. Ältere Schiffe, verzierte Holzaufbauten. Hochexplosive Geschosse verwenden. Dai Nippon banzai. Akichi Shibata.« Uraga verschluckte sich bei dem Namen, aber Admiral Togo war zu beschäftigt und merkte nichts.

Der Admiral lief auf der Brücke hin und her. Dann wirbelte er herum. »Das russische Lazarettschiff hält sich an die interna-

tionalen Gesetze und fährt mit voller Beleuchtung hinter der Feindflotte. Schickt zwölf Kreuzer los, um das Schiff zu orten! Dann wissen wir genau, wo die feindliche Flotte steht!«
»Admiral«, sagte der Captain, »wenn wir auf die Russen stoßen, ehe unsere Kreuzer zurückkommen, gibt es eine Katastrophe! Rodjestvensky hat sowieso wesentlich mehr Feuerkraft.«
Togo grinste. »Ich habe einen Plan, wie wir einen Teil der feindlichen Feuerkraft ausschalten können. Schlachtschiffe bestimmen das Tempo einer Kriegsflotte, und man hat uns informiert, daß ihre drei Knoten langsamer sind als unsere. Sie haben Algenbewuchs aus dem warmen Indischen Ozean. Und die Botschaft besagt, daß sie dreckige Rümpfe haben, was die Geschwindigkeit um weitere zwei Knoten reduziert. Ich kann Kreise um sie ziehen! Sie gehören mir! Schickt eine Order an alle Kapitäne: Identifikationskarten für Schiffe konsultieren und neue Munition für die Superaufbauten der modernen russischen Schlachtschiffe verwenden! Hochexplosive Munition für die älteren Schiffe! Das Holz wird brennen und die Kanoniere aus ihren Geschützständen ausräuchern!«

Mung und Hiroki saßen Seite an Seite an einem Tisch auf der Plattform, umgeben von einem Irrgarten aus Drähten, Telefonen, Decodermaschinen und Radios, über die man direkt Informationen von Togos Flotte empfangen konnte. Die Männer des Ersten Kaiserlichen Kommunikationsbataillons saßen an reichverzierten Tischen, die man aus dem kaiserlichen Ballsaal geholt hatte.
»Ist der Kaiser schon seit unserer Ankunft hinter dem Vorhang?« flüsterte Hiroki Mung zu.
»Ich weiß es nicht, aber ich muß alle Depeschen laut genug lesen, damit man sie dort hören kann. Wie lange ist es her seit dem Sichtkontakt mit dem feindlichen Lazarettschiff?«

»Die *Shinano Maru* hat die Lichter um vier Uhr früh gemeldet, sie aber dann wieder im Nebel verloren. Es ist jetzt sieben Uhr. Unsere zwölf Kreuzer laufen immer noch parallel zur japanischen Flotte.«

Hiroki wurde eine Botschaft gereicht, die er vorlas. »Feind zunehmend nervös. Feuer auf unsere Kreuzer. Keine Gegenschüsse. Die Schlachtschiffe *Mikasa, Kasaga, Fudschi, Mishine* und *Shikishima* machen 180-Grad-Wendung. Die zweite Division bereit, dasselbe Manöver durchzuführen.« Hiroki studierte die Karte. »Großvater, ich glaube, Togo hat sich geirrt! Die Russen sind nicht mal in der Nähe seiner Hauptformation, und er dreht ab!«

»Du kennst den Mann nicht so gut wie ich. Togo fürchtet nur die Schande. Er stellt eine Falle.« Mung nahm den Zeigestab und klopfte auf die Karte. »Wir haben zwölf Kreuzer, die sich bewußt einem nervösen Feind zeigen. Die Russen denken wahrscheinlich, unsere Hauptmacht steht dahinter, dabei zieht Togo sich zurück und plant irgendein Manöver, um Rodjestvensky zu überraschen.«

Hinter Hiroki raschelte es, und er wollte sich umdrehen, aber Mung hielt ihn fest. Mung ging zur Seite, damit man die Karte auch von hinten sehen konnte, und fuhr mit dem Zeigestab Togos Kurs nach. »Der Feind fährt mit acht Knoten Geschwindigkeit in vier Kolonnen in die Meerenge von Tsushima ein, die Schlachtschiffe voraus«, sagte Mung betont laut. »Zwölf unserer Kreuzer beschatten den Feind. Das neue Manöver Togos wird eine größere Konfrontation um Stunden verzögern.«

Der Vorhang hinter ihnen raschelte wieder leise.

»Ich glaube, du und ich, wir sollten frühstücken und uns ausruhen«, sagte Mung. »Wir brauchen unsere Kräfte später noch.«

»Zeitvergleich!« sagte Togo an Bord der *Mikasa*.
»13:55 Uhr.«
»Admiral, der Wachposten meldet, Feind in Sicht. Er nähert sich in Formation von vier Kolonnen, Entfernung neuntausend Meter, Geschwindigkeit acht Knoten. Kurs zwei Strich von unserem Steuerbordbug.«
Alle Augen auf der Brücke richteten sich nach rechts. Der Himmel war klar, und die Sonne schien hell, aber der Dunst über dem Wasser verdeckte die russische Flotte.
Togo ließ eine Nachricht für alle Schiffe herausgeben, die dann über Lautsprecher durchgesagt wurde: »An die Offiziere und Männer der kaiserlichen Flotte. Wir greifen demnächst einen Feind an, der geschworen hat, unsere Städte niederzubrennen! Sie haben vor anderen Nationen damit geprahlt, daß unser Kaiser auf dem Bauch kriechen und um Frieden betteln wird!«
Uraga spürte, wie die Zornesadern an seinen Schläfen schwollen. Der Mann neben ihm weinte vor Wut.
»Wir sind die einzige Macht zwischen dem Feind und dem Kaiser!« fuhr Togo fort. »Es ist nicht genug, in der Schlacht zu sterben! Wir müssen gewinnen, sonst stirbt Japan! Zerstört den Feind! Zerstört ihn hier und jetzt total! Banzai!« schrie Togo. »Dai Nippon banzai!«
Der Kriegsruf erscholl durch die gesamte Flotte. »Dai Nippon banzai!« Jeder Mann verbeugte sich und nahm dann seine Gefechtsstation ein.
Togo schritt auf die Brücke hinaus, der Stab folgte dem Admiral, und Uraga zog den Kommunikationsdraht hinter sich her. Gepanzerte Läden knallten zu, der kleine Raum verdüsterte sich. Sehschlitze wurden geöffnet, und die Sonne schien schwach herein. Die Schlacht von Tsushima würde von hier aus dirigiert werden.
Die *Misaka* pflügte durch die ruhige See. Das Schlachtschiff *Kasaga* segelte Backbord neben ihr, und die übrigen neunund-

zwanzig Schiffe der Linie dampften in Zweierreihen hinterher.
Uraga stellte sich hinter Togo und rückte seine Kopfhörer zurecht. Er horchte, dann sagte er: »Feind auf achttausend Meter und nähert sich weiter.«
Togo nickte. Die Spannung auf der Brücke wuchs. Die beiden Flotten kamen praktisch frontal aufeinander zu.
Togo sagte leise zu Uraga: »Schickt die Torpedoschwadron mit voller Kraft an unserer linken Flanke voraus. Sie sollen hinter den zwölf Kreuzern parallel zum Feind in Stellung gehen.«
Uraga gab den Befehl weiter, und er sah mit stolzgeschwellter Brust, wie die kleinen Boote losrauschten. Jetzt bewegten sich nur noch vierzehn Schiffe in Zweierreihen auf die fünfundvierzig russischen Schiffe zu, aber die japanische Flotte hatte die modernsten Schlachtschiffe und schwersten Kreuzer der Welt, und jedes hatte die neuesten Funkgeräte, die modernsten Waffen und Navigationsgeräte der Welt.
»Meine Herren«, sagte Togo. »Wir werden das russische T kreuzen, egal, was es kostet! Alles hängt vom perfekt synchronisierten Wenden unter Feindbeschuß ab! Wenn das Manöver Erfolg hat, sind all unsere Kanonen auf die ersten vier feindlichen Schiffe gerichtet! Die Russen können dann nur ihre Bugkanonen gegen uns einsetzen. Ich habe die Kreuzer und Torpedoboote vorgeschickt, um unsere Schlachtlinie zu verkürzen. Laut Akichi Shibata können sich die russischen Geschütztürme an Backbord und Steuerbord nicht weiter als 45 Grad nach links oder rechts drehen ...«
»Da sind sie«, schrie der Captain der *Mikasa*.
Vier riesige Schlachtschiffe brachen aus dem niedrigen Dunst, gefolgt von vier großen Schlachtschiffen, vier schweren Kreuzern und Viererreihen, die sich im Dunst verloren.
»Kreuzerdivision und Torpedoboote zum Angriff auf die feindliche Flanke!« schrie Togo Uraga zu, der starr vor Angst die

Macht des russischen Reiches auf sich zurollen sah. »Wir werden diese aufgeblasenen Kugelfische versenken! Aber wir müssen Geduld haben. Uraga, schickt folgenden Befehl: Kanoniere, abwarten! Kapitäne der Flotte, vorbereiten zur Durchführung einer In-Folge-Wende nach Steuerbord mit Flankengeschwindigkeit!«

Alle auf der Brücke verstummten erschrocken. Der Admiral hatte das schwierigste Manöver der Marinekriegführung befohlen. Es in Reichweite russischer Kanonen durchzuführen gestattete dem Feind, seine Geschütze auf den Punkt zu justieren, wo das erste Schiff und jedes weitere seine Wende machte. Die japanische Flotte war in Gefahr, innerhalb von Minuten zerstört zu werden.

»Wende nach Steuerbord durchführen, einer nach dem anderen«, befahl Togo.

»Durchführen«, schrie Uraga ins Mikrofon. »Durchführen!«

Die *Mikasa* erwachte zum Leben.

»Zeitvergleich!« befahl Uraga.

»14:20 Uhr«, sagte der Captain. »Das feindliche Flaggschiff *Suvoroff* feuert, um Ziel anzuvisieren!«

»Entfernung sechstausendfünfhundert Meter«, berichtete Uraga.

»Kanoniere mit Feuer warten«, befahl Togo. »Der Feind zielt auf uns und die *Kasaga*, nicht auf den entscheidenden Punkt der Wende! Sie dachten, wir wären hinter ihnen, und die Überraschung hat sie durcheinandergebracht!«

»Die feindlichen Schiffe *Oslyabia, Borodino* und *Kamtschatka* schießen sich auf uns ein«, schrie der Captain.

»Feindgeschosse haben Backbord verfehlt«, berichtete Uraga.

»Die *Kasaga* hat zwei Treffer abgekriegt. Keine ernsthaften Schäden!«

»Die *Kasaga, Fudschi* und *Shikishima* werden mit uns eine Breitseite auf die *Suvoroff* feuern«, befahl Togo. »Die nächsten

vier feuern auf die *Oslyabia!* Die *Kamtschatka* und die *Borodino* werden jeweils von drei Kreuzern angegriffen!«
Uraga gab die Befehle weiter und machte dann Bericht. Die *Mikasa* steckte einige Treffer ein, wurde aber nicht ernsthaft beschädigt. Bei einem der Treffer wurde der Admiral auf Uraga geschleudert. »Seid Ihr verletzt?« keuchte Uraga.
»Es ist ein bißchen wie in jener Nacht, in der wir die *Kowshing* versenkt haben«, sagte Togo und half Uraga auf die Beine.
»Alle haben die Wende ausgeführt!« meldete der Captain. »Sie haben das T des Feindes gekreuzt! Alle unsere Kanonen zielen auf den Kopf der Kolonne.«
»Feuer!« brüllte Togo. »Breitseiten abfeuern!«
Uraga gab das Kommando weiter, und die gewaltigen Kanonen donnerten. Das riesige Schlachtschiff *Mikasa* sprang einen halben Meter seitwärts vom Rückschlag der schweren Geschütze. Sie feuerten wieder und wieder. Der beißende Gestank von Schießpulver breitete sich aus. Hinter der *Mikasa* dampften in perfekter Schlachtformation die Schiffe der kaiserlichen Marine, mit blitzenden Mündungsfeuern ihrer Kanonen.
Uraga hielt die Hände über die Kopfhörer, dann rief er Togo ins Ohr: »Zwei feindliche Zerstörer durch Torpedoboote versenkt und eine Fregatte beschädigt! Die Kreuzerdivision hat ein unidentifiziertes feindliches Schlachtschiff, drei Kreuzer und fünf Zerstörer versenkt!« Er sah auf die Uhr. »Es sind erst fünfunddreißig Minuten vergangen, und die Schlacht wendet sich bereits zu unseren Gunsten!«
»Was ist mit den führenden Feindesschiffen? Man sieht vor lauter Rauch nichts«, sagte Togo.
»Die *Oslyabia* ist versenkt! In zwei Hälften zerbrochen und mit Mann und Maus untergegangen!« Uraga schlug die Hände wieder über die Kopfhörer, dann fuhr er fort: »Auf dem russischen Flaggschiff *Suvoroff* schießt nur noch eine Kanone!

Es brennt! Die Mannschaft verläßt das Schiff! Die *Borodino* hat Schlagseite! Nur drei ihrer Geschütze noch in Aktion! Die *Kamtschatka* brennt und scheint außer Kontrolle! Sie hat die Fahne gestrichen!«

Die Männer auf der Brücke der *Mikasa* jubelten.

»Ruhe!« schrie Uraga. »Ich bekomme gerade einen Bericht von der Kreuzerdivision!« Uraga verbeugte sich tief vor dem Admiral. »Die russische Schlachtformation ist zerschlagen! Sie flüchten in alle Richtungen!«

»So schnell?« fragte Togo.

Keiner sagte ein Wort.

Dann riß Togo plötzlich Uragas Mikrofon an sich und brüllte hinein: »Alle Einheiten zum Angriff! Greift an! Erfüllt den Tagesbefehl des Tairo! Zerstört den Feind! Jagt ihn bis ans Ende der Welt! Zerstört den Feind!«

Dreißig Stunden lang hatten Hiroki und Mung die Schlachtenberichte laut von der Plattform verlesen. In den letzten zwei Stunden hatte Mung mit dem Kopf auf dem Tisch geschlafen. Nur wenige Neuigkeiten kamen momentan herein. Die Männer des Kommunikationsbataillons schliefen an ihren Tischen. Hiroki las gerade einen weiteren Bericht über drei versenkte feindliche Schiffe. Eine leise Stimme sagte hinter ihm: »Laut meiner Berechnungen ist die gesamte feindliche Flotte bis auf eine Handvoll kleiner Schiffe versenkt oder gekapert.«

Hiroki fragte, schockiert von der Stimme: »Bist du sicher?« Da wurde ihm plötzlich klar, mit wem er gesprochen hatte; ihm stockte der Atem, und er fing an zu zittern.

»Wie sind unsere Verluste?« fragte die sanfte Stimme.

Hiroki blätterte seine Papiere durch. »Drei Torpedoboote«, sagte er voller Ehrfurcht. »Nur geringe Schäden an den japanischen Schiffen.«

»Helft Eurem Großvater ins Bett«, sagte der Kaiser. »Der Tairo

braucht seine Kräfte, um die Friedensverhandlungen zu leiten.«
Der Vorhang raschelte, und in der Ferne erscholl Tokios alter Kriegsgong, um den Sieg von Tsushima zu verkünden. Hiroki drehte sich zu Mung um. »Großvater!« Hiroki legte dem alten Mann die Hand auf die Schulter. »Großvater, wir haben gesiegt!«
»Hilf mir.«
Hiroki hörte die Bitte des alten Mannes mit offenem Mund und starrte ratlos auf den gebeugten Kopf. »Was soll ich tun?«
»Heb mich hoch«, flüsterte Mung. »Ich hatte gerade wieder einen Schlaganfall.«
»Doktor!« schrie Hiroki. »Holt einen Arzt!«

52

29. November 1905

Mung hatte weder die Wärme von Tokios Sommer noch die erste Kühle des Winters gespürt. Er saß in seinem Schaukelstuhl mit der geraden Lehne und träumte wieder vor sich hin. In seinen Träumen besuchten ihn alte Freunde – Rhee, der Leibwächter aus Okinawa, Kang Shu, der große chinesische Tong-Führer, Yaka, der tapfere Ein-Schwert-Samurai, nach dem sein Enkel benannt war, Denise Dubois, die sexuell aggressive Französin. Denise lächelte ihm zu, und er schrak auf. Noriko sprach mit ihm.

Mung beugte sich vor. »Ich habe fünf Monate langweilige, alberne Konversation mit meinen Söhnen und Enkeln ertragen. Mein Gehirn ist ganz durcheinander. Wo sind Hiroki und Shimatzu?«

»Am Tag deines Schlaganfalls hat Seine Kaiserliche Majestät befohlen, daß nichts und niemand deine Genesung stören darf«, sagte Noriko. »Besonders nichts Politisches oder Militärisches.« Sie steckte seine Decke fest. »Hiroki und Shimatzu werden bald hier sein und dir einen vollständigen Bericht über den Krieg mit Rußland geben.«

»Hat der Arzt gesagt, daß ich ausgehen darf?«

»Er empfiehlt eine Rikscha.«

»Den Göttern sei Dank. Ich habe es satt, Tokaido-Straße mit deinen Söhnen zu spielen. Sie gewinnen immer. Und Diskussionen über Sommerhitze und Herbstregen sind langweilig.«

»Wir werden bald über Winterschnee reden.« Noriko lächelte.

»Junge Frau, vergiß nicht, daß ich der Tairo bin. Wenn ich hier mit teilweise gelähmtem Arm und Bein sitze, mag ich ja wie ein Invalide wirken. Aber wenn ich wütend werde, erzittern sogar die Löwen.«

»In Tokio gibt es keine Löwen, ich bin nicht mehr so jung, und der Arzt hat gesagt, du darfst nicht wütend werden.«

»Setz dich zu mir.« Noriko setzte sich neben ihn auf die Tatamimatte. »Du wirst immer mein Kind sein. Das Wunderkind, das mich durch zwei Schlaganfälle gepflegt hat. Wenn es wirklich einen Himmel gibt, wie die Christen glauben, dann sehen deine Eltern von dort mit Stolz auf dich herab.« Mung strich über Norikos Haar. »Danke, daß du mich wieder zum Leben erweckt hast. Es gab Zeiten, in denen ich mich nach dem Tode gesehnt habe. Aber da sind noch unerledigte Dinge, um die ich mich kümmern muß.«

»Schhh.« Noriko kämpfte mit den Tränen. »Du mußt deine Kräfte schonen. Hiroki und Shimatzu können jeden Moment kommen.«

»Für die bin ich immer noch stark genug. Du mußt Hiroki helfen. Die Macht, die er als Mitglied des Kabinetts hat, hat schon ältere, erfahrenere Männer verdorben. Er muß immer daran denken, daß der Geist Japans im Kaiser verkörpert ist und die Macht des Kaisers im Volk wohnt. Honjo und seine Fraktion werden versuchen, den neuen Kaiser zu kontrollieren, indem sie ihn isolieren.«

»Aber der Kaiser lebt«, sagte Noriko.

»Er ist dreiundsechzig, fünfzehn Jahre jünger als ich. Nur Nogi und Takamora waren älter.«

»Du sprichst von ihnen in der Vergangenheit. Woher weißt du von ihrem Tod?«

Mung ignorierte die Frage und fuhr fort. »Hiroki muß den Kaiser ständig über alle politischen, militärischen und gesellschaftlichen Ereignisse informieren. Männer, die die Politik des Kaisers unterstützen, sollten in Machtstellungen plaziert werden. Hiroki sollte das mit politischem Druck, dem Vermögen der Familie und ihrem Einfluß durchsetzen. Der Kaiser wird mit Berufungen ins Parlament helfen. Marquis Inei und Shimatzu werden in der Finanz und Industrie kooperieren, das Militär kann von Yaka und Uraga beeinflußt werden. Hilf deinem Mann, das zu tun, was dein Vater und ich zwanzig Jahre lang gemacht haben. Suche intelligente, junge, verläßliche Leute und schule sie für öffentliche Ämter.«

»Aber du wirst hier sein, um ihn zu leiten.«

Wieder gab Mung keine Antwort.

Von draußen waren Geräusche zu hören, und Noriko wollte sich erheben.

»Eine Sekunde noch«, sagte Mung. »Meine Familie scheint nur Söhne zu produzieren. Sollte es je Mädchen geben, möchte ich, daß eins Saiyo und das andere Ukiko heißt, zu Ehren meiner Frauen. Und eins sollte Gin-ko heißen. Würdest du das Yaka und Uraga sagen, wenn sie aus der Mandschurei zurückkommen?«

»Du wirst es ihnen nächsten Monat selbst sagen.« Noriko streichelte Mungs Hand. »Ich bin gleich wieder da.«

Noriko führte Shimatzu und Hiroki zu Mung. Er schaukelte in seinem Stuhl hin und her und musterte seinen Sohn und seinen Enkel. »Das Gerede vom Wetter hat endlich ein Ende. Fangen wir damit an, wo ich vor fünf Monaten aufgehört habe, mit dem Gesicht auf dem Tisch im kaiserlichen Audienzraum. Ich weiß, daß wir den Krieg gewonnen haben. Erzählt mir wie, warum und etwas über das Portsmouth-Abkommen.«

Noriko und Hiroki sahen sich erstaunt an und fragten sich, woher Mung von dem Friedensvertrag wußte.

»Wir haben die Russen geschlagen, weil unser Geheimdienst und unsere Vorbereitungen besser waren und wir die modernste militärische Ausrüstung der Welt hatten«, sagte Hiroki.

»Bis auf drei Schiffe wurde die feindliche Flotte entweder versenkt oder gekapert. Viertausendachthundert russische Matrosen starben. Fünftausendneunhundert wurden gefangengenommen. Wir haben drei Torpedoboote und einhundertzehn Männer verloren. William Whittefield schrieb, wir hätten den größten Marinesieg der Neuzeit errungen, aber unsere Leute sind anderer Meinung. Bis zum Abkommen von Portsmouth dachte die Öffentlichkeit, Giri wäre an den Russen vollzogen worden. Jetzt glauben sie, die Amerikaner hätten uns hereingelegt.«

»Ich verstehe nicht, wie Roosevelt es geschafft hat, so schnell eine Friedenskonferenz einzuberufen«, sagte Mung.

Erneut wurde Hiroki klar, daß sein Großvater Informationen hatte, die er eigentlich nicht hätte bekommen dürfen.

»Wir dachten, Roosevelt wäre aufgrund seiner abfälligen Bemerkungen über den Zaren ein guter Vermittler, und die Russen haben ihn auch akzeptiert«, sagte Shimatzu. »Es war mein Fehler, ich war ihm gegenüber zu offen.«

»Du hast Theodore Roosevelt persönlich getroffen?« fragte Mung. »Wie ist er denn so?«

»Er spielt den hitzköpfigen Cowboy und überrascht dann die Leute mit seinem brillanten Verstand und der Fähigkeit, sofort das Wesentliche jeder Situation zu begreifen.«

»Und was hat er sich von dir geholt?«

»Ich habe ihm leider erzählt, daß Japan trotz seines Sieges am Rande des wirtschaftlichen Zusammenbruchs steht. In Portsmouth hat Roosevelt diese Information dazu benutzt, einen Vertrag zu erzwingen, der unser Volk nicht befriedigt.«

»Warum fanden die Verhandlungen in Portsmouth statt?«

»Roosevelt hat der Presse erzählt, man hätte Portsmouth gewählt, damit weder Russen noch Japaner von den ausländischen Mächten in Washington unter Druck gesetzt werden können. Mir hat er erzählt, er könnte die Sommerhitze in der

Hauptstadt nicht ertragen. Portsmouth war voller Journalisten. Die russischen Unterhändler haben sie ständig eingeladen und ihnen nette Geschichten über Rußland eingetrichtert. Unsere Vertreter haben sich abgekapselt und sich auf die Verhandlungen konzentriert. Die Hearst-Zeitungen haben den Haß auf die Japaner so geschürt, daß japanische Kinder in San Francisco aus den Schulen genommen werden mußten. Andere amerikanische Staaten haben die Anti-Orientalen-Gesetze wieder eingeführt. Die japanische Presse hat die unverblümten amerikanischen Nachrichten gedruckt, und die Leute hier hat der Zorn gepackt.«

»Was hat Roosevelt dazu bewogen, sich gegen uns zu stellen?« fragte Mung.

»Wir haben zu groß und zu schnell gesiegt«, antwortete Shimatzu. »Lord Cade hat unmittelbar nach Kriegsschluß die militärische Allianz mit uns erneuert und den Großteil der britischen Marine vom Fernen Osten nach Indien abgezogen. Die Franzosen und die Deutschen haben ihre Flotten abgezogen, um sich in Nordafrika gegenseitig zu bekriegen. Die Österreicher und die Russen haben verschiedene Krisen auf dem Balkan und deswegen ihre militärische Präsenz im Orient reduziert. William Whittefield rechnet mit einem großen Krieg in Europa, in dem Frankreich und Rußland gegen Österreich und Deutschland kämpfen. Die Europäer haben sich aus dem Pazifik zurückgezogen, und Japan hat die größte Flotte im Orient. Roosevelt hat Angst, wir könnten versuchen, die Philippinen, Hawaii und alle Inseln dazwischen zu besetzen. Er hat dafür gesorgt, daß wir keine Entschädigung erhalten, und die japanische Wirtschaft steht immer noch auf so wackeligen Füßen, daß wir gar nicht an militärische Unternehmungen denken können. Der Krieg mit Rußland hat Japan eineinhalb Milliarden Dollar gekostet. Und die Amerikaner haben die meisten unserer Schuldscheine.«

»Ich habe Roosevelt durch William Whittefield versichert, daß Japan keine territorialen Interessen im Pazifik hat«, sagte Mung. »Als Tairo kann ich dafür garantieren.«

»William hat das Roosevelt vorgetragen. Aber du warst krank, und Premierminister Sasaki hatte Akichi Shibata nach Peking geschickt.«

Noriko zuckte zusammen, und Hirokis Augen funkelten vor Wut beim Klang dieses Namens.

Mung wischte sich sein hängendes linkes Lid ab. »Warum war Honjos Mann in der chinesischen Hauptstadt?«

»Er hat versucht, die Kaiserinwitwe dazu zu bringen, einen seiner Marionetten-Kriegsfürsten als Gouverneur der Provinz Fentien einzusetzen«, antwortete Shimatzu. »Als sie sich weigerte, drohte er mit einer Invasion Chinas. Die Kaiserin kabelte Roosevelt die Drohungen, und der amerikanische Präsident war außer sich vor Wut. Das ließ ihn wahrscheinlich letztlich zu dem Entschluß kommen, daß wir im Vertrag von Portsmouth keine Entschädigung erhalten sollten. Aber wir haben alle Territorien wiederbekommen, die wir vor zehn Jahren unter Drohungen der drei europäischen Nationen zurückgeben mußten. Wir haben jetzt Port Arthur, Korea ist japanisches Protektorat, und ein Drittel der Mandschurei steht unter unserer politischen Verwaltung.«

»Das hätte das Volk befriedigen müssen.«

»Die Leute haben zuviel erwartet«, sagte Hiroki. »Sie hatten sich eine große Entschädigungssumme vorgestellt wie von den Chinesen 1894 und 1904. Die japanische Presse hat östliche Zeitungsartikel veröffentlicht, in denen behauptet wurde, die Russen hätten in Portsmouth bei der Friedenskonferenz gesiegt. Im Hibiya-Park waren regierungsfeindliche Demonstrationen. Die Leute waren von Berichten aufgehetzt, nach denen Roosevelt sich mit weißen Christen gegen die japanischen Heiden verbündet hätte. Buddhistische Mönche und Shinto-

Priester haben die Wut des Mobs noch angestachelt. General Nogi und seine Frau haben aus Protest am Grab ihres Sohnes Seppuku begangen. Als die Nachricht von ihrem Tod im Hibiya-Park bekannt wurde, marschierten die Leute zum Palast, um den Kaiser zu bitten, den Vertrag abzulehnen. Honjos Polizei wurde niedergetrampelt. Er hat die kaiserliche Leibgarde und die Erste Kaiserliche Division gerufen. In der ganzen Stadt brachen vereinzelt Kämpfe aus. Ein riesiger antiwestlicher Aufstand brach aus. Die amerikanische Botschaft wurde umstellt. Allein in Tokio wurden dreizehn christliche Kirchen verbrannt und dreiundfünfzig Häuser von Europäern zerstört. Mehr als tausend Leute wurden verwundet und siebzehn getötet.«

»Ich verstehe immer noch nicht, warum das Volk den Vertrag so schlecht findet«, sagte Mung.

»Japan wurde von den Westlern um seinen rechtmäßigen Anteil an der Boxerentschädigung gebracht und davor von Frankreich, Rußland und Deutschland ausgebeutet, als sie uns zwangen, die Territorien, die wir den Chinesen abgenommen hatten, zurückzugeben. Die Territorien, die uns jetzt zugesprochen wurden, sind dem Volk nicht genug. Giri verlangte eine russische Entschädigungszahlung an Japan. Sie sagen, wir haben den Krieg verloren. Die Reaktion war so heftig, daß Premierminister Sasaki zurücktreten mußte. Die Leute sagen, Giri müßte bezahlt werden.«

»An wen?«

Hiroki war sich inzwischen sicher, daß Mung bereits das meiste, das sie ihm erzählten, wußte. Der Tairo hatte nicht nach dem Namen des neuen Premiers gefragt oder etwas zu Nogis Selbstmord gesagt. »Die Wut der Leute ist gegen die Amerikaner gerichtet«, sagte Hiroki.

»Warum hat Sasaki die Unterschrift genehmigt, wenn sie so unpopulär war?«

»Mein Schwiegervater und ich haben ihm geraten, es zu tun«, antwortete Shimatzu. »Japan ist jetzt eine Schuldnernation. In Portsmouth hat Roosevelt klar gezeigt, daß sein Ziel ein Zustand von ausgeglichenem Antagonismus im Fernen Osten ist. Dafür ist er bereit, den Handel zu fördern, amerikanische Einfuhrzölle auf japanische Waren zu mindern und Niedrigzinsdarlehen zu arrangieren, um unsere Wirtschaft zu stützen. Wir haben uns bereit erklärt, keine militärischen Abenteuer zu wagen und keine größeren Waffen zu produzieren. Weder das russische noch das japanische Volk sind damit glücklich, aber Theodore Roosevelt erhält für seine Bemühungen in Portsmouth den Friedensnobelpreis.«

Vor dem Haus waren Geräusche zu hören. Bevor Noriko sich erheben konnte, betrat ein Offizier der kaiserlichen Garde den Raum. »Steht auf, faltet die Hände und schaut zur Tür!« sagte der Gardist. »Seine Kaiserliche Majestät kommt!«

Mung schob seine Decke beiseite und versuchte aufzustehen.

»Der Tairo hat Seiner Majestät Genehmigung, sitzen zu bleiben«, sagte der Gardist.

»Lieber sterbe ich im Stehen, als den Kaiser zu beleidigen!« Shimatzu und Hiroki halfen Mung auf. »Wenn ich beim Verbeugen ins Wackeln komme, haltet mich fest.«

Zum ersten Mal in seinem Leben betrat der Kaiser von Japan ein Privathaus.

»Als Kopf der Familie Ishikawa ist es mir eine Ehre, Eure Majestät begrüßen zu dürfen«, sagte Mung und war dankbar für Shimatzus und Hirokis stützende Hände.

»Ich grüße Euch, Tairo«, sagte der Kaiser. »Ich komme, um meinen Knopf zu holen.«

»Sire? Euren Knopf?«

»Ihr habt doch nicht den Knopforden vergessen, den ich Euch und Mori verliehen habe?«

»Noriko, bitte hol meine Börse.«

Shimatzu und Hiroki sahen sich fragend an.
Noriko kam mit der Börse zurück, und Mung sagte: »Da ist ein schwarzer Beinknopf drin.«
Noriko reichte ihm den Knopf. Mung verbeugte sich und übergab ihn dem Kaiser.
»Junge Frau, stellt Euch bitte neben den Tairo.« Der Kaiser machte dem Gardisten ein Zeichen, und dieser öffnete eine schwarze Lackschatulle. Der Kaiser zog einen Silberanhänger an einem grünen Band heraus und legte den Schmuck Noriko um. »Das ist eine Anerkennung für deine außerordentlich tugendhaften Dienste für mich und für deine Pflege des Tairo während seiner Krankheiten.« Er zog einen zweiten Anhänger heraus, einen goldgefaßten Rubin an einer schweren Goldkette. »Vor zehn Jahren konnte ich Mungs Verdienste für unser Land und unser Volk bei den Verhandlungen mit China und später mit Frankreich, Rußland und Deutschland nicht anerkennen. Unser Volk hat ihn zu Unrecht gehaßt. Bevor ich mich von Mung distanziert habe, gab ich ihm einen Knopf von meinem Smoking als Symbol meiner Dankbarkeit.« Er streifte die Kette mit dem Rubinanhänger über Mungs Kopf. »Hiermit verleihe ich Euch den Orden der Aufgehenden Sonne in Anerkennung Eurer vielen Verdienste und Opfer für das Volk von Japan.«
Mung verbeugte sich. Tränen stiegen ihm in die Augen. Der Kaiser nahm ihn beim Arm und führte ihn aus dem Zimmer.
»Ihr habt mir gefehlt, alter Freund«, sagte der Kaiser.

53

Honjo dachte, der alte Mann im Schaukelstuhl würde schlafen. Mung schlug die Augen auf, und der Chef des japanischen Geheimdienstes verbeugte sich. Noriko führte Honjo zu einem Sitz direkt vor dem Tairo und steckte dann Mung die Decke fest.

»Das wird nicht nötig sein«, sagte Mung. Er lächelte Honjo an. »Ich habe einen schlechten Kreislauf.«

»Ich hoffe, er wird bald besser. Viele Leute im ganzen Land haben Gebetszettel für den Tairo gekauft.«

Noriko verbeugte sich vor Mung. »Wenn du möchtest, bleibe ich hier.«

»Nein. General Honjo und ich haben einige unerledigte Sachen zu bereden. Dann werde ich mich auf die Widmungszeremonie heute abend vorbereiten.«

Noriko verneigte sich noch einmal und verließ den Raum. Die beiden Männer warteten, bis die Haustür zugefallen war.

»Eure Schwiegerenkelin ist ein besonderer Mensch. Ich habe gehört, wie sie Euch gesundgepflegt hat.«

»Seltsam, daß Ihr ihr ein Kompliment macht, wenn man bedenkt, daß Ihr es wart, der zugelassen hat, daß Akichi Shibatas Leute sie mit Opium verführt und süchtig gemacht haben.«

Honjos rasierter Schädel verschwand zwischen seinen breiten Schultern. Seine Augen wurden zu schmalen Schlitzen, die den alten Mann musterten, der langsam hin und her schaukelte. Nur Mungs Augen sprühten vor Leben.

Honjo lehnte sich zurück, auf der Hut, aber überzeugt, daß er alle Fäden in der Hand hatte. »Es gibt viele Dinge, in denen wir beide nicht übereinstimmen, Tairo. Aber wir haben gemeinsam zum Wohle Japans gearbeitet. Ich bewundere Eure Führungsqualitäten. Eure Verhandlungen mit dem Briten vor dem Krieg haben das französische und deutsche Militär im Fernen Osten ausgeschaltet. Das machte den Sieg über Rußland möglich.«

»Wir haben wirklich gut zusammengearbeitet«, sagte Mung. »Im nachhinein muß ich zugeben, daß Eure Einschätzung des japanischen Militärs besser war als meine. Aber mit einigen Eurer Methoden bin ich nicht einverstanden. Ihr habt die dreiundfünfzig Männer verraten, die versucht haben, in der Nähe von Wladiwostok zu landen, damit die Russen glaubten, wir planten unsere Landung dort und nicht am Jalu. Für mich ist ein Menschenleben etwas Wertvolles.«

»Das Seppuku dieser Männer hat die Russen überzeugt und unsere Leute dazu gebracht, sich freiwillig für das Militär zu melden. Diese Toten haben Tausende von Leben gerettet.«

»Welche Entschuldigung habt Ihr für Shibatas Manipulation von Noriko?«

»Ich mußte seinen Zorn ablenken. Er hätte Euren Enkel getötet, weil er ihm die Nase gebrochen hatte. Ich brauchte Hiroki, um die Spezialeinheiten in Korea zu führen, und Shibata, um die Mandschurei zu besetzen.«

»Noriko war also das einzige Ablenkungsmanöver, das einem talentierten Mann wie Euch einfiel?«

»Ich muß zugeben, daß ich die Kontrolle über Shibata verloren habe. Er macht, was er will.«

»Ihr seid ein Lügner!«

Honjo sammelte sich. Er würde Mung ersticken und erzählen, der alte Mann hätte einen tödlichen Schlaganfall erlitten. Er beugte sich vor. »Ich habe Euch am Leben gelassen, weil ich dachte, Ihr wärt eine Bereicherung für Japan. Eure Dienste werden nicht mehr gebraucht! Ihr seid zu nichts mehr nutze!«

»Aber nicht harmlos«, sagte Mung und richtete seinen 44er Colt auf Honjo. »Setzt Euch, oder ich töte Euch.«
Honjo setzte sich, war aber jederzeit bereit, loszuspringen. »Alter Mann, ich habe keine Angst vor dem Sterben. Ich wollte Euch töten, aber wenn ich es nicht kann, dann können es andere! Wache!« schrie Honjo und sah zur Tür. »Wache!«
»Herein!« rief Mung.
Die Tür öffnete sich, und vier junge Männer betraten den Raum, jeder mit einer Pistole in der einen und einem Knüppel in der anderen Hand.
Mung hielt Honjo den Revolver unter die Nase. »Der Bund der Schwarzen Drachen ist zwar ein Teil Eures Geheimdienstes, aber die Männer sind mir immer noch treu ergeben. Eure Leibwache ist entweder tot oder bewußtlos. Meine Schwarzen Drachen haben immer Verbindung zu mir gehabt, auch im Exil und während meiner Krankheit.«
»Was wollt Ihr?«
»Giri«, erwiderte Mung. »Für mich selbst und im Namen meines toten Freundes Iyeasu Koin muß ich die feigen Untaten Akichi Shibatas an meiner Familie rächen. Er ist hier in Tokio.«
Mung war erfreut über Honjos überraschtes Gesicht. »Euer Protegé erschien heute früh zum Morgentraining in der kaiserlichen Kampfsporthalle. Er hat eine Drohung wahrgemacht, die er vor zwölf Jahren aussprach, als er versuchte, meinen Enkel Hiroki zu blamieren. Heute früh hat General Shibata den obersten Meister entlassen.«
»Ich dachte, er ist in China«, sagte Honjo.
»Meine Schwarzen Drachen haben mich informiert, daß Euer Protegé zurückgekommen ist, um Euch Euren Führungsposten streitig zu machen.«
Honjo holte tief Luft. »Wollt Ihr, daß ich Shibata töte?«
»Ja!«
»Das ist kein Problem. Seine Anwesenheit in Tokio zeugt von

mangelndem Respekt vor seinem Lehrer. Es wird mir eine Freude sein, ihm eine letzte Lektion zu erteilen.«

»Shibata muß noch heute verschwinden«, sagte Mung. »Er hat geschworen, meinen Enkel zu töten, und Hiroki hat geschworen, Norikos Leid zu rächen. Es gibt noch eine weitere Komplikation. Vor seinem Tod hat Udo Ninjas angeheuert, die Shibata bei seiner Rückkehr nach Tokio töten und seine Leiche so plazieren sollen, daß sie gefunden wird. Das könnte mit Hiroki in Verbindung gebracht werden und seinen Rücktritt aus dem Kabinett erzwingen.«

»Akichi Shibata wird verschwinden! Ich garantiere es!«

»Wenn auch nur ein Hauch von Skandal meine Familie streift, habe ich dem Bund der Schwarzen Drachen befohlen, Euch zu töten«, sagte Mung.

»Nach heute abend wird kein Mensch mehr Shibatas Gesicht sehen! Er wird dafür leiden, daß er sich mir widersetzt hat!«

»Grausamkeit ist unnötig.«

Honjo grinste. »Sie ist ein Werkzeug. Ein Mittel, um Leute zu beherrschen. Ich werde ein Exempel an Shibata statuieren. Bitte sagt dem obersten Yakuza im Blumenladen in der Ginza, ich brauche die Dienste eines seiner Künstler.« Er sah, wie überrascht Mung war. »Meine Agenten verfolgen Euch und Eure Männer seit vielen Jahren. Ich brauche jetzt die Erfahrung der Tätowierten Männer.«

Westler, Orientalen, Männer und Frauen des diplomatischen Corps von Tokio verbeugten sich und machten Knickse, als der Tairo beim Treffen der amerikanisch-japanischen Freundschaftsliga eintraf. Noriko und Hiroki flankierten ihn. Er hinkte die Treppe zur Rednertribüne hinauf und wurde an den Ehrenplatz gesetzt. Über der Plattform hing ein großes Schild: WHITTEFIELD GEDÄCHTNISBIBLIOTHEK.

Hiroki enthüllte eine Messingwandplakette und las vor. »Diese

Bibliothek ist dem Andenken der Familie Whittefield gewidmet, die 1841 einen schiffbrüchigen Fischerjungen names Mangiro aus Nakanohama rettete und adoptierte. Dieser Junge ist bis zum erhabenen Rang eines Tairo im Dienste des Kaisers aufgestiegen. Mögen unsere beiden Länder die Bande und herzlichen Beziehungen aufrechterhalten, die die Familien Whittefield und Ishikawa immer hatten. Gestiftet am 22. Dezember 1905 von Marquis und Marquise Koin.« Hiroki verbeugte sich vor Mung. »Ehrenwerter Tairo. Bitte gebt uns mit ein paar Worten die Ehre.«

Mung stützte sich auf seinen Stock und erhob sich. »Es war eine lange Reise seit jenem Tag, an dem ich fischen ging. Die meisten Leute, die mir auf dem Weg hierher geholfen haben, sind nicht mehr hier, um an der Erfüllung unserer Träume teilzuhaben. Die Ehren, die mir verliehen wurden, gebühren auch ihnen. Da war Fürst Shimatzu Nariakira von Satsuma, den seine Kämpfer den Silberfuchs nannten. Die Geschichtsbücher erzählen euch das nicht und auch nicht, daß er einen Amerikaner in den Rang eines Obersten Samurai von Satsuma erhoben hat. John Whittefield, mein Adoptivbruder, ist in Japans uraltem Buch der Heraldik eingetragen. John und ich kämpften mit Fürst Nariakira gegen das Heer des Shogun im Tal von Hakusar. Dieser Sieg war der erste Schritt auf dem Weg zum modernen Japan.

In den folgenden Jahren standen uns viele Amerikaner zur Seite. Commodore Perry und seine Marinesoldaten, die sich freiwillig erboten, uns zu lehren, wie man mit neuen Gewehren umgeht. Mitglieder des Kobe-Clubs halfen nach dem großen Erdbeben, einen Hilfsfonds zu organisieren. In letzter Zeit waren die Beziehungen zwischen Japan und Amerika gespannt. Das ist traurig. Unsere Länder haben viel gemeinsam. Wir sind beide relativ neu in der modernen Welt und haben uns in den letzten fünfzig Jahren von einer Agrar- zu

einer Industriegesellschaft entwickelt. Unsere Menschen sind fleißig, ehrgeizig, mutig und jeder ungeheuer stolz auf sein Land.
Ich habe mir zur Lebensaufgabe gestellt, Japan in die moderne Welt zu führen, Japan in den Augen der großen Nationen gleichberechtigt zu machen.« Mung sah zu den westlichen Botschaftern. »Teilweise haben wir die Anerkennung der Europäer erreicht durch Auflösung der ungleichen Verträge und mit den neueren internationalen Handels- und Militärabkommen.« Er wandte sich an den amerikanischen Botschafter. »Die Anerkennung in allerhöchster Form kam von den Vereinigten Staaten. Präsident Roosevelt fürchtete unsere militärische Macht. In der Konferenz von Portsmouth wollte er uns schwächen, indem er uns eine russische Entschädigung verweigerte. Wenn man einem Land sagen muß, daß es groß ist, dann ist es das offensichtlich nicht. Wenn Leute sich uns gegenüber so verhalten, wie Präsident Roosevelt es getan hat, dann bedarf es keiner Worte.
In den Schlachten von Tsushima, Mukden und Port Arthur hat Japan den Mythos von westlicher militärischer Unbesiegbarkeit entkräftet. Für Asiaten, Afrikaner, Inder und Inselbewohner des Pazifik hat sich die Welt grundlegend verändert. Nur wenige hatten mit einer so entscheidenden Niederlage einer christlichen Nation durch Orientalen gerechnet. Die erste amerikanische Reaktion schien den meisten Japanern nicht direkt ehrlich – Präsident Roosevelts Versuch, Japans Wachstum und Reife einzuschränken.« Die Amerikaner rutschten betreten auf ihren Stühlen herum. Jetzt richtete er den Blick wie ein doppelläufiges Schrotgewehr auf die japanischen Würdenträger. »Vielleicht hat sich der amerikanische Präsident nicht geirrt. Ein großer japanischer Philosoph hat gesagt: ›Große Siege führen zu großen Niederlagen‹. Wir Japaner sollten vorsichtig sein und unsere Stärke angesichts der kürzli-

chen Siege nicht überschätzen. Wir sind keine Tiere. Die Farbe unserer Haut zeigt nicht, was in unseren Herzen ist. Seit drei Generationen arbeiten die Whittefields und die Ishikawas daran, Brücken der Freundschaft zwischen unseren Völkern zu bauen. Diese Bibliothek, die wir heute einweihen, ist ein weiterer Pfeiler, der unsere Bande festigen soll. Ich bitte Sie alle, egal welcher Nationalität oder Religion, diesen Brückenbau fortzuführen, den Captain William Whittefield begann, als er mich von einer einsamen Insel vor mehr als einem halben Jahrhundert rettete.«

Mung verbeugte sich unter frenetischem Beifall. Westler und Japaner drängten sich um ihn, um ihm zu gratulieren.

Ein hochgewachsener Japaner wartete höflich, bis Mung auf ihn aufmerksam wurde. Er verbeugte sich und sagte: »Tairo, ich vertrete drei der größten Kabuki-Ensembles in Tokio. Wir haben uns gemeinsam bemüht, ein Theaterstück über Euer Leben zu produzieren. Es läuft seit zwei Monaten vor ausverkauften Häusern. Ich möchte Euch untertänigst einladen, als Ehrengast teilzunehmen.«

Mung strahlte. »Ich erinnere mich an die Zeit, in der man Kabuki-Darsteller nur wenig höher als Kriminelle einstufte. Ich wäre entzückt.«

»Es ist dir vielleicht zuviel«, flüsterte Noriko. »Das Stück dauert fünf Stunden.«

»Du hast es also gesehen und mir nichts erzählt«, sagte Mung. »Unartiges Mädchen. Ich werde dich zwingen, es noch einmal anzuschauen. Behandelt mich der Autor gut?«

»Du bist ein Held«, antwortete Noriko.

Mung grinste. »Ich muß die morgige Vorstellung sehen.«

Aus dem Publikum nickte Mung ein Schwarzer Drache zu. Akichi Shibata war in Honjos Gewahrsam.

54

Im Dienstzimmer des Gebäudes der Weißen Wölfe begrüßte Honjo Akichi Shibata mit einem strahlenden Lächeln. »Sehr nett von dir, so prompt auf meine Einladung zu reagieren.«
Shibata warf einen Blick auf die beiden großen Wachmänner, die ihn flankierten. »Eure Boten bestanden darauf. Für einen General der kaiserlichen Armee haben sie mich sehr unhöflich behandelt!«
»Jetzt, da du schon mal hier bist, erzähl mir, warum«, sagte Honjo.
»Ich verstehe die Frage nicht.«
»Warum bist du ohne meine Erlaubnis nach Japan zurückgekehrt?«
»Ihr habt mich auf eine Mission nach China geschickt, und ich habe sie ausgeführt. Japans Zustimmung zum Friedensvertrag von Portsmouth und Roosevelts Einmischung in chinesische Angelegenheiten haben mich in Gefahr gebracht.«
»Gefahr war immer ein Teil deines Berufs«, erwiderte Honjo.
»In den letzten vierzehn Jahren habe ich alleine gearbeitet und positive Ergebnisse erzielt. In China war nichts mehr zu tun. Ich war von meinem Netz in der Mandschurei abgeschnitten und beschloß, nach Hause zurückzukehren.«
»Um mich als Chef des Geheimdienstes abzulösen?«
Shibata erstarrte. Er machte dem Mann zu seiner Rechten ein Zeichen, und der Wachmann schloß die Tür. Shibata grinste Honjo ins Gesicht. »Hast du wirklich gedacht, ich hätte dieses Vipernnest betreten, wenn diese Männer nicht auf meiner Seite wären, du glatzköpfiger Idiot! Ich habe mich schon darauf

gefreut, dir die Lektionen aus dem Grünen Haus heimzuzahlen!« Speichel troff aus Shibatas Mundwinkeln. »Wie oft hat mich der Haß auf dich in den Eiswüsten der Mandschurei warmgehalten. General Honjo, es ist Zeit, daß ich mein Giri bezahle! Diese Männer gehören mir, dieses Gebäude gehört mir, und du gehörst mir!« Er zog eine Pistole und befahl den Wachmännern: »Packt ihn!«

Die beiden Männer wirbelten blitzschnell herum und zogen Shibatas Arme in die Höhe. Seine Pistole feuerte harmlos gegen die Decke, und er wurde gegen die Tür geklatscht. »Warum? Warum macht ihr das?«

Honjo trat vor und nahm Shibata die Pistole aus der Hand. »Du warst der beste Student, den ich je hatte. Aber deine Eitelkeit und deine mangelnde Bescheidenheit überschatteten deine guten Fähigkeiten.«

Shibatas Gesicht troff vor Schweiß. Er versuchte sich loszureißen, aber die beiden Wachmänner hielten ihn erbarmungslos fest.

»Du hast Angst«, sagte Honjo. »Gut. Das wird meine Aufgabe erleichtern.«

»Woher wußtet Ihr, was ich vorhatte?«

»Du mußtest immer in allem der Beste sein. Ich wußte, daß du eines Tages kommen würdest, um meinen Platz einzunehmen. Ich habe dich vom ersten Tag deiner Ankunft in der Mandschurei getestet. Jeder Mann, den du zu meinem Sturz rekrutiert hast, gehörte mir und hat mir berichtet. Ich habe einen Koffer voller Akten über dich. Die einzige Überraschung war deine plötzliche Ankunft in Tokio. Das habe ich von Mung erfahren.«

Shibata sank in sich zusammen. »Tötet mich schnell«, flehte er. »Das zumindest habe ich verdient.«

»Du mußt mir noch einen Dienst erweisen, bevor du stirbst«, sagte Honjo.

Die beiden Wachen drehten Shibata die Arme auf den Rücken und marschierten mit ihm ins Nebenzimmer. Am hintersten Ende des Raums stand ein von einer Lampe hell erleuchteter Billardtisch. Zwei Reihen Armeeoffiziere bildeten eine Gasse zum Tisch.

Honjo flüsterte Shibata ins Ohr, während er den kleinen Spiegel aus Shibatas Ärmel holte: »Als letzter Beitrag für den Bund der Weißen Wölfe wirst du meinen Studenten als Beispiel dienen. Sie werden lernen, ihre Vorgesetzten zu respektieren.«

Shibata wurde zwischen die ersten beiden Männer geschubst – er wurde hin und her geworfen, getreten, gestoßen, geschlagen, man riß ihm die Kleider vom Leib und stieß ihn dann weiter die Spießrutenlinie entlang und warf ihn schließlich blutig und nackt auf den grünen Filz des Billardtisches, mit dem Gesicht nach oben. Er spuckte seine eingeschlagenen Zähne aus und betete um den Tod.

»Meine Herren«, sagte Honjo. »General Shibata war der erste, der den Elektroschock als Folter einführte. Er hat mir alles beigebracht. Ich werde es euch vorführen.«

Gesichter drängten sich um den Tisch. Shibata strampelte, bäumte sich auf, wurde aber festgehalten. Jemand machte ihm Hände und Füße naß. Fassungslos mußte er mit ansehen, wie man ihm Drähte an Finger und Zehen klebte. »Neeeeiiiin! Ich habe zuviel für den Kaiser, mein Land und die Weißen Wölfe geopfert! Tötet mich, aber foltert mich nicht, damit ich nicht vor Zeugen Schande über mich bringe!«

»Shibata, Shibata«, sagte Honjo. »Du hast immer nur für dich selbst gearbeitet, für sonst niemanden. Jeder hier im Zimmer weiß das und weiß auch, was du bist.« Er machte einem kleinen Mann, der an einem Generator saß, ein Zeichen, und der drehte die Kurbel. Shibata schrie, wimmerte, bäumte sich auf, aber alles vergebens. In den Pausen zwischen den Stromstößen diskutierte Honjo mit den Studenten über die verschiedenen Anwendungsmöglichkeiten.

Drei lange Stunden hielt Honjo Anschauungsunterricht an seinem besten Schützling. Shibata lag bewußtlos auf dem Tisch.
»Elektrofolter kann tagelang dauern«, sagte Honjo zu den Studenten. »Ihr habt jetzt gesehen, wie man sie auf verschiedene Körperteile anwenden kann. Denkt daran, daß die empfindlicheren Stellen weniger Spannung brauchen, daß die Elektroschocks durstig machen. Wenn General Shibata das Bewußtsein wiedererlangt, wird er sehr durstig sein.« Honjo winkte einen Mann mit einem Krug herbei. »Immer wenn er aufwacht, kriegt der gute General etwas von dieser mit Drogen versetzten Flüssigkeit. Richtig angewandt, wird es unseren Kollegen dreißig Stunden schlafen lassen. Das dürfte reichen. Bringt den Yakuza herein!«

Tairos Einzug in Tokios großem Kabuki-Theater wurde zum Triumphzug, den die Elite der japanischen Gesellschaft mit ihrem Applaus begleitete. Die ersten Männer der Nation hatten weite Reisen auf sich genommen, um dem Mann Tribut zu zollen, der sie und ihre Väter ins zwanzigste Jahrhundert geführt hatte. Mung, Noriko und Hiroki wurden von den Schauspielern begrüßt und dann von Platzanweisern durch das Theater auf die Bühne zu den Ehrenplätzen geleitet.
Der Vorhang hob sich vor der Kulisse des Fischerdorfs Nakanohama, wo Mungs Mutter den Verlust ihrer beiden Söhne auf See beweinte. Mungs Bruder Jakato führte die Parade seiner Erinnerungen aus vergangenen Tagen auf dem Fischerboot an. Mung war gefesselt von den phantasievollen Kulissen, den prächtigen Kostümen und dem brillanten Spiel der Akteure. Er durchlebte noch einmal seine Vergangenheit.
Die Familie Whittefield, Amerika, der Ruf Town-hoooo, Mung raste im Geist mit dem Boot hinter einem harpunierten Wal her. Die Goldfelder Kaliforniens. König Kamehameas Luau zu

Ehren von Mungs Bekehrung zum Christentum. Der Fürst von Satsuma, der ihm befahl, Japans ersten Walfänger zu bauen. Schlachtrufe und der Fall des Shogun-Banners, gefolgt von den geheimen Treffen mit Commodore Perry. Gompachi, der Kriegerpriester, der ihm seinen Posten als Schwarzer Drache vermacht hatte. Mung kämpfte mit den Tränen, als er seine Werbung um Saiyo, seine erste Frau, und ihren Tod sah. Er mußte seine Gefühle mit Gewalt unterdrücken, als die Szenen seiner Ehe mit Ukiko, Saiyos Schwester, gezeigt wurden und ihr Tod, den die Häscher der Goldenen Eidechse verschuldet hatten. Mit Stolz und Trauer sah er das tödliche Duell seines erstgeborenen Sohnes mit den Choshu-Samurai vor den Toren des Kaiserpalastes.

Und eine nach der anderen marschierten die Erinnerungen vor Mung vorbei. Iyeasu watschelte mit seinem Bruder, dem Riesen Danjuro, Fürst von Mito, auf die Bühne. Die Vulkanpiraten und gedungenen Mörder fielen unter den Schüssen seines Colts. Er beobachtete die Verhandlungen mit dem chinesischen Prinzen und eine entscheidende Schlacht an Bord der großen tanzenden Drachenboote im Hafen von Kanton. General Nogi und Admiral Takamora kamen, um dem Tairo zu huldigen. Der letzte Vorhang fiel nach einer Darstellung des Besuchs des Kaisers in Mungs Haus und der Verleihung des Ordens der Aufgehenden Sonne.

Als der Vorhang gefallen war, herrschte absolute Stille im Kabuki-Theater. Dann standen Männer und Frauen, einer nach dem anderen, auf und verbeugten sich. Das gesamte Publikum, Schauspieler und Platzanweiser schrien im Chor: »Dai Nippon banzai! Dai Nippon banzai! Tairo! Tairo!«

Noriko und Hiroki halfen Mung, sich zu erheben, und erwartungsvolles Schweigen senkte sich über den Saal.

Mung stützte sich auf seinen Stock und trat vor. Er verbeugte sich vor den Schauspielern, die auf der Bühne versammelt waren. »Ihr habt die Vergangenheit für mich wieder aufleben lassen. Euer Können hat mir und den Menschen hier einen Gang durch unsere jüngste Geschichte ermöglicht. Ihr habt uns eine einmalige Perspektive dessen, was kommen wird, gegeben.« Er drehte sich zum Publikum. »Dieses Stück gewährt uns Einblick in die Zukunft. Die Opfer derer, die ich das Privileg hatte kennenzulernen, zielten darauf hin, daß Japan von den großen Nationen dieser Welt als gleichwertig anerkannt wird. Und dieses Ziel haben wir erreicht. Aber das Ende einer Ära ist der Beginn einer neuen. Japan wird bald wieder geprüft werden. Der Abzug der Westler aus dem Pazifik in Vorbereitung eines europäischen Kriegs hinterläßt im Fernen Osten ein Vakuum. Dieses Vakuum wird die Vereinigten Staaten und Japan in engeren Kontakt miteinander bringen. Diejenigen, die Giri verlangen aufgrund von Theodore Roosevelts Portsmouth-Vertrag, werden Krieg mit Amerika fordern! Wir müssen die positiven Parallelen zwischen unseren beiden Nationen in Betracht ziehen. Eine Welle, die an einem japanischen Strand entsteht, bewegt sich ungehindert über den Ozean, bis sie sich an der Küste Kaliforniens bricht. Japans und Amerikas Schicksale sind auf ewig durch den Pazifik verbunden. Pazifik bedeutet Frieden. Ich rate dringend, jede Anstrengung zu unternehmen, eine friedliche Beziehung zwischen Japan und den Vereinigten Staaten zu erhalten!«

Im Keller des Bundes der Weißen Wölfe rappelte Akichi Shibata sich mühsam hoch. Sein Gesicht juckte, seine Gelenke waren steif, und sein Blick war getrübt. Er trug die Kleider eines Straßenbettlers. Er hielt sich am Billardtisch fest und merkte, daß in den Schatten des Raums die Militärs standen. Ein Hauptmann reichte ihm eine Tasse Wasser, und Shibata packte sie, um seinen Durst zu stillen. Honjo trat aus dem Schatten, und Shibata wich zurück.

»Keine Angst«, sagte Honjo. »Du wirst dich gleich sehr wach und besser als seit langem fühlen. Das war ein Anregungsmittel. Bald wird dir alles sehr klar und verständlich sein.«

Shibata spürte, wie die Energie durch seine Adern strömte und reckte sich. Seine Augen begannen bereits einen Fluchtweg zu suchen.

»Du bist kein Gefangener mehr«, sagte Honjo. »Wenn du gehen möchtest, wird dich keiner aufhalten.« Er trat beiseite, und die Tür schwang auf.

Shibata ging in gebückter Stellung. Er drehte sich einmal im Kreis. Er rieb sich das Gesicht und machte einen vorsichtigen Schritt in Richtung Tür. Als keiner sich bewegte, machte er noch einen Schritt. Sein juckendes Gesicht lenkte ihn ab, und er rieb es mit beiden Händen.

Honjo trat vor, und Shibata wich zurück. Der Weiße Wolf lächelte. »Ich möchte dir das wiedergeben.« Honjo reichte ihm den kleinen Spiegel. »Eitelkeit ist Schwäche.«

Shibata riß Honjo den Spiegel aus der Hand. Er wirbelte mit gefletschten Zähnen herum. Keiner bewegte sich, und er hob den Spiegel zu seinem Gesicht. Seine Augen wurden groß, und er schaute hinter sich. Honjos lächelndes Gesicht war neben seinem. Shibata sah wieder in den Spiegel und drehte sich noch mal um. Honjo kicherte. Shibata brachte den Spiegel so nahe an sein Gesicht, daß sein Atem ihn beschlug. Er tastete vorsichtig mit der linken Hand über seine geschwollenen gelben Lippen und sah das Spiegelbild seiner Finger unter der schwarzen Nase und den roten Ringen unter den Augen. Er rieb wie besessen an der Farbe.

»Das geht nicht ab«, sagte Honjo. »Die Yakuza sind Meister ihrer Kunst.« Er schnippte mit den Fingern, und das Zimmer erstrahlte in gleißendem Licht.

Vier Männer mit mannshohen Spiegeln kreisten Shibata ein. Er drehte sich nach rechts, nach links, aber das entsetzliche Bild war immer da. Egal, wie er sich drehte und wendete, er sah ein groteskes gelb-schwarz-rotes Gesicht über den armseligen Lumpen eines Bettlers von Tokio. Er brach auf dem Boden zusammen und schluchzte.

Honjo packte Shibata am Haar, riß ihm den Kopf hoch und warf ihm ein Messer in den Schoß. »Du darfst dir selbst das Leben nehmen! Oder du kannst durch diese Tür fliehen, wenn du willst!«

Shibata packte das Messer und setzte es gegen seinen Hals. Blutstropfen formten sich an der blitzenden Klinge. Seine Hand zitterte. Honjo stand lächelnd über ihm und zeigte zur offenen Tür. »Wenn du mit diesem Gesicht leben kannst, dort wartet die Freiheit.«

Shibata ließ das Messer fallen und begann zu kriechen. Dann krabbelte er auf allen vieren in Richtung Freiheit. Er sprang auf, warf sich durch die Tür und wurde auf einem ein Meter langen Schwert aufgespießt.

»Disziplin, Loyalität und Respekt sind das Wichtigste«, sagte Honjo.

Die Offiziere verbeugten sich vor dem Weißen Wolf.

»Euer Urgroßvater hat einen langen Tag im Theater gehabt«, sagte Noriko zu ihren Kindern. »Packt das Tokaido-Straße-Spiel weg und macht euch zum Schlafengehen fertig.« Die Jungen verließen das Zimmer, und sie reichte Mung einen Umschlag. »Das ist gerade mit Spezialkurier gekommen.«

Mung ging zu seinem Schreibtisch und öffnete den Umschlag. »Der unwillkommene Gast ist abgereist«, las er. Die Unterschrift war von General Honjo.

Mung legte die Nachricht beiseite. Er nahm Papier und Pinsel und schrieb schnell. Er hatte wieder diese Schwere in der Brust wie vor jedem seiner Schlaganfälle. Dieses Mal entspannte er sich und kämpfte nicht dagegen an. Er beobachtete, wie der

Pinsel seiner Hand entglitt. Seine Augen waren geöffnet, aber Dunkelheit umfing sie. Von weit her hörte er Yukhi sagen: »Urgroßvater, wir wollen dir gute Nacht wünschen. Dein Stock ist runtergefallen. Urgroßvater? Urgroßvater?«

An die Schüler Honjos
Und die Nachkommen Mungs,
Dunkle Schwingen und kahle Bäume
Oder Frühling und Lied.
Ihr habt die Wahl.

John Mung